DE TIENDE CIRKEL

Jodi Picoult

DE TIENDE CIRKEL

Met tekeningen van Dustin Weaver

the house of books

Oorspronkelijke titel
The Tenth Circle
Uitgave
Atria Books, New York
Copyright © 2006 by Jodi Picoult
'Magic Words' © 1967, 1968 Education Development Center; Inc. (www.edc.org)
Copyright voor het Nederlandse taalgebied © 2006 by The House of Books,
Vianen/Antwerpen

Vertaling
Harry Naus
Omslagontwerp
marliesvisser.nl
Omslagdia
Getty Images
Foto auteur
Gasper Tringale
Opmaak binnenwerk
ZetSpiegel, Best

ISBN 90 443 1662 1
D/2006/8899/158
NUR 332

Voor Nick en Alex Adolph
(en hun ouders, Jon en Sarah)
omdat ik heb beloofd het ooit een keer te doen.

DANKZEGGING

Het schrijven van dit boek was een enorme onderneming en zonder de hulp van mijn Dream Team van onderzoekers zou het een onmogelijke taak zijn geweest.

Mijn gebruikelijke verdachten: Betty Martin, Lisa Schiermeier, Nick Giaccone, Frank Moran, David Toub, Jennifer Sternick, Jennifer Sobel, Claire Demarais, JoAnn Mapson en Jane Picoult.

Twee dames die slachtoffers van verkrachting proberen te helpen bij het zoeken van een wankele vrede: Laurie Carrier en Annelle Edwards.

Drie grandioze jonge vrouwen die me in de gelegenheid stelden een kijkje te nemen in het leven van een tiener: Meredith Olsen, Elise Baxter en Andrea Desaulniers.

Het gehele team bij Atria Books en Goldberg McDuffie Communications, vooral Judith Curr, Karen Mender, Jodi Lipper, Sarah Branham, Jeanne Lee, Angela Stamnes, Justin Loeber en Camille McDuffie.

Laura Gross, voor wie in haar taak als literair agent geen zee te hoog gaat.

Emily Bestler, die alle prachtige dingen zei die ik wilde horen toen ik haar een boek gaf dat totaal afweek van alles wat ze tot nu toe had gezien.

Joanne Morrissey, die me een herhalingscursus Dante heeft gegeven. Was dat niet het geval geweest dan was ik naar alle waarschijnlijkheid in de hel beland.

Mijn persoonlijke striphelden: Jim Lee, Wyatt Fox en Jake van Leer.

Pam Force, voor het openingsgedicht.

De mensen bij wie ik in Alaska heb verbleven: Annette Rearden, en Rich en Jen Gannon.

Don Rearden, niet alleen een uitstekend schrijver (en die nu misschien spijt heeft van zijn opmerking: 'Hé, als je ooit zin hebt om het

7

binnenland van Alaska te verkennen...'), maar ook zeer genereus met zijn eigen kennis en ervaringen. En die me de wildernis binnenleidde, en, maanden later, naar mijn laatste bladzijde.

Dustin Weaver, de striptekenaar die zei dat het misschien wel leuk was: Jij hebt de ziel van dit boek vorm weten te geven.

En als laatste, dank aan Tim, Kyle, Jake en Sammy, die altijd voor de *happy ending* zorgen.

In de vroegst mogelijke tijd,
toen zowel mens als dier op aarde leefden,
kon een persoon als hij wilde een dier worden,
   en een dier kon een mens worden.
Soms waren ze mensen
en soms dieren
en er was geen verschil.
Ze spraken dezelfde taal.
Dat was in de tijd dat woorden nog toverkracht bezaten.
Het menselijke brein bezat mysterieuze krachten.
Een woord dat toevallig werd uitgesproken
kon vreemde consequenties hebben.
Het kon plotseling tot leven komen
en wat mensen wilden dat zou gebeuren kón ook gebeuren –
het enige dat je hoefde te doen was het uit te spreken.
Niemand had er een verklaring voor:
het was nu eenmaal niet anders.

                                  – 'Magic Words', door Edward Field
                                  Geïnspireerd door de Inuit

PROLOOG

23 december 2005

Zo voelt dat als je je realiseert dat je kind vermist wordt. Je maag verandert in een ijskoude steen, je benen worden zo zacht als was, en je hart bonst één keer kil en verlaten. De vorm van haar naam, zo scherp als vijlsel, wringt zich tussen je tanden, ook al probeer je het slijpsel uit te spugen in een wanhopige schreeuw. De angst hijgt als een monster in je oor: *Waar heb ik haar voor het laatst gezien? Zou ze ergens ronddwalen? Wie zou haar meegenomen kunnen hebben?* Uiteindelijk gaat je keel dichtzitten, want je berust in het feit dat je een fout hebt gemaakt die je nooit meer ongedaan kunt maken.

Daniel Stone overkwam dat tien jaar geleden voor het eerst. Destijds hield hij zich op in Boston, omdat zijn vrouw aan de Harvard University een symposium bijwoonde, wat al met al voldoende reden was om er een gezinsvakantie aan vast te plakken. Over de straatkeien van Freedom Trail kuierde Daniel die dag achter de buggy van Trixie terwijl Laura zich bij haar panel had gevoegd. Ze voerden de eendjes in Public Garden en gingen naar het zeeaquarium, waar ze naar het waterballet van de donkerogige zeeschildpadden keken. Toen Trixie vervolgens zei dat ze honger had, liepen ze naar Faneuil Hall, waar zich talloze fastfoodpaleizen bevonden.

Op die speciale dag in april vonden de inwoners van New England het warm genoeg om hun jacks los te ritsen, waarmee ze zichzelf eraan hielpen herinneren dat er ook nog andere seizoenen bestonden dan de winter. Behalve de schoolkinderen, in langgerekte groepjes bij elkaar, net duizendpoten, en de toeristen die graag alles fotografeerden, was kennelijk ook iedereen van het zakendistrict de straat opgegaan – mannen in de leeftijd van Daniel, in kostuum en met stropdas, geurend naar aftershave en afgunst. Met hun lunchpakketjes – gyros, soep, cornedbeef op roggebrood – zaten ze op de bankjes bij het standbeeld van Red Auerbach en wierpen tersluikse blikken in de richting van Daniel.

Hij was dat gewend. Het was nu eenmaal ongewoon dat een vader de dagelijkse zorg voor zijn vierjarige dochter op zich nam. Vrouwen die hem met Trixie zagen lopen, gingen uit van de veronderstelling dat zijn vrouw was overleden, of dat hij onlangs was gescheiden. Mannen keken snel de andere kant op, ze schaamden zich voor hem. Toch zou Daniel het leven dat hij nu leidde voor geen goud willen missen. Hij vond het prachtig dat hij in de gelegenheid werd gesteld zijn werk om het leventje van Trixie heen te weven. En hij genoot van haar vragen, zoals: *Weten* honden dat ze in hun blootje rondlopen? Is *ouderlijk gezag* een macht die grote mensen gebruiken tegen de slechteriken? Als Trixie in haar autozitje om aandacht vroeg, vond hij het schitterend dat ze dan steevast begon met: 'Papa...?' Ja, ook als Laura toevallig achter het stuur zat.

'Wat wil je eten?' vroeg Daniel die dag in Boston aan Trixie. 'Pizza? Soep? Hamburger?'

Vanuit haar buggy staarde ze hem aan, een miniatuur van haar moeder. Dezelfde blauwe ogen, wijnrood haar. Ze knikte, een teken dat ze alles wilde. Daniel had de buggy de trap opgedragen naar het fastfoodparadijs bij het centrale plein; zoute oceaanlucht maakte plaats voor de geur van vet, uien en roerbakgerechten. Hij besloot Trixie een cheeseburger en patat te geven, en een eindje verderop zou hij bij een andere kraam voor zichzelf een visgerecht bestellen. Bij de frituur stond hij in de rij; de buggy was een rotspartij die in deze mensenrivier de stroming veranderde. 'Een cheeseburger,' riep Daniel, in de hoop dat een kok hem zou horen. Toen hij het kartonnen dienblad kreeg overhandigd, wurmde hij de portemonnee uit zijn zak, betaalde en concludeerde vervolgens dat het feit dat hij nog geen lunch had geen reden was nog eens zo'n krachttoer uit te halen. De maaltijd van Trixie was groot genoeg voor hen beiden.

Opnieuw manoeuvreerde Daniel de buggy de mensenmassa in en wachtte op het moment dat hij in het koepelgewelf los zou komen van de rest. Enkele minuten later schoof een man aan een lange tafel zijn rommel bij elkaar en vertrok. Daniel legde de cheeseburger neer, ging zitten en draaide de buggy om zodat hij Trixie te eten kon geven – maar het kind in het wagentje had zwart haar en een donkere huid, en het barstte in tranen uit op het moment dat het die vreemde voor zich zag.

Waarom zat dat kind in de buggy van Trixie? Dat was de eerste gedachte die in hem opkwam. Zijn volgende gedachte bestond uit de vraag of dit wel de buggy van Trixie wás. Inderdaad, geel met blauw, voorzien van een petieterig beertjespatroon. En onder de buggy bevond zich een boodschappenmandje om spullen in op te bergen. Maar Graco moest miljoenen van die karretjes hebben verkocht – alleen al in de Northeast zouden dat er duizenden zijn. Na een korte inspectie realiseerde Daniel zich dat deze buggy aan de voorzijde was voorzien van een stang waaraan plastic speeltjes waren bevestigd. Het groezelige knuffeldekentje lag er niet opgevouwen onder. Het knuffeldekentje voor als er sprake was van een crisis.

Zoals nu.

Daniel keek weer naar het kind dat niet van hem was. Prompt pakte hij de buggy beet en rende ermee naar de frituur. Een hysterische moeder stond naast een agent van de gemeentepolitie van Boston – een knaap met pokdalige wangen – en zag opeens de buggy die door Daniel werd gebruikt om de mensenmassa te splijten; een bijbelse Rode Zee. De laatste drie meter holde ze naar hem toe, waarna ze haar kind achter de veiligheidsgordel vandaan trok en hem in haar armen nam terwijl Daniel probeerde uit te leggen wat er aan de hand was. Maar hij kwam niet verder dan de vraag: 'Waar is ze?' Koortsachtig dacht hij aan het feit dat dit een overdekt, maar open winkelcentrum was. De ingang kon onmogelijk worden afgesloten, en iets omroepen voor het winkelende publiek was evenmin een optie. Bovendien waren er al vijf minuten verstreken. Als een psychopaat zijn dochter had ontvoerd, was die nu waarschijnlijk al op weg naar een van de verste uithoeken van het voorstedelijke Boston.

Vervolgens zag hij de buggy – *zijn* buggy – op een kant liggen. De veiligheidsgordel was losgemaakt. Pas sinds vorige week was Trixie daar vaardig in geworden. Wanneer ze samen op pad gingen, begon ze er een komisch tafereel van te maken. Dan ging ze plotseling in haar stoffen 'hangmatje' staan, draaide zich om en keek Daniel aan, grijnzend om haar eigen technisch vernuft. Had ze zich losgewurmd om naar hem op zoek te gaan? Of had iemand anders dat voor haar gedaan? Iemand die zijn kans schoon had gezien om een kind te ontvoeren?

In de daaropvolgende korte periode waren er momenten die Daniel zich tot op de huidige dag niet kon herinneren. Bijvoorbeeld hoelang het had geduurd voordat de politieagenten die zich in Fa-

13

neuil Hall hadden verzameld aan een zoektocht waren begonnen. Of de manier waarop andere moeders hun kinderen naar zich toe hadden getrokken als hij langsliep, aangezien ze er zeker van waren dat bepaalde rampspoed besmettelijk was. De rechercheur vuurde vervolgens vragen op hem af, een verhoor over verantwoord ouderschap: *Hoe lang is Trixie? Hoeveel weegt ze? Wat heeft ze aan? Hebt u ooit met haar gepraat over het feit dat vreemden haar kunnen aanspreken?* Op die laatste vraag kon Daniel geen antwoord geven. Had hij het daar *feitelijk* met haar over gehad, of was hij dat alleen maar *van plan* geweest? Besefte Trixie dat ze het op een schreeuwen diende te zetten, en dat ze moest wegrennen? Zou haar stemmetje dan luid genoeg klinken, zou ze snel genoeg zijn?

De politie wilde dat hij ging zitten, dat hij zou blijven waar hij was zodat men hem kon vinden wanneer dat nodig mocht zijn. Daniel knikte en beloofde dat hij zou doen wat er van hem gevraagd werd, maar zodra ze zich hadden omgedraaid, kwam hij weer overeind. Hij zocht achter elke snackkraam op het centrale plein, keek onder de tafels in het koepelgewelf, en hij rende de damestoiletten in terwijl hij luid haar naam schreeuwde. Ook keek hij achter de geplooide zoomranden van de handkarren waar je bergkristallen oorringen kon kopen, en sokken van elandhaar, en rijstkorrels waarin je naam was gegraveerd. Daarna holde hij naar buiten.

Op het plein krioelde het van de mensen die zich niet realiseerden dat op nog geen zes meter van hen vandaan de wereld op zijn kop was gezet. Ze winkelden, liepen wat rond, zich van niets bewust, en ze lachten terwijl Daniel hen onvast op zijn benen passeerde. Het lunchuurtje voor de kantoormensen was voorbij, de meeste zakenlui waren verdwenen. De duiven pikten de kruimels weg die tussen de keien waren achtergebleven. En op haar hurken, zuigend op haar duim – ze had zich heel klein gemaakt – zat Trixie naast het standbeeld van een zittende Red Auerbach.

Pas toen Daniel haar zag, realiseerde hij zich hoe weinig er tijdens haar afwezigheid feitelijk van hem was overgebleven. Ironisch genoeg ervoer hij dezelfde symptomen als even geleden, toen hij besefte dat ze verdwenen was: de bibberbenen, de sprakeloosheid, dat verlamde gevoel. 'Trixie,' zei hij uiteindelijk. Vervolgens hing ze in zijn armen; dertien kilo pure opluchting.

Inmiddels – tien jaar later – had Daniel zijn dochter opnieuw aangezien voor iemand die ze niet bleek te zijn. Behalve dan dat ze niet langer een vierjarige in een buggy was. En ze was ditmaal veel lan-

14

ger weggeweest dan vierentwintig minuten. Bovendien had *zij hem* verlaten, en niet andersom.

Daniel zat op zijn sneeuwscooter en dwong zichzelf bij de les te blijven terwijl hij gas terugnam op het moment dat hij op het pad bij een Y-splitsing arriveerde. Onmiddellijk kreeg de stormwind een trechtervormig karakter – hij zag amper een hand voor ogen. Toen hij de tijd nam om over zijn schouder te kijken, zag hij dat de sporen van zijn sneeuwscooter al weer gevuld waren; een vlakte zonder oneffenheden. De Yup'ik-eskimo's hadden een woord voor dit soort sneeuw waarvan de kilte tot achter je ogen drong. *Pirrelvag.* Sneeuw die als talloze pijlpunten op je blote huid hagelde. Het woord lag op zijn lippen, zo alarmerend als een tweede maan, tevens het bewijs dat hij hier al eens was geweest, ongeacht hoe goed hij zijn best had gedaan zichzelf van het tegendeel te overtuigen.

Hij knipperde met zijn ogen, kneep ze halfdicht – het was negen uur in de ochtend, maar in de decembermaand was Alaska praktisch verstoken van zonlicht. Zijn adem hing als zijde voor zijn gezicht. Een moment lang dacht hij achter het sneeuwgordijn de felle weerschijn van haar lokken te zien; een vossenstaart die uit een nauwsluitende wollen muts stak. Maar datgene wat hij zag, verdween even snel als het gekomen was.

De Yup'ik hadden bovendien een woord voor kou die zo venijnig was dat water dat je uit een mok in de lucht gooide meteen in glazig ijs veranderde, nog voordat het op de bevroren grond terechtkwam: *cikuq'erluni. Eén verkeerde beweging,* dacht Daniel, *en alles om me heen gaat aan gruzelementen.* Dus kneep hij zijn ogen halfdicht, gaf gas en liet zich leiden door zijn instinct. Vrijwel meteen hoorde hij opnieuw de stemmen van de dorpsoudsten die hij kende uit vervlogen dagen – *aan de noordzijde van de bomen steken de dennennaalden scherper uit; lichte verhogingen ontwrichten de ijsplaten.* Het waren evenzoveel aanwijzingen hoe je jezelf moest vinden zodra de wereld om je heen veranderde.

Opeens dacht hij weer aan de manier waarop Trixie zich destijds in Faneuil Hall aan hem had vastgeklampt, hoe ze met hem versmolt op het moment dat ze weer bij elkaar waren. Haar kinnetje haakte achter zijn schouder, haar lichaam volledig ontspannen, dankzij het vertrouwen dat ze in hem had. Ondanks datgene wat hij had gedaan, had ze er nog steeds op vertrouwd dat ze bij hem in veilige handen was en dat hij haar thuis zou brengen. Achteraf gezien besefte Daniel dat de echte fout die hij die dag had gemaakt niet bestond uit het feit dat hij even een andere kant had opgekeken, maar dat de misstap ontsproot aan de overtuiging dat je iemand van wie je hield in een oogwenk kon verliezen, hoewel dat in werkelijkheid een proces was dat maanden, jaren – haar hele leven – in beslag zou nemen.

Het was zo koud dat je wimpers bevroren op het moment dat je naar buiten liep, en het gevoel in je neusgaten deed denken aan gebroken glas dat in je huid prikte. Het soort kou dat door je heen sneed alsof je lichaam uit hordeurgaas bestond. Trixie Stone huiverde toen ze op de bevroren rivieroever stond onder het schoolgebouw dat dienstdeed als controlepost in Tuluksak, op ongeveer honderd kilometer van de plaats waar de gehuurde sneeuwscooter van haar vader zijn sporen op de besneeuwde toendra achterliet. Ze probeerde redenen te bedenken waarom ze zou blijven waar ze nu was.

Helaas waren er meer redenen – *betere* ook – om te vertrekken. Ten eerste was het verkeerd om te lang op één plaats te blijven. Ten tweede zouden de mensen er vroeg of laat achter komen dat ze niet degene was wie ze dachten dat ze was, vooral als ze elke taak die ze haar gaven verpestte. Maar ja, hoe moest ze ook weten dat op bepaalde plaatsen langs de route van de K300-race alle sleehondendrijvers recht hadden op extra stro voor hun sledehonden, zoals hier in Tuluksak. Of dat je een *musher* wel naar de plaats kon brengen waar voedsel en water was opgeslagen, maar dat je hem of haar niet mocht helpen met het voeren van de honden. Na die twee fiasco's was Trixie gedegradeerd tot oppas voor viervoeters die uit de teams waren gezet en die wachtten tot de bushpiloten kwamen opdagen om ze per vliegtuig terug te brengen naar Bethel.

Juno, een husky, bleek tot nu toe de enige hond die men had achtergelaten. Bevriezingsverschijnselen – zo luidde de officiële reden die de *musher* had opgegeven. De hond had een bruin en een blauw oog, en hij staarde Trixie aan met een blik die erop duidde dat hij verkeerd begrepen was.

In het afgelopen uur had Trixie het voor elkaar gekregen Juno een extra handvol brokken en wat biscuits te geven, die ze had gestolen uit de voorraad van de dierenarts. Ze vroeg zich af of die *musher* bereid was Juno aan haar te verkopen. Trixie zou hem dan betalen met een gedeelte van het geld dat nog in de gestolen portemonnee zat. Ze dacht dat het misschien gemakkelijker zou zijn op de vlucht te blijven als ze iemand had die ze in vertrouwen kon nemen, iemand die haar onmogelijk kon verraden.

16

Ook vroeg ze zich af wat Zephyr, Moss en de rest in het andere Bethel – Bethel, Maine – zouden zeggen als ze haar zagen zitten op een sneeuwbank terwijl ze gedroogde zalm at en naar het krankzinnige gekrakeel van blaffende honden luisterde, wat altijd voorafging aan de aankomst van een hondenteam. Waarschijnlijk zouden ze denken dat ze gek was geworden. Ze zouden zeggen: *Wie ben jij, en wat heb jij met Trixie Stone gedaan?* In feite wilde zij zichzelf dezelfde vraag stellen.

Ze wilde niets liever dan haar favoriete flanellen pyjama aantrekken. Een pyjama die zo vaak gewassen was dat de stof zo zacht als een rozenblaadje was geworden. Ze wilde de propvolle koelkast openen om vervolgens niets van haar gading te vinden. En intens verdrietig worden van die song op de radio, en de geur van haar vaders shampoo opsnuiven, en struikelen over de opgekrulde rand van het vloerkleed in de gang. Ze wilde teruggaan – niet alleen naar Maine, maar ook naar begin september.

Trixie voelde de tranen in haar keel opwellen, als het rijzende waterpeil in de haven van Portland, en ze was bang dat iemand dat zou merken. Dus bleef ze op het stromatje liggen, waarbij haar neus bijna die van Juno raakte. 'Weet je,' fluisterde ze, 'ik ben ook een keer achtergelaten.'

Haar vader dacht dat ze zich niet meer kon herinneren wat er op die dag in Faneuil Hall was gebeurd. Het tegendeel was waar. Op de meest vreemde momenten kwamen de herinneringen, in stukjes en beetjes. Bijvoorbeeld als ze 's zomers naar het strand gingen en zij de oceaan rook; dan werd het op slag moeilijker om adem te halen. Of als ze misselijk werd wanneer ze tijdens een ijshockeywedstrijd, in een bioscoop of op een andere plaats opeens verdronk in een mensenmassa. Trixie herinnerde zich ook dat ze in Faneuil Hall de buggy hadden achtergelaten – haar vader had haar eenvoudigweg in zijn armen naar het logeeradres gedragen. Zelfs nadat ze terug waren van die vakantie en ze een nieuwe buggy hadden gekocht, weigerde ze om zich erin te laten rijden.

Wat ze zich echter *niet* meer kon herinneren over die dag was het feit dat ze verdwaald was. Ze wist niet meer dat ze de veiligheidsgordel had losgemaakt, en al evenmin dat ze door die zee van benen de deuren naderde en naar buiten liep. Opeens had ze een man gezien die haar vader had kunnen zijn; in werkelijkheid ging het om een zittend standbeeld. Trixie was naar het bankje gelopen en had zich aan het standbeeld vastgeklampt. De metalen huid was warm, want de zon had er de hele dag op geschenen. Ze nestelde zich tegen

ZE HEBBEN ME EEN HELD GENOEMD.

MISSCHIEN BEN IK DAT OOK.

ZE HEBBEN ME EEN BEEST GENOEMD.

MISSCHIEN BEN IK DAT OOK.

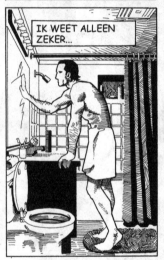

IK WEET ALLEEN ZEKER...

KNOCK
KNOCK
KNOCK

PAPS! IK WIL NU IN DE BADKAMER, ANDERS VERMOORD IK JE!

... DAT IK EEN VADER BEN.

DAT IS HET ENIGE DAT IK ZEKER WEET.

MISSCHIEN VINDT EVAN M'N JURK NIET MOOI.

HIJ VINDT HEM VAST PRACHTIG.

EN ALS-IE M'N HAAR LELIJK VINDT ZITTEN?

DAN IS-IE EEN IDIOOT EN MOET JE HEM DUMPEN.

HONK HONK

VOLGENS MIJ IS DAT CASANOVA. SCHIET OP.

JE BENT DE LIEFSTE, PAPS.

VREEMD GENOEG IS DE JONGEN NERGENS TE ZIEN.

EVAN? EVAN, WAAR BEN JE?

IS DIT DE JONGEN DIE JE ZOEKT?

AAAAA

JE ZULT HET MET MIJ MOETEN DOEN.

1

Laura Stone wist precies hoe ze naar de hel kon lopen.

Op cocktailparty's van de faculteit kon ze op servetten de geografie ervan uittekenen; uit haar hoofd wist ze alle doorgangen, rivieren en plooiruggen op te noemen; en ze kende de voornamen van de zondaars die er verbleven. Als een van de beste Dante-geleerden van het land gaf ze college over dat onderwerp, elk jaar opnieuw, al sinds ze een vaste aanstelling had gekregen aan het Monroe College. English 364 was ook opgenomen in het studiehandboek onder de naam *Burn Baby Burn* – ofwel: 'Wat voor de duivel is de hel?' Het betrof een van de populairste colleges in het tweede trimester, ook al was het epische gedicht *La divina commedia* van Dante beslist niet grappig. Net als de illustraties – *boek* noch *stripverhaal* – van Daniel, haar echtgenoot, omvatte *Inferno* alle genres van de popcultuur: romantiek, horror, mysterie, misdaad. En net als in alle goede verhalen was de hoofdpersoon een gewone, alledaagse held die zich simpelweg niet realiseerde waarom hij er een geworden was.

Ze keek naar de studenten die in de bankjes zaten van de doodstille, volle collegezaal. 'Niet bewegen,' instrueerde ze. 'Blijf héél stil zitten.' Naast haar, op het podium, tikte een eierwekker de seconden van een hele minuut weg. Ze glimlachte in zichzelf bij het zien van de studenten die opeens de onbedwingbare neiging hadden om te niezen, hun hoofd te krabben of om te gaan verzitten.

Van de drie delen van Dantes meesterwerk gaf Laura het liefst les in de thematiek van *Inferno* – wie anders dan tieners konden beter nadenken over de aard van bepaalde daden en de consequenties ervan? Het verre van gecompliceerde verhaal omvat een tijdspanne van drie dagen – Goede Vrijdag tot en met paaszondag – waarin Dante de negen cirkels, of kringen, van de hel doorkruist, respectievelijk bewoond door steeds ergere zondaars, om uiteindelijk aan de andere kant van de hel terecht te komen. Het gedicht is vergeven van

25

bombastisch taalgebruik, treurnis, demonen, ruziënde geliefden en verraders die de hersenen van hun slachtoffers verorberen. Kortom, aanschouwelijk genoeg om de aandacht van de hedendaagse student vast te houden. Bovendien leidde het onderwerp af van de dagelijkse realiteit.

De eierwekker zoemde. Alle studenten ademden vrijwel tegelijkertijd uit. 'En? Hoe voelde dat?' vroeg Laura.

'Alsof er geen eind aan kwam,' riep een student.

'Enig idee op hoeveel tijd ik dat wekkertje heb gezet?'

Er werd gespeculeerd. Twee minuten. Vijf.

'Wat dachten jullie van zestig seconden?' zei Laura. 'Stel je nu eens voor dat je voor eeuwig tot aan je middel in een ijsmeer staat. Stel je eens voor dat de minste beweging de tranen op je gezicht en het water om je heen laat bevriezen. Volgens Dante staat God voor alles wat te maken heeft met beweging en energie. Je niet kunnen bewegen is in de ogen van Lucifer dus de ultieme straf. Op de bodem van de hel is geen vuur, geen zwavel, maar alleen het volslagen onvermogen om tot actie over te gaan.' Ze liet haar blik over die zee van gezichten glijden. 'Heeft Dante gelijk? Het betreft immers het onderste gedeelte van de tonvormige hel, en de duivel is de ergste van al degenen die zich daar bevinden. Is het wegnemen van je vermogen om datgene te doen wat jij wilt, *wanneer* jij dat wilt, de ergste straf die je maar kunt bedenken?'

Dat was, kort samengevat, de reden dat Laura Dantes *Inferno* zo interessant vond. Natuurlijk kon het worden beschouwd als een religieuze of politieke studie. Natuurlijk ging het verhaal ook over verlossing. Maar als je tot de kern ervan doordrong, ging het verhaal ook over een man die zich in de ellende van een midlifecrisis bevond, iemand die de keuzes die hij in het leven had gemaakt aan het evalueren was.

Zoals Laura dat ook min of meer bij zichzelf ervoer.

Toen Daniel Stone bij de middelbare school in een lange file stond en stapvoets naar het gebouw reed, keek hij vluchtig naar het vreemde meisje dat naast hem in de passagiersstoel zat. Hij probeerde zich de periode te herinneren waarin zij zijn dochter was geweest.

'Het is vandaag druk op de weg,' zei hij tegen Trixie, gewoon om de stilte te doorbreken.

Trixie gaf geen antwoord. Ze frunnikte aan de radio, met als gevolg een ratjetoe van statische geluiden, muziek- en songfragmenten. Uiteindelijk had ze er genoeg van en zette ze de radio uit. Haar rode haar golfde over haar schouders, haar handen zaten in de mouwen van haar jasje van North Face verborgen. Ze staarde weer uit het raampje, verzonken in duizend gedachten, waarvan Daniel er niet één kon raden.

Tegenwoordig leek het of datgene wat ze tegen elkaar zeiden slechts de contouren van de stiltes vormde. Daniel wist beter dan wie ook dat je jezelf in een oogwenk in iemand anders kon veranderen. Hij begreep dat degene die je gisteren was niet de persoon van morgen hoefde te zijn. Ditmaal was hij echter degene die zijn zegeningen wilde tellen, in plaats dat hij dingen wilde loslaten.

'*Papa,*' zei ze, terwijl ze met haar ogen naar de auto wees die voor hen optrok.

Hoewel het een volstrekt cliché was, had Daniel aangenomen dat de traditionele afstand tussen tieners en hun ouders niet zou gelden voor Trixie en hem. Zij hadden een andere relatie. Een relatie die per slot van rekening intiemer was dan de relatie tussen de meeste dochters en vaders, simpelweg vanwege het feit dat hij er altijd voor haar was wanneer ze thuiskwam van school. Met enige schroom had hij haar medicijnkastje in de badkamer aan een grondig onderzoek onderworpen, net als de laden van haar nachtkastje, en hij had onder haar matras gekeken – geen drugs, geen condooms in harmonicaverpakking. Trixie was gewoon van hem aan het vervreemden, en dat was hoe dan ook misschien nog erger.

Jarenlang had ze op de vleugels van haar eigen verhalen door het huis gezweefd. Zoals het verhaal over de vlinder – in het klaslokaal ontpopt – die een voelspriet miste, wat te wijten was aan een jongen die altijd veel te ruw was; en dat ze op een dag pizza als lunch hadden gekregen terwijl toch *duidelijk* stond aangegeven dat ze bami goreng met kip voorgeschoteld zouden krijgen, en als ze dat had *geweten* zou ze van thuis niet haar eigen lunch hebben meegenomen; en dat de letter *I* in cursief niet is wat je denkt. De gesprekjes tussen hen verliepen zo soepel dat Daniel zich schuldig voelde dat hij soms alleen maar had geknikt of de scherpe kantjes van haar verhalen haalde. In die periode kon hij niet weten dat hij die had moeten verzamelen, zoals gedroogde bloemetje in de zak van zijn winterjas om hem eraan te helpen herinneren dat het ooit zomer was geweest.

Sinds september had Trixie een vriendje; alweer een cliché. Daniel had daar zo zijn eigen fantasieën bij gehad, zoals terloops een pistool schoonmaken terwijl zij werd opgepikt voor haar eerste afspraakje; of een kuisheidsgordel kopen in de internetwinkel. In geen enkel scenario had hij er werkelijk over nagedacht dat de aanblik van een jongen die zijn bezitterige arm om het middel van zijn dochter sloeg er wel eens de oorzaak van kon zijn dat hij zo hard zou willen hollen dat zijn longen barstten. En in geen enkel scenario had hij Trixie zien stralen wanneer die jongen bij de deur verscheen, precies zoals ze voorheen altijd Daniel had aangekeken. Het meisje dat zich op zijn thuisvideo's verleidelijk bewoog, bewoog zich van de ene op de andere dag als een feeks, zelfs wanneer ze het er niet om deed. Van de ene op de andere dag waren de daden en gewoonten van zijn dochter niet leuk meer en kregen ze wat je noemt een beangstigend karakter.

Zijn vrouw hielp hem eraan herinneren dat hoe strakker hij haar aan de lijn hield, hoe venijniger ze zou worstelen om uit die wurggreep te komen. Daarbij bracht Laura te berde dat rebelleren tegen het systeem er immers de oorzaak van was geweest dat ze indertijd met Daniel uitging. Dus toen Trixie en Jason naar de bioscoop gingen, wenste Daniel haar veel plezier, ook al moest hij zich ertoe dwingen om dat te zeggen. Wanneer ze naar haar kamer vluchtte om aan de telefoon in alle rust met haar vriendje te kunnen praten, stond hij niet te luistervinken bij haar deur. Hij gaf haar de ruimte, maar om de een of andere reden was die afstand onnoemelijk groot geworden.

'*Hallo zeg?!*' zei Trixie, waarmee ze Daniel uit zijn dagdroom sleurde. De auto's voor hen waren opgetrokken en de klaar-over gebaarde furieus naar Daniel om door te rijden.

'Kijk aan,' zei hij. 'Eindelijk.'

Trixie trok aan de handgreep van het portier. 'Laat je me er hier uit?'

Daniel drukte op de knop van de centrale portiervergrendeling. 'Tot drie uur vanmiddag.'

'Ik hoef niet opgehaald te worden.'

Daniel probeerde een brede glimlach op zijn gezicht te toveren. 'Rijdt Jason je naar huis?'

Trixie pakte haar rugzak en jas. 'Ja,' zei ze. 'Jason.' Ze sloeg het portier van de pick-up met een klap dicht en verdween tussen de talloze andere tieners die zich allemaal als door een trechter naar de voordeur van de middelbare school bewogen.

'Trixie!' riep Daniel uit het open raampje, zo luid dat verscheidene andere kinderen zich eveneens omdraaiden. De hand op haar borst was tot een vuist gebald, alsof ze krampachtig een geheim wilde bewaren. Afwachtend keek ze hem aan.

Toen Trixie nog klein was, en hij aan het tekenen was terwijl zij zich verdiepte in de stripboeken die hij als naslagwerken in zijn atelier bewaarde, speelden ze samen vaak een spelletje. *Wat is het beste vervoermiddel?* daagde ze hem uit. Daniel zei dan dat dat de Batmobil was. *Zeker niet*, zei Trixie dan. *Het onzichtbare vliegtuig van Wonder Woman.*

Wie heeft het beste kostuum?

Wolverine, zei Daniel dan. Maar Trixie hield het op Dark Phoenix.

Nu boog hij zich naar haar toe. 'Wat is de beste superkracht?' vroeg hij.

Het was het enige antwoord waar ze het over eens waren geweest: *vliegen*. Ditmaal keek Trixie hem aan of hij gek was geworden door met een stom spelletje van een eeuwigheid geleden op de proppen te komen. 'Ik kom nog te laat,' zei ze, waarna ze wegliep.

Er werd geclaxonneerd, maar Daniel zette zijn pick-up niet in de versnelling. Hij sloot zijn ogen en probeerde zich te herinneren hoe hij op haar leeftijd was. Op zijn veertiende had Daniel in een totaal andere wereld geleefd en al het mogelijke gedaan om zich daar al vechtend, liegend, bedriegend en stelend uit te knokken. Op zijn veertiende was hij iemand zoals Trixie haar vader nog nooit had meegemaakt. En Daniel had ervoor gezorgd dat dat zo zou blijven.

'Papa?'

Daniel draaide zich half om en zag opeens dat Trixie naast de pick-up stond, haar vingers over de rand van het open raampje gekromd; de glitter in de nagellak op haar pink glinsterde in de zon. 'Onzichtbaarheid,' zei ze, waarna ze opging in de menigte achter haar.

Gedurende veertien dagen, zeven uur en zesendertig minuten – al hield ze de tijd niet officieel bij – had Trixie Stone zich als een geest gedragen, wat betekende dat ze rondliep op school en glimlachte wanneer ze dat geacht werd te doen; en ze deed net of ze luisterde naar de wiskundeleraar die het over commutatieve eigenschappen had; ze zat zelfs in de cafetaria met de andere eerstejaars. Maar terwijl de anderen lachten om de kapsels van de lunchdames – of het gebrek daaraan – keek Trixie aandachtig naar haar handen, waarbij ze zich afvroeg of iemand had gemerkt dat je dwars door je huid kon kijken zodra de zonnestralen in een bepaalde hoek op je handpalm vielen, en dan zag je al die tunneltjes waar het bloed doorheen stroomde, een drukte van belang. Bloedlichaampjes. Ze liet het woord in haar mond bewegen, stopte het in haar wangzak, zoals je een zuigsnoepje 'opborg', met als gevolg dat ze niet kon praten en alleen maar haar hoofd schudde zodra iemand haar toevallig iets vroeg.

Kinderen die het wisten – en wie wist het niet, want het nieuws had zich als een lopend vuurtje verspreid – zaten gewoon te wachten tot ze haar zorgvuldig opgetrokken façade zou laten vallen. Trixie had zelfs een meisje horen zeggen dat ze erom wilde *wedden* wanneer ze in de groep haar zelfbeheersing zou verliezen. In dat opzicht waren leerlingen van de middelbare school kannibalen; ze aten van je gebroken hart terwijl je toekeek, waarna ze hun schouders ophaalden en je een bloederige, verontschuldigende glimlach schonken.

Visine hielp. Net als Preparation H onder de ogen, hoe walgelijk de gedachte daaraan ook was. Trixie stond altijd om halfzes op, waarna ze twee zorgvuldig uitgekozen T-shirts met lange mouwen en een flanellen broek aantrok. Vervolgens maakte ze van haar lokken een warrige paardenstaart. Ze had er een uur voor nodig om eruit te zien alsof ze net uit bed was gestapt, alsof ze na alles wat er was gebeurd geen slaaptekort had. Tegenwoordig was haar hele leven erop gericht mensen te laten geloven dat ze iemand was die ze niet meer bleek te zijn.

Dwars door een zee van geluiden dwong Trixie zichzelf om door de gang te lopen – kluisdeurtjes die klonken als knarsende tanden, jongens die hard over de hoofden van andere klasgenoten riepen wat ze die middag van plan waren, wisselgeld dat uit de frisdrankautomaten kletterde. Ze draaide zich om naar een deur en bereidde zich voor op de manier waarop ze de komende achtenveertig minuten zou doorstaan. Alleen tijdens de lessen psychologie zat ze bij Jason in de klas, die derdejaars was. Psychologie was een keuzevak, en tevens een elegante manier om te zeggen: *Je hebt erom gevraagd*.

Hij was al aanwezig; ze wist dat door de manier waarop de lucht om haar heen statisch geladen was – een magnetisch veld. Hij had het vale denimshirt aan dat ze ooit van hem had geleend nadat hij cola op haar had gemorst terwijl ze samen aan het studeren waren. Bovendien was zijn zwarte haardos een warboel. *Je hebt een scheiding nodig*, zei ze altijd tegen hem, waarna hij begon te lachen. *Ik weet wel iets leukers*, antwoordde hij dan.

Ze kon hem ruiken. Shampoo, pepermuntkauwgom en – geloof het of niet – de koele, reine nevel van een *ice*-aftershave. Dezelfde geur doorwasemde het T-shirt dat ze had verstopt op de bodem van de la waarin ze haar pyjama's opborg; het T-shirt waarvan hij niet wist dat zij het in haar bezit had en dat ze elke avond voor het slapen gaan om haar kussen wikkelde. Zo bleven de bijzonderheden in haar dromen terugkomen: een eeltplek op zijn pols door zijn ijshockeyhandschoen die daar steeds overheen schuurde; het zachte geluid van zijn stem wanneer ze hem opbelde en hem wekte; de manier waarop hij zijn pen tussen de vingers van een hand liet draaien zodra hij nerveus was of te hard nadacht.

Wat hij ook had gedaan toen hij het met haar had uitgemaakt.

Ze haalde een keer diep adem en liep langs de stoel waar Jason het zich gemakkelijk had gemaakt, zijn blik strak op de vierletterige woorden die daar door de jaren heen door verveelde studenten in het hout waren gekrast. Ze voelde dat hij het warm kreeg in zijn poging te voorkomen dat hij naar haar keek. Ze ervoer het als onnatuurlijk om op deze manier langs hem te lopen, zonder dat hij aan de riem van haar rugzak trok tot zij hem haar volledige aandacht schonk. 'Je komt naar de les, hè?' zei hij dan altijd. Alsof daar ook maar enige twijfel over bestond.

Meneer Torkelson had iedereen een plaats toegewezen. Trixie was op de eerste rij gezet. In de eerste drie maanden van het schooljaar vond ze dat verschrikkelijk, maar nu was ze daar zéér dankbaar voor, want dat betekende dat ze naar het bord kon staren en niet vanuit haar ooghoek Jason of wie dan ook zag zitten. Ze nam plaats, opende haar klapper en probeerde niet naar die grote doorgekraste plek op het papier te kijken die vroeger Jasons naam was.

Toen ze een hand op haar schouder voelde – de warme, brede hand van een jongen – stokte haar adem. Ongetwijfeld zou Jason zich nu verontschuldigen, omdat hij zich had gerealiseerd dat hij het helemaal verkeerd had gedaan; hij wilde haar vragen of ze het hem kon vergeven. Ze draaide zich om, het woordje *ja* lag al op haar lippen, als de roep van een fluit, maar in plaats daarvan merkte ze dat ze naar Moss Minton staarde, de beste vriend van Jason.

'Hé.' Vluchtig keek hij over zijn schouder naar Jason, die nog steeds gebogen over zijn eigen tafeltje zat. 'Gaat het met je?'

Trixie streek over de rand van het papier van haar ringbandklapper, haar huiswerk. 'Waarom zou het niet goed met me gaan?'

'Ik wil alleen maar zeggen dat we hem allemaal een klootzak vinden.'

We. We kon het schoolijshockeyteam betekenen dat kampioen van hun staat was geworden. Een team waarvan Moss en Jason medeaanvoerders waren. *We* zou kunnen staan voor alle derdeklassers. Voor iedereen, behalve haar. Dit deel van de ellende – laveren door een mijnenveld van vrienden die ze samen hadden, erachter komen

31

wie nog steeds aan haar kant stond – was bijna net zo moeilijk als het feit dat ze Jason was kwijtgeraakt.

'Volgens mij is datgene wat hij met haar heeft iets waar hij doorheen moet; het is absoluut niet serieus,' zei Moss. Zijn woorden waren als een handvol stenen die vanaf een steile rots naar beneden werden geworpen.

Trixie zag haar handschrift op de bladzijde die voor haar lag vertroebelen. *Laat me alsjeblieft met rust*, dacht ze. Ze hoopte intens op de telekinetische kracht van die gedachte. Ditmaal ging in haar leven eindelijk iets naar wens, want meneer Torkelson kwam binnen, sloeg de deur achter zich dicht en ging voor de klas staan. 'Dames en heren,' zei hij. 'Waarom dromen we?'

Een mafkees op de achterste rij zei: 'Omdat Angelina Jolie niet naar Bethel High gaat.'

De leraar lachte. 'Nou ja, dat is in elk geval een reden. Sigmund Freud zou het misschien zelfs met jou eens zijn. Hij noemde dromen de "koninklijke weg" naar het onderbewuste, geplaveid met al die verboden wensen waarvan je zou willen dat je ze niet had.'

Dromen, dacht Trixie, zijn als zeepbellen. Van een afstand kijk je ernaar, en dan zijn ze mooi. Maar als je er te dicht met je neus bovenop staat, spatten ze uit elkaar en doen je ogen pijn. Ze vroeg zich af of Jason hetzelfde soort dromen had als zij, waarbij je 's ochtends wakker wordt en merkt dat je geen adem krijgt en je hart zo plat als een dubbeltje is.

'Juffrouw Stone?' herhaalde de leraar.

Trixie bloosde. Ze had geen flauw idee wat Torkelson had gevraagd. Ze voelde de blik van Jason in haar nek priemen.

'Ik heb een voorbeeld, meneer Torkelson,' riep Moss ergens achter haar. 'Tijdens een regionaal kampioenschap schaats ik richting het doel van de tegenstander, er komt een pass op me af, maar opeens wordt mijn stick zo slap als een sliert spaghetti.'

'Ik wil graag een antwoord van Trixie, Moss, hoe onbeschaamd freudiaans jouw voorbeeld ook is.'

De zintuigen van Trixie verscherpten zich, zoals dat ook het geval was bij de superhelden van haar vader. Ze hoorde dat achter in de klas een meisje een geheim briefje schreef naar haar vriendje, dat aan de andere kant van het gangpad zat, Torkelson die zijn handen op elkaar drukte, en het ergste van alles, de verbroken verbinding op het moment dat Jason zijn ogen dichtdeed. Ze krabbelde met een pen op haar duimnagel. 'Mijn dromen kan ik me nooit herinneren.'

'Een zesde deel van je leven breng je dromend door, juffrouw Stone. In jouw geval kom ik uit op pakweg tweeëneenhalf jaar. Je hebt toch niet tweeëneenhalf jaar van je leven gewist?'

Ze schudde haar hoofd, keek op naar de leraar en opende haar mond om iets te zeggen. 'Ik... ik word misselijk,' wist ze met veel moeite uit te brengen. Het klaslokaal wervelde om haar heen terwijl ze haar boeken pakte en het lokaal uitrende.

In de toiletruimte gooide ze haar rugzak onder de rij vierkante, witte wastafels die eruitzagen als de tanden van een reus. Vervolgens boog ze zich op haar knieën voor een van de toiletten. Ze braakte, hoewel ze zeker wist dat haar maag leeg was. Nadat ze op de vloer was gaan zitten, drukte ze haar verhitte wang tegen de metalen wand van het toilethokje.

Het ging niet om het feit dat Jason het had uitgemaakt op de dag dat ze drie maanden verkering hadden gehad. En al evenmin dat Trixie – een eerstejaars die naar het leek de jackpot had gewonnen, een niemand die koningin was geworden omdat ze iemands vriendinnetje was – haar status als Assepoester had verloren. Nee, waar het om draaide was dat ze oprecht geloofde dat je je als veertienjarige ervan bewust kon worden dat liefde je bloed sneller liet stromen, en hoe de liefde je dromen caleidoscopische kleuren schonk. Het punt was dat Trixie ervan overtuigd was dat ze nooit zoveel van Jason had kunnen houden als hij niet in dezelfde mate van haar hield.

Trixie liep het toilethokje uit, draaide de kraan boven de wastafel open en waste haar gezicht, waarna ze zich afdroogde met een bruin papieren handdoekje. Ze wilde niet teruggaan naar de klas, nooit meer, dus pakte ze haar eyeliner, mascara, lippenglans en haar spiegeltje. Het weelderige, koperkleurige haar had ze van haar moeder, de donkere teint van haar vader. Haar oren waren te puntig, haar kin te rond. Haar lippen waren oké, vond ze. Tijdens de lessen handvaardigheid had een leraar ooit tegen haar gezegd dat ze klassieke lippen had, waarna hij er een tekenles aan had gewijd. Haar ogen vond ze echter regelrecht beangstigend. Voorheen hadden ze de donkergroene kleur van mos, maar tegenwoordig waren ze matgroen, zo bleek dat je amper van een kleur kon spreken. Trixie vroeg zich af of je het pigment uit je ogen kon huilen.

Ze klapte het spiegeltje dicht, maar bij nader inzien opende ze het opnieuw en legde het op de vloer. Nadat ze er drie keer met de hak van haar schoen op gestampt had, was de spiegel aan gruzelementen. Het plastic omhulsel en de scherven gooide ze weg, behalve één glasscherf. Hij had de vorm van een traan, aan de ene kant rond, aan de andere zo scherp als een dolk.

Ruggelings liet ze zich langs de tegelmuur naar de vloer zakken, onder de wastafel. Vervolgens schraapte ze met haar provisorische mes over de witte huid aan de binnenkant van haar onderarm. Meteen nadat ze dat had gedaan, had ze gewild dat het nooit gebeurd was. Krankzinnige meisjes deden zulke dingen. Meisjes die als zombies door griezelromans liepen.

Maar toch.

Trixie voelde de stekende pijn toen de huid openspleet en het bloed er bijna liefdevol uit opwelde.

Het deed zeer, maar de pijn was niet zo erg als al het andere.

'Je moet wel iets verschrikkelijks uithalen om op het onderste niveau van de hel terecht te komen,' zei Laura retorisch, waarbij ze de hele klas in ogenschouw nam. 'En dan te bedenken dat Lucifer altijd de rechterhand van God is geweest. Wat ging er zo ontzettend mis?'

Het zal wel een banaal meningsverschil zijn geweest, dacht Laura, zoals tweedracht tussen mensen meestal ontstond. 'Op een dag wendde God zich tot zijn maatje Lucifer en zei dat hij overwoog om die leuke speeltjes die hij had gemaakt – namelijk de mensen – het recht te geven zelf keuzes te maken. De vrije wil. Lucifer vond dat die macht alleen de engelen toekwam. Hij organiseerde een coup en werd de grote verliezer.'

Laura begon door de gangpaden te lopen – een nadeel van vrije toegang tot het internet was dat tijdens hoorcolleges de kinderen die lesuren gebruikten om on line te shoppen en porno te downloaden, als de professor tenminste niet waakzaam was. 'Wat *Inferno* zo briljant maakt zijn de *contrapassi*, de straffen die passen bij de gepleegde misdaden. Volgens Dante weerspiegelt de straf van de zondaars datgene wat ze op aarde verkeerd hebben gedaan. Lucifer wilde niet dat de mensen zelf keuzes konden maken, dus werd hij in het ijs letterlijk onbeweeglijk gemaakt. Waarzeggers lopen rond met hun hoofd achterstevoren op de romp. Overspeligen zijn eeuwig geslachtelijk met elkaar verbonden, zonder dat ze daar enige bevrediging uit halen.' Laura verbande het beeld dat in haar opkwam. 'Kennelijk werd Viagra klinisch getest in de hel,' grapte ze.

De studenten lachten terwijl Laura weer naar het podium liep. 'In de twaalfde eeuw... dus voordat de Italianen naar *Revenge of the Sith* of *Lord of the Rings* konden kijken... symboliseerde dit gedicht het ultieme gevecht tussen goed en kwaad,' zei ze. '*Evil*, het Engelse woordje voor kwaad, staat mij wel aan. Hussel de letters wat door elkaar en je krijgt *vile*, of verachtelijk, en *life*, leven. *Good*, Engels voor goed, is slechts een bevel voor *go do*, ofwel "gaat heen en doe".'

De vier postdoctoraal studenten die de leergroepen voor deze facultatieve studie leidden, zaten naast elkaar op de voorste rij, laptop op hun knieën. Nou ja, wat het laatste betrof, waren dat er drie. Alpha noemde zichzelf retrofeministe, wat voor zover Laura dat kon beoordelen betekende dat ze veel toespraken hield over het feit dat moderne vrouwen zover van huis waren gedreven dat ze zich daar niet meer op hun gemak voelden. Naast haar zat Aine, die woorden op de binnenkant van haar bleke arm schreef; waarschijnlijk haar eigen poëzie. Naryan, die in staat was sneller te typen dan Laura kon lezen, keek van zijn laptop naar haar op; een kraai die in de houding zat om een kruimel op te vangen. Alleen Seth hing languit in zijn stoel, de ogen gesloten, zijn lange haar voor zijn gezicht. *Snurkte* hij?

Ze voelde het bloed naar haar nek en hals stijgen. Ze keerde Seth Dummerston de rug toe en keek vluchtig naar de klok die achter in de collegezaal hing. 'Dat is het dan voor vandaag. Lees het vijfde canto door,' instrueerde Laura. 'Volgende week woensdag zullen we het hebben over poëtische rechtvaardigheid versus goddelijke vergelding. Nog een prettig weekend, mensen.'

De studenten pakten hun rugzakken en laptops. Ze kwebbelden over de bands die straks zouden optreden, en over het feit dat er ten behoeve van de sfeer tijdens Caribbean Nights een vrachtwagenlading echt zand was aangevoerd. De studenten wikkelden dikke sjaals om hun nek, net felgekleurd verband, en liepen achter elkaar de collegezaal uit. Ze waren het hoorcollege van Laura allang vergeten.

De volgende les hoefde Laura niet voor te bereiden, zij *was* dat hoorcollege, in hart en ziel. *Wees voorzichtig met wat je wenst*, dacht ze. *Want die wens zou wel eens uit kunnen komen.*

Zes maanden geleden was ze ervan overtuigd geweest dat het goed was wat ze deed, een buitenechtelijke verhouding die zo natuurlijk aanvoelde dat ermee stoppen misdadiger leek dan hem laten opbloeien. Als zijn handen over haar lichaam gleden, transformeerde ze van de verstandelijke professor Stone in een vrouw bij wie de gevoelens op de eerste plaats kwamen. Nu Laura zich echter realiseerde wat ze had gedaan, wilde ze een tumor de schuld geven, of een tijdelijke verstandsverbijstering, alles behalve haar eigen zelfzuchtigheid.

35

Nu wilde ze alleen nog maar de schade beperken, ermee stoppen, terug naar de boezem van haar gezin voordat het tot hen doordrong hoelang ze was weggeweest.

Toen iedereen uit de collegezaal was, deed Laura de plafondlichten uit, waarna ze in haar zakken naar de sleutels van haar kantoor voelde. Verdomme, had ze die achtergelaten in de tas van haar laptop?

'*Veil*.'

Laura draaide zich om, maar ze had het zachte zuidelijke accent in de stem van Seth Dummerston al herkend. Hij ging staan, rekte zijn lange lijf uit na dat dutje. '*Veil* is eveneens een anagram van *evil*. De dingen die we voor anderen verbergen.'

Ze staarde hem kil aan. 'Heb je geslapen tijdens mijn hoorcollege?'

'Het is laat geworden gisteravond.'

'En wie valt dat te verwijten?' vroeg Laura.

Seth staarde haar aan zoals hij altijd naar haar keek, waarna hij zich naar voren boog en zijn lippen over de hare liet glijden. 'Vertel mij het maar,' fluisterde hij.

Trixie liep de hoek om en daar stonden ze: Jessica Ridgeley, met haar blonde, golvende lokken en een teint zoals alleen de dochter van een dermatoloog die kon hebben, leunde tegen de deur van het auditorium en kuste Jason.

Als aan de grond genageld bleef Trixie staan, een zee van studenten golfde om haar heen. Ze keek toe terwijl Jason zijn handen in de achterzakken van Jessica's spijkerbroek schoof. Ze zag het kuiltje bij zijn linker mondhoek. Het verscheen daar alleen als hij uit zijn hart sprak.

Vertelde hij Jessica dat zijn favoriete klank het ploffende geluid was van wasgoed dat zich in de draaiende trommel van de droger bevond? Dat hij soms een telefoon passeerde en daarbij dacht dat ze hem zou opbellen, en dat dat dan ook prompt gebeurde? En dat toen hij tien was hij een keer een snoepautomaat had gekraakt omdat hij wilde weten waar de kwartjes heengingen nadat je die in de gleuf had gestopt?

Was ze wel met haar *gedachten* bij wat hij zei?

Opeens voelde Trixie dat iemand haar bij een arm vastpakte en haar meesleurde door de gang, de deur uit, naar het schoolplein. Ze rook de zure stank van een lucifer die werd aangestreken, en even later kreeg ze een sigaret tussen haar lippen gestoken. 'Over je longen,' beval Zephyr.

Met Zephyr Santorelli-Weinstein was Trixie het langst bevriend.

Ze had enorme reebruine ogen, een olijfkleurige huid en haar moeder mocht zich beslist de tofste van de wereld noemen. Een moeder die wierook voor in haar kamer had gekocht en die haar had meegenomen om haar navel te laten piercen, alsof het een inwijdingsritueel voor jongvolwassenen was. Ze had ook een vader, maar hij woonde in Californië bij zijn nieuwe gezin. Trixie wist dat ze daar maar beter niet over kon beginnen. 'Naar welke les moet jij nu?'

'Frans.'

'Madame Wright is seniel. We spijbelen.'

Bethel High had een open campus, niet omdat de schoolleiding een fervent voorstander van tienervrijheid was, maar omdat de kinderen toch nergens heen konden. Trixie liep naast Zephyr over de toegangsweg van de school, hun hoofd gebogen in de wind, de handen diep in de zakken van hun North Face-jas. De wirwar van krassen die Trixie zichzelf een uur geleden op haar arm had toegebracht, bloedde niet meer, maar de kou veroorzaakte een prikkend gevoel. Onwillekeurig begon ze door haar mond te ademen, want zelfs vanaf deze afstand rook ze de gasachtige stank van rotte eieren, afkomstig van de noordelijk gelegen papierfabriek waar de meeste volwassenen van Bethel werkten. 'Ik heb gehoord wat er is gebeurd tijdens de psychologieles,' zei Zephyr.

'Geweldig,' mopperde Trixie. 'Nu vindt de hele wereld dat ik een loser *en* een freak ben.'

Zephyr nam de sigaret uit haar hand en rookte het laatste restje van de peuk op. 'Wat maakt het jou uit wat de wereld van je denkt?'

'De wereld kan me gestolen worden,' gaf Trixie toe. Opnieuw prikten de tranen in haar ogen. Met haar want veegde ze over haar wangen. 'Ik wil Jessica Ridgeley vermoorden.'

'Als ik in jouw schoenen stond, zou ik Jason wel willen vermoorden,' zei Zephyr. 'Waarom laat je je door hem zo van streek maken?'

Trixie schudde haar hoofd. 'Ik ben degene die met hem hoort te gaan, Zephyr. Dat *weet* ik gewoon.'

Ze hadden de bocht in de rivier bereikt en liepen voorbij de P+R, waar een brug de Androscoggin overspande. In deze tijd van het jaar was de rivier vrijwel helemaal bevroren, compleet met prachtige kunstzinnige ijssculpturen als gevolg van kruiend ijs dat zich rond de rotspartijen in de rivier ophoopte. Nog eens vierhonderd meter verder zouden ze het stadje bereiken, waar je in wezen alleen maar een Chinees restaurant, een avondwinkel, een bank en een speelgoedwinkel aantrof, en verder heel veel wat de moeite van het vermelden niet waard was.

37

Zephyr wachtte rustig af terwijl Trixie enkele minuten bleef huilen, waarna ze tegen de leuning van de brug leunde. 'Wil je eerst het goede of het slechte nieuws horen?'

Trixie snoot haar neus in een oude tissue die ze in haar zak vond. 'Het slechte nieuws.'

'Je bent een masochiste, weet je dat?' zei Zephyr grinnikend. 'Het slechte nieuws is dat mijn beste vriendin officieel haar respijtperiode heeft overschreden wat betreft haar rouw over een relatie, en dat ze van nu af aan bestraft zal worden.'

Trixie moest er even om glimlachen. 'En het goede nieuws?'

'Moss Minton en ik gaan min of meer met elkaar.'

Ook dat voelde aan als een mes in haar hart. Haar beste vriendin en de beste vriend van Jason? 'Echt waar?'

'Nou ja, misschien is *met elkaar gaan* niet de juiste formulering. Na de Engelse les van vandaag heeft hij me opgewacht om te vragen hoe het met jou ging... maar toch, zoals ik het zie had hij dat aan *iedereen* kunnen vragen, snap je?'

Trixie snoot haar neus. 'Geweldig. Ik ben blij dat mijn ellende jouw liefdesleven stevig opkrikt.'

'Nou ja, een ding is zeker, al dat gesnotter doet *jouw* liefdesleven geen goed. Je kunt niet blijven treuren over Jason. Hij weet dat je geobsedeerd bent.' Zephyr schudde haar hoofd. 'Jongens willen niet dat ze voortdurend op de lip worden gezeten, Trix. Ze willen... Jessica Ridgeley.'

'Wat zou hij verdomme toch in haar zien?'

Zephyr haalde haar schouders op. 'Weet ik veel? Grote tieten, het IQ van een Neanderthaler?' Ze trok de tas voor haar buik en haalde er een zakje M&M's uit. Aan de rand van haar tas hingen twintig aan elkaar gehaakte, roze paperclips.

Trixie kende meisjes die hun seksuele contacten in een dagboek bijhielden, of door veiligheidsspeldjes aan de tong van een sportschoen vast te maken. Zephyr hield het bij paperclips. 'Een jongen kan je alleen pijn doen als je hem er de kans toe geeft,' zei Zephyr, waarbij ze haar vingers over de bungelende paperclips liet glijden.

Tegenwoordig was vaste verkering niet in de mode; het merendeel van de schooljeugd hield het bij losse contacten. Opeens werd ze misselijk van de gedachte dat Jason haar misschien als een scharreltje had beschouwd. 'Ik kan dat niet.'

Zephyr scheurde het zakje M&M's open en gaf het aan Trixie. 'Vriendinnen van wie ze profijt hebben, dat willen de jongens, Trix.'

'En is datgene wat het meisje wil niet belangrijk?'

Zephyr haalde haar schouders op. 'Hé, ik ben waardeloos in wiskunde, ik zing vals en tijdens de gymles word ik altijd als laatste uitgekozen als het om het vormen van teams gaat... maar kennelijk heb ik wel veel talent als het gaat om het oppikken van scharreltjes.'

Lachend draaide Trixie zich om. 'Hebben ze *dat* tegen jou gezegd?'

'Eerst proberen, dan oordelen. Je hebt je pleziertje en de sores mogen ze houden. De volgende dag doe je net of er niets gebeurd is.'

Trixie trok aan het kettinkje van paperclips. 'Als je je gedraagt of er niets aan de hand is, waarom houd jij dan de score bij?'

Zephyr haalde haar schouders op. 'Geen idee. Ik denk dat ik dat doe om me eraan te helpen herinneren wanneer ik ermee ben begonnen.'

Trixie opende haar hand en keek naar de M&M's. De kleurstof op de snoepjes was al gaan uitlopen op haar huid. 'Waarom wordt er in de spotjes steeds gezegd dat ze niet smelten in je hand terwijl dat toch altijd weer gebeurt?'

'Omdat iedereen liegt,' antwoordde Zephyr.

Alle tieners wisten dat dat waar was. Volwassen worden had alles te maken met het feit dat je te weten kwam welke deuren nog niet voor je neus waren dichtgesmeten. Jarenlang hadden de ouders van Trixie tegen haar gezegd dat ze alles kon zijn, alles kon hebben en alles kon doen wat ze maar wilde. Daarom was ze er zo op gebrand geweest zo snel mogelijk volwassen te worden – tot ze uiteindelijk opgroeide en tegen die dikke muur van de realiteit aanliep. Het bleek namelijk dat ze *niet* alles kon hebben. Je werd nu eenmaal niet mooi, slim of populair omdat je dat zo graag wilde. Je had geen controle over je eigen lot. Je had het gewoon te druk om je aan de omstandigheden aan te passen. Zelfs nu, terwijl ze hier stond, waren er miljoenen ouders die hun kinderen iets voorspiegelden waarmee hun koters alleen maar teleurstelling zouden oogsten.

Zephyr staarde over de reling. 'Het is al de derde keer deze week dat ik niet kom opdagen voor de Engelse les.'

Trixie miste de Franse les, een proefwerk over *le subjonctif*. Kennelijk waren werkwoorden ook onderhevig aan stemmingen. Ze moesten op een heel andere manier worden vervoegd als je ze in zinnen gebruikte waarmee je willen, twijfelen, wensen of oordelen wilde uitdrukken. De zinnen die met een rode vlag waren aangeduid, had ze gisteravond uit haar hoofd geleerd. *Het valt te betwijfelen dat. Het is niet duidelijk dat. Het lijkt erop dat. Het zou kunnen dat. Ondanks dat. Ongeacht wat. Het is buiten kijf dat.*

Ze had geen stomme *leçon* nodig om haar duidelijk te maken wat ze al jaren wist – gegeven iets negatiefs of onzekers waren er regels waaraan je je diende te houden.

Als Daniel mocht kiezen zou hij steeds een boef tekenen.

Met helden kon je nu eenmaal niet veel kanten op. Ze waren gebonden aan traditionele normen: vierkante kaak, té gespierde kuiten, een gebit waar niets op aan te merken viel. Bovendien waren ze pakweg dertig centimeter langer dan de gemiddelde man in het stripverhaal. Anatomische wonderen waren het, complexe toonbeelden van gespierdheid. Ze droegen belachelijke, kniehoge laarzen, die absoluut niemand aan wilde trekken zonder dat de persoon in kwestie ook voorzien was van bovenmenselijke krachten.

Daar stond tegenover dat je de gemiddelde boef het gezicht in de vorm van een ui, een aambeeld of een pannenkoek kon geven. Zijn ogen mochten uitpuilen, of diep in de kassen verborgen liggen. Hij kon er pafferig uitzien, of broodmager, wollig, rubberachtig of bedekt met de schubben van een hagedis. Hij kon spreken in bliksems, of vuur spuwen en bergen verzwelgen. Bij het tekenen van een boef kreeg je creativiteit alle ruimte.

Het probleem was echter dat je het een niet zonder het ander kon hebben. Geen boef zonder een prima vent om de norm te stellen. En geen goeie kerel zonder dat een smeerlap liet zien hoever hij van het rechte pad kon afdwalen.

Vandaag zat Daniel gebogen achter de tekentafel en kwam tot niets. Hij liet zijn potloodpen tussen zijn vingers draaien, kneedde een gum in zijn handpalm. Hij had ervan genoten om zijn hoofdpersonage in een havik te veranderen. De spanwijdte van de vleugels had hij goed getekend, maar vooralsnog kreeg hij het niet voor elkaar dat gezicht met die flonkerende ogen en grote bek menselijke trekjes te geven.

Daniel was een tekenaar van stripverhalen. Laura had in de academische wereld genoeg diploma's en titels verdiend om een vaste aanstelling aan het Monroe College te krijgen, en Daniel had altijd thuis gewerkt, met Trixie aan zijn voeten terwijl hij voor DC Comics de hokjes van de verschillende stripverhalen vol tekende. Dankzij zijn stijl werd hij opgemerkt door Marvel, waar men hem talrijke keren had gevraagd of hij in New York de tekeningen voor Ultimate X-Men wilde maken. Daniel had zijn gezin echter altijd belangrijker gevonden dan zijn carrière. Hij hield zich bezig met grafische kunst om de hypotheek te betalen – logo's en illustraties voor nieuwsbrieven van bedrijven – tot vorig jaar, net voordat hij veertig werd, Marvel hem in dienst nam en Daniel thuis kon werken aan een project waarin hij alle ruimte kreeg.

In zijn werkkamer had hij een foto van Trixie, niet alleen omdat hij van haar hield, maar ook omdat zij voor dit speciale stripverhaal – *De Tiende Cirkel* – zijn inspiratiebron vormde. Nee, niet alleen Trixie, *ook* Laura. Haar obsessie wat betreft Dante vormde het basisplot van het verhaal. Trixie was daarbij de drijvende kracht. Daniel was echter verantwoordelijk voor het creëren van het hoofd-personage – Onsterfelijke Wildklauw – een held van het soort dat in deze business nooit eerder ten tonele was gevoerd.

In historisch opzicht waren stripverhalen altijd geschreven voor een speciale doelgroep: tienerjongens. Daniel had Marvel echter een ander concept aangepraat: een personage voor een demografische groep volwassenen. Volwassenen die zich vroeger niet hadden kun-nen uitleven in het lezen van stripboeken, maar die nu wel het geld konden spenderen aan strips waar ze in hun pubertijd niet kapitaal-krachtig genoeg voor waren. Volwassenen die Michael Jordan-sport-schoenen droegen, naar nieuwsprogramma's keken die aan MTV-clips deden denken, en die tijdens hun vlucht in de businessclass Tetris op een Nintendo DS speelden. Volwassenen die zich bovendien on-middellijk konden identificeren met Duncan, ofwel het alter ego van Onsterfelijke Wildklauw, een vader van een jaar of veertig die zich realiseerde dat oud worden een hel was, die zijn gezin wilde bescher-men en wiens krachten hem in hun macht hielden in plaats van andersom.

Het verhaal van deze strip volgde Duncan, een gewone vader, op zoek naar zijn dochter die door een duivel was ontvoerd naar Dan-tes concentrische niveaus, of kringen, in de hel. Zodra Duncan ge-provoceerd werd, door woede of angst, metamorfoseerde hij in On-sterfelijke Wildklauw, waarbij hij letterlijk in een dier veranderde. De kern van het verhaal bestond eruit dat macht altijd het verlies van menselijkheid in zich droeg. Als Duncan in een havik veranderde, of in een beer of wolf om een gevaarlijk wezen te misleiden, zou een deel van hem dat 'monster' blijven. Zijn grootste angst was dan ook dat *als* hij zijn vermiste dochter zou vinden, waarbij de tijdspanne dus ook een grote rol speelde, zij hem niet langer zou herkennen in de persoon die hij was geworden om haar te kunnen redden.

Daniel keek naar wat hij tot nu toe op papier had gezet. Vervol-gens zuchtte hij. Het probleem was niet de tekening van de havik als zodanig – zoiets lukte hem zelfs met de ogen dicht. Waar het om ging was dat hij ervoor diende te zorgen dat de lezer de mens achter de havik moest blijven zien. Een held die in een dier veranderde, was niet nieuw. Daniel was echter op een oprechte, onvervalste wijze tot dat concept gekomen. Als enige blanke jongen was hij opgegroeid in een Alaskaans eskimodorp, waar zijn moeder les gaf aan de basisschool en zijn vader simpelweg uit beeld was. In Akiak spraken de Yup'ik openlijk over kinderen die op pad gingen om bij de zeehonden te leven, over mannen die hun huis deelden met zwarte beren. Een vrouw zou getrouwd zijn geweest met een hond en puppy's hebben gebaard, maar onder de vacht bleken het baby's te zijn. Dieren werden simpelweg beschouwd als niet menselijke personen, die net als mensen bewust beslissingen konden nemen, waarbij 'de mens' als het ware doorschemerde onder hun huid. Dat was duidelijk te zien in de manier waarop ze samen aten, verliefd op elkaar werden of verdrietig waren. Deze ontwikkeling kende echter twee kanten, want soms bleek in de mens iets van een beest te zijn verborgen.

Daniels goede en enige vriend in het dorp was Cane, een Yup'ik wiens opa het op zich had genomen om Daniel te leren jagen en vissen, of eigenlijk alles wat Daniels vader had moeten doen. Nadat je een konijn had gedood, diende je bijvoorbeeld stil te zijn, zodat de geest van het dier langs kon komen. Of in een visserskamp moest je de graten van de zalm in de rivier gooien, waarbij je '*Ataam taikina*' fluisterde, ofwel 'Tot ziens.'

Het grootste deel van zijn kindertijd had in het teken gestaan van zijn wens om te vertrekken. Hij was namelijk een *kass'aq*, een blanke jongen, en dat was voldoende reden om geplaagd, afgebekt of geslagen te worden. Tegen de tijd dat hij de leeftijd van Trixie had, dronk hij te veel, maakte hij zich schuldig aan vandalisme en zorgde hij ervoor dat niemand het in zijn hoofd haalde om hem te besodemieteren. Maar op momenten dat hij zich niet met dergelijke dingen bezighield, was hij aan het tekenen – personages die zegevierend uit de strijd kwamen, ondanks het feit dat aanvankelijk alles tegenzat. Personages die zich verscholen in de marges van zijn schoolboeken, en in zijn handpalmen. Hij tekende om te kunnen ontsnappen aan de werkelijkheid. Uiteindelijk, hij was toen zeventien, lukte dat ook.

Toen hij Akiak eenmaal had verlaten, keek hij niet meer terug op zijn verleden. Hij leerde om niet langer zijn vuisten te gebruiken, maar zijn woede te transformeren in zijn tekeningen. Hij verwierf zich een plekje in de stripverhalenbusiness. Nooit sprak hij over zijn vroegere leven in Alaska. Trixie en Laura wisten bovendien dat ze daar maar beter hun mond over konden houden. Hij werd een typisch kleinburgerlijke vader die zich verdienstelijk maakte als voetbaltrainer van de jeugdafdeling, die tijdens barbecues hamburgers 'bakte' en die zijn gazon maaide. Kortom, een man van wie je nooit zou verwachten dat men hem had beschuldigd van zoiets gruwelijks dat hij zichzelf probeerde te ontvluchten.

Daniel kneep in de gum die hij aan het kneden was en gumde de havik die hij had proberen te tekenen vervolgens helemaal uit. Had hij misschien moeten beginnen met Duncan-de-mens in plaats van Onsterfelijke Wildklauw-het-beest? Hij pakte zijn potloodpen en begon een schets te maken, bestaande uit losse ovalen, waarna hij die verbond met gewrichten. Een schets waaruit uiteindelijk zijn weinig hoopgevende held te voorschijn kwam: geen cape, geen hoge laarzen, geen masker dat zijn gezicht half bedekte, maar Duncans gewone voorkomen, ofwel een versleten jack, jeans en sarcasme. Net als Daniel had ook Duncan een ruige, zwarte haardos en een fronsende uitdrukking op zijn gezicht. En net als Daniel had Duncan een tienerdochter. En net als Daniel had alles wat Duncan deed of naliet te maken met een verleden waarover hij niet wilde praten.

In feite was Daniel in het geheim zichzelf aan het tekenen.

De auto van Jason was een oude Volvo die van zijn oma was geweest voordat ze overleed. Voor haar vijfentachtigste verjaardag had zijn opa de stoelen opnieuw bekleed in roze, haar favoriete kleur. Jason had aan Trixie verteld dat hij overwoog de bekleding weer de originele vleeskleurige tint te geven, maar rotzooien met dat soort liefde was niet gemakkelijk.

De ijshockeytraining was een kwartier geleden afgelopen. Trixie wachtte in de kou, haar handen hoog in de mouwen van haar jas, tot Jason van de ijsbaan zou komen. Lachend liep hij naast Moss, de enorme hockeytas aan zijn schouder.

Hoop was een pathologisch element van de puberteit, net als jeugdpuistjes en bruisende hormonen. Volgens de mensen om je heen klonk je misschien cynisch, maar dat was slechts een afweermechanisme, een deklaagje om een puist aan het zicht te onttrekken. Het was namelijk te gênant om toe te geven dat je de hoop nog niet had opgegeven, ondanks de waardeloze deals die jouw kant opkwamen.

Toen Jason haar zag, deed Trixie net of ze die vrijwel verholen blik op zijn gezicht niet zag – spijt, misschien berusting. In plaats daarvan richtte ze haar aandacht op het feit dat hij zonder gezelschap naar haar toeliep. 'Hallo, zei ze op een neutrale toon. 'Geef je me een lift naar huis?'

Hij aarzelde lang genoeg; Trixie stierf opnieuw een innerlijke dood.

Vervolgens knikte hij en ontgrendelde de portieren. Ze ging op de passagiersstoel zitten terwijl Jason de versnellingspook in de juiste positie plaatste, startte en de verwarming aanzette. Er kwamen wel duizend vragen in Trixie op – *Hoe was de training? Denk je dat het opnieuw gaat sneeuwen? Mis je me?* – maar ze kreeg geen woord over haar lippen. Het was simpelweg te overweldigend om in deze roze passagiersstoel te zitten, op nog geen halve meter van Jason vandaan, precies zoals ze wel honderd keer naast hem in de auto had gezeten.

Hij reed van zijn parkeerplekje en schraapte zijn keel. 'Voel je je weer wat beter?'

Dan wanneer? dacht ze.

'Je liep vanmorgen de psychologieles uit,' hielp Jason haar eraan herinneren.

Dat lesuur leek wel een eeuw geleden. Trixie streek haar lokken achter haar oren. 'Ja,' zei ze, waarna ze haar ogen neersloeg. Trixie dacht aan het feit dat ze altijd de versnellingspook vastpakte, zodat wanneer Jason ernaar reikte hij prompt haar hand vasthield. Ze liet haar vingers onder haar dijbeen glijden en pakte de rand van de zitting vast, zodat ze geen stomme dingen zou doen.

'Wat moet je hier trouwens?' vroeg Jason.

'Ik wil je iets vragen.' Trixie haalde diep adem om moed te verzamelen. 'Hoe krijg je het voor elkaar?'

'Wat bedoel je?'

'Nou ja, alles, je weet wel. Naar school gaan, trainen, de hele dag doen wat je moet doen, je gedragen of... het allemaal niets te betekenen had.'

Hij vloekte fluisterzacht en parkeerde de auto. Vervolgens boog hij zich naar haar toe en streek met zijn duim over haar wang. Tot op dat moment had ze zich niet gerealiseerd dat ze huilde. 'Trix,' verzuchtte hij. 'Het was wel moeilijk.'

Inmiddels kwamen er steeds meer waterlanders opzetten. 'Maar ik *hou* van je,' zei Trixie. Zij had geen schakelaartje waarmee ze in een oogwenk die stroom van gevoelens kon stopzetten. En ze kende geen manier om de herinneringen een plekje te geven. Herinneringen die zich als zuur in haar maag verzamelden omdat haar hart niet langer wist wat ze ermee aan moest. Ze kon Jason geen verwijten maken; ze vond het zelf ook niet leuk zoals ze nu was. Ze kon echter onmogelijk opnieuw het meisje worden uit de periode voordat ze hem had ontmoet. Dat meisje was verdwenen. Wat *moest* ze nu met zichzelf aan?

Ze merkte dat ze Jason aan het wankelen had gebracht. Toen hij zich over de ruimte tussen de twee stoelen heen boog om haar in zijn armen te nemen, drukte ze haar hoofd tussen zijn schouder en hals en kuste zijn huid die zout smaakte. *Bedankt,* mompelde ze – tegen God, Jason, of tegen beiden.

Zijn woorden beroerden de lokken bij haar oor. 'Je moet daarmee ophouden, Trixie. Het is uit tussen ons.'

Dat vonnis – en dat was precies wat het was, in elk opzicht – viel als de valbijl van een guillotine tussen hen in. Trixie maakte zichzelf van hem los en wreef met de opgevulde mouw van haar jas over haar ogen. 'Als je daar *ons* mee bedoelt,' fluisterde ze, 'hoe komt het dan dat alleen *jij* dat besluit hebt genomen?'

Toen hij daar geen antwoord op gaf – of daar geen antwoord op *kon* geven – draaide ze zich om en staarde door de voorruit naar buiten. Het bleek dat ze zich nog steeds op het parkeerterrein bevonden. Ze waren nog nergens gearriveerd.

Terwijl ze op weg was naar huis, bedacht Laura een manier om het nieuws aan Seth te vertellen. Dit was verkeerd, want ze was een professor, echtgenote en moeder, ongeacht het feit dat ze zich gevleid voelde dat een man van in de twintig een vrouw van achtendertig aantrekkelijk vond. Ze behoorde tot een wereld die bestond uit faculteitsvergaderingen, documenten die gepubliceerd werden en denktanks die bij de faculteitsvoorzitter thuis werden georganiseerd, om nog maar te zwijgen van de ouderavonden op de school van Trixie en haar zorgen over het feit dat haar eigen stofwisseling trager werd en of ze op haar cellulitisbehandelingen kon besparen door voor een ander therapeutisch centrum te kiezen. Ze maakte zichzelf wijs dat het niet uitmaakte dat Seth haar het gevoel gaf dat ze rijp zomerfruit was dat elk moment van de boom kon vallen, iets waarvan ze zich niet kon herinneren dat ze die ervaring in de afgelopen tien jaar bij Daniel had opgedaan.

Maar de onstuimige adrenalineroes was er niet minder om, zo bleek. Seth was obscuur, onevenwichtig, onvoorspelbaar – tjeses, alleen al de gedachte aan hem was er de oorzaak van dat ze op deze weg veel te hard ging rijden. Daar stond tegenover dat de echtgenoot van Laura de meest solide, betrouwbare en aardige man van heel Maine was. Daniel vergat nooit de vuilnisbak buiten te zetten; en omdat ze 's ochtends niet te harden was als ze niet meteen koffie had, zette hij 's avonds het koffieapparaat keurig op de timer; hij was de ouder die thuis bleef, waarbij hij niet één keer had geklaagd

45

over het feit dat het om die reden ruim tien jaar langer had geduurd dan hij had gewild voordat hij naam had gemaakt in de stripverhalenbusiness. Soms, heel ridicuul, was het feit dat hij steeds perfecter werd er de reden van dat zij steeds bozer werd, alsof het benadrukken van haar zelfzuchtigheid de enige bestaansgrond van zijn edelmoedigheid was. Maar ja, dat had ze alleen aan zichzelf te wijten – was zij niet degene geweest die hem een ultimatum had gesteld en die erop had gestaan dat hij moest veranderen?

Het probleem was – in alle eerlijkheid – dat toen ze hem vroeg om te veranderen zij zich alleen had geconcentreerd op datgene waarvan zij dacht dat ze het in het leven nodig had. Ze was vergeten de dingen die ze kwijt zou raken te catalogiseren. Datgene wat ze het leukst had gevonden bij Seth – de opwinding omdat je 'verboden vruchten' at, het idee dat vrouwen als zij zich niet inlieten met mannen als hij – was precies de reden waarom ze verliefd was geworden op Daniel.

Ze had gespeeld met de gedachte om Daniel over die affaire te vertellen. Maar wat zou dat voor positiefs opleveren? Ze zou hem daar alleen maar mee op zijn ziel trappen. In plaats daarvan zou ze gaan overcompenseren. Met haar vriendelijkheid zou ze hem doodknijpen. Ze zou de beste echtgenote, de beste moeder en de meest attente geliefde worden. Ze zou hem datgene teruggeven waarvan ze hoopte dat hij zich nooit zou realiseren dat hij dat had gemist.

Zelfs Dante had gezegd dat je altijd naar de hemel kon klimmen, ook al liep je door de hel.

In haar achteruitkijkspiegel zag Laura een feestverlichting in de vorm van zwaailichten. '*Verdomme,*' mompelde ze. Ze parkeerde in de berm terwijl de surveillancewagen keurig achter haar Toyota werd gezet.

Een lange politieagent liep naar haar toe; een silhouet in het licht van de koplampen van zijn voertuig. 'Goedenavond, mevrouw... was u zich ervan bewust dat u te hard reed?'

Kennelijk niet, dacht Laura.

'Ik wil graag uw rijbewijs inzien en... professor Stone? Bent u dat?'

Laura keek naar hem op, staarde naar het gezicht van de agent. Hoewel ze hem niet herkende, was hij wel jong genoeg om een van haar vroegere studenten te zijn. Ze schonk hem haar meest onderdanige gezichtsuitdrukking. Had hij tijdens die studie voldoende hoge punten van haar gekregen om ervoor te zorgen dat ze nu niet op de bon werd geslingerd?

'Bernie Aylesworth,' zei hij glimlachend terwijl hij op Laura neerkeek. 'Ik heb uw Dante-studie in mijn laatste jaar gevolgd, in 2001. Het jaar daarvoor mocht ik er niet in.'

Ze was zich bewust van haar populariteit als docente. Haar Dante-studie werd zelfs hoger aangeslagen dan de Intro van Fysica, waarin Jeb Wetherby apen uit kanonnen schoot om de beweging van projectielen aanschouwelijk te maken. In de *Unauthorized Guide to Monroe College* werd ze de professor genoemd met wie de studenten het liefst een biertje zouden willen drinken. *Had Seth dat gelezen?* vroeg ze zich opeens af.

'Ditmaal komt u er met een waarschuwing vanaf,' zei Bernie, waarbij Laura zich afvroeg waar hij zes maanden geleden was. Toen had ze namelijk echt een waarschuwing nodig gehad. Glimlachend overhandigde hij haar een knisperend velletje papier. 'Nou dan, waar moet u zo snel heen?'

Niet *heen,* dacht ze, alleen *terug.* 'Naar huis,' zei ze tegen hem. 'Ik ben op weg naar huis.' Ze wachtte tot hij weer in de surveillancewagen zat voordat ze het knipperlicht uitzette – het meest berouwvolle signaal dat er bestond – waarna ze optrok en zich liet meevoeren door de flauwe bocht. Ze bleef netjes binnen de maximumsnelheid, haar aandacht volledig gericht op de weg, zo voorzichtig als je moet zijn zodra je weet dat iemand je in de gaten houdt.

'Ik ben zo weer weg,' zei Laura op het moment dat ze door de deur naar binnenliep. Daniel stond bij het aanrecht en keek op. Hij bereidde het avondeten en hakte de broccoli in stukjes. Op het vuur pruttelde kippenvlees in knoflooksaus.

'Je bent er net,' zei hij.

'Weet ik.' Laura haalde de deksel van de braadpan en snoof de geur op. 'Ruikt heerlijk. *Kon* ik maar blijven.'

Hij kreeg het niet voor elkaar precies te duiden wat er anders aan haar was. Hij dacht dat het te maken had met het feit dat hij haar geloofde toen ze zonet zei dat ze liever thuis wilde blijven. Als ze zich excuseerde voor het feit dat ze wegging, deed ze dat meestal omdat dat binnen het verwachtingspatroon lag. 'Wat is er aan de hand?' vroeg hij.

Ze ging met haar rug naar Daniel staan en bekeek de post. 'Dat faculteitsgedoe waarover ik je verteld heb.'

Ze had hem daar niets over verteld. Hij wist *gegarandeerd zeker* dat ze hem dat niet had verteld. Ze deed haar sjaal af en haar jas uit, die ze beide netjes over een stoel hing. Laura had een zwart dameskostuum aan, met laarzen van Sorel, waarmee ze over de hele keukenvloer poeltjes van gesmolten sneeuw had achtergelaten. 'Hoe gaat het met Trixie?'

'Ze is op haar kamer.'

Ze opende de koelkast en schonk zichzelf een glas mineraalwater in. 'Die maffe dichteres is een coup aan het voorbereiden,' zei ze. 'Ze praat met de professoren die een vaste aanstelling hebben. Volgens mij weet ze niet dat...' Opeens klonk het geluid van iets dat uit elkaar knalde. Daniel draaide zich net op tijd om en zag dat het glas in stukken viel. Het water vormde een poel en sijpelde onder de koelkast. 'Verdomme!' riep Laura. Ze knielde om de scherven op te rapen.

'Laat mij maar,' zei Daniel, die keukentissues op de vloer legde zodat het water erin kon trekken. 'Je moet eens wat rustiger aandoen. Hé, je bloedt.'

Laura keek naar de jaap in haar duim alsof de verwonding van iemand anders was. Daniel liep naar haar toe en wikkelde een schone theedoek om haar hand. Vlakbij elkaar zaten ze op hun knieën op de tegelvloer en keken hoe haar bloed het ruitpatroon van de theedoek doordrenkte.

Daniel kon zich niet herinneren wanneer Laura en hij voor het laatst zo dicht bij elkaar waren geweest. Maar er waren inmiddels zoveel dingen die hij zich niet meer herinnerde, zoals het geluid van haar ademhaling wanneer ze zich overgaf aan de slaap, of dat glimlachje dat hupla als een geheimpje te voorschijn kwam wanneer ze ergens door verrast was. Hij had geprobeerd zichzelf ervan te overtuigen dat Laura het druk had, zoals altijd aan het begin van een trimester. Hij vroeg niet of er meer aan de hand was dan dat alleen, omdat hij het antwoord niet wilde horen.

'Dat zullen we goed moeten verzorgen,' zei Daniel. Haar pols voelde licht en broos aan in zijn hand, zo verfijnd als Chinees porselein.

Laura trok zich los. 'Niks aan de hand,' zei ze pertinent terwijl ze ging staan. 'Het is maar een schrammetje.' Een moment lang staarde ze hem aan, alsof zij eveneens besefte dat er een heel ander gesprek gaande was. Een gesprek waar ze *niet* voor gekozen hadden.

'Laura.' Daniel ging staan, maar ze draaide zich al om en liep weg.

'Ik moet me nu echt gaan omkleden,' zei ze.

Daniel zag haar gaan. Hij hoorde haar voetstappen op de trap naar de bovenverdieping. *Dat heb je al gedaan,* dacht hij.

'Dat zal toch niet waar zijn,' zei Zephyr.

Trixie trok haar mouwen omhoog en staarde naar de langgerekte roofjes op haar onderarmen, een rood web van spijt. 'Toen leek het een goed idee,' zei ze. 'Ik begon te lopen en kwam bij de ijsbaan terecht... ik nam aan dat dat een teken was. Als we gewoon de kans zouden krijgen om met elkaar te praten, dan...'

'Jason wil nu niet met je praten, Trixie. Hij houdt zich momenteel bezig met beperkende maatregelen.' Zephyr zuchtte. 'Je bent ook zo *Fatal Attraction.*'

'*Fatal* wat?'

'Een ouwe film. Kijk jij alleen naar films waarin Paul Walker speelt?'

Trixie drukte de telefoonhoorn tussen haar schouder en oor en draaide voorzichtig aan de schroefdop die zich aan de onderzijde van de X-Acto bevond, het mes dat ze uit het kantoor van haar vader had gehaald. Het blad kwam te voorschijn – klein, zilverkleurig, trapeziumvormig. 'Ik doe alles om hem terug te krijgen.' Trixie deed haar ogen dicht en liet het mes de huid van haar linkerarm klieven. Prompt haalde ze diep adem. Ze stelde zich voor dat ze een opening maakte, zodat de enorme druk die zich had opgebouwd een uitlaatklep vond.

'Blijf je jammeren tot we zijn afgestudeerd?' vroeg Zephyr. 'Want als dat het geval is, zal ik me zelf met bepaalde zaken moeten gaan bemoeien.'

Stel dat haar vader nu op de deur klopte? Stel dat iemand erachter zou komen, ook al zou dat Zephyr zijn, dat ze zulke dingen deed? Misschien ervoer ze geen opluchting, maar schaamte. Beide gevoelens verteerden je van binnen.

'Nou dan, wil je dat ik je help?' vroeg Zephyr.

Trixie legde snel een hand op de snee, waardoor ze het bloed stelpte.

'Hallo?' zei Zephyr. 'Ben je daar nog?'

Trixie haalde haar hand weg. Het bloed lag helderrood – een fel contrast – op haar handpalm. 'Ja,' verzuchtte ze. 'Ik neem aan van wel.'

'Goed getimed,' zei Daniel, toen hij de voetstappen van Trixie hoorde. Ze liep de trap af naar beneden. Hij plaatste twee borden op de keukentafel, waarna hij zich omdraaide en zag dat Trixie haar jas aanhad, rugzak om. Van onder haar gestreepte, gebreide muts golfden haar lokken tot op haar schouders.

'Oh,' zei ze terwijl ze vluchtig naar het eten keek. 'Zephyr heeft me uitgenodigd voor een logeerpartijtje.'

'Je kunt ook na het eten gaan.'

Trixie beet op haar onderlip. 'Haar moeder rekent erop dat ik meeeet.'

Daniel kende Zephyr al sinds ze zeven was. Hij zat altijd in de woonkamer als zij en Trixie de aan hun fantasie ontsproten cheerleaderpasjes maakten die ze hadden geoefend tijdens een middagje samen spelen, of als ze lipsynchroon meezongen met liedjes op de radio, of grondoefeningen deden. In gedachten kon hij nog steeds horen hoe ze een klapspelletje deden: *Iene-miene mutte...*

Verleden week liep Daniel met een zak kruidenierswaren naar binnen en zag hij in de keuken iemand die hem niet bekend voorkwam gebogen over een catalogus staan. *Lekkere kont,* dacht hij. Prompt rechtte ze haar rug en bleek het Zephyr te zijn. 'Hallo, meneer Stone,' had ze toen gezegd. 'Trixie is in de badkamer.'

Ze had niet gemerkt dat hij kleurde, of dat hij de keuken had verlaten voordat zijn eigen dochter terug was. Hij zat toen met de zak vol kruidenierswaren in zijn handen op de bank terwijl de roomijsjes tegen zijn borst zachter werden en hij aan het speculeren was of er elders vaders waren die dezelfde fout maakten wanneer ze Trixie toevallig tegen het lijf liepen.

'Nou, ik zal de restjes voor je bewaren,' zei hij tegen haar. Hij ging staan en pakte zijn autosleutels.

'Nee, dat hoeft niet. Dat eindje kan ik best lopen.'

'Het is donker buiten,' zei Daniel.

Trixie keek hem met een uitdagende blik aan. 'Ze woont drie straten verderop. Ik krijg het heus wel voor elkaar om die afstand te overbruggen, hoor. Ik ben geen kleuter meer, papa.'

Daniel wist op dat moment niet wat hij moest zeggen. In *zijn* ogen was ze namelijk nog steeds klein. 'Voordat je naar Zephyr gaat, zou je misschien ook even langs het stembureau kunnen gaan, je laten inschrijven bij het leger en een auto voor ons huren... o, wacht even, nee, natuurlijk niet. Daar ben je namelijk nog *te jong* voor.'

Trixie liet haar ogen rollen, deed haar muts af en trok haar handschoenen uit, waarna ze ging zitten.

'Ik dacht dat je bij Zephyr ging eten.'

'Dat ga ik ook doen,' zei ze. 'Maar ik wil niet dat je hier in je eentje aan tafel zit.'

Daniel ging tegenover haar in de stoel zitten. Opeens had hij een flashback. In gedachten zag hij Trixie tijdens de balletles, waarbij ze beiden de grootste moeite hadden om haar fijne lokken in een knotje te dwingen, voorzien van een haarnetje, alvorens de les begon. Hij was altijd de enige vader geweest die zich daar ophield, waardoor de echtgenotes van de andere vaders toesnelden om hem te helpen de platte haarspeldjes vast te maken, en om hem te laten zien hoe hij de sluike ponylokjes met haarspray moest verstevigen zodat ze op hun plek bleven.

Haar eerste en enige balletuitvoering. Trixie was het rendier dat voorop liep en dat de slee trok waarin de suikerfee zat. Ze had een wit balletpakje aan en was voorzien van een rood neusje en een hoofdband waaraan men een gewei had bevestigd. Gedurende de drie minuten en tweeëntwintig seconden dat ze zich op het podium bevond, had Daniel zijn blik niet van haar af kunnen houden.

Ook nu wilde hij naar haar blijven kijken, maar deze nieuwe dagelijkse gang van zaken in de puberteit betekende ook dat een deel van de dans niet langer op het podium werd opgevoerd.

'Wat gaan jullie vanavond doen?' vroeg Daniel.

'Geen idee. Een videootje huren, denk ik. En *jij*?'

'O, hetzelfde als altijd als ik alleen thuis ben. In mijn blootje door het huis dansen, de paranormale hotline bellen, kanker genezen, onderhandelingen voeren over de wereldvrede.'

Trixie glimlachte. 'Zou je ook mijn kamer kunnen schoonmaken?'

'Ik weet niet of ik daar tijd voor heb. Het hangt ervan af of de Noord-Koreanen samenwerkingsgezind zijn.' Hij schoof het eten met zijn vork over het bord, nam enkele happen en dumpte de rest in de afvalbak. 'Goed, je hebt officieel vrij.'

Ze sprong overeind, greep haar rugzak en liep naar de voordeur. 'Bedankt, papa.'

'Graag gedaan,' zei Daniel, maar het laatste woord had een onzekere klank, alsof het niet meer aan haar was om hem de minuutjes te geven waarom hij had gevraagd.

Ze had niet gelogen. Net zo min als haar vader had gelogen in de periode dat Trixie nog klein was en hij zei dat ze op een dag een hond zouden nemen, hoewel dat niet gebeurde. Ze had hem gewoon verteld wat hij wilde horen, waar hij behoefte aan had om te horen. Iedereen zei altijd dat een goede relatie tussen ouders en kinderen een open communicatie vereiste. Trixie wist echter dat dat flauwekul was. De beste relaties hadden alles te maken met het gegeven dat beide kampen elkaar uit de weg gingen om er aldus voor te zorgen dat niemand teleurgesteld werd.

Ze had niet gelogen. Nee, niet echt. Ze ging *inderdaad* naar Zephyr. En ze was *zeker* van plan om bij haar te logeren.

Maar de moeder van Zephyr was dit weekeinde naar haar oudste broer en bovendien was Trixie niet de enige die die avond was uitgenodigd. Er zouden nogal wat lui komen, onder wie enkele ijshockeyspelers.

Onder wie Jason.

Trixie dook weg achter de omheining van mevrouw Argobaths woning, deed haar rugzak open en haalde er een spijkerbroek uit die zo strak en laag op de heupen zat, dat ze de grootste geheimhouding moest betrachten wat betreft het feit dat ze die bezat. Deze broek, een maand geleden gekocht, had ze voor haar vader verborgen gehouden, omdat ze wist dat hij een hartaanval zou krijgen als hij haar daarin zou zien. Ze wurmde zich uit haar trainingsbroek en slipje – tjeses, wat was het koud buiten – en trok de jeans als een tweede huid over zich heen. Vervolgens rommelde ze tussen de spullen die ze gejat had uit de kast van haar moeder – Trixie en zij hadden inmiddels dezelfde maat. Graag had ze die fantastische laarzen met hoge hak geleend, maar ze had die niet kunnen vinden. In plaats daarvan had Trixie gekozen voor een gevlochten ceintuur en een doorschijnende zwarte bloes die haar moeder een keer tijdens een faculteitskerstdineetje over een fluwelen topje had gedragen. De mouwen waren niet doorzichtig genoeg om het verband te zien dat ze om haar verwondingen op haar arm had gewikkeld, maar wel om te zien dat ze daaronder alleen een zwartsatijnen beha droeg.

Ze trok de rits van haar jas weer omhoog, sjorde de muts over haar hoofd en liep verder. Eerlijk gezegd was Trixie er niet van overtuigd of ze in staat zou zijn te doen wat Zephyr had voorgesteld. *Zorg ervoor dat hij naar je toe komt,* had Zephyr tegen haar gezegd. *Maak hem jaloers.*

Misschien lukte dat wel als ze genoeg gedronken had, of stoned was.

Dat was een goed idee. Als je high was, was je amper jezelf.

Maar misschien was het allemaal wel eenvoudiger dan ze dacht. Iemand anders zijn – wie dan ook – was op dit moment verre te verkiezen boven Trixie Stone zijn.

Een mensenhart breekt in meer stukken als je het vanaf een grote hoogte naar beneden laat vallen. Seth lag op de lakens van zijn futon, die naar zijn shag en naar Laura rook, wat hij heerlijk vond. Hij hoorde de woorden nog steeds alsof het de echo's van een schot uit een jachtgeweer waren. *We stoppen ermee.*

Laura was naar de badkamer gegaan om zich op te doffen. Seth was zich ervan bewust dat de kloof tussen plicht en verlangen slechts zo breed was als een haarscheurtje. Misschien dacht je dat je je aan een kant bevond, maar realiseerde je je het volgende moment dat je je aan de overzijde had ingegraven, waarbij die grens nergens meer te bekennen was. Stom genoeg was hij er ook simpelweg van overtuigd geweest dat hij en Laura een ander pad bewandelden. Hij had geloofd dat er ondanks het leeftijdsverschil een toekomst voor hen was weggelegd als geliefden. Het risico dat ze wel eens voor haar verleden zou kunnen kiezen, had hij niet ingecalculeerd.

'Ik kan veranderen in degene die je wilt dat ik ben,' had hij haar beloofd. *Alsjeblieft,* had hij eraan toegevoegd, wat als een vraag én als een bevel had geklonken.

Toen de deurbel ging, deed hij niet open. Iemand op bezoek krijgen was wel het laatste waaraan hij behoefte had. Maar de deurbel ging opnieuw. Seth deed uiteindelijk open en zag in de schaduw de tiener staan. 'Later,' zei Seth, waarna hij de deur dicht wilde doen.

Maar er werd hem een briefje van twintig dollar in de hand gedrukt. Seth zuchtte. 'Luister, ik ben door mijn voorraad heen.'

'Je moet nog *iets* over hebben.' Nog eens twee briefjes van twintig kwamen Seths kant op.

Seth aarzelde. Hij had niet gelogen. Hij had echt geen marihuana meer. Het was echter moeilijk om zestig dollar af te wijzen als je die week elke avond alleen maar vermicelli had gegeten. Hij vroeg zich af hoeveel tijd hij over had voordat Laura uit de badkamer te voorschijn zou komen. 'Wacht hier even,' zei hij.

Hij verborg zijn voorraad in de klankkast van een oude gitaar, waarvan de helft van de snaren verdwenen was. Een gitaar die voorzien was van reisstickers uit Istanboel, Parijs, Bangkok, en een bumpersticker: ALS JE DIT KUNT LEZEN, HOUD DAN VERDOMME AFSTAND.

Toen Laura de eerste keer in het appartement was, ging hij een fles wijn halen, maar toen hij terugkwam trof hij haar aan terwijl ze de resterende snaren aansloeg, waarbij de gitaar nog steeds in de open koffer was opgeborgen. *Kun je gitaar spelen?* had ze aan hem gevraagd.

Als aan de grond genageld was hij blijven staan, hoewel maar even. Hij pakte de gitaarkoffer beet, klapte die dicht en legde het geval terzijde. *Dat hangt ervan af wat we aan het doen zijn,* had hij geantwoord.

Nu stak hij zijn hand in de klankkast en rommelde erin. Hij bezag deze bijverdienste met een filosofische blik. Studeren was namelijk peperduur, en zijn laboratoriumjob in de praktijk van een dierenarts bracht amper voldoende op om zijn huur te betalen; marihuana verkopen vond hij praktisch hetzelfde als dat je een sixpack bier voor een groepje tieners kocht. Het was niet zo dat hij de boer opging met cocaïne en heroïne; dan kon je er namelijk zeker van zijn dat je in de ellende terechtkwam. Toch wilde hij niet dat Laura dit over hem wist. Hij kon je vertellen wat ze van politiek vond, en hoe ze tegenover positieve discriminatie van minderheden stond, en hoe ze zich voelde wanneer je haar streelde over haar broze ruggengraat. Hij wist echter niet hoe ze zou reageren als ze zou ontdekken dat hij in drugs dealde.

Seth vond het flesje waarnaar hij gezocht had. 'Pittig spul,' waarschuwde hij terwijl hij het in de gang aan het joch overhandigde.

'Wat doet het?'

'Je maakt een lange reis,' antwoordde Seth, die hoorde dat de kraan in de badkamer werd dichtgedraaid. 'Wil je het of niet?'

Het joch nam het flesje aan en verdween weer in de nacht. Op het moment dat Laura de badkamer uitliep, deed Seth de voordeur dicht. Ze had rode ogen en haar gezicht zag er opgezwollen uit. Prompt hield ze verstijfd haar pas in: 'Met wie was jij aan het praten?'

Seth had graag van de daken geschreeuwd dat hij van Laura hield. Zij had daarentegen meer te verliezen dan haar lief was, er stond veel op het spel – haar baan, haar gezin. Hij had moeten weten dat iemand die zoveel moeite deed onopgemerkt te blijven nooit in staat was vaak bij hem te zijn.

'Niemand,' zei Seth verbitterd. 'Je geheimpje is nog steeds veilig.'

Seth draaide zich om, zodat hij geen getuige hoefde te zijn van het feit dat ze vertrok. Hij hoorde de deur opengaan, voelde de koude luchtstroom. 'Jij bent niet degene voor wie ik me schaam,' mompelde ze terwijl ze wegliep om vervolgens niet meer in zijn leven terug te keren.

Zephyr overhandigde tubes lippenstift – fel roze, gotisch zwart, scharlakenrood, paars. Ze drukte er eentje in de hand van Trixie. Goudkleurig. Trixie draaide het tubetje om. *All That Glitters,* stond erop te lezen. 'Je weet wat je te doen staat, toch?' mompelde Zephyr.

En of Trixie dat wist. Nog nooit had ze het 'regenboogspelletje' gespeeld, ze had dat niet nodig. Zij en Jason waren namelijk altijd samen geweest.

Vlak nadat Trixie bij Zephyr was gearriveerd, had haar vriendin haar de richtlijnen voorgelegd die ervoor moesten zorgen dat de avond van Trixie honderd procent succesvol zou zijn. Ten eerste, kijk vooral geil. Ten tweede, blijf drinken, wat het ook is. Ten derde, tevens het belangrijkste, breek nooit met de tweeënhalfuurregel.

Zoveel tijd moest er namelijk zijn verstreken voordat Trixie zichzelf toestemming mocht geven om een woordje met Jason te wisselen. In de tussentijd diende ze met iedereen te flirten, behalve natuurlijk met Jason. Volgens Zephyr verwachtte Jason nog steeds dat Trixie naar hem smachtte. Zodra het tegendeel het geval bleek – dus wanneer hij zag dat andere kerels Trixie aan het uitproberen waren en zij hem duidelijk maakte dat hij het verknald had – zou hij zich tot zijn grote schrik realiseren dat hij zijn vroegere zegeningen diende te tellen.

Maar Jason was nog niet komen opdagen. Zephyr zei tegen Trixie dat ze gewoon moest beginnen met fase één en twee van het plan, zodat ze het goed had zitten tegen de tijd dat Jason arriveerde en hij dus zag dat zij zich uitstekend amuseerde. Om dat doel te bereiken, had Trixie die avond met iedereen gedanst die maar wilde, en met zichzelf op het moment dat ze geen danspartner had. Ze dronk zoveel dat ze er duizelig van werd. En ze liet zich op de schoot van jongens zakken om wie ze niks gaf, waarbij ze deed voorkomen of ze het leuk vond.

Ze keek naar haar spiegelbeeld in het raam en bracht de gouden lippenstift op. Vervolgens leek ze op een model uit een MTV-spotje.

Er waren drie spelletjes die onlangs tijdens feestjes opgang hadden gemaakt. De 'madeliefjeskrans' wilde zeggen dat je seks had alsof je de conga danste – je doet het met een vent, die het met een ander meisje doet, dat het weer met een andere jongen doet, enzovoort, tot je weer helemaal bij de eerste bent aanbeland. Het spelletje 'stalen gezicht' hield in dat een groep jongens met de broek op de enkels en met een stalen gezicht aan een tafel zat, terwijl een meisje zich onder die tafel bevond en een van hen pijpte tot hij klaarkwam. Daarna moest iedereen raden wie de gelukkige was geweest.

'Regenboog' was een combinatie van die twee spelletjes. Een stuk of tien meisjes deden verschillende kleuren lippenstift op voordat ze orale seks hadden met de jongens. De jongen die aan het eind van de avond de meeste kleuren kon laten zien, had gewonnen.

Een jongen uit een van de hogere klassen – Trixie kende hem niet – graaide met zijn handen in de lokken van Zephyr en trok haar naar voren. Trixie keek toe terwijl hij op de bank ging zitten en ze zag dat zij als een verwelkte bloem aan zijn voeten neerzeeg. Ze draaide hen de rug toe, het bloed steeg naar haar gezicht.

Het heeft niets te betekenen, had Zephyr gezegd.
Het doet alleen pijn als je dat zelf toelaat.
'Hé.'

Trixie draaide zich om en zag dat een jongen haar aanstaarde. 'Humm,' zei ze. 'Hallo.'

'Wil jij... gaan zitten?'

Hij was blond, terwijl Jason ravenzwart haar had. Hij had geen blauwe, maar bruine ogen. Ze merkte dat ze hem niet evalueerde met betrekking tot wie hij was, maar dat ze hem vergeleek met iemand die hij niet was.

Ze stelde zich voor wat er zou gebeuren als Jason naar binnenliep terwijl zij het met een andere jongen deed. Zou hij haar meteen herkennen? En zou het mes in zijn hart net zoveel pijn doen als dat wat Trixie voelde, telkens wanneer ze hem samen met Jessica Ridgeley had gezien.

Ze haalde een keer diep adem en nam de jongen – ze wist niet hoe hij heette, maar maakte dat wat uit? – mee naar een bank. Vervolgens reikte ze naar een blikje bier, dat naast hen op de tafel stond, en dronk het in enkele teugen leeg. Daarna knielde ze tussen de benen van de jongen en kuste ze hem. Hun tanden schraapten over elkaar.

De handen van Trixie daalden af en ze maakte zijn broekriem los, waarbij ze lang genoeg keek om te zien dat hij een boxershort aanhad. Nadat ze haar ogen had gesloten, probeerde ze zich voor te stellen hoe het zou zijn als de basbeat dwars door haar poriën heen zou bonken.

Met een hand streek hij door haar lokken terwijl hij haar naar zijn kruis drukte, haar hoofd op het hakblok. Ze rook de muskusachtige geur van zijn penis en ergens anders in de kamer hoorde ze iemand kreunen. Ze had zijn piemel in haar mond, en zag in gedachten hoe het goud op haar lippen hem als elfenglitter omringde.

Kokhalzend wurmde Trixie zich los en ging op haar hielen zitten. Ze proefde hem nog steeds en ze haastte zich onvast op haar benen door de ziedende woonkamer naar de voordeur. Nog net op tijd kon ze overgeven op de hortensia van mevrouw Santorelli-Weinstein.

Als je met anderen rotzooide terwijl je je gevoelens in de ban had gedaan, had dat misschien niets te betekenen – maar ja, je stelde dan zelf evenmin iets voor. Trixie vroeg zich af of er wat mis was met haar. Waarom kreeg ze het niet voor elkaar om zich net als Zephyr zo cool en nonchalant te gedragen, alsof het allemaal niets te betekenen had? Was dit hetgeen de jongens echt wilden? Of had het gewoon te maken met wat de meisjes *dachten* dat jongens wilden doen?

Met een trillende hand veegde Trixie over haar mond en ging op het stoepje voor de deur zitten. In de verte werd een autoportier dichtgeslagen. Ze hoorde de stem die haar steevast achtervolgde voordat ze in slaap viel. 'Kom op, Moss. Ze is een *eerstejaars*. Kunnen we niet beter gewoon naar huis gaan?'

Trixie staarde naar het trottoir. Jason kwam in zicht, omhuld door het licht van een straatlantaarn terwijl hij naast Moss naar de voordeur van Zephyrs huis liep.

Met een ruk draaide ze zich om, haalde de lippenstift uit haar zak en bracht een nieuw laagje op, dat flonkerde in de duisternis. Het voelde aan als was, als een masker, alsof dit niets met de werkelijkheid te maken had.

Laura had gebeld om te zeggen dat ze op de campus bleef nu ze daar toch eenmaal was, en dat ze van de gelegenheid gebruik zou maken om wat proefwerken na te kijken. Bovendien zou het best kunnen dat ze vannacht in haar kantoor bleef slapen.

Je zou dat werk ook thuis kunnen doen, zei Daniel, maar wat hij werkelijk bedoelde was: *Waarom klinkt je stem alsof je gehuild hebt?*

Nee, hier krijg ik meer gedaan, antwoordde Laura, maar wat ze werkelijk bedoelde was: *Vraag me dat alsjeblieft niet.*

Ik hou van je, zei Daniel. Maar Laura nam die woorden niet in haar mond.

Zodra het belangrijkste andere deel van jezelf er niet meer was, lag je niet langer in hetzelfde bed. Naast je was er dan sprake van een leegte, een kosmisch zwart gat. Een gat waar je niet te dicht naartoe kon rollen, omdat je dan in de afgrond der herinneringen viel. Daniel had het dekbed tot aan zijn kin opgetrokken, het televisiescherm lichtte nog steeds groen op.

Hij had altijd gedacht dat als iemand in dit huwelijk de ander zou bedriegen, hij dat zou zijn geweest. Laura had zich nog nooit van haar grillige kant laten zien. Ze had verdomme zelfs nog nooit een boete voor te hard rijden gekregen. Daar stond tegenover dat hij door zijn gedrag in de jaren van weleer ongetwijfeld achter de tralies zou zijn beland, ware het niet dat hij verliefd was geworden. Hij nam aan dat je ontrouw kon verbergen, als een kreukel in je kleding, weggemoffeld onder je riem of je manchet, een smet waarvan je wist dat die bestond maar die je voor de buitenwereld verborgen wist te houden. Maar ja, ontrouw had zo zijn eigen geur, die ook om Laura heen hing, zelfs nadat ze onder de douche vandaan was gestapt. Daniel had er een tijdje voor nodig gehad om deze scherpe citroengeur naar waarde te schatten: een verlate en onverwachte vrijmoedigheid.

Een paar dagen geleden, tijdens het avondeten, had Trixie hen geconfronteerd met een vraagstuk uit haar psychologielessen, tevens huiswerk dat ze had opgekregen: *Een vrouw is aanwezig op de begrafenis van haar moeder. Daar ontmoet ze een man die ze niet kent en die ze nog nooit heeft ontmoet, maar van wie ze denkt dat hij haar droompartner is. Door de omstandigheden vergeet ze zijn telefoonnummer te vragen. Op geen enkele andere manier kan ze hem op het spoor komen. Na een paar dagen vermoordt ze haar eigen zus. Waarom?*

Laura vermoedde dat haar zus een relatie had met die man. Daniel dacht dat het misschien iets te maken had met een erfenis. Gefeliciteerd, had Trixie gezegd. Geen van jullie beiden is een psychopaat. De reden dat ze haar zus had vermoord had alles te maken met het feit dat ze hoopte dat deze man dan ook op *die* begrafenis zou komen opdagen. De meeste seriemoordenaars aan wie die vraag werd gesteld, hadden het juiste antwoord gegeven.

Later in bed, terwijl Laura in diepe slaap naast hem lag, kwam Daniel met een andere verklaring. Volgens Trixie was de vrouw die op die begrafenis aanwezig was verliefd geworden. En dit was van doorslaggevende betekenis. Voeg liefde toe en de betreffende persoon haalt iets krankzinnigs uit. Voeg liefde toe en de grenzen tussen goed en kwaad zullen beslist verdwijnen.

Halfdrie in de nacht. Trixie was aan het bluffen.

Tegen die tijd was het feestje bijna afgelopen. Ze waren met z'n vieren overgebleven: Zephyr en Moss, Trixie en Jason. Trixie had het voor elkaar gekregen de eindfase van het regenboogspelletje te mijden. In plaats daarvan bevond ze zich in de keuken, waar ze samen met Moss en Jason *quarters* speelde. Toen Zephyr haar daar aantrof, trok ze Trixie naar een rustig hoekje en was laaiend. Waarom gedroeg Trixie zich zo preuts? Was dit avondje niet bedoeld om Jason jaloers te krijgen? Dus was Trixie teruggelopen naar Moss en Jason en had ze aan hen voorgesteld dat ze met z'n vieren strippoker zouden spelen.

Ze waren inmiddels al een tijdje bezig en het begon nu echt spannend te worden. Jason had al gepast en stond met de armen over elkaar tegen de muur geleund te kijken hoe het eindspel zich ontwikkelde.

Met een zwierig gebaar legde Zephyr haar kaarten uit: twee paren – drieën en boeren. Op de bank tegenover hen maakte Moss grijnzend bekend: 'Ik heb een straat.'

Zephyr had haar schoenen, sokken en haar broek al uitgedaan. Ze ging staan en begon haar topje uit te trekken. In haar beha liep ze naar Moss en wikkelde haar T-shirt om zijn nek, waarna ze hem zo verleidelijk kuste dat zijn bleke gezicht opeens felroze kleurde.

Nadat ze weer was gaan zitten, keek ze vluchtig naar Trixie, alsof ze wilde zeggen: *Zo doe je dat.*

'Leg de kaarten maar op tafel,' zei Moss. 'Ik wil weten of ze van nature een blondje is.'

Zephyr wendde zich tot Trixie. 'Leg de kaarten maar op tafel. Ik wil weten of hij echt iets tussen de benen heeft hangen.'

'Hé, Trixie, waar blijf je?' vroeg Moss.

Het duizelde Trixie. Ze voelde echter dat Jason naar haar keek. Misschien was dit het moment om haar slag te slaan. Ze keek Zephyr aan en hoopte een hint van haar te krijgen, maar haar vriendin had het te druk met Moss om aandacht aan haar te besteden.

Tjeses, goeie genade, dit was briljant.

Als de opzet van deze avond was om Jason jaloers te krijgen, zou flirten met zijn beste vriend ongetwijfeld de geschiktste manier zijn om dat voor elkaar te krijgen.

Trixie ging staan en liet zich prompt op de schoot van Moss zakken. Hij legde zijn armen om haar heen, waardoor haar kaarten op de salontafel vielen: harten twee, ruiten zes, klaveren vrouw, klaveren drie en schoppen acht. Moss begon te lachen. 'Trixie, dat is het slechtste stel kaarten dat ik ooit heb gezien.'

'Inderdaad, Trix,' zei Zephyr terwijl ze haar aanstaarde. 'Je hebt erom gevraagd.'

Vluchtig keek Trixie haar vriendin aan. Ze realiseerde zich toch dat de enige reden dat ze met Moss flirtte was dat ze Jason jaloers wilde maken? Maar voordat ze die vraag op de een of andere telepathische manier aan haar kon stellen, trok Moss aan haar behabandje. 'Volgens mij heb je verloren,' zei hij grinnikend, en hij schoof iets naar achteren om te kijken welk kledingstuk ze zou gaan uittrekken.

Trixie had zich uitgekleed tot op haar zwarte beha, haar laag op haar heupen zittende spijkerbroek, waaronder ze geen slipje droeg, en het verband om haar arm. En daar wilde ze het *beslist* bij laten. Trixie had echter een plan – ze zou haar oorringen afdoen. Ze hief haar linkerhand al naar haar oorlelletje, maar realiseerde zich prompt dat ze had vergeten ze in te doen. De vergulde ringen lagen nog op haar dressoir, in haar slaapkamer, precies op de plaats waar ze die had achtergelaten.

Bovendien had ze haar horloge al afgedaan, net als haar halsketting en haar haarklemmetje. Zelfs haar gevlochten enkelbandje. Ze kleurde tot aan haar schouders – haar blote schouders – en zei: 'Ik pas.'

'Je kunt niet passen *nadat* het spel is afgelopen,' zei Moss. 'Regels zijn regels.'

Jason maakte zich van de muur los en liep naar hen toe. 'Laat haar met rust, Moss.'

'Volgens mij wil ze liever wat anders...'

'Ik stop ermee,' zei Trixie. Haar iele stemmetje klonk op het paniekerige af en ze hield haar armen gekruist voor haar borsten. Haar hart bonsde zo hevig dat ze dacht dat het dadelijk in haar handpalm zou liggen. Opeens leek dit erger dan het regenboogspelletje. De anonimiteit was namelijk verdwenen. In dit gezelschap kende iedereen haar bij naam als ze zich als een hoer zou gedragen.

'Ik zal in haar plaats een striptease doen,' stelde Zephyr voor terwijl ze zich naar Moss boog.

Maar op dat moment keek Trixie naar Jason en drong opeens weer tot haar door waarom ze om te beginnen naar Zephyr was gegaan. *Het is het waard*, dacht ze, *als ik hem daarmee terug kan krijgen*. 'Ik doe het,' zei ze. 'Maar dan wel heel snel.'

Ze draaide zich met haar rug naar hen toe, schoof de bandjes van haar beha van haar schouders naar beneden en voelde dat haar borsten bloot waren. Nadat ze een keer diep had ingeademd, draaide ze snel om haar as.

Jason staarde naar de vloer. Moss hield echter zijn mobiele telefoon in de hoogte. Nog voordat Trixie begreep waarom hij dat deed, had hij al een foto van haar gemaakt.

Ze maakte haar beha vast en sprong op hem af. 'Geef hier!'

Hij stopje het mobieltje in zijn zak. 'Kom maar halen, schatje.'

Opeens merkte Trixie dat ze van Moss werd weggetrokken. Jason gaf hem een harde vuistslag en Trixie kromp ineen toen ze de klap hoorde. 'Godver, laat dat!' krijste Moss. 'Ik dacht dat je zei dat je niks meer met haar had.'

Trixie greep naar haar bloes, wensend dat het iets van flanel of fleece was, waarin ze helemaal kon verdwijnen. Ze hield het kledingstuk voor haar borsten en rende naar het toilet, aan het einde van de gang. Zephyr volgde haar, stapte eveneens in het kleinste kamertje, en deed de deur achter zich dicht.

Bevend stak Trixie de handen in de mouwen van haar bloes. 'Stuur ze naar huis.'

'Net nu het interessant gaat worden,' zei Zephyr.

Stomverbaasd keek Trixie op. '*Wat?*'

'Goeie genade, Trixie. Hij had dus een cameramobieltje bij zich, nou en? Het was maar een grapje.'

'Waarom sta je aan zijn kant?'

'Waarom gedraag jij je zo kloterig?'

Trixie voelde dat het bloed naar haar wangen steeg. 'Dit was *jouw* idee. Jij hebt tegen mij gezegd dat ik Jason terug zou krijgen als ik op jouw voorstellen zou ingaan.'

'Ja,' snauwde Zephyr terug. 'En waarom hing je dan helemaal over *Moss* heen?'

Trixie dacht aan de paperclips die aan de rugzak van Zephyr hingen. Scharreltjes waren geen vrijblijvende pleziertjes, ongeacht wat je jezelf – of je beste vriendin – wijsmaakte.

Er werd op de deur geklopt. Moss deed open. Zijn lip bloedde en boven zijn ogen was een striem te zien. 'Tjeses,' zei Zephyr. 'Kijk eens wat hij jou heeft geflikt.'

Moss haalde zijn schouders op. 'Tijdens een scrimmage ging hij soms erger tekeer.'

'Ik denk dat je maar beter even kunt gaan liggen, het liefst samen met mij,' zei ze, waarna ze Moss wegtrok uit het toilet en hem mee naar boven nam. Ze keek niet meer om.

Trixie ging op de toiletklep zitten, verborg haar gezicht in haar handen en hoorde dat ergens in huis de muziek werd uitgezet. Ze had een bonzend gevoel bij haar slapen, en in haar arm waar ze zich voorheen had gesneden. Bovendien had ze een droge keel. Ze reikte naar een halfvol blikje cola dat op het wastafeltje stond en dronk ervan. Ze wilde naar huis.

'Hé.'

Trixie keek op en zag dat Jason met een starende blik op haar neerkeek. 'Ik dacht dat je was vertrokken.'

'Ik wilde er zeker van zijn dat alles in orde was. Wil je een lift?'

Trixie wreef over haar ogen, waardoor de mascara vlekte op de muis van haar hand. Ze had tegen haar vader gezegd dat ze vannacht bij Zephyr zou logeren, maar dat was vóór de ruzie met haar vriendin. 'Dat zou geweldig zijn,' zei ze, waarna ze begon te huilen.

Hij trok haar overeind en nam haar in zijn armen. Na alles wat er de vorige avond was gebeurd, en hoe stom ze was geweest, wilde ze een plekje waar ze thuishoorde. En bij Jason voelde ze zich *thuis*, in alle opzichten, door de warmte van zijn huid, maar ook doordat haar hartslag harmonieerde met zijn polsslag. Toen ze haar gezicht in de holte tussen zijn schouder en hals vlijde, drukte ze haar lippen tegen zijn sleutelbeen; niet echt een kus, maar toch ook weer wel.

61

Ze overwoog serieus om haar gezicht naar het zijne te brengen voordat ze dat uiteindelijk ook deed. En ze hielp zichzelf eraan herinneren wat Moss had gezegd: *Ik dacht dat je zei dat je niks meer met haar had.*

Toen Jason haar kuste, smaakte hij naar rum en besluiteloosheid. Ze kuste hem tot ze draaierig werd, tot ze zich niet meer kon herinneren hoeveel tijd er verstreken was. Ze wilde dat deze momenten eeuwig zouden duren. En ze wilde dat de wereld om hen heen zich verhief, een heuvel in een landschap waar alleen viooltjes bloeiden, want dat gebeurde nu eenmaal in aarde die te humusrijk was.

Trixie liet haar voorhoofd tegen dat van Jason rusten. 'Ik hoef nog niet naar huis,' zei ze.

Daniel droomde over de hel. Er bevond zich een meer dat vergeven was van ijsschotsen, en een uitgestrekte toendravlakte. En een hond was vastgebonden aan een stalen pijp; hij likte vissoep die op een bord was gegoten. Een hoop smeltende sneeuw onthulde langzaam snoepwikkels, lege Pepsi-blikjes, gebroken speelgoed. Ook hoorde hij de doffe klap van een basketbal die op een glibberig plankier stuiterde. En de flap van een groen, waterdicht jutekleed dekte een sneeuwscooter af en klapperde tegen het zadel. Verder zag hij de maan die allang verdwenen had moeten zijn, als een dronkaard die weigerde het beste plekje aan de bar te verlaten.

Door het geluid van die klap werd hij onmiddellijk wakker. Hij merkte dat hij nog steeds alleen in bed lag. Het was tweeëndertig minuten over drie in de nacht. Hij liep naar de gang en deed het licht aan. 'Laura,' riep hij. 'Ben jij dat?'

De hardhouten vloer voelde koud aan onder zijn voeten. Beneden leek alles zoals het hoorde te zijn. Maar tegen de tijd dat hij in de keuken arriveerde, had hij zichzelf er bijna van overtuigd dat hij op het punt stond oog in oog te staan met een inbreker. Een alertheid uit vervlogen tijden roerde zich in hem, een lang vergeten gewaand besef, een vage gewaarwording die alles te maken had met vechten en vluchten.

Er was niemand in de kelder, en al evenmin op het toilet of in de woonkamer, waar de telefoon nog steeds keurig in de oplaadhouder lag. Pas toen hij in de bijkeuken was aanbeland, realiseerde hij zich dat Trixie vroeger dan gepland was thuisgekomen, want ze had daar haar jas opgehangen en haar laarzen uitgeschopt op de tegelvloer.

'Trixie?' riep hij, terwijl hij weer naar boven ging.

Ze was echter niet in haar slaapkamer. Maar de badkamerdeur

was op slot gedraaid. Daniel rammelde aan de deur. Er volgde echter geen reactie. Vervolgens drukte hij zich er met zijn volle gewicht tegenaan tot de deur openzwaaide.

Rillend had Trixie zich op haar hurken tussen de muur en de wand van de douchecabine gedrukt. 'Schatje,' zei Daniel terwijl hij op een knie ging zitten. 'Ben je ziek?' Langzaam draaide ze haar hoofd om, alsof hij de laatste was die ze verwachtte te zien. Haar ogen waren dof, omgeven met vlekkerige mascara. Ze had iets zwarts en doorschijnends aan. Een bloes die bij haar schouder gescheurd was.

'O, papa,' zei ze, waarna ze begon te huilen.

'Trixie, wat is er gebeurd?'

Ze opende haar mond om iets te zeggen. Vervolgens perste ze haar lippen op elkaar en schudde haar hoofd.

'Je kunt het mij vertellen,' zei Daniel. Hij nam haar in zijn armen alsof ze weer een kleuter was.

Tussen hen in hield ze haar handen bij elkaar, als een hart dat uit het lichaam was getreden. 'Papa,' fluisterde ze. 'Hij heeft me verkracht.'

2

Zij had hem eveneens gekust. Beiden moesten ze een tijdje in slaap zijn gevallen, want toen Trixie wakker werd, hing hij over haar heen, zijn lippen in haar hals gedrukt. Ze had een branderig gevoel op de plaats waar hij haar had aangeraakt.

Met een schok was ze terug in het heden. Haar vader reikte naar het dashboard om de verwarming te regelen. 'Heb je het te warm?'

Trixie schudde haar hoofd. 'Nee,' zei ze. 'Het is goed zo.' Maar dat was niet het geval. Nee, nu niet meer. Bij lange na niet.

Daniel draaide nog even aan de verwarmingsknop. Wat zij doormaakte, was de nachtmerrie van iedere ouder; als vlijmscherpe tanden die zich in je hals boorden. *Je kind lijdt. Hoe snel kun je daar een positieve wending aan geven?*

Stel dat je dat niet lukt?

Achter het geluid dat de banden op de weg maakten, hoorde hij de naam die door zijn hoofd spookte sinds het moment dat hij Trixie in de badkamer had aangetroffen.

Wie heeft jou dat aangedaan?

Jason. Jason Underhill.

In een tornado van pure woede had Daniel datgene gegrepen wat binnen handbereik was – een zeepbakje – en het tegen de badkamerspiegel gesmeten. Hierdoor was Trixie gaan krijsen, en wel zo hard, waarbij ze zo erg beefde, dat hij vijf minuten nodig had gehad om haar te kalmeren. Hij wist niet wie het ergste van streek was gebracht door die woedeaanval: Trixie, omdat ze nog nooit had meegemaakt dat haar vader zich zo gedroeg, of Daniel, die vergeten was dat hij zich zo kon gedragen. Daarna stelde hij zich heel behoedzaam op wat betreft de vragen die hij aan haar stelde. Dat wilde trouwens niet zeggen dat hij niet met haar wilde praten. Hij vreesde gewoon de antwoorden die hij te horen zou krijgen, en hij was nog banger voor de mogelijkheid dat hij haar opnieuw verkeerd zou benaderen.

Het protocol dat je bij dit soort zaken in acht moest nemen, had hij nooit geleerd. Dit ging verder dan vertroosting bieden, verder dan ouderschap überhaupt. Het betekende namelijk dat hij de woede – een kracht waarmee hij in staat was vuur te spuwen en de voorruit eruit te blazen – die hij nu ervoor moest transformeren in woorden die als een balsem voor haar ziel waren, een onzichtbare vertroosting voor een lijden dat te groot was om te overzien.

Opeens trapte Daniel hard op de rem. De vrachtwagen – met een lading hout – die zich voor hem bevond, laveerde over de middenstreep van de vierbaans hoofdweg. 'Op die manier gaat hij nog iemand vermoorden,' zei Daniel, en Trixie dacht: *Laat mij dat zijn.* Vanaf haar middel naar beneden voelde ze zich verdoofd, een zeemeermin die gevangen zat in ijs. 'Kunnen we daar met mama praten?'

'Ik hoop het, schatje.'

Nadat haar vader een deken om haar heen had geslagen, haar in zijn armen had gewiegd en tegen haar zei dat ze naar het ziekenhuis moesten gaan terwijl zij zachtjes jammerde dat ze haar moeder wilde zien, gaf Daniel toe dat Laura niet thuis was. *Maar het is halfvier in de nacht,* had Trixie gezegd. *Waar is ze dan?* Toen brak er een moment aan waarop de ellende die Trixie ervoer overloeg naar haar vader. Al snel had hij zich echter omgedraaid om nog een deken te halen. Trixie realiseerde zich toen dat zij die nacht niet het enige slachtoffer was.

De houtwagen laveerde scherp naar links. HOE VIND JE DAT IK HET DOE? stond op een bumpersticker die op de achterklep was geplakt. Het diende automobilisten aan te moedigen roekeloos rijgedrag aan te geven op een 800-nummer. *Ik doe het prima,* dacht Daniel. *Ik ben gezond en wel terwijl naast me iemand zit die mij het dierbaarst is en van wie haar ziel in duizend stukjes is gebroken.*

Trixie keek naar de zijkant van de vrachtwagen terwijl haar vader accelereerde en vervolgens passeerde, waarbij hij de claxon ingedrukt hield. Het klonk te luid op dit vroege uur, waardoor het leek of het firmament scheurde. Trixie legde haar handen tegen haar oren, maar ze kon de claxon nog steeds horen, als een schreeuw die van binnenuit kwam.

Daniel stuurde weer naar de rechterrijbaan en keek vluchtig naar Trixie die naast hem op de passagiersstoel zat, bijna in foetushouding, met een bleek gezicht, de handen in haar mouwen. Daniel wist zeker dat ze zich niet eens realiseerde dat ze huilde.

Ze had haar jas vergeten. Daniel besefte dat dat zijn fout was. Hij had haar attent moeten maken op het feit dat ze er een diende te dragen. Hij had zelf een jas mee moeten nemen.

Trixie voelde het gewicht van haar vaders zorgen. Wie was zich ervan bewust dat woorden waarbij je het niet over je hart kreeg om ze uit te spreken, zó zwaar op je konden drukken? Opeens herinnerde ze zich de snoepjesschaal van geblazen glas die ze had gebroken. Ze was toen elf jaar. Een erfstuk dat van de oma van haar moeder was geweest. Ze had alle scherven verzameld en ze naadloos aan elkaar gelijmd – en toch was ze niet in staat geweest haar moeder daarmee om de tuin te leiden. Ze stelde zich voor dat hetzelfde nu eveneens het geval was. Alleen ging het nu om haarzelf, om Trixie.

Als dit een gewone dag zou zijn geweest, dacht Daniel, zou hij Trixie nu wakker maken om naar school te gaan. Hij zou naar haar schreeuwen als ze in de badkamer te veel tijd besteedde aan haar lokken, en hij zou zeggen dat ze te laat zou komen. Hij zou een cornflakeskommetje voor haar klaarzetten op de ontbijttafel, waarna zij die zou vullen met Life.

Vanaf het ogenblik dat het voorbij was en het moment dat ze weer thuis zou komen, zou Trixie één woord zeggen, uitgesproken terwijl ze uit de auto stapte. *Bedankt.*

In de achteruitkijkspiegel zag Daniel de vrachtwagen steeds kleiner worden. Het gevaar presenteerde zich in verschillende gedaanten en op verschillende tijdstippen in je leven. Druiven, knikkers en andere gevaarlijke voorwerpen waren verantwoordelijk voor de verstikkingsdood. En sommige bomen waren te hoog om in te klimmen. Lucifers, scooters, keukenmessen die op het aanrecht waren achtergebleven. De dag dat Trixie mocht autorijden was voor Daniel een obsessie geweest. Hij kon haar leren hoe ze de meest anticiperende chauffeur werd, maar het was niet mogelijk in te staan voor zwakzinnige vrachtwagenchauffeurs die drie dagen lang niet hadden geslapen en die misschien door rood reden. Hij kon niet voorkomen dat een dronkaard er nog ééntje nam voordat hij achter het stuur van zijn auto zou kruipen om naar huis te rijden.

Zonder ook maar één indruk op te doen, staarde Trixie uit het zijraampje naar het landschap dat voorbij schoof. Ze bleef zich maar afvragen of het nooit zou zijn gebeurd als ze zijn kus niet had beantwoord.

In het petieterige kantoortje van Laura ging de telefoon tien keer over, maar Daniel leek het maar niet voor elkaar te krijgen om op te hangen. Hij had alles geprobeerd om haar waar dan ook te kunnen bereiken. In haar kantoor nam ze niet op; ze was niet thuis; haar mobiele telefoon schakelde automatisch over op de voicemail. Ze had zichzelf opzettelijk losgekoppeld.

Daniel had zich verontschuldigd voor zijn vrouw, uit naam van zichzelf, maar hij kon dat niet doen omwille van Trixie. Want hij was voor het eerst in zijn leven bang dat hij niet alles kon zijn wat zijn dochter nodig had.

Hij vloekte hardop en belde opnieuw naar Laura's kantoor om een bericht achter te laten. 'Met Daniel. Het is vier uur in de ochtend. Ik ben met Trixie in het Stephens Memorial, op de afdeling Spoedeisende Hulp. Ze is... ze is gisteravond verkracht.' Hij aarzelde. 'Kom alsjeblieft hierheen.'

Trixie vroeg zich af of je je zo voelde als je werd neergeschoten. Of je dan – terwijl de kogel spierweefsel en botten had doorboord – onthecht naar jezelf zou kijken, waarbij je de schade opnam alsof niet jij degene bleek te zijn die was geraakt, maar iemand anders die jou had gevraagd te kijken hoe groot de ramp was. Ze vroeg zich af of verdoofd zijn nader te preciseren was als chronische pijn.

Terwijl ze daar zat, en wachtte tot haar vader zou terugkomen van de toiletruimte, nam Trixie haar omgeving op: de piepende, witte schoenen van de verpleegster; het haastige gekletter van een verbandwagentje dat over het linoleum werd gereden; de zeegroene B-2-blokken waaruit de muren waren opgetrokken; de amoebevormige stoelen in het gedeelte waar hen verteld werd dat ze moesten wachten; de geur van wasgoed, metaal en angst; de slingers en kerstsokken die achter de triageverpleegster hingen; het nakomertje in de vorm van een kerstboom die naast de metalen bak stond waarin de patiëntendossiers waren opgeborgen. Trixie merkte die zaken niet alleen op, ze liet alles intens tot zich doordringen, waarbij ze tot de conclusie kwam dat ze zichzelf in die zee van indrukken onderdompelde ter compensatie van de dertig minuten die ze uit haar bewustzijn had verbannen.

Met een schok realiseerde ze zich dat ze inmiddels was begonnen aan een onderverdeling van haar leven in *ervoor* en *erna*.

Hallo, dit is de voicemail van Laura Stone, klonk haar stem. *Laat een berichtje achter en ik neem contact met u op.*
Achterlaten.

Contact opnemen.

Daniel verbrak opnieuw het contact en liep terug het ziekenhuisgebouw in, waar het gebruik van mobiele telefoons verboden was. Toen hij echter in de wachtruimte arriveerde, was Trixie verdwenen. Hij stapte naar de triageverpleegster toe en vroeg: 'In welke kamer is mijn dochter? Trixie Stone.'

De verpleegster keek naar hem op. 'Het spijt me, meneer Stone. Ik weet dat ze snel geholpen moet worden, maar aangezien er op dit moment weinig personeel is en...'

'Is ze niet opgeroepen?' vroeg Daniel. 'Waar is ze dan?' Hij was zich ervan bewust dat hij haar niet alleen had mogen achterlaten, ook al had ze naar hem geknikt nadat hij aan haar had gevraagd of het goed was dat hij haar even alleen liet. Hij besefte nu dat datgene wat hij zei niet eens tot haar was doorgedrongen. Hij liep bij de hoefijzervormige balie vandaan, en verdween door de klapdeuren van de afdeling Spoedeisende Hulp terwijl hij naar Trixie riep.

'Meneer,' zei de verpleegster, die uit haar stoel kwam. 'U mag daar niet naar binnen!'

'Trixie?' riep Daniel luid. Patiënten staarde hem aan vanuit de ruimtes die met gordijnen waren afgeschermd. Patiënten met ziekelijk bleke gezichten, bebloed, verzwakt. 'Trixie!'

Een verpleeghulp pakte hem bij een arm beet, maar hij schudde de zwaargebouwde man van zich af. Vervolgens liep hij de hoek om, botste bijna tegen een co-assistente in een spookachtig witte jas op en kwam uiteindelijk in een doodlopende gang terecht. Met een ruk draaide hij zich om en bleef naar Trixie roepen. Opeens – in de tussenruimtes van de letters die haar naam vormden – hoorde hij Trixie om *hem* roepen.

Hij volgde het iele spoor van haar stem door de doolhof van gangen. Uiteindelijk zag hij haar staan. 'Ik ben hier,' zei hij. Ze draaide zich om en huilde tranen met tuiten.

'Ik raakte verdwaald,' zei ze snikkend, met haar hoofd tegen zijn borstkas. 'Ik kreeg geen adem meer. Ze waren zo aan het staren.'

'Wie was aan het staren?'

'Alle mensen in de wachtruimte. Ze vroegen zich af wat er mis was met mij.'

Daniel nam haar handen in de zijne. 'Er is niets mis met jou,' zei hij. Die eerste leugen veroorzaakte een scheur in zijn hart.

Een vrouw die zoveel make-up op had dat het leek of de cosmetica met troffels was opgebracht, liep naar hen toe en zei: 'Trixie Stone? Ik heet Janice, adviseuse voor slachtoffers van zedendelicten. Ik ben hier om vragen van jou en je familie te beantwoorden, en om je te helpen begrijpen wat er gaat gebeuren.'

Daniel kon de vrouw achter de make-up niet ontwaren. Als zij was opgeroepen om Trixie te helpen, hoeveel tijd had ze dan nodig gehad om die valse oogwimpers aan te brengen en die glitterige rouge op haar wangen te smeren? Hoeveel eerder had ze feitelijk hier kunnen zijn?

'Laten we één ding vooropstellen,' zei Janice, Trixie aankijkend. 'Het is niet jouw schuld.'

Trixie keek vluchtig naar haar op. 'U weet niet eens wat er gebeurd is.'

'Ik weet dat niemand het verdient om verkracht te worden, ongeacht wie ze is en wat ze gedaan heeft,' zei Janice. 'Heb je je al gedoucht?'

Daniel vroeg zich af hoe ze dat in hemelsnaam kon denken. Trixie had nog dezelfde verscheurde bloes aan, en de mascaravlekken rond haar ogen deden denken aan een wasbeer. Ze had een douche willen nemen – dat was de reden dat hij haar in de badkamer had aangetroffen – maar Daniel was voldoende op de hoogte om te weten dat hij dat niet mocht toelaten. *Bewijsmateriaal.* Als een haai had dat woord in zijn hoofd rond gezwommen.

'Moet de politie niet worden gewaarschuwd?' hoorde Daniel iemand zeggen. Tot zijn stomme verbazing realiseerde hij zich dat die woorden uit zijn mond waren gekomen.

Janice wendde zich tot hem. 'Elk zedendelict waarbij een minderjarige is betrokken, wordt automatisch doorgegeven aan de politie,' zei ze. 'Het is aan Trixie of ze een aanklacht wil indienen.'

Ze zal een aanklacht indienen tegen die smeerlap, dacht Daniel. *Ook al moet ik haar ompraten om ervoor te zorgen dat ze dat doet.*

Prompt kwam de vraag in hem op of hij wel zoveel van Jason Underhill verschilde als hij Trixie dwong iets te doen wat ze niet wilde.

In grote lijnen legde Janice uit wat het komende onderzoek precies behelsde. Trixie schudde echter haar hoofd en sloeg haar armen om zich heen. 'Ik wil naar huis,' zei ze met een piepstemmetje. 'Ik ben van gedachten veranderd.'

'Het is toch echt nodig dat je eerst naar de dokter gaat, Trixie. Ik zal de hele tijd bij je blijven.' Ze wendde zich tot Daniel. 'Is er ook een mevrouw Stone...?'

Uitstekende vraag, dacht Daniel, voordat hij zich kon herinneren dat dat niet het geval was. 'Ze is onderweg,' antwoordde hij. Op dat moment mocht je dat misschien niet eens een leugen noemen.

Trixie greep hem bij een arm vast. 'En mijn vader dan? Kan hij niet bij me blijven?'

Janice keek Daniel en Trixie om beurten aan, waarna ze tactvol tegen Daniel zei: 'Het betreft een inwendig onderzoek.'

Toen ze elf jaar was, had Daniel haar voor het laatst naakt gezien. Hij liep de badkamer in toen ze op het punt stond een bubbelbad te nemen, terwijl hij dacht dat ze alleen maar haar tanden aan het poetsen was; samen hadden ze in de spiegel naar haar uitbottende lichaam gestaard. Daarna werd hij uiterst voorzichtig en klopte hij steevast eerst op deuren voordat hij naar binnenging. Omwille van haar privacy had hij een onzichtbaar gordijn opgetrokken.

Toen hij in zijn kindertijd in Alaska woonde, had hij Yup'ik-eskimo's ontmoet die hem bij voorbaat haatten omdat hij een *kass'aq* was. Het maakte daarbij niet uit dat hij pas zes of zeven jaar was en dus niet de blanke die de betreffende persoon land had afgetroggeld, of een baan door de neus had geboord, of die hem haatte om welke honderd andere redenen ook die garant stonden voor wrokgevoelens. Ze zagen alleen dat Daniel blank was, waardoor ze hem in verband brachten met bepaalde gebeurtenissen en hij per definitie hun woede opwekte. Nu stelde hij zich voor hoe het zou zijn wanneer hij de enige man was in een kamer waarin een onderzoek werd uitgevoerd bij een meisje dat was verkracht.

'Alsjeblieft, papa?'

Achter de angst in Trixies ogen was het besef dat ze zelfs in het bijzijn van die vreemde alleen zou zijn, en dat risico kon ze niet opnieuw nemen. Dus haalde Daniel diep adem en liep tussen Trixie en Janice in door de gang. In de onderzoekkamer stond een brancard; hij hielp Trixie om erop te klimmen. De dokter liep vrijwel meteen naar binnen, een kleine vrouw in operatiekleding, waarover ze een witte jas droeg. 'Hallo, Trixie,' zei ze. Als ze al verbaasd was een vader in deze kamer te zien, in plaats van een moeder, dan liet ze dat niet merken. Ze liep naar Trixie en gaf haar een hand. 'Ik moet zeggen dat je je nu al heel dapper gedraagt. Ik vraag je alleen dat vooral vol te houden.'

Ze overhandigde Daniel een formulier en vroeg aan hem of hij dat wilde ondertekenen, waarbij ze uitlegde dat Trixie minderjarig was en dat een ouder of voogd dus toestemming moest geven wat betreft het verzamelen en doorgeven van informatie. Ze nam bij Trixie de bloeddruk op, voelde haar pols en maakte notities op haar klembord. Daarna begon ze Trixie een aantal vragen te stellen.

Wat is je adres?

Hoe oud ben je?

Waar heeft die verkrachting plaatsgevonden? Hoe laat was dat ongeveer?

Was de dader een man of een vrouw? Met hoevelen waren ze?

Daniel voelde dat het zweet hem uitbrak onder de kraag van zijn overhemd.

Heb je je gedoucht, ben je in bad geweest, heb je geplast, gepoept sinds die verkrachting?

Heb je gebraakt, gegeten of gedronken, je omgekleed, je tanden gepoetst?

Hij keek toe terwijl Trixie op alle vragen nee schudde. Telkens wanneer ze wat zei, keek ze vluchtig naar Daniel, alsof ze het antwoord in zijn ogen kon lezen.

Heb je in de afgelopen vijf dagen met wederzijds goedvinden seksueel contact gehad?

Trixie verstramde. En ditmaal wendde ze haar blik van hem af, waarna ze iets onhoorbaars mompelde. 'Sorry,' zei de dokter. 'Dat heb ik niet verstaan.'

'Dit was de eerste keer,' herhaalde Trixie.

Daniel had het gevoel dat de kamer uitdijde en barsten vertoonde. Vaag was hij zich ervan bewust dat hij zich excuseerde, hij wilde Trixies gezicht niet zien – een bleke ovaal waarbij het verdriet doorsijpelde tot aan de randen ervan. Pas na een tweede poging kregen zijn vingers het voor elkaar de klink zodanig in beweging te krijgen dat de deur openging.

Op de gang maakte hij van zijn hand een vuist, waarmee hij tegen de muur bonkte, opgetrokken uit B-2-blokken. Telkens opnieuw hamerde hij tegen de cement. Zelfs nadat de tranen in zijn ogen waren gesprongen en een verpleegster hem wegleidde om het bloed van zijn knokkels te wassen en zijn schrammen op zijn handpalm te verbinden. Hij bleef ermee doorgaan tot hij zich realiseerde dat Trixie niet de enige was die zich gekrenkt voelde en leed was aangedaan.

Trixie bevond zich niet waar iedereen dacht dat ze zich bevond. Fysiek was ze wellicht in de onderzoekkamer, maar mentaal leidde ze een zwevend bestaan in de linkerbovenhoek van het vertrek, waar ze op de dokter en die andere vrouw neerkeek, die beiden dat arme, verdrietige en gebroken meisje bijstonden dat ooit Trixie was geweest.

Ze vroeg zich af of ze wisten dat hun patiënte een lege huls was, een lege schelp die was achtergelaten door de slak omdat het huis niet meer paste. Je zou denken dat iemand die geneeskunde had gestudeerd in staat zou zijn met de stethoscoop te horen dat iemand leeg was van binnen. Trixie zag zichzelf met stramme, schokkerige bewegingen op een vel wit papier stappen dat voor haar op de vloer was gelegd. Ze gehoorzaamde nadat dr. Roth haar had gevraagd of ze zich wilde uitkleden, waarbij ze uitlegde dat aan het textiel mogelijk bewijsmateriaal kleefde dat de rechercheurs konden gebruiken. 'Krijg ik mijn kleren weer terug?' hoorde ze zichzelf zeggen.

'Ik ben bang van niet,' antwoordde de dokter.

'Je vader gaat nu snel even naar huis om andere kleren voor je te halen,' voegde Janice eraan toe.

Trixie staarde naar de doorzichtige bloes van haar moeder. *Ze gaat me vermoorden,* dacht ze, waarna ze er bijna om moest lachen. Zou haar moeder echt aandacht hebben voor die verdomde *bloes* als ze er eenmaal achter was gekomen wat er was gebeurd? Met trage bewegingen, werktuiglijk, maakte Trixie de knoopjes van de bloes los, waarna ze het kledingstuk uitdeed. Te laat werd ze zich bewust van het verband om haar pols.

'Wat is dat?' vroeg dr. Roth terwijl ze zachtjes de metalen klemmetjes aanraakte die het verband op zijn plaats hielden.

Trixie raakte in paniek. Wat zou de dokter zeggen als ze wist dat Trixie zichzelf verwondingen had toegebracht? Zou ze daarvoor naar de psychiatrische afdeling worden gestuurd?

'Heb je onder dat verband blauwe plekken, Trixie?' vroeg dr. Roth.

Ze staarde naar haar voeten. 'Nee, het zijn schrammen, snijwondjes.'

Toen dr. Roth het verband van haar linkerpols begon te wikkelen, stribbelde Trixie niet tegen. Ze stelde zich voor hoe haar leven eruit zou zien in een gesticht. Nu ze nog midden in de nasleep van de ramp zat, vond ze het niet eens een vervelend vooruitzicht om uit de echte wereld verwijderd te worden en te worden volgestopt met medicijnen.

De vingers van de gehandschoende handen van dr. Roth gleden uiterst voorzichtig over een snijwond. Een wond die nog zo vers was dat Trixie kon zien dat er zich in de snee een broos laagje huid was gaan vormen. 'Heeft hij een mes gebruikt?'

Trixie knipperde met haar ogen. Ze was nog steeds dermate van haar lichaam losgekoppeld dat ze even tijd nodig had om te begrijpen wat de dokter daarmee impliceerde, en om zich even later te realiseren dat ze haar een uitweg bood.

'Ik... ik denk het niet,' zei Trixie. 'Volgens mij heeft hij mij gekrabd terwijl ik tegenstribbelde.'

Dr. Roth noteerde iets op haar klembord terwijl Trixie zich verder uitkleedde. Eerst was haar spijkerbroek aan de beurt, waarna ze huiverde in haar slipje en beha. 'Had je die aan op het moment dat het gebeurde?' vroeg de arts.

Trixie schudde haar hoofd. Nadat ze had gezien dat ze was gaan bloeden, had ze er een aangetrokken over een dik maandverband. 'Ik had geen slipje aan,' mompelde Trixie. Prompt werd ze zich ervan bewust hoezeer ze nu als een hoer klonk. Ze sloeg haar ogen neer, staarde naar de doorkijkbloes die op de vloer lag. Was dat de reden dat het was gebeurd?

'Strakke heupbroek,' zei Janice meelevend. Trixie knikte, dankbaar als ze was dat zij dat niet hoefde uit te leggen.

Trixie kon zich niet herinneren dat ze ooit zo moe was geweest. De onderzoekkamer leek aan de randen te vervloeien, zoals een ontbijteitje dat niet lang genoeg was gekookt. Janice overhandigde haar een ziekenhuisjasje voor operatiepatiënten. Je kon er echter net zo goed bloot blijven bijlopen, zoals het aan de rugzijde open hing. 'Je mag gaan zitten,' zei dr. Roth.

Vervolgens werd er bloed bij haar afgenomen. Het deed denken aan het moment dat ze in het tweede jaar van de middenschool tijdens de natuurkundeles in groepjes van twee hun eigen bloedgroep probeerden te bepalen. Bij het zien van haar eigen bloed was Trixie bijna flauwgevallen, waarna haar docente haar naar de schoolverpleegster had gestuurd, die haar opdroeg een halfuur lang in een papieren zak te ademen. Ze had zich zo vernederd gevoeld dat ze haar vader had opgebeld met het nieuws dat ze ziek was, hoewel ze lichamelijk best weer was opgeknapt. Zij en haar vader speelden daarna Monopoly, en zoals altijd probeerde ze de duurste straat en de vier stations te kopen, en zette er hotels op om haar vader geld af te troggelen.

Maar toen ditmaal de punt van de naald in haar huid verdween, keek Trixie van boven toe. Ze voelde de prik niet, en ze was evenmin draaierig. Ze voelde absoluut helemaal niets, wat niet verwonderlijk was, want zij zat niet in die stoel.

Toen dr. Roth de lichten in het vertrek uitdeed, stapte Janice naar voren. 'De dokter gaat nu een speciaal licht gebruiken, een Woodslamp. Het doet geen pijn.'

Ook al zouden er duizend naalden in haar lichaam worden gestoken, dan nog wist Trixie dat ze niets zou voelen. Wat nu gebeurde, deed echter sterk denken aan een kamertje waar je onder de hoogtezon lag, alleen was het hier veel griezeliger. Het betrof ultraviolet licht, en toen Trixie naar haar eigen lichaam keek, zag ze dat het bedekt was met paarsrode strepen en vlekken die voorheen niet zichtbaar waren geweest. Dr. Roth bevochtigde een wattenstokje en tipte daarmee een vlek op haar schouder aan. Vervolgens legde ze het wattenstokje op de balie om het te laten drogen. Daarna was Trixie er getuige van dat de arts op de papieren houder waarin het wattenstokje was verpakt, schreef: *Vermoedelijk speeksel, rechterschouder.*

Met andere wattenstokjes nam de dokter uitstrijkjes van haar wang en tong. Voorzichtig kamde ze Trixies lokken boven een papieren handdoekje, waarna ze het opvouwde, met de kam erin. Daarna hield de arts een ander handdoekje onder haar schaamhaar, dat ze eveneens kamde, waarbij ze een andere kam gebruikte. Trixie wendde haar blik af – het was *te* beschamend om toe te kijken. 'Bijna klaar,' zei Janice.

Aan het uiteinde van de onderzoektafel trok dr. Roth twee voetbeugels omhoog. 'Ben je al eens bij een gynaecoloog geweest, Trixie?' vroeg ze.

Trixie had een afspraak met de arts van haar moeder, voor februari. *Het is voor je gezondheid,* had haar moeder haar verzekerd. Meer woorden kwamen er niet aan te pas, en dat was prima want Trixie was niet van plan haar seksleven hardop te bespreken, en zeker niet met haar moeder. Toen maanden geleden die afspraak was gemaakt, had Trixie nog nooit een jongen gekust.

'Je zult een wat gespannen gevoel in je onderlichaam ervaren,' zei dr. Roth, die de benen van Trixie in de voetbeugels plaatste. Ze leek wel een menselijke origami en het gaf haar een heel naakt en open gevoel.

Op dat moment ervoer Trixie dat datgene wat er van haar ziel was overgebleven naar beneden daalde vanwaar ze aan het plafond had toegekeken om vervolgens op sinistere wijze post te vatten in haar uitgeputte lichaam. Ze voelde dat Janice met een hand haar arm streelde. En dat de arts, operatiehandschoenen aan, het wezen van haar opende. Voor het eerst sinds ze zich in het ziekenhuis bevond, was ze zich helemaal en op een intense, onnatuurlijke manier bewust van het feit wie ze was en wat haar was aangedaan.

Koud staal, schrapend over huid en gevoelig slijmvlies. Van buiten werd er iets in haar gedrukt terwijl haar lichaam instinctief het gevecht met dat speculum was aangegaan. Trixie probeerde een voet uit de beugel te wurmen, maar ze werd bij haar dijen vastgehouden, gevolgd door pijn, geweld en *je bent me aan het splijten.*

'Trixie,' zei Janice fel. 'Trixie, schat, hou op met tegenstribbelen. Alles is in orde. Het is de dokter maar.'

Opeens ging de deur met een ruk open. Trixie zag haar moeder, die vastbesloten en met fonkelende ogen naar binnenliep. 'Trixie,' zei Laura; twee lettergrepen die in het midden afbraken.

Nu Trixie weer kon voelen, zou ze willen dat dat niet het geval was. Het enige wat erger was dan niets voelen was *alles* voelen. Ze begon ongecontroleerd te beven; een atoom dat onder het eigen samengestelde gewicht spleet, waarna ze zich opeens vast verankerd voelde in de omarming van haar moeder; twee harten die fel kloppend tegen elkaar aan lagen omdat de arts en Janice hen een moment van privacy boden.

'Waar *was* je?' jammerde Trixie luid. Het was zowel een beschuldiging als een vraag. Ze begon zo hard te snikken dat ze amper meer op adem kon komen.

Laura streelde Trixies nek en hals, en ze streek door haar lokken, wreef over de rugzijde van haar ribbenkast. 'Ik had thuis moeten zijn,' zei haar moeder. 'Het spijt me. Het spijt me zo.'

Trixie was er niet zeker van of haar moeder zich verontschuldigde of dat ze haar eigen fouten erkende. Ze *had* thuis moeten zijn. Misschien dat Trixie het dan niet geriskeerd zou hebben om te liegen over het feit dat ze naar Zephyr ging. Mogelijk dat ze dan niet de gelegenheid had gekregen om die doorkijkbloes te stelen. En het zou kunnen dat ze dan de nacht in haar eigen bed had doorgebracht. Misschien dat de ergste verwonding die ze dan had moeten verzorgen opnieuw een zichzelf toegebrachte snijwond als gevolg van een scheermesje zou zijn geweest.

Ze verbaasde zich over het feit dat ze woedend was. Misschien viel haar moeder niets te verwijten, maar Trixie deed gewoon of dat wel zo was. Omdat een moeder geacht werd haar kind te beschermen. Omdat als Trixie boos was, er namelijk geen plaats meer zou zijn voor angst. En omdat als het de schuld van haar moeder was geweest, het niet *haar* fout kon zijn.

Laura omhelsde haar zo stevig dat er tussen hen beiden geen ruimte meer was voor twijfel. 'We slepen ons er wel doorheen,' beloofde ze.

'Dat weet ik zeker,' zei Trixie.

Ze waren beiden aan het liegen. Trixie dacht dat dat in deze situatie wellicht de juiste aanpak was. Tijdens de nasleep van een ramp zat niemand erop te wachten dat er weer een lont in het kruitvat werd gestoken. In plaats daarvan liep je over de puinhopen en maakte je jezelf wijs dat het helemaal niet zo erg was als het leek. Trixie beet op haar lip. Na deze avond had ze haar kindertijd achter zich gelaten. Na deze avond was er geen plaats meer voor oprechtheid.

Daniel was uitermate dankbaar dat hij een klusje mocht doen. 'Ze heeft andere kleren nodig,' had Janice gezegd. Hij maakte zich bezorgd dat hij niet op tijd terug zou zijn, maar Janice had hem verzekerd dat ze nog wel even bezig waren.

Hij reed net zo snel terug naar huis als dat hij naar het ziekenhuis was gereden, voor het geval dat.

Tegen de tijd dat hij in Bethel was gearriveerd, ontvouwde het krieken van de dag zich in al zijn glorie. Hij passeerde de ijshockeybaan en zag een gestage stroom dwergjes uit het gebouw komen, ieder gevolgd door een ouder-sherpa met een buitenmaatse hockeytas. En hij reed voorbij een oude man die op zijn slippers over het ijs de oprit af glibberde om de krant te pakken. En hij passeerde de pick-ups van de jagers die in de winterse wouden de rendieren volgden.

Door die hectische nacht en de rit naar het ziekenhuis was hij vergeten het huis af te sluiten. De lamp onder de afzuigkap boven het fornuis – het licht dat hij gisteravond had aangelaten voor het geval Laura laat thuiskwam – brandde nog steeds, hoewel de zon inmiddels de hele keuken in bezit had genomen. Daniel deed het licht uit en liep de trap op naar de slaapkamer van Trixie.

Jaren geleden, toen ze hem vertelde dat ze graag zou willen vliegen, zoals de mannen en vrouwen in zijn cartoons, had hij haar een firmament gegeven waar ze dat kon doen. De muren en het plafond van Trixies slaapkamer waren bedekt met wolken; en de hardhouten vloer bestond uit ijle cirrus. Toen Trixie wat ouder was geworden, was ze die muurschilderingen om de een of andere reden niet ontgroeid. Ze leken haar te complimenteren, een meisje dat te veel pit had om in haar bewegingsvrijheid beperkt te worden door muren. Maar nu kreeg Daniel door deze wolken, die eens zo'n bevrijdend effect hadden gehad, het gevoel dat hij in een afgrond viel. Hij hield zich in evenwicht door zich vast te houden aan het meubilair, waarbij hij van het bed naar de dressoir en de kast laveerde.

Hij probeerde zich te herinneren wat Trixie altijd in het weekeinde aan had, als het sneeuwde, als het lezen van de zondagskrant en dutten op de bank het enige was dat op de agenda stond. Het enige kloffie dat hem voor ogen stond, was hetgeen ze aan had toen hij haar vannacht in huis had aangetroffen. Lelies vergulden, zo noemde Laura dat wanneer Trixie en Zephyr in hun kindertijd in de la rommelden waarin Laura haar make-up opborg. In parade kwamen ze daarna naar beneden, waarbij ze eruitzagen als de meest liederlijke hoeren van Combat Zone. Hij herinnerde zich dat ze eens te voorschijn waren gekomen met lippen die zo bleek waren dat ze van een lijk konden zijn, waarna ze aan Laura hadden gevraagd waarom ze witte lippenstift had. *Dat is geen lippenstift,* had ze toen lachend geantwoord, *maar camouflagecrème. Je verdonkeremaant er puistjes en donkere vlekjes mee, alle kleine gebreken waarvan je niet wilt dat andere mensen die te zien krijgen.* Trixie had slechts haar hoofd geschud: *waarom zou je niet willen dat andere mensen je lippen zien?*

Daniel trok de la van het dressoir open en haalde er een T-shirt met uitlopende mouwen uit; het topje was zo klein dat het iets voor meisjes van acht jaar leek. Had ze dit ooit in het openbaar gedragen?

Hij ging op de vloer zitten en hield het T-shirt omhoog, waarbij hij zich afvroeg of hem dit alles te verwijten viel. Hij had Trixie verboden bepaalde kleding aan te schaffen, zoals feitelijk de spijkerbroek die ze vannacht aan had gehad, die ze had gekocht om het kledingstuk vervolgens uit het zicht van zijn wakende oog te houden. Dat soort kleding zag je in de modetijdschriften. Kleding die zo onthullend was dat het grensde aan porno, althans volgens Daniel. Vrouwen die naar dat soort foto's keken, wilden er graag zo uitzien, en mannen staarden ernaar en verlangden naar vrouwen die er zo uitzagen. De trieste werkelijkheid was dat de meeste modellen geen volwassen vrouwen waren, maar meisjes die ongeveer de leeftijd van Trixie hadden.

Meisjes die zoiets wellicht op feestjes wilden dragen, omdat ze dachten dat ze er daardoor sexy zouden uitzien, zonder daarbij in overweging te nemen hoe dat feitelijk voor hen zou uitpakken zodra de jongens daar ook zo over dachten.

Hij had altijd aangenomen dat een meisje dat met knuffels sliep geen tangaatje zou dragen, maar nu dacht Daniel dat lang voordat cartoontekenaars *Copycat, The Changeling* of *Mystique* in het leven hadden geroepen er al metamorfoserende wezens bestonden in de vorm van tienermeisjes. Het ene moment klopt je dochtertje bij je aan om bakpapier te lenen zodat ze er buiten mee kan gaan sleeën, en het volgende moment zit ze achter de computer on line te chatten met een jongen. Op het ene moment buigt ze zich naar je toe om je een nachtzoen te geven, en het volgende ogenblik zegt ze dat ze je altijd heeft gehaat en dat ze niet kan wachten om naar de universiteit te gaan. Het ene moment brengt ze de make-up van haar moeder op, en vervolgens breekt het moment aan dat ze die zelf koopt. Trixie deed niet anders dan metamorfoseren – van kindertijd naar puberteit, en vice versa, en wel zo moeiteloos dat de grens vervaagde en dermate troebel werd dat Daniel het simpelweg had opgegeven om een poging te doen daar meer inzicht in te krijgen.

Hij baande zich een weg naar het achterste gedeelte van een van Trixies laden en diepte een vormeloze joggingbroek van fleece-stof op, vervolgens een roze T-shirt met lange mouwen. Uit de lade waarin zich haar ondergoed bevond, haalde hij – met dichtgeknepen ogen – een slipje en een beha te voorschijn. Toen hij zich daarna naar het ziekenhuis haastte, herinnerde hij zich een spelletje dat hij en Trixie altijd speelden wanneer ze op de tolwegen van Maine in de file stonden, waarbij ze voor elke letter van het alfabet een superkracht voor een superheld moesten verzinnen. Amfibisch, bolvormig worden, clairvoyant. Duizend gevaren zien aankomen, elektromagnetisch. Fantastisch vliegen. Gloeien in de duisternis. Hitte opsporen. Intuïtief.

Joggend over hoge gebouwen springen. Kevlarhuid. Laserzicht. Monstermetamorfose. Nooit meer doodgaan. Onzichtbaarheid.

Pyrokinese. Quasi dood zijn. Regeneratie. Supermenselijke kracht. Telepathie.

Uren onder water kunnen ademen. Verdwijnen in het niets. Weersinvloeden veranderen. X-stralen uitzenden. Yorkshireterriër worden.

Zerozwaartekracht.

Op die lijst stond echter niet de kracht die nodig was om te voorkomen dat je kind volwassen werd. Als een superheld dat niet eens kon, hoe moest een gewone man zich daar dan aan wagen?

Er werd op de deur van de onderzoekkamer geklopt. 'Ik ben het, Daniel Stone,' hoorde Laura. 'Ik, eh, heb de kleren van Trixie bij me.'

Voordat Janice bij de deur was, had Laura al opengedaan. Ze keek naar de warrige haardos van Daniel. En naar zijn stoppelbaard, naar de storm die achter zijn ogen woedde. Een moment lang dacht ze dat ze vijftien jaar terug in de tijd was gegaan.

'O, ben je hier,' zei hij.

'De voicemail van mijn mobiele telefoon.' Ze nam de stapel kleren van hem over en liep ermee naar Trixie. 'Ik ga even met papa praten,' zei Laura tegen haar. Toen ze wegliep, deed Janice een stap naar voren om haar plaats in te nemen.

Daniel wachtte op de gang tot Laura hem was gevolgd. 'Heeft *Jason* haar dit aangedaan?' Koortsachtig van woede keek ze hem aan. 'Ik wil dat hij in de kraag wordt gegrepen. Ik wil dat hij *voor de rechter* wordt gesleept.'

'Trek maar een nummertje.' Daniel wreef met een hand over zijn gezicht. 'Hoe gaat het met haar?'

'Het is bijna achter de rug.' Laura leunde naast hem tegen de muur, op pakweg een halve meter van hem vandaan.

'Hoe *gaat* het met haar?' herhaalde Daniel.

'Volgens de dokter is er geen sprake van inwendig letsel. Een geluk bij een ongeluk.'

'Had ze geen... ze was aan het bloeden.'

'O, een beetje maar. Dat is nu opgehouden.' Laura keek op naar Daniel. 'Je hebt mij niet verteld dat ze bij Zephyr zou gaan logeren.'

'Ze werd uitgenodigd nadat jij was vertrokken.'

'Heb je de moeder van Zephyr aan de lijn gehad om...'

'Nee,' onderbrak Daniel haar. 'En dat zou jij evenmin hebben gedaan. Ze is alles bij elkaar wel honderd keer bij Zephyr blijven logeren.' In zijn ogen bliksemde het. 'Als je me ergens van wilt beschuldigen, Laura, kom er dan nu mee voor de draad.'

'Ik beschuldig je niet...'

'Mensen in glazen huisjes,' mompelde Daniel.

'*Wat?*'

Hij drukte zich weg van de muur, ging voor haar staan en duwde haar in een hoek. 'Ik heb je op kantoor gebeld. Waarom nam je niet op?'

Als luchtbellen rezen de verontschuldigingen in Laura op. *Ik was even naar het toilet. Ik had een slaappil ingenomen. Ik had per ongeluk de telefoontoon uitgezet.* 'Dit is denk ik niet het moment om...'

'Als dit niet het moment is,' zei Daniel op een schrijnende toon, 'zou je me in het vervolg op z'n minst een nummer kunnen geven, zodat ik je kan bereiken, je weet wel, voor het geval Trixie in de toekomst weer een keer verkracht wordt.'

Roerloos stond Laura voor hem, geïmmobiliseerd door zowel schaamte als woede. Ze dacht aan het diepste niveau van de hel, het ijsmeer dat alleen maar verder dichtvroor naarmate je verwoedere pogingen deed om te ontsnappen aan die ring van ijs om je heen.

'Excuseer.'

Dankbaar voor deze afleiding draaide Laura zich om in de richting waaruit de stem klonk. Een lange man met treurige ogen en rossig haar stond achter haar. Een man die waarschijnlijk elk woord had gehoord dat Daniel en zij hadden gewisseld. 'Het spijt me. Het was niet mijn bedoeling u te storen. Weet u waar ik meneer en mevrouw Stone kan vinden?'

'Dat zijn wij,' zei Laura. *In elk geval in naam.*

De man toonde zijn politiepenning. 'Rechercheur Mike Bartholemew. Ik zou graag uw dochter willen spreken.'

Daniel had het politiebureau van Bethel maar één keer van binnen gezien. Dat was toen hij indertijd Trixie en de rest van de tweede klas van de basisschool had begeleid tijdens een excursie. Hij herinnerde zich de gewatteerde deken die in de lobby hing; met behulp van ingenaaide sterretjes was de slogan PROTECT AND SERVE gevormd. En natuurlijk werden ze naar de arrestatieruimte gebracht. Van de hele klas werd daar, zogenaamd voor het politiedossier, een collectieve portretfoto gemaakt waar iedereen op stond te grijnzen. Deze ochtend pas kreeg hij voor het eerst de verhoorkamer onder ogen – een klein, grijs hok met een spiegelraam dat door een of andere domme aannemer verkeerd om was geplaatst, zodat Daniel steeds weer politieagenten zag die in de gang even hun pas inhielden om in de spiegel te kijken.

Hij richtte zijn aandacht op de draaiende wieltjes van het cassettebandje. Dat was namelijk gemakkelijker dan dat hij zich concentreerde op wat Trixie te vertellen had; een uitputtende uitweiding over wat er de vorige avond was voorgevallen. Nadat ze de ouderlijke woning had verlaten, had ze zich omgekleed. Dat had ze inmiddels uitgelegd. Zoals ook het feit dat bij aankomst in het huis van Zephyr een hele meute ijshockeyspelers aanwezig was, en dat ze aan het eind van de avond nog maar met z'n vieren waren overgebleven.

Er mocht maar één ouder aanwezig zijn terwijl Trixie haar verklaring aflegde. Aangezien Laura bij het onderzoek in het ziekenhuis was geweest – of misschien door wat Daniel in de hal tegen haar had gezegd – had ze besloten dat hij getuige hoorde te zijn van datgene wat hier gezegd zou worden. Pas toen hij zich in de verhoorkamer bevond, besefte hij dat dat veeleer een beproeving was dan dat hij er zijn voordeel mee kon doen. Hij diende zich volledig op de achtergrond te houden en naar het kwellend gedetailleerde verhaal van Trixie te luisteren, waarbij hij aanmoedigend naar haar glimlachte en tegen haar zei dat ze het prima deed. In werkelijkheid wilde hij de rechercheur naar zich toetrekken om hem te vragen waarom hij verdomme Jason Underhill nog niet achter slot en grendel had gezet.

Hij vroeg zich af hoe het mogelijk was dat hij zich binnen een uur de jongen voelde die hij een eeuwigheid geleden was geweest. Iemand bij wie het gevoel vóór het denken kwam, voor wie de rede een postscriptum was. Ook vroeg hij zich af of alle vaders daar last van hadden; hun dochters groeiden op terwijl zij terugvielen in het verleden.

Bartholemew had koffie gezet. En hij had een doos tissues meegebracht, die hij bij Trixie op tafel zette voor het geval dat. Daniel vond het een prettig idee dat Bartholemew zo te zien al eerder met dit bijltje had gehakt. Hij was blij dat *iemand* wist wat er gaande was.

'Wat dronk je die avond?' vroeg de rechercheur aan Trixie.

Ze had het roze T-shirt en de trainingsbroek aan die Daniel voor haar had meegebracht. Bovendien had ze zijn jas aan. Hij was vergeten die van haar mee te nemen, ondanks het feit dat hij naar huis was gegaan om haar kleren te halen. 'Cola,' zei Trixie. 'Met rum.'

'Heb je drugs gebruikt?'

Ze staarde naar de tafel en schudde haar hoofd.

'Trixie,' zei de rechercheur. 'Je zult eerlijk antwoord moeten geven.'

'Ik heb niets gebruikt,' antwoordde ze.

'Wat gebeurde er daarna?'

Daniel luisterde hoe ze een meisje beschreef dat hij niet kende. Een meisje dat zich met lapdance had beziggehouden, dat aan strippoker had gedaan. Haar stem klonk steeds doffer en eentoniger onder het gewicht van haar geweten. 'Nadat Zephyr met Moss naar boven was gegaan, dacht ik dat iedereen was vertrokken. Ik zou naar huis gaan, maar ik wilde nog even blijven zitten, want ik had een verschrikkelijke hoofdpijn. Toen bleek dat Jason ook nog in huis was. Hij zei dat hij was gebleven om zeker te weten dat alles in orde was. Daarna begon ik te huilen.'

'Waarom?'

Ze kreeg een verwrongen uitdrukking op haar gezicht. 'Omdat we het een paar weken geleden hadden uitgemaakt. En toen ik weer zo dicht bij hem was... deed dat pijn in mijn hart.'

Met een ruk keek Daniel op. 'Hebben jullie het uitgemaakt?'

Trixie draaide haar hoofd in zijn richting. Op hetzelfde moment zette de rechercheur de cassetterecorder uit. 'Meneer Stone,' begon Bartholemew, 'ik zal u nu toch echt dringend moeten vragen om er het zwijgen toe te doen.' Hij knikte naar Trixie dat ze verder kon gaan met wat ze aan het vertellen was.

Ze sloeg haar ogen neer en staarde naar de vloer onder de tafel. 'We... we begonnen elkaar te kussen. Ik heb een tijdlang geslapen, denk ik, want toen ik wakker werd, zag ik dat we niet meer bij het toilet waren... maar dat we in de woonkamer op de vloerbedekking lagen. Ik kan me niet meer herinneren hoe we daar terecht zijn gekomen. En toen... toen verkrachtte hij me.'

De laatste keer dat Daniel had gedronken was in 1991, de dag voordat hij Laura ervan had overtuigd dat hij het waard was om mee te trouwen. Maar vóór die tijd wist hij uit eigen ervaring alles over drogredenen en verkeerde beslissingen die rondzwommen op de bodem van een drankfles. Hij was vaak genoeg 's ochtends wakker geworden in een huis waarbij hij niet meer wist hoe hij binnen was gekomen. Hoewel Trixie zich niet meer herinnerde hoe ze in de woonkamer terecht was gekomen, kon Daniel haar haarfijn uitleggen hoe dat was gegaan.

Bartholemew keek haar strak aan. 'Ik ben me ervan bewust dat datgene wat nu komt moeilijk zal zijn om uit te spreken,' begon hij. 'Maar je zult me toch echt moeten vertellen wat er precies tussen jullie twee is voorgevallen. Bijvoorbeeld of jij, hij, of jullie beiden kleren hebben uitgetrokken. En waar hij je heeft aangeraakt. Wat je tegen hem hebt gezegd en wat hij tegen jou zei. Dat soort dingen moet ik weten.'

Trixie frunnikte aan de ritssluiting van het versleten leren jasje van Daniel. 'Hij heeft geprobeerd mijn bloes uit te trekken, maar ik wilde niet dat hij dat deed. Ik zei tegen hem dat we in het huis van Zephyr waren en dat ik me niet op mijn gemak zou voelen als we hier gingen flikflooien. Hij zei toen dat hij daar heel verdrietig van werd. Ik trok me dat erg aan, zodat hij mijn beha mocht loshaken om me te strelen, nou ja... alleen mijn borsten. Voortdurend was hij me aan het kussen, en dat was fijn, dat wilde ik graag, maar opeens stak hij zijn hand in mijn broek. Ik probeerde zijn hand weg te trekken, maar hij was veel sterker dan ik.' Trixie slikte. 'Hij zei toen: "Vertel me nou niet dat je dat niet wilt."'

Daniel greep de rand van de plastic tafel zo venijnig hard vast dat hij even dacht dat hij er een stuk af zou breken. Hij ademde een keer diep in door zijn mond en hield vervolgens zijn adem in, terwijl hij aan de vele methoden dacht waarmee hij Jason Underhill van kant kon maken.

'Ik probeerde uit zijn greep te komen, maar hij is veel groter dan ik, waardoor hij me met gemak weer tegen de vloer drukte. In zijn ogen was het gewoon een spelletje. Hij hield mijn handen boven mijn hoofd terwijl hij met zijn andere hand mijn broek naar beneden trok. Ik zei dat ik wilde dat hij stopte, maar dat deed hij niet. En toen,' vervolgde Trixie, die struikelde over haar eigen woorden, 'drukte hij me hard tegen de vloer en verkrachtte hij me.'

Ik zou hem de kogel kunnen geven, dacht Daniel, maar dat was te gemakkelijk.

'Heb je ooit eerder seks gehad?'

Vluchtig keek Trixie naar Daniel. 'Nee,' antwoordde ze. 'Ik begon te schreeuwen, want het deed pijn. En ik heb geprobeerd hem van me af te schoppen. Maar toen ik dat deed, begon het erger pijn te doen, dus bleef ik stil liggen en wachtte tot het voorbij was.'

Ik zou hem kunnen verdrinken, dacht Daniel. Heel langzaam. In de toiletpot.

'Heeft je vriendin je horen schreeuwen?' vroeg rechercheur Bartholemew.

'Volgens mij niet,' zei Trixie. 'De muziek stond tamelijk hard.'

Nee – een roestig mes. Een vlijmscherpe snee tot in zijn darmen. Hij had gelezen over mannen die nog dagen hadden geleefd terwijl ze moesten toekijken hoe hun darmen en organen werden weggevreten door infecties.

'Heeft hij een condoom gebruikt?'

Trixie schudde haar hoofd. 'Hij trok zich terug voordat hij klaarkwam. Er lag bloed op de vloerbedekking; ook ik was ermee besmeurd. Hij maakte zich daar zorgen over en zei dat hij me echt geen pijn had willen doen.'

Misschien, mijmerde Daniel, zou hij Jason gewoon al die dingen aandoen. Twee keer zelfs.

'Hij kwam overeind en vond een rol keukenpapier waarmee ik mezelf kon schoonmaken. Daarna haalde hij een of andere tapijtreiniger onder de gootsteen vandaan, waarmee hij al schrobbend de vlek in de vloerbedekking eruit kreeg. Hij zei dat we nog van geluk mochten spreken dat dat stuk tapijt niet naar de haaien was.'

En Trixie dan? Welke magische oplossing zou hij gebruiken om de vlek weg te poetsen die hij voor altijd op haar ziel had achtergelaten?

'Meneer Stone?'

Daniel knipperde met zijn ogen en realiseerde zich dat hij een moment lang iemand anders was geworden – iemand die hij jarenlang niet was geweest – en dat de rechercheur het tegen hem had. 'Sorry.'

'Zou ik u even buiten dit vertrek kunnen spreken?'

Hij volgde Bartholemew naar de gang van het politiebureau. 'Hoor eens,' zei de rechercheur. 'Ik heb dit soort dingen al vaak aan de hand gehad.'

Dat verbaasde Daniel. De laatste verkrachting waarover hij in hun kleine gemeente had gehoord en die hij zich nog kon herinneren was ongeveer tien jaar geleden en betrof een liftster.

'Veel meisjes denken dat ze er klaar voor zijn om echte seks te hebben... maar vervolgens veranderen ze van gedachten, nadat het is gebeurd.'

Daniel had een minuutje nodig om zijn stem terug te krijgen. 'Wilt u daarmee zeggen... dat mijn dochter liegt?'

'Nee, maar ik wil dat u begrijpt dat de conclusie waarop u hoopt misschien zal uitblijven, ook al legt Trixie een getuigenis af.'

'Ze is veertien, in hemelsnaam,' zei Daniel.

'Er zijn kinderen genoeg die op jongere leeftijd seks hebben. Het medisch rapport toont bovendien aan dat er nauwelijks sprake is van inwendig letsel.'

'Is ze niet *voldoende* door de mangel gegaan?'

'Gelet op de details... de drank, het strippoker, de afgebroken relatie met Jason... zeg ik alleen dat verkrachting wel eens moeilijk te verkopen kan zijn aan een jury. De jongen zal zeggen dat de seks met wederzijds goedvinden heeft plaatsgehad.'

Daniel klemde zijn kaken op elkaar. 'Als een verdachte van moord zegt dat hij onschuldig is, zou u hem dan gewoon laten lopen?'

'Nou hebben we het over twee verschillende dingen...'

'Onzin. Het enige verschil is dat het slachtoffer van moord dood is en geen informatie meer kan geven over wat er werkelijk is gebeurd. In tegenstelling tot mijn *dochter,* degene die daar in de verhoorkamer zit en gedetailleerd vertelt hoe ze werd *verkracht* terwijl u verdomme *hoort* wat ze te zeggen heeft.' Hij opende de deur van de verhoorkamer en zag Trixie achter de tafel zitten, haar hoofd op haar handen.

'Kunnen we nu naar huis gaan?' vroeg ze versuft.

'Ja,' zei Daniel. 'De rechercheur kan ons eventueel bellen als hij nog iets moet weten.' Hij legde een arm om Trixie heen. Toen ze halverwege de gang waren, draaide hij zich nog een keer om naar Bartholemew. In de omgekeerde spiegel zag hij twee gezichten; twee spookachtig bewegende, bleke ovalen. 'Hebt u kinderen?' vroeg hij.

De rechercheur aarzelde en schudde vervolgens zijn hoofd.

'Dat dacht ik al,' zei Daniel, waarna hij Trixie door de deur loodste.

Thuis haalde Laura de lakens van Trixies bed en maakte het vervolgens met frisgewassen beddengoed op. Ze nam het geruite, flanellen dekbed dat in de cederhouten kast lag, in plaats van het exemplaar dat Trixie doorgaans op bed had liggen. Vervolgens raapte ze de kleren op die her en der op de vloer lagen en zette de boeken recht die op het nachtkastje stonden. Aldus probeerde ze de kamer te veranderen in iets wat Trixie niet deed denken aan gisteren.

Op de valreep liep Laura naar het schap en pakte de knuffel-eland waarmee Trixie had geslapen tot ze tien jaar was. De knuffel miste een oog en was op bepaalde plaatsen kaal. Inmiddels was de 'eland' een stil leven gaan leiden. Toch had Trixie het niet over haar hart kunnen verkrijgen hem bij de stapel te leggen die bedoeld was voor de rommelmarkt. Laura plaatste de knuffel pontificaal tussen de lakens, alsof het zo gemakkelijk zou zijn om Trixie terug te voeren naar haar kindertijd.

Daarna nam ze het wasgoed mee naar beneden en stopte alles in de wastrommel. Toen ze de machine had geprogrammeerd en wachtte tot de trommel zich met water vulde, had ze wat bleekwater gemorst op haar rok die ze altijd op haar werk droeg. Een rok die hoorde bij een duur mantelpakje. Laura zag de kleur in de wol verbleken, een litteken in de vorm van een traan. Ze vloekte, waarna ze de schade probeerde te beperken door de zoom van de rok boven de gootsteen onder stromend water te houden. Uiteindelijk ging ze verslagen voor de zoemende Kenmore zitten en barstte in tranen uit.

Had ze het zo druk gehad met haar eigen geheim dat ze geen tijd of zin had gehad om de problemen, het geheim, van Trixie op te lossen? Stel dat Laura elke avond thuis was geweest, in plaats dat ze zich ophield bij Seth? Hoe zou het gegaan zijn als ze bij Trixie was gebleven en ze haar Frans, haar vocabulaire, had overhoord? Of als ze een mok warme chocolademelk naar haar kamer had gebracht? Of als ze haar zou hebben uitgenodigd om in de woonkamer samen op de bank te gaan zitten en te lachen om de kapsels van acteurs in een oude, komische televisieserie? Stel dat Laura haar een reden had gegeven om thuis te blijven?

Diep van binnen realiseerde ze zich echter dat het zo niet werkte. Alleen omdat Laura het gevoel had dat ze de ideale moeder moest spelen, wilde dat niet zeggen dat Trixie daarin mee zou gaan. Op haar leeftijd kon de aanraking van een moeder niet tippen aan een jongenshand die de welving van je ruggengraat streelde. Laura dwong zichzelf om zich het gezicht van Jason voor de geest te halen. Hij was knap – een volle bos zwart haar, waterblauwe ogen, een atletisch lichaam. Iedereen in Bethel kende hem. Zelfs Laura, die geen ijshockeyfan was, had de naam van Jason breeduit op de sportpagina van de kranten zien staan. Toen Daniel zich bezorgd maakte over het feit dat Trixie met een oudere jongen uitging, was Laura degene die tegen hem zei dat hij zich niet zo druk moest maken. Vrijwel elke dag ontmoette zij kinderen van dezelfde leeftijd. Zij wist dat Jason een lot uit de loterij was. Intelligent, beleefd, dol op Trixie. Dat had ze tegen hem gezegd. Trixie was voor het eerst in haar leven verliefd. Nog wel op Jason. Wat kon je je nog meer wensen voor je dochter?

Maar nu, terwijl ze aan Jason Underhill dacht, vroeg ze zich af hoe overtuigend die blauwe ogen konden zijn. En hoe sterk een atleet was. Ze begon haar manier van denken te verwringen, boorde de diepte in, als een schroef, totdat alles stevig verankerd was.

Als ze de schuld in Jasons schoenen kon schuiven, zou Laura zichzelf niets hoeven te verwijten.

Trixie had inmiddels achtentwintig uur niet geslapen. Haar ogen prikten, ze had een zwaar gevoel in haar hoofd en haar keel leek te zijn voorzien van een laagje, bestaande uit de restanten van het verhaal dat ze telkens opnieuw had verteld. Dr. Roth had haar een recept gegeven voor Xanax en tegen haar gezegd dat ze waarschijnlijk zeer moeilijk de slaap zou kunnen vatten, hoe moe ze ook was. En ze voegde eraan toe dat dat heel normaal was.

Uiteindelijk was ze wonderlijk genoeg in staat geweest zich te douchen. Ze bleef er zo lang onder staan dat ze een compleet stuk zeep had verbruikt. Ze had zich *daar beneden* stevig proberen te wassen, maar ze kon niet ver genoeg naar binnen om de plaats te bereiken waar ze zich vies voelde. Nadat de arts tegen haar had gezegd dat ze geen inwendig letsel had opgelopen, had Trixie er bij haar bijna op aangedrongen nog eens goed te kijken. Een moment lang had ze zich afgevraagd of ze alles gedroomd had. Alsof het nooit was gebeurd.

'Hé,' zei haar vader, die zijn hoofd om haar slaapkamerdeur stak. 'Je hoort in bed te liggen.'

Trixie sloeg het dekbed terug – haar moeder had het bed verschoond – en kroop onder de lakens. Voorheen was slapen gaan steevast het hoogtepunt van haar dag geweest; ze had zich het bed altijd voorgesteld als een wolk, of als een knus nestje, waar de stress uit haar wegvloeide. Stress als gevolg van het feit dat ze cool moest overkomen, er perfect diende uit te zien en de juiste dingen hoorde te zeggen. Maar nu tekende het bed zich dreigend af, als een martelwerktuig, een oord waar ze haar ogen dicht zou doen en vervolgens telkens opnieuw beleefde wat er was gebeurd, alsof ze naar de monitor van een televisiebewakingsnetwerk keek.

Haar moeder had haar oude knuffel-eland op haar kussen achtergelaten. Trixie drukte hem tegen zich aan. 'Zou je me willen instoppen, papa?' vroeg ze.

Hoewel het moeite kostte, kreeg hij het voor elkaar om te glimlachen. 'Natuurlijk.'

In haar vroege jeugd gaf haar vader haar altijd een raadseltje op waarmee ze in slaap kon vallen. De volgende ochtend aan de ontbijttafel kreeg ze dan de oplossing te horen. *Wat wordt groter hoe meer je er afhaalt? Een gat. Wat is zwart als je het koopt, rood als je het gebruikt en grijs als je het weggooit? Houtskool.*

'Zou je misschien nog wat met me willen praten?' vroeg Trixie.

Niet dat ze echt wilde praten. Ze zag ertegen op dat ze in deze kamer werd achtergelaten, met alleen zichzelf als gezelschap.

Haar vader streek haar lokken naar achteren. 'Vertel me nou niet dat je niet doodmoe bent.'

Vertel me nou niet dat je dat niet wilt, had Jason gezegd.

Ze herinnerde zich opeens een van die bedtijdraadseltjes van haar vader: *Het antwoord is ja, maar ik bedoel nee. Wat is de vraag?*

De oplossing was: *Mag ik?*

Haar vader drukte het dekbed onder haar kin. 'Ik stuur mama even om je welterusten te zeggen,' beloofde hij haar, waarna hij zijn arm strekte om het licht uit te doen.

'Laat aan,' zei Trixie paniekerig. 'Alsjeblieft.'

Abrupt bleef hij in die houding staan, zijn hand in de lucht. Trixie staarde naar de gloeilamp tot ze alleen nog maar het soort schitterende, stralende licht gewaar werd waarvan iedereen zei dat je dat ziet als je doodgaat.

Volgens Bartlolemew was de ergste klus die waarbij je een ouder moest gaan vertellen dat zijn of haar kind bij een auto-ongeluk was omgekomen, zelfmoord had gepleegd of een overdosis had genomen. Er bestonden simpelweg geen woorden om dat soort leed te ondersteunen, en degene die dat nieuws ontving zou beweginloos blijven staan en hem aanstaren, ervan overtuigd dat hij of zij het verkeerd had gehoord. De op een na ergste klus, althans volgens hem, was omgaan met slachtoffers van een verkrachting. Hij kon hun verklaringen niet aanhoren zonder zich schuldig te voelen dat hij van hetzelfde geslacht was als degene die het misdrijf had gepleegd. Zelfs als hij voldoende bewijsmateriaal had verzameld om ermee naar de rechter te gaan, en zelfs als er een veroordeling uit voortvloeide, kon je er gif op innemen dat zo iemand niet lang achter de tralies verdween. In de meeste gevallen was het slachtoffer nog steeds in therapie als de verkrachter allang zijn straf had uit-gezeten.

Wat de meeste mensen die niet in zijn soort werk zaten ontging, was het feit dat het verkrachtingsslachtoffer en het slachtoffer van een dodelijk ongeluk beiden voor altijd van het toneel waren ver-dwenen. Het verschil was dat het slachtoffer van een verkrachting plichtmatig moest doen of hij of zij nog leefde.

Hij nam de trap boven de homobar naar zijn tijdelijke apparte-ment, dat hij na zijn scheiding had gehuurd, waarbij hij zichzelf plechtig had beloofd dat hij er niet langer dan zes maanden in zou wonen. Die zes maanden waren echter zes jaar geworden. Het ap-partement was niet gemeubileerd – hoe minder aantrekkelijk het er uitzag, hoe gemakkelijker het volgens Mike zou zijn om uiteindelijk weer te vertrekken, om althans gemotiveerd te blijven – maar er lag wel een futon die hij meestal open liet liggen, als een matras, en er stond een gemakkelijke stoel, veeleer een zitzak, en een televisie die hij meestal dag en nacht aan liet staan, zodat Ernestine iets had om naar te luisteren terwijl Mike aan het werk was.

'Ernie?' riep hij, op het moment dat hij de sleutel in het slot draai-de. 'Ik ben terug.'

Ze lag niet op de futon, waar hij haar had achtergelaten nadat hij vanochtend was opgeroepen. Mike deed zijn stropdas af, liep naar de badkamer, trok het douchegordijn open en zag dat het hangbuik-zwijn in het bad lag te slapen. 'Heb je me gemist?' vroeg hij.

Het varken opende een oog en gromde.

'Weet je, ik ben alleen naar huis gegaan om jou uit te laten,' zei Mike, maar het varken was weer in slaap gevallen.

Hij had een aanhoudingsbevel op zak – de verklaring van Trixie en de aanwezigheid van sperma waren voorlopig voldoende reden om Jason Underhill te arresteren. Hij wist zelfs waar die knul zich ophield, zoals iedereen in de stad op de hoogte was van wat de ster-ren van het ijshockeyteam van de middelbare school zoal uitvoer-den. Maar hij moest eerst Ernie uitlaten. Dat had hij zichzelf al-thans wijsgemaakt.

Hebt u kinderen? had Daniel Stone aan hem gevraagd.

Mike zette de televisie uit en bleef even stilletjes zitten. Vervolgens liep hij naar de enige kast die het appartement rijk was en haalde een kartonnen doos te voorschijn.

In die doos bevond zich het kussen van Mike's dochter. Een kus-sen dat hij in een enorme plastic zak voor het opbergen van bewijs-materiaal had gestopt. Hij ritste de zak open en ademde diep in. Het kussen rook amper meer naar haar, ondanks het feit dat hij daar alles aan had gedaan.

Opeens kwam Ernestine aangerend. Ze glibberde over de vloer en scharrelde naar de futon, waar Mike zat. Haar snuit verdween in de plastic zak, waarin het kussen was opgeborgen. Mike vroeg zich af of zij iets rook wat hem ontging. Het varken keek Mike aan.

'Ik weet het,' zei hij. 'Ik mis haar ook.'

Daniel zat in de keuken. Voor hem op de tafel stond een fles sherry. Hij haatte sherry, maar hij nam er genoegen mee; het was de enige alcoholhoudende vloeistof die momenteel in huis te vinden was. De helft ervan had hij al opgedronken. Het was een grote fles, want Laura gebruikte graag sherry bij de bereiding van geroerbakte kip. Hij voelde zich echter niet dronken. Hij voelde zich alleen maar een mislukkeling.

Voor Daniel was het vaderschap het fundament dat hij had gebruikt om een ander mens te worden. Wanneer hij aan ouderschap dacht, zag hij in gedachten een babyhandje dat met gespreide vingers als een ster op zijn borstkas lag. En het strakgespannen touw tussen de vlieger en de spoel. Nu hij erachter was gekomen dat hij tekort was geschoten in zijn verantwoordelijkheid om zijn dochter te beschermen, vroeg hij zich af hoe hij zichzelf zolang voor de gek had kunnen houden door te denken dat hij feitelijk was veranderd.

Het deel van hemzelf dat hij dacht uitgedreven te hebben, bleek slechts in een ondiep gat te liggen, waarin alle oude persoonlijkheden als afgedankte rommel werden gedeponeerd. Nu de sherry zijn pad verlichtte, realiseerde Daniel zich dat. Zijn woede ervoer hij als stoom in een hogedrukpan die op het vuur stond.

De nieuwe Daniel, de *vader* Daniel, had antwoord gegeven op de vragen die de rechercheur aan hem had gesteld. Die Daniel vertrouwde erop dat de politie deed wat je mocht verwachten dat de politie zou doen. Dat was namelijk de beste manier om de veiligheid van zijn kind te waarborgen. Maar de Daniel van weleer – nou ja, die Daniel zou niemand hebben toevertrouwd een klus af te maken die op rechtmatige wijze hem toebehoorde. Hij zou wraakzuchtig, schoppend en schreeuwend om zich heen hebben geslagen.

In feite had hij dat vaak genoeg gedaan.

Daniel ging staan en deed zijn jas aan op het moment dat Laura de keuken inliep. Ze wierp een blik op de fles sherry die op tafel stond, waarna ze hem aankeek. 'Jij drinkt niet.'

Daniel staarde haar aan. 'Ik dronk niet,' corrigeerde hij haar.

'Waar ga je heen?'

Hij gaf geen antwoord, want hij was haar geen verklaring schuldig. Hij was niemand iets schuldig. Dit ging niet over een betaling, maar over een terugbetaling.

Daniel opende de deur en haastte zich naar zijn pick-up. Jason Underhill zat nu waarschijnlijk in de stedelijke ijshockeyhal om zich om te kleden voor de zaterdagmiddagwedstrijd.

Omdat Trixie dat had gevraagd, bleef Laura bij haar tot haar dochter in slaap was gevallen. Ze liep naar beneden op het moment dat Daniel op het punt stond te vertrekken. Hij hoefde haar niet te vertellen waar hij heenging. Sterker nog, Laura twijfelde of ze hem zou hebben tegengehouden.

Bijbelse rechtvaardigheid was uit de tijd. Dat had ze althans altijd onderwezen. Je kon een dief nu eenmaal niet zijn hand afhakken, of een moordenaar stenigen tot de dood erop volgde. In een beschaafde samenleving werd recht gesproken in de rechtszaal. Tot ongeveer vijf uur geleden zou Laura die stelling hebben verdedigd. Een rechtszaak mocht dan wel geciviliseerder zijn, in emotioneel opzicht kon je er onmogelijk voldoende bevrediging, genoegdoening uithalen.

Ze probeerde zich voor te stellen wat Daniel zou doen zodra hij Jason eenmaal had gevonden. Dat lukte echter niet. Daniel was al zolang een rustige, aardige man dat ze de sinistere, onvoorspelbare schaduwkant van zijn persoonlijkheid volledig was vergeten. Laura voelde zich nu zoals tijdens afgelopen kerst, toen ze een paar van de babyschoentjes van Trixie als versiering in de kerstboom had gehangen. Ze was zich destijds weemoedig bewust van het feit dat haar dochter ooit zo klein was geweest dat die schoentjes haar pasten, hoewel Laura niet meer in staat bleek dat beeld voor ogen te houden zodra ze haar zag – een tienermeisje dat op haar blote voeten om de den heen danste, met in haar kielzog de witte lichtjes.

Ze probeerde te gaan zitten, een boek te lezen, maar moest dezelfde bladzijde vier keer doornemen om te weten wat er stond. Ze zette de televisie aan, maar van geen enkel ingeblikt grapje zag ze de humor in.

Even later realiseerde ze zich dat ze achter de computer zat. Ze had de zoekmachine Google op het scherm staan en tikte het woord *verkrachting* in.

Er waren 10.900.000 links, waardoor Laura zich meteen wat beter voelde. De macht van het getal. Ze was dus niet de enige moeder die zich zo voelde. En Trixie bleek niet het enige slachtoffer. De betreffende websites waren geworteld in dit godsgruwelijke woord, en in al de verstikkende naschokken er als Spaans mos aan hingen.

Ze liet haar muis klikken. Een op de zes Amerikaanse vrouwen is in haar leven ooit het slachtoffer geweest van een verkrachting, of een poging daartoe. In totaal 17,7 miljoen mensen.

Zesenzestig procent van de slachtoffers van verkrachting kent hun aanvallers. Achtenveertig procent van die vrouwen is verkracht door een vriend.

Twintig procent van alle verkrachtingen vindt plaats in het huis van een vriend, buur of familielid.

Waarvan ruim de helft binnen een afstand van anderhalve kilometer van de woning van het slachtoffer.

Tachtig procent van alle slachtoffers van verkrachting is jonger dan dertig jaar. Meisjes tussen de veertien en negentien jaar lopen vier keer meer risico het slachtoffer te worden van seksueel geweld dan de rest van de bevolking.

Eenenzestig procent van alle verkrachtingen wordt niet aangegeven bij de politie. En als er aangifte wordt gedaan, is er een kans van 50,8 procent dat daar een arrestatie op volgt. Als er sprake is van een arrestatie zal in 80 procent van de gevallen gerechtelijke vervolging plaatsvinden, waarbij in 58 procent van de gevallen het strafrecht wordt toegepast, waarbij 69 procent van de verdachten detentiestraf krijgt opgelegd. Bij de 39 procent van alle verkrachtingen die bij de politie worden aangegeven, volgt dus in slechts 16,3 procent van de gevallen gevangenisstraf. Als je de niet aangegeven verkrachtingsgevallen meerekent, loopt 94 procent van alle verkrachters vrij rond.

Laura staarde naar het scherm. De cursor knipperde op een van de percentagetekens. Trixie maakte nu deel uit van die aantallen, van een van die percentages. Ze vroeg zich af waarom ze dat percentageteken nooit echt goed had bekeken: een symbool dat in twee helften was gesplitst, met aan weerskanten een open cirkeltje.

Daniel moest ver van de ingang van de ijshockeybaan parkeren, wat op een zaterdagmiddag niet bepaald verbazingwekkend was. De ijshockeywedstrijden van de middelbare school in Bethel, Maine, trokken evenveel publiek als de footballwedstrijden van middelbare scholen in het Midwesten. In de lobby stonden meisjes die voor het spiegelende glas van de ramen een nieuw laagje lippenstift opbrachten. En peuters laveerden tussen de benen van volwassenen door, een woud van denimbroeken. De grijze man die hotdogs, nacho's en warme chocolademelk van het merk Swiss Miss verkocht, had zich achter de kitchenette genesteld en zong een soulnummer terwijl hij zuurkool op een broodje lepelde.

Daniel liep tussen de menigte door of hij onzichtbaar was. Hij staarde naar de trotse ouders, naar de bezielde studenten die hun plaatselijke helden kwamen aanmoedigen. Hij volgde de stroom van deze menselijke vloedgolf door de dubbele deuren die toegang boden tot de ijsbaan. Hij had geen plan voor ogen. Nee, niet echt. Hij wilde Jason Underhill toetakelen met zijn vuisten, hem met zijn hoofd tegen een muur knallen en hem zo bang maken dat hij berouw toonde.

Toen Daniel op het punt stond de kleedruimte van de thuisclub binnen te glippen, ging de deur opeens open. Net op tijd drukte hij zich tegen de aanplakborden en zag hoe rechercheur Bartholemew Jason Underhill naar buiten begeleidde. De jongen had nog steeds zijn ijshockeykleren aan en was op kousenvoeten, de schaatsen in zijn hand. Hij had een rood gezicht en staarde naar de rubberen matten die op de vloer lagen. De trainer volgde hen op de voet en schreeuwde: 'Als het alleen maar om een babbeltje gaat, verdomme, had je ook wel kunnen wachten tot na de wedstrijd!'

Langzaam kregen de mensen op de tribunes in de gaten dat Jason werd afgevoerd, waardoor het stil werd, want niemand wist wat er precies aan de hand was. Een man – waarschijnlijk de vader van Jason – baande zich op de open tribune een weg tussen het publiek en holde vervolgens naar Jason toe.

Een moment lang bleef Daniel roerloos staan, ervan overtuigd dat Bartholemew hem niet had gezien. Plotseling draaide de rechercheur zich om en keek hem recht in de ogen. Er steeg inmiddels een onzeker geroezemoes uit het publiek op, dat Daniel als paukgeroffel in de oren klonk. Maar op dat moment existeerden de twee mannen in een vacuüm, waarbij ze elkaars aanwezigheid accepteerden met een nauwelijks merkbaar knikje en de onuitgesproken verstandhouding dat ieder van hen zou doen wat hem te doen stond.

'Je bent naar de ijsbaan gegaan, hè?' zei Laura op het moment dat Daniel door de deur naar binnenliep.

Hij knikte en was in de weer met de ritssluiting van zijn jas, die hij vervolgens netjes ophing aan een van de kapstokhaken in de bijkeuken.

'Ga je me nog vertellen wat er is gebeurd?'

Wraak was iets heel raars. Je zocht naar dat bevredigende gevoel, naar de wetenschap dat er wraak was genomen, maar je wilde niet dat dat hardop werd uitgesproken, want dan moest je voor jezelf toegeven dat je het bewijs wilde zien, wat je op de een of andere manier primitiever, minder geciviliseerd maakte. Toen Daniel zich in een stoel liet zakken, was hij zich ervan bewust dat hij Laura zat aan te staren. 'Ben ik niet degene die jou dat moet vragen?' zei hij zachtjes.

Net zo snel was dit een heel ander gesprek geworden, een trein die ontspoorde. Laura stapte naar achteren alsof hij haar had geslagen en er verschenen vuurrode blosjes op haar wangen. 'Hoelang wist je het al?'

Daniel haalde zijn schouders op. 'Al een poosje, denk ik.'

'Waarom heb je dan al die tijd je mond gehouden?'

In de afgelopen dagen had hij zich die vraag wel honderd keer gesteld. Hij had net gedaan of hij zich niet bewust was van het feit dat ze 's avonds zo vaak laat thuiskwam, of dat ze gevoelsmatig in een isolement leefden, want dan zou hij gedwongen worden een keuze te maken. Kon je daadwerkelijk van iemand houden die in staat was op iemand anders verliefd te worden?

Maar hun relatie had een periode gekend waarin Daniel onverbeterlijk was geweest. Zij bleef echter geloven dat hij kon veranderen. Schiep dat geen verplichtingen? Trouwens, wat dat betrof, als woede en schaamte zijn beste kant zouden overschaduwen, met als gevolg dat hij haar het huis uitzette, zou het dan niet zo zijn dat de adrenaline het in feite al van hem had overgenomen, precies zoals hij vroeger zo vaak de controle over zichzelf had verloren?

Het was eigenlijk heel eenvoudig. Als hij Laura haar misstappen niet kon vergeven, dus als hij zich liet verteren door deze kwestie, gedroeg hij zich als de man die hij in voorbije tijden was geweest.

Hij kon dit echter niet onder woorden brengen. 'Als ik daarover iets zou hebben gezegd,' zei Daniel, 'had je gezegd dat ik gelijk had.'

'Het is uit, als dat al iets te betekenen heeft.'

Met half dichtgeknepen ogen keek hij haar aan. 'Vanwege Trixie?'

'Eerder.' Met de armen over elkaar geslagen liep ze over de tegelvloer en bleef in het kwijnende namiddaglicht staan. 'Ik heb het uitgemaakt in de nacht dat ze... dat Trixie...' Ze maakte haar zin niet af.

'Heb jij hem geneukt in de nacht dat onze dochter werd verkracht?'

'Goeie genade, Daniel...'

'Is het *waar* wat ik zeg? Nam je daarom de telefoon niet op toen ik je aan de lijn probeerde te krijgen om je over Trixie te vertellen?' In de hals van Daniel vertrok een spier. 'Hoe heet hij, Laura? Ik denk dat je me zoveel wel verschuldigd bent. Ik hoor volgens mij te weten wie jij aan de haak wilde slaan vanaf het moment dat je genoeg had van mij.'

Laura ging met de rug naar hem toe staan. 'Ik wil het er niet meer over hebben.'

Opeens kwam Daniel overeind. Hij drukte haar tegen de muur. Zijn lichaam was als een bastion, zijn woede een elektrische stroom. Hij greep Laura bij haar bovenarmen vast en schudde haar zo hard door elkaar dat haar hoofd heen en weer ging, met wijdopen ogen van angst. Hij smeet zijn eigen woorden in haar gezicht. 'Wat *jij* wilt,' zei hij met rauwe stem. 'Wat *jij* wilt?'

Op dat moment duwde Laura hem weg, waarbij ze sterker bleek te zijn dan hij ooit van haar had verwacht. Ze liep om hem heen, terwijl ze hem in de ogen bleef kijken, een leeuwentemster die niet met de rug naar het beest toe wilde staan. Het was voldoende om Daniel weer bij zinnen te krijgen. Hij staarde naar zijn handen waarmee hij haar had gegrepen, alsof ze niet van hem waren.

Op dat moment bevond hij zich in gedachten weer in de veenpoel achter het schoolgebouw in Akiak, besmeurd met modder en bloed terwijl hij zijn vuisten omhoog hield. Tijdens het gevecht had hij twee ribben gebroken, een tand verloren en een fikse snee boven zijn linkeroog opgelopen. Hoewel hij wankelde, was hij niet van plan te zwichten voor de pijn. *Wie is er nu aan de beurt? Kom maar op!* had Daniel hen uitgedaagd. Een voor een sloegen ze hun ogen neer, hun donkere, bliksemende blikken verslagen.

Geschokt probeerde Daniel de emoties van het geweld weg te moffelen waar ze te voorschijn waren gekomen, maar het deed denken aan een parachute die je opnieuw aan het inpakken was – een deel ervan sleepte tussen hem en Laura in, een herinnering aan het feit dat als hij de volgende keer in die afgrond der emoties sprong het niet zeker was dat hij veilig zou landen. 'Ik wilde je echt geen pijn doen,' mompelde hij. 'Het spijt me.'

Laura boog haar hoofd, maar pas nadat hij de tranen in haar ogen had gezien. 'O, Daniel,' zei ze. 'Het spijt mij ook.'

Toen Jason Underhill in de lobby van de ijshockeybaan onofficieel werd verhoord, en men hem niet lang daarna officieel in hechtenis nam, lag Trixie te slapen. Ze sliep ook toen de secretaresse op het politiebureau haar lunchpauze hield en haar man opbelde om hem te vertellen of hij wel wist wie tien minuten geleden was gearresteerd. Toen die man tegen zijn collega's in de papierfabriek zei

98

dat Bethel misschien toch niet het Maine State ijshockeykampioen-schap zou winnen, en wat de reden daarvan was, bevond Trixie zich nog steeds in dromenland. En ze sliep op het moment dat een van die collega's die avond op weg naar huis een biertje dronk met zijn broer, een verslaggever van de *Augusta Tribune*. Ze sliep toen deze verslaggever vervolgens enkele telefoontjes pleegde en kwam te we-ten dat op een beëdigde aanklacht inderdaad een arrestatiebevel was verkregen, waarbij een minderjarige werd beschuldigd van grof sek-sueel geweld. En ze dutte nog steeds toen de verslaggever telefonisch contact opnam met het politiebureau van Bethel, waarbij hij zich voordeed als de vader van het meisje dat eerder die dag een verkla-ring had afgelegd, en vroeg of hij daar zijn pet had laten liggen. 'Nee, meneer Stone,' had de secretaresse gezegd. 'Maar mochten we die alsnog vinden, dan bel ik u meteen terug.'

Trixie sliep nog steeds toen het verhaal naar de krant werd ge-stuurd en afgedrukt. Ze sliep toen de kranten in grote pakketten naar de busjes werden gebracht, en niet lang daarna door de bezor-gers uit de ramen van hun versleten Honda's op de gazons werden gegooid. Ook sliep ze nog steeds toen de volgende ochtend alle in-woners van Bethel de voorpagina lazen. Tegen die tijd wist nagenoeg iedereen al waarom Jason Underhill de vorige dag letterlijk uit een ijshockeywedstrijd van de Bethel High School was geplukt. Ze wa-ren op de hoogte van het feit dat Roy Underhill een advocaat uit Portland had ingehuurd om zijn zoon te verdedigen. En dat hij aan iedereen die het maar wilde horen vertelde dat zijn zoon erin was ge-luisd. En hoewel de krant zo fatsoenlijk was geweest haar naam niet af te drukken, wist iedereen dat het Trixie Stone was geweest – zij sliep nog steeds – die deze tragedie in gang had gezet.

Aangezien Jason pas zeventien jaar was, hield de arrondissements-rechter zitting als jeugdrechter. Dat was bovendien ook de reden dat de rechtszaak achter gesloten deuren plaatsvond. Jason had een gloednieuwe blazer aan, met een stropdas die door zijn moeder was gekocht voor zijn schoolinterviews. Ook was hij naar de kapper ge-weest. Zijn advocaat had daarop aangedrongen en gezegd dat de be-slissingen van een rechter soms afhingen van zoiets pietluttigs als het al dan niet kunnen zien van je ogen.

Dutch Oosterhaus, zijn advocaat, was zo gladjes dat Jason als hij voorbijliep soms geneigd was naar de vloer te kijken om erachter te komen of hij geen slijmspoor achterliet. Hij had krakende schoenen aan en hij droeg het soort overhemden waarvoor je manchetknopen nodig had. Zijn vader zei echter dat Dutch de beste strafpleiter van de staat was. Hij zou er beslist voor zorgen dat aan deze ellende een halt werd toegeroepen.

Jason had geen idee wat Trixie hem verdomme aan het flikken was. Ze waren er helemaal voor gegaan – met *wilsovereenstemming*, zoals Dutch dat noemde. Als zij nu op deze manier duidelijk maakte dat ze datgene wat ze hadden gedaan niet had zien zitten, dan uitte ze zich in een taal die Jason nooit had geleerd.

Toch hield Jason zijn handen onder de tafel, want hij wilde voorkomen dat de mensen zagen dat hij beefde. Hij probeerde zelfverzekerd te kijken, en misschien ook een beetje boos, hoewel hij in werkelijkheid zo bang was dat hij dacht dat hij elk moment moest overgeven.

De openbare aanklager deed hem aan een haai denken. Ze had een breed, plat gezicht en haar blonde haar was bijna wit. Het waren echter haar tanden die het klapstuk vormden – puntig en groot, alsof zij er genoegen in schepte iemand te verscheuren als ze daartoe de kans kreeg. Ze heette Marita Soorenstad en had een broer die ongeveer tien jaar geleden deel had uitgemaakt van het Bethel-ijshockeyteam, een levende legende, hoewel dat gegeven er kennelijk niet toe had geleid dat ze tegenover Jason een mildere houding had aangenomen. 'Edelachtbare,' zei ze, 'hoewel het Openbaar Ministerie niet vraagt de gedaagde in verzekerde bewaring te houden, zijn er verschillende voorwaarden die we graag ingewilligd zouden zien. We willen er graag van verzekerd zijn dat hij geen contacten onderhoudt met het slachtoffer of haar familie. Ook zijn we van mening dat hij behandeld dient te worden in een centrum voor alcohol- en drugsverslaving. Verder verzoeken we het hof de gedaagde huisarrest op te leggen, afgezien van de academische schooldagen, waarbij hij zal worden uitgesloten van het bijwonen van sportevenementen.'

De rechter was een oudere man die zijn haar op een belabberde manier dwars over zijn hoofd had gekamd. 'Wat betreft de voorwaarden tot vrijlating zal ik zeer zorgvuldig te werk gaan, meneer Underhill. Als u zich daar niet aan houdt, wordt u gedetineerd in Portland. Hebt u dat begrepen?'

Jason slikte moeizaam en knikte.

'U zult geen contacten onderhouden met het slachtoffer of haar familie. Om tien uur 's avonds hoort u thuis in bed te liggen, zonder gezelschap. Verder zult u geen alcohol nuttigen of drugs gebruiken, waarbij u zich wat dat betreft verplicht laat begeleiden. Betreffende het verzoek van het Openbaar Ministerie inzake huisarrest... ik ben niet geneigd daarin mee te gaan. Het dient namelijk geen enkel doel om de kansen van de Buccaneers op een nieuw staatskampioenschap te ruïneren, terwijl er rondom de ijsbaan toch voldoende mensen aanwezig zijn die zich wat betreft de supervisie van de gedaagde goed van hun taak kunnen kwijten.' Hij klapte de map dicht. 'De zitting is verdaagd.'

Jason hoorde achter zijn rug zijn moeder huilen. Dutch begon zijn dossiermappen op te bergen en liep vervolgens door het middenpad om met Haai te praten. Jason dacht aan Trixie. Die nacht bij Zephyr had zij het initiatief genomen door hem te kussen. Ook dacht hij aan het feit dat enkele uren daarvoor Trixie in zijn auto aan het grienen was geweest; ze had tegen hem gezegd dat een leven zonder hem geen zin had.

Had ze toen al het plan opgevat om ook een einde aan zijn leven te maken?

Twee dagen na de seksuele geweldpleging had Trixie het gevoel dat haar leven scheurde langs de grillige breuklijn van de verkrachting. De Trixie Stone van weleer droomde ervan te kunnen vliegen, en ze wilde, wanneer ze daar oud genoeg voor was, uit een vliegtuig springen en proberen of haar dat lukte. De Trixie Stone van nu durfde niet eens met het licht uit te gaan slapen. De Trixie Stone van toen droeg het liefst strakke T-shirts. De huidige Trixie Stone liep naar de ladekast van haar vader om een sweatshirt te pakken waarin ze zich kon verbergen. De Trixie Stone van weleer douchte zich soms twee keer per dag, zodat ze lekker rook naar de peerzeep die haar moeder steevast in haar kerstkous stopte. De Trixie Stone van nu voelde zich vies, ongeacht hoe vaak ze zich op een dag douchte en schrobde. De Trixie Stone van toen had het gevoel dat ze deel uitmaakte van een groep. De Trixie Stone van nu voelde zich alleen, ook al was ze omringd door mensen. De Trixie Stone van weleer zou de nieuwe Trixie Stone geen blik waardig hebben gegund. Ze zou haar hebben afgedankt als volledig mislukt.

Er werd op de deur geklopt. Dat was eveneens nieuw – haar vader stak altijd zijn hoofd om de deur, maar zelfs hij was gevoelig voor het feit dat ze van haar eigen schaduw schrok. 'Hé,' zei hij. 'Heb je gezelschap nodig?'

Nee, daar had ze geen behoefte aan. Toch knikte ze, waarbij ze ervan uitging dat hij zichzelf bedoelde. Maar nadat hij de deur verder had opengeduwd, zag ze die vrouw Janice, de adviseuse voor slachtoffers van zedendelicten, die haar in het ziekenhuis had bijgestaan. Ze droeg een sweater waarop een uitgeholde, tot mensengezicht gesneden pompoen te zien was, hoewel het al naar Kerstmis toe liep. Verder had ze zoveel oogschaduw opgebracht dat ze er een heel blik supermodellen mee had kunnen voorzien. 'O,' zei Trixie. 'Bent u het.'

Het klonk ongemanierd zoals ze dat zei, maar het had iets wat haar hart liet vonken. Het voelde verrassend prettig om zich te gedragen als een kreng, een voorzichtig compromis voor het feit dat ze nooit meer zichzelf zou kunnen zijn.

'Ik, eh, laat jullie alleen, dan kunnen jullie samen praten,' zei de vader van Trixie. Hoewel ze met haar ogen dringende, non-verbale berichten naar hem verstuurde om te voorkomen dat hij haar met deze vrouw alleen zou laten, drong het noodsein niet tot hem door.

'Zo,' zei Janice, nadat ze de deur had dichtgedaan. 'Hoe gaat het met je?'

Trixie haalde haar schouders op. Hoe was het mogelijk dat ze zich in het ziekenhuis niet had gerealiseerd hoezeer ze zich ergerde aan de stem van die vrouw. Net een zenkanarie.

'Ik neem aan dat je nog steeds min of meer overweldigd bent door wat er is voorgevallen. Dat is heel normaal, hoor.'

'Normaal?' herhaalde Trixie sarcastisch. 'Ja, dat is *precies* zoals ik mezelf zou willen omschrijven.'

'Dat bedoel ik in relatieve zin,' zei Janice.

Als dat relatief was, dacht Trixie, dan betrof het een metafoor van de gekke oom die tijdens familiebijeenkomsten door iedereen werd gemeden. De oom die altijd in de derde persoon over zichzelf sprak, die alleen visproducten at en met wie op weg naar huis iedereen de draak stak.

'Het zijn een heleboel kleine stapjes die je moet zetten. Maar je komt er wel.'

In de afgelopen achtenveertig uur had Trixie het gevoel gehad dat ze onder water aan het zwemmen was; ze hoorde de mensen praten, maar wel zo onduidelijk dat het net zo goed Kroatisch had kunnen zijn. Zodra het heel stil werd, te stil, was ze ervan overtuigd dat ze de stem van Jason hoorde, zo zacht als een rooksliertje, kringelend in haar oor.

'Het zal elke dag een beetje beter gaan,' zei Janice. Opeens haatte Trixie haar op een gepassioneerde manier. Hoe kon Janice verdomme weten wat zij doormaakte? Zíj zat hier niet, zó moe dat het merg van haar botten pijn deed. Zij kon niet begrijpen dat Trixie zelfs nu weer in slaap zou willen vallen, omdat het tijdsbestek van vijf seconden nadat ze 's ochtends wakker was geworden, waarin ze zich nog niet herinnerde wat er was gebeurd, het enige was waarnaar ze nog kon uitkijken.

'Het kan soms nuttig zijn om alles er uit te gooien, bijvoorbeeld door een instrument te bespelen, te schreeuwen terwijl je je doucht, alles op te schrijven in een dagboek,' stelde Janice voor.

Datgene opschrijven wat er was gebeurd, was wel het laatste waar Trixie behoefte aan had, tenzij ze het papier daarna zou kunnen verbranden.

'Veel vrouwen sluiten zich aan bij een praatgroep en hebben daar baat bij...'

'Zodat we allemaal bij elkaar kunnen zitten om te praten hoe shittig we ons voelen?' zei Trixie op een opvliegende toon. Opeens zou ze het liefst willen dat Janice terug kroop naar ongeacht welk hol waaruit barmhartige Samaritanen te voorschijn kwamen. Ze wilde niet doen voorkomen dat ze ook maar de geringste kans had om ooit weer te passen in haar kamer, in haar leven, in deze wereld. 'Zal ik u eens wat vertellen,' zei ze. 'Dit is echt gebeurd, maar ik overweeg nog liever zelfmoord of zoiets; alles beter dat wat u voorstelt. Ik zit er niet op te wachten dat u een oogje in het zeil houdt.'

'Trixie...'

'U hebt geen flauw idee hoe ik me voel,' zei Trixie op een schreeuwerige toon. 'Sta daar dus niet net te doen of we in hetzelfde schuitje zitten. U was daar niet die nacht. Alleen ik.'

Janice liep naar voren tot ze zo dicht bij haar stond dat ze Trixie zou kunnen aanraken. 'In 1972 was ik vijftien. Ik liep naar huis en nam een kortere weg over de speelplaats van de basisschool. Daar stond een man, die zei dat hij zijn hond was kwijtgeraakt. Hij vroeg of ik hem wilde helpen met zoeken. Toen ik me onder de glijbaan bevond, sloeg hij me tegen de grond en verkrachtte hij me.'

Sprakeloos staarde Trixie haar aan.

'Hij hield me daar drie uur in bedwang. En al die tijd kon ik alleen maar denken aan het feit dat ik daar na school altijd speelde. De jongens en meisjes hadden als groep ieder hun eigen gedeelte van het klimrek, waarbij we elkaar uitdaagden. We renden dan naar de kant waar de jongens zich ophielden, waarna we weer terug holden naar ons veilige plekje.'

Trixie sloeg haar ogen neer, staarde naar haar voeten. 'Het spijt me,' fluisterde ze.

'Hele kleine stapjes,' zei Janice.

Dat weekeinde realiseerde Laura zich dat er geen kosmische scheidsrechters bestonden. Er kon geen time-out worden aangevraagd, zelfs niet wanneer je in deze wereld zoveel had moeten incasseren dat je volkomen buiten zinnen was. De vaatwasser zal toch uitgeruimd moeten worden, en de mand met het wasgoed puilt uit, en je oude vriendin van de middelbare school – je hebt haar zes maanden niet meer gezien – wil met je bijpraten, zich niet realiserend dat je haar niet kunt vertellen wat er in je leven aan de hand is zonder finaal in te storten. En de twaalf studenten van je klas verwachten hoe dan ook dat je maandagmorgen komt opdagen.

Laura had verwacht dat Trixie haar nodig had, saampjes knus bij elkaar, terwijl zij haar wonden likte. Trixie had echter geen behoefte aan gezelschap, waardoor Laura door een huis doolde dat in feite het domein van Daniel was. Ze gedroegen zich nog steeds als magneten die elkaar afstootten, een omzichtige choreografie waarbij zij een kamer verliet zodra hij binnenkwam, waardoor ze zo min mogelijk met elkaar hoefden te communiceren.

'Ik neem wat vrije dagen op,' had ze die zondag tegen Daniel gezegd terwijl hij de krant aan het lezen was. Maar uren later, terwijl ze ieder aan een kant van het bed lagen – haar overspeligheid als een olifant knusjes tussen hen in – had hij het onderwerp opnieuw te berde gebracht. 'Misschien is het beter dat je dat niet doet,' had hij gezegd.

Angstvallig had ze naar hem gekeken, er niet zeker van wat hij daarmee precies wilde zeggen. Wilde hij haar niet de hele dag om zich heen hebben, omdat hij zich daar ongemakkelijk bij voelde? Dacht hij dat zij feitelijk meer gaf om haar carrière dan om haar dochter?

'Misschien zal Trixie er meer bij gebaat zijn als ze ziet dat het leven gewoon doorgaat,' voegde hij eraan toe.

Laura had toen naar het plafond gestaard, naar een watermerk in de vorm van een pinguïn. 'Stel dat ze me nodig heeft?'

'Dan bel ik je meteen op,' antwoordde Daniel koeltjes, 'en kun je besluiten linea recta naar huis te gaan.'

Zijn woorden waren als een klap in haar gezicht – de laatste keer dat hij haar telefonisch had proberen te bereiken, had zij niet opgenomen.

104

De volgende ochtend zocht Laura een paar kousen en een rok bij elkaar, maakte het ontbijt klaar voor onderweg, in haar auto, en liet een briefje voor Trixie achter. Ze reed naar haar werk en werd zich ervan bewust dat ze zich steeds opgeluchter voelde naarmate ze verder van huis was. Toen ze uiteindelijk bij de poorten van de universiteit was gearriveerd, was ze ervan overtuigd dat de veiligheidsgordel van haar auto het enige was dat haar in het leven houvast gaf.

Toen Laura bij haar klaslokaal was aanbeland, zaten de studenten al rond de tafel en waren in een verhitte discussie verwikkeld. Ze had dit gemist, dat moeiteloze begrip als het erom ging wie ze als persoon was, en waar ze thuishoorde, de vertroosting van het intellectuele dispuut. Flarden van het gesprek waaierden de gang door. *Ik heb het gehoord van mijn nichtje, dat op de middelbare school zit... publiekelijk aan de schandpaal genageld... het zat eraan te komen.* Een moment lang aarzelde Laura bij de deur, waarbij ze zich afvroeg hoe ze zo naïef had kunnen zijn te geloven dat dit alleen Trixie aanging, terwijl ze in werkelijkheid alle drie het slachtoffer waren. Ze haalde een keer diep adem en liep het klaslokaal in, waarbij twaalf paar ogen haar verstomd aanstaarden.

'Jullie hoeven heus niet te stoppen omwille van mij,' zei ze mat.

De studenten verschoven ongemakkelijk in hun stoel. Laura had zich zó graag willen nestelen in deze academische vertroostingszone – een plekje dat zo onveranderlijk en rotsvast was dat Laura zeker wist dat ze de draad moeiteloos zou kunnen oppakken – maar tot haar verbazing leek ze niet meer te passen in dit kader. De universiteit was hetzelfde gebleven, net als de studenten. Laura was echter veranderd.

'Professor Stone,' zei een van de studenten. 'Is alles in orde?'

Laura knipperde met haar ogen terwijl ze haar aandacht langzaam weer op de gezichten kon richten die zich voor haar bevonden. 'Nee,' zei ze, plotseling uitgeput door de gedachte dat ze opnieuw iemand moest misleiden over haar gemoedstoestand. 'Nee, het gaat niet goed met me.' Vervolgens ging ze staan – ze liet haar notities, jas en een verbijsterde klas achter – en liep even later de felle sneeuwbui in, terug naar de plek waar ze had moeten blijven.

'Doe nou maar gewoon,' zei Trixie, terwijl ze haar ogen dichtkneep.

Ze bevond zich in Live and Let Dye, een kapsalon op loopafstand van haar ouderlijk huis, waar ook de lui met blauw haar kwamen en waar ze zich onder normale omstandigheden nooit en te nimmer zou hebben laten zien. Dit was haar eerste uitstapje buitenshuis, en ondanks het feit dat Janice haar vader een folder had overhandigd waarin werd uitgelegd dat je je *niet* overbezorgd moest opstellen, liet hij Trixie liever niet te ver uit zijn buurt. 'Als je over een uur niet terug bent,' had haar vader gezegd, 'ga ik je zoeken.'

In gedachten zag ze hem wachten achter het erkerraam, waar je het beste uitzicht op de straat had, zodat hij haar meteen in de gaten zou krijgen zodra ze in zicht was gekomen. Maar nu ze eenmaal zoveel moed had verzameld om de deur uit te gaan, zou ze het niet verknallen. Wanneer ze een besluit moest nemen, had Janice gezegd, diende ze een lijstje te maken van de voors en tegens. En wat Trixie betrof, was alles wat haar het meisje kon doen vergeten dat ze ooit was geweest alleen maar positief te noemen.

'Je hebt een flinke bos haar,' zei de oudere kapster tegen haar. 'Je zou het kunnen doneren aan Locks of Love.'

'Wat is dat voor iets?'

'Een charitatieve vereniging die pruiken maakt voor kankerpatiënten.'

Trixie staarde naar zichzelf in de spiegel. De gedachte stond haar wel aan dat ze iemand zou kunnen helpen die feitelijk slechter af was dan zij. Sterker nog, ze koesterde de gedachte dat er iemand rondliep die het slechter had getroffen dan zij, punt uit.

'Oké,' zei Trixie. 'Wat moet ik doen?'

'Laat dat maar aan ons over,' antwoordde de kapster. 'Je moet alleen je naam opgeven aan mij, zodat die liefdadigheidsinstelling je een keurig dankkaartje kan sturen.'

Als Trixie helder had kunnen denken – maar dat kon ze natuurlijk niet – zou ze een schuilnaam hebben opgegeven. Maar het personeel van Live and Let Dye las misschien geen krant en keken wellicht alleen naar *The Golden Girls*, want de valse wimpers van de kapster verroerden zich niet op het moment dat Trixie haar naam noemde. Ze bond een koordje om Trixies volle haardos, waaraan ze een kaartje met haar naam bevestigde. Daarna pakte ze de schaar en zei: 'Zeg maar vaarwel.'

Trixie hield haar adem in op het moment dat er voor de eerste keer de schaar in werd gezet. Vervolgens kwam ze erachter hoeveel lichter ze zich voelde zonder het gewicht van al dat haar. Ze stelde zich voor hoe het zou zijn als ze haar haar zo kort liet knippen dat ze de wind achter haar oren voelde kriebelen. 'Ik wil het helemaal kort hebben,' kondigde Trixie aan.

De kapster aarzelde. 'Dat is voor *jongens*, schat.'

'Kan me niet schelen,' zei Trixie.

De kapster zuchtte. 'Eens kijken of we iets kunnen creëren dat ons beiden gelukkig maakt.'

Trixie deed haar ogen dicht en voelde hoe de schaar rondom haar hoofd kwetterend zijn werk deed. Rossige plukjes dwarrelden naar de vloer, als de veren van een vogel die uit de lucht was geschoten. 'Vaarwel,' fluisterde ze.

Ze hadden dit extra grote bed aangeschaft toen Trixie drie jaar was en vanwege haar nachtmerries haar eigen bedje verruilde voor de bufferzone van hun bed. In die tijd had het een goed idee geleken. Indertijd overwogen ze nog om het niet bij één kind te laten, en dat leek het *huwelijk* te symboliseren met een beslistheid die je alleen maar kon bewonderen. Toch waren ze verliefd op elkaar geworden in een bed in het studentenhuis, een lits-jumeaux. Ze sliepen zo dicht bij elkaar dat hun lichaamswarmte elke nacht als een geest naar het plafond zweefde, waarna ze wakker werden met de dekens van zich af geschopt. Gelet op dat feit was het verbazingwekkend dat ze, ondanks alle ruimte die ze nu hadden, nog steeds ongemakkelijk dicht bij elkaar lagen.

Daniel wist dat Laura nog wakker was. Niet lang nadat ze naar de universiteit was vertrokken, had ze thuis weer voor de deur gestaan. Ze had niet uitgelegd waarom dat zo was. Ze had amper een woord met Daniel gewisseld – er was alleen sprake van praktische, nuttige informatietransacties: heeft Trixie gegeten (nee); heeft ze nog iets gezegd (nee); heeft de politie gebeld (nee, maar mevrouw Walstone – ze woonde aan het eind van de straat – wel, alsof dat haar ook maar iets kon schelen). Meteen had ze zich ondergedompeld in een zee van activiteiten: de toiletten schoonmaken, onder de sofakussens stofzuigen, toekijken terwijl Trixie terugkwam met een kapsel dat naar het leek met een hakmes was toegetakeld, waarbij Laura haar ontsteltenis voldoende wist in te slikken om een spelletje Monopoly voor te stellen. Hij realiseerde zich dat het er alle schijn van had dat ze haar afwezigheid in de afgelopen maanden probeerde goed te maken, alsof Laura zichzelf had berecht en ze vervolgens zichzelf een vonnis had opgelegd.

En nu, terwijl ze in bed lagen, vroeg hij zich af hoe het mogelijk was dat twee mensen die feitelijk slechts dertig centimeter van elkaar vandaan lagen figuurlijk gezien mijlenver van elkaar verwijderd waren. 'Ze zijn ervan op de hoogte,' zei Laura.

'Wie bedoel je?'

'Iedereen. Op school.' Ze rolde naar hem toe; in de fluwelige duisternis kon hij het groen van haar ogen ontwaren. 'Ze hebben het er allemaal over.'

Daniel had haar kunnen vertellen dat daar pas een einde aan zou komen wanneer Laura, hij en Trixie deze ramp achter zich konden laten. Hij had dat geleerd toen hij elf jaar was en de opa van Cane hem had meegenomen op Daniels eerste elandenjacht. Tijdens de schemering gingen ze in het aluminium bootje de Kushokwim op. Daniel werd bij een bocht in de rivier aan land gezet en Cane hield de wacht bij een andere meander, zodat hun schootsveld een groter gebied zou bestrijken.

Hij had zich verscholen tussen de wilgen en vroeg zich af hoelang het zou duren voordat Cane en zijn opa terugkwamen, als dat al zou gebeuren. Toen de eland voorzichtig, met een delicate tred, uit het kreupelhout te voorschijn kwam – spillebenen, gestreepte rug, stompe neus – begon Daniels hart fel te kloppen. Hij bracht zijn geweer omhoog en dacht: *Boven alles wil ik dat dit lukt.*

Op dat moment glipte de eland weg tussen de wilgen, een muur van groen, en verdween.

Op weg naar huis kregen Cane en zijn opa te horen wat er was gebeurd, waarbij ze hun hoofd schudden en *kass'aq* mompelden. Als je tijdens de jacht nadacht over wat je aan het jagen was, kon je net zo goed naar het dier gaan roepen dat je op hem wachtte. Wist Daniel dat dan niet?

Aanvankelijk had Daniel dit bijgeloof van de Yup'ik-eskimo's van zich afgeschud. Zoals ook het geloof dat je je kom moest schoonlikken om te voorkomen dat je zou uitglijden op het ijs. Of dat je de staart van een vis moest eten om snel te kunnen rennen. Maar naarmate hij opgroeide, had hij geleerd dat je de macht van het woord zeer zeker niet mocht onderschatten. Een belediging hoefde niet uitgeschreeuwd te worden om je van binnen te laten bloeden, en een belofte hoefde niet fluisterend uitgesproken te worden om je te overtuigen. Een gedachte in je hoofd houden was voldoende om de mensen om je heen anders te laten reageren. Dat gold voor alles wat je pad kruiste.

'Als we willen dat alles weer normaal wordt,' zei Daniel, 'moeten we net doen of dat al een feit is.'

'Wat bedoel je?'

'Misschien wordt het tijd dat Trixie weer naar school gaat.'

Laura leunde op een elleboog. 'Dat *meen* je niet.'

Daniel aarzelde. 'Janice kwam met dat voorstel. Het heeft geen zin de hele dag maar wat rond te hangen en telkens opnieuw datgene te beleven wat je hebt meegemaakt.'

'Op school zal ze hem tegen het lijf lopen.'

'De rechter heeft een uitspraak gedaan: Jason mag niet bij haar in de buurt komen. Trixie heeft net zoveel recht om naar school te gaan als hij.'

Er viel een lange stilte. 'Dat zal ze dan zelf moeten willen. Eerder hoeft ze niet te gaan,' zei Laura uiteindelijk.

Opeens kreeg Daniel de indruk dat Laura niet alleen voor Trixie sprak, maar ook voor zichzelf. Als je de verkrachting van Trixie kon vergelijken met het vallen van de bladeren, dan waren ze zo druk bezig met vegen dat ze in staat waren te negeren dat de grond onder hun voeten niet langer stevig was, maar wankel.

De duisternis van de nacht drukte op Daniel. 'Heb je hem meegenomen naar huis? Naar dit bed?'

Laura's adem stokte. 'Nee.'

'In gedachten zie ik hem voor me, samen met jou, hoewel ik niet eens weet hoe hij eruitziet.'

'Het was een vergissing, Daniel...'

'Vergissingen gebeuren per ongeluk. Jij bent niet op een ochtend de deur uitgelopen om vervolgens in het bed van een of andere kerel te vallen. Je hebt erover nagedacht, een hele tijd. Jij hebt een keuze gemaakt.'

De waarheid – Daniel had er een droge keel van gekregen. Hij merkte dat ademhalen moeizamer ging.

'Ik heb er ook voor gekozen om er een punt achter te zetten en terug te komen.'

'Word ik geacht jou daar *dankbaar* voor te zijn?' Hij sloeg een arm voor zijn ogen. Je kon maar beter blind zijn.

Het silhouet van Laura's lichaam was in zilverachtig licht gehuld. 'Wil je... wil je dat ik verhuis?'

Hij had daarover nagedacht. Iets in hem wilde niet zien dat zij in de badkamer haar tanden poetste, of in de keuken de ketel op het vuur zette. Het was te gewoon, de luchtspiegeling van een huwelijk. Maar een deel van hem kon zich de tijd niet meer herinneren die hij zonder Laura had doorgebracht. Sterker nog, dankzij haar ging hij nu door het leven als de man die hij was geworden. Het was als van elke andere duale dynamiek die het wezen vormde van zijn werk, zijn kunst; kracht en zwakte hoorden bij elkaar; geen licht zonder duisternis; geen liefde zonder verlies. 'Ik denk niet dat het goed zou zijn voor Trixie als jij nu zou vertrekken,' zei Daniel uiteindelijk.

Laura draaide zich naar hem toe om hem aan te kunnen kijken. 'En jij dan? Zou jij daar baat bij hebben?'

Daniel staarde haar aan. Laura was in zijn leven geëtst, zo onuitwisbaar als een tatoeage. Het maakte daarbij niet uit of ze al dan niet fysiek aanwezig was; hij zou haar voor altijd bij zich dragen. Trixie vormde daarvan het bewijs. Maar hij had tijdens *Oprah* en *Dr. Phil* genoeg ladingen wasgoed gevouwen om te weten hoe ontrouw in zijn werk ging. Verraad was als een steen onder het matras van het bed dat je samen deelde. Het was iets dat pijn bleef doen, ongeacht hoe je ging liggen. Wat had het voor zin om vergevingsgezind te zijn als je beiden diep van binnen moest toegeven dat je het nooit zou vergeten?

Toen Daniel geen antwoord gaf, draaide Laura zich op haar rug. 'Haat je me?'

'Soms.'

'Soms haat ik mezelf ook.'

Daniel deed net of hij Trixie achter de muur van de slaapkamer hoorde ademen; gelijkmatig, kalm, ongestoord. 'Was het leven dat wij tweetjes hadden echt zo vervelend?'

Laura schudde haar hoofd.

'Waarom heb je het dan toch gedaan?'

Het duurde lang voordat ze antwoord gaf. Daniel dacht al dat ze in slaap was gevallen. Vervolgens prikte haar stem in de randen van de sterren die buiten het raam in groepjes aan het firmament hingen. 'Omdat hij me aan jou deed denken,' zei ze.

Trixie was zich ervan bewust dat ze bij de minste provocatie de klas mocht uitlopen om haar toevlucht te zoeken in het kantoortje zonder dat welke leraar dan ook daar maar iets op tegen zou hebben. Van haar vader had ze zijn mobiele telefoon meegekregen. *Bel me meteen*, had hij gezegd, *en ik zal er zijn voordat je woorden zijn weggestorven*. Ze had een pijnlijk, gênant gesprek gehad met het schoolhoofd die haar aan de telefoon had verzekerd dat hij er alles aan zou doen om ervoor te zorgen dat Bethel High een veilige haven voor haar zou worden. Om dat te bewerkstelligen hoefde ze niet langer samen met Jason de psychologielessen bij te wonen, maar stond in de bibliotheek een afgescheiden studeerkamertje tot haar beschikking. Ze mocht over alles wat in haar opkwam een verslag, een verhandeling schrijven. Momenteel overwoog ze uit te weiden over het thema *Meisjes die het liefst zouden verdwijnen*.

'Ik ben ervan overtuigd dat Zephyr en je andere vriendinnen blij zullen zijn jou weer te zien,' zei haar vader. Geen van beiden merkte daarbij op dat Zephyr niet één keer de moeite had genomen haar te bellen om te vragen hoe het met haar ging. Trixie probeerde zichzelf ervan te overtuigen dat de reden daarvan was dat Zephyr zich schuldig voelde over de ruzie die ze hadden gehad en wat daarna als een direct gevolg ervan was gebeurd. Ze legde niet aan haar vader uit dat ze in de eerste klas van de middelbare school geen andere vriendinnen had. Ze had het zo druk gehad om haar leven te vullen met Jason dat ze oude vriendschappen had verwaarloosd en niet de moeite had genomen nieuwe vrienden te maken.

'Stel dat ik van gedachten verander?' vroeg Trixie zachtjes.

Haar vader keek haar aan. 'Dan neem ik je mee naar huis. Zo simpel ligt de zaak, Trixie.'

Ze staarde uit het raampje van de auto. Het sneeuwde. Op de takken van de bomen lag een ragfijn laagje sneeuwvlokken dat de scherpe kantjes van het landschap haalde. De kou werkte zich door haar lange gebreide muts heen: wie had kunnen weten dat haar lokken haar hoofd feitelijk warm hadden gehouden? Ze bleef vergeten dat ze een gemillimeterd kapsel had, en ze werd er alleen aan herinnerd zodra ze in de spiegel keek en dan de schrik van haar leven kreeg, of wanneer ze de lange, niet-bestaande paardenstaart achter de kraag van haar jas vandaan wilde halen. Ze zag er eerlijk gezegd vreselijk uit. Door haar korte kapsel leken haar ogen zelfs nóg groter en straalden ze angst uit. De eenvoud van het kapsel was beter geschikt voor een jongen. Toch was Trixie erop gesteld. Als mensen haar aanstaarden, wilde ze zich ervan bewust zijn dat dat kwam doordat ze er anders *uitzag*, en niet doordat ze een *ander mens* was geworden.

Achter de ruitenwissers kwamen de poorten van de school in zicht, met rechts van haar de parkeerplaats voor de auto's van de studenten; onder het laagje sneeuw deden ze denken aan gestrande walvissen. Ze vroeg zich af welke auto van Jason was. Trixie veronderstelde dat hij zich inmiddels in het gebouw bevond. Hij was twee dagen eerder naar school gegaan dan zij, waardoor hij zijn kant van het verhaal inmiddels wereldkundig had kunnen maken, uitgestrooid als zaad dat al was ontkiemd en uitgegroeid tot stevige planten.

Haar vader parkeerde aan de rand van de straat. 'Ik loop met je mee naar binnen,' zei hij.

Bij Trixie gingen nu alle alarmbellen rinkelen. Bestond er iets dat het begrip *mislukkeling!* erger symboliseerde dan een verkrachtingsslachtoffer dat door haar papa naar het schoolgebouw moest worden begeleid? 'Dat kan ik zelf wel,' zei ze pertinent, maar op het mo-

111

ment dat ze haar veiligheidsgordel wilde afdoen, realiseerde ze zich dat haar hersenen het niet voor elkaar kregen om haar vingers het werk te laten doen dat gebeuren moest.

Opeens voelde ze de hand van haar vader op de vergrendeling, waarna de gordel losschoot. 'Wil je liever naar huis?' vroeg hij zacht. 'Geen probleem, hoor.'

Trixie knikte en voelde de tranen in haar keel. 'Dat weet ik.'

Bang zijn was gewoon stom. Wat kon er op die school gebeuren dat erger was dan wat ze inmiddels had meegemaakt? Maar je kon rationaliseren zoveel je wilde, de kriebels in je buik verdwenen er niet door.

'Toen ik als kind in dat dorp woonde, spookte het in ons huis,' zei haar vader.

Trixie knipperde met haar ogen. Op één hand kon ze het aantal keren tellen dat haar vader had verteld over zijn kindertijd in Alaska. In zijn karakter waren bepaalde restanten uit zijn jeugd achtergebleven die hem als anders bestempelden – zoals het gegeven dat hij niet anders kon dan het vertrek verlaten zodra het er te luidruchtig werd, en zijn obsessie als het ging om zuinig omspringen met de watervoorraad, hoewel de put achter hun huis nooit droog kwam te staan. Trixie wist niet veel meer dan dat haar vader de enige blanke jongen in een dorp van de Yup'ik-eskimo's was geweest. Zijn moeder, die hem in haar eentje had grootgebracht, had daar lesgegeven aan de basisschool. Op zijn achttiende had hij Alaska verlaten en zichzelf plechtig beloofd dat hij nooit meer zou terugkeren naar dat oord.

'Ons huis en de basisschool vormden één geheel. De oude schooldirecteur was de laatste die erin had gewoond. Hij had zich opgehangen aan een balk in de keuken. Iedereen wist ervan. In de school ging soms de audioapparatuur aan zonder dat de stekker in het stopcontact zat. Of de basketballen die op de vloer in de gymzaal lagen, begonnen vanzelf te stuiteren. In ons huis gingen de laden soms vanzelf met een ruk open. En af en toen kon je er aftershave ruiken, zomaar uit het niets.' Trixies vader keek haar aan. 'De Yup'ik zijn bang voor geesten. Op school zag ik kinderen wel eens in de lucht spugen om te controleren of die geest dicht genoeg bij was om hun speeksel te stelen. Ook liepen ze soms drie keer om het schoolgebouw heen, zodat de geest hen op de terugweg naar huis niet kon volgen.'

Hij haalde zijn schouders op. 'Wat ik bedoel is... ik was een blank kind. Ik praatte raar, zag er raar uit, waardoor ik elke dag opnieuw het mikpunt was. Net als de andere kinderen was ook ik doodsbang voor die geest, maar dat liet ik niet merken. Op die manier wist ik dat ze me voor van alles en nog wat konden uitmaken... maar nooit voor *lafaard.*'

'Jason is geen geest,' zei Trixie kalm.

Haar vader trok haar muts over haar oren. Zijn ogen waren zo donker dat ze zichzelf erin weerspiegeld zag. 'Nou, ik neem aan dat je dan niets te vrezen hebt,' zei hij.

Het had weinig gescheeld of Daniel was Trixie achterna gehold terwijl ze over het glibberige trottoir naar de voorzijde van de school liep. Stel dat hij het bij het verkeerde eind had gehad? Wisten Janice, de artsen en de rest wel hoe wreed tieners tegen elkaar konden zijn? Stel dat Trixie na deze schooldag *nog* dieper in de ellende zou zitten?

Met gebogen hoofd liep Trixie verder, de kou trotserend. Haar groene jas leek een vlek tegen de achtergrond van de sneeuw. Ze keek niet één keer om.

Toen ze nog klein was, wachtte Daniel altijd tot Trixie het schoolgebouw was binnengelopen. Daarna pas reed hij weg. Er kon namelijk van alles misgaan: ze zou kunnen struikelen en op de grond vallen; misschien kwam ze een pestkop tegen; of ze werd geplaagd door een groep meisjes. Hij verbeeldde zich graag dat als hij maar een oogje in het zeil hield, hij haar kon bezielen met een veilige kracht, ongeveer zoals hij zijn stripfiguren in de tekenvakjes van een golvend, meebewegend krachtveld voorzag.

De waarheid was echter dat Daniel haar op een veel intensere manier nodig had gehad dan zij haar vader. Zonder dat hij zich dat realiseerde, had ze elke dag een show voor hem opgevoerd; ze huppelde, draaide om haar as, spreidde haar armen en maakte al hollend grote sprongen, alsof ze dacht dat ze op een ochtend daadwerkelijk zou kunnen vliegen. Hij keek dan toe en besefte hoe gemakkelijk het was voor kinderen om te geloven in een wereld die anders was dan de realiteit waarin ze feitelijk leefden. Vervolgens reed hij naar huis en vertaalde hij dat gegeven strip voor strip, op een blanco vel papier.

Hij herinnerde zich dat hij zich indertijd afvroeg hoelang het zou duren voordat de werkelijkheid zijn dochter zou hebben ingehaald. Hij herinnerde zich dat hij dacht: *Het zal de treurigste dag ooit worden als ze ophoudt met doen alsof.*

Daniel wachtte tot Trixie door de dubbele deur het schoolgebouw was binnengeglipt. Vervolgens reed hij voorzichtig weg van de straatrand. In de achterbak van zijn pick-up had hij veel zandzakken moeten leggen om te voorkomen dat de auto ging zwabberen in de sneeuw. Momenteel was alles goed, zolang hij daardoor maar in staat was zijn evenwicht te bewaren.

3

Trixie kende het verhaal achter haar echte naam, wat niet wilde zeggen dat ze die naam daardoor minder haatte. Beatrice Portinari was de ware liefde geweest van Dante. Deze vrouw had hem geïnspireerd tot het schrijven van een reeks epische gedichten. Trixies moeder, professor in de klassieke literatuur, had eigenhandig de geboorteakte ingevuld terwijl haar vader – hij wilde dat zijn pasgeboren dochter Sarah zou heten – in de badkamer was.

Dante en Beatrice kon je echter niet vergelijken met Romeo en Julia. Dante had haar voor het eerst ontmoet toen ze pas negen jaar was. Op haar achttiende kwam hij haar opnieuw tegen. Ze waren beiden getrouwd en Beatrice stierf jong. Als dit de eeuwige liefde voorstelde, had Trixie daar geen boodschap aan.

Toen Trixie daarover tegen haar vader was gaan klagen, had hij gezegd dat Nicolas Cage zijn zoon Kal-el had genoemd, de Kryptonische naam van Superman, en dat ze dus dankbaar hoorde te zijn. Maar in Bethel High krioelde het van de Mallory's, Dakota's, Crispins en Willows. Op elke eerste dag van een nieuw schooljaar had Trixie de schooljuffrouw even onder vier ogen gesproken om er zeker van te zijn dat zij niet *Beatrice* maar *Trixie* zou zeggen wanneer ze de presentielijst voorlas. In het andere geval zou de rest van de klas namelijk in een deuk liggen. Toen ze in de vierde klas zat, was er een periode waarin ze zichzelf Justine begon te noemen, maar die naam sloeg niet aan.

Summer Friedman bevond zich samen met Trixie in het hoofdgebouw, waar ze een van de laatsten waren die zich voor school meldden. Ze was lang en blond en het hele jaar door zag ze er door de zon gebruind uit, hoewel Trixie wist dat ze in december was geboren. Ze draaide zich om, schoolpasje in de hand. 'Slet,' siste ze tegen Trixie terwijl ze haar passeerde.

'*Beatrice?*' riep de secretaresse. 'De directeur heeft nu tijd om je te spreken.'

Trixie was voorheen slechts één keer in het kantoor van de school-directeur geweest. In het eerste trimester als eerstejaars stond ze destijds op de lijst van de beste studenten. Tijdens de pauze werd ze naar hem toe gestuurd, waarbij ze voortdurend de bibbers had terwijl ze erachter probeerde te komen wat ze verkeerd had gedaan. Schooldirecteur Aaronsen stond met een uitgestoken hand op haar te wachten, grijns op zijn gezicht, wat haar deed denken aan het Koekjesmonster. 'Gefeliciteerd, Beatrice,' had hij tegen haar gezegd. Daarna had hij haar een goudkleurig erekaartje gegeven, waarop haar eigen walgelijke naam stond gedrukt.

'Beatrice,' zei hij ook ditmaal, toen ze zijn kantoor binnenliep. Ze zag dat de schooldecaan, mevrouw Gray, eveneens aanwezig was om haar te begroeten. Waren ze in de veronderstelling dat ze misschien zou flippen zodra ze een man zag met wie ze zich moederziel alleen in een vertrek bevond? 'Fijn dat je weer terug bent,' zei meneer Aaronsen.

Het is fijn om weer op school te zijn. De leugen op haar tong was echter zo zuur dat ze hem weer inslikte.

Het schoolhoofd staarde naar haar kapsel, beter gezegd naar het gebek eraan, maar was te beleefd om er iets van te zeggen. 'Mevrouw Gray en ik willen je alleen laten weten dat de deur altijd voor je openstaat,' zei de directeur.

De vader van Trixie had twee namen. Toen ze tien jaar was, was ze daar toevallig achter gekomen terwijl ze in zijn bureauladen aan het snuffelen was. In het achterste gedeelte van een van die laden, achter de vlekkerige gummen en buisjes met grafietstaafjes voor zijn potloodpennen, zag ze een foto met daarop twee jongens die gehurkt voor een gevangen vis zaten. Een van hen was blank, de ander een eskimo. Op de achterkant van die foto was geschreven: Cane en Wass, visserskamp. Akiak, Alaska – 1976.

Trixie had de foto meegenomen naar haar vader, die het gazon aan het maaien was. *Wie zijn dat?* had ze gevraagd.

Haar vader had de grasmaaier uitgezet. *Ze zijn dood.*

'Als je je ook maar in de geringste mate ongemakkelijk voelt,' zei directeur Aaronsen. 'Of als je een plekje nodig hebt om even op adem te komen...'

Drie uur later was Trixies vader haar gaan zoeken. *Ik ben de jongen rechts op de foto*, had hij gezegd, terwijl hij haar het kiekje liet zien. *En dat is Cane, een vriend van mij.*

Jij heet toch geen Wass, had Trixie te berde gebracht.

Haar vader had vervolgens aan haar uitgelegd dat op de dag nadat

120

hij werd geboren en een naam kreeg een van de dorpsoudsten op bezoek was gekomen en hem Wass had genoemd – een afkorting van Wassilie, haar overleden echtgenoot, die een week daarvoor door het ijs was gezakt. Voor een Yup'ik-eskimo die onlangs was overleden, was het heel normaal dat hij in een pasgeborene incarneerde. De dorpelingen lachten toen ze Daniel als baby zagen, waarbij ze dingen zeiden als: *O, kijk eens, Wass is teruggekomen met blauwe ogen!* Of: *Daarom heeft Wass op school Engels als tweede taal gekozen!*

Achttien jaar lang had zijn moeder hem Daniel genoemd, terwijl hij bij de andere dorpelingen bekend stond als Wass. In de belevingswereld van de Yup'ik, had hij Trixie verteld, reïncarneren de zielen en is er dus eigenlijk nooit sprake van een afscheid.

'... een beleid waarbij we geen enkele overtreding tolereren,' zei het schoolhoofd. Trixie knikte, hoewel ze niet echt had geluisterd naar wat er tegen haar werd gezegd.

Op de avond nadat haar vader haar over zijn tweede naam had verteld, had ze een vraag voor hem op het moment dat hij haar kwam instoppen. *Waarom zei je eerst dat ze dood waren?*

Omdat, had haar vader gezegd, *ze dat ook zijn.*

Schooldirecteur Aaronsen ging staan, net als mevrouw Gray. Prompt realiseerde Trixie zich dat ze haar zouden begeleiden naar het klaslokaal. Ze raakte ervan in paniek. Dit was nóg erger dan dat ze door haar vader werd binnengebracht. Alsof een jachtvliegtuig een lijntoestel escorteerde om een veilige landing te waarborgen. Iedereen op de luchthaven zou dan toch uit de ramen kijken en speculeren wat er aan de boord van dat toestel in hemelsnaam aan de hand was?

'Eh, ik denk dat ik liever zonder begeleiding naar de klas ga,' zei Trixie.

Het derde lesuur zou dadelijk beginnen, zodat ze nog tijd had om naar haar kluisje te lopen voordat de Engelse les begon. Ze zag dat het schoolhoofd even naar de schooldecaan keek. 'Nou ja,' zei hij vervolgens. 'Als je dat graag wilt.'

Trixie vluchtte het kantoor van de schooldirecteur uit, waarna ze blindelings haar weg vond in de doolhof van gangen waaruit de middelbare school bestond. Het lesuur was nog niet afgelopen, waardoor het rustig was – vaag hoorde ze het deuntje van iemand met een toiletpasje, het gedempte geklik van hoge hakken, en de puffende klanken van blaasinstrumenten op de bovenverdieping, in de muziekzaal. Bij haar kluisje draaide ze aan de cijfercombinatie: 40-22-

38. *Hé*, had Jason een eeuwigheid geleden gezegd, *heb jij de maten van een barbiepop?*

Trixie liet haar voorhoofd tegen het koele metaal rusten. Vier uur in de klas zitten, meer hoefde ze niet te doen. Ze kon haar gedachten laten gaan over *Lord of the Flies*, $A=\pi r^2$ en de moord op aartshertog Franz Ferdinand. Ze hoefde met niemand te praten als ze dat niet wilde. Al haar leraren waren op de hoogte gesteld. Ze zou een leger van zichzelf zijn.

Toen ze de deur van haar kluisje openmaakte, vielen talrijke slangvormige voorwerpen uit de smalle opbergplaats op haar voeten. Ze bukte zich om er een op te pakken. Acht kleine vierkante folieverpakkingen, bij de perforaties voorzien van een harmonicaplooi.

Trojan, las Trixie. *Schroefvormig latexcondoom met glijmiddel voor meer genot.*

'Ze doen het allemaal met elkaar,' zei Marita Soorenstad. Ze hield haar hoofd iets achterover en strooide de rest van het limoenkleurige poeder in haar mond. Gedurende de vijftien minuten dat Mike Bartholemew bij de assistent-officier van justitie had gezeten, had ze drie Pixy Stix geconsumeerd. 'Tienermeisjes willen aantrekkelijk zijn voor de jongens, maar niemand heeft hen geleerd hoe ze moeten omgaan met de gevoelens die dan om de hoek komen kijken. Dat soort dingen kom ik in mijn praktijk voortdurend tegen, Mike. Tienermeisjes realiseren zich opeens dat iemand het met hen doet, en ze laten er daarna geen woord over los.' Ze vermorzelde het papieren rietje in haar hand en grimaste. 'Een of andere rechter heeft me eens verteld dat ze een steuntje in de rug waren in de periode dat hij probeerde te stoppen met roken. Ik geef je echter op een briefje dat je er alleen een suikerroes en een groene tong van krijgt.'

'Trixie Stone heeft *geweigerd*,' bracht de rechercheur te berde. 'Dat staat duidelijk in de verklaring die ze heeft afgelegd.'

'Maar Trixie Stone had ook gedronken. De strafpleiter zal dat gegeven gebruiken om haar beoordelingsvermogen in twijfel te trekken. Oosterhaus zal duidelijk maken dat ze onder invloed was en strippoker speelde, dat ze kortom *ja, ja, ja* blééf roepen tot alles achter de rug was, waarna ze besloot toch maar *nee* te zeggen.' Hij zal aan haar vragen hoe laat het was op het moment dat ze dat zei, hoeveel schilderijen er aan de muren van die kamer hingen, welke song er uit de stereo kwam en of de maan al dan niet in het sterrenbeeld Schorpioen stond... allemaal details die zij zich niet zal weten te herinneren. Vervolgens komt hij op de proppen met de vraag hoe zeker ze ervan is dat ze Jason gevraagd heeft te stoppen als ze zich dat soort bijzonderheden niet kan herinneren.' Marita aarzelde. 'Ik wil daarmee niet zeggen dat Trixie niet verkracht is, Mike. Ik leg je alleen even uit dat dat niet voor iedereen even duidelijk hoeft te zijn.'

'Ik denk dat de familie zich daarvan bewust is,' zei Bartholemew.

'De familie is zich daar nooit van bewust, ongeacht wat er gezegd wordt.' Marita opende de dossiermap van Trixie Stone. 'Wat denken ze verdomme wel dat hun kind anders aan het doen was om twee uur in de nacht?'

In gedachten zag Bartholemew een auto die in de berm op zijn kant lag. De hulpdiensten verzamelden zich rondom het lichaam dat door de voorruit was geslingerd. Hij zag voor zich hoe iemand van de technische recherche de lange mouw van haar T-shirt optrok en de blauwe plekken en insteekplaatsen van naalden op haar aderen te zien kreeg. Ook vroeg hij zich af of die techneut tot zich had laten doordringen dat Holly een T-shirt met lange mouwen droeg, nog wel op de zwoelste avond in juli, en of hij zichzelf daarbij had afgevraagd wat de ouders van het meisje gedacht moeten hebben op het moment dat ze haar daarin het huis uit zagen gaan.

Het antwoord op deze vraag, en op die van Marita, luidde: *We dachten niet na. We lieten niet toe dat er werd nagedacht, want we wilden het niet weten.*

Bartholemew schraapte zijn keel. 'De familie Stone dacht dat er tijdens het logeerpartijtje in de woning van een vriendin een superviserende ouder aanwezig was.'

Marita scheurde een gele Pixy Stix open. 'Geweldig,' zei ze terwijl ze de inhoud ervan op haar tong strooide. 'Dan is het niet de eerste keer dat ze heeft gelogen.'

Hoewel ouders dat zelden zullen toegeven, betekent school niet achter een overvol tafeltje kenis absorberen, maar datgene wat er rondom en ondanks dat gebeuren plaatsvindt. Het zijn de vijf minuten tussen het gerinkel van de bel, waarin je te weten komt waar die avond gefeest wordt; waarin je het voor elkaar krijgt van je vriendin de juiste kleur lippenglans te lenen voordat de Franse les begint en je in de klas zit met die leuke jongen die vanuit Ohio hierheen is verhuisd; het heeft alles te maken met het feit dat je door iedereen wordt opgemerkt, terwijl je tegelijkertijd veinst dat je boven dat soort aandacht staat.

Nu die sociale interactie op chirurgische wijze uit de 'eerste' schooldag van Trixie was verwijderd, merkte ze op hoe weinig het academische gedeelte van het schoolgebeuren haar interesseerde. Tijdens de Engelse les staarde ze net zolang naar de gedrukte tekst in haar boek tot de letters als popcorn in een pan van de bladzijde leken te springen. Zo nu en dan hoorde ze een hatelijke opmerking: *Wat heeft ze met haar haar gedaan?* Slechts één keer had iemand het lef haar in de klas aan te spreken, tijdens de gym terwijl er zaalvoetbal werd gespeeld. Een meisje uit haar eigen team was naar haar toegelopen nadat de gymleraar een time-out had ingelast. 'Iemand die echt verkracht is, zou hier nu niet staan voetballen,' had ze gefluisterd.

Het lunchuurtje vreesde Trixie echter het meest. In de cafetaria verdeelde de massa zich als amoeben in sociaal gepolariseerde groepjes. Je had de Kunstzinnigen, de Skateboarders en de Intellectuelen. En ook nog de Sexy Zeven – een groep meiden die op school de toon zette wat betreft de ongeschreven moderegels, zoals in welke maand je shorts hoorde te dragen, en duidelijk maakte dat slippers volstrekt passé waren. Ook had je de Koffie's, die de hele ochtend maar wat rondhingen en java dronken met hun vrienden tot de bus eraan kwam die hen de lessen over coiffures en kinderverzorging bracht. Dan was er nog het tafeltje waar Trixie bij hoorde. Daar zaten de populaire kids, zoals Zephyr, Moss en een groepje zorgeloze ijshockeyspelers, die net deden of ze niet wisten dat de anderen naar hen keken en hen een stelletje aanstellers vonden, terwijl dat in werkelijkheid ook de kinderen waren die 's middags naar huis gingen en graag zouden willen dat hun eigen vriendenclubje zo cool was.

Trixie haalde voor zichzelf een bakje patat en chocolademelk – haar vertroostingslunch als ze een proefwerk had verknald of last had van menstruatiepijn – waarna ze midden in de cafetaria ging staan en naar een vrij plekje aan een van de tafeltjes zocht. Sinds Jason het had uitgemaakt zat Trixie altijd ergens anders. Uit solidariteit ging Zephyr echter steevast bij haar zitten. Die dag zag ze echter dat Zephyr aan hun vroegere tafeltje zat. Uit het collectieve kabaal was duidelijk op te maken 'dat ze het toch niet zal wagen om hier te gaan zitten'.

Trixie hield haar plastic dienblad als een schild in de hoogte. Uiteindelijk liep ze naar het Radiatorclubje, het groepje dat zich altijd bij de verwarming nestelde. Meisjes in witte broeken met spandex. Ze hadden vriendjes die in verhoogde I-Rocs reden. Op hun vijftiende werden ze zwanger en namen ze de foto's van de echoscopie mee om er op school mee te pronken.

Een van hen – een eerstejaars die eruit zag of ze in haar negende maand was – glimlachte naar Trixie. Dit kwam zo onverwacht dat ze er bijna door struikelde. 'Hier is een plekje vrij,' zei het meisje. Ze schoof haar rugzak van de tafel, zodat Trixie kon gaan zitten.

Veel scholieren van Bethel High staken de draak met het Radiatorclubje. Trixie had daar echter nooit aan meegedaan. Ze vond hen te deprimerend om ze tot mikpunt van spot te maken. Het leek of het hun niet kon schelen dat ze hun leven in de plomp gooiden – wat niet wilde zeggen dat ze voorheen een leven hadden gehad waar iedereen zonder meer mee zou weglopen, maar toch. Trixie had zich afgevraagd of die T-shirts, waarachter hun bolle buik zich pontificaal toonde, en de trotse houding die ze aannamen met betrekking tot de situatie waarin ze verzeild waren geraakt, alleen maar show was, een manier om niet te laten zien hoe verdrietig ze in werkelijkheid waren over wat hen was overkomen. Als je je immers gedroeg of je echt datgene wilde waar je niet om had staan trappelen, zou het best kunnen dat je jezelf en de mensen om je heen gaandeweg overtuigde.

Trixie zou dat toch moeten weten.

'Ik heb Donna gevraagd of ze de peettante van Elvis wil worden,' hoorde ze een van de meisjes zeggen.

'Elvis?' zei iemand anders. 'Ik dacht dat je hem Pilot zou noemen.'

'Dat was ook de bedoeling, maar toen dacht ik dat hij na zijn geboorte misschien van nature hoogtevrees zal hebben. Dat zou wel erg balen voor hem zijn.'

Trixie doopte een frietje in het ketchuppoeltje. Het zag er waterig, blubberig uit, net bloed. Ze vroeg zich af hoeveel uren er inmiddels verstreken waren sinds ze hardop iets had gezegd. Als je je stem niet gebruikt, zal die dan uiteindelijk verschrompelen en verdrogen? Was er sprake van een natuurlijke selectie wat betreft 'niet hardop praten'?

'Trixie.'

Ze keek op en zag dat Zephyr aan de andere kant van het tafeltje tegenover haar was gaan zitten. Trixie kon haar opluchting niet bedwingen. Als Zephyr aan haar tafeltje plaatsnam, kon ze toch onmogelijk nog kwaad zijn – of wel? 'Goeie genade, wat ben ik blij jou te zien,' zei ze. Ze wilde een grapje maken en Zephyr laten merken dat ze het prima vond dat zij haar niet behandelde of ze een freak was, maar ze kon niets bedenken.

'Ik was van plan langs te komen,' zei Zephyr. 'Maar ik heb min of meer huisarrest gekregen tot ik veertig ben.'

Trixie knikte. Ze vond het al tof genoeg dat Zephyr bij haar was gaan zitten.

'Eh... alles *in orde*, verder?'

'Ja,' zei Trixie. Ze probeerde zich te herinneren wat haar vader die ochtend tegen haar had gezegd: *Als je denkt dat het goed met je gaat, begin je er ook in te geloven.*

'Je haar...'

Ze streek met haar hand over haar hoofd en glimlachte nerveus. 'Ja, belachelijk hè?'

Zephyr boog zich naar voren en verschoof ongemakkelijk in haar stoel. 'Luister, wat jij hebt gedaan... nou ja, het heeft gewerkt. Je hebt Jason terug... geen twijfel mogelijk.'

'Tjeses, waar *heb* je het eigenlijk over?'

'Jij wilde wraak nemen voor het feit dat hij je heeft gedumpt, en daar ben je in geslaagd. Maar weet je, Trixie... iemand een lesje leren, oké... maar het is andere koek als je hem laat *arresteren*. Vind je niet dat je er nu een punt achter moet zetten?'

'Denk jij dat ik...' Trixie voelde dat de spiertjes onder de huid van haar schedel zich samentrokken. 'Denk jij dat ik dat verzonnen heb?'

'Trix, iedereen weet dat je weer verkering met hem wilde hebben. Het is nu eenmaal moeilijk iemand te verkrachten die niets liever wil dan *vrijen*.'

'Jij bent degene die met dit plan op de proppen kwam! Jij zei dat ik hem jaloers moest maken! Ik had nooit verwacht... ik heb niet...' Trixie klonk nu iel, haar stem trilde. 'Hij heeft me *verkracht*.'

Er viel een schaduw op de tafel toen Moss dichterbij kwam. Zephyr keek naar hem op, waarna ze haar schouders ophaalde. 'Ik heb het geprobeerd,' zei ze.

Hij trok Zephyr uit haar stoel. 'Kom mee.'

Trixie ging eveneens staan. 'Sinds de kleuterschool zijn we vriendinnen van elkaar geweest. Geloof je hem wel en mij niet?'

Er veranderde iets in haar blik, maar voordat ze wat kon zeggen, legde Moss een arm om haar schouders, waarna hij haar meetrok naar hun tafeltje. *Zo zit het dus*, dacht Trixie.

'Mooi kapsel, *soldaat Ho*,' zei Moss terwijl ze wegliepen.

In de cafetaria was het zo stil geworden dat zelfs de lunchdames opkeken. Trixie zakte weer terug in haar stoel en probeerde het feit te negeren dat iedereen haar aanstaarde. Ze had ooit gebabysit voor een jongetje van een jaar. Het spelletje dat hij graag speelde, bestond eruit dat hij zijn handjes voor zijn gezicht sloeg, waarna jij hoorde

126

te zeggen: 'Waar is Josh?' Was het maar zo eenvoudig: doe je ogen dicht en je bent verdwenen.

Naast haar liet een van de meisjes van het Radiatorclubje haar kauwgombel ontploffen. 'Ik zou willen dat Jason Underhill *mij* verkrachtte,' zei ze.

Daniel had koffie gezet voor Laura.

Zelfs na wat zij had gedaan, en zelfs na de woorden die tussen hen waren gevallen, als een regen van pijlen, had hij nog steeds koffie voor haar gezet. Hoewel het misschien niet meer was dan een gewoontegebaar, zorgde het er wel voor dat Laura elk moment in huilen kon uitbarsten.

Ze staarde naar de buik van de stomende koffiepot. Franse mélange. Het kwam opeens bij haar op dat ze zich in al die jaren dat ze waren getrouwd niet kon herinneren dat de rollen ooit anders verdeeld waren geweest. Daniel had als een student haar gevoelens van voorkeur en afkeer bestudeerd; Laura had zelfs nooit een poging gedaan om die spreekwoordelijke cursus te volgen. Was het zelfgenoegzaamheid waardoor ze zich zo rusteloos ging voelen dat ze een buitenechtelijke verhouding aanging? Of had ze dat gedaan omdat ze niet had willen toegeven dat ze nooit zo'n goede echtgenote zou worden als Daniel echtgenoot was, zelfs als ze daartoe pogingen zou hebben ondernomen?

Ze was naar de keuken gelopen om aan de tafel te gaan zitten, haar notities uit te spreiden en zich aldus voor te bereiden op de les die ze deze middag moest geven. Vandaag was het godzijdank een hoorcollege voor een anonieme groep, waarbij zij steeds aan het woord zou zijn, en geen kleine klas waardoor ze misschien opnieuw geconfronteerd zou worden met de vragen van de studenten. In haar hand hield ze een boek met op de opengeslagen bladzijde de beroemde Doré-illustratie voor Canto 29, waarin Vergilius – de gids die Dante door de hel leidde – hem een uitbrander gaf vanwege zijn nieuwsgierigheid. Nu Laura echter de gebrande koffiebonen rook en het aroma opsnoof, kon ze zich absoluut niet meer herinneren wat ze over deze illustratie aan haar studenten zou vertellen.

De hel verklaren kreeg een totaal andere betekenis als je onlangs pal in het midden van het vagevuur had geleefd. Laura visualiseerde haar eigen gezicht in de illustratie, in plaats van dat van Dante. Ze nam een slokje van haar koffie, waarbij ze zich voorstelde dat ze water van de Lethe dronk, de rivier die terugstroomde naar de bron en die al je zonden meenam.

Tussen liefde en haat bestond een grens die amper zichtbaar was. Dat cliché hoorde je voortdurend. Maar niemand had je verteld dat je die grens overschreed wanneer je daar het minst op bedacht was. Je wordt verliefd op iemand, waardoor je een geheime deur op een kier zet om je zielsverwant binnen te laten. Je verwachtte nu eenmaal niet dat een dergelijke intimiteit op een dag als een inbreuk zou voelen.

Laura staarde naar de illustratie. Met uitzondering van Dante ging niemand bereidwillig naar de hel. Zelfs Dante zou er verdwaald zijn als hij geen gids had gevonden die de hel al eens had doorkruist en er aan de andere kant was uitgekomen.

Laura reikte naar het keukenkastje, haalde er nog een mok uit en schonk in. Eerlijk gezegd had ze geen flauw idee of Daniel suiker of melk, of beide, in zijn koffie deed. Ze deed een beetje van beide erin, precies zoals zij haar koffie het liefst dronk.

Ze hoopte dat je dat een begin mocht noemen.

In het laatste nummer van het tijdschrift *Wizard* stond Daniel op nummer negen van de top tien van beste striptekenaars. Zijn foto was erbij gezet, met helemaal bovenaan – acht 'punten' verschil – het glimlachende gezicht van Jim Lee. Afgelopen maand had Daniel op nummer tien gestaan. De groeiende verwachting wat betreft *De Tiende Cirkel* voedde zijn faam.

In feite was het Laura geweest die tegen Daniel had gezegd wanneer hij beroemd zou worden. Ze waren naar een kerstfeestje van Marvel in New York gegaan. Nadat ze het vertrek waren binnengelopen, raakten ze elkaar kwijt in de menigte. Later zei ze tegen hem dat toen hij door de mensenmassa liep zij de lui in zijn kielzog over hem had horen praten. *Je bent beslist geen onbekende, Daniel,* had ze gezegd.

Toen hij voor het eerst een proefverhaal moest tekenen – een afschuwelijke strip die zich afspeelde in een overvol vliegtuig – had hij zich zorgen gemaakt over dingen waar hij nu geen moment meer aan zou denken: zoals wanneer hij een F-grafietstaafje in zijn potloodpen moest doen in plaats van te zacht grafiet; of het controleren van de geometrie van de bogen; en het op de juiste manier hanteren van de liniaal en daar een gevoel voor ontwikkelen. Al met al kon je zeggen dat hij in het begin van zijn carrière veeleer vanuit zijn intuïtie te werk ging – emotionele kunst, in plaats van cerebrale creativiteit. Toen hij bijvoorbeeld voor het eerst een Batman-strip voor DC Comics deed, had hij de held opnieuw moeten uitvinden. Het oor van zijn Batman had een bepaalde lengte en hij was voorzien van een bepaalde taillemaat. Al met al had zijn versie weinig meer te maken met de historische, kunstzinnige ontwikkeling van dat personage, maar veel meer met de manier waarop hij de strip in zijn jeugd had ervaren, wat hij echt 'cool' vond aan Batman.

Vandaag echter beleefde hij weinig plezier aan het tekenen, en al evenmin vond hij er vertroosting in. Onophoudelijk waren zijn gedachten bij Trixie, waarbij hij zich afvroeg waar ze zich op dit uur van de dag bevond, en of het een goed of slecht teken was dat ze hem nog niet had gebeld om te zeggen hoe het ging. Wanneer Daniel rusteloos was, kwam hij achter de tekentafel vandaan en liep hij rond het huis, of hij ging een eindje rennen om zijn hersenen op te peppen en zijn verloren inspiratie terug te winnen. Laura was echter thuis – ze hoefde vanmiddag pas les te geven – wat voor hem voldoende reden was om als een kluizenaar in zijn werkkamer te blijven. Het was gemakkelijker je geconfronteerd te zien met een blanco vel tekenpapier dan om uit het niets de juiste woorden te vinden om een huwelijk te redden.

Zijn taak voor vandaag bestond eruit dat hij een reeks paneeltekeningen maakte met voorstellingen uit het inferno, compleet met overspelige demonen – zondaars die in het leven wellust voor elkaar hadden gevoeld, waardoor ze in het hiernamaals niet meer van elkaar gescheiden konden worden. De ironie van het feit dat hij dit moest tekenen, gelet op de persoonlijke omstandigheden waarin hij verkeerde, was Daniel niet ontgaan. Hij stelde zich een mannelijke en vrouwelijke torso voor die allebei ontsproten aan hetzelfde onderlichaam. Op de rug van beiden tekende hij één vleugel. En hij zag klauwen die het hart van een held stalen, want dat was precies het gevoel dat hij daarbij kreeg.

Vandaag speelde hij het spel niet eerlijk en tekende hij een aaneenschakeling van acties, omdat dat het plezierigst was om te doen. Hij sprong altijd van het ene gedeelte van het verhaal naar het andere om te voorkomen dat hij te ver ging op de eerste tekening die hij maakte. Maar om te voorkomen dat hij een deadline niet haalde, was het gemakkelijker rechte lijnen te tekenen, van gebouwen en straten, dan om een dynamisch figuur op papier te zetten.

Daniel begon de contouren van een plomp vogelachtig wezen te schetsen; half man, half vrouw. Vervolgens schetste hij een vleugel – nee, te vleermuisachtig. Op het moment dat hij de gumschilfers van het Miraweb-papier blies, liep Laura zijn werkkamer in. Ze had een koffiemok in haar hand.

Hij legde zijn potloodpen neer en leunde naar achteren in zijn stoel. Laura verscheen zelden in zijn kantoor. Meestal was ze niet thuis. En als ze wel thuis was, ging Daniel naar *haar* op zoek, in plaats van andersom.

'Wat ben je aan het maken?' vroeg ze, terwijl ze naar de paneeltekeningen keek.

'Niets wat de moeite waard is.'

'Maak je je zorgen over Trixie?'

Daniel wreef met een hand over zijn gezicht. 'Hoe kan het ook anders?'

In halve lotushouding ging ze aan zijn voeten zitten. 'Ik weet er alles van. Ik blijf maar denken dat ik de telefoon hoor.' Ze sloeg haar ogen neer en staarde naar de koffiemok, alsof ze verbaasd was dat ze die in haar handen hield. 'O,' zei ze. 'Voor jou.'

Voorheen nam ze nooit koffie voor hem mee. Eigenlijk vond hij koffie niet eens echt *lekker*. Maar Laura stak haar hand naar hem uit en bood hem de dampende mok aan – en op hetzelfde moment stelde Daniel zich voor dat haar vingers als een dolk tussen zijn ribben verdwenen. En hij stelde zich voor dat ze de vleugel tussen haar schouderbladen als een sjaal over haar arm drapeerde.

'Zou je me een plezier willen doen?' vroeg hij, terwijl hij de mok van haar overnam. Hij greep een gewatteerde deken die hij altijd op de bank in zijn kantoor had liggen en boog zich naar voren om de deken om de schouders van Laura te draperen.

'Goeie genade,' zei ze. 'Het is jaren geleden dat ik voor jou geposeerd heb.'

In het begin van zijn carrière had ze op wel honderd manieren voor hem geposeerd: in haar beha en slipje terwijl ze een waterpistool vasthield; liggend op bed, met haar benen ernaast; in een boom in de tuin, ondersteboven aan een tak hangend. Hij wachtte dan op het moment dat haar vertrouwde lichaam opeens niet meer bij Laura hoorde, waarbij hij een bepaalde pees of de plaatsing van een bot anatomisch kon herschikken in een personage dat op het tekenpapier dezelfde houding had aangenomen.

'Waar is die deken voor bedoeld?' vroeg Laura, op het moment dat hij zijn potloodpen pakte en aan het tekenen sloeg.

'Je hebt vleugels.'

'Ben ik een engel?'

Daniel keek haar vluchtig aan. 'Zoiets,' zei hij.

Vanaf het ogenblik dat het tekenen van een vleugel niet langer een obsessie voor hem was, ging zijn inspiratie een eigen leven leiden. Hij tekende snel, de lijnen vloeiden uit zijn vingers. Met deze snelheid deed tekenen denken aan ademhalen. Hij zou je niet kunnen vertellen waarom hij zijn vingers in die bepaalde hoek plaatste en dus niet de veeleer conventionele houding aannamen, maar het resultaat was wel dat de dynamische figuur door de tekening heen leek te bewegen. 'Breng de deken een beetje omhoog, zodat die je hoofd bedekt,' instrueerde hij haar.

Laura deed hem dat genoegen. 'Dit doet mij denken aan jouw eerste stripverhaal. Alleen minder nat.'

Daniels eerste schnabbel was een Marvel-stopper voor de Ultimate X-Men-serie. Als de vaste tekenaar de deadline niet haalde, zou zijn afzonderlijke tekening worden gebruikt zonder dat daarbij de continuïteit van het stripverhaal gevaar liep.

Hij had opdracht gekregen om voor het stripverhaal een storm te tekenen, waarbij een kind het slechte weer trotseerde. In het kader van het onderzoek waren Laura en hij tijdens een onweer naar het strand gereden, terwijl Trixie nog zo klein was dat ze in het autozitje zat. Ze hadden haar slapend in het voertuig achtergelaten en waren in de stromende regen, en met een deken om hun schouders geslagen, op een bankje gaan zitten, waarbij ze keken hoe de bliksem boodschappen achterliet op het zand.

Later die avond – ze liepen terug naar de auto – was Daniel gestruikeld over een heel merkwaardig uitziende glazen buis. Dat was fulguriet, had Laura tegen hem gezegd. Op de plaats waar de bliksem insloeg, smolt het zand. De bliksembuis was ongeveer twintig centimeter lang, ruw aan de buitenkant en glad aan de binnenzijde. Daniel had het voorwerp op de achterbank naast Trixie gelegd. Tot op de dag van vandaag was de bliksembuis zorgvuldig uitgestald op de boekenplank te vinden.

Het had hem verbaasd, die complete transformatie, het besef dat een radicale verandering in een oogwenk kon plaatsvinden.

Uiteindelijk was Daniel klaar met tekenen. Hij legde zijn potloodpen neer, strekte zijn hand en keek naar het tekenpapier. Dit was goed. Dit was uitstekend. 'Bedankt,' zei hij, waarna hij ging staan om de deken van Laura's schouders te halen.

Zij ging eveneens staan en pakte de deken bij twee punten vast. Vervolgens vouwden ze de deken samen zwijgend op, als soldaten met de vlag voor een doodskist. Toen ze in het midden vlak bij elkaar stonden, wilde Daniel het van haar overnemen, maar Laura liet de deken niet los. Haar handen gleden over de zoom van het textiel tot ze op die van Daniel lagen, waarna ze haar hoofd verlegen omhoog bracht en hem een kus gaf.

Hij wilde haar niet aanraken. Haar lichaam drukte tegen hem aan, de deken als een buffer tussen hen in. Het instinct overweldigde hem echter als een enorme vloedgolf. Hij omarmde Laura zo stevig dat hij merkte dat ze moeite kreeg met ademen. Het was een hongerige, heftige kus, een feestmaal na wat hij gemist had. Hoewel het even duurde, kwam ze uiteindelijk tot leven in zijn armen. Ze greep hem ruw bij zijn shirt en trok hem naar zich toe met een hartstocht waarvan hij zich niet kon herinneren dat ze dat vroeger ooit op die manier had gedaan.

Vroeger.

Met een grom maakte hij zich los van haar lippen en drukte zijn gezicht in de holte tussen haar hals en schouder. 'Denk je aan hem?' fluisterde hij.

Laura bewoog zich opeens niet meer en liet haar handen zakken. 'Nee,' zei ze. Haar wangen zagen er vuurrood en warm uit.

Op de deken, die in een verfrommelde hoop tussen hen in lag, zag Daniel een vlek die hij nog niet eerder had opgemerkt. Hij boog zich naar de vloer en nam de deken in zijn armen. 'Nou, *ik* anders wel.'

De tranen stonden in haar ogen, en even later liep ze zijn werkkamer uit. Nadat hij de deur dicht had horen gaan, liet Daniel zich weer in zijn stoel zakken. Hij bleef zijn vrouw hevig verwijten dat ze vreemd was gegaan. Het deed min of meer denken aan een kras op een geboende houten tafel – je probeerde de rest van het glimmende hout te zien, maar het 'litteken' bleef als een magneet je ogen en handen er naartoe trekken, want zonder die kras zou je van perfectie kunnen spreken.

Het was kwart over twee. Over een halfuur zou hij Trixie van school ophalen. Over slechts een halfuur kon ze dienen als een kussen dat voorkwam dat Laura en hij zo erg tegen elkaar aan schuurden dat ze er open wonden van kregen.

Maar over een halfuur kon ook de bliksem inslaan. Vrouwen konden verliefd worden op mannen die niet hun echtgenoot waren. Meisjes konden worden verkracht.

Daniel legde zijn handen voor zijn gezicht. Tussen zijn gespreide vingers door zag hij de figuur die hij had geschetst. Ze was half demon en had haar vleugel om zich heen geslagen. Het evenbeeld van Laura als karikatuur. En ze reikte naar een hart dat Daniel niet kon tekenen, omdat hij jaren geleden de afmetingen ervan was vergeten.

132

Jason moest een training missen. Hij zat in het pretentieuze advocatenkantoor van Yargrove, Bratt & Oosterhaus en vroeg zich af welke trainingsoefeningen de coach aan het team gaf. Morgen hadden ze een wedstrijd tegen Gray-New Gloucester, en hij stond in de basis.

Trixie was vandaag weer naar school gegaan. Jason had haar echter niet gezien – iemand had ervoor gezorgd dat hij haar beslist niet onder ogen zou krijgen – maar Moss, Zephyr en een tiental andere vrienden waren haar wel tegengekomen. Kennelijk had ze haar hoofd praktisch kaalgeschoren. Tijdens de autorit naar Portland had hij zich afgevraagd hoe het zou zijn gegaan als hij *wel* haar pad had gekruist. De rechter had tijdens de voorbereidende zitting gezegd dat dat voldoende reden zou zijn om hem naar de jeugdgevangenis te sturen. Hij moest daarmee echter hebben bedoeld dat Jason in de problemen zou komen zodra hij haar doelbewust opzocht – en dus niet als het lot er de oorzaak van zou zijn dat hij haar tegen het lijf liep.

En dat was om te beginnen min of meer wat er voorheen was gebeurd.

Hij kon nog steeds niet geloven dat dit echt gebeurde, dat hij in een advocatenkantoor zat en beschuldigd werd van verkrachting. Nog steeds leefde hij in de veronderstelling dat zijn wekkerradio elk moment kon afgaan. Dat hij naar school zou rijden, Moss in de gang tegenkwam, en tegen hem zou zeggen: *Man, je gelooft niet wat voor een nachtmerrie ik heb gehad.*

Dutch Oosterhaus was in gesprek met zijn ouders, die hun kerkkleren aanhadden en Dutch aankeken of hij de geïncarneerde Jezus was. Jason was zich ervan bewust dat ze het honorarium van de advocaat betaalden met geld dat ze bij elkaar hadden gesprokkeld om hem het PG-jaar van de voorbereidende school te laten doen, zodat hij meer kans maakte om in het universitaire ijshockeyteam van Division I te komen. Scouts van de Gould Academie waren al naar zijn spel komen kijken en hadden gezegd dat hij zo goed als aangenomen was.

'Ze huilde,' zei Dutch, terwijl hij een fraaie pen tussen zijn vingers liet glijden. 'Ze heeft je gesmeekt om weer verkering met haar te hebben.'

'Ja,' antwoordde Jason. 'Ze had... ze had er verschrikkelijk veel moeite mee dat we uit elkaar waren gegaan. Er waren momenten, nou ja, dat ik dacht dat ze doordraaide.'

'Weet jij of Trixie psychische hulp heeft gezocht?' Dutch maakte een notitie. 'Misschien heeft ze zelfs een gesprek gehad met een adviseuse inzake verkrachtingszaken. We kunnen die persoon dagvaarden, de dossiers opvragen en als bewijs van mentale instabiliteit opvoeren.'

Jason wist niet wat Trixie precies van plan was. Hij had echter nooit gedacht dat ze zich zo krankzinnig zou gedragen. Tot dat feestje op vrijdag was Trixie zo gemakkelijk te doorgronden dat duidelijk was dat ze van een heel ander slag was dan de tientallen meisjes met wie hij het had aangelegd en die alleen met hem op stap gingen om de status, de seks of de pijpspelletjes. Het was belachelijk, maar het beste aan Trixie – iets wat hij nooit zou toegeven aan zijn vrienden – was niet dat ze, nou ja, geil was, maar dat hij zich realiseerde dat ze altijd bij hem zou willen blijven, waarbij het niet uitmaakte dat hij een sportman, vierdejaars en populair was.

Hij mocht haar graag, maar hij had nooit echt van haar gehouden. Hij dacht tenminste van niet. Als hij haar door een kamer zag lopen, kreeg hij geen bliksemflitsjes voor zijn ogen, en het algemene gevoel wanneer hij bij haar was, had alles van het gegeven dat je je bij haar op je gemak voelde; van kokend bloed, vuur en zwavel was geen sprake. De reden dat hij er een punt achter had gezet, had ironisch genoeg alles te maken met het feit dat hij dat voor haar eigen bestwil had gedaan. Hij was zich ervan bewust dat Trixie alles uit haar handen zou laten vallen en hem overal zou volgen als hij dat van haar had gevraagd. Maar omgekeerd gold dat niet. Ze zaten in die relatie niet op dezelfde golflengte, en zoals alles wat uit zijn verband was getrokken, was hun verhouding gedoemd vroeg of laat te crashen. Door er in een vroeg stadium mee te kappen – Jason dacht graag van zichzelf dat hij het voorzichtig had aangepakt – had hij alleen maar geprobeerd te voorkomen dat Trixie uiteindelijk nog meer hartzeer zou krijgen.

Hij bleef trouwens vervelend vinden dat het zo gelopen was. Dat hij niet van Trixie hield, nam niet weg dat hij haar graag mocht.

En wat het andere betrof, nou ja, hij was een *gezonde jongen* van zeventien. En je weigerde nu eenmaal niet datgene wat je op een zilveren presenteerblaadje werd aangeboden.

'Leg mij eens stap voor stap uit wat er gebeurde nadat je haar op het toilet van Zephyr had aangetroffen.'

Jason wreef met zijn handen over zijn hoofd, zodat zijn haardos piekende plukjes vertoonde. 'Ik bood haar een lift aan naar huis, wat ze accepteerde. Prompt begon ze echter te huilen. Ik had zo met haar te doen dat ik haar min of meer in mijn armen heb genomen.'

'Omarmd? Hoe precies?'

Jason bracht zijn armen omhoog en omarmde zichzelf op een onbeholpen manier. 'Zoiets.'

'Wat gebeurde er daarna?'

'Ze haalde me aan, kuste me.'

'En wat deed jij toen?' vroeg Dutch.

Vluchtig keek Jason naar zijn moeder. Haar wangen zagen appeltjesrood van verlegenheid. Hij kon niet geloven dat hij zulke dingen moest zeggen waar zij bij was. Een week lang had ze de rozenkrans voor hem gebeden. 'Ik kuste haar ook. Ik bedoel, ik verviel in een oude gewoonte, snapt u? En ze was duidelijk heel geïnteresseerd in wat ik deed...'

'Leg dat eens uit,' onderbrak Dutch hem.

'Ze deed haar bloes uit,' zei Jason. Zijn moeder huiverde. 'Daarna gespte ze mijn riem los en begon me te pijpen.'

Dutch maakte opnieuw een notitie op zijn schrijfblok. 'Begon zij met orale seks?'

'Ja.'

'Beantwoordde jij toen haar liefkozingen?'

'Nee.'

'Zei ze iets tegen jou?'

Jason merkte dat hij het warm kreeg onder de kraag van zijn overhemd. 'Ze noemde me vaak bij mijn naam. En ze bleef het maar hebben over het feit dat ze dit in de woonkamer van iemand anders deed. Maar het was niet zo dat ze helemaal uit haar dak ging... ze vond het eerder opwindend, vrijen in het huis van een vreemde.'

'Heeft ze tegen jou gezegd dat ze geslachtsgemeenschap met je wilde?'

Jason dacht even na. 'Ze zei in elk geval niet dat ze daar *niet* in geïnteresseerd was,' antwoordde hij.

'Heeft ze jou gevraagd om ermee te stoppen?'

'Nee.'

'Wist jij dat ze maagd was?'

Jason voelde dat alle gedachten in zijn hoofd in een harde, zwarte massa veranderden. Hij begreep namelijk dat hij zich belachelijk had gemaakt. 'Ja,' zei hij boos. 'In oktober. Toen hadden we voor het eerst seks met elkaar.'

Trixie zag eruit alsof ze in een oorlog had gevochten. Op het moment dat ze haastig in de pick-up naast haar vader was gaan zitten, moest hij de neiging bedwingen om het schoolgebouw in te stormen en straf te eisen tegen de student die haar dit had aangedaan. In gedachten zag hij zichzelf door de gangen razen, maar zette dat visioen toen snel uit zijn gedachten. Het laatste waaraan Trixie behoefte had, nadat ze was verkracht, was de ervaring dat geweld alleen maar meer geweld voortbracht.

'Wil je erover praten?' vroeg hij, nadat ze een stukje hadden gereden.

Trixie schudde haar hoofd. Ze trok haar benen op en sloeg de armen om haar knieën, alsof ze zichzelf zo klein mogelijk wilde maken.

Daniel parkeerde aan de kant van de weg en boog zich over de middenconsole om Trixie wat onbeholpen in zijn armen te nemen. 'Je hoeft niet terug te gaan,' beloofde hij haar. 'Nooit meer.' Haar tranen doordrenkten zijn flanellen overhemd. Als het moest zou Trixie thuis les krijgen. Hij zou een privé-lerares vinden. Eventueel verhuisde hij met zijn hele gezin.

Janice, de adviseuse voor slachtoffers van zedendelicten, had hem precies voor dat soort beslissingen gewaarschuwd. Ze had gezegd dat na een verkrachting de vaders en broers het slachtoffer altijd wilden beschermen, omdat ze zich schuldig voelden over hetgeen er was gebeurd. Maar als Daniel de strijd van Trixie ging uitvechten, zou ze er misschien nooit achter komen hoe ze de kracht moest vinden om er weer bovenop te komen.

Nou, Janice, je kunt me wat, dacht Daniel. Zij had geen dochter die was verkracht. En zelfs als dat *wel* zo zou zijn, dan nog was het niet Trixie.

Opeens klonk het geluid van brekend glas, terwijl een auto voorbij reed en de jongens die erin zaten een stuk of wat lege bierflesjes naar de pick-up gooiden. '*Hoer!*' riepen ze hard door de open raampjes. Daniel zag de achterlichten van een Subaru in de verte uit het zicht verdwijnen. De passagier op de achterbank reikte door het raampje naar voren voor een high five met de chauffeur.

Daniel liet Trixie los, stapte uit de auto en liep naar de berm. Onder de zolen van zijn schoenen knerpte het gebroken glas. De bierflessen hadden krassen veroorzaakt in de lak van het portier van zijn pick-up. De scherven lagen rondom de banden. Het woord dat ze naar haar dochter hadden geslingerd, klonk nog steeds door in zijn hoofd.

Hij had een kunstenaarsvisioen waarin Duncan de hoofdrol speelde, zijn held, die in Wildklauw veranderde, maar ditmaal in de gestalte van een jaguar. Hij stelde zich voor hoe het zou zijn om zo snel als de wind te kunnen rennen, om razendsnel de hoek om te komen en door de smalle opening van het zijraampje aan de bestuurderskant naar binnen te duiken. In gedachten zag hij de auto, die heftig slingerde. Hij rook hun angst. Hij wilde bloed zien.

In plaats daarvan boog Daniel zich naar de grond om de grootste scherven op te pakken. Behoedzaam maakte hij de weg vrij zodat hij Trixie naar huis kon rijden.

Op de avond dat ze Jason voor het eerst had ontmoet, had ze de griep. Haar ouders waren naar een of ander extravagant feestje in het hoofdkantoor van Marvel, in New York City. Ze zou de nacht doorbrengen in de ouderlijke woning van Zephyr, die op slinkse wijze een uitnodiging had weten los te peuteren om die avond aanwezig te kunnen zijn op een feestje van de vierdejaars. De hele dag hadden zij en Trixie nergens anders over kunnen praten. Maar de school was nog maar net uit of Trixie moest overgeven.

'Volgens mij ga ik dood,' had ze tegen Zephyr gezegd.

'Niet voordat je bij de vierdejaars bent geweest,' had Zephyr geantwoord.

De moeder van Zephyr hadden ze wijsgemaakt dat ze bij Bettina Majuradee – het pienterste meisje van de eerstejaars; in werkelijkheid verkwistte zij geen tijd aan hen – zouden gaan studeren voor een wiskundeproefwerk. Het was drie kilometer lopen naar het feestje dat gehouden werd in de ouderlijke woning van een jongen die Orson werd genoemd. Twee keer had Trixie onderweg in de berm moeten overgeven. 'Dit is eigenlijk hartstikke tof,' had Zephyr tegen haar gezegd. 'Ze zullen denken dat je nu al in de vernieling ligt.'

Het feestje bestond uit een krioelende, pulserende massa van geluiden, lichamen en bewegingen. Trixie liep van een viertal rondtollende meisjes naar een tafel waar versufte jongens een drinkspelletje deden dat Beiroet werd genoemd, om uiteindelijk verzeild te raken bij een groepje jongens dat van lege Bud-blikjes een piramide probeerde te maken. Binnen een kwartier voelde ze zich zo koortsig en misselijk dat ze naar het toilet liep om daar eens goed te kunnen overgeven.

Vijf minuten later maakte ze de deur van het toilet weer open en liep door de gang met de bedoeling Zephyr te vinden om te zeggen dat ze naar huis zou gaan. 'Geloof jij in liefde op het eerste gezicht?' hoorde ze iemand vragen. 'Of moet ik je vragen om mij nog eens voorbij te lopen?'

Trixie wierp een blik op de vloer en zag daar een jongen zitten, ruggelings tegen de muur. Hij had een T-shirt aan dat zo vaal was dat ze het opschrift niet meer kon lezen. Verder had hij ravenzwart haar, en zijn ogen hadden de kleur van ijs. Het was echter zijn scheve glimlach, alsof die op een hellinkje lag, die ervoor zorgde dat haar hart een tel oversloeg.

'Volgens mij hebben we elkaar nog nooit ontmoet,' zei hij.

Trixie was opeens sprakeloos.

'Ik heet Jason.'

'Ik voel me niet lekker,' flapte Trixie eruit, waarbij ze zichzelf vervloekte op het moment dat ze haar eigen woorden hoorde. Kon ze nóg stommer voor de dag komen?

Jason had echter slechts gegrijnsd; alweer die scheve glimlach. 'Nou ja,' zei hij, en daarmee was het begonnen. 'Ik denk dat ik je dan beter zal moeten maken.'

Zephyr Santorelli-Weinstein werkte in een speelgoedwinkel. Op het moment dat ze streepjescodes op de pootjes van knuffelbeesten aan het plakken was, arriveerde Mike Bartholemew om met haar te praten. 'Zo,' zei hij, nadat hij zich aan haar had voorgesteld. 'Komt het uit?' Hij keek om zich heen en zag scheikundedozen, verkleedspullen, Lego, knikkerbanen, verfdozen om je eigen zitzak te beschilderen en poppen die op commando huilden.

'Ik denk het wel,' zei Zephyr.

'Wil je ergens gaan zitten?' Maar de enige plaats waar dat kon, bestond uit een petieterig kindersalontafeltje met Madeline-porselein en plastic gebakjes. Bartholemew zag in gedachten al voor zich dat zijn knieën zijn kin zouden raken of – erger nog – dat hij niet meer overeind kon komen als hij eenmaal had plaatsgenomen.

'Wat mij betreft kan het zo ook,' zei Zephyr. Ze legde het pistool neer waarmee ze de streepjescodes op de artikelen bevestigde en omarmde een pluizige ijsbeer.

Bartholemew keek naar haar button-down stretchshirt, haar schoenen met plateauzolen, haar oogschaduw, haar scharlakenrode nagellak, het speelgoed in haar armen. *Dat is nou precies het probleem*, dacht Bartholemew. 'Ik waardeer het zeer dat je met me wilt praten.'

'Ik moet dat doen van mijn moeder.'

'Ik neem aan dat ze niet te spreken was toen ze erachter kwam dat er bij jullie een feestje werd gehouden.'

'Dat was minder erg dan het moment dat u de woonkamer veranderde in een soort plaats delict.'

'Nou ja, dat *is* het ook,' zei Bartholemew.

Zephyr snoof. Ze pakte het streepjescodepistool en ging weer verder met haar werk: de knuffelbeesten van labels voorzien.

'Naar ik heb begrepen zijn jij en Trixie Stone een tijdlang vriendinnen van elkaar geweest.'

'Vanaf dat we vijf jaar waren.'

'Ze zei ook dat jullie ruzie hadden gehad, vlak voordat het incident plaatsvond.' Hij zweeg even. 'Waarover hadden jullie ruzie?'

Ze sloeg haar ogen neer en staarde naar de balie. 'Dat kan ik me niet meer herinneren.'

'Zephyr, eventuele bijzonderheden kunnen het verhaal van je vriendin staven,' zei de rechercheur.

'We hadden een plan,' verzuchtte Zephyr. 'Ze wilde Jason jaloers maken. Ze probeerde hem terug te krijgen, wilde weer verkering met hem hebben. *Dat* was waar alles om draaide. In elk geval heeft ze me dat verteld.'

'Wat bedoel je?'

'Nou ja, ik neem aan dat ze van plan was Jason op meer dan één manier te naaien.'

'Heeft ze verteld dat ze die nacht seks met hem wilde?'

'Ze zei tegen me dat ze alles wilde doen wat nodig was om haar doel te bereiken,' zei Zephyr.

Bartholemew keek haar aan. 'Heb je met eigen ogen gezien dat Trixie en Jason het met elkaar deden?'

'Ik hou niet van peepshows. Ik was op de bovenverdieping.'

'Alleen?'

'Met een jongen. Moss Minton.'

'Wat waren jullie aan het doen?'

Vluchtig keek Zephyr naar de rechercheur. 'Niets bijzonders.'

'Hadden jij en Moss seks met elkaar?'

'Heeft mijn moeder u gevraagd om dat aan mij te vragen?' vroeg ze, waarbij ze haar ogen versmalde.

'Geef gewoon antwoord op mijn vraag.'

'Nee, nou goed?' zei Zephyr. 'We waren alleen van plan dat te gaan doen. Ik bedoel, ik neem aan dat dat de bedoeling was. Maar Moss was als eerste van de wereld.'

'En jij?'

Ze haalde haar schouders op. 'Volgens mij ben ik uiteindelijk ook in slaap gevallen.'

'Hoe laat was dat?'

'Geen idee. Halfdrie? Drie uur?'

Bartholemew sloeg zijn notities erop na. 'Was de muziek in jouw slaapkamer te horen?'

Zephyr staarde hem nietszeggend aan. '*Wat* voor muziek?'

'De cd's die jullie tijdens het feestje hebben opgezet. Kon je die muziek boven horen?'

'Nee, tegen de tijd dat wij boven waren, had iemand de stereo uitgezet.' Zephyr verzamelde een aantal knuffelbeesten, hield ze als een bonus in haar armen en liep ermee naar een leeg schap. 'Daarom dacht ik dat Jason en Trixie naar huis waren gegaan.'

'Heb je Trixie om hulp horen schreeuwen?'

Voor het eerst sinds Bartholemew met haar sprak, zag hij dat Zephyr niet wist wat ze moest zeggen. 'Als ik dat had gehoord,' zei Zephyr, waarbij haar stem nauwelijks merkbaar trilde, 'was ik naar beneden gegaan.' Ze zette de knuffelberen zij aan zij naast elkaar, waarbij ze elkaar bijna aanraakten. 'Het is echter de hele nacht doodstil geweest.'

Voordat Laura Daniel had ontmoet, was ze een heel braaf meisje geweest. Op school haalde ze altijd tienen. Bovendien stond ze erom bekend dat ze op straat *andermans* afval oppakte en in de vuilnisbak dumpte. Ze had zelfs nog nooit een gaatje in haar tanden gehad.

Ze studeerde indertijd aan de ASU en had verkering met Walter, een MBA-student die haar al naar drie juweliers had gesleept om haar respons te krijgen over verlovingsringen. Walter was aantrekkelijk, betrouwbaar en voorspelbaar. Op vrijdagavond gingen ze altijd uit eten, waarbij ze halverwege het diner steevast van hoofdgerecht wisselden, waarna ze naar de bioscoop gingen. Om beurten kozen ze een film uit. Daarna, onder het genot van een kopje koffie, hadden ze het over de prestaties van de acteurs. Vervolgens reed Walter haar terug naar haar appartement in Tempe, en na een aanval van voorspelbare seks ging hij naar huis, want hij sliep niet graag in andermans bed.

Op een vrijdagavond hadden ze voor de gesloten deuren van de bioscoop gestaan; een overstroming door een gesprongen waterleiding. Als alternatief besloten ze een wandeling te maken door Mill Avenue, waar op zwoele avonden muzikanten de straat bevuilden met vioolkoffertjes en geïmproviseerde jingles.

Er bevonden zich ook verscheidene kunstenaars. Ze maakten

schetsen met potlood of houtskool, en karikaturen met Magic Markers die naar drop roken. Walter was langzaam naar een man gelopen die gebogen over zijn tekenpapier aan het werk was. De kunstenaar had zwarte lokken die tot halverwege zijn rug reikten, en zijn handen waren besmeurd met inkt. Achter hem was een provisorisch prikbord van karton opgesteld, waarop hij dynamische tekeningen van Batman, Superman en Wolverine had geprikt. 'Die zijn schitterend,' had Walter gezegd. Op dat moment dacht Laura dat ze hem nog nooit zo enthousiast over iets had gezien. 'In mijn jeugd verzamelde ik stripverhalen.'

Toen de kunstenaar opkeek, was te zien dat hij intens bleekblauwe ogen had. Ogen die Laura geen moment loslieten. 'Tien dollar voor een schets,' zei hij.

Walter legde een arm om de schouders van Laura. 'Kun je er een van haar maken?'

Voordat ze het goed en wel in de gaten had, was ze naar een omgekeerde melkkrat gedirigeerd, waarop ze moest gaan zitten. Groepjes mensen verzamelden zich rondom de kunstenaar om te kijken hoe de tekening vorm kreeg. Vluchtig keek Laura naar Walter, wensend dat hij dit nooit had voorgesteld. Ze schrok op het moment dat ze de vingers van de kunstenaar bij haar kin voelde; hij wilde ervoor zorgen dat ze haar hoofd weer recht hield. 'Niet bewegen,' had hij op een waarschuwende toon gezegd. Ze rook nicotine en whisky.

Toen de tekening klaar was, overhandigde hij die aan Laura. Ze had het lichaam van een superheldin – gespierd en bekwaam – maar haar lokken, gezicht en hals waren haar spiegelbeeld. Sterrenstelsels wervelden bij haar voeten. Op de achtergrond waren mensen getekend – de groepjes toeschouwers die zich hadden verzameld. Het gezicht van Walter bevond zich helemaal aan de rand van het vel papier. En naast Laura stond een man die het evenbeeld van de kunstenaar was. 'Zodat je me op een dag kunt terugvinden,' zei hij tegen haar. Zijn woorden hadden toen een storm in haar doen oplaaien.

Laura keek vervolgens naar Walter, die hem een briefje van tien dollar overhandigde. Ze stak haar kin naar voren. 'Waarom denk je dat ik je zou willen zoeken?'

De kunstenaar grijnsde. 'Weemoedige hoop.'

Nadat ze Mill Avenue hadden verlaten, had Laura tegen Walter gezegd dat het de meest afschuwelijke tekening was die ze ooit onder ogen had gekregen – háár kuiten waren niet zo gezwollen, en niemand had haar er ooit op betrapt dat ze laarzen droeg die tot aan haar dijen reikten. Ze wilde de tekening thuis in de vuilnisbak gooien. Maar in plaats daarvan realiseerde Laura zich die avond dat ze naar de doortastende lijnen van de handtekening staarde: *Daniel Stone.* Ze bekeek de tekening wat aandachtiger en zag iets wat ze eerder niet had opgemerkt. In de plooien van de cape die de man had getekend, sprongen een paar lijnen er duidelijk uit. Er stond onmiskenbaar geschreven: ONTMOET.

En op de teen van de linkerlaars zag ze de letters: ME.

Ze bekeek de tekening nu extra nauwkeurig, waarbij ze vooral het publiek aandachtig in ogenschouw nam. Ze vond de letters BIJ op de ring van een planeet die in de linkerbovenhoek was getekend. En op de kraag van het shirt dat de man aanhad die op Walter leek, waren de woorden DE HEL gescheven.

Het was als een klap in haar gezicht, alsof hij geweten had dat zij die tekst in zijn tekening zou lezen. Boos stopte Laura de schets in de vuilnisbak die in haar keuken stond. Toch bleef ze de hele avond bezig de woorden in het kunstwerk te analyseren. Je zei niet *ontmoet me* bij *de hel,* maar *ontmoet me* in *de hel. In* betekende 'verdwijnen in', en *bij* was een plaatsaanduidend bijwoord. Was dit dus geen afwijzing, maar een uitnodiging?

De volgende dag haalde ze de tekening uit de vuilnisbak en ging zitten, met het telefoonboek van Phoenix voor zich.

Het adres van De Hel was 258 Wylie Street.

In het biologisch laboratorium van de ASU leende ze een vergrootglas. In de tekening kon ze echter geen aanwijzingen vinden wat betreft de tijd of de datum. Die middag, nadat ze les had gegeven, begaf Laura zich naar Wylie Street. De Hel bleek een nauwe ruimte te zijn tussen twee grote gebouwen – in het ene pand was een coffeeshop gevestigd, compleet met marihuanapijpen in de etalage, en in het andere pand een pornovideotheek. De krappe, kleine gevel had geen ramen, alleen een deur met graffiti. In plaats van een formeel bord hing er een plank waarop de naam van de zaak in blauwe verf en met de hand was geschilderd.

Binnen zag ze een smal en langgerekt vertrek dat plaats bood aan niet veel meer dan een bar. De muren waren zwart geverfd. Ondanks het feit dat het drie uur in de middag was, zaten er aan de bar zes mensen van wie Laura niet meteen kon zien of het mannen of vrouwen waren. Toen het zonlicht door de open deur naar binnen viel, draaiden ze hun hoofd en keken haar, met half dichtgeknepen ogen aan; mollen die uit de krochten van de aarde te voorschijn waren gekomen.

Daniel zat het dichtst bij de deur. Hij trok een wenkbrauw op en drukte zijn sigaret uit op het hout van het buffet. 'Ga zitten.'

Ze stak een hand naar hem uit. 'Laura Piper.'

Geamuseerd keek hij even naar haar hand, maar schudde die niet. Met enige moeite ging ze op de hoge kruk zitten en legde haar tasje op haar schoot. 'Heb je lang moeten wachten?' vroeg ze, alsof dit een zakelijke ontmoeting was.

Hij lachte. Het geluid deed haar denken aan een stofwolk die 's zomers werd gevormd door een auto die over een onverhard landweggetje reed. 'Mijn hele leven.'

Ze wist niet hoe ze daarop moest reageren. 'Je hebt geen specifiek tijdstip aangeduid...'

Zijn ogen begonnen te flonkeren. 'Maar je bent wel achter de andere informatie gekomen. Ik woon hier trouwens min of meer.'

'Kom je uit Phoenix?'

'Alaska.'

Voor een meisje dat aan de rand van de woestijn was opgegroeid, bestond er niets opmerkelijkers of idealistisch romantischer dan dat. Ze zag de sneeuw en de ijsberen al voor zich. En eskimo's. 'Waarom ben je hierheen verhuisd?'

Hij haalde zijn schouders op. 'In die oorden leer je alles wat met blauw te maken heeft. Ik had er behoefte aan wat meer over rood te weten te komen.' Laura realiseerde zich niet meteen dat hij het over kleuren en zijn tekeningen had. Hij stak weer een sigaret op. Ze had er last van, want ze was het niet gewend dat men dat in haar aanwezigheid deed. Ze wist echter niet hoe ze hem duidelijk moest maken dat ze liever niet had dat hij rookte. 'Zo,' zei hij. 'Jij heet dus Laura.'

Nerveus begon ze de stiltes op te vullen. 'Er is een dichter geweest die een Laura als zijn inspiratiebron had. Petrarchus. Zijn sonnetten zijn echt heel mooi.'

Zijn mondhoeken krulden. 'Ja, hè?'

Ze vroeg zich af of hij haar nu voor de gek hield. Bovendien was ze zich er nu ook van bewust dat andere mensen aan de bar naar hun gesprekje luisterden. Eerlijk gezegd kon ze zich niet meer herinneren waarom ze om te beginnen hierheen was gekomen. Toen ze op het punt stond van de kruk af te komen en te vertrekken, schoof de barkeeper een jeneverglaasje met iets helders voor haar neus. 'O, maar ik drink niet,' zei ze.

Zonder een seconde te verliezen, reikte Daniel naar het jeneverglaasje en goot het goedje in één teug door zijn keel.

Ze was gefascineerd door hem, zoals een entomologe gefascineerd was door een insect dat aan de andere kant van de aarde leefde, een specimen waarover ze had gelezen, maar waarbij ze nooit had gedacht dat dat wezentje op een dag in haar handpalm zou rondkruipen. Het was onverwacht spannend om zo dicht bij iemand te zijn die ze als 'soort' haar hele leven gemeden had. Ze keek naar Daniel Stone, maar zag geen man wiens haar te lang was, die zich in geen dagen geschoren had, wiens T-shirt onder zijn lorrige jack tot op de draad versleten was, wiens vingers besmeurd waren met nicotinevlekken en inkt, maar een persoon die zij misschien ook had kunnen zijn als ze geen bewust besluit had genomen om iemand anders te worden.

'Je houdt van poëzie,' zei Daniel, die de draad van het gesprek oppakte.

'Nou ja, Ashbery vind ik oké. Als je echter ooit Rumi hebt gelezen...' Ze stokte, omdat ze besefte hoe ze eigenlijk op die vraag had moeten antwoorden, namelijk met *ja*. 'Maar ik neem aan dat je me niet hebt uitgenodigd om hier met jou over poëzie te praten.'

'Allemaal flauwekul, wat mij betreft. Maar ik vind het fijn om je ogen te zien flonkeren als je erover praat.'

Laura zorgde voor wat meer fysieke afstand tussen hen, zoveel als mogelijk was terwijl ze daar op een barkruk zat.

'Wil je niet weten waarom ik je heb uitgenodigd?' vroeg Daniel.

Ze knikte en vergat te ademen.

'Omdat ik wist dat je slim genoeg zou zijn om de uitnodiging te ontdekken. Omdat je haar alle kleuren van het vuur heeft.' Hij reikte naar haar, legde zijn hand onder haar kin, waarna hij zijn vingers over haar hals naar beneden liet glijden. 'Omdat ik je hele lichaam wilde hebben op het moment dat ik je gisteravond aanraakte.'

Voordat Laura het in de gaten had, hing ze in zijn armen terwijl hij haar hartstochtelijk op de mond kuste. In zijn adem rook ze spoortjes alcohol, sigaretten en kluizenaarschap.

Ze duwde hem van zich af en kwam wankelend van haar kruk. 'Wat doe je nou?'

'Datgene waarvoor jij gekomen bent.'

De andere mannen aan de bar begonnen te fluiten. Laura kreeg het er warm van. 'Ik weet niet waarom ik gekomen ben,' zei ze, waarna ze zich naar de deur begaf.

'Omdat we zoveel gemeen hebben,' riep hij haar na.

Die opmerking kon ze niet laten lopen. Ze draaide zich om en zei: 'Geloof me, we hebben *helemaal niets* gemeen.'

'O nee?' Daniel liep naar haar toe en hield de deur met een hand

dicht. 'Heb jij tegen je vriendje gezegd dat je naar mij toe zou gaan?'
Laura zweeg als het graf. Hij lachte.

Laura verstilde onder het gewicht van de waarheid: ze had gelogen
– niet alleen tegen Walter, maar ook tegen zichzelf. Ze was uit vrije
wil gekomen; ze was gegaan omdat ze de gedachte dat ze niet zou
gaan niet kon verdragen. Stel echter dat de reden dat ze door hem
gefascineerd was niets met verschillen te maken had – maar met zaken die ze gemeen hadden. Stel dat ze in hem bepaalde dingen van
zichzelf herkende. Dingen die al die tijd onder de oppervlakte hadden gewacht om ontdekt te worden.

Stel dat Daniel Stone gelijk had.

Met een starende blik keek ze naar hem op. Haar hart bonsde.
'Wat zou je gedaan hebben als ik vandaag niet was gekomen?'

Zijn blauwe ogen kregen een donkere tint. 'Dan was ik blijven
wachten.'

Ze voelde zich opgelaten, geneerde zich. Toch deed ze een stap in
zijn richting. Ze dacht daarbij aan Madame Bovary, en aan Julia, aan
gif dat door je aderen wervelde, aan passie die hetzelfde effect had.

Mike Bartholemew liep te ijsberen bij de frisdrankautomaat die ooit
op de afdeling Spoedeisende Hulp was geïnstalleerd. Opeens hoorde
hij iemand zijn naam noemen. Hij keek op en zag dat een kleine
vrouw met een donker kapsel voor hem stond. Ze hield de handen
in de zakken van haar witte doktersjas. *C. Roth, M.D.* 'Ik zou graag
met u willen praten over Trixie Stone,' zei hij.

Ze knikte en keek vluchtig naar de drukte om haar heen. 'We kunnen het beste naar een van de onderzoekkamers gaan.'

Eigenlijk zag Mike dat helemaal niet zitten. De laatste keer dat hij
in een onderzoekkamer was geweest, had hij het lichaam van zijn
dochter moeten identificeren. Toen hij over de drempel stapte, begon
hij al te wankelen en draaide de kamer voor zijn ogen. 'Voelt u zich
niet lekker?' vroeg de arts, terwijl hij zich tegen de onderzoektafel in
evenwicht hield.

'Niks aan de hand.'

'Ik ga iets te drinken voor u halen.'

Ze was maar enkele seconden weg en kwam terug met een papieren bekertje uit de waterkoeler. Nadat Mike het water had opgedronken, vermorzelde hij het bekertje in zijn hand. 'Volgens mij is
het de griep. Het heerst, denk ik,' zei hij, terwijl hij zijn zwakte van
zich af probeerde te schudden. 'Ik heb een paar vragen aangaande
uw medisch rapport.'

145

'Ga uw gang.'

Mike haalde zijn notitieboekje en een pen uit zijn jaszak. 'Was Trixie Stone inderdaad rustig in de tijd dat ze zich hier bevond?'

'Ja, tot we aan het inwendig onderzoek begonnen... ze raakte daar een beetje door van streek. De rest van het onderzoek heeft ze heel rustig doorstaan.'

'Gedroeg ze zich niet hysterisch?'

'Niet alle slachtoffers van verkrachting komen zo binnen,' zei de arts. 'Sommigen zijn in shocktoestand.'

'Bloedde ze?'

'Heel weinig.'

'Zou er sprake moeten zijn van een grotere bloeding, als ze maagd was?'

De arts haalde haar schouders op. 'Het maagdenvlies kan al scheuren bij meisjes van acht jaar, terwijl ze aan het fietsen zijn. Tijdens de eerste geslachtsgemeenschap hoeft er geen bloeding op te treden.'

'U hebt ook in uw rapport gezet dat er geen inwendig letsel van betekenis is geconstateerd.'

De dokter fronste haar wenkbrauwen. 'Hoort u niet aan *haar* kant te staan?'

'Ik kies nooit partij,' zei Mike. 'Ik probeer alleen wijs te worden uit de feiten. Voordat er sprake kan zijn van een gerechtelijke verkrachtingszaak moet ik alle inconsistenties een plekje geven.'

'Goed, u hebt het over een orgaan dat onder andere is gebouwd voor geslachtsgemeenschap. Het feit dat er visueel geen inwendig letsel viel te ontdekken, wil niet zeggen dat er geen gemeenschap zonder toestemming heeft plaatsgevonden.'

Mike keek naar de onderzoektafel en voelde zich niet op zijn gemak. Opeens zag hij in gedachten opnieuw het roerloze, toegetakelde en in verband gehulde lichaam van zijn dochter. Een arm was van de brancard gegleden en hing naar beneden; in de elleboog was de zwarte bloeduitstorting te zien, zo eigen aan drugsgebruikers.

'Haar arm,' mompelde Mike.

'De snijwonden. Ik heb ze voor u gefotografeerd. Tijdens het onderzoek, kwam er nog steeds wondvocht uit,' zei de dokter. 'Ze kon zich echter niet herinneren dat er tijdens de verkrachting een wapen werd gebruikt.'

Mike haalde de Polaroid uit zijn zak. De foto waarop de linkerpols van Trixie te zien was. En een diepe snee die door dr. Roth werd omschreven als 'nog steeds pijnlijk en vuurrood'. Maar als je goed keek, waren er ook visgraatpatronen van oudere littekens te zien. 'Is het mogelijk dat Trixie Stone zichzelf opzettelijk heeft gesneden?'

'Ja. Tegenwoordig zien we in onze praktijk vaak meisjes met verwondingen als gevolg van zelfverminking. Maar dat sluit nog steeds niet uit dat Trixie verkracht werd.'

'Bent u wat dat betreft bereid onder ede een verklaring af te leggen?'

De arts ging met de armen over elkaar staan. 'Bent u wel eens aanwezig geweest bij het onderzoek van een vrouw die verkracht werd, inspecteur?'

Uiteraard wist ze dat dat niet het geval was. Hij was namelijk een man.

'Het onderzoek duurt ruim een uur. Het betreft niet alleen een grondig uitwendig onderzoek, maar ook een uitgebreide, pijnlijke inwendige inspectie. Het lichaam van de vrouw wordt onder ultraviolet licht nauwkeurig bekeken, waarbij met wattenstokjes uitstrijkjes worden gemaakt om bewijsmateriaal te vergaren. En er worden foto's van haar gemaakt. En er wordt haar gevraagd naar intieme details over haar seksuele gewoonten. Ook worden haar kleren in beslag genomen. Ik werk al vijftien jaar op Gynaecologie en Obstetrie van de afdeling Spoedeisende Hulp, inspecteur, maar ik heb nog nooit een vrouw meegemaakt die gewoon voor de lol bereid is een verre van prettig verkrachtingsonderzoek door te maken.' Vluchtig keek ze op naar Mike. 'Ja,' zei ze. 'Ik ben bereid te getuigen.'

Janice had in haar kantoor niet alleen gewone thee in de aanbieding. Ze had ook wolong, Sleepytime, orange pekoe, Darjeeling, rooibos, sencha, Dragon Well, macha, gunpowderthee, jasmijn, Keemun, Lapsang souchong en Assam: Yunnan en Nilgiri. 'Wat kan ik voor je inschenken?' vroeg ze.

Trixie omarmde een sofakussen en hield het stevig voor haar borsten. 'Koffie.'

'Alsof ik dat niet vaker heb gehoord.'

Schoorvoetend was Trixie naar de afspraak gegaan. Haar vader had haar afgezet en zou haar tegen vijf uur weer komen ophalen. 'Stel dat ik niks te vertellen heb?' vroeg Trixie aan hem, vlak voordat ze uit de auto stapte. Maar feit was dat ze, sinds ze in het kantoor had plaatsgenomen, geen moment haar mond had gehouden. Ze had Janice verteld over het gesprek met Zephyr, en over de manier waarop Moss dwars door haar heen had gekeken, alsof ze een

147

geest was. Ze had verteld over de condooms in haar kluisje, en waarom ze dat niet had gemeld aan het schoolhoofd. Ze sprak over de manier waarop anderen achter haar rug aan het fluisteren waren, en zelfs wanneer ze dat niet deden kon ze in gedachten nog steeds hun fluisterstemmen horen.

Janice ging op de vloer op een stapel kussens zitten – haar kantoor deelde ze met nog eens vier adviseuses voor slachtoffers van zedendelicten, en het was er vergeven van de zachte, ronde vormen en dingen die je tegen je aan kon drukken, als je daar behoefte aan had. 'Nu ik dat zo hoor, heb ik de indruk dat Zephyr een beetje in verwarring is gebracht,' zei Janice. 'Ze denkt dat ze moet kiezen tussen jou en Moss, waardoor ze niet echt een waardevolle steun voor je zal zijn.'

'Nou ja, dan blijven alleen mijn vader en moeder over,' zei Trixie. 'Het lijkt me echter niet zo geschikt om *hen* mee naar school te slepen.'

'En je andere vriendinnen dan?'

Trixie frunnikte aan de franjezoom van het kussen dat op haar schoot lag. 'Toen ik eenmaal met Jason verkering had, ben ik die vriendschappen min of meer gaan verwaarlozen.'

'Je moet ze ongetwijfeld hebben gemist.'

Ze schudde haar hoofd. 'Ik was zo gebiologeerd door Jason dat er voor iets anders geen ruimte meer bestond.' Ze keek Janice aan. 'Dat is toch liefde, hè?'

'Heeft Jason ooit tegen je gezegd dat hij van je hield?'

'Ik wel.' Ze ging rechtop zitten en reikte naar de thee die Janice voor haar had neergezet, ondanks het feit dat ze had gezegd dat ze geen thee hoefde. De mok voelde glad aan in haar handpalmen, en warm. Trixie vroeg zich af of een hart dat je vasthield zo aanvoelde. 'Hij zei toen dat hij ook van mij hield.'

'Wanneer was dat?'

Dat was op veertien oktober, om negenendertig minuten over negen 's avonds. Ze zaten naast elkaar op de achterste rij van de bioscoop, hielden elkaars hand vast en keken naar een tienerknokfilm. Ze had de blauwe mohair sweater van Zephyr aan. De trui die haar borsten groter maakte dan ze feitelijk waren. Jason had Sour Patch Kids gekocht, en zij dronk een Sprite. Trixie was echter bang dat ze, door Janice de details uit de doeken te doen – die in haar geheugen waren geëtst – pathetisch zou overkomen, dus zei ze alleen maar: 'Nadat we ongeveer een maand verkering met elkaar hadden.'

148

'Heeft hij daarna nog eens tegen je gezegd dat hij van je hield?'

Trixie had gewacht tot hij dat zou zeggen zonder dat hij daarvoor aanmoediging van haar kant nodig had, maar het kwam niet over zijn lippen. En zij was er evenmin over begonnen, want ze was veel te bang dat haar liefdesverklaring onbeantwoord zou blijven.

Ze dacht dat ze hem *erna* had horen fluisteren dat hij van haar hield, op dat feest bij Zephyr. Maar ze was zo verdoofd dat ze er nog steeds niet helemaal zeker van was of hij dat niet simpelweg had gezegd om de klap van wat er was gebeurd te verzachten.

'Hoe zijn jullie uit elkaar gegaan?' vroeg Janice.

Ze hadden in de keuken van Jason gestaan en M&M's gegeten uit een kom die op tafel stond. *Ik denk dat het misschien beter is dat we andere mensen leren kennen,* had hij gezegd, nadat ze vijf minuten daarvoor hadden gepraat over een lerares die de resterende maanden van dat jaar verlof nam om bij de baby te zijn die ze had geadopteerd uit Roemenië. Trixie kreeg even geen adem meer en vroeg zich koortsachtig af wat ze verkeerd had gedaan. *Het gaat niet om jou*, had Jason gezegd. Maar *hij* was perfect, dus hoe kon dat waar zijn?

Hij zei dat hij graag wilde dat ze vrienden bleven. En zij had geknikt, hoewel ze wist dat dat onmogelijk zou zijn. Ze kon toch niet naar hem glimlachen terwijl ze hem op school voorbij liep en eigenlijk wilde flauwvallen? Ze kon zijn beloften toch niet loochenen?

Op de avond dat Jason het had uitgemaakt, waren ze naar zijn huis gegaan om met elkaar te knuffelen; zijn ouders waren namelijk niet thuis. Aangezien ze bang was dat haar ouders misschien iets stoms zouden doen, zoals opbellen, had Trixie tegen hen gezegd dat ze met een hele groep kids naar de film zou gaan. Dus nadat Jason die avond met dat verschrikkelijke nieuws kwam, was Trixie gedwongen nog eens twee uur zijn gezelschap te accepteren, tot de film uit was, terwijl ze eigenlijk het liefst onder de dekens zou kruipen en huilen tot ze geen tranen meer over had.

'Wat heb je gedaan om jezelf te troosten, nadat Jason het met jou had uitgemaakt?' vroeg Janice.

Mezelf snijden. Deze twee woorden had ze zo snel op het puntje van haar tong liggen, dat ze nog net haar lippen op elkaar kon persen om te voorkomen dat ze ze uitsprak. Maar op hetzelfde moment liet ze haar rechterhand onbewust over haar linkerpols glijden.

Janice observeerde haar echter nauwgezet. Ze pakte de arm van Trixie beet en schoof de mouw van haar shirt omhoog. 'Dat is dus niet tijdens de verkrachting gebeurd.'

'Nee.'

'Waarom heb je dan op de afdeling Spoedeisende Hulp tegen de dokter gezegd dat dat wel het geval was?'

Trixie had de tranen in haar ogen staan. 'Ik wilde niet dat zij zou denken dat ik gek was.'

Nadat Jason haar de bons had gegeven, leek ze de controle over haar emoties totaal verloren te hebben. Ze merkte dat ze huilde bij een bepaalde song op de autoradio, waardoor ze smoesjes moest verzinnen tegen haar vader. Ze wandelde langs het kluisje van Jason in de hoop dat ze hem daar misschien toevallig tegen het lijf zou lopen. In de bibliotheek ging ze altijd achter de computer zitten waarvan het scherm in het zonlicht de tafel achter haar weerspiegelde, zodat ze Jason op het scherm zag terwijl ze net deed of ze aan het typen was. Ze had het gevoel dat ze over een teervlakte liep terwijl de rest, onder wie Jason, zich in deze wereld zo moeiteloos bewoog.

'Op een dag was ik in de badkamer,' biechtte Trixie op, 'en opende ik het medicijnkastje van mijn vader. Ik zag zijn scheermesjes liggen en deed het zonder er verder bij na te denken. Maar het voelde lekker aan, omdat de andere gedachten op dat moment verdwenen waren. Het ging om een soort pijn die zinvol was.'

'Er zijn constructievere manieren om met een depressie om te gaan...'

'Het is gek dat je van iemand houdt die je heeft gekrenkt, toch?' onderbrak Trixie haar.

'Het is gekker als je denkt dat iemand die je pijn doet ook van je houdt,' antwoordde Janice.

Trixie tilde haar mok op. De thee was inmiddels koud geworden. Ze hield de mok op zo'n manier vast dat ze haar gezicht erachter verborg, waardoor Janice niet in haar ogen kon kijken. Als dat wel was gelukt, zou ze ongetwijfeld het laatste geheim hebben gezien dat Trixie nu verborgen had weten te houden: na De Nacht haatte ze Jason – maar ze had een nog grotere hekel aan zichzelf. Want zelfs na alles wat er was gebeurd, wilde Trixie hem diep van binnen weer terughebben.

Uit de rubriek *Brieven aan de redactie*; *Portland Press Herald*:

Geachte redactie,

Met deze brief willen we graag onze ontsteltenis en boosheid uiten over de beschuldigingen aan het adres van Jason Underhill. Iedereen die Jason kent, weet dat hij geen vlieg kwaad doet. Als verkrachting betekent dat iemand met geweld tot geslachtsgemeenschap wordt gedwongen, zouden er dan geen sporen van dat geweld zijn overgebleven?

Terwijl het leven van Jason knarsend tot stilstand is gekomen, loopt het zogenaamde slachtoffer in dit geval vrij rond en wordt haar niets in de weg gelegd. Jason wordt daarentegen afgeschilderd als een monster, ondanks het feit dat het slachtoffer kennelijk vrij is van symptomen die duiden op een seksuele gewelddaad. Alles welbeschouwd gaat het misschien niet om een verkrachting... maar om de wrok van een jong meisje dat een besluit heeft genomen dat ze achteraf liever ongedaan had willen maken.

Als de stad Bethel over deze zaak een oordeel zou mogen vellen, zou Jason Underhill beslist onschuldig worden verklaard.

Hoogachtend,

Dertien anonieme onderwijskrachten van Bethel High School. Bijgevoegd nog eens zesenvijftig handtekeningen.

Superhelden werden geboren in de geesten van mensen die wanhopig graag gered wilden worden. De eerste, en aanvechtbaar meest legendarische, dook op in de jaren dertig van de twintigste eeuw, toevertrouwd aan de zorg van Shuster en Siegel, twee werkloze, schrandere joodse immigranten die geen baan konden krijgen bij de krant. Ze verzonnen een mislukkeling die alleen maar zijn bril hoefde af te doen en in een telefooncel te stappen om te veranderen in een toonbeeld van mannelijkheid, in een wereld waarin de jongen uiteindelijk toch het meisje krijgt. Het publiek, dat zwaar gebukt ging onder de economische malaise van die tijd, omarmde Superman die hen wegvoerde van de deprimerende werkelijkheid van alledag.

Daniels eerste stripboek had eveneens in het teken gestaan van het afscheid. Het was gebaseerd op een Yup'ik-verhaal over een jager die dom genoeg alleen op pad was gegaan en een walrus had gespietst. De jager was zich ervan bewust dat hij het gevaarte niet in zijn eentje kon binnenhalen, maar als hij het touw dat aan de speer was bevestigd niet losliet, zou de walrus hem de diepte in sleuren, waar de jager zijn dood zou vinden. Hij besloot het touw los te laten, maar zijn handen waren inmiddels bevroren waardoor hij onder water werd getrokken. In plaats dat hij verdronk, zonk hij naar de bodem van de zee en werd zelf een walrus.

Op een dag was Daniel dat stripverhaal gaan tekenen in de pauze tussen de lesuren. Hij had straf gekregen en moest nablijven omdat hij een kind had geslagen dat hem had geplaagd vanwege zijn blauwe ogen. Afwezig pakte hij een potlood en begon een gestalte te tekenen die zich in zee bevond – compleet met zwemvliezen en slagtanden. Het wezen begaf zich naar de kust terwijl het gaandeweg armen, benen en het gezicht van een man ontwikkelde. Hij bleef tekenen en zag hoe zijn held zich wist los te maken van het dorp op een manier zoals Daniel dat niet kon.

Op dit moment leek het of Daniel evenmin kon ontsnappen. In het kielzog van Trixies verkrachting had hij nog maar heel weinig getekend. Zoals het er nu voorstond, kon hij zijn deadline alleen halen als hij zeven dagen per week vierentwintig uur per dag zou werken, en wanneer hij het bovendien op magische wijze ook nog eens voor elkaar zou krijgen een paar uur aan de dag vast te plakken. Hij had Marvel nog niet gebeld om ze daar op de hoogte te stellen van het slechte nieuws. Uitleggen *waarom* hij zich met andere dingen had beziggehouden, zou datgene wat Trixie was overkomen concreter maken.

Om halfacht 's ochtends ging de telefoon. Daniel nam op. Trixie had die dag geen school en Daniel wilde haar zo lang als maar menselijkerwijs mogelijk was in de gezegende toestand van de slaap houden. 'Heb jij mij iets te vertellen?' klonk de stem aan de andere kant van de lijn op een eisende toon.

Het koude zweet brak hem uit. 'Paulie,' zei hij. 'Wat is er aan de hand?'

Paulie Goldman was van oudsher zijn redacteur, tevens een legende. Hij stond bekend om zijn eeuwige sigaar en zijn rode vlinderdas, en hij was de gabber geweest van alle geweldenaren in die business: Stan Lee, Jack Kirby, Steve Ditko. Tegenwoordig kon je hem net zo gemakkelijk vinden in zijn favoriete cafetaria op de hoek, waar hij samen met Alan Moore, Todd McFarlane of Neil Gaiman een broodje zuurkool bestelde.

Het was Paulie geweest die helemaal enthousiast werd van Daniels idee een stripverhaal uit te geven voor de comicfans van weleer, die nu volwassen waren. Daniel mocht niet alleen de tekeningen maken, hij kreeg ook permissie een plot te schrijven die de doelgroep zou aanspreken. Hij had Marvel voor zich gewonnen, hoewel ze daar aanvankelijk nogal sceptisch waren. Zoals bij alle uitgevers werd ook bij Marvel het gegeven dat je iets probeerde wat nog niet eerder was gedaan als een vloek beschouwd – tenzij je succes had, want dan werd je voor een *revolutionair* aangezien. Gelet op de reclamecampagne die Marvel op touw had gezet om de Wildklauw-serie op de rails te zetten, zou het catastrofaal zijn om een deadline te missen.

'Heb je toevallig het laatste nummer van *Lying in the Gutters* gelezen?' vroeg Paulie.

Hij refereerde aan een online roddelrubriek van Rich Johnston; de onderwerpen hadden betrekking op het stripwereldje. De titel was een woordspeling – *gutters*, het meervoud van goot, stond ook voor de ruimtes tussen de tekenvakken, de structuur die van een stripverhaal een stripverhaal maakte. Johnston moedigde *de gutterati* aan om hem sensationele nieuwtjes te sturen, zodat hij die in zijn artikelen kon verwerken. Met de telefoon tegen zijn schouder geklemd, opende Daniel de website op zijn computer en las de koppen.

Een verhaal dat niet in het redactioneel commentaar van Marvel staat, las hij.

DC's wil Flying Pig Comics hebben. Een overname die niet doorgaat.

Voor de tweede keer in beeld: In The Weeds, de nieuwe titel van Crawl Space, zal getekend worden door Evan Hohman... maar de pagina's verschijnen al op eBay.

En helemaal onderaan stond: *Is Wildklauw een farce?*

Daniel boog zich naar het scherm toe. *Ik heb begrepen dat Daniel Stone, momenteel de ster aan het firmament, in totaal... ga even zitten, luitjes... in totaal NUL bladzijden heeft getekend terwijl zijn volgende deadline van De Tiende Cirkel eraan zit te komen. Was die hype slechts bedotterij? Wat heeft het voor zin om een geweldige serie uit te geven als er niets nieuws te lezen valt?*

'Wat een onzin,' zei Daniel. 'Ik ben wel degelijk aan het tekenen geweest.'

'Hoeveel?'

'Het komt echt klaar, Paulie.'

'*Hoeveel?*'

'Acht bladzijden.'

'Acht bladzijden? Als we de boel op tijd gedrukt willen krijgen, zul je me tegen het eind van de week tweeëntwintig bladzijden moeten leveren.'

'Als het moet, druk ik ze zelf.'

'O ja? Haal je ze door de Xerox en breng je ze dan ook even naar de distributeur? Godsamme, Daniel. Dit is de middelbare school niet. In deze wereld mag de hond je huiswerk niet opvreten.' Hij zweeg even, waarna hij zei: 'Ik weet dat jij iemand bent die op de valreep werkt, maar zo ken ik je niet. Wat is er aan de hand?'

Hoe verklaar je aan een man die je dromen werkelijkheid heeft laten worden dat de realiteit soms als een dak instort en op je hoofd valt? In stripverhalen ontsnapten de helden, en de boeven gingen teloor, en zelfs de dood was niet absoluut. 'De serie,' zei Daniel kalm, 'krijgt een iets andere wending.'

'Wat bedoel je?'

'De verhaallijn gaat zich meer richten op de... familie, het gezin.'

Paul was even stil en dacht na over wat Daniel had gezegd: 'Familie, gezin... dat is goed,' mijmerde hij hardop. 'Heb je het nu over een plot dat ouders en kinderen weer bij elkaar brengt?'

Met zijn duim en wijsvinger kneep Daniel in zijn neusrug. 'Dat hoop ik,' zei hij.

Trixie was systematisch alles wat met Jason te maken had uit haar slaapkamer aan het verwijderen. Het eerste briefje dat hij in het klaslokaal aan haar had gegeven, gooide ze in de prullenmand. Net als de maffe reeks foto's die ze hadden genomen aan een tafeltje in Old Orchard Beach. En de groene vilten onderlegger op haar bureau. Een onderlegger waarin ze zijn naam kon voelen nadat ze die tientallen keren op papier had geschreven.

Pas toen ze naar beneden liep om de onderlegger in de kringloopton te stoppen, zag ze de opengeslagen krant met de brief waarvan haar ouders niet wilden dat zij die onder ogen kreeg.

'Als de stad Bethel over deze zaak een oordeel zou mogen vellen,' las Trixie, 'zou Jason Underhill beslist onschuldig worden verklaard.'

Wat in die afschuwelijke ingezonden brief niet stond vermeld, was het feit dat deze stad de verkeerde persoon inmiddels al had berecht en gevonnist. Ze rende weer naar de bovenverdieping, naar haar computer, en ging op het internet. Ze zette de website van de *Portland Press Herald* op het scherm en begon een repliekbrief te typen.

Aan degenen die dit aangaat, schreef Trixie.

Ik ben me ervan bewust dat uw krant als beleid heeft dat minderjarige slachtoffers niet bij naam worden genoemd. Ik ben echter een van die minderjarigen, en om te voorkomen dat de mensen gaan raden, wil ik dat ze mijn naam kennen.

Ze dacht aan de tientallen meisjes die dit misschien zouden lezen. Meisjes die te bang waren om te vertellen wat hen in het verleden was overkomen. Of de stuk of tien meisjes die het *wel* hadden verteld, en die dit zouden lezen, waarna ze de moed zouden vinden die

154

ze nodig hadden om opnieuw een dag in de hel – de middelbare school – te doorstaan. Ook dacht ze aan de jongens die goed zouden nadenken voordat ze iets namen wat niet van hen was.

Mijn naam is Trixie Stone, typte ze.

Ze zag de letters trillen op het scherm en las tussen de regels door. En dat herinnerde haar eraan dat ze een lafaard was. Vervolgens wiste ze de tekst.

De telefoon ging op het moment dat Laura de keuken binnenliep. Tegen de tijd dat ze opnam, had Daniel de telefoon op de bovenverdieping eveneens in zijn hand. 'Ik ben op zoek naar Laura Stone,' zei de beller, waarna zij het glas dat ze vasthield in de gootsteen liet vallen.

'Ik heb hem al,' zei Laura. Ze wachtte tot Daniel ophing.

'Ik mis je,' zei Seth vervolgens.

Ze gaf niet meteen antwoord, omdat ze dat simpelweg niet voor elkaar kreeg. Wat zou er gebeurd zijn als zij de telefoon niet had opgepakt? Zou Seth dan tegen Daniel verder gekwebbeld hebben? Zou hij zichzelf aan hem hebben voorgesteld? 'Bel me nooit meer thuis op, hoor je?' siste Laura.

'Ik moet met je praten.'

Haar hart bonkte zo venijnig dat ze amper haar eigen stem kon horen. 'Dat kan ik niet.'

'Alsjeblieft. Laura. Het is belangrijk.'

Daniel liep door de keuken en schonk zichzelf wat water in. 'Verwijder me alstublieft van uw telefoonlijst,' zei Laura, waarna ze ophing.

Achteraf gezien realiseerde Laura zich dat het feit dat ze met Daniel ging een kwestie van osmose was geweest. Ze nam een beetje van zijn onbekommerde aard over en maakte zich dat eigen. Walter zette ze aan de kant, en ze kon op school de ogen niet openhouden. Ook begon ze met roken. En ze bestookte Daniel met vragen over zijn verleden, waarop hij niet wilde ingaan. Ook leerde ze hoe haar eigen lichaam als een instrument kon fungeren, hoe Daniel met behulp van haar huid een symfonie speelde.

Vervolgens kwam ze erachter dat ze zwanger was.

Aanvankelijk dacht ze dat ze het niet tegen Daniel vertelde omdat ze bang was dat hij op de vlucht zou slaan. Geleidelijk aan besefte ze echter dat ze haar zwangerschap voor Daniel had verzwegen omdat *zij* degene was die de vlucht had overwogen. De realiteit sloeg hard op Laura in nu de verantwoordelijkheid haar had ingehaald. Waarom moest ze op haar vierentwintigste zo nodig in de kelder van een huurflat de hele nacht hanengevechten bijwonen en weddenschappen afsluiten? Wat had het op de lange termijn voor zin om te weten waar je over de grens de beste tequila kon vinden, terwijl haar academisch proefschrift op sterven na dood was? Ze had met de donkere kant van haar wezen geflirt, maar dat betekende absoluut nog niet dat je ook moest wortelen in dat oord.

Het was nu eenmaal niet gepast dat ouders na middernacht samen met hun baby zingend over straat kuierden. En ze hoorden niet in een auto te wonen. Ze konden geen flesvoeding, cornflakes en kleren kopen met het beetje cashgeld dat hapsnap werd verdiend door hier en daar een tekening te maken. Hoewel ze zich in die periode aangetrokken voelde tot Daniel zoals de maan en het getij met elkaar verbonden waren, kon zij zich niet voorstellen dat ze over tien jaar nog bij elkaar waren. Ze zag zich gedwongen na te denken over het schokkende feit dat de liefde van haar leven in werkelijkheid misschien niet de persoon was met wie ze een heel leven kon delen.

Toen Laura het uitmaakte met Daniel had ze zichzelf ervan overtuigd dat ze elkaar beiden een dienst hadden bewezen. Ze had het niet over haar zwangerschap, hoewel ze van het begin af aan had geweten dat ze het kind zou houden. Ze betrapte zich erop dat ze soms urenlang wat in zichzelf zat na te denken, waarbij ze zich afvroeg of haar kind dezelfde bleke wolfsogen zou krijgen als zijn vader. De sigaretten gingen de vuilnisbak in, ze droeg weer sweaters en reed weer met de veiligheidsgordel om. Ze borg Daniel keurig op in een hoekje van haar bewustzijn en deed net of ze niet meer aan hem dacht.

Een paar maanden later kwam Laura thuis en trof ze Daniel aan, die haar had opgewacht bij haar flat. Hij wierp een blik op haar zwangerschapstopje, waarna hij haar furieus bij haar bovenarmen beetpakte. 'Waarom heb je dat voor me verzwegen?'

Laura was in paniek en vroeg zich af of ze al die tijd de grillige kant van zijn persoonlijkheid verkeerd had geïnterpreteerd. Stel dat hij niet gewoon onaangepast was, maar regelrecht gevaarlijk? 'Ik dacht dat het beter was als we...'

'Wat zou je later over mij aan het kind vertellen?' zei Daniel.

'Zover... was ik nog niet.'

Laura hield hem aandachtig in de gaten. Daniel was veranderd in iemand die ze amper herkende. Hij was niet slechts een of andere

156

kwajongen die het systeem pootje wilde haken, maar iemand die zo erg van streek was dat hij zijn eigen littekens vergat te bedekken.

Hij ging op het stoepje voor de deur zitten. 'Mijn moeder zei dat mijn vader was overleden voordat ik werd geboren. Maar toen ik elf jaar was, werd met het postvliegtuig een brief gebracht die aan mij was geadresseerd.' Daniel keek vluchtig naar haar op. 'Je krijgt geen post van geesten.'

Laura ging gehurkt naast hem zitten.

'De postzegels zagen er altijd anders uit. Na die eerste brief stuurde hij me echter elke maand contant geld. Nooit had hij het erover waarom hij niet in Alaska was, bij ons. Hij schreef over de zoutbergen in Utah, hoe die eruitzagen, en hoe het aanvoelde om met je blote voeten in de Mississippi te stappen. Ook schreef hij dat hij me op een dag zou komen halen zodat ik met eigen ogen die plaatsen zou kunnen zien,' zei Daniel. 'Jarenlang heb ik gewacht, weet je, maar hij is nooit komen opdagen om me mee te nemen.'

Hij draaide zijn hoofd en keek Laura aan. 'Mijn moeder zei dat ze gelogen had omdat ze dacht dat het voor mij gemakkelijker te verkroppen zou zijn wanneer ik te horen kreeg dat mijn vader dood was, in plaats dat hij nooit een gezin had willen stichten. Ik wil niet dat onze baby dat soort vader krijgt.'

'Daniel,' biechtte ze op, 'ik weet niet zeker of ik wel wil dat ons kind een vader als *jij* krijgt.'

Hij deinsde naar achteren, alsof ze hem geslagen had. Langzaam ging hij staan en liep weg.

De hele daaropvolgende week had Laura gehuild. Op een ochtend, toen ze naar buiten liep om de krant te halen, trof ze Daniel slapend aan op het stoepje van haar flat. Hij ging staan en zij staarde hem aan; ze kon haar ogen niet van hem afhouden: zijn schouderlange haar had plaatsgemaakt voor een gemillimeterd militair kapsel, hij had een kakibroek aan en de mouwen van zijn blauwe oxfordshirt had hij opgerold. Hij stak haar een velletje papier toe uit. 'Ik heb net geld op de bank gezet,' legde Daniel uit. 'Atomic Comics heeft me een baan aangeboden. Als voorschot hebben ze me een week salaris gegeven.'

Laura luisterde, terwijl haar eerdere voornemens oplosten in het niets. Stel dat zij niet de enige bleek te zijn geweest die gefascineerd was door een totaal andere persoonlijkheid. Stel dat zij al die tijd gebiologeerd was door Daniels ongetemde aard, terwijl hij in haar op zoek was naar bevrijding, verlossing.

Stel dat liefde er niet uit bestond dat je datgene vond wat je in jezelf miste, maar dat het een spel van geven en nemen was dat ervoor zorgde dat je beiden bij elkaar paste.

'Als ik eenmaal genoeg geld heb gespaard,' vervolgde Daniel, 'ga ik me inschrijven voor tekencursussen aan de volksuniversiteit.' Hij trok haar naar zich toe, hun kind tussen hen in. 'Alsjeblieft,' fluisterde hij. 'Stel dat de baby het beste is wat in me zit.'

'Dit leven wil jij niet,' zei Laura, al bewoog ze zich dichter naar hem toe. 'Op een dag zul je me haten, omdat ik je leven heb geruïneerd.'

'Mijn leven werd lang geleden al geruïneerd,' zei Daniel. 'Ik zal je nooit haten.'

Ze trouwden in het stadhuis. Daniel hield zich strikt aan zijn gedane beloften; hij stopte met roken en drinken. Hij kreeg last van ontwenningsverschijnselen, maar hij was aanwezig op elke OB-afspraak. Vier maanden later werd Trixie geboren, en hij verafgoodde haar alsof ze van zonlicht was gemaakt. Wanneer Laura les gaf aan haar studenten speelde Daniel met Trixie in het park en ging hij met haar naar de dierentuin. Hij volgde avondcursussen en maakte grafische kunst op freelancebasis, voordat hij voor Marvel ging werken. Hij verhuisde met Laura terwijl ze als docente achtereenvolgens in San Diego, Marquette en in Maine – haar huidige standplaats – werkzaam was. Wanneer ze na een dag lesgeven thuiskwam, zorgde hij ervoor dat het eten klaarstond; hij stopte karikaturen van Trixie als SuperBaby in de zijvakjes van haar aktentas. En haar verjaardag vergat hij nooit. In feite was hij zo perfect dat ze zich afvroeg of de onaangepaste Daniel alleen maar een dekmantel was geweest om aantrekkelijk te zijn voor haar. Maar vervolgens herinnerde ze zich de vreemdste dingen, die zomaar in haar opkwamen, zoals het feit dat Daniel haar op een avond tijdens het vrijen zo hard had gebeten dat ze bloedde; en in zijn nachtmerries, in het heetst van de strijd, hoorde ze hem vechten tegen denkbeeldige vijanden. Ook herinnerde ze zich dat hij met behulp van Magic Markers het hele lichaam van Laura had getatoeëerd: slangen en mythologische hydra's op haar armen, en op het onderste gedeelte van haar rug een vliegende demon. Enkele jaren geleden was ze zover gegaan dat ze een van zijn pennen mee naar bed had genomen. 'Je weet toch hoe moeilijk je dat goedje van je huid krijgt?' had Daniel toen gezegd. Punt.

Laura wist dat ze niet het recht had zich te beklagen. In deze wereld liepen vrouwen rond die door hun echtgenoot werden geslagen; vrouwen die zichzelf in slaap huilden omdat hun man alcoholist of gokverslaafde was. Deze wereld kende vrouwen van wie de partners in hun leven minder vaak 'Ik hou van je' hadden gezegd dan Daniel in één week. Op welke manier Laura de schuld ook wilde afschuiven op iets of iemand, de straffe wind van de waarheid blies alles weer naar haar terug. Ze had het leven van Daniel niet verwoest door hem te vragen te veranderen. Nee, ze had haar eigen leven geruïneerd.

Mike Bartholemew keek even naar zijn cassetterecorder om er zeker van te zijn dat het apparaat nog functioneerde. 'Ze lag bijna boven op me,' zei Moss Minton. 'Ze had haar handen in mijn haar, was me aan het opvrijen, lapdancing, dat soort dingen.'

Op Mike's verzoek was de jongen vrijwillig komen opdagen om met hem te praten. Het mocht echter duidelijk zijn dat alles wat uit zijn mond kwam uitermate gekleurd was door het feit dat hij loyaal was aan Jason Underhill.

'Ik weet niet hoe ik dat moet zeggen zonder als een complete zakkenwasser over te komen,' zei Moss. 'Maar Trixie vroeg erom.'

Bartholemew leunde naar achteren in zijn stoel. 'En dat weet jij zeker?'

'Eh... ja.'

'Heb jij die nacht seks gehad met Trixie?'

'Nee.'

'Dan moet je in de kamer zijn geweest waar jouw vriend seks met haar had,' zei Bartholemew. 'Hoe kan jij anders hebben gehoord dat ze erom gevraagd heeft?'

'Ik was niet in die kamer, makker,' zei Moss. 'Maar u ook niet. Misschien heb ik niet gehoord dat ze "ja" zei, maar u hebt haar ook geen "nee" horen zeggen.'

Bartholemew zette de cassetterecorder uit. 'Bedankt dat je bent gekomen.'

'Klaar?' zei Moss verbaasd. 'Is dat alles?'

'Dat is alles.' De rechercheur haalde een kaartje uit zijn zak en gaf het aan Moss. 'Als jou toevallig nog iets anders te binnenschiet, bel je me maar.'

'Bartholemew,' las Moss hardop. 'We hadden vroeger een babysit die zo heette. Holly Bartholemew. Volgens mij was ik toen een jaar of negen, tien.'

'Mijn dochter.'

'O ja? Woont ze hier nog in de buurt?'

Mike aarzelde. 'Nee.'

Moss stopte het kaartje in zijn zak. 'Doe haar maar de groeten van mij als u haar weer ziet.' Na een zwak afscheidsgebaar liep hij naar buiten.

'Dat zal ik doen,' zei Mike, terwijl zijn stem rafelde als kant.

Daniel opende de deur en zag Janice staan. 'O, ik wist niet dat Trixie een afspraak met u had.'

'Dat heeft ze ook niet,' antwoordde Janice. 'Kan ik u en Laura even spreken?'

'Laura is op de universiteit,' zei hij, op het moment dat Trixie op de bovenverdieping haar hoofd boven de balustrade uitstak. Voorheen zou ze zich niet zo afzijdig hebben gehouden, maar als de bliksem naar beneden zijn gegaan in de vaste overtuiging dat het bezoek voor haar was.

'Trixie,' zei Janice, die haar in de gaten kreeg. 'Ik moet je iets vertellen wat je niet leuk zult vinden.'

Trixie liep de trap af en ging schuchter naast Daniel staan, zoals ze dat in haar vroege jeugd deed wanneer ze iets zag wat haar bang maakte.

'De strafpleiter die de verdediging van Jason Underhill op zich heeft genomen, heeft de verslagen van de gesprekken tussen mij en Trixie opgeëist.'

Daniel schudde zijn hoofd. 'Dat begrijp ik niet. Is dat niet een schending van de privacy?'

'Alleen als het de gedaagde betreft. Het wordt een andere zaak als je het *slachtoffer* van een misdrijf bent. Dan kan het gebeuren dat je dagboek als bewijsmateriaal wordt beschouwd, net als de transcripties van de gesprekken die je met je psychiater hebt gehad.' Ze keek Trixie aan. 'Of de gesprekken die je hebt gehad met een adviseuse voor slachtoffers van zedendelicten.'

Daniel had geen flauw idee wat er precies was besproken tijdens de sessies die Janice met Trixie had gehad. Hij merkte echter dat zijn dochter, die naast hem stond, beefde van angst. 'U mag die verslagen niet afgeven,' zei ze.

'Als we dat niet doen, krijgt onze directrice gevangenisstraf opgelegd,' verklaarde Janice.

'Dan ga ik in haar plaats,' zei Daniel.

'Dat zal het hof niet accepteren. Geloof me, u bent niet de eerste vader die voor iemand anders een gevangenisstraf wil uitdienen.'

U bent niet de eerste. Langzaam liet Daniel die woorden tot zich doordringen. 'Is dat dan al eens eerder gebeurd?'

'Helaas wel,' gaf Janice toe.

'U hebt gezegd dat datgene wat ik u vertel tussen ons tweeën blijft!' riep Trixie huilend. 'U zei dat u me zou helpen. Is *dit* wat u daarmee bedoelt?'

Toen Trixie naar boven stormde, liep Janice achter haar aan. 'Laat mij maar even met haar praten.'

Daniel deed een stap naar voren om te laten merken dat hij dat niet wilde. 'Bedankt,' zei hij. 'Maar ik denk dat u al genoeg hebt gedaan.'

Volgens de wet heeft Jason Underhill het recht zich te laten verdedigen, legde rechercheur Bartholemew aan de telefoon uit. *Volgens de wet mag de geloofwaardigheid van het slachtoffer in twijfel worden getrokken. Met alle respect*, voegde hij eraan toe, *er zijn inmiddels bepaalde zaken die de geloofwaardigheid van uw dochter ondermijnen.*

Ze had al een relatie met die jongen.

Ze had gedronken.

Ze had enkele tegenstrijdige verklaringen afgelegd.

Zoals? had Daniel daarop geantwoord.

Nadat Daniel met de rechercheur had gesproken, voelde hij zich verdoofd. Hij liep de trap op naar de bovenverdieping en opende de deur van Trixies slaapkamer. Ze lag op bed, het gezicht van hem afgewend.

'Trixie,' zei hij op een zo neutrale toon als maar mogelijk was. 'Was je echt maagd?'

Verstild bleef ze liggen. 'Geloof *jij* me nu ook al niet meer?'

'Je hebt gelogen tegen de politie.'

Aangeslagen rolde ze op een zij, met het gezicht naar hem toe. 'Je laat je oren hangen naar een of andere stomme rechercheur in plaats dat je...'

'*Wat dacht jij in godsnaam wel waar je mee bezig was?*' barstte Daniel woedend uit.

Trixie ging rechtop zitten en was overdonderd. 'En *jij* dan?' krijste ze. 'Jij *wist* wat er aan de hand was. Je *moest* weten wat er speelde.'

Daniel dacht aan al die keren dat Jason na een afspraakje Trixie terugbracht en de auto voor het huis parkeerde, waarna hij wegliep van het raam. Hij had zichzelf wijsgemaakt dat hij haar die privacy gunde. Maar was dat ook waar? Had hij in werkelijkheid een blinde vlek ontwikkeld omdat hij het niet kon verdragen dat die jongen zich zo dicht bij Trixie bevond en dat hij, Daniel, zou zien dat diens hand de onderkant van haar borst streelde?

In de wasmand had hij handdoeken gezien die flink besmeurd waren met oogschaduw, terwijl hij zich niet kon herinneren dat Trixie die make-up ook in huis op had. Hij hield zijn mond wanneer Laura klaagde dat ze haar favoriete schoenen met hoge hak nergens meer kon vinden, of een shirt of een bepaalde lippenstift, waarna ze die spullen vervolgens onder het bed van Trixie tegenkwamen. Hij deed net of hij niet merkte dat de kleren van Trixie tegenwoordig strakker zaten, en hoe zelfverzekerd en sexy haar tred was geworden.

Trixie had gelijk. Het feit dat iemand niet bereid was toe te geven dat er iets was veranderd, wilde niet zeggen dat het ook niet was gebeurd. Misschien had Trixie het verknald – maar hij ook.

'Ik heb het geweten,' zei hij, verbijsterd als hij was dat hij die woorden hardop uitsprak. 'Het probleem was dat ik het niet heb *willen* weten.'

Daniel keek zijn dochter aan. Hij zag nog steeds sporen van het kleine, koppige meisje van weleer – in de welving van haar kin zodra ze haar kaken op elkaar klemde, in de vorm van haar lange, donkere wimpers, en in de overmaat aan duidelijk afgetekende sproeten. Nee, dat meisje was zeker niet verdwenen. Nog niet.

Nadat hij Trixie in zijn armen had genomen, voelde hij dat ze zich ontspande. De wet zou zijn dochter niet beschermen, wat betekende dat hij dat zelf moest doen.

'Ik kon dat onmogelijk tegen ze zeggen,' zei Trixie snikkend. '*Jij* stond erbij.'

Op dat moment herinnerde Daniel het zich. Toen de arts aan Trixie vroeg of ze al eens eerder geslachtsgemeenschap had gehad, bevond hij zich nog steeds in de onderzoekkamer.

Haar stem klonk iel, de waarheid was als een strak opgerolde slak in zijn huisje. 'Ik wilde niet dat jij kwaad op me zou zijn. Ik ging ervan uit dat de dokter niet zou geloven dat ik was verkracht als ik haar zou vertellen dat Jason en ik het al eens met elkaar hadden gedaan. Maar dat kan dan nog steeds gebeuren, toch, papa? Het feit dat ik eerder ja heb gezegd wil toch niet zeggen dat ik nu geen nee meer zou kunnen zeggen...?' Haar lichaam schokte en ze huilde tranen met tuiten terwijl ze zich tegen hem aandrukte.

Hoewel je om het ouderschap te verkrijgen geen contract hoefde te tekenen, waren de verantwoordelijkheden ervan in onzichtbare inkt geschreven. Op zeker moment moest je je kind steunen. Zelfs als niemand meer geloof aan haar verhaal hechtte. Het was je taak de brug te herbouwen, zelfs als het je kind was geweest die deze brug had opgeblazen. Trixie had de waarheid dus hier en daar geweld aangedaan. Misschien had ze inderdaad gedronken. Misschien had ze op dat feestje geflirt met de jongens. Maar als Trixie zei dat ze was verkracht, dan wilde Daniel er zijn hand voor in het vuur steken dat ze de waarheid had verteld.

'Schatje van me,' zei hij, 'ik geloof je.'

Enkele dagen later, eveneens op een ochtend – Daniel was even weg – hoorde Laura de deurbel. Tegen de tijd dat ze in de gang was gearriveerd om open te doen, bleek Trixie haar voor te zijn. In haar flanellen pyjamabroek en T-shirt staarde ze naar de man die op de veranda stond.

Seth droeg werkschoenen en had een fleecevest aan. Hij zag eruit of hij enkele dagen niet had geslapen. In verwarring gebracht staarde hij Trixie aan, alsof hij haar in deze setting niet kon plaatsen. Toen hij Laura zag naderen, stak hij prompt van wal. 'Ik moet met je praten,' begon hij, maar zij viel hem meteen in de rede.

Ze legde haar hand op de schouder van Trixie. 'Ga naar boven,' zei ze streng. Zo snel als een konijntje maakte Trixie dat ze op haar kamer kwam. Vervolgens wendde Laura zich weer tot Seth. 'Ik kan niet *geloven* dat je het lef hebt bij mij thuis aan te kloppen.'

'Er is iets wat je moet weten...'

'Wat ik zeker weet is dat ik je niet meer kan ontmoeten,' zei Laura. Ze beefde zowel van angst als vanwege het feit dat Seth zich zo dicht bij haar bevond. Wanneer hij niet voor haar stond, bleek het gemakkelijker zichzelf ervan te overtuigen dat het voorbij was. 'Doe me dit niet aan,' fluisterde ze, waarna ze de deur dichtdeed.

Met de ogen dicht liet Laura haar voorhoofd even tegen de deur rusten. Stel dat Daniel vanochtend niet weg was gegaan en de deur had opengedaan, in plaats van Trixie? Zou hij bij de eerste aanblik hebben geweten wie Seth was, simpelweg door de manier waarop zijn gezichtsuitdrukking zou veranderen zodra hij Laura onder ogen kreeg? Zou hij Seth naar de keel zijn gevlogen?

Als ze met elkaar op de vuist zouden zijn gegaan, had zij de kant van het slachtoffer gekozen. Maar *wie* zou dat dan zijn geweest?

Nadat ze weer tot zichzelf was gekomen, liep Laura de trap op naar de kamer van Trixie. Ze wist niet zeker in hoeverre haar dochter op de hoogte was, of zelfs maar vermoedde wat er aan de hand was. Ongetwijfeld had ze gemerkt dat haar ouders tegenwoordig amper een woord met elkaar wisselden en dat haar vader had besloten de nacht op de bank door te brengen. Ze moest zich afvragen waarom Laura in de nacht dat Trixie was verkracht op haar kantoor was gebleven. Als Trixie met dat soort vragen kampte, dan hield ze die voor zichzelf, alsof ze instinctief begreep waar Laura nog maar net achter was gekomen – zodra je een fout had toegegeven, groeide de invloed ervan exponentieel, tot je geen enkele mogelijkheid meer had die misstap alsnog onder het vloerkleed te vegen.

Hoewel de verleiding groot was net te doen of Seth een verkoper van Fuller Brush was, of een andere vreemde, besloot Laura dat ze zich door de vragen van Trixie zou laten leiden. Laura opende de deur en zag dat ze een T-shirt over haar hoofd aantrok. 'Wat deed die kerel hier?' vroeg ze, haar hoofd verborgen achter het textiel.

Wel, dat zal ik je vertellen.

Laura ging op de rand van het bed zitten. 'Hij was niet hier vanwege jou. Ik bedoel, geen verslaggever, of zoiets. En hij komt niet meer terug. Nooit meer.' Ze zuchtte. 'Hoefden we dit gesprekje maar niet te hebben.'

Trixie had haar T-shirt aangetrokken: haar hoofd kwam plotseling te voorschijn. 'Wat?'

'Het is uit, helemaal, volledig, honderd procent. Je vader weet dat, en we proberen... nou ja, we proberen eruit te komen. Ik heb er een puinhoop van gemaakt,' zei Laura. Ze stikte bijna in haar woorden. 'Ik zou willen dat ik die misstap ongedaan kon maken, maar dat gaat niet.'

Ze realiseerde zich dat Trixie naar haar staarde, precies zoals wanneer ze zich het hoofd brak over een wiskundevraagstuk dat ze maar niet opgelost kreeg. 'Je bedoelt... jij en hij...'

Laura knikte. 'Ja.'

Trixie boog haar hoofd. 'Hebben jullie het wel eens over mij gehad?'

'Hij weet dat ik een dochter heb. En dat ik getrouwd ben.'

'Ik kan niet geloven dat je papa dit hebt aangedaan,' zei Trixie, terwijl haar stem omhoogging. 'Hé, hij is van *mijn* generatie. Het is gewoon... *walgelijk*.'

Laura klemde haar kaken op elkaar. Trixie had recht op dit moment van boosheid; het kwam haar toe als deel van Laura's poging de oude situatie te herstellen. Maar dat maakte het er niet gemakkelijker op.'

'Mijn gezond verstand liet me in de steek, Trixie...'

'Ja, omdat je het te druk had met je als *slet* te gedragen.'

Laura bracht haar hand omhoog, maar wist zich nog net in te houden. Beiden waren een moment lang sprakeloos. 'Nee,' zei Laura, met stokkende ademhaling. 'Geen van beiden zouden we iets moeten doen wat we niet meer kunnen terugdraaien.'

Laura keek haar met een bikkelharde blik aan, waardoor Trixie haar ogen neersloeg. Uiteindelijk zakte de woede en kwamen de tranen. Laura trok haar in haar armen en wiegde haar heen en weer. 'Gaan jij en papa scheiden?' vroeg Trixie. Haar stem klonk iel als van een klein kind.

'Ik hoop het niet,' zei Laura.

'Hield je... van hem?'

Ze deed haar ogen dicht en haalde zich Seth als een gedicht voor de geest, waarbij ze hem woord voor woord op haar tong proefde; een culinair maal, een combinatie van ritme en beschrijving. Ze voelde de indringendheid van het moment, als het te lang duurde voordat het slot van een deur ging, wanneer knopen eraf vlogen, in plaats dat ze langzaam door het knoopsgat gleden.

Maar dan was er Trixie, die de borst kreeg terwijl ze met een handje in Laura's lokken graaide. Trixie, die op haar duim had gezogen tot ze tien was, maar alleen als niemand het zag. Trixie, die vond dat de wind kon zingen en dat je in staat was die liedjes te leren, als je maar bereid was goed te luisteren. Trixie, die het levende bewijs was dat zij en Daniel ooit samen de perfectie hadden bereikt.

Laura drukte haar lippen op de slaap van haar dochter. 'Ik hou veel meer van jou.'

Ooit had ze al eens bijna haar gezin de rug toegekeerd. Was ze echt zo stom geweest om op het punt te staan dat weer te doen? Ze huilde nu net zo hard als Trixie en het was onmogelijk te zeggen wie zich aan wie vastklampte. Op dat ogenblik voelde Laura zich de overlevende van een treinramp; een vrouw die uit het rokende wrak van een wagon stapte en zich realiseerde dat haar armen en benen nog steeds functioneerden, en dat ze deze catastrofe op de een of andere manier ongeschonden had doorstaan.

Laura drukte haar gezicht in de holte tussen de hals en schouder van haar dochter. Het was mogelijk dat ze op verschillende punten verkeerd had gehandeld. Het zou best zo kunnen zijn dat een wonder niet iets was wat je toevallig overkwam, maar veeleer iets waarvan je verschoond bleef.

Het verscheen voor het eerst op het scherm van de computers in de schoolbibliotheek, waar je boeken kon opzoeken aan de hand van hun ISB-nummer. Het verspreidde zich vervolgens via de twintig iBooks en tien iMacs in het computervertrek, waar de eersteklassers zaten te zwoegen op hun typeproefwerk. Binnen nog eens vijf minuten was het te zien op de monitor die zich op de balie van de school-verpleegster bevond.

Op het moment dat dat gebeurde, was Trixie bezig met een keuze-vak – de schoolkrant. Hoewel haar ouders haar ervan hadden proberen te overtuigen dat ze beter niet naar school kon gaan, bleek de keuze om dat juist wel te doen de minste van twee kwaden. Thuis hoorde een veilige plek te zijn, maar de ouderlijke woning bleek een mijnenveld te zijn geworden, waar zich elk moment explosies konden voordoen. Daar stond tegenover dat ze inmiddels wist dat ze zich op school absoluut niet op haar gemak zou voelen. Waar ze nu behoefte aan had, was het gegeven dat ze ergens kon functioneren zonder dat ze opeens door iets overrompeld werd.

In de klas zat Trixie naast Felice, die jeugdpuistjes had en een slechte adem, maar wel de enige leerling was die tegenwoordig bereid was naast haar te gaan zitten. Met behulp van dtp-software verschoven ze kolommen tekst over het verliezende basketbalteam op het scherm. Opeens ging het scherm op blauw. 'Meneer Watford,' riep Felice. 'Volgens mij zijn we gecrasht.'

De leraar liep naar hen toe, ging tussen de meisjes in staan en drukte tweemaal op control-alt-delete om de computer opnieuw te laten opstarten, wat niet lukte. 'Hmm,' zei hij. 'Volgens mij kunnen jullie de vragenrubriek maar beter handmatig persklaar maken.'

'Nee, wacht... we krijgen weer beeld,' zei Felice. Een Technicolorbeeld. Pontificaal in het midden stond Trixie halfbloot in de woonkamer van Zephyr; de foto die genomen was in de nacht dat Trixie was verkracht.

'O,' zei meneer Watford zwakjes. 'Nou, eh...'

Trixie had het gevoel of er een spies in haar longen was gedreven. Als verlamd maakte ze zich los van het tafereel dat op het scherm te zien was, greep haar rugzak en rende naar het hoofdgebouw, waar ze zich overleverde aan de genade van de secretaresse. 'Ik moet de schooldirecteur spreken – '

Haar stem brak als een stuk ijs terwijl ze naar het beeldscherm keek dat op de balie van de secretaresse stond. Ze zag haar eigen gezicht dat haar aanstaarde.

Trixie rende het kantoor uit naar de deuren aan de voorzijde van de school. Ze hield pas op met hollen tot ze op de brug stond, die de rivier overspande. Dezelfde brug waar zij en Zephyr hadden gestaan op de dag voordat ze iemand anders was geworden. In haar rugzak rommelde ze tussen de pennen, papierproppen en make-up. Uitein-

delijk vond ze de mobiele telefoon die haar vader haar had gegeven
– zijn eigen mobieltje, voor als er sprake was van een noodgeval.
'Papa,' zei ze snikkend, nadat hij had opgenomen. 'Kom me alsjeblieft halen.'

Pas nadat haar vader haar had verzekerd dat hij er absoluut binnen twee minuten zou zijn, drukte ze op de knop om het gesprek
te beëindigen en zag ze wat ze niet had gezien op het moment dat
ze haar vader opbelde. De screensaver – voorheen de afbeelding van
Rogue, uit X-Men – bestond nu uit de toplessfoto van Trixie. Een
foto die zich over driekwart van alle mobiele telefoons in Bethel,
Maine, had verspreid.

Toen er op de deur werd geklopt, voelde Bartholemew zich overdonderd. Dit was zijn vrije dag – hoewel hij inmiddels heen en weer
naar Bethel High was gereden. Hij had net zijn pyjamabroek en een
oude trui van de politieacademie aangetrokken, met een mouw
waarin door Ernestine een gat was geknauwd. 'Ik kom eraan,' riep
hij. Nadat hij had opengedaan, zag hij Daniel Stone aan de andere
kant van de deur staan.

Het verbaasde hem niet dat Stone was komen opdagen, gelet op
wat er op school was gebeurd. Het verwonderde hem evenmin dat
Stone wist waar hij, Bartholemew, woonde. Zoals de meeste politieagenten stond hij niet in het telefoonboek. Bethel was voor het
grootste deel van de inwoners echter klein genoeg om te weten wat
anderen zoal uitvoerden. Als je door de straat reed, herkende je de
mensen aan de auto's waarin ze zich verplaatsten; je liep langs een
huis en wist wie daar woonde.

Nog voordat hij zich met de zaak van Trixie Stone was gaan bezighouden, was hij er zich bijvoorbeeld van bewust geweest dat er
in de buurt een striptekenaar woonde die een zekere mate van nationale bekendheid genoot. Hij had diens stripverhalen niet gelezen, maar enkele van zijn collega's op het politiebureau wel. Naar
verluidt zou Daniel Stone – in tegenstelling tot zijn gewelddadige
held Wildklauw – een aardige man zijn die het prima vond je een
handtekening te geven als je in de supermarkt achter hem bij de
kassa stond. Tijdens de enkele keren dat hij tot nu toe met Stone te
maken had gehad, kwam de man wat betreft zijn dochter on-
gelooflijk beschermend en gefrustreerd over. In tegenstelling tot de
mannen die Bartholemew in zijn loopbaan was tegengekomen, en
die ruiten aan diggelen sloegen of die hun toorn in alcohol ver-
zopen, leek Daniel Stone zijn emoties onder controle te hebben –

tot op dit moment. De man stond op zijn drempel en beefde letterlijk van woede.

Stone drukte een kopie van de inmiddels beruchte foto van Trixie
in zijn hand. 'Hebt u dit al gezien?'

Inderdaad, die foto was Bartholemew niet ontgaan. Vanmorgen op
de middelbare school, ongeveer drie uur geleden, en op de compu-
terschermen in alle openbare gebouwen, en verder overal waar hij
keek.

'Is mijn dochter nog niet voldoende tot slachtoffer gemaakt?'

Instinctief stelde Bartholemew zich kalm op, waarbij hij zachter,
rustiger ging praten. 'Ik weet dat u van streek bent, maar we doen
wat we kunnen.'

Met een minachtende blik keek Stone naar het vrijetijdskloffie van
Bartholemew. 'Ja, ik zie dat u zich de pleuris werkt.' Vervolgens keek
hij hem aan en zei: 'U hebt ons verteld dat Underhill geacht wordt
op geen enkele wijze contact te hebben met Trixie.'

'Onze computerjongens zijn erachter gekomen dat de foto afkomstig is uit de mobiele telefoon van Moss Minton. De afbeelding is
dus niet van Jason Underhill.'

'Dat maakt niet uit. Mijn dochter hoort niet degene te zijn die te-
rechtstaat.' Stone klemde zijn kaken op elkaar. 'Ik wil dat de rechter
hiervan op de hoogte wordt gebracht.'

'Dan zal hij ook te weten komen dat het uw dochter is geweest die
uit de kleren ging. Hij zal er bovendien achter komen dat alle oog-
getuigen die ik heb verhoord een verklaring hebben afgelegd waarin
staat dat Trixie die avond op dat feestje seksuele toenadering heeft
gezocht tot een heleboel andere jongens,' zei Bartholemew. 'Luister,
ik weet dat u kwaad bent. Het is echter niet in uw belang druk op
de ketel te zetten. Dat zou namelijk wel eens een averechtse uitwer-
king kunnen hebben.'

Daniel Stone trok de fotokopie uit de hand van de rechercheur.
'Zou u dat ook zeggen als het *uw* dochter was geweest?'

'Als het mijn dochter was geweest,' zei Bartholemew, 'zou ik een
gat in de lucht springen. Dan zou ik helemaal door het dak gaan.
Want dat zou betekenen dat ze nog leefde.'

Als kwikzilver zo vlug diende de waarheid zich aan, maar net als
bij elk gif was het ook het laatste wat beiden te berde wilden brengen. Je zou denken dat er in dit tijdperk van technologische vooruitgang een of ander netwerk tussen vaders zou bestaan, waarbij een
man die het gevaar liep dat hij zijn dochter zou verliezen instinctief
iemand herkende die deze barre gronden al eens had betreden. Het

bleek echter zo te zijn dat je niet door de hel ging als je geliefden werden gekwetst; de hel liet zich pas in het tweede bedrijf gelden, wanneer het al te laat was en je datgene wat er gebeurde niet meer kon voorkomen.

Hij verwachtte dat Daniel Stone hem zou condoleren, dat hij tegen hem zou zeggen dat hij spijt had dat hij over de schreef was gegaan. Maar in plaats daarvan gooide hij de fotokopie als een handschoen tussen hen in. 'Dan zou juist u beter moeten weten,' zei hij.

Ze had niet veel tijd meer.

De stem van haar moeder waaierde door het trapgat omhoog. Laura was zo waakzaam geweest als iemand die voor babysit speelde. Ze had Trixie niet uit het oog verloren, hoewel haar dochter het uiteindelijk toch voor elkaar had gekregen ongezien naar de badkamer te gaan. Op dat moment was haar vader rechercheur Bartholemew of het schoolhoofd aan het uitkafferen, of misschien zelfs beiden. Maar wat zou dat voor verschil maken? Ze konden elke kopie van die godsgruwelijke afbeelding van haar verbranden, maar over een paar maanden zou iemand door deze ellende hoe dan ook de kans krijgen haar voor het oog van de rechter figuurlijk gezien helemaal uit te kleden.

Ze ging op de toiletklep zitten en stootte zich per ongeluk aan haar telefoonbotje. 'Shit!' riep ze uit. De tranen sprongen in haar ogen.

Ooit had Trixie haar mond met zeep moeten wassen voor het feit dat ze woorden met vier letters aan het uittesten was. Ze herinnerde zich dat ze op haar vierde samen met haar vader bij de kassa stond en herhaalde wat haar vader fluisterend had uitgesproken op het moment dat de caissière even niet uitgerekend kreeg hoeveel wisselgeld ze moest teruggeven – *gebruik het klote rekenmachientje*.

Inmiddels kende ze allerlei woorden met vier letters; alleen waren dat niet de woorden die door de meeste mensen als smerig taalgebruik werden betiteld.

Lief
Help
Seks
Stop
Toen

Als kind was ze bang voor de duisternis. De kastdeur moest op slot, met de rugleuning van de bureaustoel onder de kastknop om te voorkomen dat de monsters eruit konden. Haar deken moest tot aan haar kin worden opgetrokken, anders zou de duivel haar misschien komen halen. Ze moest op haar buik slapen, anders zou een vampier de kans krijgen een paal door haar hart te steken.

Nu, jaren later, was ze nog steeds bang – alleen niet voor de duisternis, maar voor de dagen die elkaar opvolgden. De ene dag na de andere, er kwam geen eind aan.

'Trixie?'

Opnieuw hoorde ze haar moeder roepen, waarna ze haastig naar het medicijnkastje reikte. Het hilarische van het feit dat je verkracht was – waarbij niemand de moeite nam om je dat te vertellen – was het gegeven dat de daad als zodanig niet eens het ergste was van datgene wat ze had doorgemaakt. Sterker nog, die eerste onbesuisde val begon pas echt pijn te doen als je weer overeind kwam.

De badkamer was voorzien van een soort slot waarvoor je alleen maar een schroevendraaier of een mes nodig had om het open te krijgen. Op het moment dat Laura de badkamer binnenstapte, zag ze wat er was gebeurd – de witte muur boven de wastafel was met bloed besmeurd en Trixie lag op de vloer, in een poel van bloed, haar shirt doordrenkt terwijl ze haar doorgesneden polsen tegen haar borstkas drukte. 'O, mijn God,' riep Laura uit. Met haar handen knelde ze de armen van Trixie af om het bloed te stelpen. 'O, Trixie toch, nee...'

Trixies oogleden trilden. Ze keek haar moeder een halve seconde aan, waarna ze haar bewustzijn verloor. Laura hield het verslapte lichaam van haar dochter tegen zich aan, tot ze zich realiseerde dat ze een telefoon te pakken moest zien te krijgen, maar ook dat ze Trixie nooit meer levend terug zou zien als ze het waagde haar even alleen te laten.

De ambulanceverpleegkundigen arriveerden enkele minuten later en stelden Laura een overstelpend aantal vragen. Hoelang is Trixie al buiten bewustzijn? Is Trixie al eerder suïcidaal geweest? Heeft Laura enig idee waar Trixie dat scheermesje vandaan heeft gehaald? Laura gaf antwoord op al die vragen. Ze stelden echter niet de vraag die ze had verwacht, de vraag waarop ze geen antwoord wist: stel dat Jason Underhill niet de grootste bedreiging vormde voor Trixie, maar dat Trixie voor zichzelf het grootste gevaar was.

Trixie had dit al een tijdje gedaan. Geen échte suïcidepoging, maar een aftastend zichzelf verwondingen toebrengen. De artsen zeiden dat dat feit – heel ironisch – misschien haar leven had gered. De meeste meisjes die zichzelf verminkten, brachten horizontale, ondiepe snijwondjes aan. Die dag had Trixie zichzelf wél diep gesneden, maar ook horizontaal, zoals voorheen. Iemand die echt zelfmoord wilde plegen, of die beter wist, sneed zichzelf verticaal, in de lengterichting van de slagader, omdat je dan sneller doodbloedde.

Hoe dan ook, als Laura niet meteen naar binnen was gelopen nadat Trixie dat zichzelf had aangedaan, hadden ze nu wellicht bij haar graf gestaan, in plaats van naast haar ziekenhuisbed.

In haar kamer waren de lichten uit. Aan de vinger van Trixie bevond zich een klemmetje waarmee de zuurstofsaturatie in haar bloed werd gemeten en dat rood oplichtte. Iemand – een verpleegster? – had haar een operatiehemd aangedaan. Daniel had geen idee wat er met haar kleren was gebeurd. Hadden ze die bewaard, als bewijsmateriaal, zoals met de kleren in de nacht dat ze was verkracht? Het bewijsmateriaal waarmee werd aangetoond dat ze wanhopig graag haar imago van *doordouwer* wilde inleveren?

'Wist jij het?' vroeg Laura zachtjes, nauwelijks hoorbaar in de duisternis.

Daniel keek haar aan. Hij zag alleen de gloed in haar ogen. 'Nee.'

'Hadden we het moeten weten?'

Het klonk niet als een verwijt; die toon lag niet in haar stem. Ze vroeg alleen of ze aanwijzingen hadden gemist, sporen genegeerd. Ze probeerde het moment vast te stellen dat alles begon te desintegreren.

Daniel wist dat daar geen antwoord op te geven was. Je kon het vergelijken met een trapezenummer. Hoe moest je er precies achter komen op welk moment de acrobaat zich zou afzetten, en op welk moment de assistent zou loslaten? Dat kwam je nooit te weten, punt uit. Je trok conclusies aan de hand van de gevolgen, de resultaten: een succesvolle landing of een spiraalsgewijze val in de diepte. 'Ik denk dat Trixie haar best heeft gedaan ervoor te zorgen dat we het *niet* zouden weten.'

Opeens herinnerde hij zich Trixie die zich met Halloween als een trosje druiven wilde verkleden. Ze was toen vijf jaar en heel opgewonden over haar kostuum. In de kelder hadden ze een maand lang gewerkt om van papier-maché bolletjes te maken en die paarsrood te schilderen. Maar toen het moment aanbrak om zich daadwerkelijk te verkleden, weigerde ze.

Buiten was het namelijk donker, er liepen monsters en heksen rond – voor een kind waren dat kortom voldoende redenen koudwatervrees te krijgen. *Waar ben je bang voor, Trix?* had hij gevraagd.

171

Hoe weet jij straks wie ik ben, had ze uiteindelijk gezegd, *als ik niet op mezelf lijk?*

Laura stond met gebogen hoofd, haar handen gevouwen voor de borst, en bewoog haar lippen. Hoewel ze katholiek was opgevoed, ging ze niet meer naar de kerk. Daniel was nooit echt religieus geweest. In de periode dat hij in Alaska was opgegroeid, gingen zijn moeder en hij niet naar de kerk, hoewel de meeste buren dat wel deden. De Yup'ik waren door de Moravische Broeders bekeerd, en dat was blijven hangen. Een eskimo zag er geen tegenstrijdigheid in Jezus als zijn Verlosser te beschouwen en tegelijk ervan overtuigd te zijn dat de ziel van een zeehond in de blaas leefde tot de jager hem teruggaf aan de zee.

Laura streek Trixies haar naar achteren. 'Dante geloofde dat God zelfmoordenaars strafte door de ziel van de betreffende personen in een boomstronk gevangen te houden. Op de dag des oordeels waren het de enige zondaars die hun ziel niet terugkregen, omdat ze er ooit afstand van hadden willen doen.'

Daniel was daar zowaar van op de hoogte. Een van de weinige in zijn ogen intrigerende zaken met betrekking tot Laura's onderzoek. Hij had het namelijk altijd ironisch gevonden dat in de Yup'ik-dorpen, waar zelfmoord onder tieners epidemische vormen aannam, geen bomen te vinden waren.

Op dat moment verroerde Trixie zich. Daniel keek naar haar terwijl ze de kamer die ze niet kende in zich opnam. Haar ogen gingen wijd open, hoopvol als ze was, maar ze deed ze vervolgens halfdicht op het moment dat ze teleurgesteld besefte dat ze ondanks haar beste bedoelingen nog steeds op aarde was.

Laura ging op het bed zitten, boog zich naar voren en hield Trixie stevig vast. Ze fluisterde haar woordjes toe waarvan Daniel graag wilde dat hij die zo moeiteloos spontaan kon zeggen. Maar hij was niet gezegend met Laura's taalvaardigheden; hij kon Trixie niet met woorden een veilige haven bieden. De wereld opnieuw voor haar schilderen tot het een plaats was waar ze wilde zijn, bleek het enige waartoe hij in haar leven in staat was geweest.

Daniel wachtte lang genoeg om te zien dat Trixie haar handen naar Laura uitstak en haar stevig vasthield. Vervolgens glipte hij de ziekenhuiskamer uit, passeerde de verpleegkundigen, de zaalhulpen en de patiënten, die te weinig besef van hun omgeving hadden om zich te realiseren dat ze getuige waren van de metamorfose die voor hun ogen plaatsvond.

Daniel kocht de volgende spullen:
Werkhandschoenen en een brede rol kleefband.
Een pak werkdoeken.
Lucifers.
Een mes om vis mee te fileren.
Hij reed er vijftig kilometer voor naar een andere stad, en betaalde contant.

Hij was vastbesloten geen bewijsmateriaal achter te laten. Het zou zijn woord tegen dat van de ander zijn, en hij had inmiddels geleerd dat een slachtoffer in zo'n geval niet zou winnen.

Jason kwam erachter dat hij zich alleen tijdens de ijshockeytraining volledig kon concentreren. Hij gaf zichzelf simpelweg over aan het spel; hard slaan, snel schaatsen en de stick zelfverzekerd en elegant hanteren. Het was heel eenvoudig. Als je je voor de volle honderd procent aan het ijshockey overleverde, was er in je hoofd geen ruimte meer om aan andere dingen te denken, zoals het feit dat hij geobsedeerd was door een gerucht dat op school de ronde deed over Trixie Stone die een zelfmoordpoging had gedaan.

Hij had het nieuws gehoord op het moment dat hij zich in de kleedruimte bevond en zich gereedmaakte, waarna hij zo heftig was gaan trillen dat hij zich terugtrok in een wc om zittend op de toiletklep te kalmeren. Een meisje om wie hij gegeven had – met wie hij *naar bed* was gegaan – had het bijna niet overleefd. Hij raakte erdoor van streek wanneer hij op het ene moment een lachende Trixie voor zich zag, bij wie de lange lokken voor haar gezicht vielen, en op het volgende moment een heel andere Trixie, een lijk dat twee meter onder de grond lag, een gezicht dat bedekt was met krioelende wormen.

Tegen de tijd dat hij zijn kalmte had herwonnen, was Moss in de kleedruimte de veters van zijn schaatsen aan het strikken. Bij wijze van grap had Moss het computersysteem van de school gekraakt en een foto verspreid van Trixie zoals ze zich tijdens het pokerspelletje aan hen had getoond. Jason was woedend geweest, maar hij kon dat niet hardop zeggen tegen de jongens die hem de vijf gaven en duidelijk maakten dat ze aan zijn kant stonden. Zelfs zijn eigen advocaat had gezegd dat het een enorme mazzel was. Maar stel dat die gemene streek er de oorzaak van was geweest dat Trixie het niet meer zag zitten? Hij werd al beschuldigd van iets wat hij niet had gedaan. Zou hij dan ook de schuld hebben gekregen van haar dood?

'Er is niemand op de wereld die zoveel pech heeft als jij,' had Moss gezegd, daarmee een stem gevend aan die andere gedachte die door

Jasons hoofd spookte. Als de zelfmoordpoging van Trixie was gelukt, zou hij nu vrij man zijn.

Na de training was er weer ruimte voor de oppervlakkige gesprekjes en babbels, waarbij onvermijdelijk Trixie ter sprake zou komen. Jason haastte zich van het ijs en trok de gladiatoruitrusting van zijn lijf. Hij was van alle spelers de eerste die van de ijsbaan was, en de eerste die bij zijn auto arriveerde. Hij ging in de bestuurdersstoel zitten en draaide de contactsleutel om, waarna hij een moment lang zijn hoofd op het stuur liet rusten. *Trixie.* 'Tjeses,' mompelde hij.

Jason voelde het mes op zijn adamsappel eerder dan dat hij de stem bij zijn oor hoorde. 'Hebbes,' zei Daniel Stone. 'Doe maar een schietgebedje.'

Daniel dwong Jason om naar een veenpoel bij de rivier te rijden. Hij was er een paar keer langs gereden en wist dat de plaatselijke jagers er graag kwamen om op herten en elanden te jagen, en dat ze hun auto's goed uit het zicht parkeerden voordat ze hun posities innamen. Daniel was vooral over die plek te spreken omdat tot aan de oever zoveel dennen groeiden dat er zich op de grond geen sneeuwlaag kon vormen, wat betekende dat de afdrukken van hun voetstappen verloren gingen in de drassige grond.

Terwijl hij de jongen met het mes in toom hield, dwong hij hem om ruggelings tegen de stam van een pijnboom te gaan staan, waarna hij hem op de knieën dwong en zijn enkels en polsen achter zijn rug met kleefband vastbond. Al die tijd dacht Daniel aan wat Laura had gezegd over Dante – over de ziel van Trixie die gevangen zou worden gehouden in een boomstronk, met het lichaam van Jason eromheen. Dat denkbeeld was alles wat hij nodig had om voldoende kracht te verzamelen, om een zeventienjarige atleet eronder te houden toen die begon terug te vechten.

Jason probeerde zich los te wurmen en hij trok aan het kleefband tot zijn polsen en enkels er rauw en bloederig uitzagen. Ondertussen maakte Daniel een kampvuurtje. Uiteindelijk gaf de jongen zich gewonnen, boog het hoofd en steunde tegen de boomstam. 'Wat ben je met me van plan?'

Daniel pakte zijn mes, zette het achter de zoom van Jasons T-shirt en sneed het kledingstuk in één beweging open, van buik tot keel. 'Dit,' zei hij.

Stuk voor stuk scheurde Daniel Jasons kleren tot reepjes, tot de jongen naakt was en huiverde van de kou. De repen textiel en denim gooide hij in het vuur.

Tegen die tijd was Jason aan het klappertanden. 'Hoe moet ik nu thuiskomen?'

'Waarom denk jij dat ik je zal laten gaan?'

Jason slikte moeizaam, en hij staarde naar het mes dat Daniel in zijn hand hield. 'Hoe gaat het met haar?' fluisterde hij.

Daniel had het gevoel dat de granieten, innerlijke poort van zijn zelfbeheersing het begaf. Hoe kreeg die klootzak het in zijn hoofd te denken dat hij het recht had te vragen hoe het met Trixie ging? Hij ging op zijn knieën zitten en zette het lemmet tegen de testikels van Jason. 'Wil je weten hoe het voelt als je leegbloedt? Wil je echt weten hoe ze zich heeft gevoeld?'

'Alsjeblieft,' smeekte Jason, die lijkbleek werd. 'O, Jezus, niet doen.'

Daniel drukte iets door in de lies van Jason, waardoor er een oppervlakkige snijwond ontstond die ging bloeden.

'Ik heb haar niets gedaan, ik zweer het,' schreeuwde Jason, terwijl hij probeerde uit de buurt van het mes te komen. 'Eerlijk waar. Hou op. Mijn God. Alsjeblieft, hou op.'

Daniel keek hem aan, zijn gezicht op enkele centimeters van dat van Jason. 'Waarom zou ik? *Jij* hield toch ook niet op?'

Tijdens dat ijle moment, tussen rede en razernij, dachten ze beiden aan Trixie. Meer was er niet voor nodig om van Jason een snikkend wrak te maken, en het was voldoende voor Daniel om zich weer te realiseren wie hij feitelijk was. Hij keek naar zijn hand, waarmee hij het mes vasthield, waarna hij met knipperende ogen naar Jason staarde. Vervolgens schudde hij zijn hoofd om weer helder na te kunnen denken.

Daniel woonde niet meer in de wildernis, en dit was geen dorpswinkel die hij overviel om aan drank en geld te komen. Hij was een echtgenoot, een vader, die niets hoefde te bewijzen, maar die wel alles te verliezen had.

Hij bracht het mes omhoog en kwam moeizaam overeind, waarna hij het wapen dertig meter van zich vandaan gooide, zodat hij zeker wist dat het midden op de rivierbodem zou belanden. Vervolgens liep hij terug naar Jason, die naar adem hapte, haalde de autosleutels van de jongen uit zijn eigen zak, wikkelde ze stevig in het greintje genade dat hij nog over had en drukte ze vervolgens in Jasons hand, waarvan de pols nog steeds met kleefband aan de andere pols was bevestigd.

Het was geen medelijden wat Daniel had doen besluiten niet door te gaan waarmee hij bezig was. En hij deed dat evenmin omdat hij

zo'n aardige jongen was. Hij besefte alleen dat hij tegen alle verwachtingen in iets gemeen had met Jason Underhill. Net als Daniel
had Jason op de harde manier geleerd dat we nooit de mensen zijn
die we denken te zijn. We pretenderen alleen van ganser harte degenen te zijn die we niet kunnen worden.

IN DE DERDE CIRKEL VAN DE HEL ZITTEN DE GULZIGAARDS.

LUITJES DIE EEN VERMAGERINGSKUUR NODIG HEBBEN EN EEN HOND. IK WORD ER NIET ECHT BANG VAN.

ZE ZIJN GEDOEMD VOORTDUREND ONDER HET GEWICHT VAN HUN VRAATZUCHT WEG TE ZAKKEN IN HET MOERAS. ZE WORDEN BEWAAKT DOOR CERBERUS, DE HELLEHOND MET DE DRIE KOPPEN.

IK VERGAT TE VERTELLEN DAT HET EEN HEEL GROTE HOND IS.

MIJN HERINNERINGEN... ZIJN VAAG.

IK WERKTE IN EEN BEVEILIGINGSTEAM DAT EEN PIJPLIJN BEWAAKTE... ONGEVEER EEN JAAR GELEDEN.

WAT IS DAT DAAR IN SECTOR ZES?

WAARSCHIJNLIJK ALLEEN MAAR EEN WOLF. IK GA WEL EVEN KIJKEN.

HÉ, DUNCAN.

HET LAATSTE DAT IK ME HERINNER WAREN DIE OGEN... ZE KEKEN DWARS DOOR ME HEEN.

WIE IS DAAR?

PAS UREN LATER VONDEN ZE ME.

IK WAS IN MIJN KEEL GEBETEN. TOCH LEEFDE IK NOG.

DE BEDRIJFSARTSEN LAPTEN ME OP, VERKLAARDEN ME GEZOND...

... EN EEN WEEK LATER WAS IK WEER AAN HET WERK.

4

Jason had er een halfuur voor nodig om met zijn sleutels het kleefband los te snijden. Toen hij zijn armen naar voren kon bewegen en zijn bloed weer circuleerde, kreeg hij er een tintelend gevoel in, een afschuwelijke pijn die erger was dan het verdoofde gevoel als gevolg van de kou. Met moeite kwam hij overeind en holde strompelend naar de plaats waar Stone hem had gedwongen uit de pick-up te stappen. Hij hoopte intens dat de auto er nog stond.

Zijn enige nog overgebleven kleren bevonden zich in de hockeytas, zodat hij uiteindelijk zijn sportsweater en een gevoerde sportbroek aan had. Nog steeds was hij in de veronderstelling dat hij elk moment opnieuw aangevallen kon worden. Zijn handen trilden zo heftig dat hij de autosleutel pas na de vierde poging in het contactslot kon steken.

Hij reed naar het politiebureau, gedreven door slechts één malende gedachte – hij zou ervoor zorgen dat Trixies vader hier in geen geval ongestraft mee weg zou komen. Maar toen hij de parkeerplaats opreed, hoorde hij opeens de stem van Daniel in zijn hoofd galmen: *Vertel het niemand,* had hij gezegd, *anders vermoord ik je.* Eerlijk gezegd twijfelde Jason daar niet aan. In de ogen van die man flonkerde iets – iets onmenselijks – wat Jason ervan overtuigd had dat hij daartoe in staat was.

Hij was zo in gedachten verzonken dat hij de voetganger niet zag die over het parkeerterrein liep. Jason remde hard, waardoor de auto even naar voren schoot en vervolgens tot stilstand kwam. Rechercheur Bartholemew, dezelfde man die Jason had gearresteerd, leunde met een hand op de motorkap en staarde hem aan. Opeens herinnerde Jason zich wat de rechter tijdens de eerste hoorzitting had gezegd. Als Jason om het even welk contact met Trixie of haar familie zou hebben, zou hij meteen naar de jeugdgevangenis worden gestuurd. Hij was al beschuldigd van verkrachting. Als hij bij de politie verslag zou doen van wat er was gebeurd, zou men hem dan geloven? Stel dat ze Daniel Stone met dat verhaal confronteerden – en dat hij dan volhield dat Jason *hem* had benaderd.

De rechercheur liep naar de bestuurderskant van de auto. 'Meneer Underhill,' zei hij. 'Wat doet u hier?'

'Ik... ik dacht dat ik een lekke band had,' kreeg hij het voor elkaar om te zeggen.

De rechercheur liep om het voertuig heen. 'Daar ziet het niet naar uit.' Hij boog zich dichter naar de auto toe. Jason zag dat hij de boel snel even aan het inspecteren was. 'Kan ik u ergens anders mee helpen?'

Het lag op het puntje van zijn tong, gevangen achter het hek van zijn tanden: *Hij sleurde me mee, bond me vast en heeft me bedreigd.* Jason realiseerde zich echter dat hij alleen maar zijn hoofd schudde. 'Nee, dank u wel.' Hij zette zijn auto in de versnelling en reed als een slak van het parkeerterrein, zich ervan bewust dat Bartholemew hem nastaarde.

Op dat moment nam Jason het besluit niemand te vertellen wat er was voorgevallen. Hij zou er zijn mond over houden tegen zijn maatjes, zijn ouders, zelfs zijn advocaat mocht het niet weten. En al evenmin de politie. Hij was veel te bang dat in dit geval de waarheid een averechts effect zou hebben.

Hij merkte dat hij zich afvroeg of Trixie zich ook zo had gevoeld.

Zoals dronkaards hun flessen in de stortbak van het toilet verborgen, en verslaafden een nooddosis in de zoom van een oude versleten jas, zo zorgde Daniel er altijd voor dat hij pen en papier in zijn auto had. Op het parkeerterrein van het ziekenhuis maakte hij een schets. In plaats dat hij zijn stripheld op papier zette, tekende hij echter zijn dochter. Hij tekende haar toen ze nog maar enkele minuten op de wereld was, gewikkeld in een dekentje, net sushi. Ook schetste hij haar terwijl ze haar eerste stapjes zette. Bepaalde momenten vereeuwigde hij – de verjaardag waarop zij spaghetti als ontbijt voor hem bereidde; de schoolvoorstelling waarbij ze van het podium tussen het publiek viel; en het hotel, een torenhoog gebouw, waar ze hadden gelogeerd en urenlang op alle liftknopjes hadden gedrukt om te kijken of alle etages er hetzelfde uitzagen.

Op het moment dat hij zo'n kramp in zijn hand kreeg dat hij geen lijntje meer kon tekenen, verzamelde Daniel alle schetsen die in de auto lagen en liep naar de kamer van Trixie.

Schaduwen vielen over het bed als de vingers van een reus. Trixie was weer in slaap gevallen; in een stoel naast haar bed zat Laura eveneens te dutten. Een moment lang staarde hij naar het tweetal. Geen twijfel mogelijk, Trixie was uit hetzelfde hout gesneden als haar moeder. Het betrof echter meer dan alleen haar voorkomen. Soms wierp ze hem een blik toe, of ze kreeg een bepaalde uitdrukking op haar gezicht – die hem deed denken aan de Laura van jaren geleden. Hij vroeg zich af of de reden dat hij zo verdomd veel van Trixie hield alles te maken had met het feit dat hij door haar opnieuw verliefd kon worden op zijn vrouw.

Op zijn hurken ging hij voor Laura zitten. De beweging van de lucht langs haar huid zorgde ervoor dat ze zich even verroerde, waarna ze haar ogen opende en hem aankeek. Gedurende een fractie van een seconde glimlachte ze, want ze was even vergeten waar ze zich bevond, wat haar dochter was overkomen en wat er tussen hen twee was misgegaan. Daniel merkte dat hij van zijn handen vuisten maakte, alsof hij dat moment kon vangen voor het weer verdween.

Ze keek even naar Trixie om zich ervan te verzekeren dat ze nog sliep. 'Waar *was* je?'

Daniel kon haar beslist niet de waarheid vertellen. 'Een eindje gereden.'

Hij deed zijn jas uit en begon de schetsen die hij had gemaakt op de lichtgroene deken van het ziekenhuisbed uit te spreiden. Trixie, die op zijn schoot was gaan zitten op de dag dat Daniel een telefoontje kreeg dat zijn moeder was overleden, waarbij ze vroeg: *Als iedereen doodgaat, houdt de wereld dan op met draaien?* Trixie met een rups in haar hand, waarbij ze zich afvroeg of het een jongen of een meisje was. Trixie, die nadat ze zijn hand had weggedrukt op het moment dat hij een traan van haar wang veegde, zei: *Veeg mijn gevoelens niet weg.*

'Wanneer heb je die gemaakt?' vroeg ze.

'Vandaag.'

'Maar het zijn er zoveel...'

Daniel gaf daar geen antwoord op. Hij had niet genoeg woorden om aan Trixie uit te leggen hoeveel hij van haar hield, dus wilde hij dat zij wakker werd terwijl ze een deken van herinneringen over zich heen had liggen.

Hij wilde zich blijven herinneren waarom hij het zich niet kon permitteren om los te laten.

Van zijn vriend Cane had Daniel geleerd dat de taal een kracht was waarmee je rekening diende te houden. Zoals de meeste Yup'ik-es-kimo's had Cane drie levensregels waaraan hij zich hield. De eerste was dat gedachten en daden onlosmakelijk met elkaar verbonden waren. Hoe vaak had Cane's opa niet uitgelegd dat je onmogelijk een eland kon schieten terwijl je zwetste over welk meisje in de vijf-de klas via een postorderbedrijf als eerste een onvervalste beha zou bestellen. Je moest voortdurend aan de eland denken, zodat je hem de ruimte gaf om op een andere keer terug te komen, tijdens een an-dere jacht.

De tweede regel was dat individuele gedachten minder belangrijk waren dan de collectieve kennis van de dorpsoudsten. Kortom, doe wat je wordt opgedragen en hou op met klagen.

De derde regel vond Daniel echter het moeilijkst te begrijpen: de veronderstelling dat woorden zo krachtig waren dat ze de mensen op andere gedachten konden brengen – zelfs als ze onuitgesproken bleven. Toen de Kerk van de Moravische Broeders een godshuis in de wildernis had gebouwd en de predikant tegen de Yup'ik zei dat ze zondags het visserskamp moesten verlaten om tijdens de kerk-dienst Jezus te eren, was dat de reden dat ze akkoord gingen zonder dat het in hun bedoeling lag daadwerkelijk naar de kerk te gaan. Wat de predikant als een flagrante leugen beschouwde, vonden de Yup'ik een benadering die van respect getuigde. Ze vonden de pre-dikant veel te aardig om tegen hem te zeggen dat hij het bij het ver-keerde eind had; ze schikten zich zwijgend en hielden hun mening voor zich.

Uiteindelijk was die regel er de oorzaak van dat Cane en Daniel van elkaar vervreemdden. 'Morgen is een prima dag om te gaan ja-gen,' zei Cane altijd tegen Daniel, die het vervolgens helemaal met hem eens was. Maar de volgende dag ging Cane op pad met zijn opa om op kariboe te jagen, zonder Daniel ooit te vragen om met hen mee te gaan. Daniel had er jaren voor nodig gehad de moed te ver-zamelen om Cane te vragen waarom hij niet was uitgenodigd. 'Maar ik nodig je *wel* uit,' had Cane toen gezegd, enigszins verbaasd. 'Tel-kens weer.'

Zijn moeder had hem proberen uit te leggen wat er aan de hand was. Cane zou hem nooit rechtstreeks hebben gevraagd om mee op jacht te gaan. Daniel zou namelijk andere plannen gehad kunnen hebben. Een formele uitnodiging zou van weinig respect getuigen, simpelweg omdat woorden die werden uitgedragen er de oorzaak van konden zijn dat Daniel van gedachten zou veranderen over wat hij de volgende dag wilde gaan doen. Dat risico mocht Cane niet nemen, want hij vond Daniel veel te aardig. Maar als je dertien bent, doen culturele verschillen er nauwelijks toe. Elke minuut van de zaterdag die je in je eentje doorbrengt, komt des te harder aan als je eigenlijk wilt dat iemand je vraagt mee te gaan. Je voelt de eenzaamheid, daar gaat het om.

Daniel begon zich af te zonderen van de rest. Dat was namelijk minder kwetsend dan je buitengesloten te voelen. Het was nooit echt in hem opgekomen dat een Yup'ik-jongen die hem niet kon vragen mee op jacht te gaan, misschien nog wel meer moeite had Daniel te vragen wat hij had gedaan waardoor hij zo boos was geworden. Binnen twee jaar ging Daniel zichzelf bezighouden – vernielingen aanrichten bij het schoolgebouw, zich bezatten en sneeuwscooters stelen. Wat Daniel betrof was Cane iemand die hij vroeger had gekend.

Een jaar later stond Daniel in de gymzaal bij het levenloze lichaam van Cane, zijn handen met diens bloed besmeurd. Op dat moment kwam hij tot het besef dat de Yup'ik altijd al gelijk hadden gehad. Eén woord had alles kunnen veranderen. Eén woord had zich kunnen verspreiden als een lopend vuurtje.

Eén woord had hen beiden kunnen redden.

Kon je het precieze moment vaststellen waarop je leven in duigen begon te vallen?

Laura had de indruk dat er aan elke gebeurtenis iets vooraf was gegaan. De verkrachting van Trixie. Haar verhouding met Seth. Haar onverwachte zwangerschap. Het besluit dat ze had genomen Daniel op te zoeken nadat hij haar had getekend. Het moment dat ze hem voor het eerst zag, en dat ze zich toen realiseerde dat alles wat ze vanaf dat ogenblik te zien kreeg er anders zou uitzien dan voorheen. Een ramp was als een lawine, die in korte tijd zodanig in snelheid toenam dat je je vooral zorgen maakte of je er nog aan kon ontsnappen, en vergat naar de kiezel, de kern van het probleem, te zoeken.

Laura vond het gemakkelijker het moment te vinden dat het leven van Trixie had geruïneerd. Alles was begonnen, en geëindigd, met Jason Underhill. Als zij hem nooit had ontmoet, als zij nooit een afspraakje met hem had gemaakt, zou dit niet gebeurd zijn. Noch de verkrachting, noch de zelfverminking, zelfs de zelfmoordpoging niet. Laura had er vandaag diep over nagedacht: alles wat Trixie was overkomen, viel Jason te verwijten. Hij had aan de basis gestaan van

Trixies valse voorstelling van zaken. Hij was er de oorzaak van geweest dat Laura niet meer in staat was haar eigen dochter in een helder licht te zien.

Klaarwakker lag ze in haar eentje in bed. Slapen was onmogelijk, niet nu Trixie nog steeds in het ziekenhuis lag. De artsen hadden Laura ervan verzekerd dat ze Trixie zeer goed zouden observeren, en dat ze haar morgen mee naar huis kon nemen, als alles goed ging – maar dat nam niet weg dat Laura zich afvroeg of Trixie zich wel op haar gemak voelde, en of er een verpleegster was die voor haar zorgde.

Daniel sliep evenmin. Ze had geluisterd naar zijn voetstappen op de trap – net open vragen – terwijl hij naar beneden ging. Nu hoorde ze hem weer de trap nemen naar de bovenverdieping. Een moment later stond hij aan haar kant van het bed. 'Slaap je nog niet?' fluisterde hij.

'Ik heb nog geen oog dichtgedaan.'

'Kan ik... kan ik je wat vragen?'

Ze bleef naar het plafond staren. 'Ga je gang.'

'Ben je bang?'

'Bang voor wat?'

'Het risico dat je alles vergeet.'

Laura begreep wat hij daarmee wilde zeggen. Hoewel praten over hetgeen Trixie was overkomen het moeilijkste was wat er bestond, moest het wel gebeuren. Als ze dat verzuimden te doen, liepen ze het risico te vergeten hoe Trixie vroeger was geweest.

Ze waren in een paradoxale situatie beland. Als je het trauma niet achter je liet, kon je niet verder met je leven. Maar als je dat *wel* lukte, deed je willens en wetens afstand van de persoon die je was voordat de ramp had plaatsgevonden.

Dat was de reden dat het woord *verkrachting* als rook boven hun hoofd hing, zelfs als ze over die kwestie niet concreet van gedachten wisselden. Daarom stond vrijwel elke gedachte van hem en haar in het teken van *ontrouw*, zelfs wanneer ze zomaar wat met elkaar praatten.

'Daniel, ik ben voortdurend bang,' gaf Laura toe.

Hij ging op zijn knieën zitten. Het duurde even voordat ze zich realiseerde dat hij huilde. Ze kon zich niet herinneren dat ze Daniel ooit had zien grienen – hij zei altijd dat hij als kind al zijn tranen had vergoten. Laura ging rechtop in bed zitten, het dekbed viel van haar af. Ze legde haar handen op het gebogen hoofd van Daniel en streelde zijn haar. 'Stil maar,' zei ze, en trok hem in bed en in haar armen.

Aanvankelijk ging het alleen om vertroosting: Laura die in staat was te geven; Daniel die zich ontspande in haar omarming. Maar opeens voelde ze de lucht bewegen alsof die vloeibaar was, zijn lichaam op het hare gedrukt, wanhopig, een en al *hunkering* en *niet kunnen wachten*. Ze voelde dat haar hartslag versnelde op het moment dat hij haar streelde. Ze had de indruk dat ze in een tijdmachine was beland, waarbij ze zich hem herinnerde zoals hij een eeuwigheid geleden was geweest, en hoe ze in die periode daarop had gereageerd. Zo abrupt als Daniel was begonnen, zo snel hield hij er echter ook weer mee op. In het donker kon ze alleen de gloed in zijn ogen zien. 'Sorry,' mompelde hij, terwijl hij zich terugtrok.

'Nee, ga door,' zei ze, haar armen naar hem uitstrekkend.

Meer hoefde Daniel niet te horen om het laatste restje zelfbeheersing los te laten. Genadeloos belegerde hij haar lichaam. Hij krabde haar huid, beet in haar keel, greep haar handen en drukte ze boven haar hoofd op het matras. 'Kijk me aan,' zei hij op een eisende toon. Ze deed haar ogen met een ruk open en staarde in de zijne. 'Kijk me aan,' herhaalde hij terwijl hij in haar binnendrong.

Daniel wachtte tot ze onder hem lag te kronkelen, klaar voor elk moment dat hij opnieuw in haar kwam. Naarmate zijn omarming krachtiger werd, legde ze haar hoofd steeds verder in haar nek en gaf ze zich volkomen aan hem over. Ze voelde zijn aarzeling en zijn daaropvolgende glorieuze, roekeloze val.

Terwijl het zweet op haar huid afkoelde, schreef Laura met een vinger een boodschap op het rechterschouderblad van Daniel. s-o-r-r-y. Ondanks het feit dat ze wist dat de waarheden die iemand van achteren besluipen de waarheden zijn die hun naar alle waarschijnlijkheid zullen ontgaan.

Er was eens een man, zeiden de Yup'ik, die voortdurend ruzie had met zijn vrouw. Van alles maakten ze een probleem. De vrouw zei dat haar man lui was. En volgens de man wilde zijn vrouw alleen maar met andere mannen naar bed. Uiteindelijk wendde de vrouw zich tot een dorpssjamaan. Ze smeekte hem om haar te veranderen in een ander wezen. *Het maakt niet uit, als het maar geen vrouw is,* had ze gezegd.

De sjamaan veranderde haar in een raaf. Ze vloog weg en bouwde een nest, waar ze paarde met andere raven. Maar elke avond merkte ze dat ze terug wilde naar het dorp, en dat deed ze dan ook. Nu gaan raven nooit woningen binnen, dus bleef ze op

189

het dak zitten in de hoop een glimp van haar man op te vangen. Ze bedacht redenen om hem over te halen naar buiten te komen.

Op een avond stapte hij inderdaad naar buiten. Hij stond onder de sterrenhemel. O, *wat ben je toch lief*, dacht ze.

De woorden vielen in de gestrekte armen van haar man. Op dat moment veranderde de raaf weer in een vrouw. En zomaar opeens wilde de man weer dat zij zijn vrouw was.

De volgende ochtend bleek de kou bezit te hebben genomen van het huis. Daniel merkte dat hij klappertandde toen hij naar beneden ging om koffie te zetten. Hij belde naar het ziekenhuis: Trixie had goed geslapen.

Nou ja, hij ook. Zijn fout was geweest dat hij niet had willen toegeven hoe erg het mis was gegaan tussen hem en Laura. Misschien moest je eerst helemaal in de put zitten voordat je in staat was weer naar boven te klauteren.

Gebogen stond hij voor de open haard en legde aanmaakhout op het papier dat hij in brand had gestoken. Op dat moment kwam Laura beneden. Ze droeg een trui over haar flanellen pyjama. Haar haar piekte bij haar achterhoofd en ze had nog steeds blozende slaapwangen. 'Goeiemorgen,' mompelde ze, terwijl ze hem voorbijliep om voor zichzelf een glas sinaasappelsap in te schenken.

Daniel wachtte tot ze iets kwijt wilde over wat er vannacht was gebeurd, dat ze toegaf dat er dingen tussen hen waren veranderd, maar ze wilde hem niet eens aankijken. Prompt kwijnde zijn stoutmoedigheid weg. Stel dat de flinterdunne band die ze vannacht hadden gesmeed, zo broos als een spinnenweb, niet de eerste stap was, zoals hij had gedacht, maar een vergissing. Stel dat ze de hele tijd dat ze bij hem, Daniel, was liever niet bij hem was geweest. 'Ik heb naar het ziekenhuis gebeld. We mogen Trixie om negen uur ophalen,' zei hij op neutrale toon.

Bij het nieuws over Trixie draaide ze zich naar hem om. 'Hoe gaat het met haar?'

'Geweldig.'

'Geweldig? Ze heeft gisteren geprobeerd zelfmoord te plegen.'

Daniel ging op zijn hurken zitten. 'Nou ja... vergeleken met gisteren... nou... ik denk dat ze het verdomde *goed* doet.'

Laura sloeg haar ogen neer en staarde naar het aanrecht. 'Misschien geldt dat voor ons allemaal,' zei ze.

Ze kleurde en Daniel realiseerde zich dat ze niet in verlegenheid was gebracht, maar nerveus was. Hij kwam overeind, liep naar de keuken en ging naast haar staan. In de periode tussen het moment dat ze gisteravond naar bed waren gegaan en de zonsopgang van vanochtend was hun wereld veranderd. Het ging niet om datgene wat ze tegen elkaar hadden gezegd, maar om hetgeen onuitgesproken was gebleven, namelijk dat vergeven en vergeten onlosmakelijk met elkaar verbonden waren – twee kanten van dezelfde medaille – en dat ze desondanks niet naast elkaar konden bestaan. Het ene kiezen betekende dat je het andere opofferde.

Daniel liet zijn arm om het middel van Laura glijden. Hij voelde dat ze huiverde. 'Het is koud,' zei ze.

'Verschrikkelijk.'

'Heb jij gehoord dat het zulk weer zou worden?'

Daniel keek haar aan. 'Volgens mij heeft niemand dit voorspeld.'

Hij opende zijn armen en Laura vlijde zich met de ogen dicht tegen hem aan. 'Ik denk dat deze dingen gewoon kunnen gebeuren,' antwoordde ze, terwijl een regen van vonken door de schoorsteen verdween.

Je kon niet zomaar het ziekenhuis uitlopen, om verzekeringstechnische redenen. Als je struikelde voordat je de drempel over was, zou je een rechtszaak kunnen aanspannen. Maar als je, zodra je buiten was, ervoor koos om je voor een auto te gooien, kon niemand het nog wat schelen.

Daar dacht Trixie over na.

Ze had vanochtend al een gesprek gehad met een psychiater. Kennelijk was ze verplicht de komende vijf eeuwige weken twee keer per week bij zo'n sessie aanwezig te zijn, alleen omdat ze een koperen ring in de badkamer had zien liggen en die had proberen op te rapen. Het maakte niet uit dat ook de inhoud van die gesprekken uiteindelijk in de rechtszaal konden belanden. Ze moest zich aan de afspraken houden, anders diende ze in het ziekenhuis te blijven, op de afdeling Psychiatrie, bij een kamergenote die voortdurend op haar haar zat te kauwen. Ook moest ze in het vervolg medicijnen innemen – dit alles onder het waakzame oog van haar ouders, die bovendien letterlijk haar wangzakken moesten controleren, en onder haar tong dienden te kijken om te voorkomen dat ze alleen maar dééd of ze die pillen had doorgeslikt. Haar moeder was die ochtend in het ziekenhuis gearriveerd en glimlachte sindsdien zo breed dat Trixie dacht dat haar gezicht zou splijten. En Trixies vader bleef maar vragen of ze iets nodig had. *Ja, een leven,* was ze geneigd te antwoorden.

Trixie voelde zich heen en weer geslingerd tussen de wens dat iedereen haar met rust liet en de vraag waarom iedereen haar behandelde alsof ze een leprapatiënte was. Zelfs toen die stomme psychiater tegenover haar was gaan zitten – hij vroeg haar dingen als: *Heb je het gevoel dat je elk moment overweldigd kunt worden door zelfmoordneigingen?* – had ze de indruk dat ze alles vanaf een balkon gadesloeg. Het was één groot circus, een satire. Ze bleef verwachten dat het meisje dat haar speelde met iets gevats op de proppen zou komen, zoals: *Nou, eh, bedankt, ik wil me inderdaad nu graag van kant maken... maar ik beheers me tot de toeschouwers zijn vertrokken.* In plaats daarvan keek ze toe hoe de actrice die in werkelijkheid zijzelf was als een gelukskoekje openklapte en in tranen uitbarstte.

Wat Trixie bovenal wilde, was iets dat onbereikbaar was – weer gewoon het kind worden dat zich druk maakte over dingen als natuurkundeproefwerken, en of een universiteit, ongeacht welke, haar wel wilde hebben. In plaats daarvan ging ze door het leven als een meisje over wie iedereen zich zorgen maakte.

De autorit naar huis overleefde ze door vrijwel meteen haar ogen te sluiten en net te doen of ze sliep. In plaats daarvan luisterde ze naar het gesprek tussen haar ouders die voorin zaten.

Denk je dat het normaal is zoals haar stem klinkt?

Wat bedoel je?

Nou ja, je weet wel, het lijkt wel of ze vrijwel alle klanken inslikt. Dat komt misschien door de medicijnen.

Ze zeiden dat het enkele weken duurt voordat ze echt aanslaan.

Hoe moeten we in de tussentijd voorkomen dat ze zichzelf iets aandoet?

Als Trixie niet zeker wist dat ze dit over zichzelf hadden afgeroepen, zou ze bijna medelijden met hen hebben gekregen. Het was immers *niet nodig* geweest dat haar moeder gisteren de deur van de badkamer opendeed.

Ze proefde de waarheid die ze had achtergehouden, net een chocolaatje dat misschien wel voor eeuwig in je mond bleef, als je maar voorzichtig was; de waarheid die ze niet had verteld aan de psychiater, de artsen, noch aan haar ouders, hoezeer die ook hun best hadden gedaan haar die te ontfutselen. Ze zou de waarheid, zodra ze op het punt stond die luid uit te roepen, in zijn geheel doorslikken.

Trixie maakte er een hele vertoning van zoals ze zich uitrekte en geeuwde toen ze de hoek omgingen, hun straat in. Haar moeder draaide zich half om, dat Halloween-masker van een glimlach op haar gezicht. 'Hé, je bent wakker!'

Haar vader wierp een blik in de achteruitkijkspiegel. 'Heb je iets nodig?'

Trixie draaide haar hoofd en keek uit het zijraam. Misschien was ze *toch* overleden, en was dit de hel.

Net toen Trixie dacht dat het allemaal niet erger kon worden, draaide Daniel de auto de oprit op en zag ze dat Zephyr op haar stond te wachten. De laatste conversatie die tussen hen had plaatsgevonden was niet bepaald hoopvol als het ging om toekomstige gesprekjes, en Trixie was achtergebleven met het gevoel dat ze in quarantaine werd gehouden, afgescheiden van de rest van de wereld. Nu was Zephyr echter degene die nerveus keek.

Zephyr klopte op het raampje. 'Eh, mevrouw Stone, ik hoopte, eh, dat ik even met Trixie zou mogen praten.'

Trixies moeder fronste haar wenkbrauwen. 'Ik denk niet dat dit het geschikte moment is om...'

'Laura,' onderbrak Daniel haar. Hij keek in de achteruitkijkspiegel naar zijn dochter: *het is aan jou om dat te beoordelen.*

Trixie kwam met gebogen rug van de achterbank, zodat haar polsen nog verder verscholen zaten in de mouwen van haar jas. 'Hallo,' zei ze aarzelend.

Zephyr zag eruit zoals Trixie zich in de afgelopen vierentwintig uur had gevoeld – alsof ze volledig uit tranen bestond en probeerde zich als een mens voor te doen voordat iemand erachter kwam dat ze in feite niet meer dan een plas water was. Ze volgde Trixie het huis in, naar haar slaapkamer. Het moment dat ze de badkamer passeerde, was afgrijselijk. Had iemand sinds gisteren de boel schoongemaakt? De deur was echter dicht en ze liep snel door naar haar kamer voordat iemand er wat achter zocht.

'Alles in orde?' vroeg Zephyr.

Trixie was niet van plan zich te laten inpalmen door haar geslijm. 'Wie heeft jou uitgedaagd?'

'Hè?'

'Is het de bedoeling dat je teruggaat met een pluk haar om te bewijzen dat je in mijn buurt bent geweest? O ja, dat is waar, ik *heb* geen haar meer. Afgeknipt nadat ik kierewiet was geworden.'

Zephyr slikte. 'Ik heb gehoord dat jij bijna dood was.'

Bijna telt niet, zei haar vader altijd. *Behalve als het hoefijzers en handgranaten betreft.*

En hoe zat dat eigenlijk met verkrachting?

'Maak je je bijna zorgen over mij?' vroeg Trixie.

Opeens vertrok het gezicht van Zephyr. 'Ik heb me als een verschrikkelijke trut gedragen. Ik was kwaad op je omdat ik dacht dat je je wilde wreken op Jason en dat jij me niet voldoende vertrouwde om mij dat te vertellen...'

'Ik heb nooit...'

'Nee, wacht, laat me uitpraten,' zei Zephyr. 'Ik was die nacht ook boos op je omdat Moss meer aandacht voor jou had dan voor mij. Ik wilde je dat betaald zetten, dus zei ik... ik zei wat ze allemaal zeiden. Maar toen hoorde ik dat je in het ziekenhuis lag en ik bleef maar denken hoe verschrikkelijk het zou zijn als je... als je, *je weet wel,* voordat ik de kans kreeg jou te vertellen dat ik jou wel geloof.' Haar gezicht vertrok nog meer. 'Ik heb het gevoel dat het allemaal mijn schuld is. Ik wil er alles aan doen om ervoor te zorgen dat het weer goed komt tussen ons.'

Sprak ze de waarheid? Met Zeph wist je het nooit. Zelfs als ze dat nu deed, betekende dat nog lang niet dat Trixie haar weer kon vertrouwen. Het risico was nu eenmaal groot dat ze straks snel terug zou gaan naar Moss, Jason en de rest van het ijshockeyteam om ze te vermaken met verhalen over die freak. Maar ja, het zou ook best kunnen dat ze wel de waarheid sprak; misschien had de reden dat Zephyr hier was niets met schuldgevoelens te maken en had ze daartoe opdracht gekregen van haar moeder. Had het simpelweg alles te maken met het feit dat ze zich net als Trixie herinnerde dat toen ze vijf jaar waren zij als enigen op de wereld wisten dat er elfjes in de keukenkastjes woonden, en dat ze zich verborgen achter potten en pannen zodra je de deurtjes openmaakte.

'Wil je weten hoe ik het heb gedaan?'

Zephyr knikte, kwam meteen naar voren.

Langzaam trok ze het kleefpleister van het verband dat om haar pols was gewikkeld. Vervolgens was het verbandgaas aan de beurt. De open wond, met grillige randen, zag er rood en gapend uit.

'Wauw,' zei Zephyr ademloos. 'Dat is *macaber.* Deed het pijn?'

Trixie schudde haar hoofd.

'Heb je lichtjes, engelen of... God gezien?'

Trixie dacht daar diep over na. Het laatste dat ze zich kon herinneren was de roestige rand van de radiator, waar ze haar aandacht op had gericht voordat ze van haar stokje ging. 'Ik heb helemaal niets gezien.'

'Dacht ik al,' verzuchtte Zephyr, waarna ze Trixie grijnzend aankeek.

Trixie had de neiging terug te glimlachen. Voor het eerst sinds lange tijd deden haar hersenen weer een beetje wat ze wilde.

Drie dagen nadat Trixie geprobeerd had zelfmoord te plegen, zaten Daniel en Laura – met Trixie tussen hen in – in het kantoor van Marita Soorenstad. Rechercheur Bartholemew had links van hen plaatsgenomen, en achter het bureau zat de officier van justitie, die een zakje Pixy Stix openscheurde. 'Neem gerust,' zei ze, waarna ze zich tot Trixie wendde. 'Ik ben heel blij te zien dat je weer onder ons bent. Naar ik begrepen heb was dat enkele dagen geleden nog een ongewisse zaak.'

Daniel pakte de hand van zijn dochter. Een hand die ijskoud aanvoelde. 'Trixie voelt zich een stuk beter.'

'Voor hoelang?' vroeg de openbare aanklager, die haar handen vouwde en ze op het bureau legde. 'Ik wil niet harteloos overkomen, meneer Stone, maar het enige consistente in deze zaak, althans tot nu toe, is het gebrek aan consistentie.'

Laura schudde haar hoofd. 'Ik begrijp niet...'

'Als openbare aanklager is het mijn taak de feiten aan een jury voor te leggen. Feiten die het de leden mogelijk maakt zonder twijfel en in alle redelijkheid vast te stellen dat uw dochter het slachtoffer is geweest van een verkrachting, gepleegd door Jason Underhill. De feiten die ik ze voorleg zijn echter de feiten die uw dochter ons heeft gegeven. Dat betekent dat onze zaak valt of staat met de informatie waarvan zij ons heeft voorzien en met het beeld dat zij ons schetst.'

Daniel voelde dat hij zijn kaken op elkaar klemde. 'Als een meisje zelfmoord probeert te plegen, is dat volgens mij een zeer goede aanwijzing dat ze aan een trauma lijdt.'

'Inderdaad, of er is sprake van mentale labiliteit.'

'Geeft u het dus op?' vroeg Laura vol ongeloof. 'Maakt u geen zaak aanhangig als u denkt dat het te moeilijk wordt?'

'Dat heb ik niet gezegd, mevrouw Stone. Ik heb echter de morele verplichting geen zaak voor de rechter te brengen als zelfs *ik* er niet zeker van ben dat er een misdaad is gepleegd.'

'U hebt het bewijs,' zei Daniel. 'De medische onderzoeksresultaten.'

'Ja, en die hebben ook uitgewezen dat Trixie sperma in haar mond had, terwijl ze volgens haar eigen verklaring die nacht geen orale seks heeft gehad. Daar staat tegenover dat Jason Underhill beweert dat de geslachtsgemeenschap met wederzijds goedvinden heeft plaatsgevonden... oraal en vaginaal.' De openbare aanklager sloeg een bladzijde om. 'Volgens Trixie schreeuwde ze *"nee"* terwijl ze werd verkracht, maar haar vriendin Zephyr zou haar niet gehoord hebben vanwege de harde muziek. Volgens andere getuigen stond er tijdens de aanranding geen muziek aan.'

'Dan liegen ze,' zei Daniel.

Marita staarde hem aan. 'Of Trixie heeft gelogen. In elk geval heeft ze tegen u gelogen toen ze zei dat ze die avond naar een vriendin zou gaan voor een rustig logeerpartijtje. En dat ze in de nacht van de verkrachting ontmaagd is, is eveneens gelogen...'

'*Wat?*' zei Laura. Haar mond viel open. Op dat moment realiseerde Daniel zich dat hij haar dat niet had verteld. Was hij het vergeten, of was het al die tijd zijn bedoeling geweest dat te vergeten?

'... ze heeft gelogen tegen de arts van de afdeling Spoedeisende Hulp over de snijwonden aan haar pols, waarvan sommige lang vóór die vrijdagavond zijn toegebracht,' vervolgde Marita. 'De vraag dringt zich op waarover Trixie nog meer gelogen heeft.'

'Ik wil uw superieur spreken,' zei Laura.

'Mijn superieur zal u duidelijk te verstaan geven dat ik nog honderd andere zaken heb liggen die mijn aandacht vragen. Ik heb geen tijd voor een slachtoffer dat loos alarm slaat.'

Daniel durfde Trixie niet aan te kijken. Hij was bang dat hij anders een zenuwinstorting zou krijgen. In het oord waar hij was opgegroeid zou een Yup'ik-jongen die loos alarm sloeg simpelweg voor altijd in een wolf veranderen. Zijn familie zou zeggen dat hij dat noodlot over zichzelf had afgeroepen. Hij zou de rest van zijn leven vanaf een afstand met geelgroene ogen naar zijn familie van weleer moeten kijken.

Daniel wendde zich tot de rechercheur die er tot nu toe heel goed in geslaagd was één geheel te vormen met de lambrisering uit de jaren zeventig. 'Vertelt u haar maar eens over die foto.'

'Dat heeft hij al gedaan,' zei Marita. 'En het zal me al moeite genoeg kosten die foto buiten de rechtsgang te houden.'

'Het is een perfect voorbeeld van de manier waarop Trixie wordt geslachtofferd...'

'Het werpt niet méér licht op wat er in de nacht van de aanranding precies heeft plaatsgevonden... behalve dat die foto aantoont dat Trixie zich nu niet bepaald voorbeeldig heeft gedragen.'

'*Ophouden! Allemaal!*' Nu Trixie van zich liet horen, waren alle ogen op haar gericht. 'Ik ben hier, mochten jullie dat nog niet gemerkt hebben. Dus willen jullie ophouden over me te praten alsof ik *niet* aanwezig ben?'

'We willen maar al te graag horen wat je te vertellen hebt... vandaag.'

Trixie slikte. 'Het was mijn bedoeling niet om te liegen.'

'Je geeft dus toe dat je gelogen hebt?' zei de openbare aanklager.

'Er waren zoveel... hiaten. Ik dacht dat niemand mij zou geloven als ik me niet het hele verhaal kon herinneren.' Ze trok haar mouwen verder over haar polsen. Daniel had gemerkt dat ze dat de afgelopen dagen wel vaker had gedaan en het was telkens weer een steek in zijn hart. 'Ik herinner me dat ik naar Zephyr ben gegaan, en degenen die daar waren ben ik evenmin vergeten. De meesten van hen kende ik niet eens. Een stel meisjes deed het regenboogspelletje...'

'Regenboogspelletje?' zei Daniel.

Trixie begon aan de zoom van haar jas te plukken. 'Iedereen doet een andere kleur lippenstift op, en de jongens... nou ja, je gaat met ze spelen...' Ze schudde haar hoofd.

'De jongen die aan het eind van de avond de kleurrijkste piemel heeft, mag zich de winnaar noemen,' zei Marita op neutrale toon. 'Heb ik gelijk?'

Daniel hoorde Laura diep inademen terwijl Trixie knikte. 'Inderdaad,' fluisterde ze. 'Maar ik heb daar niet aan meegedaan. Ik dacht dat ik het wel kon... ik wilde Jason jaloers maken... maar ik kon het niet. Daarna ging iedereen naar huis, behalve Jason, Moss, Zephyr en ik. We gingen pokeren. Moss nam een foto van mij, waarna Jason kwaad op hem werd. Wat er vanaf dat moment is gebeurd, kan ik me amper meer herinneren. Ik weet dat hij me op het toilet heeft aangetroffen, maar niet hoe we in de woonkamer zijn terechtgekomen. Ik kan me echt nauwelijks nog iets herinneren, tot hij boven op me lag. Ik dacht dat met een beetje geduld de herinneringen wel zouden terugkomen. Maar dat is niet het geval.'

De openbare aanklager en de rechercheur wisselden een vluchtige blik. 'Wil je daarmee zeggen,' probeerde Marita te verduidelijken, 'dat toen jij wakker werd hij geslachtsgemeenschap met je had?'

Trixie knikte.

'Kun je je nog andere details herinneren?'

'Ik had een verschrikkelijke hoofdpijn. Ik dacht dat hij me met mijn hoofd tegen de vloer had geslagen of zoiets.'

Bartholemew liep naar de openbare aanklager en ging schuin achter haar staan. Hij bladerde door het dossier tot hij bij een bepaalde bladzijde was aanbeland en wees naar de tekst. 'De arts van de afdeling Spoedeisende Hulp heeft een ogenschijnlijk gespleten geestestoestand bij haar aangetroffen. En tijdens het eerste gesprek op het politiebureau reageerde ze ook onthecht.'

'Mike, alsjeblieft, doe me een lol,' zei de openbare aanklager.

'Als dat waar is, hebben we het over grove seksuele geweldpleging,' drong Bartholemew aan. 'Alle inconsistenties inzake het verhaal van Trixie zouden dan feitelijk in het voordeel van de eisende partij zijn.'

'We hebben bewijsmateriaal nodig. Sporen van partydrugs zijn gedurende een periode van hoogstens tweeënzeventig uur in het bloed aantoonbaar.'

Bartholemew haalde het laboratoriumrapport uit de dossiermap. 'Maar goed dat er dan de onderzoeksresultaten van een bloedproef van zes uur na het voorval bij zitten.'

Daniel begreep er niets meer van. 'Waar hebben jullie het over?'

De openbare aanklager draaide haar hoofd en keek hem aan. 'Zoals de feiten nu liggen, komt deze kwestie voor de rechter als de zaak van een minderjarige die seksueel geweld heeft gepleegd op een andere minderjarige. Dat verandert echter als het geweld is gepleegd terwijl Trixie niet bij bewustzijn was, of als haar een substantie werd toegediend die haar vermogen heeft beperkt de seksuele handeling goed te keuren of in bepaalde banen te leiden.' In dat geval zou Jason Underhill bij wet als volwassene terecht moeten staan.'

'Zegt u daarmee dat Trixie werd gedrogeerd?'

De openbare aanklager keek Trixie strak aan. 'Inderdaad,' antwoordde ze. 'Maar het zou ook kunnen dat uw dochter opnieuw een poging doet zich ergens uit te praten.'

'Special K, Vitamin K, Kit Kat, Blind Squid, Cat Valium, Purple... er zijn wel tien namen waarmee je dat spul op straat aanduidt,' zei Venice Prudhomme, terwijl ze haar operatiehandschoenen uittrok en ze vervolgens aan de voeten van Bartholemew in de afvalemmer gooide. 'Ketamine is een niet-slaapverwekkend, snel werkend narcoticum dat zowel op dieren als mensen wordt toegepast. Het heeft naar verluidt ook een seksueel stimulerend effect. De jeugd neemt het graag als clubdrug, omdat het in moleculair opzicht zeer veel op *angel dust* lijkt... PCP. Het veroorzaakt een gespleten gemoedstoestand, waarbij de gebruiker het gevoel heeft dat lichaam en geest gescheiden zijn. We hebben het nu over hallucinaties... amnesie.'

Mike had Venice gesmeekt de test in een staatslaboratorium uit te voeren, ondanks het feit dat ze daar al twee maanden achterstand hadden met hun werk. In ruil hiervoor had hij haar twee tickets voor de Bruins beloofd. Venice, een alleenstaande moeder, had een zoon die ijshockeyfanaat was; en ze verdiende niet genoeg om vijfentachtig dollar per ticket te betalen. Hij wist dat zij zijn aanbod onmogelijk kon afslaan, maar waar hij die twee tickets voor de Bruins *vandaan* moest halen, en hoe hij dat van zijn *eigen* salaris moest betalen, was iets waar hij zijn gedachten nog niet over had laten gaan.

Tot nu toe had Venice geen sporen van GHB of rohypnol aangetroffen, de twee drugs die het vaakst gebruikt werden als het ging om verkrachtingen tijdens afspraakjes. In die fase van het laboratoriumonderzoek moest Bartholemew bijna opnieuw toegeven dat Trixie hen weer om de tuin had geleid. Hij keek naar het computerscherm, waarop een onbegrijpelijke reeks getallen te zien was. 'Wie dealt ketamine in Bethel, Maine?' vroeg hij. Een retorische vraag.

'Als het Ketaset betreft, hebben we het over een volkomen legale substantie die in vloeibare vorm aan dierenartsen wordt verkocht. In deze vorm is het ook gemakkelijk die drug te gebruiken voor verkrachtingen tijdens afspraakjes. Het goedje is reukloos en smaakloos. Je doet het in het drankje van het meisje, waarna ze in minder dan een minuut van de wereld is. In de daaropvolgende paar uur zal ze verdoofd zijn en zich willig gedragen... en het beste van alles is dat ze zich niet zal herinneren wat haar is overkomen.' Op het scherm verschenen de laatste onderzoeksresultaten, die vervolgens werden uitgeprint. Venice nam ze vluchtig door. 'Zei je dat het slachtoffer tegen je heeft gelogen?'

'Ja, zo erg dat ik zou willen dat ik voor de verdediging werkte,' zei Mike.

Ze haalde een markeerstift uit haar in een hoge knot gebonden haar en onderstreepte een reeks onderzoeksresultaten om daarmee aan te duiden dat ketamine duidelijk aantoonbaar was. 'Blijf vooral doen wat je nu doet,' antwoordde Venice. 'Trixie Stone heeft de waarheid gesproken.'

In tegenstelling tot wat de meeste mensen geloofden, bestonden er niet honderd verschillende eskimobenamingen voor sneeuw. Kort samengevat waren er in het Yup'ik slechts ongeveer vijftien: *qanuk* (sneeuwvlokken), *kanevvluk* (poedersneeuw), *natquik* (jaagsneeuw), *nevluk* (plaksneeuw), *qanikcaq* (sneeuw op de grond), *muruaneq* (zachte, diepe sneeuwlaag op de grond), *qetrar* (sneeuwkorst), *nutaryuk* (verse sneeuw), *qanisqineq* (drijvende sneeuw), *qengaruk* (sneeuwbank), *utvak* (sneeuwversperring), *navcaq* (overhangende sneeuw), *pirta* (sneeuwstorm), *cellallir* (blizzard), *pirrelvag* (hevige sneeuwstorm).

Als het op sneeuw aankwam, dacht Daniel in het Yup'ik. Wanneer hij uit het raam keek, kwam een van die woorden, of een afgeleid woord, meteen in hem op, voordat de Engelse uitdrukking zich bij hem aandiende. Maar in Maine waren soorten sneeuw waar in Alaska geen equivalente term voor bestond. Zoals een *nor'easter*. Of sneeuw die deed denken aan ganzendons, in de regenperiode. Of ijsregen die de naalden van de dennen eruit liet zien alsof ze vervaardigd waren van kristallen.

In dit soort tijden leek het of Daniel alles vergeten was. Zoals ook op dit moment. Er moest een naam zijn voor het soort buien waarvan hij wist dat ze in dit seizoen de eerste, echte sneeuw van betekenis opleverden. De vlokken waren zo groot als kindervuistjes, en ze kwamen zo snel naar beneden dat het leek of er een scheur in de naad van de staalgrijze lucht was ontstaan. Het had gesneeuwd in oktober, en in november. Maar niet op deze manier. Dit was het soort bui dat schooldirecteuren deed besluiten de basketbalwedstrijden van die middag af te gelasten; dit weer veroorzaakte lange rijen bij de bandenspeciaalzaak. Het was het soort bui dat ervoor zorgde dat autobestuurders op de hoofdweg hun voertuig aan de kant van de weg zetten; en huisvrouwen hadden het gevoel dat ze maar beter wat extra litertjes melk konden inslaan.

Dit was het soort sneeuw dat zo snel opdook dat je je erdoor overvallen voelde. De sneeuwscheppen lagen nog op zolder, waar je ze in mei vorig jaar had opgeborgen; je kreeg niet eens de kans om met behulp van die belachelijke, houten tipi's de trillende rododendrons af te dekken.

Het was het soort sneeuw, realiseerde Daniel zich, dat je niet eens de kans gaf de harken op te bergen, of de snoeischaren – her en der in de tuin – waarmee je de braamstruiken knipte, zodat je maar wat ronddoolde in de tuin in de hoop dat je erover struikelde voordat er zich op de bladen een laag roest had gevormd die je niet meer verwijderd kreeg. Maar dat gebeurde nooit, zodat je gedoemd was je spullen kwijt te raken, en de straf voor je slordigheid bestond eruit dat je ze pas in de lente weer te zien kreeg.

Trixie kon zich niet herinneren wanneer ze voor het laatst naar buiten was gegaan om in de sneeuw te spelen. In haar vroege jeugd had haar vader in de achtertuin altijd een rodelslee gemaakt, met onder de glijders rubberen repen die hij uit een binnenband had gesneden. Maar op zeker moment was het niet cool meer om er als een volslagen geflipte een buiteling mee te maken, en haar rubberen Sorels maakten plaats voor modieuze laarzen met verhoogde hak.

Ze kon haar sneeuwlaarzen niet vinden – ze lagen ergens begraven onder de rommel in de kast – dus leende ze die van haar moeder. Ze stonden te drogen in de bijkeuken, aangezien zij vanwege de zware sneeuwbui de middaglessen had afgezegd. Trixie deed een sjaal om haar nek, trok een muts over haar hoofd, waarop in rood DRAMA QUEEN was te lezen, deed de skiwanten van haar vader aan en liep naar buiten.

Haar moeder zei hier vroeger altijd sneeuwpopsneeuw tegen – sneeuw die zo vochtig was dat je het plaksneeuw noemde. Trixie maakte een sneeuwbal, die ze vervolgens voor zich uit rolde, alsof je een bandage oprolde, waarbij ze een lange, bruine tong van geplet gras achter zich liet.

Na een tijdje bekeek ze de schade die ze had aangericht. De tuin zag eruit als een lappendeken: witte strepen die de begrenzing vormden van driehoeken, en van gazongras gemaakte vierkanten. Ze pakte nog een handvol sneeuw en begon een tweede bal te rollen, gevolgd door een derde. Enkele minuten later stond ze tussen die grote ballen en vroeg ze zich af hoe ze zó snel zó groot hadden kunnen worden. Ze kon ze onmogelijk optillen om de ene op de andere te plaatsen. Hoe had ze het in haar vroege jeugd voor elkaar gekregen een sneeuwpop te maken? Misschien had ze die ook niet gemaakt. Misschien was er altijd iemand anders die dat voor haar deed.

Opeens ging de deur open. Haar moeder stond op de drempel en riep hard haar naam, terwijl ze door het gordijn van sneeuwvlokken – het sneeuwde nog steeds – probeerde te turen. Ze zag er over haar toeren uit. Het duurde even voordat Trixie begreep dat haar moeder – nog steeds bezorgd dat Trixie zelfmoord wilde plegen – niet wist dat ze naar buiten was gegaan.

'Hier ben ik,' zei Trixie.

Wat niet wilde zeggen dat dood-door-blizzard een slecht idee was. Toen Trixie nog klein was, groef ze altijd een schuilplaats in de enorme sneeuwhoop die door de sneeuwschuiver was achtergelaten. Ze noemde dat haar iglo, ondanks het feit dat haar vader haar had verteld dat eskimo's in Amerika niet dat soort onderkomens hadden, en dat ze die ook nooit hadden gehad. Later had ze een artikel gelezen over een kind in Charlotte, Vermont, dat precies hetzelfde als zij had gedaan, maar waarbij het dak van de iglo was ingestort, waardoor hij was gestikt voordat de ouders in de gaten hadden gekregen dat er wat aan de hand was en naar hem op zoek gingen. Daarna had Trixie nooit meer een iglo gegraven.

Haar moeder liep naar buiten. Onmiddellijk zakte ze enkeldiep weg in de sneeuw. Ze had de laarzen van Trixie aan. Ongetwijfeld had ze die in de rommelkast opgediept nadat Trixie haar Sorels had ingepikt. 'Heb je hulp nodig?' vroeg haar moeder.

Nee, die had Trixie niet nodig. Als ze hulp nodig zou hebben, had ze om te beginnen binnen wel gevraagd of iemand met haar mee naar buiten wilde gaan. Ze had echter geen flauw idee hoe ze bij deze sneeuwpop de romp op het onderlichaam moest plaatsen. 'Oké,' zei ze en gaf zich gewonnen.

Haar moeder ging aan een kant van de bal staan en begon ertegen te duwen, terwijl Trixie het gevaarte tegelijkertijd op de buikbal probeerde te trekken. Zelfs met vereende krachten kregen ze er geen beweging in. 'Welkom in de vierde cirkel,' zei haar moeder lachend.

Trixie viel op haar bips in de sneeuw en liet toe dat haar moeder dit tafereel gebruikte voor een les in klassieke literatuur.

'Aan de ene kant heb je de gierigaards, aan de andere de hebzuchtigen,' zei haar moeder. 'Op die manier proberen ze eeuwig enorme keien weg te rollen, die natuurlijk niet van hun plaats komen.'

'Ik hoop iets eerder klaar te zijn.'

Haar moeder draaide haar hoofd. 'Allemachtig, Trixie Stone. Was dat een *grapje?*'

Sinds ze uit het ziekenhuis was ontslagen, werden er in huis zelden grapjes gemaakt. Als er op televisie een komische serie te zien was, werd er onmiddellijk gezapt. Als je voelde dat er een glimlach zat aan te komen, smoorde je die prompt. Je gelukkig voelen leek bepaald niet gepast te zijn na wat er in de afgelopen periode allemaal was gebeurd. Het leek wel, dacht Trixie, of iedereen afwachtte tot iemand zou zeggen, zwaaiend met een toverstokje: *Goed, zo kan-ie wel weer. We gaan weer gewoon doen.*

Stel dat *zij* degene was die met dat toverstokje moest zwaaien?

Haar moeder begon een hellingbaan te maken van sneeuw. Trixie hielp mee; zij aan zij waren ze aan het werk. Steeds hoger duwden ze de middelste sneeuwbal tot ze die op de buikbal hadden gekregen, waarna ze de naden en randen opvulden met sneeuw. Daarna was het hoofd aan de beurt, dat boven op de rompbal een plekje kreeg.

Haar moeder klapte – tot de sneeuwman het voor gezien hield en in elkaar zakte. Zijn hoofd rolde in een van de goten van het kelderraam, de rompbal barstte als een ei. Alleen de enorme buikbal bleef intact.

Gefrustreerd smeet Trixie een sneeuwbal tegen de zijkant ervan. Haar moeder keek toe, waarna ze eveneens sneeuwballen naar de sneeuwklomp begon te gooien. Binnen enkele seconden kreeg de buikbal van hen beiden sneeuwballensalvo's te verduren. Uiteindelijk spleet het gevaarte doormidden, bezweek onder de aanval en viel in dikke sneeuwhompen tussen hen in.

Tegen die tijd lag Trixie al hijgend op haar rug. Sinds lang had ze zich niet zo, nou ja, *normaal* gevoeld als nu. Ze bedacht opeens dat ze dit wellicht niet zou hebben gedaan als een week geleden alles anders was gelopen. Ze had zich zo geconcentreerd op datgene waarvoor ze wilde vluchten in deze wereld dat ze was vergeten zich af te vragen wat ze misschien wel eens zou gaan missen.

Als je dood gaat, kun je geen sneeuwvlokken meer op je tong opvangen. En al evenmin ben je dan in staat de winterlucht diep in je longen te zuigen. Je ligt dan niet in bed te kijken hoe de lichtjes van de sneeuwschuiver van Gemeentewerken passeren. En je kunt dan ook niet meer zolang op een ijsblokje zuigen tot je voorhoofd pijn gaat doen.

Trixie staarde naar de dwarrelende sneeuwvlokjes. 'Ik ben best blij.'

'Waarover ben je blij?'

'Dat het... je weet wel... *niet gelukt is.*'

Ze voelde dat haar moeder haar bij de hand pakte. De wanten van hen beiden waren doornat.

Ze zouden naar binnen gaan en hun kleren in de droger stoppen. Binnen tien minuten zouden die er dan uitzien alsof ze nooit nat waren geweest.

Trixie wilde een potje grienen. De voorspelbaarheid van het leven was hartstikke fijn.

Vanwege de sneeuwstorm was de ijshockeytraining afgelast. Na school ging Jason naar huis, conform de borgtochtvoorwaarden die de rechter hem had opgelegd. Hij hield zich schuil in zijn kamer en luisterde naar White Stripes op zijn iPod. Hij deed zijn ogen dicht en gaf in gedachten een pass naar Moss, voerde slagen uit de pols en snapshots uit, en zag de pucks tegen de opstaande beschermrand van de ijsbaan slaan.

Op een dag zouden de mensen het over hem hebben, en niet alleen vanwege die verkrachtingszaak. Ze zouden dan dingen zeggen als:

203

O, Jason Underhill, ja, we hebben altijd geweten dat hij het zou maken. Er zou dan een shirt van hem boven de spiegel achter de tapkast van het stadscafé komen te hangen, met zijn naam erop, zichtbaar en wel, en de wedstrijden van de Bruins zouden belangrijker zijn dan elk ander televisieprogramma, waardoor hij steevast te zien zou zijn op het enige toestel dat de bar rijk was, hoog in de hoek van het vertrek.

Om het zover te laten komen, was er nog veel werk aan de winkel. Maar het zou hem lukken. Eerst gedurende een jaar of twee op college, daarna ervaring opdoen in het ijshockey aan de universiteit, en heel misschien zou het hem vergaan als Hugh Jessiman van Dartmouth en zou hij direct in aanmerking komen voor een plaats in een NHL-team. De trainer had tegen hem gezegd dat hij nog nooit met een spits had gewerkt die zoveel natuurlijk talent had als Jason. Ook maakte hij hem duidelijk dat als Jason maar verschrikkelijk graag iets wilde, hij dan alleen maar hoefde te leren hoe je erop af moest stappen om het te grijpen.

Op het moment dat hij zich voor de honderdste keer door die fantasie heen werkte, zwaaide de deur open. Met grote stappen liep zijn vader woedend naar binnen en trok de koptelefoon van Jasons oren.

'Wat krijgen we verdomme nou?' zei Jason, die rechtop ging zitten.

'Ga je me nog vertellen wat je de vorige keer voor me verzwegen hebt? Hoe kom jij aan die verdomde drugs?'

'*Ik* houd me niet met drugs bezig,' zei Jason. 'Waarom zou ik iets doen wat mijn sportcarrière kan verknallen?'

'O, ik geloof je wel, hoor,' zei zijn vader op een sarcastische toon. 'Ik geloof heus wel dat jij die drugs niet zelf hebt genomen.'

Het gesprek schoot alle kanten op en Jason kon het absoluut niet meer volgen. 'Waarom ben je dan zo kwaad?'

'Omdat Dutch Oosterhaus mij op mijn werk gebeld heeft om met me te praten over een laboratoriumrapportje dat hij vandaag heeft gekregen. Er is bij Trixie Stone bloed afgenomen. De onderzoeksresultaten tonen aan dat iemand haar drugs heeft toegediend, waardoor ze bewusteloos raakte.'

Een hittegolf kroop langs Jasons ruggengraat omhoog naar zijn hoofd.

'Weet je wat Dutch Oosterhaus nog meer tegen mij heeft gezegd? Nu er drugs in het spel zijn, heeft de openbare aanklager genoeg bewijsmateriaal om je terecht te laten staan conform het volwassenenrecht.'

'Ik heb niet...'

Bij de slaap van zijn vader zwol een ader op. 'Je hebt alles vergooid, Jason. Je hebt verdomme alles vergooid voor een hoertje uit een provinciestadje.'

'Ik heb haar geen drugs gegeven. En ik heb haar ook niet verkracht. Ze moet gerotzooid hebben met dat bloedmonster, omdat... omdat...' De stem van Jason brak. 'Goeie genade... je gelooft me niet.'

'Niemand gelooft je,' zei zijn vader vermoeid. Uit zijn achterzak haalde hij een brief te voorschijn, waarvan de envelop was geopend. Nadat hij die brief aan Jason had gegeven, liep hij de kamer uit.

Jason liet zich op bed vallen. Het correspondentieadres van de Bethel Academy was in reliëf op het papier aangebracht; erboven was met een pen de naam van de ijshockeytrainer gekrabbeld. Hij begon te lezen: *Gelet op de huidige omstandigheden... het oorspronkelijke aanbod voor een studiebeurs ingetrokken... ervan overtuigd dat u zich in onze positie kunt verplaatsen, gezien ook het feit dat de academie door het voorgaande in diskrediet wordt gebracht.*

De brief viel uit zijn handen en dwarrelde op de vloerbedekking. De iPod, zonder de oortelefoontjes, straalde een gedempt blauwe gloed uit. Wie had zich voor kunnen stellen dat totale stilte het geluid was dat klonk wanneer je leven desintegreerde?

Jason sloeg de handen voor zijn gezicht. Voor het eerst sinds deze ellende was begonnen, kwamen de tranen.

Toen de sneeuwstorm was uitgewoed en de straten weer vrij waren, gingen de winkeliers van Bethel naar buiten om de trottoirs te vegen en een babbeltje te maken over het feit dat ze mazzel hadden gehad dat deze meest recente blizzard de burgemeester niet had doen besluiten het jaarlijkse Winterfeest te annuleren.

Dat evenement werd altijd op de vrijdag voor Kerstmis gehouden, een ondubbelzinnig trucje om de plaatselijke middenstand te steunen. Main Street werd dan afgezet door surveillancewagens met hun blauwe zwaailichten en de winkels bleven tot laat in de avond open. In de kroeg werd gratis warme cider geserveerd terwijl de lichtjes van de kerstversiering als vuurvliegjes tussen de kale boomtakken twinkelden. Een of andere ondernemende boer spande een ziekelijk uitziend rendier voor een kar en zette er hekken omheen: een kinderboerderij in het hoge noorden. De eigenaar van de boekhandel, verkleed als kerstman, arriveerde om zeven uur en bleef zolang het nodig was om alle kerstwensen aan te horen van kinderen die in een rij op hun beurt wachtten.

In een poging de band tussen de plaatselijke sporthelden en de gemeenschap hechter te maken, was dit jaar het plein voor het stadhuis afgezet en had men het onder water laten lopen om aldus een provisorische ijsbaan te creëren. De Ice CaBabes, een plaatselijk team dat zich met kunstrijden bezighield, had eerder op de avond een demonstratienummer opgevoerd. Nu zou het ijshockeyteam van de Bethel High School dat kampioen was geworden een vriendschappelijke wedstrijd tegen de plaatselijke padvindersclub spelen.

Na alles wat er was gebeurd, was Jason niet van plan daaraan deel te nemen – tot de trainer opbelde en zei dat hij, Jason, een verplichting had jegens het team. De trainer had echter niet vermeld in welke toestand hij daar aanwezig diende te zijn. Tijdens het ritje van een kwartier naar het stadscentrum had Jason een vijfde deel van zijn vaders *Jack Daniel's* opgedronken.

Moss was al op het ijs toen Jason op een bankje ging zitten en zijn schaatsen te voorschijn haalde. 'Je bent laat,' zei hij.

Jason maakte een dubbele knoop in de veters, greep zijn ijshockeystick en schoof ruw langs Moss. 'Ben je hier om te praten of om te hockeyen?' Hij schaatste zo snel naar het midden van de ijsbaan dat hij tussen enkele wankelende jongens door moest slalommen. Moss volgde hem. Met een reeks ingewikkelde *handoffs* passten Moss en hij de puck naar elkaar toe. Aan de zijlijn juichten de ouders, die dachten dat deze vertoning deel uitmaakte van de demonstratie.

De trainer riep om een *face-off*. Jason schaatste naar zijn positie in de opstelling. De jongen die zich tegenover hem bevond, van het padvindersteam, reikte nauwelijks tot zijn middel. De puck werd in het spel gebracht en het team van de middelbare school liet toe dat de kinderen ermee vandoor gingen. Maar Jason blokkeerde de jongen die over het ijs schaatste en schoof de puck in de richting van het doel, waar hij hem in de rechterbovenhoek van het net mikte. De kleine doelman had geen schijn van kans. Jason stak zijn hockeystick in de lucht en keek om zich heen, naar zijn teammakkers, die zich echter op de achtergrond hielden, en het publiek juichte niet meer. 'We moeten toch *scoren?*' riep hij hard, met brabbelende stem. 'Of zijn de regels hier ook al veranderd?'

Moss dirigeerde Jason naar de zijkant van de ijsbaan. 'Hé, makker. Dit is maar buitenhockey, en het zijn nog maar kinderen.'

Jason knikte en schudde datgene wat er was gebeurd van zich af. Ze verzamelden zich voor de volgende *face-off*. Toen de kinderen ditmaal puckbezit hadden, schaatste Jason langzaam naar achteren en deed geen poging achter de puck aan te gaan. Hij was echter niet gewend zonder omheining te spelen, waardoor hij over de plastic rand van de ijsbaanbegrenzing struikelde en tussen het publiek viel. Hij zag het gezicht van Zephyr Santorelli-Weinstein en een tiental andere leerlingen van zijn school. 'Sorry,' mompelde hij, waarna hij met moeite overeind kwam.

Toen Jason weer op het ijs stapte, schaatste hij op de puck af en gaf een tegenstander met zijn heup een duwtje om ervoor te zorgen dat hij vrij baan had. Zijn tegenstander was echter half zo groot als Jason en had slechts een derde van diens gewicht.

De jongen werd gekatapulteerd en vloog tegen zijn doelman aan, waarna ze samen in het net schoven. Jason zag de vader van de jongen haastig op zijn gewone schoenen over het ijs lopen.

'Wat is er vandaag *aan de hand* met jou,' zei Moss, die naar hem toe kwam geschaatst.

'Ongelukje,' antwoordde Jason. Zijn vriend deinsde achteruit toen hij de alcohol in diens adem rook.

'De trainer vermoordt je. Maak dat je wegkomt. Ik verzin wel iets.'

Jason staarde hem aan.

'Ga pleite, nu,' zei Moss.

Jason keek vluchtig even naar de jongen en zijn vader, waarna hij hard naar de plek schaatste waar hij zijn laarzen had achtergelaten.

Ik ben niet gestorven, en toch is mijn levensadem teloorgegaan:
bedenk zelf wat ik geworden ben,
beroofd van mijn leven, maar ook mijn dood heeft geen bestaan.

Laura las de woorden van Lucifer in het laatste canto van *Inferno*, waarna ze het boek dichtdeed. Lucifer was onbetwist het meest fascinerende personage in dit gedicht: tot aan zijn middel in het ijsmeer, terwijl zijn drie hoofden zich knagend te goed deden aan de zondaars. Aangezien hij ooit een aartsengel was geweest, moest hij ongetwijfeld de vrijheid hebben gehad eigen keuzes te maken – sterker nog, dat was ook de reden dat hij ruzie zocht met God waardoor hij in deze situatie verzeild was geraakt. Als Lucifer dus vrijwillig tot deze keuze was gekomen, had hij dan op voorhand geweten dat lijden zijn lot zou zijn?

Had hij min of meer gedacht dat hij dat verdiend had?

Zou je dat denken als je de tegenovergestelde rol van de held had?

De gedachte kwam in Laura op dat zij in elke kring had gezondigd. Ze had overspel gepleegd. Ze had haar weldoener – de universiteit – verraden door een student te verleiden, wat eveneens beschouwd kon worden als ontrouw als je Seth classificeerde als een pion in het spel. Verder had ze God getart door het niet nauw te nemen met haar huwelijksbeloften. Ook had ze haar gezin in de steek gelaten door afstandelijkheid te betrachten jegens Trixie op het moment dat zij haar het meest nodig had. Ze had tegen haar echtgenoot gelogen, ze was kwaad en vol gramschap geweest, ze had tweedracht gezaaid en een bedrieglijke aard getoond op het moment dat een student haar had benaderd en een mentor in haar zocht, waarbij hij uiteindelijk een geliefde kreeg.

Iemand vermoorden was wel ongeveer het enige wat Laura *niet* had gedaan.

Ze reikte achter haar bureau naar een antieke buste van Chinees porselein, die ze op een rommelmarkt had opgeduikeld. Het porseleinen hoofd was glad en wit, en de erop gekalligrafeerde hersenen waren onderverdeeld in *scherpzinnigheid, roem, wraak en gelukzaligheid*. De schedel had ze voorzien van een hoofdbandje, waaraan twee rode duivelhoorntjes waren bevestigd, een geschenk van een student op Halloween. Nu haalde ze de hoofdband eraf en probeerde of die haar ook paste.

Er werd op haar deur geklopt. Een moment later liep Seth haar kantoor in. 'Zijn dat hoorns op je hoofd?' vroeg hij. 'Of ben je alleen blij mij te zien?'

Ze rukte haar hoofdband af.

'Vijf minuutjes.' Hij deed de deur dicht en deed hem op slot. 'Dat is wel het minste dat je me verplicht bent.'

Relaties klonken altijd zo fysiek pijnlijk: je werd verliefd, je kwam er met een gebroken hart uit, je verstand was zoek. Was het dan verwonderlijk dat mensen na die ervaring littekens op hun ziel overhielden? Het probleem waar het huwelijk je voor stelde – of misschien de kracht ervan – was het feit dat er een zekere afstand werd overbrugd, en je werd nooit meer dezelfde persoon als toen het 'startschot' klonk. Als je geluk had, herkende je elkaar jaren later nog. Maar als dat niet het geval was, werd je in je kantoor geconfronteerd met een man die vijftien jaar jonger was dan jij en die zijn hart in je open handen legde.

Goed. Ze had het als ze heel eerlijk was prachtig gevonden dat Seth wist wat een anapest en een canzonetta was. Ze vond het schitterend om in de ruit van een etalage hun spiegelbeeld te zien wanneer ze langs een winkel liepen. Telkens opnieuw was ze erdoor verrast. Ze speelde graag Scrabble op een regenachtige middag terwijl ze eigenlijk proefwerken diende na te kijken of op een faculteitsvergadering aanwezig hoorde te zijn. Alleen het feit dat ze zich op die dag ziek had gemeld, wilde niet zeggen dat ze geen professor meer was. Alleen omdat ze haar gezin had verlaten, wilde niet zeggen dat ze geen echtgenote, geen moeder meer was. Als puntje bij paaltje kwam, bestond haar grootste zonde uit het feit dat ze dat was vergeten.

'Seth,' zei ze, 'ik vraag me af hoe ik je dit moet uitleggen; het is allemaal zo pijnlijk... maar...'

Ze stokte, omdat ze zich realiseerde dat ze op het punt stond te zeggen: *Maar ik hou van mijn man.*

Het is nooit anders geweest.

'We moeten met elkaar praten,' zei Seth zachtjes. Hij reikte in de achterzak van zijn spijkerbroek en gooide een opgevouwen krant op de tafel.

Laura had het artikel al gelezen. Op de voorpagina stond dat de openbare aanklager een nieuwe aanklacht had ingediend. Jason zou als een volwassene worden berecht als gevolg van het feit dat in het bloed van het slachtoffer sporen waren aangetroffen van een drug die gebruikt werd bij verkrachtingen tijdens afspraakjes.

'Ketamine,' zei Seth.

Laura keek hem met half toegeknepen ogen aan. Volgens de openbare aanklager behoorde de substantie die bij Trixie was aangetroffen niet tot de meest populaire drugs voor dat soort doeleinden. Het stond ook niet in het artikel vermeld. 'Hoe weet jij dat?'

Seth ging op de rand van haar bureau zitten. 'Ik moet je iets vertellen,' zei hij.

'Ik kom eraan!' krijste Trixie door de open deur terwijl haar vader voor de derde keer claxonneerde. Tjeses. Zíj was het toch niet die naar de stad wilde. Bovendien was het niet haar schuld dat de kaas die hij gebruikte voor het maken van een pizza zoveel schimmel had ontwikkeld dat het goedje geclassificeerd kon worden als een antibioticum. Ze had niet iets wereldschokkend gedaan dat niet meer te stuiten was. Nee, het was het principe waar ze zo door verontrust raakte – geen van beide ouders zag het nog zitten om haar alleen te laten.

Ze stapte in het eerste het beste paar laarzen dat ze kon vinden en begaf zich naar buiten, naar de stationair lopende pick-up. 'Kunnen we niet gewoon soep eten?' zei Trixie, die in de passagiersstoel plofte. Wat ze werkelijk bedoelde was: *Wat is er voor nodig dat je me weer vertrouwt?*

Haar vader zette de pick-up in de eerste versnelling en nam de lange, glooiende helling naar beneden. 'Ik weet dat je wilt dat ik je thuis alleen achterlaat. Maar ik hoop ook dat je begrijpt dat ik dat niet kan doen.'

Trixie liet haar ogen rollen en keek door het zijraampje. 'Ach, laat ook maar.'

Toen ze het stadscentrum naderden, stonden er overal auto's langs de kant van de weg geparkeerd. Mensen in lichte parka's en met sjaals om de nek liepen door de straten, net confetti. Trixie kreeg er maagpijn van. 'Wat is hier aan de hand?' mompelde ze. Op school had ze de posters gezien: IJS = LEUK. WEES GEEN EENZAAM SNEEUWVLOKJE – KOM NAAR HET WINTERFEEST.

Trixie maakte zich kleiner in de passagiersstoel op het moment dat drie meisjes die ze van school herkende zo dicht langs de auto liepen dat hun kleren langs de voorbumper streken. *Iedereen* ging naar het Winterfeest. Toen ze klein was, namen haar ouders haar mee om bij de fotozaak het oude, meelijwekkende rendier te aaien. Ze herinnerde zich dat onderwijzers, artsen en serveersters voor één avond Victoriaanse kersthymnen zongen. Vorig jaar hadden Trixie en Zephyr er verkleed als elfjes rondgelopen, waarbij ze dubbele lagen schaatsmaillots droegen en snoeprepen gaven aan de kinderen die een voor een op de schoot van de kerstman gingen zitten.

Lopen door Main Street zou dit jaar volkomen anders zijn. Aanvankelijk zou niemand haar zien, want het was te donker. Maar op zeker moment zou iemand per ongeluk tegen haar aanlopen. *Sorry,* zou hij of zij dan zeggen, waarna het besef doordrong wie ze was. Daarna zouden ze hun vrienden aantikken, werd er naar haar gewezen. Ze zouden zich dichter naar elkaar toebuigen en fluisteren dat Trixie zich niet had opgemaakt en dat haar haar eruitzag alsof het een week niet was gewassen. Voordat ze aan de andere kant van Main Street was gearriveerd, zouden de starende blikken in haar rug door haar jas heen branden als zonnestralen door een vergrootglas, met als gevolg dat ze opeens vlam zou vatten en in een hoopje as veranderde.

'Papa,' zei ze. 'Kunnen we niet gewoon naar huis gaan?'

Haar vader keek haar vluchtig aan. Hij had om Main Street heen moeten rijden en stond nu geparkeerd achter de supermarkt. Trixie merkte dat hij het feit dat hij met veel moeite zijn bestemming had bereikt afwoog tegen het gegeven dat Trixie zich absoluut niet op haar gemak voelde – waarbij hij bovendien haar zelfmoordpoging meewoog. 'Jij blijft in de auto,' zei haar vader, die zich gewonnen gaf. 'Ik ben zo terug.'

Trixie knikte en keek hem na terwijl hij over de parkeerplaats liep. Ze deed haar ogen dicht, telde tot vijftig en luisterde naar het geluid van haar eigen hartslag.

Datgene wat Trixie het liefst wilde – dat men haar met rust liet – bleek echter absoluut een verschrikking. Haar lichaam schokte op het moment dat het portier van de auto naast haar met een klap werd dichtgedaan. Het licht van de koplampen scheen over haar heen terwijl de auto achteruit het parkeervak uitreed, en ze wilde het liefst achter haar kraag verdwijnen om er maar voor te zorgen dat de chauffeur haar niet zag.

Haar vader was inmiddels drie minuten weg. De paniek begon zich nu in haar vast te bijten. Meer tijd was er toch niet voor nodig om wat van die stomme kaas te kopen, of wel? Stel dat iemand anders naar dit parkeerterrein zou rijden en haar in de auto zag zitten? Hoe-lang zou het dan nog duren voordat zich hier een menigte had ver-zameld en men 'slet' en 'hoer' naar haar riep? Wie zou haar redden als ze op de ramen begonnen te bonken en het besluit werd genomen haar te lynchen?

Ze staarde door de voorruit naar buiten. Er waren hoogstens vijf-tien seconden voor nodig om de deur van de supermarkt te bereiken. Inmiddels zou haar vader bij de kassa in de rij staan. Misschien liep ze daar iemand tegen het lijf die ze kende, maar ze zou in elk geval niet alleen zijn.

Trixie stapte uit de auto en rende over het parkeerterrein. Ze zag de etalages vol met uitgestalde artikelen van de supermarkt, en de rij winkelkarren die huiverend bij de buitenmuur stonden.

Er kwam iemand naar buiten. Ze kon niet zien of het haar vader was; de gestalte leek er groot genoeg voor te zijn, maar de gloed van de straatlantaarn die achter hem stond, verhinderde dat ze zijn ge-laatstrekken kon zien. Als het haar vader was, zou hij haar het eerst zien, realiseerde Trixie zich. En als hij het niet was, zou ze die vreem-de met de snelheid van het licht voorbij rennen.

Terwijl Trixie een sprint inzette, gleed ze uit op een gedeelte van het trottoir waar ijzel lag. Haar voeten gingen een eigen leven lei-den, een been draaide onder haar lichaam weg en ze voelde zich vallen. Net voordat ze met haar linkerheup tegen het trottoir sloeg,

211

werd ze opgevangen door de persoon die ze had geprobeerd te mijden. 'Gaat het?' vroeg hij. Ze keek op en zag dat Jason haar arm vasthield.

Zo haastig als hij haar had vastgegrepen, bijna zo snel liet hij haar nu los. De moeder van Trixie had haar gezegd dat Jason niet in haar buurt mocht komen, dat hij haar pad niet mocht kruisen. Als dat wel gebeurde, zou hij nog vóór de aanvang van de rechtszaak naar de jeugdgevangenis worden gestuurd. Maar óf haar moeder had het bij het verkeerde eind gehad, óf Jason was die bindende afspraak vergeten, want hij schudde de angst die had gemaakt dat hij haar losliet van zich af en zocht in plaats daarvan juist toenadering. Hij stonk als een distilleerderij en zijn stem klonk schor. 'Wat heb je ze verteld? Wat probeer je me aan te doen?'

Met de grootste moeite kreeg Trixie het voor elkaar om door te ademen. De kou drong door de achterkant van haar spijkerbroek in haar huid, en er zat water in een laars omdat ze door het ijs in een poel water was gestapt. 'Ik heb niet... ik ben niet...'

'Je moet ze de waarheid vertellen,' smeekte Jason. 'Ze geloven me niet.'

Dat was nieuw voor Trixie en het sneed als een mes door haar angst. Als ze *Jason* niet geloofden, en *haar* evenmin, wie *geloofden* ze dan wel?

Hij boog zich over haar heen. Meer was er voor Trixie niet nodig om als in een tijdmachine naar *toen* te zoeven. Alsof de verkrachting opnieuw was begonnen, alsof ze geen zeggenschap meer had over welke vierkante centimeter van haar lichaam dan ook.

'Trixie,' zei Jason.

Zijn handen op haar dijen terwijl zij uit zijn buurt probeerde te komen.

'Je *moet* het ze vertellen.'

Zijn lichaam rees boven haar uit en drukte haar heupen tegen de vloer.

'Nu.'

Nu, *had hij gezegd terwijl hij zijn hoofd in zijn nek gooide, uit haar ging en zijn sperma op haar buik deponeerde.* Nu, *had hij gezegd, maar tegen die tijd was het al te laat.*

Trixie haalde een keer diep adem en schreeuwde zo hard als ze kon.

Opeens stond Jason niet meer over haar heen gebogen. Ze keek op en zag dat hij in een gevecht was verwikkeld en de vuistslagen van haar vader probeerde te ontwijken. 'Papa!' krijste ze. 'Hou op!'

Haar vader draaide zich om; zijn lip bloedde. 'Stap in de auto, Trixie.'

Maar dat deed ze niet. Ze krabbelde weg van de knokpartij en stond in de lichtcirkel van een straatlantaarn toe te kijken terwijl haar vader – dezelfde man die de spinnen in haar slaapkamer ving en ze in een potje met schroefdeksel naar buiten droeg; dezelfde man die haar nog nooit een tik had gegeven – Jason afranselde. Ze was zowel met afschuw vervuld als gefascineerd, alsof ze iemand ontmoette die ze nog nooit had gezien maar die bleek haar buurman te zijn.

Het geluid van de klappen die ze elkaar gaven, huid tegen huid, deed Trixie denken aan de zeeforellen die in de haven van Portland door vissers hard tegen de kade werden geslagen, zodat ze verstilden alvorens ze werden gefileerd. Ze legde haar handen tegen haar oren en staarde naar de grond, waar een plastic zak met geraspte mozzarella lag. De zak was gevallen en opengescheurd onder het geweld van hun laarzen terwijl haar vader en Jason met elkaar aan het vechten waren.

'Als je ooit,' hijgde haar vader, *'ooit...'*

Een vuistslag in de buik van Jason.

'... *ooit* weer in de buurt van mijn dochter komt...'

Een kaakslag, een rechtse.

'... vermoord ik je.' Maar op het moment dat hij zijn vuist naar achteren bracht om opnieuw hard toe te slaan, reed een auto langs het parkeerterrein. Een auto die alles in het licht zette.

De laatste man die door Daniel in elkaar was geslagen, was al dood geweest. In de gymzaal van de middelbare school in Akiak had hij Cane – hoewel er in zijn hoofd al een kogelgat zat – tegen de vloer geslagen. Hij had dat gedaan omdat hij wilde dat Cane zei dat hij moest ophouden. Hij wilde dat Cane overeind krabbelde en terugvocht.

De schooldirecteur was heimelijk in zijn nachtmerrie geslopen en had het beeld van de snikkende Daniel, het opzij gevallen geweer en de bloedspatten op de tribuneplaatsen op zich in laten werken. *Daniel,* had het schoolhoofd geschokt gezegd, *wat heb je gedaan?*

Daniel was gevlucht, want hij was sneller dan de schooldirecteur en de politie. Gedurende enkele dagen werd hij verdacht van moord, en dat stond hem wel aan. Als het de bedoeling was geweest van Daniel om Cane te vermoorden, hoefde hij zich niet schuldig te voelen over het feit dat hij niet had voorkomen dat dat ook feitelijk was gebeurd.

Tegen de tijd dat hij het dorp verliet, waren de geruchten die Daniel omgaven weggeëbd. Iedereen wist dat het jachtgeweer van Cane was geweest, en er hadden geen vingerafdrukken van Daniel opgezeten. Cane had geen afscheidsbriefje achtergelaten – dat was vreemd, in dit dorp – maar op de tafel had hij zijn basketbalshirt neergelegd, voor zijn zusje. Hoewel Daniel geen verdachte meer was, hield hij Alaska toch voor gezien. Niet dat hij bang was voor zijn toekomst; hij kon zich simpelweg niet indenken dat hier een toekomst voor hem was weggelegd, punt uit.

Zo nu en dan werd hij nog steeds wakker met een gedachte die zo droog als katoenpluis aan zijn gehemelte hing: dode mannen kunnen je geen blauwe plekken bezorgen.

Vanavond had hij gefrustreerd achter een oude vrouw gestaan die in de supermarkt met dollarcenten betaalde. Voortdurend maalde het in zijn hoofd. Trixie was, na de zelfmoordpoging, in eerste instantie afstandelijk en stil geweest, maar de afgelopen dagen was haar persoonlijkheid zo nu en dan toch even aan de oppervlakte gekomen. Maar op het moment dat ze bij het stadscentrum waren gearriveerd, was Trixie weer in zichzelf gekeerd en zat ze er verstild bij – een terugval. Daniel had haar niet alleen in de auto willen achterlaten, maar hij kon het ook niet over zijn hart verkrijgen haar te dwingen die veiligheidszone te verlaten. Hoelang kon het duren om in de winkel één artikel te kopen? Haastig liep hij de winkel in en dacht alleen aan Trixie en aan het feit dat hij haar zo snel mogelijk weer naar huis wilde brengen.

Pas toen hij in het licht van de straatlantaarn was gestapt, zag hij wat er aan de hand was. Die klootzak hield haar dochter bij een arm vast.

Voor iemand die zichzelf nog nooit door een woedeaanval heeft laten meeslepen, is het misschien moeilijk te begrijpen. Daniel had echter het gevoel dat hij een oud, zachtsuède jasje aantrok dat zo diep in zijn kast verstopt was geweest dat hij er zeker van was dat het lang geleden al aan iemand was weggegeven die daar behoefte aan had. Heldere gedachten maakten plaats voor louter gevoelens. Zijn lichaam begon te tintelen, de woede zoemde in zijn oren. Hij zag de wereld door een karmozijnrode waas, hij proefde zijn eigen bloed en toch besefte hij nog steeds dat hij zichzelf geen halt kon toeroepen. Hij voelde triomf bij de gedachte aan geschaafde knokkels, en aan de adrenaline die hem steeds een stap voor bleef. Daniel begon zich te herinneren wie hij vroeger was geweest.

214

Elke knokpartij met een bullebak in Akiak, elk vuistgevecht met een dronkaard, buiten voor de bar, elke ruit die hij had ingeslagen om achter een gesloten deur te geraken – het was alsof Daniel volledig buiten zijn lichaam vertoefde en toekeek hoe de tornado zijn plaats innam. In het vuur van zijn gewelddadigheid raakte hij buiten zichzelf, iets waar hij al die tijd op had gehoopt.

Tegen de tijd dat hij met Jason klaar was, schokte de jongen zo heftig dat Daniel wist dat alleen zijn eigen hand bij diens keel hem overeind hield. '*Als je ooit... ooit weer in de buurt van mijn dochter komt, vermoord ik je,*' zei Daniel. Hij staarde naar Jason, wilde de manier waarop de jongen keek op het moment dat hij besefte dat hij was verslagen in zijn herinnering prenten. Daniel wilde die gelaatsuitdrukking namelijk opnieuw op diens gezicht zien op de dag dat het vonnis in de rechtszaal werd uitgesproken. Hij bracht zijn andere vuist naar achteren, richtte zijn aandacht op de plek onder de kaak van de jongen – de plek waar een krachtige vuistslag ervoor zou zorgen dat bewusteloosheid Jasons deel was – en zag opeens de felle lichten van een naderende auto over hem heen waaieren.

Op dat moment zag Jason kans Daniel uit zijn evenwicht te halen en hem weg te duwen, waarna hij op de vlucht sloeg. Daniel knipperde met zijn ogen, zijn concentratie aan gruzelementen. Nu het voorbij was, kon hij niet voorkomen dat zijn handen begonnen te trillen. Daniel keerde terug naar de pick-up – hij had Trixie opgedragen daar op hem te wachten – en opende het portier. 'Het spijt me dat je daar getuige van hebt moeten zijn...' begon hij, waarna hij stokte, omdat hij zich realiseerde dat zijn dochter niet in de auto zat.

'Trixie!' krijste hij terwijl hij het parkeerterrein afzocht. 'Trixie, waar ben je?'

Het was verdomme veel te donker – Daniel kon amper het terrein overzien – dus begon hij tussen de geparkeerde auto's door te hollen. Had Trixie gezien dat hij in een beest was veranderd? Was ze daardoor zodanig van streek geraakt dat ze bereid was naar het hol van de leeuw te gaan, om maar zover mogelijk van hem vandaan te komen, zelfs als dat betekende dat ze midden in het centrum belandde?

Daniel sprintte door Main Street en riep haar naam. Hij was zodanig over zijn toeren dat hij daar in het donker doorging voor een feestganger. Hij duwde groepjes hymnezangers opzij en wurmde zich tussen gezinnetjes door die elkaars hand vasthielden. Hij botste tegen een tafel aan waarop *sugar-on-snow* lag uitgestald, waar kinderen lange strengen gekonfijte ahornsiroop om lollystokjes wikkel-

215

den. Hij ging boven op een bank staan, zodat hij boven de krioelende menigte uitstak en om zich heen kon kijken.

Er bevonden zich honderden mensen, maar Trixie was er niet bij.

Hij rende terug naar zijn auto. Het zou kunnen dat ze naar huis was gegaan, hoewel ze daar niet snel zou arriveren als ze door de sneeuw en te voet die zesenhalve kilometer probeerde af te leggen. Hij zou zijn pick-up kunnen nemen en naar haar op zoek gaan – maar stel dat ze de stad *niet* had verlaten? Stel dat ze naar hem aan het zoeken was en dat ze hem niet kon vinden?

En wat als ze toch naar huis was gaan lopen en Jason haar als eerste zou vinden?

Hij reikte naar het handschoenenkastje, graaide naar zijn mobiele telefoon. Thuis nam niemand op. Na een korte aarzeling probeerde hij Laura op haar kantoor te bereiken.

De laatste keer dat hij dat had gedaan, had ze niet opgenomen.

Nadat de telefoon één keer was overgegaan, nam ze op. Daniel was zo opgelucht dat hij er bibberknieën van kreeg. 'Trixie is zoek.'

'*Wat?*' Hij hoorde de kille paniek in Laura's stem.

'We waren in de stad... ze zat in de auto op mij te wachten...' Hij besefte dat hij met een onbegrijpelijke uitleg bezig was.

'Waar ben je?'

'Op het parkeerterrein achter de supermarkt.'

'Ik kom eraan.'

Nadat het gesprek was afgebroken, stopte hij de mobiele telefoon in zijn jaszak. Misschien probeerde Trixie hem te bellen. Hij stapte uit de auto en probeerde erachter te komen hoelang het gevecht met Jason had geduurd; van een analyse was echter geen sprake – misschien had die knokpartij drie minuten in beslag genomen, maar het konden er ook dertig zijn geweest. Misschien was Trixie na de eerste vuistslag weggelopen, of na de laatste. Hij was zo doelbewust bezig geweest die jongen in elkaar te rammen, dat hij zijn dochter uit het oog was verloren, hoewel ze, althans in het begin, toch pal voor hem had gestaan.

'Alsjeblieft,' fluisterde hij tegen een God die hij jaren geleden had opgegeven. 'Laat haar alsjeblieft niets mankeren.'

Opeens ving een beweging in de verte zijn aandacht. Hij draaide zijn hoofd en zag achter de bosjes, aan de andere kant van het parkeerterrein, een schaduw wegglijden. Hij stapte uit de lichtcirkel van de straatlantaarn en liep naar de plaats waar hij had gezien dat de duisternis zichzelf had overlapt. 'Trixie,' riep hij. 'Ben jij dat?'

Jason Underhill stond op de vakwerkbrug. Met zijn handen omklemde hij de houten reling. Hij probeerde te zien of de rivier al volledig was dichtgevroren. Zijn gezicht deed verschrikkelijk veel pijn door de manier waarop Trixies vader hem in elkaar had geslagen, en hij voelde een stekende pijn in zijn ribben. Hij had geen flauw idee hoe hij morgen moest uitleggen hoe hij aan dat toegetakelde gezicht was gekomen zonder te onthullen dat hij de borgtochtvoorwaarden had geschonden en dat er sprake was geweest van een interactie met niet één maar twee leden van de familie Stone.

Als ze hem zouden berechten als een volwassene, had dat dan ook invloed op de rest? Als ze er eenmaal achter zouden komen dat hij Trixie had benaderd, zouden ze hem dan naar een echte gevangenis sturen, in plaats van naar een jeugddetentiecentrum?

Misschien maakte het ook allemaal niet meer uit. De Bethel Academy wilde hem volgend jaar niet als ijshockeyspeler hebben. Zijn hoop om als prof door het leven te gaan, was praktisch vervlogen. Waarom al deze ellende? Omdat hij zich in de ouderlijke woning van Zephyr Santorelli-Weinstein vriendelijk en attent had gedragen? Omdat hij terug was gegaan om zeker te weten dat met Trixie alles in orde was?

Drie weken geleden stond hij als nummer één op de lijst van best geklasseerde ijshockeyspelers in de staat Maine. Hij had een scoringspercentage van 3,7 en zelfs jongens die hem niet kenden, veinsden dat ze dat wel deden. Op school had hij de meisjes voor het uitkiezen, en misschien kon hij zelfs enkele meiden van de universiteit krijgen. Hij was echter zo stom geweest om op Trixie Stone te vallen: een menselijk zwart gat dat zich voordeed als een meisje met een hart dat zo doorzichtig was dat je jezelf er wellicht in weerspiegeld zag.

Hij was zeventien en zijn leven was zo goed als voorbij.

Jason staarde naar het ijs dat zich onder de brug bevond. Als de rechtszaak nog voor de lente begon – en als hij *verloor* – hoelang zou het dan duren voordat hij de rivier weer zou zien stromen?

Hij boog zich verder naar voren, steunde met zijn ellebogen op de houten reling en veinsde dat hij dat nu zag.

Daniel zat onder de straatlantaarn op het moment dat Laura naar hem toe holde. 'Is ze teruggekomen?'

'Nee,' zei hij, terwijl hij langzaam overeind kwam. 'En ze neemt ook de telefoon niet op, als ze al thuis is.'

'Oké, dat weten we dan,' zei Laura, die al ijsberend rondjes maakte. 'Oké.'

'Het is niet oké. Ik heb gevochten met Jason Underhill. Hij zat met zijn fikken aan haar. En ik... ik... de stoppen sloegen door. Ik heb hem in elkaar geslagen, Laura. Trixie heeft alles gezien.' Daniel haalde een keer diep adem. 'Misschien moeten we Bartholemew bellen.'

Laura schudde haar hoofd. 'Als je de politie belt, moet je vertellen dat je met Jason hebt gevochten,' zei ze botweg. 'Dat is *geweldpleging*. Je zult niet de eerste zijn die om die reden wordt gearresteerd.'

Daniel zweeg en dacht aan de vorige confrontatie met Jason – in de bossen, waarbij hij een mes bij zich had. Voor zover hij wist had Jason daar nog tegen niemand met een woord over gerept. Maar als uitkwam dat Daniel hem in elkaar had geramd, zou dat andere incident ongetwijfeld eveneens aan het licht komen.

En dan ging het niet alleen om geweldpleging, maar ook om kidnapping.

Hij keek Laura aan. 'Wat moeten we doen?'

Ze stapte dichter naar hem toe; het licht van de straatlantaarn viel als een cape over haar schouders. 'We moeten haar zelf zien te vinden,' zei ze.

Laura holde het huis in en riep haar naam, maar er kwam geen antwoord. Bevend liep ze de donkere keuken in, nog steeds met haar jas aan. Ze draaide de kraan open en waste haar gezicht met koud water.

Dit kan onmogelijk gebeurd zijn.

Zij en Daniel hadden een strategie uitgedacht. Hij zou de straten afzoeken naar Trixie, terwijl Laura naar huis ging voor het geval ze daar zou opduiken. *Kalmeer,* sprak ze zichzelf toe. *Het komt allemaal goed.*

Toen de telefoon ging, nam ze meteen op. *Trixie.* Maar terwijl ze de hoorn naar haar oor bracht, schoot er een andere gedachte door haar heen. Stel dat ze de politie aan de lijn had?

Laura slikte. 'Hallo?'

'Mevrouw Stone... met Zephyr. Is Trixie thuis? Ik moet met haar praten.'

'Zephyr,' zei Laura. 'Trixie is hier niet... heb jij haar vanavond gezien?'

'Ik? Hm. Nee.'

'Oké.' Laura deed haar ogen dicht. 'Ik zal zeggen dat je gebeld hebt,' zei ze.

Ze legde de telefoon neer, ging aan de keukentafel zitten en bereidde zich voor op wat komen ging, wat dat ook mocht zijn.

Elke zomer deden reizende kermisexploitanten Maine aan. Ze arriveerden in caravans die, nadat ze waren opengeklapt, dienden als ballentent, ringwerparena en ballonwand on pijltjes naar te gooien. Een grote witte vrachtwagen ontvouwde zich als een rendier dat overeind kwam en werd een Tilt-A-Whirl. Weer een andere truck veranderde in het Indiana Jones House. Er waren attracties voor de kleintjes, zoals heteluchtballonnen die nooit van de grond kwamen, grote kikkers die met hun roze, gipsen tongen rondjes maakten terwijl ze zogenaamd vliegen probeerden te vangen, en een carrousel voor prinsesjes. Maar de attractie waar Trixie elk jaar naar uitkeek, was de Dragon Coaster.

Deze achtbaan had vijf karretjes die waren voorzien van een reusachtige, beschilderde kop – een nieuwjaarsdraak – en een gewelfde staart die was beschilderd met goudkleurige tierlantijnen. Het gevaarte muteerde uit een van de uitklaptrucks; een strakke lus, van stalen rails, met een stationnetje om in te stappen. De kermisexploitant die deze achtbaan beheerde, had een lange, dunne paardenstaart en zoveel tatoeages op zijn armen dat ze van een afstand niet van mouwen te onderscheiden waren.

Trixie probeerde altijd in het eerste karretje te stappen, waar je vlak achter de drakenkop zat. Voor een kinderattractie was deze achtbaan verrassend snel. Bovendien ging het eerste karretje harder dan alle andere. Je gierde echt door de bochten, en je kwam met een hardere schok tot stilstand.

In de zomer dat Trixie elf jaar was geworden, stapte ze zoals gebruikelijk in het eerste karretje en realiseerde zich dat er iets niet in de haak was. Ze kon de veiligheidsstang niet naar beneden trekken en over haar knieën plaatsen. Ze moest zich opzij draaien en zichzelf tegen de zijkant van het karretje drukken. Trixie was ervan overtuigd dat het niet om dezelfde achtbaan ging – dit was een verbeterde versie en je had minder ruimte om te zitten – maar de kermisexploitant zei dat er niets aan was veranderd.

Hij loog. Ze wist het zeker, want op het moment dat hij dat zei en hij zijn paardenstaart naar achteren wuifde, staarde hij naar haar T-shirt, waarop aan de voorzijde, ter hoogte van haar borsten, was gedrukt: BETHEL FARM 'A' SOFTBAL.

Tot op dat moment had Trixie zich verheugd op het feit dat ze naar de middenschool ging, en op de privileges die daar inherent aan waren. Ze proefde het woord *teenager* als het ware op haar tong en ze genoot van de manier waarop de klank ervan bruiste als badzout. Tot op dat moment had ze er geen rekening mee gehouden dat ze daar ook iets voor moest inleveren, dat ze niet meer paste op plaatsen waar ze zich voorheen altijd op haar gemak had gevoeld.

In de daaropvolgende zomer – Trixie was toen twaalf jaar – werden zij en Zephyr afgezet bij de kermis. In plaats dat ze de attracties afliepen, kochten ze een *onion blossom* en kuierden door de menigte, op zoek naar leeftijdgenoten.

Aan al die dingen moest Trixie denken terwijl ze daar stond te huiveren voor de Bank of Bethel. Het was inmiddels middernacht en het Winterfeest was verleden tijd. De afzetting van de politie, ter hoogte van Main Street, was verwijderd. En de kerstverlichting was gedoofd. De vuilnisbakken puilden uit van de papieren bekertjes, plastic ciderflesjes en snoepwikkels.

Het bankgebouw was voorzien van een groot spiegelraam. Trixie was daar altijd door gefascineerd geweest. De laatste jaren keek ze, wanneer ze hier langsliep, steevast zijdelings even naar zichzelf, of ze observeerde de andere passanten om erachter te komen of zij hetzelfde deden. Maar als kind werd ze erdoor overrompeld. Jarenlang had ze voor haar ouders geheimgehouden dat er in Bethel een meisje rondliep dat er precies zo uitzag als zij.

Ze zag nu in het spiegelglas haar vader dichterbij komen. Ze keek naar hem, of feitelijk naar zijn spiegelbeeld, dat naast haar dubbelgangster stond. Op het moment dat hij haar aanraakte, leek het of de betovering was verbroken. En ze was opeens zo moe dat ze amper op haar benen kon staan.

Hij ving haar op terwijl ze wankelde. 'Kom, we gaan naar huis,' zei hij, waarna hij haar optilde en in zijn armen wegdroeg.

Trixie liet haar hoofd op zijn schouder rusten en keek hoe de sterren, keurig in patronen gerangschikt, twinkelden en naar haar knipoogden; een alfabet dat iedereen leek te kennen, maar dat Trixie met de beste wil van de wereld niet kon lezen.

Toen Daniel terugkwam, stond Laura's auto op de oprit geparkeerd. Dat was ook het plan geweest: zij zou naar huis rijden om daar op nieuws te wachten, en om er te zijn voor het geval Trixie naar haar ouderlijke woning zou teruggaan. Trixie was in diepe slaap toen hij haar uit de pick-up haalde en haar naar haar slaapkamer droeg. Daar maakte hij de veters van haar laarzen los en ritste haar parka open. Even dacht hij erover om haar in haar pyjama te helpen maar uiteindelijk stopte hij haar in terwijl ze haar kleren nog aan had.

Hij ging staan en zag dat Laura in de deuropening stond. Toen ze Trixie daar zag liggen, gingen haar ogen wijd open en haar gezicht werd lijkbleek. 'O, Daniel,' fluisterde ze, terwijl ze het ergste vermoedde. 'Er is iets gebeurd.'

'Er is niets aan de hand,' zei Daniel zachtjes, terwijl hij zijn armen om haar heen vlijde.

Laura, die altijd de juiste dingen leek te doen en het juiste wist te zeggen, was helemaal van de kaart. Ze sloeg haar armen om Daniels middel en barstte in tranen uit. Hij leidde haar naar de schemerige overloop en deed de deur van Trixies slaapkamer dicht, zodat ze ongestoord verder kon slapen. 'Ze is thuis,' zei hij, met een geforceerd glimlachje, ondanks zijn ontvelde knokkels en de blauwe plekken. 'Dat is het belangrijkste.'

De volgende dag nam Daniel de schade op terwijl hij voor de badkamerspiegel stond. Zijn lip vertoonde een snee en op zijn rechterslaap was een blauwe buil zichtbaar. De knokkels van zijn rechterhand waren gezwollen en ontveld. Maar die inventarisatie woog in de verste verte niet op tegen de schade die was aangericht in de relatie die hij met zijn dochter had. Omdat Trixie in slaap was gevallen, uitgeput als ze was, had Daniel nog niet de gelegenheid gekregen uit te leggen wat er gisteravond in hem was gevaren, in welk beest hij was veranderd.

Hij waste zijn gezicht en droogde zich af. Hoe moest je aan je dochter uitleggen – het slachtoffer van een *verkrachting*, verdomme – dat het geweld in een man als energie was: getransformeerd, maar nooit vernietigd? Hoe moest je een meisje dat zo haar best deed om opnieuw te beginnen uitleggen dat je het verleden altijd met je meedroeg.

Dit was een van die dagen dat de temperatuur niet boven het vriespunt uitkwam. Hij merkte het aan de kou die in zijn botten drong terwijl hij op blote voeten over de houten traptreden naar beneden liep, hij zag het aan de ijspegels die als pijlen aan het overhangende gedeelte van het keukenraam hingen. Trixie stond bij de koelkast. Ze had een flanellen pyjamabroek aan, en een T-shirt dat Daniel in zijn eigen ladekast niet meer had kunnen vinden. En de blauwe kamerjas was haar inmiddels te klein. Haar handen en polsen staken te ver uit de mouwen toen ze naar het sinaasappelsap reikte.

Laura zat aan tafel en keek vluchtig op van de krant die ze aan het napluizen was. Daniel vermoedde dat ze een artikel zocht over de vechtpartij van gisteravond, tussen hem en Jason. 'Goeiemorgen,' zei Daniel aarzelend. Laura en hij keken elkaar aan; een diepgaand gesprek zonder dat er een woord werd gezegd: *Hoe gaat het met haar?*

221

Heeft ze iets gezegd? Moet ik net doen of het een dag als alle ande-
re is? Zal ik net doen of het incident van gisteravond nooit heeft
plaatsgevonden?

Daniel schraapte zijn keel. 'Trixie... we moeten praten.'

Trixie keek hem niet aan. Ze draaide het dopje van het pak Tropi-
cana en schonk wat van het sap in een glas. 'De sinaasappelsap is
op,' zei ze.

De telefoon ging. Laura kwam uit haar stoel om op te nemen en
liep met de draagbare telefoon naar de woonkamer, naast de keuken.

Daniel nam plaats in de stoel waarin zijn vrouw zonet had gezeten
en keek naar Trixie die bij het aanrecht stond. Hij hield van haar. In
ruil daarvoor had ze hem vertrouwd – en haar beloning bestond eruit dat ze hem voor haar ogen in een beest had zien veranderen.
In feite was het niet veel anders dan wat ze tijdens de verkrachting
moest hebben ervaren. Alleen al dat gegeven was voor Daniel voldoende om zichzelf te haten.

Laura kwam de keuken in en legde de telefoon terug. Ze liep hou-
terig en ze had een harde uitdrukking op het gezicht.

'Wie was dat?' vroeg Daniel.

Laura schudde haar hoofd en legde een hand voor haar mond.

'Laura,' drong hij aan.

'Jason Underhill heeft gisteravond zelfmoord gepleegd,' fluisterde
ze.

Trixie schudde aan het lege pak. 'We hebben geen sinaasappelsap
meer,' herhaalde ze.

Voordat ze zich ging douchen, liet Trixie de warmwaterkraan in de
badkamer gedurende vijftien minuten lopen, zodat de kleine ruimte
uiteindelijk zoveel waterdamp bevatte dat ze zichzelf niet in de spiegel hoefde te zien. Het nieuws was thuis als een bom ingeslagen, en
in het kielzog ervan leek niemand te weten wat er moest gebeuren.
Als een geest was haar moeder de keuken uitgeglipt. Haar vader was
aan de tafel gaan zitten, letterlijk met zijn handen in het haar, de
ogen dichtgeknepen. Afgeleid als hij was, had hij niet gemerkt dat
Trixie de keuken had verlaten. Geen van haar ouders was in haar
buurt geweest, waardoor geen van beiden had gezien dat ze in de
badkamer was verdwenen, en al evenmin konden ze haar vragen om
de deur wijd open te laten, zoals haar dat in de afgelopen week was
opgedragen, zodat ze konden controleren wat ze precies uitvoerde.

Wat had het voor zin?

Er zou geen rechtszaak meer volgen. Het was niet meer nodig om ervoor te zorgen dat ze niet op een psychiatrische afdeling terecht-kwam voordat ze in de rechtszaal haar getuigenverklaring moest af-leggen. Ze mocht zo krankzinnig worden als ze maar wilde. Ze kon zich verzekeren van een plekje voor de komende dertig jaar in een psychiatrische inrichting, waar ze elke minuut van de dag kon na-denken over wat ze had gedaan.

Ze had één Bic-scheermesje verstopt. Het was in een spleet achter de wastafel gevallen, en Trixie had ervoor gezorgd dat het ding daar keurig verborgen bleef, voor als er sprake was van een noodgeval. Ze viste het krabbertje nu uit de spleet en legde het op de wastafel. Vervolgens pakte ze een plastic fles met badschuim en sloeg ermee op de roze houder tot het scheermesje eruit floepte. Ze liet het met de scherpe kant over haar vingertop glijden, voelde dat de huid week als de laagjes van een ui.

Ze herinnerde zich hoe het voelde wanneer Jason haar kuste en zij de lucht inademde die hij een moment eerder had ingeademd. Ze probeerde zich voor te stellen hoe het was om niet meer adem te ha-len, nooit meer. Ze dacht aan zijn hoofd dat naar achteren sloeg, na-dat haar vader hem een mep had verkocht, en aan de laatste woor-den die hij tegen haar had gezegd.

Trixie trok haar pyjama uit en stapte onder de douche, waarna ze in de badkuip hurkte en het water over zich heen liet gutsen. Ze huil-de, snikte heftig; een gedempt en waterig geluid dat niemand kon horen boven het kabaal van het neerkletterende douchewater. Ze sneed in haar arm – niet met de bedoeling zelfmoord te plegen; zo'n gemakkelijke uitweg verdiende ze niet – maar om ervoor te zorgen dat de pijn een uitlaatklep vond, voordat die in haar explodeerde. Ze kerfde drie lijnen en een cirkel onder haar elleboogholte.

NO.

Tussen haar voeten wervelde en kolkte het bloed rozekleurig mee met de waterstroom terwijl ze naar haar tatoeage keek. Daarna haalde ze uit en bracht ze met het scheermesje willekeurige snijwon-den kriskras door het woord aan; een ratjetoe van sneeën tot zelfs Trixie zich niet meer kon herinneren wat ze daarmee duidelijk wilde maken.

WEKEN LATER GING IK BENZINE KOPEN VOOR IN MIJN SNEEUWSCOOTER.

STOP! DIT IS EEN OVERVAL!

IK RENDE WEG, NAM MIJN DOCHTER MEE EN VLUCHTTE. DE WILDERNIS VAN ALASKA IS DE ENIGE OVERGEBLEVEN PLAATS OP DEZE WERELD WAAR JE NOOIT GEVONDEN WORDT.

HÉ... HIER KUNNEN WE WEL WAT LOL MEE BELEVEN.

BLIJF VAN HAAR AF!

PAPA!

IK DENK DAT JE WEL SNAPT WAT ER DAARNA GEBEURDE...

... ONSTERFELIJKE WILDKLAUW SLOEG OM ZICH HEEN!

5

Toen in die nacht de geest van Jason Underhill opdook, had Trixie niet anders verwacht dan dat dat zou gebeuren. Zijn gezicht was intens bleek en doorzichtig, zijn achterhoofd vertoonde een diepe, gapende wond. Ze staarde dwars door hem heen en deed net of ze niet had gemerkt dat hij uit het niets was gematerialiseerd.

Hij was in Trixies kennissenkring de eerste overledene van wie ze zich bewust was. Formeel was dat echter niet helemaal juist – toen haar oma in Alaska overleed, was ze vier jaar, maar Trixie had haar nooit ontmoet. Ze herinnerde zich dat haar vader aan de keukentafel zat, de telefoon nog steeds in zijn hand, hoewel aan de andere kant van de lijn al was opgehangen. Er was een stilte over het huis neergedaald, als het zwarte verenkleed van een kraai.

Jason bleef naar de grond kijken, alsof hij zich ervan bewust moest blijven waar hij precies liep. Trixie probeerde niet te kijken naar de blauwe plekken op zijn gezicht, en al evenmin naar het bloed waarmee zijn kraag was besmeurd. 'Ik ben niet bang voor jou', zei ze, al sprak ze niet de waarheid. 'Je kunt mij niets aandoen.' Ze vroeg zich af of geesten de kracht van superhelden hadden, of ze dwars door het beddengoed en het flanel van haar pyjamabroek haar trillende knieën konden zien, en of ze haar woorden konden inslikken om die leugen vervolgens als een kogel naar haar terug te spuwen.

Jason boog zich zo dicht naar haar toe dat zijn hand dwars door Trixie heen ging. Het voelde als de winter. Hij was in staat haar naar zich toe te trekken, alsof hij magnetisch was en zij uiteengevallen in duizenden stukjes metaalvijlsel. Hij trok haar zover naar voren dat ze rechtop in bed zat, waarna hij haar vol op de mond kuste – en hij smaakte naar donkere aarde en modder. *Ik ben nog niet klaar met jou,* beloofde Jason haar, waarna hij langzaam verdween, stukje voor stukje. De druk van zijn lippen op de hare was het laatste dat afscheid van haar nam.

Daarna lag Trixie bevend in bed. Ze dacht aan de bittere kou die zich achter haar borstbeen had genesteld, als een tweede hart, gemaakt van ijs. Ze dacht aan datgene wat Jason had gezegd en vroeg zich af waarom hij eerst moest sterven voordat hij dezelfde gevoelens voor haar had. Gevoelens die zij altijd al voor hem had gekoesterd.

Mike Bartholemew zat gehurkt voor de voetsporen die naar de reling van de brug voerden waar Jason vanaf was gesprongen; een cryptische choreografie van de laatste stappen die deze jongen had gezet. Hij plaatste een meetlat naast de kwalitatief beste afdruk van de laars en maakte vervolgens een digitale foto. Daarna nam hij een spuitbus en spoot dunne laagjes rode was over de afdruk en een gedeelte van de grond eromheen. De was liet de sneeuw bevriezen, dus zou het mengsel van kunsthars en water dat hij had voorbereid om een gietvorm te maken, geen enkele plooi of andere oneffenheid laten smelten.

Terwijl hij wachtte tot het afgietsel was gedroogd, liep hij langs de glibberige oever naar de plaats die door de technische recherche inmiddels grondig was uitgekamd. In zijn hoedanigheid als rechercheur had hij de leiding gehad in het onderzoek naar twee zelfmoorden die op precies dezelfde plaats hadden plaatsgevonden; een van de weinige plekjes in Bethel waar je diep genoeg naar beneden kon vallen om ernstig letsel op te lopen.

Jason Underhill was op zijn zij terechtgekomen. Door de klap die het hoofd op het rivierijs had gemaakt, waren er scheuren in het ijs ontstaan. Bovendien lag het hoofd als gevolg daarvan gedeeltelijk onder water. Zijn hand was bedekt met modder en aan elkaar geklitte bladeren. De sneeuw zag er nog steeds roze uit door het bloed dat onder zijn hoofd een poeltje had gevormd.

Jason had de belastingbetalers in alle opzichten een dienst bewezen door hen de kosten van zowel een rechtszaak als een mogelijke gevangenisstraf te besparen. Aangezien hij als een volwassene wegens verkrachting berecht zou worden, stond er veel op het spel – en de uitkomst zou mogelijk ook vernietigender zijn geweest. Bartholemew had mensen gekend die voor minder suïcide hadden gepleegd.

Hij knielde naast Jerry neer, een agent van de technische recherche. 'Wat heb je gevonden?'

'Maria DeSantos, alleen pakweg veertig graden kouder.'

Maria DeSantos was het laatste zelfmoordslachtoffer dat zich op deze plaats in de diepte had geworpen. Maar ze werd drie weken lang vermist terwijl het bloedheet was die zomer. De stank van haar ontbindende lichaam had een kajakker op de rivier naar de plaats des onheils geleid.

'Al wat gevonden?'

'Een portemonnee en een mobiele telefoon. Mogelijk vinden we nog meer, maar de sneeuwlaag is tamelijk dik.' Jerry keek op van de verzameling bloedmonsters die hij van het lichaam had genomen. 'Heb jij die jongen gisteren tijdens de demonstratiewedstrijd zien spelen?'

'Nee, ik had dienst.'

'Ik heb gehoord dat hij straalbezopen was... maar dat hij toch uitstekend heeft gespeeld.' Jerry schudde zijn hoofd. 'Verschrikkelijk zonde, als je het mij vraagt.'

'Maar dat vroeg ik je niet,' zei Bartholemew terwijl hij ging staan. Hij was al bij de familie Underhill thuis geweest om hen de onheilsboodschap betreffende hun zoon over te brengen. Greta Underhill had de deur geopend, een blik op zijn gezicht geworpen en was toen in tranen uitgebarsten. Haar man was alleen uiterlijk beheerst geweest. Hij had Bartholemew bedankt voor de informatie en gezegd dat hij Jason nu graag wilde zien, waarna hij zonder jas en op blote voeten naar buiten in de sneeuw was gestapt.

De baas van Bartholemew had hem hoogstpersoonlijk het slechte nieuws over Holly gebracht. Toen hij de politiechef midden in de nacht op de veranda had zien staan, wist hij dat het ergst denkbare was gebeurd. Hij herinnerde zich dat hij per se naar de plek des onheils gereden wilde worden, waar hij even later stond te kijken bij de vangrail waar Holly met hoge snelheid dwars doorheen was gereden. Ook herinnerde hij zich dat hij in het mortuarium het lichaam van Holly had geïdentificeerd. Bartholemew had het laken omhoog gehouden om de sporen van drugsgebruik op haar armen te zien, waar hij als ouder blind voor was geweest. En hij had een hand op de hartstreek van Holly gelegd, gewoon om er zeker van te zijn dat ze daadwerkelijk was overleden.

De vader en moeder van Jason wilden hun overleden zoon zien. Dat privilege hadden ze voordat de autoptie begon. In dat opzicht werden slachtoffers van zowel ongelukken als suïcide en moord hetzelfde behandeld – iemand die overleed zonder dat er een getuige bij was geweest, werd zonder meer naar de patholoog-anatoom vervoerd om de doodsoorzaak vast te stellen. Het was niet alleen een politieprocedure, maar ook een gegeven dat alles te maken had met de menselijke aard. We willen nu eenmaal allemaal weten wat er mis is gegaan, zelfs als er niet echt een antwoord op die vraag gegeven kan worden.

Op de maandag na de zelfmoord van Jason Underhill werden twee psychologen naar de middelbare school geroepen om psychische bijstand te verlenen aan leerlingen die het verlies moesten verwerken. Het ijshockeyteam droeg een zwarte armband en won achter elkaar drie wedstrijden, waarbij de spelers beloofden dat ze ook het staatskampioenschap zouden winnen, als eerbetoon aan hun gevallen teammaat. Ter nagedachtenis aan Jason was een hele sportpagina van de streekkrant van Portland gewijd aan diens sportprestaties.

Op dezelfde dag ging Laura naar de supermarkt. Doelloos liep ze door de gangen tussen de stellages, waarbij ze dingen pakte als ugli's, zakjes pruimen zonder pit, in plakjes gesneden amandelen en bolletjes mozzarella van buffelmelk. Hoewel ze zich ervan bewust was dat zich ergens in haar tas een boodschappenbriefje bevond – waarop gewone artikelen stonden genoteerd, zoals brood, melk en afwasmiddel – realiseerde ze zich ook dat de gewone dingen nu niet meer van toepassing waren en dat het dus geen zin had om ze te kopen. Uiteindelijk merkte ze dat ze bij de afdeling met diepvrieswaren was aanbeland. Ze deed de deur van de diepvrieskast open en voelde de kou langs haar laarzen stromen. Er waren wel honderd verschillende smaken dessertijs. Hoe moest je kiezen terwijl je wist dat je dadelijk naar huis zou gaan en vervolgens met de keuze die je had gemaakt diende te leven?

Terwijl ze de ingrediënten van een perziksorbet las, hoorde ze in de gang achter de hoge diepvrieskasten twee vrouwen met elkaar praten. 'Wat een ramp,' zei de ene vrouw. 'Die jongen had een glanzende carrière voor zich.'

'Ik heb gehoord dat Greta Underhill haar bed niet meer uitkomt,' zei de andere vrouw. 'Mijn predikant heeft van haar predikant gehoord dat ze misschien niet eens de begrafenis bij kan wonen.'

Een week geleden was Jason nog een held, ondanks het feit dat hij van verkrachting werd beschuldigd. Zijn dood had zijn persoon inmiddels tot mythische proporties doen uitgroeien.

Laura klemde haar handen om de duwstang van het supermarktkarretje. Ze reed de hoek om, zodat ze oog in oog zou staan met de vrouwen die met elkaar aan het praten waren. 'Kennen jullie mij?' De vrouwen keken elkaar vluchtig aan en schudden hun hoofd. 'Ik ben de moeder van het meisje dat door Jason Underhill werd verkracht.'

Ze had dat gezegd om ze te laten schrikken en vanwege de – wellicht kleine – kans dat deze dames zich uit plotselinge schaamte misschien zouden verontschuldigen. Maar er kwam geen woord over hun lippen.

Laura duwde haar supermarktkarretje de hoek om naar een kassa waar op dat moment niemand stond. Het kapsel van de kassajuffrouw was voorzien van een streep blauw haar, en in haar onderlip pronkte een ringetje. Laura reikte in haar kar en diepte er een doos met plastic tafelmessen uit – wanneer had ze die van het schap gehaald? 'Weet je,' zei ze tegen de caissière. 'Ik heb die eigenlijk niet nodig.'

'Geeft niks. We leggen ze wel weer terug.'

Zes pakjes hollandaisesaus, zonnebrandlotion en iets om wratten mee te verwijderen. 'En deze geef ik bij nader inzien ook terug,' zei ze vervolgens.

Ze legde de andere artikelen die in de kar lagen op de band: spekreepjes, babyvoedsel, Thaise kokosmelk, een dreumesbeker met tuut, haarelastiekjes, twee pond groene jalapeños, de perziksorbet. Ze staarde naar de band, naar de artikelen, alsof ze die voor het eerst zag. 'Je mag alles houden,' zei ze verrast, alsof dat absoluut niet haar schuld was.

Dr. Anjali Mukherjee was vrijwel altijd in het mortuarium te vinden, niet alleen omdat ze de districtspatholoog-anatoom was, maar ook omdat ze, zodra ze zich in het ziekenhuis zelf begaf, steevast werd aangezien voor een co-assistente, of erger nog, een verpleeghulpje. Ze was een meter tweeënvijftig lang en had de verfijnde trekken van een jong meisje. Mike Bartholemew had haar echter tot aan haar ellebogen in een Y-vormige incisie zien wroeten om de doodsoorzaak vast te stellen van een lijk dat op haar onderzoektafel lag.

'Het slachtoffer had een alcoholpromillage van .12 in zijn bloed,' zei Anjali terwijl ze tussen een aantal röntgenfoto's rommelde en zich vervolgens naar de lichtbak begaf die aan de muur hing.

Het wettelijke toegestane maximumpromillage was .10, wat betekende dat Jason Underhill flink dronken was op het moment dat hij over de reling van de brug naar beneden viel. *In elk geval zat hij niet achter het stuur,* dacht Bartholemew. *Hij heeft in elk geval alleen zichzelf van kant gemaakt.*

'Kijk hier eens naar,' zei de patholoog-anatoom. Ze wees naar een röntgenfoto. 'Wat zie je daar?'

'Een voet?'

'Kijk aan, daarom krijg jij nou zo'n vet salaris. Kom eens hier.'
Anjali veegde een onderzoektafel schoon en klopte er met een hand
op. 'Ga daar eens op staan.'

'Dat lijkt me niet zo...'

'Ga op die tafel staan, Bartholemew.'

Met tegenzin deed hij wat er van hem werd gevraagd, waarna hij
naar beneden keek, naar de kruin van Anjali. 'Waarom doe ik dit?'

'Spring.'

Bartholemew hupte een keer.

'Nee, ik bedoel spring *eraf*.'

Hij strekte zijn armen zijwaarts, waarna hij het luchtruim koos en
in een gebogen houding neerkwam. 'Verdomme, ik kan nog steeds
niet vliegen.'

'Je kwam op je voeten terecht,' zei Anjali. 'Zoals de meeste mensen die springen. Bij dit soort zelfmoorden tonen de röntgenfoto's
hielfracturen en een verticale compressie van de wervelkolom. Bij dit
slachtoffer is daar echter geen sprake van.'

'Wil je daarmee zeggen dat hij niet gevallen is?'

'Hij is vast en zeker gevallen. Er is sprake van contrecoup-letsel in
de hersenen. Dat wijst op een versnelling. Wanneer iemand op zijn
achterhoofd valt, zie je letsel aan de voorzijde van de hersenen, omdat dat gedeelte als het ware doorgaat met vallen hoewel de schedel
al zeer abrupt tot stilstand is gekomen.'

'Misschien is hij gesprongen en op zijn hoofd terechtgekomen,' op-
perde Bartholemew.

'Interessant, maar ik heb evenmin fracturen gezien die deze visie
staven. Ik zal je echter laten zien wat ik te weten ben gekomen.' Anjali overhandigde hem twee röntgenfoto's, beide van het gezicht van
Jason Underhill. Ze waren identiek, behalve dat de tweede foto een
zwart oog toonde, en zwarte plekken bij de slaap en de kaak.

'Heb je het slachtoffer geslagen, Angie?'

'Dat doe ik alleen bij degenen die nog leven,' antwoordde Anjali.
'Tussen het nemen van deze foto's zit een tijdsduur van tien uur.
Toen jij hem binnenbracht, had hij geen blauwe plekken... op een
kleine bloeduitstorting in het gezicht na, die veroorzaakt kan zijn
door de val. Op het moment dat hij werd gevonden, lag hij op die
kant van het gezicht, en het zou kunnen dat de bloedplas de kneu-
zingen uit het zicht heeft gehouden. Toen hij naar het mortuarium
werd vervoerd, lag hij met het gezicht naar boven gericht, waardoor
het bloed zich op een andere manier verdeelde.' Ze verwijderde de
röntgenfoto die ze hadden bekeken. 'Toen ik als beursstudent stage

liep voor mijn doctoraal kregen we een nog niet geïdentificeerde vrouw binnen met naar het zich aanvankelijk liet aanzien geen uitwendig trauma, op de lichte bloeduitstorting in de halsspieren na. Tegen de tijd dat we klaar waren met de autopsie waren er bij haar keel duidelijke afdrukken van twee handen zichtbaar.'

'Kan het zijn dat hij zichzelf in elkaar heeft geslagen vóórdat hij viel?'

'Ik dacht al dat je dat zou zeggen. Kijk hier eens naar.' Anjali schoof een andere röntgenfoto in de klem van de lichtbak.

Bartholemew floot zachtjes tussen zijn tanden. 'Dat is zijn gezicht, huh?'

'Dat was zijn gezicht.'

Hij wees naar de scheur die over de schedel bij de slaap liep. 'Dat ziet eruit als een fractuur.'

'Op dat gedeelte van de schedel is hij gevallen,' zei Anjali. 'Kijk eens goed wat je nog meer ziet.'

Bartholemew kneep zijn ogen halfdicht. In het jukbeen en de kaak waren kleine haarscheurtjes te zien.

'In het geval van een klap met daarna een val, worden de fractuurtjes die veroorzaakt zijn door de val, geobstrueerd door de scheurtjes die het gevolg zijn van de klap die daarvóór plaatshad. Hoofdletsel als gevolg van een val is doorgaans halverwege het voorhoofd te zien. Maar een harde klap in het gezicht wordt meestal in het onderste gedeelte van het gezicht gegeven.'

De fractuurlijnen in Underhills slaap waaierden uit in de richting van de rand van de oogkas en het jukbeen, maar hielden bij een van die haarscheurtjes abrupt op.

'Bij het slachtoffer is ook sprake van een uitstorting van rode bloedlichaampjes in het omliggende weefsel van kaak en ribben.'

'Wat wil dat zeggen?'

'Een bloeduitstorting die zich niet heeft kunnen ontwikkelen. Dat wil zeggen dat er letsel was in dat weefsel, maar voordat er bloedafbraak kon plaatsvinden... waarna die zwarte en blauwe kleur ontstaat... was het slachtoffer al overleden.'

'Misschien heeft hij gevochten voordat hij uiteindelijk besloot om van de brug te springen,' zei Bartholemew. Koortsachtig dacht hij aan de mogelijkheden.

'Misschien vind je dit ook interessant.' Anjali gaf hem een objectglaasje, waarop piepkleine vezels lagen. 'We hebben ze uit de vingertoppen van het slachtoffer verwijderd.'

'Wat zijn dat?'

'Splinters die wat betreft de structuur overeenkomen met de hout-structuur van de brugreling. Ook hebben we enkele splinters van dat hout aan de rugzijde van zijn jas aangetroffen.' Anjali wierp Bartholemew een vluchtige blik toe. 'Ik denk niet dat deze jongen van de brug is gesprongen om suïcide te plegen,' zei ze. 'Volgens mij is hij eraf geduwd.'

Toen Daniel iemand hoorde snikken, nam hij meteen aan dat het Trixie was. In de afgelopen dagen, sinds ze het nieuws over Jason hadden vernomen, stortte ze bij het minste of geringste in – aan de eettafel, terwijl ze haar tanden aan het poetsen was, starend naar een reclamespotje op de televisie. Ze was zo diep verzonken in haar herinneringen dat Daniel niet wist hoe hij haar daar uit moest krijgen om haar weer aan de realiteit van het dagelijks leven te laten deelnemen.

Soms nam hij haar in zijn armen. Dan weer ging hij gewoon naast haar zitten. Nooit probeerde hij ervoor te zorgen dat ze ophield met huilen; volgens hem had hij het recht niet dat te doen. Hij wilde haar alleen laten weten dat hij er voor haar was zodra ze hem nodig had.

Toen hij ditmaal iemand hoorde snikken, volgde hij het geluid naar de bovenverdieping. In plaats dat hij daar een huilende Trixie aantrof, liep hij de slaapkamer van hem en Laura in en zag hij zijn vrouw op de vloer zitten, terwijl ze een hoopje schoon wasgoed tegen zich aandrukte. 'Laura?'

Toen ze haar naam hoorde, draaide ze haar hoofd om en veegde de tranen van haar wangen. 'Het spijt me... het is niet goed wat ik doe, ik weet het... maar ik blijf voortdurend aan hem denken.'

Hem. Het hart van Daniel sloeg een slag over. Hoelang zou het duren voordat hij bij het horen van zo'n opmerking niet langer het gevoel kreeg dat hem een mep in het gezicht werd verkocht?

'Het is alleen...' Ze wreef over haar ogen. 'Het is alleen zo dat hij ook iemands kind is geweest.'

Jason. Hoewel Daniel opgelucht was dat Laura geen verdriet had om de naamloze man met wie zij gevreeën had, ging dat gevoel meteen in rook op toen hij zich realiseerde dat ze in plaats daarvan huilde om iemand die dat soort barmhartigheid niet verdiende.

'Ik heb zoveel geluk gehad, Daniel,' zei Laura. 'Stel dat Trixie vorige week zou zijn overleden? Of stel dat... jij mij niet meer in huis wilde hebben?'

Daniel stak een hand uit om een haarlok achter haar oor te stoppen. Misschien moest je eerst bijna iets verliezen voordat je je de

235

waarde ervan besefte. Misschien gold dat voor beiden. 'Ik zou je nooit hebben laten gaan.'

Laura beefde, alsof ze geschokt was door zijn woorden. 'Daniel, ik...'

'Je hoeft niet te huilen om ons,' zei hij, terwijl hij een bemoedigend kneepje in haar schouder gaf. 'Het komt allemaal goed.'

Hij voelde dat Laura knikte terwijl hij dat zei.

'En je hoeft ook niet om Jason te huilen,' zei Daniel. 'Want Jason verdient het om dood te zijn.'

Niet eerder had hij die woorden hardop uitgesproken, de woorden die steeds door zijn hoofd hadden gespeeld sinds Laura enkele dagen geleden de telefoon had opgenomen. Dit was namelijk precies het soort wereld dat hij tekende. Een wereld waarin handelingen gevolgen hadden, waar wraak en vergelding de kern van een verhaal vormden. Jason had Trixie pijn gedaan. Om die reden diende Jason gestraft te worden.

Laura deinsde naar achteren en staarde hem met grote ogen aan.

'Wat is er?' vroeg Daniel op uitdagende toon. 'Ben je geshockeerd dat ik zo denk?'

Ze zweeg even. 'Nee,' gaf ze toe. 'Ik schrik alleen omdat je dat hardop hebt gezegd.'

Op het moment dat Bartholemew de digitale foto die hij op de brug van het laarsprofiel had genomen met behulp van zijn softwareprogramma in de computer had opgeslagen en het resultaat vergeleek met het profiel van Jasons laars, gaf de computer meteen aan dat ze identiek waren. Er was echter nog een andere voetafdruk gevonden, met een zoolprofiel dat niet correspondeerde met het profiel van Jasons schoeisel. Mogelijk betrof het de schoen van de verdachte.

Met een zucht zette Bartholemew het scherm van zijn computer uit en haalde de zak te voorschijn waarin zich het bewijsmateriaal bevond dat hij op de plaats van het misdrijf had aangetroffen. Hij rommelde erin tot hij de mobiele telefoon had gevonden die Jerry dicht bij het slachtoffer had zien liggen. Een Motorola, identiek aan die van Bartholemew – in Maine had je nu eenmaal niet zoveel keuze als in een grote stad. Jason had deze mobiele telefoon waarschijnlijk in dezelfde winkel gekocht als waar hij de zijne had aangeschaft, en hij was naar alle waarschijnlijkheid verkocht en geprogrammeerd door dezelfde winkelbediende.

Bartholemew begon op de knopjes te drukken. Geen berichten, geen tekst, geen voicemail. Alleen een memo.

Hij drukte op de herhaalknop – *8 – en opeens klonken de geluiden van een gevecht door de kamer. Hij hoorde de stem van Jason; hakkelende smeekbeden. Vervolgens klonk een stem die hij kende: *Als je ooit weer in de buurt van mijn dochter komt, vermoord ik je.*

Bartholemew ging staan, pakte zijn jas en liep weg om Daniel Stone te zoeken.

'Wat gebeurt er volgens jou als je doodgaat?' vroeg Zephyr.

Trixie lag op haar buik op haar bed en bladerde door het tijdschrift *Allure*. Ze keek naar handtasjes en schoenen, en naar de prijzen die haar budget ver overschreden. Ze wilde *trouwens* geen handtas. Nooit zou ze een vrouw willen worden die datgene wat ze nodig had niet in haar achterzak kon meenemen. 'Je lijf gaat rotten,' zei Trixie terwijl ze de volgende advertentie bekeek.

'Absoluut walgelijk,' zei Zephyr. 'Ik vraag me af hoelang dat duurt.'

Dat had Trixie zich ook afgevraagd, maar dat wilde ze niet toegeven aan Zephyr. Sinds Jason was overleden had hij haar steevast in het holst van de nacht in haar slaapkamer opgezocht. Soms staarde hij alleen maar naar haar, tot ze er wakker van werd. En soms praatte hij tegen haar. Uiteindelijk vertrok hij weer, waarbij hij dwars door haar buik in het niets verdween.

Ze wist dat hij nog niet was begraven. Misschien was dat de reden dat hij haar steeds bleef opzoeken. Zodra zijn lichaam in de doodskist ging rotten, zou hij misschien niet langer opduiken bij het voeteneinde van haar bed.

Sinds Trixie uit het ziekenhuis was ontslagen, deed het leven denken aan vervlogen tijden – na school kwam Zephyr bij haar op bezoek en vertelde ze haar de dingen die zij, Trixie, had gemist, zoals het gevecht tussen twee cheerleaders die op dezelfde jongen vielen; de leraar Frans, een invaller, die geen woord Frans kende; de tweedejaarsstudente die als gevolg van anorexia in het ziekenhuis was opgenomen. Zephyr was ook haar informatiebron als het erom ging hoe Bethel High de dood van Jason verwerkte. De schooldecanen hadden een bijeenkomst georganiseerd, met als thema jeugddepressie; de schooldirecteur was tijdens de aankondigingen betreffende de dagelijkse gang van zaken op de verhoging gestapt en had om een minuut stilte gevraagd ter nagedachtenis aan Jason; het kluisje van Jason was in een schrijn veranderd, gedecoreerd met briefjes, stickers en Beanie Babies. Trixie realiseerde zich dat als Jason na zijn dood buitenproportioneel aandacht kreeg zij het nóg moeilijker zou hebben om hem te mijden.

Zephyr rolde op een zij. 'Denk je dat doodgaan pijnlijk is?'

Niet zo pijnlijk als het leven kan zijn, dacht Trixie.

'Denk je dat we hierna... ergens naartoe gaan?' vroeg Zephyr.

Trixie klapte het tijdschrift dicht. 'Geen idee.'

'Ik vraag me af of het daar precies zo is als hier. Populaire doden, sullige doden... je weet wel.'

Dat klonk als de middelbare school. En zoals Trixie het zag, deed haar dat meer aan de hel denken. 'Volgens mij is het daar voor iedereen anders,' zei ze. 'Als *jij* dood bent, zul je er bijvoorbeeld een enorme hoeveelheid make-up van Sephora vinden. En voor Jason is het hiernamaals één grote ijshockeybaan.'

'Maar steken ze wel eens over? Gaan ijshockeyspelers ooit om met lui die alleen chocolade eten? Of met degenen die vierentwintig uur per dag, de hele week lang, aan de Nintendo hangen?'

'Misschien worden er dansavonden georganiseerd, of zoiets,' zei Trixie. 'Of er is een prikbord, zodat je weet wat iedereen zoal uitvoert, en dan kan je meedoen als je dat wilt, of je ziet ervan af.'

'Chocolade eten in de hemel stelt volgens mij niet veel voor,' zei Zephyr. 'Als je het mag eten wanneer je maar wilt, smaakt het waarschijnlijk niet zo goed meer.' Ze haalde haar schouders op. 'Ik wed dat ze aan het kijken zijn wat wij hier beneden doen, omdat ze weten dat wij het beter hebben dan zij, maar dat we te stom zijn om ons dat te realiseren.' Ze wierp een zijdelings blik in de richting van Trixie. 'Je raad nooit wat ik heb gehoord.'

'Wat dan?'

'Zijn hele hoofd lag in de prak.'

Trixie kreeg er maagpijn van. 'Dat is maar een gerucht.'

'Helemaal niet. De vriendin van de broer van Marcia Breen is verpleegster. Zij heeft gezien hoe Jason het ziekenhuis werd binnengebracht.' Ze liet een kauwgombel ploffen. 'Als-ie naar de hemel is gegaan, hoop ik dat ze daar een groot verband om zijn hoofd doen, of dat ze plastische chirurgie bij hem uitvoeren, of zoiets.'

'Waarom denk je dat hij in de hemel is?' vroeg Trixie.

Zephyr verstramde. 'Het was niet mijn bedoeling... ik wilde alleen...' Langzaam keek ze Trixie aan. 'Ben je echt blij dat hij dood is, Trix?'

Trixie, die rechtop was gaan zitten, staarde naar de handen die op haar schoot lagen. Een moment lang leek het of die van iemand anders waren – verstild, bleek, te zwaar in vergelijking met de rest van haar lichaam. Ze dwong zichzelf om weer in het tijdschrift te kijken, waarbij ze net deed of ze verdiept was in een advertentie over tampons, zodat ze geen antwoord op de vraag van Zephyr hoefde te geven. Nadat ze een tijdje had gelezen, zouden ze misschien beiden de vraag van Zephyr zijn vergeten. En misschien zou Trixie na een tijdje niet bang meer zijn voor haar eigen antwoord.

Het werd almaar kouder naarmate je dieper in de hel afdaalde. Althans volgens Dante. Wanneer Daniel zich de hel voorstelde, zag hij de uitgestrekte, witte woestenij van de Yukon-Kushokwimdelta voor zich, waar hij was opgegroeid. Als je op de bevroren rivier stond, kon je in de verte soms waterdamp zien opstijgen. Een Yup'ik-eskimo wist dat dat open water betekende, waar zich waterdamp vormde zodra het water in aanraking kwam met de ijzig koude lucht. Maar gezichtsbedrog als gevolg van de lichtinval zou ervoor kunnen zorgen dat je daar anders over ging denken, namelijk dat het de adem van de duivel was.

Toen Daniel de negende kring van de hel tekende, creëerde hij een wereld die bestond uit vlakken en hoeken, een synchroniciteit van witte lijnen, een land dat uit ijs bestond. Een oord waar je steeds dieper in verzonken raakte naarmate je meer moeite deed om te ontsnappen.

Daniel hoorde een auto de oprit oprijden op het moment dat hij de laatste hand had gelegd aan het gezicht van de duivel. Vanuit het raam van zijn werkkamer zag hij dat rechercheur Bartholemew uit zijn Ford Taurus stapte. Hij had kunnen weten dat het zover zou komen, toch? Hij had het geweten op het moment dat hij het parkeerterrein was opgelopen en hij Jason en Trixie daar samen had aangetroffen.

Daniel opende de voordeur voordat de rechercheur kon aankloppen. 'Kijk aan,' zei Bartholemew, 'dat noem ik nog eens service.'

Daniel probeerde gevat te reageren op dit grapje, toch een normaal onderdeel van de sociale omgang. Het leek echter of hij weer net uit het dorp was, waarbij hij gebombardeerd werd door indrukken die hij niet begreep: kleuren, uitzichten die hij niet kende, een manier van praten die vreemd voor hem was. 'Wat kan ik voor u doen?' vroeg hij uiteindelijk.

'Zou ik u even kunnen spreken?' zei Bartholemew.

Nee, dacht Daniel. Maar hij ging de rechercheur voor naar de woonkamer en nodigde hem uit plaats te nemen.

'Waar is de rest van het gezin?'

'Laura is aan het lesgeven,' zei Daniel. 'Trixie is boven met een vriendin.'

'Hoe heeft ze het nieuws over Jason Underhill verwerkt?'

Bestond het juiste antwoord op die vraag wel? Daniel merkte dat hij de mogelijke antwoorden in gedachten opnieuw de revue liet passeren voordat hij ze afgewogen en wel als resumé zou uitspreken. 'Ze was erg van streek. Ik denk dat ze zich min of meer verantwoordelijk voelt voor wat er is gebeurd.'

'En u, meneer Stone?' vroeg de rechercheur.

Hij dacht aan het gesprek dat hij die ochtend met Laura had gehad. 'Ik wilde dat hij gestraft werd voor wat hij heeft gedaan,' antwoordde Daniel. 'Maar zijn dood heb ik nooit gewenst.'

De rechercheur staarde hem heel lang aan. 'Is dat zo?'

Op de bovenverdieping klonk een dreun. Trixie en Zephyr waren ongeveer een uur boven. Toen Daniel voor het laatst had gecontroleerd wat ze uitvoerden, waren ze verdiept in tijdschriften en aten ze Goldfish-biscuitjes.

'Hebt u Jason vrijdagavond nog gezien?' vroeg rechercheur Bartholemew.

'Waarom vraagt u dat?'

'We proberen alleen bij benadering het tijdstip van de zelfmoord vast te stellen.'

Koortsachtig dacht Daniel terug aan wat er was gebeurd. Had Jason iets tegen de politie gezegd over het incident in de bossen? Had de man die tijdens het vuistgevecht op het parkeerterrein langs hen was gereden Daniel duidelijk kunnen zien? Waren er misschien nog meer getuigen?

'Nee, ik heb Jason niet gezien,' loog Daniel.

'Hm. Ik zou bijna onder ede willen verklaren dat ik u in de stad heb gezien.'

'Misschien hebt u mij ook gezien. Ik ben met Trixie naar de supermarkt gegaan om wat kaas te kopen. We wilden die avond pizza eten.'

'Hoe laat was dat ongeveer?'

De rechercheur haalde een notitieboekje en een pen uit zijn zak. Daniel was even als aan de grond genageld. 'Rond zeven uur,' zei hij. 'Maar het kan ook halfacht zijn geweest. We reden alleen even naar de winkel, waarna we weer naar huis gingen.'

'Waar was uw vrouw?'

'Laura? Aan het werk. Op de universiteit. Daarna kwam ze thuis.'

Bartholemew schreef iets op in zijn notitieboekje. 'Dus u noch uw vrouw of Trixie zijn Jason tegen het lijf gelopen?'

Daniel schudde zijn hoofd.

Bartholemew stak het notitieboekje terug in zijn borstzak. 'Goed,' zei hij. 'Dat weten we dan weer.'

'Het spijt me dat ik u niet verder heb kunnen helpen,' zei Daniel, die ging staan.

De rechercheur kwam eveneens uit zijn stoel. 'U zult wel opgelucht zijn. Het mag duidelijk zijn dat uw dochter geen getuigenis meer hoeft af te leggen.'

Daniel wist niet hoe hij daarop moest reageren. Het feit dat de verkrachtingszaak niet meer voor de rechter kwam, wilde niet zeggen dat Trixie het verleden kon begraven. Inderdaad, ze hoefde geen getuigenis af te leggen, maar dat betekende niet dat zij weer het meisje kon zijn dat ze voorheen was.

Bartholemew liep naar de voordeur. 'Die avond was het in de stad een dolle boel; het Winterfeest en zo,' zei hij. 'Heb u gekregen wat u wilde?'

Daniel verstijfde. 'Pardon?'

'De kaas. Voor uw pizza.'

Er verscheen een gedwongen glimlachje op Daniels gezicht. 'Zeker. Het werd een perfecte pizza,' zei hij.

Toen Zephyr enige tijd later naar huis ging, liep Trixie met haar mee naar buiten. Huiverend stond ze op de oprit, want ze had niet de moeite genomen een jas aan te trekken. Nadat het geluid van Zephyrs hakken was weggestorven, en zij haar zelfs niet meer kon zien, stond ze op het punt zich om te draaien toen ze achter zich een stem hoorde. 'Het is fijn dat er iemand op je let, hè?'

Met een ruk draaide Trixie zich om en zag dat rechercheur Bartholemew in de voortuin stond. Het leek of hij het verschrikkelijk koud had, alsof hij daar al een tijdje had staan wachten. 'U laat me schrikken,' zei ze.

De rechercheur knikte in de richting van de straat. 'Ik zie dat jij en je vriendin het weer goed met elkaar kunnen vinden.'

'Ja. En dat is fijn.' Ze omarmde zichzelf. 'Bent u gekomen om, eh, met mijn vader te praten?'

'Dat heb ik al gedaan. Ik hoopte met jou ook een woordje te kunnen wisselen.'

Vluchtig keek Trixie naar het raam op de bovenverdieping. De gele gloed maakte haar duidelijk dat haar vader nog steeds aan het werk was. Was hij nu maar hier, bij haar. Hij zou weten wat ze moest zeggen. En wat ze voor zich diende te houden.

Als een politieman met je wilde praten, moest je gehoorzamen, toch? Als je weigerde, zou hij meteen weten dat er iets niet in de haak was.

'Oké,' zei Trixie. 'Zullen we eerst naar binnengaan?'

Het was raar om een politieman voor te gaan naar de bijkeuken. Ze had het gevoel of hij met zijn ogen gaatjes boorde in haar shirt, alsof hij iets over haar wist wat zij nog niet over zichzelf te weten was gekomen.

'Hoe gaat het me je?' vroeg rechercheur Bartholemew.

Instinctief trok Trixie de mouwen lager om daarmee de onlangs in de douche aangebrachte snijwonden te verbergen. 'Goed.'

Rechercheur Bartholemew ging op het teakhouten bankje zitten. 'Wat Jason is overkomen... je hoeft jezelf niets te verwijten.'

Ze voelde de tranen – dreigend en bitter – in haar keel.

'Weet je, jij doet me enigszins denken aan mijn dochter,' zei de rechercheur. Hij glimlachte naar Trixie, waarna hij zijn hoofd schudde. 'Nu ik hier ben... zij had het evenmin gemakkelijk.'

Trixie boog haar hoofd. 'Mag ik u wat vragen?'

'Natuurlijk.'

In gedachten zag ze de geest van Jason voor zich; blauw getint door de maan, bloederig en onaanraakbaar. 'Heeft hij pijn geleden, zoals hij is gestorven?'

'Nee, het is heel snel gegaan.'

Hij loog – Trixie wist het zeker. Ze had zich niet gerealiseerd dat een politieman ook kon liegen. Vervolgens zweeg hij zolang tot Trixie naar hem opkeek. Op dat moment werd ze zich ervan bewust dat hij daarop had gewacht. 'Wil je me iets vertellen, Trixie? Over vrijdagavond?'

Trixie had een keer in de auto gezeten terwijl haar vader een eekhoorn overreed. Het diertje kwam uit het niets te voorschijn. Vlak voordat de eekhoorn werd overreden, had ze gezien dat het dier naar hen keek in het besef dat het nergens meer heen kon. 'Wat bedoelt u met vrijdagavond?'

'Er is iets tussen jouw vader en Jason voorgevallen, is het niet?'

'Nee.'

De rechercheur zuchtte. 'We zijn er allang van op de hoogte dat ze gevochten hebben, Trixie.'

Had haar vader hem dat verteld? Vluchtig keek ze naar het plafond, waarbij ze hoopte dat ze Superman was, met röntgenogen, of dat ze in staat was op telepathische wijze te communiceren, zoals professor Xavier van de X-Men. Ze wilde weten wat haar vader had gezegd en wat *zij* nu hoorde te zeggen. 'Jason is begonnen,' verklaarde ze. Toen dat er eenmaal uit was, bleef ze praten. 'Hij greep me vast. Mijn vader trok hem weg, waarna ze met elkaar op de vuist gingen.'

'Wat gebeurde er daarna?'

'Jason rende weg... en wij gingen naar huis.' Ze aarzelde. 'Waren wij de laatsten die hem hebben gezien... ik bedoel... *levend*?'

'Daar probeer ik nou juist achter te komen.'

Het zou kunnen dat Jason haar nu om die reden steeds opzocht. Want als Trixie hem nog kon zien, zou hij misschien nog niet verdwenen zijn. Ze sloeg haar ogen op, keek Bartholemew aan. 'Mijn vader was mij alleen aan het beschermen. Dat weet u toch, is het niet zo?'

'Ja,' zei de rechercheur. 'Ja, dat weet ik.'

Trixie wachtte tot hij nog iets anders zou zeggen, maar het leek of Bartholemew er met zijn gedachten niet meer bij was. Hij staarde naar de tegels in de bijkeuken. 'Zijn we... klaar?'

Rechercheur Bartholemew knikte. 'Ja, dank je wel, Trixie. Ik laat mezelf wel uit.'

Trixie wist niet wat er nog meer te zeggen viel, dus opende ze de deur die toegang bood tot de keuken en deed die vervolgens achter zich dicht, waarbij ze de rechercheur alleen achterliet in de bijkeuken. Toen ze halverwege de trap naar de bovenverdieping was, pakte Bartholemew een laars van haar vader, drukte de zool ervan op een inktkussen dat hij uit zijn zak had gehaald en maakte er een stevige afdruk van op een wit vel papier.

De patholoog-anatoom belde Bartholemew op terwijl hij op zijn bestelling wachtte bij het doorgeefluik van een Burger King, een drive-in. 'Gelukkig kerstfeest,' zei Anjali nadat hij had opgenomen.

'Je bent ongeveer een week te vroeg,' zei Bartholemew.

Het meisje achter het doorgeefluik keek hem met knipperende ogen aan. 'Ketchup, mosterd, zout of peper?'

'Nee, dank je wel.'

'Ik heb je nog niet eens verteld wat ik te weten ben gekomen,' zei Anjali.

'Hopelijk een vette bewijslink naar moord.'

Achter het doorgeefluik van de drive-in zette het meisje haar papieren muts goed. 'Dat is dan vijf dollar drieëndertig.'

'Waar ben je nu?' vroeg Anjali.

Bartholemew pakte zijn portemonnee en haalde er een briefje van twintig dollar uit. 'Ik ben bezig mijn vaten te laten dichtslibben.'

'We zijn het lijk aan het schoonmaken,' verklaarde de patholoog-anatoom. 'Weet je nog dat er modder op de hand van het slachtoffer zat? Dat blijkt echter geen modder te zijn, maar bloed.'

Het meisje achter het doorgeefluik boog zich dichter naar hem toe en griste het briefje uit zijn hand.

'Dus hij heeft zijn hand geschaafd terwijl hij naar houvast greep?'

'In het lab heb ik een bloedgroepbepaling laten doen. Die was O-positief. Jason had echter B-positief.' Ze gaf hem de tijd om dat nieuws tot zich te laten doordringen. 'Het was bloed, Mike. Maar niet het bloed van Jason Underhill.'

Koortsachtig begon Bartholemew na te denken. Als ze het bloed van de moordenaar hadden geïsoleerd, zouden ze ook een verdachte aan de moord kunnen koppelen. Het zou niet moeilijk zijn een DNA-monster te nemen van Daniel Stone zonder dat hij het merkte – bijvoorbeeld zijn speeksel op de plakrand van een envelop, of de resten ervan op de rand van een blikje fris dat hij in de afvalbak had gegooid.

Het profiel van de zool van Daniels laars was niet identiek, maar Bartholemew zag dat niet als een reden om niet tot arrestatie over te gaan. Die vrijdagavond waren er honderden mensen in de stad geweest; de vraag was niet wie over die brug had gelopen, maar wie dat *niet* had gedaan. Daar stond tegenover dat bloed belastend materiaal kon zijn. Bartholemew zag in gedachten Daniel Stone op de met ijs bedekte brug staan om Jason Underhill te pakken te krijgen. Hij stelde zich voor dat Jason hem probeerde af te weren. En hij dacht aan zijn gesprek met Daniel, en aan de pleisters op de knokkels van zijn rechterhand.

'Ik kom eraan,' zei Bartholemew tegen Anjali.

'Hé, en uw eten dan?' vroeg het meisje van Burger King.

'Ik heb geen honger meer,' antwoordde hij, waarna hij optrok en plaatsmaakte voor de andere auto's die in de rij stonden.

'Hoeft u uw wisselgeld niet?' riep het meisje.

Daar heb ik al teveel van, dacht Mike. Hij gaf echter geen antwoord.

'Papa, hoe was jij in je jeugd?' vroeg Trixie. Ze zat tot aan haar ellebogen in het schuimende water terwijl ze de vaat deed.

Haar vader keek niet op van de keukentafel die hij met een vaatdoek afdeed. 'Jij bent heel anders dan ik vroeger was,' zei hij. 'Godzijdank.'

Trixie wist dat haar vader niet graag sprak over zijn jeugd die hij in Alaska had doorgebracht. Ze ervoer echter steeds vaker de behoefte om er het een en ander over te weten te komen. Ze had altijd gedacht dat haar vader tot de voorstedelijke soort behoorde; de mannen die elke zaterdag het gazon maaiden en steevast eerst het sportkatern lazen. Het soort vader dat lief genoeg was om een monarchvlinder tussen zijn als een kom gevormde handen te houden, zodat Trixie de zwarte stippen op de vleugels kon tellen. Maar zo'n man zou nooit in staat zijn geweest Jason meedogenloos af te tuigen, en daarmee door te gaan, zelfs nadat Jason was gaan bloeden en hem smeekte daarmee op te houden. Zo'n man zou nooit zó verteerd raken door woede, dat zijn gelaatstrekken erdoor verwrongen raakten en hij een vreemde voor haar werd.

Trixie concludeerde dat het antwoord gevonden moest worden in een deel van haar vaders leven waarover hij nooit iets kwijt had gewild. Misschien was Daniel Stone vroeger een heel ander persoon geweest. Een persoon die verdween nadat Trixie op de wereld was gekomen. Ze vroeg zich af of voor alle ouders gold dat ze heel iemand anders waren geweest tot ze kinderen kregen.

'Wat bedoel je?' vroeg ze. 'In welk opzicht ben ik zo anders dan jij vroeger was?'

'Het was als een compliment bedoeld. Toen ik jouw leeftijd had, was ik niet bepaald een aardig kereltje.'

'Hoezo niet?' vroeg Trixie.

Ze zag dat hij innerlijk zijn woorden op een goudschaaltje woog in een poging met een voorbeeld te komen dat hij bereid was hardop uit te spreken. 'Nou ja, ik liep dikwijls weg van huis, om maar wat te noemen.'

Trixie was één keer weggelopen. In haar vroege jeugd. Ze was toen twee keer een blokje om gelopen om uiteindelijk in de koele, blauwe schaduw van een heg in haar achtertuin te gaan zitten. In minder dan een uur had haar vader haar daar gevonden. Ze had verwacht dat hij boos zou zijn, maar in plaats daarvan kroop hij eveneens tussen de struiken en ging naast haar zitten. Hij plukte een tiental rode besjes, waarvan hij altijd had gezegd dat ze daar nooit van mocht eten, en vermaalde ze vervolgens in de palm van zijn hand, waarna hij met het sap een roos op haar wang tekende en zij strepen op zijn wang mocht trekken. Hij was tot zonsondergang bij haar blijven zitten, waarna hij tegen haar zei dat ze moest opschieten als ze nog steeds van plan was weg te lopen – hoewel ze beiden op dat moment wisten dat Trixie alleen maar thuis wilde zijn.

'Toen ik twaalf jaar was,' zei haar vader, 'besloot ik een boot te stelen om ermee naar Quinhagak te varen. Er zijn geen wegen in de toendra... je reist per boot of vliegtuig. Het was oktober en het werd al erg koud, het einde van het visseizoen. Maar de motor van de boot hield ermee op, waardoor ik afdreef naar de Beringzee. Ik had geen eten bij me, alleen enkele lucifers en wat benzine. Opeens kreeg ik land in zicht. Het was het eiland Nunivak. Als ik dat eiland miste, zou Rusland de volgende halte zijn.'

Trixie trok een wenkbrauw op. 'Dat verzin je ter plekke.'

'Absoluut niet. Ik peddelde als een gek. Net toen ik me realiseerde dat ik de kust zou kunnen bereiken, zag ik de hoge brandingsgolven. Als ik de kust haalde, zou er niet veel meer van mijn boot overblijven. Met kleefband bevestigde ik de benzinetank aan mijn lichaam, zodat ik zou blijven drijven als de boot zonk.'

Dat klonk als een of andere extravagante overlevingsflashback die haar vader zou schrijven voor een van zijn striphelden – ze had er tientallen gelezen. Al die tijd had ze aangenomen dat ze aan zijn fantasie waren ontsproten. Per slot van rekening pasten die heldendaden absoluut niet bij de vader in wiens invloedssfeer zij was opgegroeid. Maar stel dat hij de superheld *was*? Stel dat de wereld die haar vader dagelijks creëerde – vol ongelooflijke wapenfeiten en waaghalzerige prestaties, waarbij hij telkens opnieuw door het oog van de naald ging – niet iets was wat hij fantaseerde maar wat hij daadwerkelijk in het verleden had meegemaakt?

Ze probeerde zich voor te stellen hoe haar vader in een deinend bootje zat, op de ruwste en koudste zee ter wereld, terwijl hij met de grootste moeite de kust probeerde te bereiken. In gedachten probeerde ze zich die jongen voor te stellen, waarna ze hem in haar herinnering enkele avonden geleden zag staan terwijl hij Jason aftuigde. 'Wat gebeurde er toen?' vroeg Trixie.

'Een jachtopzichter die zijn laatste ronde voor het begin van de winter deed, zag het kampvuurtje dat ik had gemaakt nadat ik aan land was gespoeld en heeft me toen gered,' zei haar vader. 'Daarna bleef ik elk jaar een of twee keer weglopen, maar ik kwam nooit ver. Het doet daar denken aan een zwart gat: mensen die naar de wildernis in Alaska gaan, verdwijnen van de aardbodem.'

'Waarom liep je steeds weg?'

Haar vader liep naar de gootsteen en wrong de vaatdoek uit. 'Ik had daar niets te zoeken.'

'Dan liep je weg met een doel,' zei Trixie. 'Je ging dus ergens *heen*.'

Maar haar vader luisterde niet meer. Hij draaide de kraan dicht en pakte haar daarna bij haar ellebogen vast, waarbij hij de binnenkant van haar onderarmen tegen het licht hield.

Ze was vergeten dat ze pleisters op haar arm had gedaan. Pleisters die in het zeepwater hadden losgelaten. Bovendien was ze vergeten dat ze nooit ofte nimmer haar mouwen moest optrekken. Behalve de

246

snijwond bij haar pols, die inmiddels goed heelde, zag haar vader de onlangs in de douche aangebrachte wonden; diepe krassen op haar onderarm, net een ladder.

'Schatje,' fluisterde haar vader, 'wat heb je jezelf toch aangedaan?' Trixie kleurde hevig. Alleen Janice, de adviseuse voor slachtoffers van zedendelicten, was op de hoogte van haar zelfverminking. Een week geleden had haar vader haar de deur gewezen. Trixie was dankbaar geweest voor die kleine kosmische gunst. Zonder Janice in haar buurt zou ze namelijk haar geheim kunnen bewaren. 'Het is niet wat jij denkt. Ik heb heus niet opnieuw geprobeerd zelfmoord te plegen. Alleen... nou ja...' Trixie sloeg haar ogen neer. 'Dat is de manier waarop *ik* wegloop.'

Toen ze eindelijk voldoende moed had verzameld om weer op te kijken, brak de uitdrukking op het gezicht van haar vader bijna haar hart. Het monster in hem dat ze de vorige avond op het parkeerterrein had gezien, was verdwenen en vervangen door de ouder die ze haar hele leven had vertrouwd. Beschaamd probeerde zich uit zijn greep te wurmen, maar hij wilde haar niet loslaten. Hij wachtte tot ze moe was van het worstelen en tegenstribbelen, precies zoals hij dat deed toen ze nog een peuter was. Daarna hield hij Trixie zo stevig vast in zijn armen dat ze bijna geen adem meer kreeg. Meer was er niet voor nodig. Ze begon te huilen zoals ze die ochtend in de douche had gegriend, nadat ze het slechte nieuws over Jason had vernomen.

'Het spijt me,' zei ze snikkend, met het gezicht tegen het shirt van haar vader aangedrukt. 'Het spijt me zo.'

Samen stonden ze in de keuken, waarbij minuten uren leken, terwijl zeepbelletjes om hen heen zweefden en de borden en schalen, zo blank als botten, in het afdruiprek leunden. Het was mogelijk dat iedereen twee persoonlijkheden had, veronderstelde Trixie. Sommige mensen kregen het echter beter voor elkaar dan anderen om de persoonlijkheid te verbergen die ze liever niet toonden.

Trixie probeerde zich haar vader voor te stellen terwijl hij in het water sprong dat zo koud was dat het je de adem benam. Ze zag hem voor zich terwijl hij er getuige van was dat zijn boot versplinterde. Ze wist zeker dat als hem dat zou worden gevraagd – zelfs terwijl hij op dat eiland zat, doornat en bibberend van de kou – hij zou antwoorden dat hij het opnieuw zou doen als hij de kans kreeg.

Misschien leek ze meer op haar vader dan hij dacht.

Het geheime recept voor het bereiden van een Troostpastei was in de loop van de afgelopen decennia door Laura's overgrootmoeder doorgegeven aan haar oma en moeder. Hoewel Laura zich die informatieoverdracht niet feitelijk kon herinneren, kende ze de ingrediënten die ervoor nodig waren sinds haar elfde jaar uit haar hoofd, waarbij ze ook op de hoogte was van de met veel zorg uitgevoerde procedure om ervoor te zorgen dat de korst niet aanbakte en de wortelen in de bouillon niet in prut veranderden. Ook wist ze precies hoeveel happen nodig waren voordat de gedeprimeerdheid uit je hart verdween. Laura wist ook dat de boodschappenlijst op zichzelf niet veel voorstelde: een kip, vier aardappelen, prei – vooral het witte gedeelte – zilveruitjes, slagroom, laurierblad en basilicum. Wat de Troostpastei tot een kracht maakte waarmee je rekening diende te houden, was het feit dat elke hap een onwaarschijnlijke ervaring was – een explosie van kaneel, vermengd met gewone peper, citroenschilfers en azijn. En dan was er ook nog het bereidingsritueel, wat van de kok vereiste dat hij of zij achteruitlopend de ingrediënten uit het keukenkastje haalde, dat je het bakvet alleen met je linkerhand mocht afsnijden, en natuurlijk diende je het mengsel ook met een eigen traan op smaak te brengen.

Daniel was degene die doorgaans aan het fornuis stond, maar als er drastische maatregelen genomen moesten worden, deed Laura haar schort voor en haalde ze de vuurvaste stenen ovenschaal van haar overgrootmoeder te voorschijn, die telkens een andere kleur aannam zodra hij uit de oven werd gehaald. Op de dag dat Daniel te horen had gekregen dat zijn moeder was overleden, had Laura voor het avondeten Troostpastei bereid. Hij zou niet aanwezig zijn bij de begrafenis van een vrouw om wie hij, zover Laura wist, nooit een traan had gelaten. Ze had Troostpastei bereid op de middag dat Trixies parkiet tegen de spiegel in de badkamer vloog en in het toilet was verdronken. En ze had Troostpastei bereid op de ochtend nadat ze voor het eerst met Seth had gevreeën.

Toen ze vandaag evenwel naar de supermarkt was gegaan om de ingrediënten te kopen, werd ze zich ervan bewust dat ze in het gangetje met bakingrediënten stond en niet meer wist wat ze moest nemen. Het recept, altijd even vertrouwd als haar eigen naam, was uit haar geheugen gewist. Ze kon niet zeggen of kardemom of koriander in het recept hoorde. En ze vergat bovendien eieren te kopen.

Het werd er niet gemakkelijker op nadat Laura was thuisgekomen en een braadpan uit de kast haalde, waarbij ze zich afvroeg wat ze er in hemelsnaam in moest doen. Gefrustreerd ging ze aan de keukentafel zitten en noteerde datgene wat ze zich van het recept herinnerde. Ze was zich ervan bewust dat er grote hiaten vielen en dat ze ingrediënten miste. Haar moeder, die was overleden toen Laura tweeëntwintig was, had tegen haar gezegd dat het recept opschrijven de beste manier was om ervoor te zorgen dat iemand met het geheim aan de haal ging. Laura vond het verschrikkelijk dat door haar eigen onachtzaamheid nu een eind kwam aan die magie.

Terwijl ze naar de hiaten op het witte vel papier staarde, kwam Trixie beneden. 'Wat ben je aan het maken?' vroeg ze, terwijl ze het ratjetoe aan ingrediënten op het aanrecht in ogenschouw nam.

'Troostpastei,' antwoordde Laura.

Trixie fronste haar wenkbrauwen. 'Je hebt de azijn er niet bij staan. En ik zie geen wortelen. Je mist de helft van de kruiden.' Ze liep achteruit naar de voorraadkast en haalde blikken van de schappen. 'En niet te vergeten de *kip*.'

De kip. Hoe had Laura *dat* kunnen vergeten?

Trixie haalde een beslagkom te voorschijn en begon het meel en de bakpoeder voor het bereiden van de korst af te wegen. 'Je hebt toch geen Alzheimer, hè?'

Laura kon zich niet herinneren dat ze haar dochter ooit had uitgelegd hoe je Troostpastei moest bereiden, maar kijk aan, Trixie nam de garde vakkundig in haar linkerhand en goot met de ogen dicht de juiste hoeveelheid melk bij het beslag. Laura liep van de keukentafel weg en begon de zilveruitjes die ze had gekocht te pellen, waarbij ze echter halverwege vergat waar die voor nodig waren.

Ze had het namelijk te druk met zich te herinneren hoe Daniel had gekeken nadat hij zijn eerste portie naar binnen had gewerkt, nadat hij had vernomen dat zijn moeder was overleden. De diepe verticale rimpels tussen zijn ogen waren langzaam verdwenen, en zijn vingers trilden niet meer. Ze vroeg zich af hoeveel porties dit gezin nodig zou hebben voordat er weer zoiets als een normale sfeer in het huis hing. Ook liet ze haar gedachten gaan over de vraag waarom haar moeder het nooit belangrijk genoeg had gevonden haar te vertellen dat een gemiste fase in het bereidingsproces ernstige gevolgen kon hebben, niet alleen voor degenen die aan tafel zaten, maar ook voor de kok.

Net nadat ze de pastei van het toplaagje hadden voorzien en ze op de toekomstige korst met behulp van vanille hun initialen hadden aangebracht, ging de telefoon. 'Dat is Zeph,' zei Trixie tegen Laura. 'Hang je op wanneer ik boven ben?'

Ze gaf Laura de telefoon. Even later hoorde Laura dat Trixie boven opnam. Ze hing op, hoe verleidelijk ze het ook vond om te luistervinken. Toen ze zich omdraaide, zag ze dat de pastei klaar was om in de oven gezet te worden.

Alsof het gerecht uit het niets op het aanrecht was gematerialiseerd. 'Kijk eens aan,' zei ze hardop, waarbij ze haar schouders ophaalde. Ze schoof de pastei in de oven.

Een uur later, terwijl het gerecht afkoelde, was Laura wat aan het drentelen. Hoewel de Troostpastei bedoeld was voor het avondeten, nam ze er met de vork kleine hapjes van. Een hapje werd echter een volle mond. Ze propte zich vol, verbrandde haar tong. Ze at tot er in de ovenschaal geen kruimel meer over was, tot de laatste wortel, het laatste knoflookteentje en de laatste sperzieboon verdwenen was. En ze had daarna nog steeds honger.

Tot op dat moment was ze vergeten dat er aan het eten van Troostpastei nog een andere waarheid was gekoppeld: ongeacht hoeveel je ervan at, je werd het nooit zat.

Toen Venice Prudhomme zag dat Bartholemew haar laboratorium inliep, zei ze *nee* nog voordat hij haar iets had kunnen vragen. Wat hij ook van haar wilde, het ging niet door. Die drugstest, in alle haast gedaan, ten behoeve van de verkrachtingszaak, was al moeilijk genoeg geweest. Bovendien bevond het laboratorium zich in een overgangsfase. Wat betreft het DNA-onderzoek werd overgestapt van het acht-locussysteem naar het zestien-locussysteem, waardoor de achterstand, waar altijd al sprake van was geweest, inmiddels verontrustende proporties had aangenomen.

Luister eerst eens naar wat ik te vertellen heb, zei hij, waarbij hij overging op een smekend toontje.

Venice had geluisterd, met de armen over elkaar. *Ik dacht dat dit een verkrachtingszaak betrof.*

Dat was het oorspronkelijk ook. Maar de verkrachter is overleden, en suïcide past niet in het plaatje.

Wat heeft jou tot de conclusie gebracht dat je de juiste verdachte hebt?

Het gaat om de vader van het slachtoffer van de verkrachting, had Bartholemew gezegd. *Als jouw kind verkracht zou zijn, wat zou jij dan met de vent willen doen die dat op zijn geweten heeft?*

Nadat hij zijn verhaal had gedaan, ging Venice nog steeds niet akkoord. Het uitvoeren van een volledige DNA-test zou veel tijd in beslag nemen, zelfs als het alleen ging om de zaken die boven aan de lijst stonden. Maar iets in zijn wanhopige manier van doen had bij haar een gevoelige snaar geraakt, want ze zei tegen hem dat ze tenminste een beginnetje kon maken met het onderzoek. Ze had deel uitgemaakt van een validatieteam wat betreft een gedeelte van het zestien-locussysteem, en had daar wat materiaal van over. Het proces waarbij het DNA-profiel werd bepaald bleef hetzelfde, waardoor ze het monster, zodra het laboratoriumpersoneel even op adem wilde komen, voor de andere loci kon gebruiken.

Bartholemew viel in slaap terwijl hij wachtte tot zij de test had voltooid. Om vier uur in de ochtend ging Venice gehurkt naast hem zitten en schudde hem wakker. 'Ik heb goed en slecht nieuws.'

Hij zuchtte. 'Geef eerst maar het goede nieuws.'

'Het is gelukt. Ik heb de resultaten binnen.'

Dat was *uitstekend* nieuws. De patholoog-anatoom had Bartholemew al duidelijk gemaakt dat de modder en het rivierslib dat zich op de hand van het slachtoffer bevonden, de bloedmonsters zodanig verontreinigd konden hebben dat een DNA-test onmogelijk zou zijn. 'Geef me nu het slechte nieuws maar.'

'Je hebt de verkeerde verdachte.'

Mike staarde haar aan. 'Hoe weet je dat? Ik heb je van Daniel Stone nog geen DNA-materiaal gegeven om te controleren.'

'Misschien was het kind dat is verkracht meer op wraak belust dan haar vader.' Venice drukte de papieren met de onderzoeksresultaten in zijn handen. 'Ik heb een amelogintest gedaan die we bij bepaald nucleus-DNA-onderzoek gebruiken om het geslacht te bepalen.' Venice keek naar hem op. 'De vent die zijn bloed heeft achtergelaten dat jij voor onderzoek hebt meegenomen? Dat is een *meisje*.'

Zephyr gaf Trixie de details. De dienst werd om twee uur in de Bethel Methodist Church gehouden, gevolgd door de teraardebestelling op de Westwind-begraafplaats. Ze zei dat de school vroeg dicht zou gaan, wat een indicatie was hoeveel mensen de begrafenis wilden bijwonen. De zes junioren van het ijshockeyteam waren gevraagd als baardragers te fungeren. Ter nagedachtenis aan Jason hadden drie meisjes van het eindexamenjaar hun haar zwart geverfd.

Het plan van Trixie was heel eenvoudig. Ze zou dwars door de begrafenisdienst van Jason heen slapen, ook al zou dat betekenen dat ze een hele fles NyQuil moest opdrinken. Nadat ze de rolgordijnen had neergelaten en aldus een kunstmatige nacht had gecreëerd, kroop ze onder haar dekbed en deed haar ogen dicht – om ze een moment later met een ruk weer open te doen.

Je denkt toch niet dat je er zo gemakkelijk vanaf komt, hè?

Nog voordat ze haar ogen opendeed, wist ze dat hij in haar kamer stond. Jason leunde tegen de ladekast, waarbij een elleboog inmiddels overvloeide in het hout. Zijn ogen waren vrijwel vervaagd; Trixie zag slechts gaten, zo oneindig diep als het zwerk hoog was.

'De hele stad gaat naar de begrafenis,' fluisterde Trixie. 'Je zult niet merken dat ik er niet ben.'

Jason ging op de rand van het bed zitten. *En jij Trix? Zul jij merken wanneer ik er niet ben?*

Ze draaide op haar andere zij en probeerde hem met haar wilskracht weg te jagen. Maar in plaats daarvan voelde ze dat hij zich achter haar rug lepeltjesgewijs tegen haar aan vlijde. Als rijp zo koud zweefden de woorden over haar oor. *Als je niet gaat,* fluisterde hij, *hoe zul je dan weten dat ik echt weg ben?*

Even later voelde ze dat hij verdween, waarbij hij de lucht in de slaapkamer leek mee te nemen. Uiteindelijk kreeg Trixie het zo benauwd dat ze alle ramen van haar kamer opendeed. Buiten was het zeven graden onder nul, de wind rukte aan de gordijnen. Ze keek uit het raam en zag de mensen in donkere pakken en in donkere jurken het huis verlaten. De auto's reden almaar langs het ouderlijk huis van Trixie, alsof het een magneet was.

Ze kleedde zich uit en stond huiverend in haar inloopkast. Wat voor kleding trok je aan als je naar de begrafenis ging van de enige jongen van wie je in je leven had gehouden? Het kleed van zak en as, in rouw, met een doornenkroon van spijt? Ze had een onzichtbare cape nodig, van het soort dat door haar vader soms werd getekend voor een van zijn striphelden. Iets reins, iets zuivers, zodat de mensen niet naar haar zouden wijzen en fluisteren dat het allemaal haar schuld was.

Trixies enige donkere jurk had korte mouwen. Om die reden koos ze voor een zwarte pantalon met een marineblauwe cardigan. Ze zou hoe dan ook laarzen moeten dragen, vanwege al die sneeuw, en in een rok zou dat er stom uitzien. Hoewel ze zich afvroeg of ze dat wel kon maken – aan het graf van Jason staan terwijl de mensen zijn naam doorgaven als een doos met snoepjes – wist ze ook dat de ellende haar zou blijven achtervolgen als ze besloot tijdens de begrafenis op haar kamer te blijven, zoals oorspronkelijk haar plan was geweest.

Opnieuw keek ze rond in haar kamer, controleerde het blad van haar ladekast en tuurde onder haar bed en in de laden om iets te vinden waarvan ze wist dat ze het miste. Uiteindelijk moest ze gaan zonder haar moed, anders zou ze het risico lopen dat ze te laat kwam.

Tijdens haar schaarse periodes van rebellie was Trixie erachter gekomen welke vloerplanken op de overloop schreeuwden als verraders en welke exemplaren je geheim bewaarden. De meest geraffineerde plank lag pal voor de werkkamer van haar vader – soms vroeg ze zich af of de aannemer dat met opzet had gedaan. Om zijn kamer geluidloos te kunnen passeren, moest Trixie vlak langs de tegenoverliggende binnenmuur lopen om vervolgens een diagonale manoeuvre te maken in de hoop dat ze daarbij niet tegen de trapleuning knalde. Vanaf die plaats was het een gelopen race, als je de derde en zevende traptrede tenminste vermeed. Ze kon de stadsbuslijn nemen die drie straten verderop een halte had, om zich vervolgens naar het centrum te laten rijden, waar ze het eindje naar de kerk kon lopen.

De deur van haar vaders werkkamer was dicht. Trixie haalde een keer diep adem en sloop stilletjes en in elkaar gedoken de trap af. De vloer van de bijkeuken leek op een slagveld; een ratjetoe van verspreid liggende laarzen, afgedankte jassen en neergesmeten handschoenen. Trixie pakte datgene wat ze nodig had, sloeg een sjaal half om haar gezicht en opende voorzichtig de deur.

Haar vader zat in zijn pick-up waarvan de motor draaide. Toen hij haar het huis uit zag lopen, drukte hij op een knop en liet het zijraampje zakken. 'Stap maar in.'

Trixie begaf zich naar de auto en keek naar binnen. 'Waar ga jij heen?'

Haar vader reikte zijwaarts en opende het portier voor haar. 'Waar jij ook moet zijn.' Terwijl hij zich in zijn stoel omdraaide om achteruit de oprit af te rijden, zag Trixie zijn overhemd met boord, compleet met stropdas, die hij onder zijn winterjas aan had.

Zwijgend reden ze twee straten door. Uiteindelijk vroeg ze: 'Waarom wil jij ernaartoe?'

'Dat wil ik niet.'

Trixie keek naar de wervelende sneeuw die van de banden wegijlde naar de veilige middenberm. Witte stippen tussen witte verfstrepen; in morse toonden ze de rest van zijn onuitgesproken zin: *Maar jij wel.*

Laura zat in het studiehuis en zou willen dat ze maar half zo slim was als de Lieve Lita's die *Annie's Mailbox* voor hun rekening namen. Het leek wel of ze alle antwoorden des levens in pacht hadden.

In de dagen na het overlijden van Jason was ze verslaafd geraakt aan de vragenrubriek. Ze hunkerde ernaar, zoals ze 's ochtends naar een kop koffie verlangde. *Toen mijn schoondochter trouwde, had ze maatje vier, nu heeft ze XXL. Ze is een geweldige meid, maar haar gezondheid baart me zorgen. Ik geef haar boeken en video's, maar het lijkt geen snars te helpen. Wat moet ik doen? – Slankie in Savannah.*

Mijn veertienjarige zoon draagt als ondergoed niet langer boxershorts maar zijdeachtige tangaatjes, die hij heeft ontdekt in een catalogus. Is dat een mode die nog niet tot de streek waar ik woon is doorgedrongen, of moet ik me zorgen maken over travestie? – Nerveus in Nevada.

Op haar sterfbed heeft mijn oudtante mij onlangs een geheim toevertrouwd, namelijk dat mijn moeder het product is van een buitenechtelijk slippertje. Moet ik tegen mijn moeder zeggen dat ik de waarheid weet? – Confuus in Californië.

Laura's obsessie was voor een deel ontstaan uit het feit dat zij niet de enige was die rondliep met vragen. Sommige brieven waren frivool van aard, weer andere bleken hartverscheurend. Maar ze zinspeelden allemaal op een universele waarheid: als ons leven zich in een crisis bevindt, is de helft van ons gedoemd verkeerde keuzes te maken.

Ze sloeg de krant open en nam de rechterpagina door, met de Marmaduke-strip en de kruiswoordpuzzel, om uiteindelijk bij de vragenrubriek te belanden. Door datgene wat ze las, morste ze bijna haar koffie. *Ik heb een buitenechtelijke verhouding gehad. Het is nu uit, en het spijt me dat ik me met hem heb ingelaten. Ik wil het mijn man vertellen, zodat ik met een schone lei verder kan. Moet ik dat doen? – Berouwvol in Boston.*

Laura diende zichzelf eraan te helpen herinneren dat ze vooral niet moest ophouden met ademhalen.

We kunnen het niet vaak genoeg zeggen, zeiden de Lieve Lita's. *Wat niet weet, wat niet deert. Je hebt je man al een slechte dienst bewezen. Denk je nou echt dat het fair is om hem zoveel ellende te berokkenen, alleen omdat jij je geweten wilt zuiveren? Gedraag je als een grote meid,* schreven ze. *Daden hebben altijd gevolgen.*

Haar hart bonsde zo heftig dat ze opkeek, want ze was er zeker van dat iedereen naar haar staarde.

Angstvallig had ze zichzelf ervan weerhouden de vraag te stellen die ze zichzelf zou moeten stellen: Als Trixie niet was verkracht, als Daniel niet naar haar kantoor had gebeld in de nacht dat ze het met Seth had uitgemaakt – zou ze het dan hebben opgebiecht? Of zou ze alles – een steen in haar ziel, een kwaadaardig gezwel dat haar geheugen benevelde – voor zich hebben gehouden?

Wat de mensen niet weten, kan hen niet deren.

Het probleem wanneer je met jezelf in het reine wilde komen, was dat je dacht dat je dan opnieuw kon beginnen, met een schone lei. Maar zo werkte dat nooit helemaal. Je wiste niet uit wat je had gedaan. Zoals Laura zich inmiddels realiseerde, zou de smet blijven, telkens wanneer hij je aankeek, voordat hij zich herinnerde dat hij de teleurstelling in zijn ogen moest verbergen.

Laura dacht aan datgene wat ze Daniel niet had verteld, en aan de dingen die hij haar had verzwegen. De beste beslissingen die in een huwelijk werden genomen waren niet gebaseerd op eerlijk tegen elkaar zijn, maar op het aantal ongelukken dat wellicht door de waarheid werd veroorzaakt versus het aantal dat door onwetendheid werd voorkomen.

Zorgvuldig maakte ze een scherpe vouw in dat gedeelte van de krant, waarna ze voorzichtig de vragenrubriek uit de bladzijde scheurde. Daarna vouwde ze de krantenrubriek op en schoof het papier onder het bandje van haar beha. De inkt besmeurde haar vingertoppen, zoals dat soms gebeurde wanneer ze de krant las. Ze stelde zich een tatoeage voor die dwars door huid, bloed en botten drong om uiteindelijk haar hart te bereiken – een waarschuwing, een herinnering om niet meer dezelfde fout te maken.

'Ben je er klaar voor?' vroeg Daniel.

Trixie had gedurende vijf minuten in de pick-up gezeten en de inwoners van het stadje naar de kleine methodistenkerk zien lopen. De schooldirecteur was al naar binnen gegaan, net als de burgemeester en de gekozen gemeenteraadsleden. Twee plaatselijke televisiestations verzorgden een uitzending bij de kerktrap. Daniel herkende de presentators van het avondnieuws. 'Ja,' zei Trixie, maar ze maakte geen aanstalten om uit de pick-up te stappen.

Daniel haalde de sleutel uit het contactslot en stapte uit de auto, waarna hij naar de passagierskant liep, het portier opende en de veiligheidsgordel van Trixie losmaakte, precies zoals hij dat altijd deed toen ze nog klein was. Hij hield haar hand vast terwijl ze uitstapte, de bittere kou in.

Ze namen drie stappen. 'Papa, zei ze, terwijl ze haar pas inhield. 'Stel dat ik dit niet kan?'

Haar aarzeling was voor hem voldoende reden om haar terug te willen dragen naar de pick-up. Angstvallig wilde hij haar beschermen, verbergen, zodat niemand haar ooit nog pijn zou kunnen doen. Maar dat was nu eenmaal onmogelijk, zoals hij inmiddels op een harde manier had geleerd.

Daniel legde een arm om haar middel. 'Dan zal ik het voor je doen,' zei hij, waarna hij haar naar het bordes van de kerk leidde, voorbij de wijd opengesperde ogen van de televisiecamera's, over een stormbaan van sissend gefluister. Uiteindelijk bereikte ze de plaats waar ze hoorde te zijn.

Een moment lang ging de aandacht, in plaats van naar de jongen in de met lelies gedrapeerde doodskist, naar het meisje dat door de dubbele deur naar binnen stapte. Buiten kwam Mike Bartholemew, aan wie niemand aandacht schonk, achter een dikke eik vandaan en hurkte naast een spoor van voetafdrukken die door de laarzen van Daniel en Trixie Stone in de sneeuw waren achtergelaten. Hij legde een meetlat langs het kwalitatief beste profiel van de rij kleine afdrukken, haalde een camera uit zijn zak en nam snel enkele foto's. Daarna sprayde hij een waslaag over de afdruk en liet die drogen op de sneeuw voordat hij er met behulp van kunsthars een afgietsel van maakte.

Tegen de tijd dat de rouwenden zich naar de auto's begaven om in een stoet naar het kerkhof te gaan voor de teraardebestelling, was Bartholemew al op weg naar het politiebureau in de hoop dat de afdruk van het laarsprofiel van Trixie Stone identiek was aan de mysterieuze afdruk in de sneeuw op de brug waar Jason Underhill was gestorven.

'Gezegend zijn degenen die rouwen,' zei de predikant, 'want ze zullen getroost worden.'

Trixie drukte zich stevig tegen de achtermuur van de kerk aan. Vanaf deze plaats bleef ze volledig uit het zicht van de mensen die waren gekomen om de begrafenisdienst van Jason bij te wonen. Vanaf dat plekje werd ze ook niet gedwongen naar de glimmende doodskist te staren. En ze hoefde mevrouw Underhill, die slapjes tegen haar man aanleunde, niet onder ogen te komen.

'Beminde gelovigen, we zijn hier samengekomen om elkaar te troosten en te steunen in deze periode die in het teken van verlies staat... maar bovenal zijn we gekomen ter nagedachtenis van Jason Adam Underhill, om ons hem te herinneren en zijn sterfelijke leven te huldigen, en om zijn gezegende toekomst aan de zijde van de Heer Jezus Christus te vieren.'

De woorden van de predikant werden geaccentueerd door de gespannen kuchjes van mannen die zichzelf hadden beloofd niet te gaan huilen, en door de kwikzilverachtige keelgeluidjes van vrouwen die beter wisten dan dat ze iets beloofden wat ze toch niet konden waarmaken.

'Jason was een van die succesvolle jongens die voortdurend door zonneschijn omhuld leken te zijn. Vandaag zullen we hem gedenken voor de wijze waarop hij ons aan het lachen maakte met een grapje, en voor de toewijding die hij aan de dag legde betreffende alles wat hij ondernam. We herinneren ons hem als een liefdevolle zoon en kleinzoon, een zorgzame neef en vriend door dik en dun. We gedenken hem als een begaafde atleet en een ijverige student. Maar bovenal gedenken we hem omdat Jason het in de korte tijd dat hij onder ons was voor elkaar had gekregen om bij iedereen die hem kende indruk te maken.'

Toen Jason Trixie voor het eerst aanraakte, bevonden ze zich in zijn auto, waarbij zij achter het stuur zat en hij haar leerde hoe je moest autorijden, hoewel dat strafbaar was. *Nadat je geschakeld hebt, laat je de koppeling langzaam opkomen terwijl je gas geeft,* legde hij uit, terwijl zij de kleine Toyota schokkerig over het lege parkeerterrein manoeuvreerde. *Misschien moet ik gewoon wachten tot ik zestien ben,* had Trixie gezegd, nadat ze de motor voor de zoveelste keer had laten afslaan. Jason had zijn vingers op de hare gevlijd, die op de pook lagen, om haar zo door de versnellingsprocedure te leiden. Uiteindelijk kon ze echter alleen maar denken aan zijn hand die de hare warmde. Jason had grijnzend naar haar gekeken. *Waarom zou je wachten?*

De stem van de predikant groeide als een klimrank. 'In Klaagliederen 3 lezen we: "Gij hebt mijn ziel het heil doen derven, ik ben vergeten wat geluk is. Ik dacht: vergaan is mijn kracht, vervlogen mijn hoop op de HERE." Wij, die Jason achterlaten, moeten ons afvragen of dit de gedachten waren die hem zo zwaar te moede maakten, waardoor hij ging geloven dat er geen andere uitweg meer voor hem was.'

Trixie deed haar ogen dicht. Ze had haar maagdelijkheid verloren in een veld met lupines achter de ijshockeybaan, waar het schaafsel van de dweilmachine werd gedumpt; een winterse hoop tussen de septemberbloemen. Jason had de sleutel geleend van de ijsbaanmeester en haar na sluitingstijd meegenomen om te schaatsen. Hij had bij haar de schaatsen omgebonden en gezegd dat ze haar ogen dicht moest doen, waarna hij haar handen had beetgepakt en vervolgens zo snel achterwaarts schaatste dat zij het gevoel had dat ze hoog in de lucht een vrije val meemaakte. *We schrijven in cursief,* zei hij tegen haar, terwijl ze al schaatsend een rechte lijn maakten. *Kun je het lezen?* Daarna maakte hij een lus over de breedte van de ijsbaan; een cirkel, een rechte hoek, een kleinere lus, afgemaakt met een krul. *IK HOU VAN J?* had Trixie gezegd, waarop Jason lachte. *Dat begint erop te lijken,* had hij geantwoord. Later, in dat veld, waar de sneeuwhoop hen uit het zicht hield, was Jason eveneens bliksemsnel te werk gegaan, waardoor Trixie zijn tempo niet echt kon bijhouden. Toen hij in haar ging, draaide ze haar hoofd en keek naar de lupines aan de trillende stengels. Op die manier zou ze niet beseffen dat het pijn deed.

'In de afgelopen dagen, familie en vrienden van Jason, heeft iedereen geworsteld met vragen die zijn dood betreffen en misschien een fractie van de pijn ervaren die Jason in die laatste, donkere uren heeft meegemaakt. Misschien herinnert u zich de laatste keer dat u hem gesproken hebt. En dan vraagt u zich misschien af of u iets had moeten zeggen of doen wat u nagelaten hebt. Iets wat mogelijk alles ten goede zou hebben gekeerd?'

Opeens zag Trixie voor zich dat Jason haar op de witte vloerbedekking in Zephyrs woonkamer in bedwang hield. Als ze die nacht dapper genoeg was geweest om even te kijken, zou ze dan blauwe plekken op zijn kaak hebben gezien, de glimlach die bestierf, wegrotte, op zijn gezicht?

'In Uw handen, o Heiland, bevelen wij de ziel van Uw dienaar Jason Underhill. We bidden dat U Uw kind zult herkennen...'

Zijn lippen raakten de hare, maar hij smaakte naar wormen. Zijn vingers omklemden haar polsen zo venijnig dat ze naar beneden keek en alleen zijn botten zag; het vlees was van de beenderen losgekomen.

'Ontvang hem in Uw oneindige genade. Schenk hem de eeuwige vrede en het eeuwige leven in Uw licht.'

Trixie probeerde terug te krabbelen naar de woorden van de predikant. Ook zij hunkerde naar het licht, maar ze zag slechts duisternis en de zwarte en blauwe strepen in de nachten waarin Jason haar achtervolgde als een spook. Het zou echter ook kunnen dat ze de nachten zag waarin ze hem gewillig benaderd had. Het was nu een verward geheel geworden. Ze kon de echte Jason niet meer scheiden van zijn geest; ze kon niet meer uit elkaar houden wat ze wel en wat ze niet wilde.

Misschien was het *nooit* anders geweest.

De schreeuw kwam zo diep uit haar innerlijk naar boven dat ze dacht dat het slechts een trilling was, als een stemvork die niet ophield met resoneren. Trixie realiseerde zich niet dat het geluid uit al haar poriën kwam, haar overspoelde, en als een golf de doodskist van Jason droeg, waarbij de kracht ervan de kist van de schragen deed schuiven. Ze besefte niet dat ze op haar knieën was gevallen en dat alle ogen van de gemeente op haar waren gericht, net zoals dat voor het begin van de kerkdienst het geval was geweest. En ze durfde niet te geloven dat de redder die door de predikant was opgeroepen door het dak van de kerk naar haar had gereikt om haar naar buiten te dragen, waar ze weer kon ademen. Ze geloofde het pas op het moment dat ze de moed vond haar ogen te openen en de geborgenheid ervoer van het feit dat ze zich veilig in de armen van haar vader bevond.

Het profiel van Trixies laarzen was identiek aan de aangetroffen afdruk. Helaas waren de laarzen van het merk Sorel; een groot deel van de bevolking in de staat Maine liep op dat soort laarzen. In de zool was geen enkel veelbetekenend scheurtje te vinden, noch een spijker of punaise die in het rubber stak, waardoor zonder enige twijfel bewezen had kunnen worden dat het Trixies laarzen waren geweest waarin ze op de brug had rondgestapt in de nacht dat Jason Underhill was overleden, en niet die van iemand anders met maat zeven die toevallig hetzelfde merk schoenen droeg.

Als slachtoffer van een verkrachting had ze het motief om verdachte te zijn. Maar een zoolprofiel – eentje dat honderden inwoners van deze stad met elkaar deelden – was voor een rechter niet voldoende overtuigend om een arrestatiebevel voor Trixie uit te vaardigen.

'Ernie, maak dat je daar wegkomt,' zei Bartholemew, scheldend tegen het hangbuikvarken dat hij had meegenomen voor een wandelingetje. Eerlijk gezegd was het niet echt professioneel om een varken op de plaats van het misdrijf te laten rondlopen, maar hij werkte bijna dag en nacht en kon Ernestine niet langer alleen thuis laten. Hij dacht dat het er wel mee door kon mits hij haar buiten het door de technische recherche afgezette gebied hield.

'Niet naar het water,' riep Bartholemew. Het varken wierp hem een schichtige blik toe en rende vervolgens langs de oever van de rivier. 'Goed,' zei hij. 'Verdrink dan maar. Probeer er maar eens achter te komen of het mij wat kan schelen.'

Niettemin leunde Bartholemew over de brugreling om het varken, dat de rivieroever verkende, in de gaten te houden. De plaats waar het lichaam het ijs had gebroken, was weer dichtgevroren, hoewel het doorschijnender van structuur was dan het omringende ijs. Een fluorescerend oranje vlaggetje aan een stok markeerde de noordrand van de plaats van het misdrijf.

Het alibi van Laura Stone was nagetrokken. Uit door haar gevoerde telefoongesprekken was duidelijk geworden dat ze op de universiteit was geweest, en daarna thuis. Maar verschillende getuigen hadden zowel Daniel als Trixie Stone op het Winterfeest gezien. Eén chauffeur had hen zelfs allebei gezien, op het parkeerterrein, samen met Jason Underhill.

Trixie zou Jason vermoord *kunnen* hebben, ondanks het feit dat ze fysiek niet aan elkaar gewaagd waren geweest. Jason was dronken geweest, en een duwtje op het juiste moment zou er mogelijk de oorzaak van kunnen zijn dat Jason over de brugreling naar beneden was getuimeld. Dat verklaarde echter niet de aanwezigheid van de blauwe plekken en gebroken aangezichtsbotten. Bartholemew hield Trixie niet verantwoordelijk voor het laatstgenoemde. Naar alle waarschijnlijkheid had Jason Trixie in de stad ontmoet, waarbij ze aan de praat waren geraakt. Daniel Stone was hen echter tegen het lijf gelopen en hij had de jongen vervolgens afgetuigd, die op zeker moment zijn kans schoon had gezien om te vluchten. Trixie was hem daarbij gevolgd naar de brug.

Aanvankelijk geloofde Bartholemew dat Daniel had gelogen toen hij zei dat hij Jason die avond in de stad niet had gezien, en dat Trixie hem over de knokpartij had verteld om haar vader te beschermen. Maar stel dat alles andersom in zijn werk was gegaan? Stel dat Trixie de waarheid had verteld, en Daniel – die inmiddels wist dat zijn dochter die avond Jason had gesproken – had gelogen om *haar* de hand boven het hoofd te houden?

Opeens begon Ernestine te graven en haar snuit verdween in de losgewoelde aarde. God weet wat ze daar had gevonden. Doorgaans kwam ze met een dooie muis op de proppen die onder de fundering van zijn garage was gekropen. Niet al te geïnteresseerd keek hij toe hoe het varken een hoop modder achter zich verzamelde, vermengd met sneeuw.

Het volgende moment zag hij daar iets glinsteren.

Bartholemew liep over de glibberige, steile rivieroever naar beneden en haalde een plastic handschoen uit zijn zak. Achter Ernestine trok hij het herenpolshorloge uit de sneeuwhoop.

Een horloge van het merk Eddie Bauer. Een koningsblauw wijzerplaatje, en een geweven canvasbandje waarvan de gesp verloren was gegaan. Met toegeknepen ogen keek Bartholemew naar de brug. Hij probeerde de afstand te schatten en de eventueel gevolgde baan voor

zich te zien. Zou het kunnen dat de arm van Jason hard de brugreling had geraakt, waardoor de gesp was losgeraakt van het pols-
bandje? De patholoog-anatoom had in de vingers van de jongen
splinters aangetroffen. Was zijn horloge losgeraakt terwijl hij wanhopig probeerde houvast te vinden?

Hij haalde zijn mobiele telefoon te voorschijn en toetste het nummer in van de patholoog-anatoom. 'Met Bartholomew,' zei hij, nadat Anjali had opgenomen. 'Had Jason Underhill een polshorloge
om?'

'Niet toen hij hier werd binnengebracht.'

'Ik heb er zonet een gevonden op de plaats van het misdrijf. Kun
je op de een of andere manier vaststellen of dat van hem is geweest?'

'Wacht even.' Bartholemew hoorde dat ze tussen de papieren aan
het rommelen was. 'Hier heb ik de autopsiefoto's. De huid bij zijn
linkerpols vertoont een radiale strook die lichter van teint is dan de
rest van zijn arm. Waarom vraag je niet of zijn ouders het horloge
herkennen?'

'Da's mijn volgende halte,' zei Bartholemew. 'Bedankt.' Nadat hij
het gesprek had beëindigd, en hij het horloge in een plastic zakje liet
glijden dat bestemd was voor bewijsmateriaal, viel hem iets op wat
hij niet eerder had opgemerkt – aan de zijkant van het horloge zat
een haartje klem achter het knopje waarmee je de tijd kon instellen.

Het was ruw van structuur en ongeveer tweeënhalve centimeter
lang, voorzien van een haarzakje, zo leek het, alsof het haartje was
uitgetrokken.

Mike dacht aan het uiterlijk van Jason, aan zijn door en door
Amerikaanse *look*, aan zijn zwarte haar en blauwe ogen. Hij hield
het horloge tegen de mouw van zijn witte, nette overhemd om de
kleur duidelijker te kunnen zien. Tegen die sterke, contrasterende
achtergrond was het haartje zo rood als een zonsondergang, zo rood
als schaamte, zo rood als het haar van Trixie Stone.

'Twee keer in één week?' zei Daniel, nadat hij de deur had geopend
en rechercheur Bartholemew op de stoep zag staan. 'Ik zal de loterij
wel gewonnen hebben.'

Daniel had nog steeds het nette overhemd aan dat hij tijdens de begrafenisdienst had gedragen. Zijn stropdas had hij echter afgedaan
en die hing nu over de rugleuning van een van de keukenstoelen. Hij
merkte dat de rechercheur over Daniels rechterschouder het huis aan
het inspecteren was.

'Hebt u een minuutje, meneer Stone?' vroeg Bartholemew. 'En, eh... is Trixie thuis? Het zou geweldig zijn als ze even bij ons kon komen zitten.'

'Ze slaapt,' zei Daniel. 'We hebben de begrafenisdienst van Jason bijgewoond; ze is daar flink door van streek geraakt. Toen we thuiskwamen, ging ze meteen naar bed.'

'Is uw vrouw wel hier?'

'Zij is op de universiteit. Ik denk dat u het voorlopig met mij zult moeten doen.'

Hij ging Bartholemew voor naar de woonkamer en nam tegenover hem plaats. 'Ik had niet verwacht dat u bij de begrafenis van Jason Underhill zou zijn,' zei de rechercheur.

'Op initiatief van Trixie. Ik denk dat ze een hoofdstuk wilde afsluiten.'

'U zei dat ze van streek was geraakt tijdens de dienst?'

'Volgens mij werd het haar in emotioneel opzicht te veel.' Daniel aarzelde. 'U bent hier niet naartoe gekomen om daar naar te vragen, hè?'

De rechercheur schudde zijn hoofd. 'Meneer Stone, u hebt gezegd dat u op de avond van het Winterfeest Jason niet bent tegengekomen. Trixie heeft me echter verteld dat u en Jason met elkaar op de vuist zijn gegaan.'

Daniel voelde het bloed uit zijn gezicht wegtrekken. Wanneer had Bartholemew met Trixie gepraat?

'Word ik geacht aan te nemen dat uw dochter niet de waarheid heeft gesproken?'

'Nee, ik heb gelogen,' zei Daniel. 'Ik was bang dat u mij zou aanklagen wegens geweldpleging.'

'Trixie zei ook dat Jason op de vlucht was geslagen.'

'Dat is zo.'

'Is ze hem gevolgd, meneer Stone?'

Daniel knipperde met zijn ogen. 'Wat bedoelt u?'

'Is ze Jason Underhill naar de brug gevolgd?'

In gedachten zag hij opnieuw hoe het licht van de koplampen van een auto die het parkeerterrein opdraaide over hen heen scheen, waarbij Jason zich uit zijn greep had kunnen loswurmen. Hij hoorde zichzelf roepen naar Trixie en had zich gerealiseerd dat ze weg was gegaan. 'Natuurlijk niet,' zei hij.

'Dat is interessant. Ik heb namelijk profielafdrukken van haar laarzen, en haar bloed en een haartje. Dat duidt erop dat ze op de plaats van het misdrijf is geweest.'

'Plaats van het misdrijf?' zei Daniel. 'Jason Underhill heeft zelfmoord gepleegd.'

262

De rechercheur keek slechts naar hem op. Daniel dacht aan het feit dat hij een uur lang naar Trixie had gezocht nadat ze was weggelopen. Hij herinnerde zich de snijwonden op haar onderarmen, op de dag dat ze de vaat deed; diepe schrammen die, naar hij aannam, door haarzelf waren toegebracht, en niet door iemand die wanhopig zijn best deed houvast te vinden.

Van hem had Trixie de kuiltjes in haar wang, de lange vingers en het fotografisch geheugen. Waren er echter ook andere dingen die ze had geërfd? Was het mogelijk dat een ouder de genen van wraak, woede en vlucht doorgaf? Kon een karaktertrek die hij zo lang geleden zo diep in zijn innerlijk had begraven aan de oppervlakte komen waar hij dat het minst verwachtte – bij zijn dochter?

'Ik zou echt graag Trixie willen spreken,' zei Bartholemew.

'Zij heeft Jason niet vermoord.'

'Geweldig,' antwoordde de rechercheur. 'Dan zal ze het ook niet erg vinden om wat bloed af te staan zodat we dat kunnen vergelijken met het aangetroffen bewijsmateriaal. Op die manier kunnen we haar uitsluiten als verdachte.' Hij klemde de handen tussen zijn knieën. 'Zou u misschien even kunnen gaan kijken of ze al wakker is?'

Hoewel Daniel wist dat het leven zo niet in elkaar zat, geloofde hij oprecht dat hij de kans had zijn dochter, anders dan in de nacht van de verkrachting, dit keer wel te redden, alsof er een soort kosmisch scorebord bestond waarop de overwinningen en nederlagen werden genoteerd. Hij zou een advocaat in de arm kunnen nemen. Of hij zou haar heimelijk kunnen laten verdwijnen naar de Fiji-eilanden, of Guadalcanal, of ergens anders waar ze haar nooit zouden vinden. Hij kon datgene ondernemen waar de situatie om vroeg. Hij had alleen maar een plan nodig.

De eerste stap bestond eruit dat hij met haar moest praten voordat de rechercheur haar aan de tand voelde.

Nadat hij Bartholemew had overgehaald om in de woonkamer te wachten – per slot van rekening was Trixie de helft van de tijd bang voor haar eigen schaduw – nam hij de trap naar de bovenverdieping. Hij beefde, doodsbang voor datgene wat hij Trixie zou vragen, en nog banger voor het antwoord dat zij zou geven. Stap voor stap ging hij naar boven en dacht na over de ontsnappingsroutes: via de zolder, via het balkon van zijn slaapkamer. Aan elkaar geknoopte lakens die uit het raam hingen.

Daniel besloot het haar op de man af te vragen, terwijl ze nog te diep onder de zilverachtige sluier van de slaap lag om iets te verzinnen. Afhankelijk van haar antwoord zou hij haar mee naar beneden nemen, naar Bartholemew, om te bewijzen dat de rechercheur het bij het verkeerde eind had, of hij zou Trixie eigenhandig naar de verste uithoeken van de wereld dragen.

De deur van haar slaapkamer was nog steeds dicht. Hij drukte er met zijn oor tegen. Doodse stilte.

Nadat ze de begrafenisdienst hadden verlaten en naar huis waren gegaan, had Daniel op haar bed gezeten, met Trixie bijna in foetushouding op zijn schoot, zoals hij haar vroeger vasthield wanneer ze buikgriep had en hij over haar rug of buik wreef tot ze weer over de dunne scheidslijn tussen waken en slapen was geglipt. Nu draaide Daniel de deurknop langzaam om in de hoop dat Trixie hierdoor heel geleidelijk wakker werd.

Het eerste wat Daniel opmerkte was de kou die in de kamer hing. Vervolgens zag hij het raam wijd openstaan.

De slaapkamer had alles van een oord waar een tropische storm had gewoed. Her en der lagen kleren vertrapt op de vloer. Het dekbed lag op een hoop bij het voeteneinde van haar bed. Make-up, losse vellen papier en tijdschriften waren op verschillende plaatsen gedumpt: de inhoud van een rugzak die nergens meer te vinden was. Haar tandenborstel en haarborstel waren weg. En het kleien potje waarin Trixie haar geld bewaarde, was leeg.

Had Trixie gehoord dat de rechercheur beneden was? Was ze vertrokken voordat Bartholemew zelfs maar had aangeklopt? Ze was maar een tiener; hoever kon ze komen?

Daniel liep naar haar raam en zag haar zigzaggende voetsporen in de sneeuw, vanaf haar kamer naar het schuine dak, en verder, naar de uitstekende dikke tak van de esdoorn. En hij zag haar voetstappen op het gazon, in de richting van het schoongeveegde trottoir, waar het spoor abrupt ophield. Hij dacht aan de woorden die ze tegen hem had gezegd, de vorige dag, toen hij de schrammen op haar arm had gezien: *Dat is de manier waarop* ik *wegloop*.

Over zijn toeren staarde hij naar het met ijs bedekte dak. *Ze had dood kunnen zijn.*

Prompt dacht hij: *Misschien is ze dat ook, of staat dat te gebeuren.*

Had Trixie het misschien voor elkaar gekregen ergens heen te gaan waar ze alle tijd had pillen te slikken, haar polsen door te snijden of in een wolk van koolmonoxide te gaan slapen zonder dat iemand haar tegenhield?

Een mens was altijd anders dan je dacht dat hij was. Dat gold ook voor hemzelf, en misschien ook voor Trixie. Ondanks hetgeen hij wilde geloven, en ondanks wat hij hoopte, had ze Jason misschien *toch* vermoord.

Stel dat Daniel haar niet als eerste zou vinden?

Stel dat dat *wel* zo zou zijn?

6

Het was al zo laat in december dat alle radiostations alleen maar kerstliedjes uitzonden. De schuilplaats van Trixie bevond zich pal boven het bestuurdersgedeelte van de vrachtwagen, in de kleine nis boven de cabine. Ze had die truck bij de melkveehouderij zien staan, vlak achter het sportveld van de middelbare school. Aangezien de portieren wijd openstonden en er niemand in de buurt was, was ze in de vrachtwagen geklauterd en had ze zich verscholen in het bovenste hoekje, waarbij ze zich met wat hooi had proberen te camoufleren.

Ze hadden twee kalveren in de vrachtwagen geladen. Niet in het onderste gedeelte, zoals Trixie had verwacht, maar bijna boven op haar, op de bovenste etage, vlak bij de nis waar zij zich liggend had verscholen. Ze vermoedde dat de kalveren op die manier niet zouden gaan staan tijdens de reis. Toen ze eenmaal onderweg waren, had Trixie haar hoofd uit het hooi gestoken en naar een van die kalfjes gekeken. Het had ogen zo groot als planeten en wanneer ze een vinger naar het dier uitstak, begon het eraan te zuigen.

Bij de volgende halte, opnieuw een boerderij, op nog geen tien minuten rijden van de hoofdweg, hinkte een enorme Holstein-Friesian via de hellingbaan de truck in in. Hij staarde Trixie aan en maakte een boegeluid. 'Verdomde jammer,' zei de vrachtwagenchauffeur terwijl de boer de koe van achteren in de laadruimte duwde.

'Ja, wat je zegt... ze is door het ijs gezakt,' zei hij. 'Naar binnen, jij.' Daarna gingen de vrachtdeuren dicht en werd het donker.

Ze wist niet waar ze heen gingen en eigenlijk maakte haar dat ook niet echt uit. De Mall of Maine, een winkelcentrum, was voorheen het verste oord geweest waar Trixie zonder haar ouders naartoe was gegaan. Ze vroeg zich af of haar vader haar al aan het zoeken was. Ze zou hem graag opbellen en tegen hem zeggen dat ze het goed maakte. Onder deze omstandigheden kon ze echter niet telefoneren. Misschien zou dat wel *nooit* meer gebeuren.

Ze lag tegen de zachte, gladde kant van een kalf aan. Het rook naar gras, graan en daglicht. Tijdens elke ademhaling voelde ze zich omhoog en omlaag gaan. Ze vroeg zich af waarom deze koeien vervoerd werden. Misschien gingen ze met kerst uit logeren op een andere boerderij. Of ze maakten deel uit van een kerstspel. In gedachten zag ze de vrachtdeuren al opengaan, waarna boeren in frisse overalls de kalveren in hun armen uit de truck droegen. Ze zouden Trixie dan vinden en haar verse melk en eigengemaakt roomijs geven, waarbij ze stellig weigerden haar te vragen hoe ze achter in een veewagen verzeild was geraakt.

In zekere zin was dat ook voor Trixie een mysterie. Tijdens de begrafenis van Jason had ze de rechercheur gezien, hoewel hij in de veronderstelling was dat hij zich goed had verborgen. En toen iedereen dacht dat ze sliep, had ze op het balkon gestaan en gehoord wat hij tegen haar vader had gezegd.

Op dat moment wist ze genoeg om zich te realiseren dat ze maar beter kon vertrekken.

Ze was eigenlijk best een beetje trots op zichzelf. Wie was zich ervan bewust geweest dat ze in staat was zonder eigen vervoer weg te lopen met maar tweehonderd dollar op zak? Ze had zichzelf nooit beschouwd als iemand die koelbloedig de confrontatie met een crisis aanging. Toch wist je nu eenmaal nooit waartoe je allemaal in staat was, tot je ervoor kwam te staan. Het leven was niet meer dan een reeks situaties waarin je jezelf bleef verbazen.

Ze moest een tijdje in slaap zijn gevallen, ingeklemd tussen de knobbelige knieën en bolle buiken van de twee kalveren. Maar op het moment dat de vrachtwagen weer stopte, wilden de dieren opeens met alle geweld gaan staan, wat onmogelijk was in die krappe ruimte. Op de onderste etage begon de koe op een galmende, lage toon één keer te loeien. Er klonk gerammel van een slot dat werd opengemaakt, een schuivende stang, gevolgd door een oorverdovend, piepend geluid, waarna de deuren van de vrachtwagen opengingen.

Het licht viel naar binnen. Trixie knipperde met haar ogen en zag opeens wat ze voorheen niet had opgemerkt: de koe had een wond aan haar rechtervoorpoot. De verwonding was zo ernstig dat ze amper op die poot kon staan. De Holstein-kalveren, aan weerszijden van haar, waren stieren, die dus geen melk gaven. Ze tuurde door de dubbele deur naar buiten en kneep haar ogen samen zodat ze kon lezen wat er op het bord aan het eind van de oprijlaan stond: 'LaRue and Sons Beef, Berlin, NH.'

Dit was geen kinderboerderij, en al evenmin een Old MacDonalds Farm, zoals Trixie zich dat oorspronkelijk had voorgesteld. Nee, dit was een slachthuis.

Ze krabbelde uit de nis naar beneden; de dieren schrokken ervan, om nog maar te zwijgen van de vrachtwagenchauffeur die het touw losmaakte waarmee de koe was vastgebonden. Als een speer rende Trixie over de lange, uit kiezels bestaande oprijlaan. Ze holde tot ze een brandend gevoel in haar longen kreeg en ze een stadje bereikte, althans wat daar voor door moest gaan, met een Burger King en een benzinestation. De fastfood deed haar denken aan de kalveren, en ze overwoog vegetariër te worden als ze ooit weer uit deze nachtmerrie te voorschijn zou komen.

Opeens hoorde ze een sirene. Roerloos bleef Trixie staan en keek strak naar de blauwe zwaailichten van een naderende surveillancewagen.

De auto scheurde haar voorbij, op weg naar een ander noodgeval.

Met een hand veegde Trixie over haar mond, haalde een keer diep adem en begon te lopen.

'Ze is weg,' zei Daniel Stone. Hij was over z'n toeren.

Bartholemew versmalde zijn ogen. 'Weg?'

Hij volgde Stone naar boven en stond even later in de deuropening van Trixies kamer, die eruitzag alsof er een bom dwars doorheen was geslagen. 'Ik heb geen flauw idee waar ze is,' zei Stone. Zijn stem brak. 'Ik weet niet wanneer ze is vertrokken.'

Bartholemew realiseerde zich vrijwel meteen dat dat geen leugen was. Ten eerste was Stone gedurende minder dan een minuut weggeweest, amper lang genoeg om zijn dochter te waarschuwen dat er een zware verdenking op haar rustte. Ten tweede leek Daniel Stone net zo stomverbaasd als Bartholemew dat Trixie was verdwenen, en stond hij op het punt volledig in paniek te raken.

Slechts een fractie van een seconde liet Bartholemew toe dat hij zichzelf afvroeg waarom een tienermeisje dat niets te verbergen had opeens zou verdwijnen. Het volgende ogenblik herinnerde hij zich hoe het voelde als het tot je doordrong dat je dochter niet was waar je dacht dat ze zich bevond. Hij paste zich meteen aan de veranderde situatie aan. 'Wanneer hebt u haar voor het laatst gezien?'

'Voordat ze een dutje ging doen... ongeveer halfvier.'

De rechercheur haalde zijn notitieboekje en pen te voorschijn.

'Wat had ze aan?'

'Dat weet ik niet zeker. We kwamen van de begrafenis. Ze heeft zich dus waarschijnlijk omgekleed.'

'Hebt u een recente foto van haar?'

Bartholemew volgde Stone weer naar beneden en keek hoe hij met een vinger over de ruggen van boeken en albums ging die op een schap in de woonkamer stonden. Uiteindelijk pakte hij een jaarboek: het tweede jaar van de Bethel Middle School. Hij bladerde erin totdat het boek openviel bij de S. Er gleed een folioblad uit met een foto van 12,5 bij 17,5 centimeter, plus nog enkele in het formaat van een pasfoto. 'We zijn er nog niet aan toegekomen om ze in te lijsten,' mompelde Stone.

Op de foto's deed het glimlachende gezicht van Trixie, telkens herhaald, denken aan beeldende kunst van Andy Warhol. Het meisje had lange, rode lokken, die met haarspeldjes bijeen werden gehouden. Haar glimlach was iets te breed, en een voortand stond scheef. Het meisje op die foto was nooit verkracht. Misschien was ze zelfs nog nooit gekust.

Bartholemew moest de foto's bijna uit de handen van Trixies vader trekken. Stone had de grootste moeite om niet in te storten, daar was Bartholomew zich óók van bewust. De tranen die je vergoot om een kind waren nu eenmaal een verhaal apart. Ze brandden namelijk in je keel en ogen. Ze maakten je blind.

Daniel Stone staarde hem aan. 'Ze heeft niets verkeerds gedaan.'

'U blijft hier,' zei Bartholemew, die zich ervan bewust was dat dat geen antwoord was. 'Ik zal haar gaan zoeken.'

De laatste les die Laura gaf voordat de kerstvakantie begon, ging over de halfwaardetijd van transgressie. 'Zijn er zonden die door Dante zijn weggelaten?' vroeg Laura. 'Zijn er in deze moderne tijd voorbeelden van slecht gedrag waar rond dertienhonderd geen sprake van was?'

Een meisje knikte. 'Drugsverslaving. Er is, nou ja, geen *bolgia* voor crackgebruikers.'

'Dat is hetzelfde als vraatzucht, gulzigheid,' zei een andere student. 'Verslaving is verslaving. Het maakt dan niet uit waaraan je verslaafd bent.'

'Kannibalisme?'

'Nee, daar heeft Dante rekening mee gehouden,' zei Laura. 'Graaf Uggolino. Hij komt moeizaam lopend binnen wegens bestialiteit.'

'Roekeloos rijden?'

'Filippo rijdt waaghalzerig op zijn paard. Vroege Italiaanse verkeerscriminaliteit.' Laura keek rond in de zaal. Niemand zei meer iets. 'Misschien moet de vraag niet zijn of er in de eenentwintigste eeuw zonden bestaan die er vroeger niet waren... maar of de mensen die de zonde definiëren niet veranderd zijn als gevolg van een andere tijdgeest.'

'Nou ja, de wereld van nu is totaal anders dan toen,' bracht een student te berde.

'Zeker, maar kijk ook eens naar het feit dat alles in wezen hetzelfde is gebleven. Hebzucht, lafheid, verdorvenheid, de neiging andere mensen te onderdrukken... die zonden zijn van alle tijden. Een pedofiel houdt zich tegenwoordig bezig met een site over kinderporno in plaats dat hij op metrostations zijn zaakje laat zien. Of een moordenaar kiest voor een elektrische kettingzaag in plaats van zijn blote handen. De technische vooruitgang heeft er alleen voor gezorgd dat we creatiever zijn geworden in het zondigen, maar dat wil niet zeggen dat de kern van de zonde veranderd is.'

Een jongen schudde zijn hoofd. 'Denkt u niet dat er een nieuwe kring moet komen voor lui als Jeffrey Dahmer?'

'Of voor alle mensen die reality-tv maken,' merkte iemand anders op. De klas lachte.

'Het is best interessant,' zei Laura, 'om van de veronderstelling uit te gaan dat Dante iemand als Jeffrey Dahmer niet zo diep in de hel zou hebben gestopt als hij dat met Macbeth zou hebben gedaan. Wat zou daarvan de reden zijn?'

'Omdat trouweloosheid wel het smerigste is wat je iemand kan aandoen. Macbeth heeft zijn eigen koning vermoord, tjeses. Zoiets als Eminem die Dr. Dre onderuit haalt.'

In letterlijke zin had de student gelijk. In *Inferno* waren zonden die begaan waren uit passie en wanhoop bijna net zo belastend als verraad. Zondaars die zich in de bovenste kringen van de hel bevonden, waren schuldig aan het feit dat ze zich te buiten gingen aan hun eigen smaak, zonder dat ze zich daarbij kwaadwillig opstelden tegenover andere mensen. Zondaars in het middengedeelte van de hel hadden geweld gepleegd jegens zichzelf of anderen. De diepst gelegen kringen van de hel werden echter gereserveerd voor de bedriegers, de trouwelozen... Dante beschouwde hen als de ergste zondaars. Je had verraad aan je eigen familie – degenen die hun eigen familieleden vermoordden. Landverraad – voor de dubbelagenten en spionnen in deze wereld. En er was verraad jegens je weldoeners – Judas, Brutus, Cassius en Lucifer, die zich allemaal tegen hun mentors hadden gekeerd.

274

'Is de hiërarchie van Dante nog steeds van kracht?' vroeg Laura. 'Of denk je dat in onze wereld de rangschikking van de verdoemden gereorganiseerd moet worden?'

'Volgens mij is het erger om iemands hoofd in je diepvries te stoppen dan om nationale geheimen over de staatsveiligheid aan de Chinezen te verkopen,' zei een meisje. 'Maar ja, wie ben ik om dat te zeggen.'

Een andere studente schudde haar hoofd. 'Ik snap niet waarom trouweloosheid aan je koning erger is dan je man ontrouw zijn. Als je een verhouding hebt, beland je alleen maar in de tweede kring van de hel. Dan kom je er, nou ja, toch gemakkelijk mee weg.'

'Het is maar hoe je het bekijkt,' zei iemand die naast haar zat.

'Het gaat om de intentie,' voegde een student eraan toe. 'Zoals doodslag versus moord. Als je iets zonder voorbedachte raad doet, lijkt het bijna of Dante dat door de vingers ziet. Maar als je alles bewust volgens een goed uitgewerkt plan uitvoert, zal de ellende niet te overzien zijn.'

Op dat moment, hoewel zij al tien jaar de academische docente van deze cursus was, ook wat dit thema betrof, realiseerde Laura zich dat er *beslist* een zonde was die niet door Dante was opgenomen in het systeem. Een zonde waarvoor je in de diepste put van de hel terecht hoorde te komen. Als verraad aan anderen de ergste zonde was, hoe zat het dan met mensen die tegen zichzelf logen?

Er zou een tiende cirkel moeten bestaan, een klein oord, met de afmetingen van een speldenknop, maar dat plaats bood aan oneindig grote mensenmassa's. Het zou er stampvol zijn met professoren die zich opsloten in met klimop begroeide ivoren torens in plaats dat ze de confrontatie aangingen met hun gebroken gezinnen. Professoren met dochtertjes die zogezegd van de ene dag op de andere waren opgegroeid. Met echtgenoten die niet praatten over hun verleden, maar die deze vervlogen tijd in de vorm van een metafoor de vrije loop lieten op een wit vel papier. En met vrouwen die net deden of ze de echtgenote van de ene en de minnares van de andere konden zijn, en die dachten die twee zaken gescheiden te kunnen houden. Met mensen, wie dan ook, die zichzelf wijsmaakten dat hun leven perfect was, ondanks het bewijs van het tegendeel.

Het geluid van een stem waaierde in haar richting. 'Professor Stone? Alles in orde?'

Laura richtte haar blik op het meisje op de voorste rij die haar die vraag had gesteld. 'Nee,' zei ze zachtjes. 'Het gaat niet goed met me... wat mij betreft begint jullie vakantie wat eerder. Jullie mogen naar huis.'

Alle studenten maakten direct aanstalten, blij als ze waren met dit meevallertje. Laura pakte haar jas en aktetas, waarna ze naar de parkeerplaats liep, in haar auto stapte en begon te rijden.

De vrouwen die de rubriek *Annie's Mailbox* voor hun rekening namen, hadden het bij het verkeerde eind, besefte Laura. Alleen het gegeven dat je de feiten niet hardop uitsprak, wilde niet zeggen dat je hun bestaan kon uitwissen. Zwijgzaamheid was alleen maar een stillere manier van liegen.

Ze was zich ervan bewust waar ze heen reed, maar voordat ze daar arriveerde, ging haar mobiele telefoon. 'Het gaat over Trixie,' zei Daniel. Opeens was datgene wat hij te vertellen had belangrijker dan wat zij deed.

Santa's Village in Jefferson, New Hampshire, was vergeven van de leugens. In een nepschuur bevonden zich rendieren die verkommerden en die uit een ander gebied waren overgebracht. Nepkabouters waren druk aan het klussen in een atelier, en een namaakkerstman zat op een troon, terwijl de kinderen in een wel heel lange rij voor hem stonden om hem te vertellen wat ze op de grote dag graag wilden hebben. Er waren ouders die net deden of alles volkomen echt was, zelfs het mechanisch bewegende rendier Rudolph. En ook Trixie liep daar rond, die zich probeerde te gedragen of ze heel normaal was, terwijl ze in werkelijkheid de grootste leugenaar van allemaal bleek te zijn.

Trixie keek toe terwijl een klein meisje op de schoot van de nepkerstman kroop en zo hard aan zijn baard trok dat die losliet. Je zou denken dat een kind, zelfs als het zo jong was, wantrouwig zou worden, maar zo zat het leven niet in elkaar. De mensen geloofden wat ze wilden geloven, ongeacht wat er zich pal voor hun ogen afspeelde.

Maar dat was toch de reden dat ze zich hier bevond?

Toen Trixie nog klein was, was ze er uiteraard van overtuigd geweest dat de kerstman echt bestond. Jarenlang had Zephyr – ze was halfjoods en zeer praktiserend – de discrepanties aan Trixie uit de doeken gedaan. Want hoe kon de kerstman zich op hetzelfde moment zowel in Filene als in BonTon ophouden? Als hij echt de kerstman was, hoorde hij toch te *weten* wat ze wilde hebben, zonder dat hij dat hoefde te *vragen*? Trixie zou willen dat ze de kinderen in dit gebouw om zich heen kon verzamelen om ze te redden, zoals dat het geval was met Holden Caulfield in het laatste boek dat ze voor Engels had gelezen. *Even de werkelijkheid onder ogen zien,* zou ze dan zeggen. *De kerstman is nep. Jullie ouders hebben tegen jullie gelogen.*

276

En als ze de kans krijgen, zullen ze dat opnieuw doen, zou ze er misschien aan toevoegen. Haar ouders hadden tegen haar gezegd dat ze mooi was, terwijl ze in feite als een hoekig persoontje door het leven ging, compleet met kromme benen. Ze hadden haar ervan verzekerd dat ze haar prins op het witte paard zou vinden, maar hij had Trixie gedumpt. Ze hadden tegen haar gezegd dat als ze op tijd thuiskwam en haar kamer opruimde en zich aan haar deel van de afspraak hield, zij haar zouden beschermen. En kijk maar wat daarvan was gekomen...

Ze kwam achter een dennenboom vandaan waaruit kerstliedjes kweelden, en keek om zich heen of iemand haar in de gaten hield. In een bepaald opzicht zou het gemakkelijker zijn geweest om je te laten vangen. Het was moeilijk steeds over je schouder te moeten kijken in de verwachting dat iemand je herkende. Ze had zich ongerust gemaakt dat de vrachtwagenchauffeur die haar een lift had gegeven misschien over de radio aan de State Police zou doorgeven waar ze zich ophield. Ze was ervan overtuigd geweest dat de man die in Santa's Village kaartjes verkocht zijn ogen had neergeslagen om haar gezicht te vergelijken met het gezicht dat op het opsporingsbericht was afgebeeld.

Trixie glipte de toiletruimte in, waar ze haar gezicht waste en een poging deed diep en regelmatig te ademen, zoals je dat deed wanneer je een sociale ramp wilde voorkomen, en zoals ze dat had gedaan tijdens de biologieles terwijl ze een kikker aan het ontleden waren en ze er zeker van was dat ze zou overgeven op haar laboratoriummaatje. Ze deed net of ze iets in haar oog had en maakte daarbij rare oogbewegingen tot ze ervan overtuigd was dat zij als enige in de toiletruimte was overgebleven.

Vervolgens stak Trixie haar hoofd onder de kraan. Het was er een met een drukknop, waardoor ze er voortdurend op moest slaan om ervoor te zorgen dat het water bleef stromen. Daarna deed ze haar trui uit en wikkelde die om haar hoofd, waarna ze in een toilethokje stapte en op het toilet ging zitten, huiverend in haar T-shirt terwijl ze in haar rugzak rommelde.

Ze had de haarverf in een Wal-Mart gekocht terwijl de vrachtwagenchauffeur even was gestopt om sigaretten te halen. De tint werd Glanzend Nachtzwart genoemd. Maar volgens Trixie was het gewoon ouderwets zwart. Ze opende het doosje en las de instructies.

Met een beetje mazzel zou niemand het raar vinden dat ze een halfuur lang op het toilet zat. Bovendien hoorde de komende dertig minuten gewoon niemand de toiletruimte binnen te komen. Trixie deed de plastic handschoenen aan en mengde de verfstof met het peroxide. Nadat ze even had geschud, spoot ze de oplossing in haar haar, wreef de boel een beetje in en trok vervolgens de plastic zak over haar schedel.

Moest ze ook haar wenkbrauwen kleuren? Kon dat wel?

Zij en Zephyr hadden het er altijd over gehad hoe je je als een volwassene kon gedragen, lang voordat je feitelijk eenentwintig was geworden. De mijlpalen waren belangrijker dan de leeftijd, zoals je eerste reisje zonder dat je ouders meegingen, bier kopen zonder dat er om je legitimatiebewijs werd gevraagd. En seks. Kon ze Zephyr maar vertellen dat het mogelijk was opeens volwassen te zijn, dat je omlaag kon kijken en de streep in het zand kon zien die je leven verdeelde in nu en wat het was geweest.

Trixie vroeg zich af of ze, net als haar vader vroeger, nooit meer naar huis zou gaan. Ook vroeg ze zich af hoe groot de wereld in werkelijkheid was als je haar doorkruiste in plaats dat je je vinger over een landkaart liet glijden. Een druppel van de kleurvloeistof liep in haar nek. Met een vinger ving ze die druppel op voordat die de boord van haar T-shirt zou bereiken. De verfstof was zo donker als afgewerkte motorolie. Een moment lang deed ze net of ze bloedde. Ze zou niet verbaasd staan als ze van binnen net zo zwart was geworden als iedereen verwacht had.

Daniel parkeerde voor de brede etalage van de speelgoedwinkel. Hij zag dat Zephyr enkele bankbiljetten en wat kleingeld aan een oudere vrouw overhandigde. Zephyr had vlechtjes in haar haar gemaakt, en ze had twee shirts met lange mouwen aan, de ene over de andere, alsof ze van plan was het hoe dan ook koud te hebben. Door de schaduwen en de lichtweerkaatsing op het glas was het bijna mogelijk om net te doen of Trixie daar stond.

Daniel was absoluut niet van plan geweest thuis te gaan zitten wachten tot de politie Trixie had gevonden, waarna de agenten haar natuurlijk onder druk zouden zetten om haar te dwingen een verklaring af te leggen. Om die reden was Daniel vanaf het moment dat Bartholemew was vertrokken – hij had gecontroleerd of dat ook feitelijk het geval was en had zich ervan overtuigd dat de rechercheur niet aan het eind van de straat naar het huis stond te loeren – gaan nadenken over datgene wat hij over Trixie wist, en de politie niet. Zaken als waar ze misschien heen zou gaan, en wie ze kon vertrouwen.

Momenteel waren dat maar verdomd weinig mensen.

De klant verliet de winkel en Zephyr kreeg in de gaten dat hij buiten stond te wachten. 'Hallo, meneer Stone,' riep ze zwaaiend.

Haar vingernagels waren voorzien van paarsblauwe lak. Dezelfde kleur die Trixie vanochtend op haar nagels had. Daniel realiseerde zich dat de laatste keer dat Zephyr bij hen thuis was geweest ze dat samen hadden gedaan. Het feit dat hij die nagellak bij Zephyr zag, terwijl hij zo verschrikkelijk graag Trixie daarmee zou zien rondlopen, was er de oorzaak van dat hij bijna geen adem meer kreeg.

Zephyr keek over zijn schouder. 'Is Trixie bij u?'

Daniel probeerde zijn hoofd te schudden, maar ergens tussen die gedachte en de daad verdween het voornemen. Hij staarde naar het meisje dat zijn dochter misschien beter kende dan hij haar ooit gekend had, hoe pijnlijk het ook was om dat te moeten toegeven. 'Zephyr,' zei hij, 'kan ik je een minuutje spreken?'

Voor een ouwe kerel was Daniel beslist *opwindend knap*. Zephyr had dat zelfs een paar keer tegen Trixie gezegd, hoewel zij daardoor helemaal was geflipt omdat hij haar vader was en zo. Afgezien daarvan had Zephyr meneer Stone altijd fascinerend gevonden. In al die jaren dat ze Trixie had gekend, kon ze zich niet herinneren dat ze ooit had gezien dat hij zijn kalmte verloor. Ook niet toen ze nagellakremover op het slaapkamerbureau van mevrouw Stone hadden gemorst, en al evenmin toen Trixie haar wiskundetoets slecht had gemaakt. Zelfs niet toen ze beiden stiekem sigaretjes zaten te roken in de garage van Trixie. Het ging tegen de menselijke natuur in om zo kalm te zijn, alsof hij een of andere Stepford-vader was die je onmogelijk kon provoceren. Neem nou bijvoorbeeld Zephyrs moeder. Zephyr had ooit meegemaakt dat ze alle etensborden tegen de omheining aan de achterzijde van de tuin had gesmeten op het moment dat ze erachter was gekomen dat die klootzak met wie ze uitging dubbelspel speelde. Schreeuwende ruzies had Zephyr met haar moeder. Sterker nog, het was haar moeder die haar de meest effectieve scheldwoorden had geleerd.

Daar stond tegenover dat Trixie ze geleerd had van Zephyr, die zelfs een keer had geprobeerd Trixie te verlokken tot aanstootgevend gedrag, simpelweg om meneer Stone in opstand te laten komen. Niets had echter geholpen. Hij deed denken aan een of andere acteur uit een soapserie wiens tragische verhaallijn je onweerstaanbaar vond: prachtig om naar te kijken, maar bij wie je desondanks wist dat datgene wat je zag niet zo goed was als je van zijn reputatie mocht verwachten.

Vandaag was er echter iets anders aan de hand. Meneer Stone kon zich niet concentreren. Zelfs toen hij haar aan een kruisverhoor onderwierp, bleef hij schichtig alle kanten opkijken. Hij stond zo ver af van de evenwichtige, vriendelijke vaderfiguur waar ze haar hele leven jaloers op was geweest, dat ze, als ze niet beter had geweten, zou hebben gedacht dat het niet Daniel Stone was die voor haar stond.

'Gisteravond heb ik voor het laatst met Trixie gepraat,' zei Zephyr, die over de glazen balie van de speelgoedwinkel leunde. 'Ik heb haar rond tien uur gebeld om met haar te praten over de begrafenis.'

'Zei ze dat ze daarna ergens heen moest?'

'Trixie is de laatste tijd niet bepaald iemand die overal heengaat.' Alsof haar vader dat inmiddels zelf niet wist.

'Zephyr, het is heel belangrijk dat je me de waarheid vertelt.'

'Waarom zou ik tegen u liegen, meneer Stone?' zei ze.

Een onuitgesproken antwoord zweefde tussen hen in. *Omdat je al eens hebt gelogen.* Ze dachten beiden aan hetgeen zij tegen de politie had gezegd na die nacht dat Trixie was verkracht. Ze wisten allebei dat jaloezie zich als een vloedgolf kon gedragen. Een vloedgolf die in staat was alle gebeurtenissen uit te wissen die voorheen in het strand van je geheugen waren gekrast.

Meneer Stone haalde diep adem. 'Als ze je belt... wil je dan tegen haar zeggen dat ik haar aan het zoeken ben... en dat alles goed komt?'

'Zit ze in de problemen?' vroeg Zephyr. Maar voordat ze die vraag kon stellen, liep Trixies vader de winkel al uit.

Zephyr keek hem na. Het maakte haar niet uit dat hij dacht dat ze een waardeloze vriendin was. In feite was ze precies het tegenovergestelde. Juist *omdat* ze Trixie al een keer verraden had, had ze gedaan wat ze gedaan had.

Zephyr drukte op de toets van de kassa die ervoor zorgde dat de geldlade openschoof. Drie uur waren er verstreken sinds ze alle briefjes van twintig dollar had gestolen en ze vervolgens aan Trixie had gegeven. Drie uur, dacht Zephyr, was een verdomd goede voorsprong.

IK BEN OP ZOEK NAAR TRIXIE, stond er op het briefje. BEN ZO TERUG.

Laura liep naar de kamer van Trixie alsof dit één grote vergissing was, alsof ze de deur zou openen en zij Trixie daar zou vinden terwijl haar dochter stilletjes knikkende hoofdbewegingen maakte op de muziek van haar iPod terwijl ze ondertussen met een wiskundige vergelijking in de clinch lag. Maar ze was er natuurlijk niet. En de kleine kamer was een puinhoop. Ze vroeg zich af wie dat gedaan had. Trixie of de politie?

Daniel had aan de telefoon gezegd dat deze kwestie plotseling in een moordzaak was veranderd, dat het overlijden van Jason tegen alle verwachtingen in geen ongeluk was geweest. En dat Trixie was weggelopen.

Er was zoveel dat geregeld moest worden, dat ze niet wist waar ze moest beginnen. Haar handen trilden terwijl ze zich door de restanten van haar dochters leven heen werkte – als een archeologe die de artefacten in ogenschouw nam en aan de hand daarvan iets probeerde te begrijpen van de jonge vrouw die deze dingen had gebruikt. De Koosh-bal en de Lisa Frank-pen; die waren van de Trixie die Laura dacht te hebben gekend. Het waren de andere voorwerpen waar ze geen wijs uit kon worden: de cd met de songteksten waar Laura's mond van openviel; de ring van echt zilver, met aan de voorzijde een doodskop; het condoom dat in een make-updoosje was verborgen. Misschien hadden zij en Trixie hoe dan ook toch nog veel gemeen; Laura was veranderd in een vrouw in wie ze zichzelf nauwelijks herkende, en kennelijk was er met Trixie hetzelfde aan de hand.

Ze ging op het bed van haar dochter zitten en pakte de hoorn van de haak. Hoe vaak was Laura niet op de lijn tussenbeide gekomen terwijl Trixie en Jason aan de telefoon met elkaar aan het praten waren, waarbij ze haar op het hart drukte dat ze hem welterusten moest wensen en diende te gaan slapen? *Nog vijf minuutjes,* had Trixie dan gesmeekt.

Als ze Trixie op al die avonden die minuutjes had gegeven, zou Jason dan – alles bij elkaar opgeteld – een dag langer hebben geleefd? Als ze nu vijf minuutjes nam, zou dat dan al datgene goed maken wat verkeerd was gegaan?

Het kostte Laura drie pogingen voordat ze uiteindelijk voldoende moed had verzameld om het nummer van het politiebureau in te toetsen. Toen ze wachtte tot rechercheur Bartholemew aan de lijn kwam, liep Daniel de kamer in. 'Wat ben jij aan het doen?'

'Ik bel de politie,' zei ze.

In twee stappen was hij bij haar, nam de hoorn uit haar hand en legde die op de haak. 'Niet doen.'

'Daniel...'

'Laura, ik weet waarom ze is weggelopen. Toen ik achttien was ben ik eens beschuldigd van moord en ben ik ook weggelopen.'

Na deze biecht was Laura niet meer in staat haar gedachten op een rijtje te zetten. Hoe kon je gedurende vijftien jaar met een man samenleven, hem in je voelen, zijn kind baren, terwijl je zoiets fundamenteels van hem niet wist?

Hij ging aan het bureau van Trixie zitten. 'Ik woonde toen nog in Alaska. Het slachtoffer was Cane, mijn beste vriend.'

'Heb je... heb je dat echt gedaan?'

Daniel aarzelde. 'Niet op de manier waarop zij meenden dat ik dat had gedaan.'

Laura staarde hem aan en dacht aan Trixie. Ze kon overal zijn, op de vlucht omdat ze werd beschuldigd van een misdaad die ze onmogelijk gepleegd kon hebben. 'Als je niet schuldig was... waarom was je dan...'

'Dat veranderde niets aan het feit dat Cane dood was.'

In de ogen van Daniel zag Laura opeens de meest verbazingwekkende dingen weerspiegeld; het bloed van duizenden zalmen, opengesneden van keel tot staart; de blauwe scheuren in ijslagen die zo dik waren dat je voetzolen er pijn van gingen doen; het profiel van een raaf die op het dak zat. In zijn ogen zag ze iets weerspiegeld waardoor ze datgene begreep wat ze voorheen niet bereid was tegenover zichzelf toe te geven. Ondanks alles, of wellicht juist vanwege dat alles, begreep hij hun dochter beter dan zij.

Hij verschoof in de stoel, waarbij hij de computermuis met zijn elleboog raakte. Het scherm kwam zoemend tot leven en toonde verschillende vensters: Google, iTunes, Sephora.com, en het hartverscheurende rapesurvivor.com, vol met poëzie van meisjes als Trixie. Maar MapQuest? terwijl Trixie nog te jong was om achter het stuur te mogen zitten?

Laura leunde over de schouder van Daniel en legde haar hand op de muis. ZOEK EN VIND! beloofde de website. Er waren lege venstertjes om in te vullen: adres, stad, staat, postcode. En onderaan, in helblauw, stond: *De route voor uw bestemming is nog niet gedigitaliseerd.*

'Goeie genade,' zei Daniel. 'Ik weet waar ze is.'

De vader van Trixie had haar vaak meegenomen naar de bossen. Daar had hij haar geleerd hoe ze wijs moest worden uit de omgeving, zodat ze altijd zou weten waar ze heen ging. Hij had haar ondervraagd om ervoor te zorgen dat ze de verschillende boomsoorten herkende: de sprookjesachtig mooie naaldenwaaiers aan de takken van een Canadese den; de smalle groeven van een es, de met 'papier' omwikkelde berk, de knoestige takken van een suikerahorn. Op een

282

dag bekeken ze aandachtig een boom waarvan prikkeldraad door het midden van de stam liep. *Hoelang denk je dat het heeft geduurd voordat de boom* dat *in zich kon opnemen?* Opeens zag Trixie vanuit haar ooghoek iets wat zich in het bos bevond: zonnestralen lieten metaal glinsteren.

De verlaten auto bevond zich achter een eik die door de bliksem gespleten was. Twee ramen waren gebroken; een of ander dier had in het vulsel van de achterbank zijn nest gemaakt. De rank van een klimplant was uit de bosgrond door het raampje gegroeid en had zich om het stuur gewikkeld.

Waar denk je dat de chauffeur is? had Trixie gevraagd.

Ik weet het niet, had haar vader geantwoord. *Maar hij is al heel lang geleden vertrokken.*

Hij had daarna gezegd dat de persoon die de auto had achtergelaten waarschijnlijk niet de moeite had willen nemen om de auto weg te slepen. Maar dat nam niet weg dat Trixie overdreven verklaringen verzon. De man had een hoofdwond en was gaan lopen, maar hij liep een berghelling op en stierf van de kou. Zelfs nu nog zouden ze de verbleekte botten kunnen vinden, zuidelijk van haar achtertuin. Of de man was, op de vlucht voor de maffia, de huurmoordenaars tijdens een achtervolging te slim af geweest. Hij was het stadje ingelopen terwijl hij aan geheugenverlies leed, waardoor hij in de daaropvolgende tien jaar niet meer wist wie hij vroeger was geweest.

Trixie droomde over de achtergelaten auto tot op het moment dat iemand met een klap de deur van de wc naast haar dichtdeed. Ze schrok wakker en keek op haar horloge – als je dat goedje te lang liet zitten, zou ongetwijfeld je haar uitvallen of paarsrood worden, of zoiets. Iemand spoelde het toilet door, ze hoorde stromend water en vervolgens druk geschuifel op het moment dat de deur openging. Toen het opnieuw stil werd, sloop ze de wc uit en spoelde ze haar haar uit onder de kraan van de wastafel.

Op haar voorhoofd waren strepen te zien, maar haar lokken – de rode haardos die haar vader ertoe had geïnspireerd haar zijn chilipeper te noemen toen ze nog heel klein was – had nu de kleur van een heesterdoorn, van een rozenstruik die niet meer te redden was.

Terwijl ze het verpeste T-shirt onder in de vuilnisbak stopte, liep een moeder met twee jongetjes de toiletruimte in. Trixie hield haar adem in, maar de vrouw gunde haar na een eerste oogopslag geen blik meer waardig. Was het werkelijk *zo* gemakkelijk? Ze liep de toiletruimte uit, passeerde een andere kerstman die dienst had, en begaf zich naar het parkeerterrein. Ze dacht aan de man die zijn auto in het bos had achtergelaten. Misschien had hij zijn eigen dood geensceneerd. Misschien had hij dat alleen gedaan om een nieuw leven te kunnen beginnen.

Als een tiener zogezegd van de aardbodem wil verdwijnen, bestaat er een gerede kans dat hij of zij succes zal hebben. Om die reden was het zo moeilijk weggelopen kinderen te traceren – tot ze uiteindelijk opdoken in het wereldje van de drugs of prostitutie. De meeste tieners die het voor gezien hielden, deden dat om vrij te zijn, of om niet langer mishandeld te worden. In tegenstelling tot een volwassene, die sporen achterliet doordat hij geld opnam uit een pinautomaat, een overeenkomst ondertekende bij een autoverhuurbedrijf of op de passagierslijst stond van een luchtvaartmaatschappij, reisde een kind doorgaans met contant geld op zak en liftte het om ergens te komen; deze kinderen hielden zich onopvallend tussen de andere reizigers op.

Voor de tweede keer binnen een uur reed Bartholemew door de buurt waar de familie Stone woonde. Trixie stond nu officieel geregistreerd als vermist, niet als iemand die door Justitie werd gezocht. Dat kon nu eenmaal niet, ook al wees het feit dat ze was weggelopen erop dat ze ervan op de hoogte moest zijn dat ze aangeklaagd zou worden wegens moord.

In het Amerikaanse justitiële systeem kon je de verdwijning van een verdachte niet gebruiken als bewijsvoering betreffende een mogelijk motief. Later, tijdens de rechtszaak, zou een openbare aanklager de vlucht van Trixie kunnen opvoeren om haar schuld te bewijzen. Er zou echter geen rechtszaak komen als Bartholemew een rechter er niet van zou kunnen overtuigen een arrestatiebevel voor Trixie Stone uit te vaardigen, zodat ze op het moment dat ze gevonden werd meteen in hechtenis kon worden genomen.

Het probleem was dat als Trixie niet was gevlucht, hij haar nog niet zou hebben gearresteerd. Goeie genade, het was nog maar twee dagen geleden dat Bartholemew ervan overtuigd was dat Daniel de moord had gepleegd – tot het aangetroffen bewijsmateriaal hem dwong een ander spoor te volgen. *Bewijs* was echter een dubieus begrip. Hij had een voetafdruk die identiek was aan het profiel van de laarzen die Trixie droeg, en nog eens duizend andere inwoners van de stad. Op het slachtoffer was bloed aangetroffen dat van een vrouw was; hierdoor zou de helft van de bevolking meteen vrijuit gaan. Hij had een haartje dat wat betreft de kleur grofweg overeenkwam met de haardos van Trixie: een haar mét haarzakje, vol nietverontreinigd DNA-materiaal. Maar hij had niets van Trixie waarmee hij dat alles kon vergelijken, en tot nu toe geen middelen tot zijn beschikking waarmee hij dat materiaal kon vergaren.

De hiaten in het onderzoek waren zo groot dat elke strafpleiter er met een Hummer doorheen kon rijden. Bartholemew moest Trixie vinden, zodat hij heel specifiek een link kon leggen tussen haar en de moord op Jason Underhill.

Hij klopte op de deur van het huis van de familie Stone. Opnieuw werd er niet opengedaan. Maar toen Bartholemew ditmaal aan de deurknop draaide, merkte hij dat hij op slot zat. Met de handen aan weerszijden van zijn hoofd tegen het raamglas tuurde hij naar hetgeen er in de bijkeuken te zien was.

De jas en laarzen van Daniel Stone waren verdwenen.

Hij liep om de garage heen die aan het huis vastzat en gluurde door een raampje naar binnen. De Honda van Laura – die auto had er twee uur geleden niet gestaan – stond in een parkeervak. De pick-up van Daniel Stone was weg.

Vloekend sloeg Bartholemew met een hand tegen de buitenmuur van het pand. Hij kon niet bewijzen dat Daniel en Laura Stone waren vertrokken om Trixie te vinden voordat de politie haar op het spoor kwam, maar hij was er wel vast van overtuigd. Als je kind wordt vermist, ga je niet naar de supermarkt om boodschappen te doen. Je blijft dan thuis wachten op het bericht dat ze veilig wordt teruggebracht.

Met duim en wijsvinger kneep Bartholemew in zijn neusbrug en probeerde alles op een rijtje te zetten. Misschien was dit een godsgeschenk in vermomming. Per slot van rekening hadden Daniel en Laura meer kans Trixie te vinden dan hij. En het zou voor Bartholemew veel gemakkelijker zijn twee volwassenen te volgen dan om hun veertienjarige dochter op het spoor te komen.

En wat moest er in de tussentijd gebeuren? Nou ja, hij zou een huiszoekingsbevel kunnen halen om het pand te doorzoeken, maar dat had weinig zin. Geen enkel forensisch laboratorium dat het zout in de pap waard was, zou een tandenborstel uit de badkamer van Trixie als een geschikte bron van DNA-materiaal beschouwen. Hij moest het meisje te pakken krijgen, waarna in een daarvoor geschikt en geautoriseerd laboratorium bloed van haar zou worden afgenomen.

Prompt realiseerde Bartholemew zich dat hij dat materiaal al tot zijn beschikking had – het verzegelde materiaal dat tijdens het verkrachtingsonderzoek in het laboratorium was verkregen: bewijsmateriaal voor een rechtszaak die niet meer doorging.

285

In de tweede klas van de middenschool moest Trixie voor een ei zorgen. De proef maakte deel uit van de biologie/gezondheidslessen. Iedere leerling had er een gekregen, met de opdracht ervoor te zorgen dat het ei gedurende één week intact bleef. Het mocht nooit alleen worden gelaten, en het moest elke drie uur worden 'gevoed'. Dit werd geacht in contraceptief opzicht zeer afschrikwekkend te zijn: een manier om kinderen te laten beseffen dat de zorg voor een baby veel en veel moeilijker was dan het leek.

Trixie had haar opdracht zeer serieus genomen. Ze had haar ei Benedict genoemd en er een draagtasje voor gemaakt, dat ze om haar nek droeg. Ze had haar lerares Engels vijftig dollarcent gegeven om te babysitten terwijl zij gymles had. En ze had het ei meegenomen terwijl ze samen met Zephyr naar de bioscoop ging. Tijdens de les hield ze het ei in de palm van haar hand, waarbij ze gewend raakte aan de structuur ervan, en aan de vorm en het gewicht.

Tot op de dag van vandaag wist ze niet hoe het ei aan dat haarscheurtje was gekomen. Op een ochtend merkte Trixie het voor het eerst op terwijl ze naar school liep. Ze had een onvoldoende gekregen, maar haar vader bagatelliseerde dat – hij vond het een stomme opdracht, want een ei kon je nooit vergelijken met een kind. Trixie had zich echter afgevraagd of zijn goedgunstigheid iets te maken had met het feit dat hij in het echte leven eveneens zou hebben gefaald: hoe kon je anders het verschil verklaren tussen wat hij dacht dat Trixie uitvoerde en wat ze werkelijk deed?

Nu trok ze haar mouw langzaam op en keek naar het ratjetoe van littekens. Dat waren haar eigen haarscheurtjes, vermoedde ze. En het zou slechts een kwestie van tijd zijn voordat ze helemaal aan gruzelementen ging.

'Humpty Dumpty, daar ga je,' riep ze luid.

Een dreumes die paardje zat te rijden op de schoot van zijn moeder, die naast haar zat, klapte in zijn handjes. 'Dumpty!' krijste hij. 'Ik val!' Met een ruk boog hij zich zo snel naar voren dat Trixie zeker wist dat hij van mama's schoot zou vallen om vervolgens met zijn hoofd op de vloer van het busstation terecht te komen.

Zijn moeder greep hem echter vast voordat dat kon gebeuren. 'Trevor. Hou op, wil je?' Daarna wendde ze zich tot Trixie. 'Hij is een grote fan van dat sprookje.'

De moeder was eigenlijk nog maar een meisje, misschien enkele jaren ouder dan Trixie. Ze had een haveloze sjaal om haar nek, en een legerjas uit de dumpzaak. Aan het aantal tassen en zakken te zien had het er alle schijn van dat ze voortdurend op pad waren. Maar ja, daar stond tegenover dat voor zover Trixie wist ouders met kinderen nu eenmaal veel spullen met zich meesjouwden. 'Ik begrijp die kinderversjes en -liedjes niet,' zei het meisje. 'Ik bedoel, waarom zouden de ridders van de koning, te paard en zo, alles in het werk stellen om überhaupt een ei weer heel te maken?'

'Wat doet een ei om te beginnen op de muur?' zei Trixie.

'Precies. Volgens mij was Moeder Gans aan de crack.' Ze glimlachte naar Trixie. 'Waar ga je heen?'

'Canada.'

'Wij gaan naar Boston.' Ze liet toe dat het jongetje van haar schoot kroop.

Trixie wilde aan het meisje vragen of het kind van haar was. En of het een ongelukje was geweest. En of, als je ophield met denken dat het een vergissing was – ook al was het volgens anderen de grootste fout van je leven – je er misschien achter kwam dat dat het beste was dat je ooit had kunnen overkomen.

'Hola, Trev, ben jij dat?' Het meisje pakte het kind bij zijn middel vast, tilde hem op en rook aan zijn buikje. Ze grimaste naar de uitdragerij waarmee ze omringd was. 'Zou jij even op mijn spullen willen letten terwijl ik het chemisch afval verwijder?'

Terwijl ze ging staan, kwam haar luiertas hard tegen haar open rugzak aan, waardoor de inhoud op de vloer viel. 'Ach, shit...'

'Ik raap alles wel op,' zei Trixie terwijl het meisje zich met Trevor naar de toiletruimte begaf. Ze begon alle dingen terug in de tas van het meisje te stoppen: plastic sleutels waaruit een Disney-liedje klonk, een sinaasappel, vier kleurpotloden in een daarvoor bestemd doosje, een tampon die half uit de verpakking hing, een haarspeldje, verder iets wat in vervlogen tijden wellicht een koekje was geweest, en een portemonnee.

Trixie aarzelde. Ze maakte zichzelf wijs dat ze alleen maar even zou kijken hoe het meisje heette. Ze had dat niet aan haar willen vragen vanwege het risico dat ze dan ook een serieuzer gesprekje moest aanknopen.

Een Vermont-rijbewijs zag er totaal anders uit dan een rijbewijs uit Maine. Ten eerste was er geen foto te bekennen. De enige keer dat Zephyr haar had overgehaald mee te gaan naar een bar, had ze een rijbewijs uit Vermont gebruikt als identiteitsbewijs. 'Een meter vijfenzestig komt er dicht genoeg bij,' had Zephyr gezegd, hoewel Trixie tien centimeter kleiner was. Bruine ogen. Trixie had echter blauwe.

Fawn Abernathy woonde in 34 First Street, Shelburne, Vermont. Ze was negentien jaar en precies even lang als Trixie, die dat als een gunstig voorteken beschouwde.

Het bankpasje mocht Fawn houden, net als de helft van het contant geld. Maar de creditcard van American Express en het rijbewijs verdwenen in haar eigen zak. Vervolgens haastte Trixie zich door het busstation van Vermont Transit Bus en stapte in de eerste de beste taxi die ze aan de trottoirrand zag staan. 'Waar moet je heen?' vroeg de chauffeur.

Trixie keek uit het raam. 'Naar de luchthaven,' zei ze.

'Het is een noodgeval. Anders zou ik het je niet vragen,' smeekte Bartholemew. Hij keek vluchtig rond in het kantoor van Venice Prudhomme, waar de dossiermappen, de computeruitdraaien en de kopieën van onder ede afgelegde getuigenverklaringen hoog opgestapeld lagen.

Ze zuchtte en nam niet eens de moeite om van haar microscoop op te kijken. 'Mike, in jouw ogen is alles een noodgeval.'

'Alsjeblieft, ik heb een haar met haarzakje dat is aangetroffen op het lichaam van de overleden jongen, en het tijdens het medisch verkrachtingsonderzoek afgenomen bloed van het slachtoffer is keurig netjes geconserveerd. Als het DNA-materiaal identiek is, heb ik alleen maar een arrestatiebevel nodig om haar te kunnen aanhouden.'

'Nee,' zei Venice.

'Ik weet dat je een achterstand hebt opgelopen, en...'

'Dat is niet de reden,' onderbrak ze hem, waarbij ze hem even aankeek. 'Verzegeld onderzoeksmateriaal betreffende een verkrachting zal ik in geen geval openen.'

'Waarom niet? Trixie heeft al toestemming gegeven om bloed bij haar af te nemen.'

'Als slachtoffer,' bracht Venice te berde. 'Niet om ermee te kunnen bewijzen dat ze een moord heeft gepleegd.'

'Jij moet eens ophouden steeds naar *Law and Order* te kijken.'

'Misschien zou jij je eens voor die serie moeten gaan interesseren.' Bartholemew trok een gezicht. 'Ik kan niet geloven dat je dit doet.'

'Ik doe helemaal niets,' zei Venice. Ze zat weer gebogen voor haar microscoop. 'In elk geval zolang geen rechter mij opdracht heeft gegeven iets te doen.'

Zomer op de toendra deed onwezenlijk aan. Aangezien de zon tot twee uur 's nachts aan de hemel bleef, sliepen de mensen in Akiak niet veel. De jeugd hing wat in groepjes bij elkaar en schaarde zich rond de marihuana en illegaal gestookte drank, als ze dat spul konden krijgen, en als dat niet lukte lieten ze een spoor na van op de grond gegooide wikkels van snoeprepen en lege limonadeblikjes. De jongere kinderen speelden in het troebele, groene water van de Kushokwim, ondanks het feit dat ze zelfs in augustus geen gevoel meer hadden in hun enkels nadat ze enkele momenten in het water hadden gestaan. Elk jaar verdronk er wel iemand in de dorpen van de Yup'ik. Het water was nu eenmaal te koud om er zolang in te blijven tot je had leren zwemmen.

In het jaar dat Daniel acht was geworden, liep hij in juli barrevoets over de oever van de Kushokwim. Aan één kant van de rivier stond een muur van elzen en wilgen, en aan de andere kant bevond zich grasland dat van de drie meter hoge dijk tot in het water glooide. Zodra hij even zijn pas inhield, gingen de muggen aan elkaar geklit op zijn gezicht zitten, en soms vlogen ze in zijn oren, wat klonk als een bushvliegtuig. Daniel zag de dikke ruggen van de Atlantische zalm midden op de rivier als minihaaien boven het water uitkomen. De mannen uit het dorp waren in hun aluminium vissersboten uitgevaren. Boten die de hele winter als gestrande walvissen op de oever hadden gelegen. Overal langs de rivier bevonden zich visserskampen, minidorpjes bestaande uit witte tenten of knobbelige palen die aan elkaar waren gespijkerd, bedekt met blauw tentzeil dat flapperde in de wind als de schorten van geagiteerde oude vrouwen. Aan triplex tafels sneden de vrouwen de Atlantische en rode zalm in reepjes, waarna ze ze aan rekken te drogen hingen terwijl ze naar hun kinderen riepen: *Kaigtuten-qaa?* Hebben jullie honger? *Qinucetaanrilgu kinguqliin!* Plaag jullie jongere broertje niet!

Hij pakte een oude tak op, vervolgens een ventilatorriem, een ringband, en opeens zag hij het: een puntig voorwerp stak uit het slib. Dat zou toch niet – of wel? Er waren getrainde ogen voor nodig om tussen en onder het doornatte drijfhout een ivoren slagtand of een versteend bot te zien. Toch gebeurde het zo nu en dan, wist Daniel. De andere kinderen op school – degenen die hem plaagden omdat hij een *kass'aq* was, en die hem uitlachten omdat hij niet wist hoe hij een sneeuwhoen moest schieten, of omdat hij in de besneeuwde wildernis de weg terug naar huis niet kon vinden – hadden op de oever van de rivier tanden van een mastodont gevonden.

Gehurkt begon hij het voorwerp rondom uit te graven, hoewel de golven van de rivier telkens opnieuw aanrolden om het gat te dichten. Het was een slagtand, een hele echte, zeker weten – daar, onder zijn gravende handen. In gedachten zag hij er een voor zich waarvan het grootste gedeelte onder de grondwaterspiegel lag. Eentje die nog groter bleek dan het exemplaar dat in Bethel te bezichtigen was.

Twee raven keken vanaf de oever toe wat hij aan het doen was. Ze brachten uitvoerig verslag uit aan elkaar terwijl Daniel aan het voorwerp trok en sjorde. Mammoetslagtanden konden wel drie tot drie-eneenhalve meter lang zijn, met een gewicht van ruim honderd kilo. Misschien ging het niet om een mammoet, maar was het een *quugaarpak*. De Yup'ik vertelden elkaar verhalen over het gigantische wezen dat onder de grond leefde en zich alleen 's nachts liet zien. Als het wezen boven de grond kwam wanneer de zon scheen – zelfs al betrof het maar een klein deel – zou het hele lichaam van het dier in bot en ivoor veranderen.

Urenlang was Daniel bezig om de slagtand uit te graven, althans een poging daartoe te doen. Maar het gevaarte zat te stevig en te diep in de grond verankerd. Hij moest teruggaan en gereedschap halen. Hij markeerde de plaats, waarbij hij lange rietstengels aantrapte en een hoop stenen plaatste om de positie aan te geven waar de slagtand op hem zou liggen wachten.

De volgende dag keerde Daniel terug met een spade en een blok hout. Hij had een vaag plan dat eruit bestond dat hij eerst een dam zou bouwen om het water uit de buurt van de slagtand te houden, zodat hij verder kon graven. Hij passeerde dezelfde mensen die ook gisteren in het visserskamp hadden gewerkt, en hij bereikte de bocht in de rivier waar de oude bomen in het water waren gevallen. De twee raven krasten en snaterden. Maar toen hij de plaats had bereikt die hij gisteren had gemarkeerd, was de slagtand verdwenen.

Er wordt gezegd dat je niet twee keer in dezelfde rivier kunt stappen. Misschien was dat het probleem. Mogelijk was de stroming zo sterk geweest dat de stapel keien die door Daniel als markering was achtergelaten uiteindelijk weer door het water was meegesleurd. Het zou echter ook kunnen, zoals de Yup'ik-kinderen zeiden, dat Daniel te blank was om datgene te doen wat voor hen even natuurlijk was als ademhalen: de geschiedenis met hun blote handen opgraven.

Pas toen Daniel het dorp weer had bereikt, realiseerde hij zich dat de raven hem naar huis waren gevolgd. Iedereen wist dat je bezoek kreeg als er één vogel op je dak zat. Maar de aanwezigheid van een hele groep raven betekende heel iets anders: eenzaamheid zou je deel zijn, en je hoefde niet te hopen dat daar ooit verandering in zou komen.

Toen Bartholemew haar kantoor binnenliep, keek Marita Soorenstad meteen op. 'Herinner jij je een man die David Fleming heet?' vroeg ze.

Hij ging tegenover haar in de stoel zitten. 'Zou ik hem moeten kennen?'

'In 1991 heeft hij een vijftienjarig meisje verkracht dat van school naar haar ouderlijk huis fietste en vervolgens geprobeerd haar te vermoorden. Na zijn daad maakte hij dat hij wegkwam en vermoordde hij iemand in een ander district. Aan de Hoge Raad werd toen de kwestie voorgelegd of DNA-materiaal dat was afgenomen tijdens het onderzoek van de eerste zaak ook gebruikt kon worden als bewijsmateriaal voor een andere zaak.'

'En?'

'In Maine is het zo dat als je bloed afneemt bij een verdachte ten behoeve van de ene zaak, je het DNA-materiaal inderdaad mag gebruiken voor tests in een andere zaak,' zei Marita. 'Het probleem is dat toen jij bloed liet afnemen bij Trixie zij daartoe toestemming gaf in de hoedanigheid van slachtoffer. En dat is heel wat anders dan dat je bloed geeft terwijl je verdachte bent.'

'Zijn er wat dat betreft geen mazen in de wetgeving?'

'Dat hangt ervan af,' zei Marita. 'Er zijn drie situaties denkbaar waarbij je het hebt over een individueel bloedmonster dat met toestemming van de betrokkene is afgenomen, in tegenstelling tot bloedafname op basis van een dwangbevel. In het eerste geval zegt de politie tegen de persoon in kwestie dat het bloedmonster gebruikt zal worden voor elk gegeven onderzoek. In het tweede geval vertelt de politie aan het individu dat het bloedmonster alleen gebruikt zal worden voor een speciaal onderzoek. In het derde geval krijgt de politie toestemming na gezegd te hebben dat het bloedmonster gebruikt zal worden voor het onderzoek van één bepaald misdrijf, hoewel daarbij geen gewag wordt gemaakt van het gebruik ervan met betrek king tot andere doeleinden. Volg je me nog?'

Bartholemew knikte.

'Wat heb jij Trixie Stone precies verteld als het gaat om haar medisch onderzoek betreffende de verkrachting?'

Hij dacht terug aan de nacht dat hij het meisje en haar ouders in het ziekenhuis had ontmoet. Hoewel Bartholemew daar geen uitsluitsel over kon geven, nam hij aan dat hij tegen haar had gezegd wat hij doorgaans zei tegen slachtoffers van zedendelicten, namelijk dat de onderzoeksgegevens gebruikt zullen worden voor het recherchewerk inzake de verkrachtingszaak, en dat de jury zich omtrent een uitspraak vaak baseert op het aanwezige DNA-bewijsmateriaal.

'Je hebt het toch niet gehad over het gebruik ervan voor een andere mogelijke zaak, of wel?' vroeg Marita.

'Nee,' snauwde hij. 'De meeste verkrachtingsslachtoffers hebben genoeg aan de zaak waarmee ze zich geconfronteerd weten.'

'Wel, dat betekent dan dat de basis van die toestemming onduidelijk is. Als mensen door de politie gevraagd wordt een bloedmonster te laten afnemen om aldus te helpen een misdaad op te lossen, nemen ze aan dat dat bloed niet gebruikt zal worden voor een onbeperkt aantal doeleinden. Als er van een expliciete toestemming geen sprake is, heb je wat je noemt een sterk argument in handen om van het opslaan en hergebruik van dat materiaal een grondwettelijk laakbare kwestie te maken.' Ze deed haar bril af. 'Volgens mij heb je twee keuzes. Ofwel je gaat naar Trixie Stone en vraagt toestemming aan haar om de bloedmonsters van het medisch verkrachtingsonderzoek voor een nieuw onderzoek te gebruiken, of je wend je tot de rechter om een bevelschrift voor het laten afnemen van een ander bloedmonster.'

'Aan geen van beide keuzes heb ik wat,' zei Bartholemew. 'Ze wordt namelijk vermist.'

Marita keek naar hem op. 'Is dat een grapje?'

'Was het dat maar.'

'Wees dan creatief. Waar zou je ander DNA-materiaal vandaan kunnen halen? Likt ze enveloppen dicht voor de toneelclub of de Jonge Democraten?'

'Ze had het te druk met het bekrassen van haar armen om zich met buitenschoolse activiteiten bezig te houden.'

'Wie heeft haar behandeld? De schoolverpleegkundige?'

Nee dus, want dit was het grote geheim van Trixie, een geheim dat ze koste wat kost voor zich wilde houden, vooral als de zelfverminking plaatsvond tijdens schooluren. Dat bracht echter de vraag te berde wat ze gebruikte om het bloed te stelpen. Pleisters, gaasjes, papieren zakdoekjes?

En zou iets daarvan in haar kluisje zijn achtergebleven?

De bushpiloot van Arctic Circle Air was ingehuurd om een dierenarts naar Bethel te vervoeren voor de K300-sledehondenrace. 'Ga jij daar ook heen?' vroeg de dierenarts. Trixie knikte, hoewel ze geen flauw idee had waar Bethel lag. 'Voor het eerst?'

'Eh, ja.'

De dierenarts keek naar haar rugzak. 'Je zult wel bij de JV's horen.'

Inderdaad. Dit voetbalseizoen, in de herfst, had ze meegespeeld in het juniorenteam. 'Ik was een van de spitsen,' zei Trixie.

292

'De andere JV's zijn gisteren al vertrokken naar de controleposten,' zei de piloot. 'Heb jij je vlucht gemist?'

Hij had net zo goed Grieks kunnen praten. 'Ik was ziek,' zei Trixie. 'Ik heb de griep gehad.'

De piloot hees de laatste doos met voorraden in het vrachtruim van het vliegtuig. 'Nou ja, als jij het niet erg vindt om in de laadruimte te zitten, heb ik er niets op tegen om een mooi meisje een lift te geven.'

De Short Skyvan zag er amper luchtwaardig uit en deed denken aan een Winnebago met vleugels. De laadruimte was volgepropt met plunjezakken en pallets.

'Je kunt ook wachten tot morgen, dan vertrekt het forensenvliegtuig,' zei de piloot. 'Maar er komt een storm opzetten. Waarschijnlijk zit je dan gedurende de hele race op de luchthaven.'

'Ik ga liever nu mee,' zei Trixie. De piloot hielp haar in de laadruimte.

'Let een beetje op dat lichaam,' zei hij.

'O, het zal best gaan.'

'Ik bedoel *jou* niet.' De piloot reikte in de laadruimte en tikte met zijn knokkels tegen een kist van vurenhout.

Trixie klauterde naar de andere kant van de smalle laadruimte. Werd ze geacht naast een doodskist naar Bethel te vliegen?

'In elk geval weet je dat hij jou niet de oren van het hoofd kletst.' De piloot lachte, waarna hij de laadruimte dichtmaakte en Trixie dus opgesloten zat.

Ze ging op de plunjezakken zitten, met de rug tegen de metalen wand, voorzien van klinknagels. Door het plaatgaas, de scheidingswand waarachter zich de piloot en de dierenarts bevonden, hoorde ze hen praten. Trillend kwam het vliegtuig tot leven.

Als drie dagen geleden iemand tegen haar had gezegd dat ze in een vliegende bus naast een lijk zou zitten, zou ze dat domweg ontkend hebben. Radeloosheid kan echter rare dingen met je doen. Trixie herinnerde zich dat haar geschiedenisleraar op een dag aan de klas het verhaal had verteld over een man die de hongerdood nabij was, in een nederzetting in Virginia. Gedurende de winter had hij zijn vrouw gedood, gepekeld en opgegeten, waarna de andere kolonisten erachter waren gekomen dat er sprake was van een vermissing. Wat je op de ene dag als een onmogelijkheid beschouwt, kan de volgende dag veelbelovend lijken.

Toen het vliegtuig opsteeg, gleed de vurenhouten kist in de richting van Trixie en raakte uiteindelijk de zolen van haar laarzen. *Het had erger kunnen zijn,* dacht ze. In plaats van in een doodskist had hij ook in een lijkzak kunnen zitten. Bovendien had het Jason kunnen zijn, en dus geen willekeurige vent.

Steeds hoger klommen ze in de nacht; een dik beslag, vermengd met sterren. Op deze hoogte was het zelfs nog kouder. Trixie trok de mouwen van haar jas over haar handen.

Oooooooh.

Ze boog zich naar het plaatgaas toe, aan de achterzijde van de cockpit. De dierenarts sliep al. 'Zei u iets?' riep ze naar de piloot.

'Nee!'

Trixie leunde weer ruggelings tegen de zijkant van de laadruimte en hoorde het opnieuw: de langgerekte, verstilde zucht die uit de ziel te voorschijn reutelde.

Een geluid dat onder de dekplaat van de vurenhouten kist vandaan kwam.

Trixie verstijfde. Het moest de motor zijn. Misschien was de dierenarts aan het snurken. Ditmaal klonk het echter luider en realiseerde ze zich waar het geluid precies vandaan kwam: *Oooooooh.*

Stel dat dat individu niet dood was? Stel dat hij in de kist met zijn vingernagels over het hout kraste, waarbij de splinters in zijn nagelbedden drongen, terwijl hij zich afvroeg hoe hij hier in hemelsnaam terecht was gekomen?

Ooooh, zuchtte het lijk. *Ooooh.*

Trixie ging op haar knieën zitten en klauwde met haar handen in het plaatgaas. 'Zet het vliegtuig aan de grond,' krijste ze. 'Nu onmiddellijk!'

'Dat had je eerder moeten bedenken,' riep de piloot terug.

'Dat lijk... het is niet dood!'

Inmiddels was de dierenarts wakker van haar geworden. Hij draaide zich om in de stoel van de copiloot. 'Wat is er aan de hand?'

Trixie kreeg het niet voor elkaar om over haar schouder naar de doodskist te kijken, want als ze dat deed zou er beslist een arm uitsteken, en dan zou ze een gezicht zien dat haar in haar nachtmerries zou achtervolgen, en ze zou een stem horen, iemand die zei dat hij het geheim kende dat ze voor iedereen verzwegen had.

Ooooh.

'Horen jullie dat?' zei Trixie. 'Horen jullie dat nu ook?'

De dierenarts lachte. 'Je hoort de longen. Ze zetten uit. Vergelijk het met een zakje chips dat je meeneemt in het vliegtuig. Het zakje bolt op na het opstijgen. Dat is alles... lucht die langs de stembanden blaast.' Hij grijnsde naar haar. 'Misschien zou je de koffie eens moeten laten staan.'

Gekrenkt klauterde ze weer terug naar de doodskist. Ze hoorde de piloot en de dierenarts grapjes maken over de onnozelheid van haar en ze voelde haar wangen tintelen. Het lijk – zo dood als maar mogelijk was; zo dood als het hout waarmee het omgeven was – bleef maar zuchten; een eenzaam gezang dat de laadruimte van het vliegtuig als een requiem vulde, als een waarheid die niemand wilde horen.

'Dit is werkelijk schokkend,' zei Jeb Aaronsen, de schooldirecteur van Bethel High. 'Trixie leek het zo goed te doen op school.'

Bartholemew gunde hem niet eens een vluchtige, zijdelingse blik. 'Vóór of ná dat ze helemaal niet meer kwam opdagen?'

Hij kon niet veel geduld opbrengen voor deze schooldirecteur, die de verandering in het gedrag van zijn eigen dochter evenmin had opgemerkt, in de periode dat zij hier op school zat. Aaronsen trok altijd een droevig gezicht, maar het leek hem niet te lukken te voorkomen dat de volgende tragedie zich in zijn volle omvang ontvouwde.

Bartholemew was moe. Hij had de familie Stone opgespoord tot aan de luchthaven, waar ze in een vliegtuig met bestemming Seattle waren gestapt. Daarna zouden ze een toestel nemen dat net voor middernacht in Anchorage zou arriveren. Ze hadden 1292,90 dollar per ticket neergeteld, althans volgens de agent van American Express, die de rechercheur deze tip had gegeven.

Nu wist hij waar Trixie heenging. Hij hoefde alleen nog maar een rechter ervan te overtuigen dat ze weer naar huis moest worden gebracht.

Bartholemew had het schoolhoofd gewekt en met het huiszoekingsbevel gezwaaid. Zo laat op de avond waren alleen de schoonmakers nog aanwezig; ze duwden hun rijdende vuilnisbakken aan de kant terwijl de twee heren passeerden. Het was vreemd – griezelig bijna – om in een middelbare school te zijn waarin het zó doodstil was.

'We wisten... dat ze het moeilijk had... met dat voorval,' zei de schooldirecteur. 'Mevrouw Gray, de schooldecaan, zou Trixie in de gaten houden.'

Bartholemew nam niet eens de moeite daarop te reageren. Het bestuur van Bethel High was niet anders dan elke andere groep volwassenen in Amerika: in plaats dat ze beseften wat er zich voor hun ogen afspeelde, deden ze net of alles precies in zijn werk ging zoals ze dat graag zagen. Wat had mevrouw Gray gedaan in de periode dat Trixie zich met zelfverminking had beziggehouden en haar polsen doorsneed? Of, nu ze het daar toch over hadden, in de periode dat Holly spijbelde en nauwelijks meer at?

'Trixie wist dat ze zich tot ons kon wenden wanneer ze zich buitengesloten voelde,' zei het schoolhoofd, waarna bij voor een saai olijfkleurig kluisje zijn pas inhield.

Bartholemew haalde de kniptang te voorschijn die hij bij de brandweerkazerne had opgehaald, en knipte het combinatieslot open. Hij opende het metalen veerslot. Prompt sprongen er condooms uit het kluisje. Het waren er tientallen, alsof het kluisje een slangennest was. Bartholemew raapte een rits Trojan-condooms op. 'Nog een geluk dat ze niet van school is gestuurd.'

De schooldirecteur mompelde iets en liep door de gang weg, zodat Bartholemew alleen achterbleef. Hij deed latex handschoenen aan en haalde een papieren zakje uit zijn jaszak. Daarna veegde hij de resterende condooms het kluisje uit en ging dichterbij staan om te kijken wat er nog meer in te vinden was.

Een studieboek wiskunde, een beduimeld exemplaar van *Romeo en Julia*. Kleingeld, een bedrag van zesenveertig cent. Een meetlat. En een gebroken ringbandring. Aan de binnenzijde van het kluisdeurtje, onder een sticker waarop HOOBASTANK stond, was in een klein compartiment een handspiegeltje geschoven, met in de hoek ervan een geschilderde bloem. Het spiegelglas bleek zo hard ergens tegenaan gesmeten te zijn dat het was gebroken. In de linker benedenhoek was een stukje verdwenen.

Bartholemew was zich ervan bewust dat hij ernaar staarde en hij vroeg zich af wat Trixie Stone in dat spiegeltje had gezien. Had ze zichzelf beschouwd als het meisje dat ze in het eerste trimester van de brugklas was – nog maar een kind, dat in de spiegel keek naar wat er zich achter haar in de gang allemaal afspeelde, waarbij ze graag wilde dat ze daar deel van kon uitmaken? Of zag ze het lege omhulsel dat ze was geworden – een van die tientallen anonieme pubers van Bethel High. Pubers die stap voor stap de dag door kwamen, biddend en hopend dat ze geen aandacht trokken?

Opnieuw tuurde Bartholemew in het kluisje van Trixie. Het was een stilleven, maar dan zonder leven.

Hij zag geen verbandgaas. En al evenmin een doosje met pleisters. Geen weggemoffeld T-shirt in de hoek, besmeurd met het bloed van Trixie. Toen Bartholemew op het punt stond het voor gezien te houden, zag hij de rand van een foto, in de spleet tussen de metalen achterwand en de bodem van het kluisje. Hij haalde een pincet uit zijn zak en slaagde er even later in de foto uit de spleet te pulken.

Op die foto waren twee vampiers te zien; twee monden die dropen van het bloed. Bartholemew keek nog eens, en nog eens, en realiseerde zich vervolgens dat de meisjes een bijna leeggegeten kom met kersen vasthielden. Zephyr Santorelli-Weinstein bevond zich links op het kiekje. Haar mond zag er vuurrood uit, ook haar tanden waren besmeurd. Ongetwijfeld was het andere meisje Trixie Stone, hoewel dat feitelijk heel moeilijk te zien was. Op de foto lachte ze namelijk zo hard dat haar ogen in spleetjes waren veranderd. Haar lokken hadden vrijwel dezelfde kleur als het fruit. Lokken die over haar rug vielen.

Hij was het vergeten en werd er nu weer aan herinnerd. Toen Bartholemew haar voor het eerst had ontmoet, had ze haar dat tot aan haar middel kwam. De tweede keer dat hij haar zag, waren die lokken op brute wijze afgeknipt. Hij herinnerde zich dat Janice, de adviseuse voor slachtoffers van zedendelicten, tegen hem had gezegd dat dat een positieve stap was; een donatie van Trixie aan een liefdadigheidsinstelling die pruiken maakte voor kankerpatiënten.

Een liefdadigheidsinstelling die het haar van Trixie Stone had geaccepteerd, geregistreerd en van een label voorzien.

Daniel en Laura zaten te wachten in de bar van de luchthaven. Een sneeuwstorm in Anchorage had de aansluitende vlucht vanuit Seattle vertraagd. Inmiddels waren er drie uur verstreken. Drie uur waarin Trixie zich steeds verder van hen verwijderde.

Laura had al drie drankjes achterovergeslagen. Daniel wist niet zeker of ze dat deed omdat ze hoogtevrees had, of vliegangst, of dat ze zich zorgen maakte over Trixie. Misschien was het een combinatie van al die factoren. Natuurlijk liepen ze het risico dat ze het bij het verkeerde eind hadden, en dat Trixie zuidwaarts was gereisd, naar Mexico, of lag te slapen op een treinstation in Pennsylvania. Daar stond echter tegenover dat Trixie niet de eerste probleempuber was die Alaska als reisdoel had uitgekozen. Er waren nu eenmaal zoveel mensen die, op de vlucht voor de politie, daar terechtkwamen – het laatste stukje onontgonnen gebied – dat de autoriteiten van de verschillende staten het al lang geleden hadden opgegeven geld te spenderen aan een zoektocht in die oorden. In plaats daarvan zaten mannen van de Alaska State Police de voortvluchtigen op de hielen. Daniel herinnerde zich dat hij in de krant had gelezen over mensen die in de woestenij uit hun houten optrekjes werden gesleurd, waarna ze werden uitgeleverd vanwege het feit dat ze werden aangeklaagd wegens verkrachting, kidnapping of moord. Hij vroeg zich af of de foto van Trixie al per e-mail naar brigadiers in Alaska was verstuurd, en of ze al met de zoektocht waren begonnen.

Er bestond echter een verschil tussen zoeken en jagen. Dat had hij geleerd van Cane en diens opa. *Je mag niet aan het dier denken,* had de oude man altijd gezegd, *anders voelt en ziet het dat je eraan komt.* Daniel probeerde zich dan te concentreren, wensend dat hij niet zo blank was en meer op Cane leek, die als je tegen hem zei 'Denk niet aan een paarsrode olifant' ook daadwerkelijk *niet* aan een paarsrode olifant dacht.

Het verschil was nu echter dat als Daniel Trixie wilde vinden hij het zich niet kon permitteren *niet* aan haar te denken. Op die manier zou ze namelijk weten dat hij naar haar op zoek was.

Daniel verschoof een martiniglas dat op de bar had gestaan sinds ze daar waren gaan zitten – een restje martini dat iemand anders had laten staan. Je hoefde de rommel niet zelf op te ruimen, want er was altijd personeel aanwezig dat dat voor jou deed. Dat was een van de door hem nooit echt begrepen verschillen tussen de cultuur van de eskimo's en die van blanken – de mensen die woonachtig waren in de lagergelegen staten, in totaal achtenveertig, waren niet verantwoordelijk voor wie dan ook. Je dacht altijd alleen maar aan jezelf, je moest jezelf zien te redden. Als je je met andermans zaken bemoeide – ook al deed je dat met de beste bedoelingen – zou het kunnen dat je opeens verantwoordelijk werd gehouden voor dingen die fout gingen. De barmhartige Samaritaan die een man uit een brandende auto trok, kon gerechtelijk worden vervolgd voor letselschade die tijdens die reddingspoging was ontstaan.

De Yup'ik daarentegen realiseerden zich dat iedereen op de een of andere manier met elkaar verbonden was – mens en dier, vreemde en vreemde, echtgenoot en echtgenote, vader en kind. Wanneer je jezelf sneed, zou iemand anders ook bloeden. Wanneer je iemand redde, redde je wellicht jezelf.

Daniel huiverde toen nóg meer herinneringen hun opwachting maakten. Ze bestonden uit onsamenhangende beelden, zoals de Kilbuck Mountains in de verte, afgeplat door luchtinversie als gevolg van de bittere kou. Hij hoorde geluiden die hier niet thuishoorden, zoals de klaaglijke aria van sledehonden die wachtten op hun voer. En er waren kenmerkende geuren, zoals de olieachtige geurvlagen van zalm die in de visserskampen werd gedroogd. Hij had het gevoel of hij de draad weer oppakte die hij had laten liggen en dat hij nu geacht werd verder te gaan met dat patroon.

Toch waren er op de luchthaven wel duizend herinneringen aan de manier waarop hij in de afgelopen twintig jaar had geleefd. Reizigers die massaal uit de gates kwamen met koffers en tassen op wieltjes achter zich aan, met veel te grote, plastic warenhuiszakken waarin zich in cadeaupapier verpakte presentjes bevonden. De geur van sterke koffie waaierde uit een Starbucks-filiaal, halverwege de gang. Uit de luidsprekers klonken onophoudelijk kerstliedjes, steeds herhaald en zo nu en dan onderbroken door de oproep voor een sjouwer met rolstoel.

Toen Laura iets zei, maakte hij een abrupte beweging in zijn stoel, alsof hij was geschrokken. 'Wat denk jij dat er gaat gebeuren?'

Daniel keek haar vluchtig aan. 'Ik weet het niet.' Grimassend dacht hij aan al datgene wat als het Trixie betrof mis kon gaan: bevriezingsverschijnselen, koorts, agressieve dieren waarmee ze geen raad wist, het feit dat ze kon verdwalen. Dat ze zichzelf kwijt zou raken. 'Kwam ze maar naar mij toe in plaats van te vluchten.'

Laura sloeg haar ogen neer en staarde naar het tafelblad. 'Misschien was ze bang dat jij het ergste dacht.'

Was hij zo doorzichtig, zo gemakkelijk te doorzien? Hoewel Daniel er zichzelf van overtuigd had dat ze Jason niet had vermoord, en ondanks het feit dat hij dit zou blijven zeggen tot hij er een schorre keel van kreeg, was het zaadje van de twijfel gaan ontkiemen. En dat verstikte zijn optimisme. De Trixie die hij kende had Jason onmogelijk kunnen vermoorden. Maar inmiddels stond vast dat hij Trixie minder goed kende dan hij had gedacht.

Het opmerkelijke hiervan was echter dat dat niet uitmaakte. Hij zou het begrijpen als Trixie hem had verteld dat ze Jason met haar blote handen van kant had gemaakt. Wie anders dan Daniel begreep beter dat in ieder mens een monster schuilde dat soms te voorschijn kwam?

Hij zou alleen graag hebben gewild dat hij aan Trixie had kunnen vertellen dat ze in dat opzicht niet de enige was. In de afgelopen twee weken had die metamorfose ook in hem plaatsgevonden. Daniel had Jason ontvoerd en die jongen afgetuigd. Bovendien had hij gelogen tegen de politie. En nu was hij op weg naar Alaska, het oord dat hij meer haatte dan wat ook. De mens Daniel Stone was langzaam aan het verdwijnen, het ene beschaafde laagje na het andere, en binnenkort zou hij weer een beest zijn – precies zoals de Yup'ik al dachten.

Daniel zou Trixie vinden, zelfs als dat betekende dat hij Alaska in alle windrichtingen moest doorkruisen. Hij zou haar vinden, zelfs als hij daarvoor in zijn oude huid moest kruipen – liegen, stelen, iedereen pijn doen die in de weg stond. Hij zou Trixie vinden, en hij zou haar ervan overtuigen dat hij van haar zou blijven houden, ongeacht wat ze zou zeggen of doen.

Hij kon alleen maar hopen dat als zij zou zien wat hij omwille van haar was geworden zij daar op dezelfde manier tegenover zou staan.

Op het hoofdkwartier van de K300-race was het op het moment dat Trixie daar even na zessen arriveerde, samen met de dierenarts, een drukte van belang. Met krijt waren op schoolborden lijsten gemaakt: de namen van de *mushers*, compleet met schema's waarin kon worden bijgehouden hoe laat ze zich bij de twaalf controleposten hadden aangemeld. Er lagen boeken met de wedstrijdreglementen, en landkaarten. Achter een tafel zat een vrouw, met voor zich een hele reeks telefoons. Telkens opnieuw beantwoordde ze dezelfde vragen. Ja, de race begon om acht uur vanavond. Ja, DeeDee Jonrowe had rugnummer een. Nee, er waren niet genoeg vrijwilligers.

Mensen die met een sneeuwscooter waren gearriveerd, pelden meteen nadat ze de Long House Inn waren binnengelopen, de lagen klederij van zich af. Alle laarzen hadden zolen die zo dik waren dat ze eruitzagen als moonboots. En hun mutsen waren voorzien van flappen die over hun oren hingen. Sommigen hadden een eendelig sneeuwpak aan, weer anderen bontparka's met gedetailleerd afgewerkte borduursels. Wanneer er zo nu en dan een *musher* binnenliep, werd hij behandeld als een rockster – de mensen gingen in de rij staan om hem de hand te schudden en hem het allerbeste te wensen. Iedereen leek iedereen te kennen.

Je zou denken dat Trixie in dit soort omgeving op een belachelijke manier uit de toon viel, maar niemand was in haar geïnteresseerd, als iemand al haar aanwezigheid opmerkte. Ze werd niet tegengehouden toen ze een kom vol stoofvlees uit de Crock Pot nam, die op de tafel achter in het vertrek stond, en al evenmin toen ze even later terugging voor een tweede portie. Het was geen rundvlees – eerlijk gezegd was ze een beetje bang om erachter te komen wat er dan *wel* inzat – maar het was de eerste maaltijd die ze in bijna twee dagen binnenkreeg, waardoor alles heerlijk smaakte.

Opeens kwam de vrouw achter haar tafel vandaan en liep naar Trixie, die verstijfde, bang als ze was voor het moment dat ze herkend zou worden. 'Laat me eens raden,' zei ze. 'Ben jij Andi?'

Trixie glimlachte geforceerd. 'Hoe weet u dat?'

'De andere JV's hebben vanuit Tuluksak gebeld en doorgegeven dat je nieuw was, en ingesneeuwd in de Outside.'

'Outside?'

De vrouw grijnsde. 'Sorry, zo noemen we alle andere staten. We halen er iemand bij om je naar de controlepost te brengen voordat de *mushers* daar arriveren.'

'Tuluksak,' herhaalde Trixie. Het woord liet een ijzersmaak op haar tong achter. 'Ik had gehoopt dat ik naar Akiak zou gaan.'

'Nou ja, in Tuluksak stoppen we alle Jesuit Volunteers die zich bereid hebben verklaard hier te werken. Maak je geen zorgen... tot nu toe zijn we nog niemand kwijtgeraakt.' Ze knikte naar een kist. 'Ik heet trouwens Jen. En ik zou het heel fijn vinden als je me in de tussentijd kunt helpen dat ding naar de start te dragen.'

Trixie tilde een kant van de kist op, waarin zich cameramateriaal bevond, terwijl Jen haar gezichtsmasker over haar mond en neus schoof. 'Je kunt maar beter je jas aantrekken,' zei ze.

'Dit is alles wat ik heb meegenomen,' zei ze. 'Mijn, eh, vrienden hebben de rest bij zich.'

Ze wist niet of die leugen ergens op sloeg, aangezien ze Jens commentaar over Jesuit Volunteers en Tuluksak om te beginnen al niet had begrepen. Maar Jen liet haar ogen rollen, meer niet, en trok haar mee naar een tafel die vol lag met K300-spullen die in de verkoop waren gedaan. 'Hier.' Ze wierp haar een ruime fleece-jas toe, en wanten, en een muts die met klittenband onder de kin werd vastgemaakt. Achter de tafels van het hoofdkwartier pakte ze een paar laarzen en een zware anorak. 'Ze zijn je te groot, maar Harry is straks ongetwijfeld te dronken om te merken dat zijn spullen er niet meer zijn.'

Toen ze met Jen het Long House uitliep, voelde het winterweer aan of iemand je met een open hand een klap in het gezicht verkocht. Het was niet alleen de kou, zoals in Maine, in december. Nee, deze kou priemde dwars door je botten heen. Het soort kou dat zich om je rug-gengraat vastsnoerde en dat je adem in piepkleine kristalvlokjes veranderde. Een kou die ervoor zorgde dat het ijs aan je wimpers plakte, waardoor ze aan elkaar vastklitten. Aan beide kanten van het pad was de sneeuw opgehoopt. Tussen een paar geroeste vrachtwagens stonden in een rechte hoek van de sneeuwwand sneeuwscooters geparkeerd.

Jen liep naar een van de pick-ups. Een witte. Een van de portieren was echter rood, alsof die afkomstig was uit een ander wrak. Uit het bankje aan de passagierskant staken springveren en vulsel uit de bekleding. Het voertuig was niet voorzien van veiligheidsgordels. Hoewel deze auto in de verste verte niet op de pick-up van haar vader leek, kreeg ze meteen last van heimwee – als een mes tussen haar ribben – nadat ze op het bankje was gaan zitten.

301

Jen startte met veel omhaal de pick-up. 'Sinds wanneer rekruteren de Jesuit Volunteers ook op de speelplaatsen?'

Het hart van Trixie ging ervan bonzen. 'O, maar ik ben eenentwintig, hoor,' zei ze. 'Ik zie er alleen wat jonger uit.'

'Misschien word ik oud. Dat zou ook kunnen.' Ze knikte in de richting van een fles Jägermeister die in de asbak was gedrukt. 'Neem gerust wat, als je dat wilt.'

Trixie schroefde het dopje los, nam aarzelend een slokje en spuugde de alcoholhoudende drank vervolgens tegen het dashboard aan.

Jen lachte. 'Ja, hoor. Jesuit Volunteers. Was ik even vergeten.' Ze keek toe terwijl Trixie met een van haar wanten verwoed de rommel probeerde op te vegen. 'Geeft niks. Volgens mij zit er voldoende alcohol in om het goedje aan te merken als schoonmaakmiddel.'

Ze nam een scherpe bocht, over de top van een sneeuwbank. Trixie werd er paniekerig van. Er was namelijk geen weg te bekennen. De pick-up gleed over een met ijs bedekte glooiing naar beneden, een bevroren rivier op, waarna Jen naar het midden van die stroom begon te rijden.

Er was een provisorische start en finish gemaakt, afgezet met behulp van een verplaatsbaar hek, en boven dat alles hing een spandoek waarop stond dat het de K300 betrof. Ernaast bevond zich een dieplader, waarop een man stond die een microfoon aan het testen was. Een gestage stroom van versleten pick-ups en sneeuwscooters parkeerde in wanordelijke rijen op het ijs. Sommige trokken caravans achter zich aan, voorzien van fantasierijke namen die op het plaatwerk waren geschilderd, en in sommige caravans bevond zich een troep blaffende honden. In de verte stond een stomende hovercraft. Jen legde uit dat het vaartuig de post bracht naar de gebieden die zich stroomafwaarts bevonden, maar vanavond werden daar gratis hotdogs geserveerd, ter ere van de race.

Twee enorme zoeklichten verjoegen de duisternis. Voor het eerst sinds Trixie in Bethel, Alaska, was geland, kon ze de toendra eens goed bekijken. Het landschap bestond uit gelaagde tinten, van lichtblauw tot effen zilverachtig; het zwerk deed sterk denken aan een omgekeerde kom vol sterren die in de mutsen vielen van Yup'ik kinderen die op papa's schouders zaten. En de ijsvlakte strekte zich uit zover je kon kijken. Hier was het gemakkelijk invoelbaar waarom de mensen vroeger dachten dat je van de rand van de wereld in het niets kon vallen.

Het kwam Trixie allemaal bekend voor, hoe onmogelijk dat ook leek. Opeens realiseerde ze zich wat daarvan de oorzaak was. Dit was namelijk precies zoals haar vader de hel tekende.

De *mushers* maakten de hondentuigen vast aan hun slee. Rond de kraal verzamelde zich een menigte. Alle mensen zagen er dik uit in hun buitenkleding. Kinderen staken hun handen uit naar de snuffelende honden, die verstrikt raakten in de lijnen.

'Andi. Andi?'

Toen Trixie geen antwoord gaf – ze was vergeten dat haar ditmaal deze naam was gegeven – tikte Jen op haar schouder. Naast haar stond een Yup'ik-eskimo. Een jongen die niet veel ouder was dan Trixie. Hij had een breed, hazelnootkleurig gezicht, en wonderlijk genoeg had hij geen muts op. 'Willie brengt je naar Tuluksak.'

'Bedankt,' zei Trixie.

De jongen keek haar niet aan. Hij wendde zich van haar af en begon te lopen. Trixie nam aan dat dat een teken was dat zij hem hoorde te volgen. Hij hield zijn pas in bij een sneeuwscooter, knikte ernaar en liep vervolgens van haar vandaan.

Willie verdween snel in de donkere ring van de nacht, buiten de lichtcirkel van de lampen. Aarzelend stond Trixie naast de sneeuwscooter, want ze wist niet zeker wat ze moest doen. Diende ze hem te volgen? Of moest ze zelf maar uitzoeken hoe dat ding werkte?

Trixie raakte het stuur aan. De sneeuwscooter stonk naar uitlaatgas, zoals de grasmaaier van haar vader.

Toen ze op het punt stond de Aan-knop te gaan zoeken, keerde Willie terug. Hij had een veel te ruime winterparka bij zich, met bont van de zwarte wolf dat in de capuchon was genaaid. Hij hield de parka voor zich uit, nog steeds zonder haar aan te kijken. Toen ze het kledingstuk niet van hem overnam, moedigde hij haar met zijn mimiek aan om de parka aan te trekken.

De parka voelde nog steeds warm aan. Trixie vroeg zich af van wie hij die jas had afgenomen. Iemand, een hij of een zij, die nu ongetwijfeld bibberde van de kou. Haar handen verdwenen in de mouwen. Toen ze de capuchon opzette, merkte ze dat de wind niet meer in haar gezicht blies.

Willie klom op de sneeuwscooter en wachtte tot Trixie zijn voorbeeld had gevolgd. Vluchtig keek ze hem aan – stel dat hij de route naar Tuluksak niet kende? En als hij de weg wel kende, wat moest ze dan doen wanneer op de bestemming iedereen zich realiseerde dat Trixie niet de persoon was die ze hadden verwacht? Het belangrijkste was echter dat ze niet wist hoe ze achter op die sneeuwscooter moest zitten zonder tegen die jongen te hoeven aanleunen.

Met al die kledinglagen lukte dat maar net. Ze ging zover mogelijk naar achteren zitten, waarbij ze zich met haar wanten aan weerszijden aan een relinkje vasthield. Willie trok aan het trekkoord om de motor te starten, waarna hij traag, zonder dat de motor veel geluid maakte, begon te rijden om te voorkomen dat de honden zouden schrikken. Hij reed om het hekwerk heen, waarna hij gas gaf. Prompt vlogen ze bijna over het ijs.

Als je buiten stond, was het koud, maar op een sneeuwscooter die vol gas over het ijs joeg, was het vijftig keer kouder. Trixie moest er niet aan denken dat ze die parka niet aan zou hebben, want ze huiverde zelfs nu nog van de kou.

De koplamp aan de voorzijde van de sneeuwscooter creëerde pal voor hen een kleine, goed zichtbare driehoek van licht. Er was geen weg te bekennen, en er waren geen verkeersborden of -lichten, en geen afritten. 'Hé,' riep Trixie in de wind. 'Weet je wel waar je heengaat?'

Willie gaf geen antwoord.

Trixie hield zich steviger aan de handgrepen vast. Van deze snelheid, zonder dat je wat zag, werd je zweverig in je hoofd. Ze ging iets naar links hangen toen Willie een sneeuwbank opreed, tussen een groepje bomen door, om uiteindelijk over een landtong van de bevroren rivier verder te rijden.

'Ik heet Trixie,' zei ze, niet omdat ze een antwoord verwachtte, maar omdat ze op die manier voorkwam dat ze zou gaan klappertanden. Nadat ze dat had gezegd, herinnerde ze zich dat ze eigenlijk iemand anders hoorde te zijn. 'Nou ja, ik heet Trixie, maar ze noemen me Andi.' *Goeie genade,* dacht ze. *Kun je nog stommer klinken?*

De wind blies in Trixies ogen die, omdat ze begonnen te tranen, prompt dichtvroren. Ze merkte dat ze zich intuïtief naar voren boog, waarbij haar voorhoofd bijna de rug van Willie raakte. In vlagen voelde ze zijn lichaamswarmte uitwaaieren.

Terwijl ze verder reden, deed ze net of ze languit in de laadbak van de pick-up van haar vader lag, waarbij ze de trillingen in haar lichaam voelde terwijl de auto bonkend het parkeerterrein van de drive-in opreed. Ze drukte haar wang tegen de metalen laadbak aan, die warm aanvoelde, omdat de zon er de hele dag op geschenen had. Daarna aten ze zoveel popcorn dat haar moeder het aan hun kleren kon ruiken nadat ze die later uit de wasmand had gehaald.

Een ijskoude luchtvlaag trof haar vol in het gezicht. 'Zijn we er bijna?' vroeg Trixie. Aangezien Willie geen antwoord gaf, vroeg ze: 'Spreek je wel *Engels?*'

Tot haar verbazing remde hij af. De sneeuwscooter kwam tot stilstand. Willie draaide zich om, waarbij hij nog steeds haar blik meed.

'Het is nog achtentachtig kilometer,' zei hij. 'Blijf jij de hele reis kleppen?'

Gekrenkt wendde Trixie zich van hem af en zag een eind verder dat er een griezelig licht op het ijzige oppervlak van de bevroren rivier weerkaatste. Vervolgens keek ze omhoog, naar de bron van dat schijnsel – en ze zag een gloed in roze, wit en groen. Het deed denken aan de rookslierten die achterbleven in de lucht als er op de vierde juli 's avonds vuurwerk werd afgestoken.

Als je een snee in de buik van het nachtzwerk maakte, kwam er dan bloed uit in de vorm van kleuren?

'Dat is prachtig,' fluisterde Trixie.

Willie volgde haar blik. '*Qiuryaq.*'

Ze wist niet of dat *houd je mond* of *houd je vast* betekende, of misschien zelfs *het spijt me*. Maar ditmaal, terwijl hij de sneeuwscooter startte, wendde ze haar gezicht naar het noorderlicht. Omhoogkijken had een hypnotisch effect en was minder schokkend dan dat ze met half dichtgeknepen ogen naar de denkbeeldige weg staarde. Wanneer je hier omhoogkeek, werd het bijna gemakkelijk je voor te stellen dat je bijna thuis was.

7

Max Giff-Reynolds zag dingen die de meeste mensen nooit opvielen; hij had daar zijn werk van gemaakt – de tapijtvezel die achter de zoom van de jas van een slachtoffer was blijven haken; een zandkorreltje dat op de plaats van het misdrijf was achtergebleven, zand dat inheems was in een bepaald deel van het land; het stof van een koffiemolen op een *dirty bomb*. Als een van de tweehonderd forensisch microchemici in het land was hij een veelgevraagd deskundige. Mike Bartholemew had waarschijnlijk nooit contact met hem kunnen opnemen voor een analyse van Trixies haar als hij Max niet had gekend uit de tijd dat laatstgenoemde op de middelbare school nog een klein, mager bolleboosje was. Indertijd waren ze kamergenoten geweest, en Bartholemew fungeerde als zijn lijfwacht. In ruil daarvoor had hij van Max bijles in natuurkunde en scheikunde gekregen.

Die avond was hij naar Boston gereden, met naast hem op de passagiersstoel een haarstreng van Trixie Stone. De kapsalon Live and Let Dye had het haar nog niet naar Locks of Love gestuurd. Het lag in een achterkamertje in een lade te verkommeren naast het waterstofperoxide en de parafinewas. Nu zat Bartholemew met bungelende benen op een balie en wachtte tot Max hem iets zinnigs kon vertellen.

Het laboratorium was vergeven van dozen vol met stof, haartjes en vezels – vergelijkingsmateriaal. Een poster van Max' held, Edmond Locard, hing boven zijn microscoop met gepolariseerd licht. Bartholemew kon zich herinneren dat Max al op school boeken las over Locard, die aan de basis stond van de forensische wetenschap. 'Hij heeft de ribbeltjes van zijn vingertoppen eraf geschroeid, gewoon om te kijken of de vingerafdrukken later weer dezelfde patronen zouden vertonen,' had Max hem een keer vol bewondering verteld.

Hoewel Max bijna dertig jaar geleden was afgestudeerd, zag hij er nog vrijwel hetzelfde uit. Wat kaler, maar nog steeds mager, compleet met een hoge rug vanwege het feit dat hij voortdurend gebogen achter een microscoop zat. 'Huh,' zei hij.

'Wat mag ik daaruit opmaken?'

Max drukte zich weg van zijn werkblad. 'Wat weet jij van haren?'

Grijnzend keek Bartholemew naar de glimmende schedel van Max. 'Meer dan jij.'

'Wat de forensische wetenschap betreft, bestaat het haar uit drie belangrijke lagen,' zei Max, die Mike's commentaar negeerde. 'De cuticula, de cortex en de medulla. Als je je een haartje voorstelt als een potlood, dan is de medulla het grafiet, de cortex het hout en de cuticula de verf aan de buitenkant. De medulla is soms gefragmenteerd en verschilt van haar tot haar bij een en dezelfde persoon. De cortexcellen zijn voorzien van pigment, en dat is min of meer wat ik probeer te vergelijken bij deze twee monsters. Volg je me nog?'

Bartholemew knikte.

'Door naar een haar te kijken, kan ik je vertellen of het van een mens of van een dier is. Ook zie ik of het van blanke, negroïde of mongolide origine is. Bovendien kan ik je vertellen van welk deel van het lichaam het afkomstig is, en of het met geweld is verwijderd, of dat het verbrand of gekneusd is. Ook kan ik je vertellen of dat haar een verdachte uitsluit, maar ik kan het niet gebruiken om een bepaalde verdachte aan te wijzen.'

Terwijl hij sprak, boog hij zich over zijn microscoop. 'In beide monsters zie ik een gemiddelde schachtdiameter en diametervariatie. De medulla is van continue aard en relatief smal, met een zachte structuur. Dat betekent dat beide haren van de menselijke schedel afkomstig zijn. De kleurschakering, de kleurwaarde en de intensiteit ervan zijn vrijwel identiek. Het uiteinde van jouw haarmonster is met een schaar afgeknipt; bij het andere haartje is het haarzakje aanwezig, dat zacht en vervormd is... wat mij betreft duidt dat erop dat het haartje uit de hoofdhuid is getrokken. Het pigment varieert enigszins tussen die twee monsters, hoewel niet in die mate dat ik daaruit een conclusie kan trekken. Maar de cortex van het haartje dat je op het lichaam van het slachtoffer hebt gevonden, is veel prominenter dan de cortex van het gegeven monster.'

'Het gegeven monster is afkomstig van een kapsalon. Dat haar is drie weken vóór de moord afgeknipt,' zei Bartholemew. 'Is het mogelijk dat gedurende die drie weken de cortex meer... hoe zei je dat ook alweer?'

'Prominenter,' antwoordde Max. 'Ja, dat is mogelijk, vooral als

311

de verdachte het haar met een chemisch middel heeft behandeld, of als het in excessieve mate aan zonlicht of wind heeft blootgestaan. Theoretisch is het ook denkbaar dat twee haren van dezelfde menselijke schedel er totaal verschillend uitzien. De kans bestaat echter ook dat we het over de schedels van twee verschillende individuen hebben.' Hij keek Bartholemew aan. 'Als je me zou vragen om in een rechtszaal voor een jury plaats te nemen, zou ik geen afdoend antwoord kunnen geven op de vraag of deze twee haartjes van een en dezelfde persoon zijn.'

Bartholemew had het gevoel of iemand hem een klap tegen zijn borst verkocht. Hij was er zo zeker van geweest dat hij op het juiste spoor zat, namelijk dat de verdwijning van Trixie Stone alles te maken had met haar betrokkenheid bij de moord op Jason Underhill.

'Hé,' zei Max, die hem aankeek. 'Microscopie is geen exacte wetenschap, hoewel ik dat niet aan iedereen zal toegeven. Zelfs als ik denk dat ik identiek vergelijkingsmateriaal *heb*, zeg ik altijd tegen de rechercheurs dat ze een DNA-analyse moeten laten uitvoeren om datgene wat ik onder de microscoop heb gezien te staven.'

Mike zuchtte. 'Ik heb het haarzakje van maar één haar. Een DNA-analyse is dan uitgesloten.'

'*Celkern*-DNA is dan uitgesloten,' corrigeerde Max hem. Hij boog zich naar voren en pakte een kaartje van zijn bureau, waarna hij iets op de achterkant krabbelde en het vervolgens aan Bartholemew overhandigde. 'Skip is een goeie kennis van mij, met een privé-laboratorium in Virginia. Zeg wel dat ik je heb gestuurd.'

Bartholemew nam het kaartje aan. SKIPPER JOHANSSEN, las hij. GENETTA LABS. MITOCHONDRIAL DNA.

Tegen de tijd dat de storm van zich deed gelden, had Trixie al geen gevoel meer in haar tenen. Ze was bijna catatonisch, versuft door de kou en de uitlaatgassen van de sneeuwscooter. Toen de eerste ijzige sneeuw haar wang raakte, was ze echter meteen weer bij haar positieven. Nog steeds bevonden ze zich ergens op de rivier – het landschap zag er niet anders uit dan een uur geleden, behalve dat het noorderlicht was verdwenen. Het had plaats gemaakt voor grijze wolken die bij de horizon het ijs leken te raken.

De sneeuw wervelde. Het zicht werd zelfs nog slechter. Trixie begon zich voor te stellen dat ze in een stripverhaal van haar vader was gevallen, in een vakje dat gevuld was met Kirby-craquelé – een uitbarsting van witte bolletjes, die Jack Kirby, een tekenaar uit vervlogen tijden, had bedacht om daarmee een energieveld uit te beelden.

De vormen van de duisternis materialiseerden in de boeven uit de kunstwerken van haar vader – grillige bomen veranderden in de geklauwde armen van een heks; ijspegels waren de slagtanden van een demon.

Willie ging langzamer rijden, bijna stapvoets. Uiteindelijk stopte hij. 'We moeten wachten.' Hij schreeuwde om boven de huilende wind uit te komen. 'Morgenvroeg is het opgeklaard.'

Trixie wilde daarop reageren, maar ze had inmiddels zolang haar kaken op elkaar geklemd dat ze haar mond niet ver genoeg open kon krijgen om een woord uit te spreken.

Willie liep naar de achterkant van de sneeuwscooter, rommelde daar wat en haalde een blauw zeildoek te voorschijn. 'Maak dit vast onder de treeplanken,' zei hij. 'Op die manier houden we onszelf uit de wind.'

Vervolgens liet hij haar aan haar lot over en verdween in de wervelende sneeuw. Trixie kon wel huilen van ellende. Ze had het zo koud dat ze dat gevoel niet eens meer kon classificeren als kou; en ze had geen flauw idee wat hij bedoelde met *treeplanken*. Bovendien wilde ze naar huis. Ze drukte het zeildoek tegen haar parka aan, bleef roerloos zitten en hoopte dat Willie zou terugkomen.

Ze zag hem in en uit het licht van de sneeuwscooter lopen. Het had er alle schijn van dat hij bij de rivieroever takken van een dode boom aan het breken was. Toen hij haar doodstil op het voertuig zag zitten, liep hij naar haar toe. Ze verwachtte dat hij naar haar zou schreeuwen omdat zij haar steentje niet bijdroeg, maar in plaats daarvan klemde hij zijn kaken op elkaar en hielp hij haar van de sneeuwscooter. 'Hierachter kun je schuilen,' zei hij, terwijl hij haar met de rug tegen het voertuig liet zitten, waarna hij dat afdekte en het zeildoek over haar heentrok; een dekzeil als beschutting tegen de wind.

Het was niet perfect. Het zeildoek was namelijk voorzien van drie grote spleten, en sneeuw en ijs wisten die gaten feilloos te vinden. Willie kroop naast Trixie en haalde wat schors van de berkentakken die hij had verzameld. De schors schikte hij tussen wat hout van de populier en de els. Nadat hij wat benzine uit de sneeuwscooter had gehaald en het over het hout had gegoten, stak hij het brandstapeltje aan met zijn aansteker. Pas toen ze de warmte van het vuur op haar huid voelde, liet ze toe dat ze zich afvroeg hoe koud het daarbuiten kon worden.

Trixie herinnerde zich dat ze geleerd had dat een mens voor ongeveer zestig procent uit water bestond. Hoeveel graden onder nul moest het buiten zijn om letterlijk dood te vriezen?

'Kom, we gaan wat *gras* halen,' zei Willie.

Weed roken was wel het laatste waar Trixie momenteel behoefte aan had. Ze probeerde haar hoofd te schudden, maar zelfs die spieren hadden het voor gezien gehouden. Toen ze niet overeind kwam, draaide hij zich om en wilde weggaan, alsof het niet de moeite waard was dat hij aandacht aan haar schonk. 'Wacht,' zei ze. Roerloos bleef hij waar hij was, hoewel hij haar niet aankeek. Ze wilde aan hem uitleggen dat haar voeten loodzwaar aanvoelden, en dat haar vingers zo venijnig tintelden dat ze door de pijn voortdurend op haar onderlip beet. Ze wilde tegen hem zeggen dat haar schouders zeer deden als gevolg van haar pogingen niet te rillen. Ook wilde ze hem vertellen dat ze bang was, en dat dit scenario niet was voorzien toen ze plannen maakte om van huis weg te lopen. 'Ik kan me niet bewegen,' zei Trixie.

Willie knielde naast haar. 'Wat kun je niet meer voelen?'

Ze wist niet hoe ze daarop moest antwoorden. Vertroosting? Geborgenheid?

Hij begon de veters van Trixies laarzen los te maken. Zakelijk legde hij zijn handen om een van haar voeten. 'Ik heb geen slaapzak bij me. Mijn neef Ernie heeft die meegenomen; hij is een van de *mushers*. Voordat je aan de start verschijnt, controleren de wedstrijdofficials of er een in je bagage zit.' Op het moment dat Trixie haar tenen weer kon bewegen en een pijnscheut van haar nagels naar de voetholte flitste, ging Willie staan en vertrok.

Enkele minuten later kwam hij terug met een armvol verdord gras, dat nog steeds bedekt was met een dun laagje sneeuw. Willie had dat gras uitgetrokken bij de rivieroever. Hij stopte het in haar laarzen en wanten. Ook maakte hij haar duidelijk dat ze wat van dat gras onder haar parka moest proppen.

'Hoelang blijft het sneeuwen?' vroeg Trixie.

Hij haalde zijn schouders op.

'Waarom praat jij zo weinig?'

Vanuit een geknielde houding ging hij op zijn hurken zitten; de zolen van zijn laarzen maakten een krakend geluid in de sneeuw. 'Waarom denk jij dat je moet praten om iets te zeggen?' Hij trok zijn wanten uit en hield zijn handen boven het vuur. 'Je hebt last van vorstbeet.'

'Wat is dat?'

'Bevriezingsverschijnselen, voordat het echt ernstig wordt.'

Trixie probeerde zich te herinneren wat ze daarover wist. Werd het aangedane lichaamsdeel dan zwart, om uiteindelijk los te laten van de rest? 'Waar?' zei ze paniekerig.

'Tussen je ogen. Op je wang.'

Zou haar *gezicht* er dadelijk afvallen?

Willie maakte een gebaar, delicaat bijna, dat haar duidelijk maakte dat hij dichter bij haar wilde komen om een hand op haar te leggen. Op dat moment realiseerde Trixie zich dat ze in het gezelschap was van een jongen die veel sterker was dan zij, midden in de woestenij, op ongeveer veertig kilometer van een plaats waar iemand haar zou kunnen horen schreeuwen. Ze deinsde naar achteren, schudde haar hoofd, terwijl haar keel zich sloot als een roos bij het invallen van de duisternis.

Ze voelde zijn vingers om haar pols en haar hart begon harder te bonzen. Ze deed haar ogen dicht, verwachtte het ergste, en dacht dat als je al eens een nachtmerrie had gehad de tweede nare droom misschien minder erg zou zijn.

De handpalm van Willie, zo warm als een steen die in de zon had gelegen, drukte tegen haar wang. Ze voelde dat hij zijn andere hand op haar voorhoofd legde, waarna hij langs haar wang gleed om haar kin te omvatten.

Zijn huid was eeltig. Trixie vroeg zich af hoe dat zo gekomen was. Ze opende haar ogen en voor het eerst sinds ze hem had ontmoet, zag ze dat Willie Moses haar aankeek.

Skipper Johanssen, de deskundige op het gebied van mitochondrium-DNA, bleek een vrouw te zijn. Bartholemew keek toe terwijl ze suiker in haar koffie deed en de notities bekeek die hij over deze zaak had meegebracht. 'Ongewone naam,' zei hij.

'Mijn moeder had iets met barbiepoppen.'

Ze was mooi: sluik platinablond haar dat over haar rug viel; groene ogen verscholen achter een bril met een zwaar, donker montuur. Wanneer ze aan het lezen was, vormden haar lippen soms de woorden. 'Wat weet u over mitochondrium-DNA?' vroeg ze.

'Dat u die techniek hopelijk kunt gebruiken om de twee haartjes te vergelijken?'

'Eh, ja, dat is mogelijk. Waar het echter om draait is de vraag wat u met die vergelijking wilt doen.' Skipper leunde naar achteren in haar stoel. 'Dankzij *C.S.I.* heeft nu iedereen over DNA-analyse gehoord. Meestal hebben ze het dan echter over celkern-DNA, van het soort dat je in gelijke helften van je moeder en vader meekrijgt. Er bestaat echter nog een ander soort DNA waarvan de mogelijkheden opgang maken in de wereld van het forensisch onderzoek – mitochondrium-DNA. Ondanks het feit dat u daar misschien niet veel

315

over weet – en u bent *beslist* de enige niet – werd die wetenschap toegepast tijdens de grootste zaak uit de wereldgeschiedenis: de aanslag op elf september.'

'Om de stoffelijke overschotten mee te identificeren?'

'Precies,' zei Skipper. 'De gebruikelijke inspanningen waren vergeefs. Ze konden namelijk geen intacte tanden of botten vinden die niet vermalen waren. Er was zelfs niets te vinden om door de röntgen te halen. Maar mitochondrium-DNA kun je gebruiken om van monsters die verbrand, verpulverd, of wat dan ook zijn, een profiel te maken. De wetenschappers hebben in dat geval alleen een speekselmonster nodig van een familielid van de overledene als vergelijkingsmateriaal.'

Ze pakte het haarmonster dat de vorige dag door Max onder de microscoop nauwkeurig was onderzocht. 'De reden dat we hierop een DNA-test kunnen loslaten – dus zonder dat er een haarzakje aan vastzit – is dat een cel niet alleen bestaat uit een kern. Een cel bestaat uit veel meer onderdelen, waaronder de mitochondriën, in wezen piepkleine krachtcentrales die ervoor zorgen dat de cel blijft functioneren. Een cel bevat honderden mitochondriën, terwijl er maar één celkern aanwezig is. Elk mitochondrium bevat verscheidene kopieën van het mitochondrium-DNA waarin we geïnteresseerd zijn.'

'Waarom wordt dat onderzoek niet voor alle misdaadprofielen gebruikt, als er zoveel meer mitochondrium-DNA voorhanden is dan celkern-DNA?'

'Wel, er zit een addertje onder het gras. Karakteristiek aan een celkern-DNA-profiel is dat er een kans bestaat van één op zes miljard dat er nog iemand anders rondloopt met dat DNA-profiel. De statistieken met betrekking tot het mitochondrium-DNA maken wat dat betreft veel minder onderscheid. In tegenstelling tot het celkern-DNA overerf je het mitochondrium-DNA alleen van je moeder. Dat betekent dat ook je broers en zussen allemaal haar mitochondrium-DNA hebben... net als *haar* moeder en *haar* broers en zussen, en ga zo maar door. Eigenlijk is het fascinerend te weten dat één vrouwelijke eicel tonnen aan mitochondriën bevat, vergeleken met een spermacel. Tijdens de bevruchting worden de mitochondriën van de spermacel niet alleen volledig in aantal overtroffen, ze worden zelfs vernietigd.' Er verscheen een brede glimlach op het gezicht van Skipper. 'Natuurlijke selectie op zijn best.'

'Jammer dat jullie ons in de buurt moeten houden om het hele bevruchtingsproces op gang te houden,' zei Bartholemew droogjes.

'O, maar u zou eens moeten kijken wat ze hiernaast in het kloonlaboratorium allemaal te weten komen,' antwoordde Skipper. 'Hoe dan ook, wat ik wil zeggen is dat je niets aan mitochondrium-DNA hebt als je tussen twee biologische broers of zussen een verdachte moet kiezen. Wel is het een uitstekend instrument als je iemand die geen familie is wilt uitsluiten van verder onderzoek. Als je vijftien plekken op een DNA-streng onderzoekt, zijn er statistisch gezien ruim een triljard celkern-DNA-profielen. Dat is schitterend als je voor een jury staat en een bepaald individu berecht wilt krijgen. Maar in het geval van mitochondrium-DNA zijn er tot nu toe slechts achtenveertighonderd reeksen geregistreerd... en van nog eens zesduizend is er verslag gedaan in de wetenschappelijke literatuur. Als het om mitochondrium-DNA gaat, kom je uit bij een familiefrequentie van nul komma veertien, of iets wat in die buurt ligt. In wezen komt het erop neer dat een individu een profiel deelt met vier procent van de wereldbevolking. Dat is voor een jury niet specifiek genoeg om een verdachte schuldig te verklaren zonder dat er gerede twijfel bestaat. Maar je kunt wel iemand uitsluiten als verdachte, omdat hij of zij *niet* dat bepaalde profiel heeft.'

'Kortom, als het mitochondrium-DNA-profiel van het haartje dat op het lichaam van het slachtoffer is gevonden *niet* identiek is aan het haar van Trixie Stone,' zei Bartholemew, 'dan kan ik haar niet koppelen aan de moord.'

'Precies.'

'En als dat DNA-profiel wel identiek is?'

Skipper keek naar hem op. 'Dan hebt u alle reden om haar te arresteren.'

De zon had de toendra's van Alaska overgeslagen. Zo kwam het althans bij Laura over. Waarom was het anders om negen uur 's ochtends nog aardedonker? Ze waren in Bethel geland en Laura wachtte vol spanning tot de stewardess de vliegtuigdeur zou openen. Het was al erg genoeg dat ze hoogtevrees had, en de pest aan vliegen. Daar kwam bij dat het toestel maar voor de helft met passagiers was gevuld; het voorste gedeelte was bestemd voor vracht.

'Hoe gaat het me je?' vroeg Daniel.

'Fantastisch,' zei Laura, die luchtig probeerde te klinken. 'Het zou een Cessna kunnen zijn, toch?'

Toen ze op het punt stonden het vliegtuig te verlaten, draaide Daniel zich om en trok de capuchon over haar hoofd, waarna hij de trekkoordjes aantrok en er onder haar kin een strik in legde, precies zoals hij dat deed toen Trixie nog klein was en naar buiten wilde om in de sneeuw te gaan spelen. 'Het is buiten kouder dan je denkt,' zei hij, waarna hij op de verrijdbare vliegtuigtrap stapte die naar het platform voerde.

Nou, dat was nog zwak uitgedrukt. De wind was als een mes dat je in reepjes sneed; ademhalen voelde aan of je glas inslikte. Laura volgde Daniel haastig over de landingsbaan naar een klein, vierkant gebouw.

Het interieur van de luchthaven bestond uit stoelen, gerangschikt in smalle rijen, en één incheckbalie, waarachter zich niemand bevond omdat het enige personeelslid naar een metaaldetector was gelopen om de passagiers te controleren die stonden te wachten voor een vertrekkende vlucht. Laura zag twee inheemse meisjes die een oudere vrouw omarmden. Gedrieën schuifelden ze huilend naar de gate.

Er hingen borden in het Engels en in het Yup'ik. 'Betekent dat *toilet*,' vroeg Laura terwijl ze naar een deur wees waarop ANARVIK stond.

'In het Yup'ik bestaat geen woord voor toilet,' zei Daniel. Hij glimlachte flauwtjes. 'De feitelijke vertaling is "plaats om te schijten".'

De deur bood toegang tot een linker- en rechterkant. De vertrekken voor de mannen en vrouwen werden niet aangeduid. Maar aan één kant ving ze een glimp op van een urinoir, dus liep ze de andere kant op. De wastafels moest je bedienen met voetpedalen. Ze drukte op een pedaal tot het water begon te stromen, waarna ze haar gezicht waste. Ze keek naar zichzelf in de spiegel.

Als iemand de toiletruimte binnenloopt, dacht ze, *zal ik me niet langer als een lafaard gedragen.*

Of als die familie in de vertrekhal door de beveiliging is, op weg naar de gate.

Of Daniel naar mij kijkt zodra ik de toiletruimte uitloop.

Dit spelletje had ze voortdurend met zichzelf gespeeld. Als er een licht uit- of aanging voordat ze tot tien had geteld, zou ze na de les naar Seth gaan. Als Daniel opnam voordat de telefoon drie keer was overgegaan, zou ze nog vijf minuten langer blijven.

Ze had deze willekeurige gebeurtenissen tot orakels gepromoveerd; ze stelde zich voor dat dat voldoende was om haar daden te rechtvaardigen.

Of het gebrek daaraan.

Ze veegde de handen af aan haar jas en liep de toiletruimte uit. De familie was nog steeds aan het huilen bij de metaaldetector, en Daniel stond met het gezicht naar het raam.

Laura zuchtte opgelucht en liep naar hem toe.

Trixie bibberde zo hevig dat er ondanks alle pogingen niet veel overbleef van de deken van verdord gras waarmee Willie hen had bedekt om warm te blijven. Het was geen deken die je gewoon over jezelf heen kon trekken; je moest je eronder begraven en warme gedachten koesteren, waarna je er het beste van hoopte. Haar voeten deden nog steeds zeer en haar haar lag in bevroren strengetjes op haar hoofd. Ze hield zich bewust wakker – om de een of andere reden kwam de gedachte aan slapen te dicht bij de grens waarachter je blauw, verstijfd en morsdood achterbleef, een grens die je misschien wel zonder het te merken kon overschrijden.

De adem van Willie vormde witte wolkjes die als Chinese lantaarns aan een koordje door de lucht zweefden. Hij had zijn ogen dicht, wat betekende dat Trixie zolang naar hem kon staren als ze maar wilde. Ze vroeg zich af hoe het was om hier op te groeien, om te weten hoe je moest overleven als een sneeuwstorm als deze je pad kruiste, in plaats dat je iemand nodig had om jou te redden. Ook vroeg ze zich af of haar vader dit soort dingen eveneens wist, of die elementaire kennis over leven en dood wellicht aan de basis lag van al die andere, gewone dingen die hij wist, zoals hoe je een duivel moest tekenen, een zekering diende te vervangen en hoe je voorkwam dat de pannenkoeken aanbakten.

'Ben je wakker?' mompelde ze.

Willie deed zijn ogen niet open, maar hij knikte nauwelijks merkbaar terwijl er witte damp uit zijn neusgaten walmde.

Een warme zone vormde de verbinding tussen haar en Willie. Ze lagen een halve meter van elkaar vandaan, met gras dat in hoopjes tussen hen in lag, maar telkens wanneer Trixie zich naar hem toedraaide, voelde ze dat het droge gras de warmte in haar richting geleidde, als het pulserende licht van een ster. Zodra ze dacht dat hij dat misschien niet merkte, schoof ze een paar centimeter dichter naar hem toe.

'Ken jij mensen die hierbuiten zijn doodgegaan van de kou?' vroeg Trixie.

'Ja,' zei Willie. 'Daarom maak je nooit een hol in een sneeuwbank. Want als je dan doodgaat, kan niemand je meer vinden, waardoor je geest nooit rust zal vinden.'

Trixie voelde dat haar ogen weer te vochtig werden. Dat was verschrikkelijk, want vrijwel meteen vroren haar wimpers weer aan elkaar vast. Ze dacht aan dat raster van snijwonden dat ze zichzelf op haar arm had toegebracht, een manier om ervoor te zorgen dat ze echte pijn voelde in plaats van het zielenleed dat aan haar hart knaagde. Nou ja, die pijn had ze dan nu gekregen, toch? Het leek of haar voeten in brand stonden; haar pijnlijke vingers waren inmiddels opgezwollen, als worstjes zo dik. De gedachte aan dat verfijnde scheermesje waarvan de scherpe kant als boter door haar huid ging, leek in vergelijking hiermee belachelijk – drama voor iemand die niet wist wat een echte ramp inhield.

Misschien moest je je realiseren dat je *daadwerkelijk* kon sterven om je ervan te weerhouden dat te willen doen.

Trixie snoot haar neus en legde haar vingertoppen tegen haar wimpers om het ijs te laten dooien. 'Ik wil niet doodvriezen,' fluisterde ze.

Willie slikte. 'Nou ja... er *is* een manier om het warmer te krijgen.'

'Hoe dan?'

'Je kleren uittrekken.'

'Ja, dat zal wel,' spotte Trixie.

'Ik maak geen grapjes.' Willie meed haar blik. 'We trekken allebei... je weet wel... daarna kruipen we tegen elkaar aan.'

Trixie staarde hem aan. Ze wilde niet tegen hem aanliggen. Ze bleef maar denken aan datgene wat er de vorige keer was gebeurd nadat ze zo dicht bij een jongen was geweest.

'Dat doe je nu eenmaal,' zei Willie. 'Het heeft voor de rest echt niks te betekenen. Mijn vader kleedde zich helemaal uit wanneer hij buiten met andere mannen de nacht moest doorbrengen.'

Trixie stelde zich voor dat haar vader dat deed – maar ze hield daar meteen mee op toen ze in gedachten was aanbeland bij het moment dat ze zich hem bloot moest voorstellen.

'De laatste keer dat dat was gebeurd, moest mijn vader de hele nacht tegen ouwe Ellis Puuqatak aanliggen. Daarna heeft hij plechtig beloofd dat hij nooit meer zijn slaapzak zou vergeten.'

Trixie keek hoe de woorden van Willie in de koude lucht kristalliseerden, elk woord zo verschillend van vorm als sneeuwvlokjes. Ze wist dat hij de waarheid tegen haar sprak. 'Jij moet eerst je ogen dichtdoen,' zei ze aarzelend.

Ze deed haar spijkerbroek, anorak en trui uit. Haar beha en slipje hield ze aan, omdat ze het van zichzelf echt niet kon maken die ook uit te trekken.

'Nu jij,' zei Trixie. Ze wendde haar blik van hem af terwijl hij zijn jas en zijn shirt uitdeed. Ze gluurde echter toch. De huidskleur van zijn rug deed denken aan de buitenkant van een amandel, en zijn schouderbladen waren zo flexibel als pistons. Hij deed zijn spijkerbroek uit en hupte eerst wat rond, waarbij hij geluidjes maakte als iemand die in het gemeentezwembad met veel bombarie eindelijk genoeg moed had verzameld om het koude water in te gaan.

Willie spreidde wat gras over de grond uit, waarna hij ging liggen en een gebaar maakte dat Trixie zijn voorbeeld moest volgen. Hij trok de jassen over hem en Trixie heen, als een deken, waarna hij daar eveneens gras oplegde.

Trixie kneep haar ogen dicht. Ze hoorde het geritsel van het dorre gras toen hij dichter naar haar toe kroop, en het kietelde op haar blote huid terwijl het zich tussen hen ophoopte. Met een hand raakte Willie haar rug aan. Ze verstijfde op het moment dat hij zich lepeltjesgewijs tegen haar aandrukte, waarbij hij zijn knieën in de holte van de hare schoof. Ze haalde diep adem. Ze probeerde niet te denken aan de jongen die zij het laatst had aangeraakt; de jongen die haar het laatst had aangeraakt.

Het inferno nam een aanvang op het moment dat ze zijn vingers op haar schouders voelde. Een gevoel dat zich verspreidde naar elk plekje van haar lichaam dat met het zijne verbonden was. Nu ze lepeltjesgewijs tegen Willie aan lag, merkte Trixie dat ze niet aan Jason dacht, en al evenmin aan de nacht waarin ze was verkracht. Ze voelde zich niet bedreigd, en ze was ook niet bang. Voor het eerst sinds uren had ze het eenvoudigweg lekker warm. 'Heb jij iemand gekend die is doodgegaan?' vroeg ze. 'Iemand van jouw leeftijd?'

Het duurde even, maar uiteindelijk antwoordde Willie: 'Ja.'

De ijskoude wind liet het zeildoek flapperen, als een praatzieke kletsmeier. Trixie ontspande haar vuisten. 'Ik ook,' zei ze.

Op papier was Bethel een stad, hoewel je het nauwelijks zo kon noemen. Er woonden nog geen zesduizend mensen, maar voor drieënvijftig eskimodorpen die aan de rivier lagen was Bethel het dichtstbijzijnde streekcentrum. Het netwerk van wegen was in totaal slechts twintig kilometer lang, terwijl de meeste wegen ook nog eens onverhard waren. Daniel maakte de deur van de terminal open en draaide zich naar Laura om. 'We kunnen een taxi nemen,' zei hij.

'Rijden hier dan *taxi's*?'

'De meeste mensen hebben geen auto. Wie hier een boot en een sneeuwscooter heeft, mag zich wat je noemt gesetteld weten.'

De taxichauffeuse was een kleine Aziatische vrouw, met op haar hoofd een enorme knot die deed denken aan een aanstaande lawine. Ze had een Gucci-zonnebril op – nep – hoewel het buiten nog donker was. En ze luisterde naar Patsy Cline op de radio. 'Waar wilt u heen?'

Daniel aarzelde. 'Begin maar gewoon te rijden,' zei hij. 'Ik zeg wel wanneer u kunt stoppen.'

Als de dooier van een ei was de zon uiteindelijk boven de horizon verschenen. Daniel staarde uit het raam naar het landschap, dat zo plat was als een pannenkoek, en opaak als gevolg van het ijs. Langs de wegen vol gaten en voren bevonden zich hier en daar huizen, variërend van kleine keten tot bescheiden panden met twee verdiepingen uit de jaren zeventig. Aan de kant van de weg stond een sofa zonder kussens; de veel te brede, opgevulde armleuningen waren bedekt met rijp.

Ze passeerden de wijken Lousetown en Alligator Acres, de Alaska Commercial Company en het medisch centrum waar Yup'ik-eskimo's gratis werden behandeld. Ook reden ze langs White Alice, een enorm, gewelfd gebouw dat leek op het scherm van een drive-in bioscoop, terwijl het feitelijk een radarsysteem betrof, een overblijfsel uit de Koude Oorlog. Toen Daniel nog een kind was, had hij zich daar wel honderd keer toegang tot verschaft. Hij klom dan via het middengedeelte, waar het aardedonker was, naar de top, om zich daar te bezatten met Windsor Whiskey.

'Oké,' zei hij tegen de taxichauffeuse. 'Hier mag u wat mij betreft stoppen.'

Bij de Long House Inn was het vergeven van de raven. Er zaten er minstens tien op het dak, en een ander groepje was in de afvalcontainer wat aan het bakkeleien over de resterende inhoud van een plastic tas van Hefty. Daniel betaalde de chauffeuse en staarde naar het gerenoveerde gebouw. Toen hij Alaska voor gezien had gehouden, stond het pand op het punt onbewoonbaar verklaard te worden.

Aan de voorzijde stonden drie sneeuwscooters geparkeerd, iets wat Daniel in zijn achterhoofd hield. Hij had er namelijk een nodig als hij eenmaal wist in welke richting hij Trixie moest zoeken. Hij kon er wel een zonder contactsleutel aan de praat krijgen, als hij zich tenminste nog herinnerde hoe dat ook alweer moest. Maar hij kon ook de koninklijke weg volgen en er een kopen met zijn Master-Card. Ze werden verkocht in de winkel van de Alaska Commercial Company, aan het einde van de gang van de zuivelafdeling, achter de pakken melk van zes dollar negenennegentig per gallon.

'Wist je dat een groep raven een *onvriendelijkheid* wordt genoemd,' zei Laura, die naast hem ging staan.

Hij keek haar aan. Om de een of andere reden leek het of in Alaska de ruimte tussen hen tweeën kleiner werd. Het zou echter ook zo kunnen zijn dat je gewoon ver genoeg van de plaats van het misdrijf vandaan moest zijn om de details te kunnen vergeten. 'Wist je dat raven Thais voedsel het lekkerst vinden?' antwoordde hij.

De ogen van Laura flonkerden. 'Jij hebt gewonnen.'

Boven de deur hing een spandoek: K300 HOOFDKWARTIER. Daniel liep naar binnen, waarbij hij eerst de sneeuw van zijn laarzen stampte. Toen deze sledehondenrace voor het eerst werd georganiseerd, was hij nog een kind. Mensen uit de omgeving, onder wie Rick Swenson, Jerry Austin en Myron Agstman, hadden het prijzengeld van een paar duizend dollar gewonnen. Tegenwoordig ging het om bedragen van twintigduizend dollar, en de ingeschreven *mushers* – onder wie Jeff King, Martin Buser en DeeDee Jonrowe – waren helden wier kennels gesponsord werden door het bedrijfsleven.

Het was druk in het vertrek. Een groepje eskimokinderen zat op de vloer. Ze dronken blikjes cola en gaven een stripboekje aan elkaar door. Twee vrouwen zaten achter telefoons en een andere vrouw was keurig netjes met een krijtje de laatste tussentijden op het schoolbord aan het noteren. Hij zag Yup'ik-moeders met baby's met een gezicht als een volle maan. Oude mannen bladerden door plakboeken met krantenartikelen. En schoolmeisjes met blauwzwarte vlechten giechelden achter hun handen terwijl ze stoofvlees – eten wat de pot schaft – en vruchtengebak namen. Iedereen liep waggelend rond in winterkleding; astronauten die zich op een verre planeet hadden begeven.

Wat was eigenlijk het verschil, dacht Daniel.

Hij liep naar de tafel waar de vrouwen de binnenkomende telefoontjes aannamen. 'Excuseer,' zei hij. 'Ik ben op zoek naar een tienermeisje.' Een vrouw hield een vinger in de hoogte. *Een momentje.*

Hij ritste zijn jas open. Voordat ze waren vertrokken, had hij een zware jas en andere winterkleding ingepakt. Nu hadden Laura en hij praktisch alles aan wat ze hadden meegenomen. In Maine kon het koud worden, maar dat was niets vergeleken met hoe het in de eskimodorpen zou zijn.

De vrouw hing op. 'Hallo. Kan ik...' Ze onderbrak zichzelf, want de telefoon ging weer.

Gefrustreerd draaide Daniel zich om. Ongeduld was een karaktertrek die je in de lagergelegen achtenveertig staten ontwikkelde; een

kind dat hier opgroeide kende dat niet. Op de toendra was het tijds-
besef anders. De tijd was daar als elastiek, maar als je even niet op-
lette, konden uren ook in een oogwenk als minuten worden ervaren.
Het enige dat echt volgens schema verliep, was het kerk- en schoolgebeuren, maar de meeste Yup'ik kwamen hoe dan ook toch te laat.

Daniel zag dat een oude man – hij zat op een stoel – naar hem
staarde. Het was een Yup'ik met een verweerde huid, iemand die van
jongs af aan een buitenleven had gehad. Hij had een groene, flanellen broek en een met bont afgewerkte parka aan. '*Aliurturua*,' fluisterde de man. Ik zie een geest.

'Ik ben geen geest.' Daniel deed een stap in zijn richting. '*Cama-i.*'

In het gezicht van de man verschenen rimpels, en hij pakte de hand
van Daniel. '*Alangruksaaqamken.*' Ik verbaas me dat je zo onverwacht bent opgedoken.

Daniel had in geen vijftien jaar Yup'ik gesproken, maar hij sprak
het nu niettemin vloeiend, als water in een stromende rivier. In feite
had Nelson Charles hem zijn eerste Yup'ik-woordjes geleerd: *iqalluk*
– vis, *angsaq* – boot, en *terren purruaq* – loop naar de verdomme-
nis. In vervlogen tijden had Nelson hem verteld dat hij dat moest
zeggen tegen kinderen die hem voor de gek hielden omdat hij een
kass'aq was. Daniel stak zijn hand naar Laura uit, die verbaasd naar
deze ontmoeting keek. '*Una arnaq nulirqaqa*,' zei hij. Zij is mijn
vrouw.

'Aangenaam,' zei Nelson in het Engels. Hij gaf haar een hand,
waarbij hij haar echter niet aankeek.

Daniel wendde zich tot Laura. 'Nelson was mijn plaatsvervangen-
de leraar. Wanneer de inheemse kinderen naar Anchorage gingen
voor een excursie, gesubsidieerd door de regering, mocht ik niet mee
omdat ik blank was. Dus nam Nelson mij mee op mijn eigen kleine
excursie, die eruit bestond dat we de visnetten en vallen controleer-
den.'

'Tegenwoordig geef ik geen les meer,' zei Nelson. 'Nu ben ik wed-
strijdcommissaris.'

Dat betekende, realiseerde Daniel zich, dat Nelson hier al sinds de
start aanwezig was. 'Ik moet je iets vertellen,' zei hij, en hij merkte
dat hij weer overging op het Yup'ik, omdat de woorden, als door-
nen op zijn tong en in zijn keel, in die taal niet zoveel pijn deden als
in het Engels. '*Paniika tamaumauq.*'

Mijn dochter wordt vermist.

Aan Nelson hoefde hij niet uit te leggen waarom hij dacht dat zijn
kind, dat ver weg in een andere staat woonde, na haar vermissing

uiteindelijk in Alaska verzeild was geraakt. De Yup'ik begrepen dat de persoon die je was voordat je 's avonds ging slapen niet noodzakelijkerwijs de persoon was die je zou zijn nadat je was wakker geworden. Je zou namelijk best veranderd kunnen zijn in een zeehond of beer. Misschien had je het land van de doden doorkruist. En je zou tussen neus en lippen door een wens luid in je dromen uitgesproken kunnen hebben, om er vervolgens achter te komen dat die wens bewaarheid was geworden, en dat je er dus middenin zat.

'Ze is veertien,' zei Daniel, waarna hij Trixie probeerde te beschrijven. Hij wist echter niet wat hij moest zeggen. Hoe konden haar gewicht, lengte en de kleur van haar lokken overbrengen dat zodra ze lachte haar ogen in spleetjes veranderden. Dat ze één kant van de boterham met pindakaas en de andere met jam besmeerd wilde hebben. Dat ze soms midden in de nacht uit bed kwam en een gedicht ging schrijven, omdat ze daarover gedroomd had.

De vrouw die de hele tijd getelefoneerd had, kwam achter haar tafel vandaan. 'Sorry... de telefoon blijft gaan. Maar goed, de enige voor mij onbekende jongeren die hier langs zijn geweest, zijn verbonden aan de organisatie Jesuit Volunteers. Eén meisje arriveerde later met het vliegtuig, vanwege een sneeuwstorm. Ze zullen nu wel allemaal in Tuluksak zijn, als aanvullend personeel voor de controlepost.'

'Hoe zag ze eruit?' vroeg Laura. 'Ik bedoel dat meisje dat later arriveerde.'

'Een mager ding. Zwart haar.'

Laura keek Daniel aan. 'Dat is ze niet.'

'Het meisje had geen warme jas bij zich,' zei de vrouw. 'Dat vond ik nogal raar voor een grietje dat weet dat ze naar Alaska reist. Ze had zelfs geen *muts* op.'

Daniel herinnerde zich dat Trixie naast hem op de passagiersstoel van zijn pick-up zat terwijl ze in hartje winter naar de ingang van de middelbare school reden. *Het is verschrikkelijk koud,* had hij gezegd, waarbij hij haar een oranjekleurige, lange gebreide jagersmuts gaf die hij op had wanneer hij buiten hout aan het hakken was. *Doe deze op.* Haar antwoord was: *Paps, je wilt toch niet dat ze denken dat ik helemaal gek geworden ben?*

Vroeger, toen hij in Akiak woonde, waren er momenten dat hij zich bewust werd van dingen die stonden te gebeuren. Soms ging dat heel eenvoudig in zijn werk, zoals denken aan een vos, waarna je opkeek en er vervolgens een zag. Maar op andere momenten was dat gevoel wat moeilijker te doorgronden, zoals aanvoelen dat er achter je rug, waar de andere jongens zich bevonden, iets broeide, zodat je je op tijd kon omdraaien om als eerste iemand een mep te verkopen. Ooit was hij er zelfs door uit zijn slaap gehaald; het geluid van een jachtgeweer waarmee één keer werd gevuurd, en de echo van stuiterende basketballen in de kar waartegen de kogel was afgeketst.

Zijn moeder had dat toeval genoemd. De Yup'ik dachten daar echter heel anders over. Het leven van de mensen, en de interactie tussen hen, kon je beschouwen als een lapje strak geweven kant: zodra je aan een draadje trok, ging een ander draadje wellicht bobbelig zitten. Hoewel hij die denkwijze in zijn tienerjaren, in Akiak, van tafel had geveegd, realiseerde hij zich nu wat het betekende zodra de huid bij zijn slapen strak trok, toen het licht zich te snel voor zijn ogen schakeerde, vlak voordat hij in gedachten zijn dochter zag, die *geen* muts droeg, en ook verder niets trouwens, en die lag te rillen in wat deed denken aan een hooiberg.

Daniel voelde dat zijn hart een slag oversloeg. 'Ik moet naar Tuluksak.'

'*Ikayurnaamken*,' zei Nelson. Ik zal je helpen.

De laatste keer dat hij hier was geweest, had hij geen hulp gewild, van niemand. De laatste keer dat hij hier was, had hij bewust afgezien van elke vorm van steun. Nu echter wendde hij zich tot Nelson. 'Mag ik je sneeuwscooter lenen?' vroeg hij.

De controlepost in Tuluksak bevond zich in een schoolgebouw. Het pand stond dicht genoeg bij de rivier om de *mushers* de gelegenheid te geven hun honden op de oever van de rivier op strobedjes te laten uitrusten om vervolgens naar het gebouw te lopen voor een warme hap. Alle *mushers* die aan de K300 meededen, passeerden Tuluksak twee keer – op de heenweg naar Akiak, en op de terugweg. Op de controleposten moest je verplicht vier uur rusten. De honden werden dan door een dierenarts nagekeken. Toen Trixie en Willie er arriveerden, rustte op de rivieroever een hondenteam uit. De *musher* was er niet bij. De honden werden in de gaten gehouden door een knul met een klembord in zijn hand. Hij vroeg of ze onderweg, op de route, een ander hondenteam hadden gezien. Alle *mushers* waren Tuluksak inmiddels gepasseerd, op één na. Waarschijnlijk was hij opgehouden door de storm. Nadat hij in Akiak had ingecheckt, had niemand echter nog iets van hem gehoord.

Trixie had die ochtend weinig woorden met Willie gewisseld. Even na zessen in de ochtend was ze wakker geschrokken. Eerst realiseerde ze zich dat het niet meer sneeuwde. Daarna werd ze zich ervan bewust dat ze het niet koud meer had. Willie had een arm over haar heen geslagen en ze voelde zijn adem in haar nek. Heel vernederend vond ze echter dat harde ding dat ze tegen haar dij voelde drukken. Heel voorzichtig, haar gezicht gloeiend van gêne, was ze van Willie weggeschoven, waarna ze zich meteen helemaal had aangekleed voordat hij wakker werd en zich realiseerde dat hij een stijve had.

Willie parkeerde voor de school en stapte van zijn sneeuwscooter. 'Ga je niet mee naar binnen?' vroeg Trixie, maar hij prutste inmiddels aan zijn voertuig en leek niet in het minst geïnteresseerd om haar op tactvolle wijze voor te stellen. 'Zoals je wilt,' mompelde ze zachtjes, waarna ze het gebouw inliep.

Pal voor haar stond een trofeeënkast waarin zich een houten masker bevond, gedecoreerd met veren en bont, en een schitterende beker, waarop een basketbal was gegraveerd. Ernaast stond een lange jongen met een lang gezicht. 'Jij bent Andi niet,' zei hij verbaasd.

De Jesuit Volunteers, die de controlepost in Tuluksak bemanden, waren adolescenten die à la het Peace Corps belangeloos hun diensten aanboden aan het medisch centrum in Bethel, waar de inheemse bevolking gratis werd behandeld. Trixie had altijd gedacht dat jezuïeten kloosterlingen waren, of priesters. Deze jonge mensen waren dat duidelijk niet. Ze had aan Willie gevraagd waarom ze zo werden genoemd, maar hij had slechts schouderophalend gereageerd.

'Ik weet niet wie Andi is,' zei Trixie. 'Ze hebben alleen tegen me gezegd dat ik hierheen moest gaan.'

Ze hield haar adem in en wachtte tot die jongen met een vinger naar haar wees en zou krijsen dat ze de boel aan het *bedriegen* was. Maar voordat hij daartoe de gelegenheid kreeg, stapte Willie naar binnen en stampte de sneeuw van zijn laarzen. 'Hé, Willie, alles kits?' zei de lange jongen. Willie knikte en liep een van de klaslokalen in, naar een tafel waarop servies was uitgestald. Hij pakte een kom en verdween vervolgens door een andere deur.

'Nou, eh, ik ben Carl,' zei de jongen. Hij stak een hand naar haar uit.

'Trixie.'

'Heb je dit werk al eens eerder gedaan?'

'O, tuurlijk,' loog Trixie. 'Al zóóó vaak.'

'Geweldig.' Hij ging haar voor naar het klaslokaal. 'Het is hier momenteel nogal een heksenketel, want er is net een hondenteam binnengekomen. Dit lokaal is in feite de kern van het web: ten eerste, bovendien het belangrijkste, kun je hier eten.' Hij wees naar de tafel. 'De hele dag komt er wel iemand van de inheemse bevolking eten brengen. Als je nog niet gegeten hebt, kan ik je de beversoep aanbevelen. Tegenover de deur waar jij binnenkwam, is een ander klaslokaal, waar de *mushers* slapen als ze hier zijn voor hun reisonderbreking. Dat wil voor ons niet veel meer zeggen dan dat ze een mat pakken en tegen je zeggen hoe laat ze gewekt willen worden. We werken in ploegen... elk halfuur gaat iemand bij de rivier zitten, wat in dit weer een godsgruwelijk ongebruikelijke straf is. Als je dienst hebt op het moment dat een *musher* arriveert, zorg je ervoor dat hij zijn tussentijd weet, die je doorbelt naar het hoofdkwartier. Daarna laat je hem zien waar zijn met triplex omheinde hondenkraal is, waar hij ook zijn uitrusting kwijt kan. Momenteel is iedereen een beetje over zijn toeren omdat een van de teams na het luwen van die storm nog niet is gearriveerd.'

Trixie luisterde naar wat Carl te vertellen had, knikte op de juiste momenten, maar hij had net zo goed Swahili kunnen spreken. Misschien dat als ze iemand anders bezig zag met datgene wat zij geacht werd te doen, ze dat gewoon na zou kunnen doen in de periode dat zij dienst had.

'*Mushers* mogen hier honden laten vallen, het is maar dat je het weet,' zei Carl.

Waarom? vroeg Trixie zich af. *Om te kijken of ze op hun poten terechtkomen?*

Ergens ging een mobiele telefoon. Iemand riep naar Carl. Nadat ze alleen was gelaten, liep ze maar wat rond en hoopte dat ze Willie niet tegenkwam, die op zijn beurt *haar* zo moeiteloos wist te mijden. Het leek of deze school uit slechts twee klaslokalen bestond. Trixie dacht aan de plattegrond van Bethel High, haar middelbare school. De hele zomer had ze geprobeerd die plattegrond in haar geheugen te prenten voordat ze zich daar als brugklasser zou presenteren.

'Het is je gelukt.'

Trixie draaide zich om en zag de dierenarts met wie ze in het bushvliegtuig van Anchorage naar Bethel was gereisd. 'Het lijkt er wel op.'

'Nou, dan neem ik aan dat ik je straks buiten wel weer tegenkom. Ik heb gehoord dat ik daar flink wat bevriezingsverschijnselen zal oplopen.' Hij trok de rits van zijn jas omhoog en zwaaide terwijl hij de deur uitliep.

Trixie was uitgehongerd, maar niet voldoende om iets te eten waarin wellicht een bever was verwerkt. Ze begaf zich naar de petroleumkachel, in de hoek van het vertrek, en stak er haar handpalmen naar uit. Het voelde niet warmer aan dan Willie.

'Ben je er klaar voor?'

Alsof haar gedachten hem te voorschijn hadden geroepen, zo stond hij plotseling naast haar. 'Voor wat?'

'Voor wat zich hier afspeelt.'

'O, ja hoor,' zei ze. 'Makkie.' Hij grijnsde zelfgenoegzaam en maakte aanstalten om weg te gaan. 'Hé, waar ga je heen?'

'Naar huis. Ik woon in dit dorp.'

Tot op dat moment had Trixie zich niet gerealiseerd dat ze weer op zichzelf werd teruggeworpen. Als tiener had ze altijd deel uitgemaakt van een groter geheel – het gezin, de klas, leeftijdgenoten – en er was altijd wel iemand in de buurt die zich met haar zaakjes bemoeide. Hoe vaak was ze niet woedend weggelopen na een ruzie met haar moeder terwijl ze naar haar gilde dat ze met rust gelaten wilde worden?

Wees voorzichtig met wat je wenst, dacht Trixie, want al na één dag die ze moederziel alleen had doorgebracht, was ze nu opeens van streek vanwege het feit dat ze op het punt stond het gezelschap van een volslagen vreemde kwijt te raken.

Ze probeerde alle gevoelens en emoties van haar gezicht te halen om ervoor te zorgen dat ze net zoveel onverschilligheid uitstraalde als hij naar haar toe toonde. Opeens herinnerde ze zich dat ze nog steeds een jas aanhad die van een bekende van hem was. Haastig begon ze de rits naar beneden te trekken.

Willie drukte haar handen weg. 'Hou maar,' zei hij. 'Ik kom er later wel voor terug.'

Ze volgde hem het schoolgebouw uit, waarbij ze het gevoel had dat de kou tussen haar lokken in haar schedel pookte. Willie begaf zich in de richting van een groepje kleine huizen, die tweedimensionaal leken; een schets in de tinten rookbruin en grijs. Hij had zijn handen diep in de zakken gestoken, en hij liep iets gedraaid tegen de wind in om de bijtende bries enigszins draaglijk te maken. 'Willie,' riep Trixie. Hoewel hij niet omkeek, hield hij wel zijn pas in. 'Bedankt.'

Hij dook dieper weg in zijn jas, een soort erkentelijkheid, waarna hij dwars op de wind verder liep naar het dorp. En dat was precies hoe Trixie zich voelde. Hoewel ze op deze reis op allerlei plaatsen arriveerde, bleef ze hoe dan ook de verkeerde richting opgaan. Ze keek Willie na, deed net of ze hem kon zien, hoewel dat niet het geval was. Uiteindelijk werd ze afgeleid door het geluid van blaffende honden bij de rivier.

De JV die ze hadden gezien op het moment dat ze op de sneeuwscooter waren gearriveerd, bevond zich nog steeds op het ijs en hield de wacht over de honden, die snel en hijgend ademhaalden. Hij zag Trixie, begon te grijnzen en overhandigde haar het klembord. 'Kom jij mij aflossen? Het is hier verschrikkelijk koud. Hé, luister, Finn Hanlon is even pissen terwijl de dierenarts de honden aan het checken is.'

'Wat moet ik doen?' zei Trixie, maar de jongen was al halverwege de glooiing; hij nam de kortste weg naar het schoolgebouw, waar het lekker warm was. Zenuwachtig keek Trixie om zich heen. De dierenarts had het te druk om aandacht aan haar te besteden. Wel waren er enkele eskimokinderen die tegen een leeg blikje Sprite schopten, en hun ouders, die voortdurend hun gewicht verplaatsten om zich tegen de kou te wapenen, en die met elkaar praatten over wie dit jaar de race zou winnen.

De leidhond van het hondenteam zag er moe uit. Arm ding. Trixie kon dat goed begrijpen. Zij had achter op de sneeuwscooter dezelfde route afgelegd en was er bijna aan onderdoor gegaan. Hoe erg zou het zijn om op je blote voeten en in je blootje door die kou te moeten? Vluchtig keek ze naar de dierenarts. Hij zou toch wel even een oogje in het zeil kunnen houden, voor het geval de laatste *musher* binnenkwam? Ze liep weg van het hondenteam en begaf zich naar twee kisten, die naast elkaar stonden. Ze rommelde even in een van die bakken, pakte een handvol hondenbrokken en liep terug naar de husky. Ze stak haar open handpalm naar haar uit en voelde de ruwe, warme tong over haar huid schrapen om deze traktatie op te eten.

'Tjeses,' riep iemand. 'Ben je erop uit mij gediskwalificeerd te krijgen?'

De *musher* staarde op haar neer. Hij had een borststukje voor van doek, waarop het nummer 12 stond. Ze wierp een blik op het klembord: FINN HALON.

'Jij bent mijn honden aan het voeren!'

'S-sorry,' stamelde Trixie. 'Ik dacht...'

Hanlon negeerde haar en wendde zich tot de dierenarts. 'Wat is jouw oordeel?'

'Niks aan de hand, zolang je hem maar niet in de race neemt.' De dierenarts ging staan en veegde zijn handen af aan zijn jas.

De *musher* knielde, wreef de hond tussen zijn oren en haakte de tuiglijn los. 'Ik laat hem vallen,' zei hij, terwijl hij de halsbandlijn aan Trixie gaf. Zij hield de lijn vast en keek toe terwijl Hanlon de treklijn aanpaste van de hond die de partner van Juno was, zodat de trekkracht aan de slee weer in evenwicht was. 'Schrijf mij maar uit,' beval hij, waarna hij op de ribben van de slee ging staan, zich aan de gewelfde handgreep vasthield en het hondenteam met een soepel gangetje noordwaarts vertrok, de loop van de rivier volgend, waarbij ze steeds sneller gingen en de toeschouwers op de rivieroever juichten.

De dierenarts pakte zijn tas op. 'Kom, we gaan ervoor zorgen dat Juno een behaaglijk plekje krijgt,' zei hij. Trixie knikte en hield de halsbandlijn als een hondenriem vast terwijl ze met het dier naar het schoolgebouw liepen.

'Heel raar,' zei de dierenarts.

Trixie draaide zich om en zag dat hij voor een paal stond die in het gras aan de oever van de rivier in de grond was geslagen. 'Maar het is hier zo koud...'

'Heb jij dat ook gemerkt? Bind hem vast. Ik ga stro halen.'

Trixie maakte de halsbandlijn vast aan de paal. De dierenarts kwam terug met een lading hooi in zijn armen. 'Je zult je verbazen hoe lekker knus dit is,' zei hij. Trixie dacht aan de nacht die ze met Willie had doorgebracht.

Plotseling roerde zich iets in het groepje toeschouwers, waardoor iedereen in beweging kwam. Ze begonnen te wijzen naar het punt waar de rivier achter de horizon verdween. Trixie greep het klembord tussen haar twee wanten vast en keek naar het speldenknopje in de verte.

'Dat is Edmonds!' riep een Yup'ik-jongen. 'Hij heeft het gehaald.'

De dierenarts ging staan. 'Ik ga Carl waarschuwen,' zei hij, waarna Trixie weer op zichzelf werd teruggeworpen.

De *musher* droeg een witte parka die tot onder zijn knieën kwam. Op zijn borststuk stond het cijfer 6. 'Wauw,' riep hij. Zijn eskimohonden hielden hun pas in en kwamen hijgend tot stilstand. De *swing dog*, de hond die zich het dichtst bij de slee bevond, krulde zich meteen op, net een vioolhals, en sloot haar ogen.

De kinderen renden over de rivieroever naar hem toe en trokken aan de jas van de *musher*. 'Alex Edmonds! Alex Edmonds!' schreeuwden ze. 'Ken je me nog van vorig jaar?'

Edmonds joeg ze van zich af. 'Ik moet effe krabben,' zei hij tegen Trixie.

'Hm? Oké' antwoordde ze, waarbij ze zich afvroeg waarom hij vond dat iedereen moest weten dat hij ergens jeuk had. Maar Edmonds rukte het klembord uit haar handen en trok een streep door zijn naam, waarna hij het ding aan haar teruggaf en vervolgens achter in de slee een slaapzak weghaalde. Daar lag een oude man, een Yup'ik, die naar alcohol stonk en schokkende bewegingen maakte, ondanks het feit dat hij sliep. 'Ik trof hem langs de route aan. Tijdens de storm moet hij buiten bewustzijn zijn geraakt. Ik heb hem gisteravond mond-op-mondbeademing gegeven om hem weer aan de praat te krijgen, maar het weer was te slecht om hem terug te brengen naar het medisch centrum in Bethel. Vanaf die plaats was dit de dichtstbijzijnde controlepost... kan iemand me helpen om hem naar binnen te dragen?'

Voordat Trixie de gelegenheid kreeg om naar het schoolgebouw te rennen, zag ze dat Carl en de andere vrijwilligers zich over de glooiing naar de rivier haastten. 'Goeie genade,' zei Carl, die naar de dronkaard staarde. 'Waarschijnlijk heb je zijn leven gered.'

'Wat *dat* ook waard mag zijn,' antwoordde Edmonds.

Trixie keek toe terwijl de andere vrijwilligers de oude man uit de slee sleepten en hem naar het schoolgebouw droegen. De omstanders fluisterden onder elkaar en maakten klokkende geluiden. Trixie ving flarden op van gesprekjes in het Yup'ik en Engels: *Edmonds was vroeger verpleger... Kingurauten Joseph heeft wat goed te maken... verdomde jammer.* Een Yup'ik-vrouw met dikke brillenglazen en een pruilmondje liep naar Trixie toe. Ze boog zich over het klembord en wees naar de streep die door zijn naam was gehaald. 'Ik heb tien dollar op hem gewed,' klaagde ze.

Nu alle sledehondenteams zich hadden gemeld, verspreidden de toeschouwers zich en liepen naar het dorp waar Willie heen was gegaan. Trixie vroeg zich af of hij familie was van een van de kinderen die Edmonds hadden toegejuicht. Ook vroeg ze zich af wat hij had gedaan toen hij thuiskwam. Had hij sinaasappelsap zo uit het pak gedronken, zoals zij dat gedaan zou hebben? Zou hij zich gedoucht hebben? Was hij op bed gaan liggen, waarbij hij aan haar dacht?

Zo snel als het er een drukte van belang was, zo snel was de rivieroever ook weer verlaten. Trixie keek naar het noorden, maar ze kon Finn Hanlon en zijn hondenteam niet meer zien. Vervolgens staarde ze naar het zuiden. Ze had echter geen flauw idee uit welke richting zij en Willie waren gekomen. De zon stond nu hoger boven de kim, waardoor de ijsvlakte één glinsterend geheel werd. Haar ogen gingen ervan prikken terwijl het toch al moeilijk was om op die witte vlakte de route te zien.

Trixie ging naast Juno op het stro zitten en aaide de hond over zijn kop, waarbij ze haar wanten aanhield. De husky staarde naar haar op met een bruin en een blauw oog, en als hij hijgde leek het of hij glimlachte. Trixie stelde zich voor hoe het zou zijn om als een slede-hond door het leven te gaan, om je te realiseren dat je zou worden achtergelaten wanneer je het gewicht niet meer achter je aan kon trekken. En ze stelde zich voor hoe het zou zijn om in een vreemde omgeving op je instincten te vertrouwen, en om het verschil te weten tussen waar je was en waar je heenging.

Zodra 's winters de rivier was dichtgevroren, kreeg die zijn eigen hoofdwegnummer. Je zag dan op elk moment roestige vrachtwagens en sledehondenteams over het ijs in een onbepaalde richting gaan, of een route nemen die evenwijdig met de stroom liep. Zoals de meeste Yup'ik-eskimo's had Nelson niet veel op met helmen en sneeuwbrillen. Om zichzelf op de sneeuwscooter van de oude man tegen de wind te wapenen, moest Daniel zich naar voren buigen, dichter naar het windscherm toe. Laura zat achter hem, haar gezicht in zijn jas gedrukt.

Midden op de rivier stond een witte vrachtwagen geparkeerd. Toen Daniel langzamer ging rijden, voelde hij dat Laura zich achter op de sneeuwscooter ontspande – ze had het verschrikkelijk koud, maar klaagde niet. 'Dit moet een controlepost zijn,' zei hij, waarna hij van het voertuig stapte terwijl de spieren van zijn dijen nog steeds vibreerden door de kracht van de motor.

Een blanke vrouw met dreadlocks draaide het zijraampje aan de bestuurderskant naar beneden. 'Kingurauten Joseph, in godsnaam, ga in de achtertuin van iemand anders van je stokje, wil je?'

Kingurauten was Yup'ik voor *te laat*. Daniel trok de sjaal naar beneden, waarmee hij zijn mond en neus had bedekt. 'Volgens mij ben ik niet degene die u denkt dat ik ben,' begon hij. Opeens realiseerde hij zich dat hij de vrouw in die vrachtwagen kende. 'Daisy?' zei hij aarzelend.

Gekke Daisy, zo noemden ze haar in de periode dat ze met de hon-denslee de post naar de eskimodorpen bracht. Daniel was toen nog een kind. Met gefronste wenkbrauwen keek ze hem aan. 'Wie ben jij, in godsnaam.'

'Daniel Stone,' zei hij. 'De zoon van Annette Stone.'

'Zo heette het kind van Annette niet. Hij...'

'Wassilie,' vulde Daniel haar aan.

Daisy krabde over haar hoofd. 'Jij was toch degene die ervandoor ging, omdat...'

'Nee,' loog Daniel. 'Ik ben alleen vertrokken omdat ik kon gaan studeren aan de universiteit.' Het was algemeen bekend dat Gekke

Daisy zo was geworden vanwege het feit dat ze in de jaren zestig was opgetrokken met de lui van Timothy Leary, waardoor het functionerende deel van haar hersenen het had begeven. 'Heb je toevallig een sneeuwscooter zien passeren met een *kass'aq*-meisje en een Yup'ik-jongen?'

'Vanmorgen?'

'Ja.'

Daisy schudde haar hoofd. 'Nee. Sorry.' Ze maakte een schokkerige hoofdbeweging in de richting van het laadgedeelte van de vrachtwagen. 'Wil je even binnenkomen en je opwarmen? Ik heb koffie en Snickers.'

'Geen tijd,' zei Daniel, in gedachten verzonken. Als Trixie Akiak niet was gepasseerd, hoe had hij haar dan kunnen missen op deze route?

'Misschien een andere keer,' riep Daisy hard, terwijl hij met de contactsleutel zijn sneeuwscooter startte. 'Ik wil graag met jou bijpraten.'

Daniel deed net of hij haar niet had gehoord. Maar toen hij om de vrachtwagen heenreed, begon Daisy als een gek naar hem te zwaaien om zijn aandacht te trekken. 'Vanmorgen is er niemand gepasseerd,' zei ze. 'Maar gisteravond heb ik wel een meisje en een jongen voorbij zien gaan, vóórdat het ging stormen.'

Daniel gaf geen antwoord, maar reed de rivieroever op, in de richting van Akiak, het stadje dat hij vijftien jaar geleden was ontvlucht. In de voormalige wasserette – je kon er de was doen, maar ook een douche nemen – was nu een buurtwinkel en een videotheek gevestigd. De school was echter nog steeds een vierkant, grijs nutsgebouw; bij het pand ernaast, waar hij was opgegroeid, waren twee honden aan een paal vastgebonden. Daniel vroeg zich af wie daar nu woonde. Zou het nog steeds een schooljuffrouw zijn? Zou ze kinderen hebben? Zouden de basketballen in de gymzaal nog steeds uit zichzelf gaan stuiteren? Zou de laatste persoon die het schoolgebouw afsloot nog steeds het oude schoolhoofd voor zich zien? Het schoolhoofd dat zelfmoord had gepleegd en aan een dwarsbalk in het enige klaslokaal hing?

Hij stopte voor het huis dat aan de andere kant naast het schoolgebouw stond; in feite een keet die niet veel voorstelde. Voor het pand stond een sneeuwscooter, en een aluminium boot stak voor een klein gedeelte onder een blauw zeildoek uit. Papieren sneeuwvlokjes waren met plakband aan de ramen gekleefd, alsook een rood, metalliek kruis. 'Waarom stoppen we hier?' vroeg Laura. 'We moeten toch achter Trixie aan?'

Daniel stapte van de sneeuwscooter, draaide zich om en keek haar aan. 'Jij gaat niet met me mee.'

Ze was niet gewend aan dit soort kou, en hij kon het zich niet permitteren om langzamer te reizen en riskeren dat hij Trixie voorgoed zou kwijtraken. Diep van binnen wilde hij bovendien alleen zijn wanneer hij haar had gevonden. Er was namelijk zoveel dat hij aan haar moest uitleggen.

Met stomheid geslagen staarde ze hem aan. Er lag rijp op haar wenkbrauwen, en haar wimpers waren aan elkaar geklit met ijs. Toen ze uiteindelijk sprak, leek het of er een wit spandoek tussen hen in hing. 'Doe me dat alsjeblieft niet aan,' zei ze, terwijl ze begon te huilen. 'Ik wil met je meegaan.'

Daniel trok haar in zijn armen, want hij vermoedde dat Laura dit als een straf beschouwde, een vergeldingsactie vanwege het feit dat zij *hem* in de steek had gelaten toen zij een verhouding had. Ze leek er kwetsbaar door geworden, en het maakte hem ervan bewust hoe gemakkelijk het nog steeds was om elkaar te krenken. 'Als we letterlijk de hel moesten doorkruisen om Trixie te vinden, zou ik jou volgen. Maar dit is een ander soort hel, en ik ben degene die weet hoe het er daar precies uitziet. Ik vraag je... nee, ik *smeek* je om mij te vertrouwen.'

Laura opende haar mond om iets te zeggen, maar wat wellicht een antwoord zou kunnen zijn, bleek slechts een kringel van waterdamp van hetgeen ze niet over haar lippen kreeg. Vertrouwen was precies datgene wat niet meer tussen hen beiden bestond. 'Ik reis sneller als ik me geen zorgen meer over jou hoef te maken,' zei hij.

Daniel zag oprechte angst in haar ogen. 'Kom je terug?' vroeg ze.

'We komen *beiden* terug.'

Laura keek om zich heen naar de straat met de vele gaten en diepe voren, en naar de sporen die door sneeuwscooters waren gemaakt bij de openbare waterplaatsen aan het eind van de straat. Het stadje lag er verstild bij, door de wind geteisterd, en ijskoud. Als een eindpunt, wist Daniel.

'Kom, ga met mij mee.' Hij leidde Laura een houten trapje op. Zonder te kloppen opende hij de deur en betrad een kleine voorkamer. Boven hen, aan spijkers die in een frame waren geslagen, hingen plastic zakken, en er lagen stapels kranten. Rechts van hen bevond zich een paar omgevallen laarzen. En aan de achterste muur hing een gelooide huid, met daarnaast een deur die toegang bood tot de rest van het huis. Op het linoleum lag een gespleten elandhoef, en een halve, bevroren ribbenkast.

Aarzelend stapte Laura eroverheen. 'Heb jij... hier gewoond?'

Er ging een binnendeur open. Een yup'ik-vrouw van om en nabij de zestig jaar oud, kind op de arm, keek Daniel aan en deinsde prompt achteruit, waarbij de tranen in haar ogen sprongen.

'Nee, ik niet,' zei Daniel. 'Maar Cane.'

Charles en Minnie Johnson, de ouders van Daniels enige, echte vriend uit zijn jeugd, gedroegen zich tegenover hem met dezelfde eerbied die ze getoond zouden hebben wanneer er een geest aan hun keukentafel was gaan zitten om een kop koffie met ze te drinken. Charles was zo getaand en getekend als een kaneelstok. Hij had een spijkerbroek aan die vol zat met kreukels. Verder droeg hij een rood, geruit overhemd en hij noemde Daniel Wass. Zijn ogen waren aangetast door grauwe staar, alsof het leven iets was dat in een lichaam werd gegoten, een vat dat alleen een zekere hoeveelheid ervan kon bevatten alvorens de herinneringen uit de ramen van het bewustzijn wegzweefden.

'Dat is lang geleden,' zei Charles.

'Ja.'

'Heb je in de Outside gewoond?'

'Met mijn gezin.'

Er viel een lange stilte. 'We vroegen ons al af wanneer je thuis zou komen,' zei Minnie.

De Yup'ik spraken niet over de doden. Om die reden deed Daniel dat evenmin. Maar in het bewaren van stiltes was hij minder geoefend. In een Yup'ik-huishouden konden tien minuten verstrijken tussen een vraag en een antwoord. Soms hoefde je het antwoord niet eens hardop te zeggen en was de gedachte daaraan voldoende.

Zwijgend zaten ze rond de keukentafel. Opeens liep een jonge vrouw door de voordeur naar binnen. Ze was onmiskenbaar de dochter van Minnie – ze had dezelfde brede glimlach en die gladde huid, waarvan de kleur aan bitternoot deed denken. Daniel herinnerde zich haar alleen als het kleine meisje dat graag verhalen vertelde, waarbij ze met een botermesje in de vochtige, zachte aarde kraste om haar vertellingen toe te lichten. Maar nu hield ze in haar armen haar eigen kind vast, een beweeglijk dikkertje, dat naar Laura keek en al wijzend begon te lachen.

'Het spijt me,' zei Elaine verlegen. 'Het is voor het eerst dat hij iemand met die kleur haar ziet.' Ze deed haar sjaal af en trok de rits van haar jas naar beneden, wat ze ook bij haar kind deed.

336

'Elaine, ik wil je even voorstellen aan Wass,' zei Charles. 'Hij heeft hier lang geleden gewoond.'

Daniel ging staan om haar een hand te geven. Op het moment dat hij dat deed, reikte het kind naar hem. Grinnikend ving Daniel hem op terwijl het jongetje zich uit de armen van zijn moeder wurmde. 'En wie is dit?'

'Mijn zoon,' zei Elaine. 'Hij heet Cane.'

Elaine woonde in hetzelfde huis als haar ouders, samen met haar twee oudere kinderen en haar man. Dat gold bovendien voor haar zus Aurora, zeventien jaar en hoogzwanger. Ze had ook een broer, die achter in de twintig was; Laura zag hem in de enige slaapkamer die het pand rijk was, waar hij koortsachtig met zijn Nintendo speelde.

Op de keukentafel stond een kom, waarin een homp bevroren vlees. Als Laura een gokje moest doen, zou ze hebben gezegd dat het vlees nauw verwant was aan het elandenvlees dat ze in de voorkamer had zien liggen. Er bevond zich een kachel, maar er was geen gootsteen voorhanden. In plaats daarvan stond er in de hoek van de keuken een drum met tweehonderd liter water. Stoffige lokvissen om mee in wakken te vissen, en antieke met de hand gesneden kajakpeddels, hingen aan het plafond. Naast de versleten bank stonden emmers van twintig liter, gevuld met reuzel en gedroogde vis. De muren waren bedekt met religieuze parafernalia, zoals liturgieën, gedenkplaatjes waarop Jezus en Maria waren afgebeeld, en heiligenkalenders. Overal waar nog een rechthoekige ruimte aan de muur was overgebleven, was een foto vastgespijkerd; recente kiekjes van de baby, oude schoolfoto's van Elaine, Aurora en hun broer, en Daniel, de jongen die beschuldigd werd van moord.

Het had iets bijzonder ironisch om hier achtergelaten te worden, ook al brak het koude zweet haar uit wanneer ze daar alleen maar aan dacht. Laura was nooit vergeten wat Daniel had gezegd over de wildernis van Alaska: een plaats waar mensen niet zelden van de aardbodem verdwenen. Kon je dat een voorspelling noemen met betrekking tot Trixie en Daniel? En wat zou dat voor Laura kunnen betekenen?

In Maine, waar Laura's leven onverbiddelijk ontspoord was geraakt, was dat een angstwekkend en ongewoon, vreemd visioen. Hier had ze echter geen standaardnorm om dingen mee te vergelijken – de *norm* was hier namelijk dat je niet wist wat er het volgende moment zou gaan gebeuren. Ze begreep niet waarom niemand haar aankeek, en al evenmin waarom de jongen die zich met zijn Nintendo bezighield niet te voorschijn was gekomen om zich aan hen voor te stellen, of waarom hij *dat* allernieuwste stukje technologie in zijn bezit had terwijl het huis niet meer was dan een keet. En waarom zouden een vader en moeder je welkom heten in hun huis als ze er ook min of meer van overtuigd waren geweest dat je hun zoon had vermoord? De wereld stond hier op zijn kop, en zij baande zich tastend een weg door die wereld door aan de naden ervan te voelen.

Daniel praatte zachtjes met Charles en vertelde hem over Trixie. 'Excuseer,' zei Laura, die zich naar Minnie toeboog. 'Kan ik even naar het toilet?'

Minnie wees naar de gang. Aan het einde daarvan zag ze een uitgevouwen karton dat als een scherm was rechtgezet, oorspronkelijk een doos waarin een koelkast was verpakt. 'Laura,' zei Daniel. Hij kwam prompt van zijn stoel.

'Niks aan de hand, hoor!' Ze dacht dat als ze Daniel zover kon krijgen dat hij haar geloofde, dat hij haar daar dan ook van kon overtuigen. Ze glipte achter het scherm. Haar mond viel open, want er was geen toiletruimte, zelfs geen toiletpot. Alleen een witte emmer, van het soort dat zich in de woonkamer bevond en waarin gedroogde vis werd bewaard. En op die emmer lag een toiletbril.

Ze trok haar skibroek naar beneden en ging op haar hurken zitten, waarbij ze voortdurend haar adem inhield en hoopte dat niemand aan het luisteren was. Toen Laura en Daniel gingen samenwonen, was er sprake van een zekere timide sfeer. Per slot van rekening was zij zwanger, waardoor er vaart was gezet achter een relatie die onder normale omstandigheden misschien wel jaren nodig had gehad om tot dat niveau, die verbintenis, te komen. Laura kon zich bijvoorbeeld herinneren dat Daniel gedurende de eerste maanden zijn wasgoed apart hield van het hare. En zij meed schichtig het toilet in de badkamer wanneer Daniel zich toevallig aan het douchen was.

Ze kon zich niet goed meer herinneren wanneer ze waren begonnen hun shirts, spijkerbroeken en ondergoed niet langer apart in de wasmachine te doen. Of wanneer zij in staat was te plassen terwijl hij op nog geen meter van haar vandaan zijn tanden poetste. Maar dat gebeurde nu eenmaal wanneer de levens van twee mensen uiteindelijk naadloos in elkaar overgingen.

Laura trok haar kleren recht – je handen wassen was niet eens mogelijk – en stapte achter het kartonnen scherm vandaan. Daniel wachtte in het nauwe gangetje op haar. 'Ik had je moeten waarschuwen voor die toiletemmer.'

Ze dacht aan het feit dat Daniel het onverdraaglijk vond dat de vaatwasser werd aangezet wanneer die niet propvol zat, en dat hij zich steevast binnen vijf minuten had gedoucht. Ze vond altijd dat hij te zuinig was. Maar nu ze zich realiseerde dat hij was opgegroeid in een milieu waar water een luxe en sanitair een verre wensdroom was, besefte ze ook dat het simpelweg een gewoonte betrof die te diep geworteld was om er zomaar opeens mee te breken.

'Ik moet gaan,' zei Daniel.

Laura knikte. Ze wilde naar hem glimlachen, maar de aanzet daartoe kon ze in zichzelf niet vinden. Er kon zoveel gebeuren tussen nu en de volgende keer dat ze hem weer zou zien. Ze sloeg haar armen om Daniel heen en drukte haar gezicht tegen zijn borstkas aan.

Hij leidde haar naar de keuken, waar hij de hand van Charles schudde en in het Yup'ik zei: '*Quyana. Piurra.*'

Daniel liep naar de voorkamer, gevolgd door Laura. Ze stond bij de voordeur, keek toe hoe hij de sneeuwscooter startte en erop klom. Hij stak een hand op – adieu, tot ziens – en zei iets waarvan hij wist dat zij dat boven het kabaal van de motor uit niet kon horen.

Ik hou van je.

'Ik hou ook van jou,' mompelde Laura, maar tegen die tijd bestond alles wat van Daniel was overgebleven uit datgene wat hij achter zich liet: uitlaatgassen in de vorm van een langgerekte rooksliert, gearceerde sporen in de sneeuw en een waarheid die beiden sinds lang niet meer hadden uitgesproken.

Bartholemew staarde naar het vel papier met de onderzoeksresultaten dat Skipper Johanssen hem had gegeven. 'Hoe zeker bent u van uw zaak?'

Skipper haalde haar schouders op. 'Zo zeker als het daar zwart op wit staat. Eén honderdste procent van de wereldbevolking heeft hetzelfde mitochondrium-DNA-profiel als uw verdachte. We hebben het nu over zeshonderdduizend mensen. Ze zouden allemaal op de plaats van het misdrijf geweest kunnen zijn.'

'Maar dat suggereert ook dat negenennegentig komma negenennegentig procent van de bevolking zich daar *niet* heeft opgehouden.'

'Inderdaad. Althans niet als we uitgaan van het haartje dat u op het lichaam van het slachtoffer hebt gevonden.'

Bartholemew staarde haar aan. 'Dus Trixie Stone valt niet onder die negenennegentig komma negenennegentig procent?'

'Zo is het.'

'Dus ik kan Trixie Stone niet uitsluiten?'

'Niet als u zich baseert op het mitochondrium-DNA.'

Het begon er allemaal wat beter uit te zien, als je er met een scheef oog naar keek, dacht Bartholemew. 'Ondanks het feit dat Max zei...'

'Geen verkeerd woord over Max. Maar in vergelijking met de gevalideerde, wetenschappelijke tests die ik hier doe, zal er geen enkele rechter zijn die zijn vonnis mede baseert op een analyse die met het menselijk oog is uitgevoerd.' Skipper glimlachte naar hem. 'Ik denk dat u een verdachte hebt,' zei ze.

De familie Johnson was verslaafd aan het Game Show Network. Ze waren vooral zeer te spreken over Richard Dawson, die iedereen kuste die op twee benen liep terwijl hij *Family Feud* presenteerde. 'Er komt een dag,' bleef Minnie zeggen, terwijl ze haar man met een elleboog een por gaf, 'dat ik ervandoor ga met Richard.'

'Zeker gaat-ie ervandoor.' Charles lachte. 'Zodra hij in de gaten krijgt dat jij hem achterna loopt.'

Ze hadden een schotel, een flatscreen, een PlayStation en een GameCube, maar ook een dvd/videorecorder en audioapparatuur waarbij die van Laura maar schamel afstak. Roland, de asociale broer, had die apparatuur gekocht met de cheque die hij dit jaar van het Alaska Permanent Fund had ontvangen – het oliedividend dat iedere inwoner van Alaska sinds 1984 kreeg uitbetaald. De Johnsons leefden het hele jaar van de cheque die Charles kreeg, ter waarde van elfhonderd dollar, aangevuld met kariboe – verkregen dankzij de jachtexpedities – en de zalm die ze 's zomers in de visserskampen hadden gevangen. Roland had tegen haar gezegd dat de inwoners van Akiak zelfs gratis draadloos internet konden krijgen. Ze kwamen in aanmerking voor deze technologie, gesubsidieerd door de overheid, omdat ze op het platteland woonden én eskimo waren. Niemand kon zich echter financieel de hardware veroorloven. Je moest namelijk eerst een computer kopen, en dat bedrag kwam praktisch overeen met het dividend dat het Permanent Fund jaarlijks uitkeerde.

Toen Laura schoon genoeg had van Richard Dawson, trok ze haar jas aan en ging naar buiten. Aan een telefoonpaal had iemand een basketbalring vastgespijkerd; de bal lag halfbegraven in een hoop sneeuw. Ze pakte de bal en liet hem even stuiteren, waarbij ze zich verbaasde over het echoënde geluid. Hier hoorde je geen gazonmaaiers, en al evenmin schetterende radio's of rapmuziek. En geen dichtslaande SUV-portieren, geen gekwetter van kinderen die allemaal tegelijk uit een schoolbus kwamen, geen gonzend geluid van een nabijgelegen snelweg. Dit was het soort oord waar je de tuimelschakelaartjes in je hoofd hoorde als je je gedachten formuleerde, als je die gedachten concreet wilde maken.

Hoewel Laura heel zeker wist dat Trixie Jason niet had vermoord, begreep ze niet waarom Trixie van huis was weggelopen. Was ze alleen maar bang? Of wist ze meer dan ze wilde loslaten over wat er die avond was gebeurd?

Laura vroeg zich af of het mogelijk was om voor altijd op de vlucht te zijn. Daniel had dat in elk geval beslist voor elkaar gekregen. Ze wist dat zijn jeugd buitenissig was geweest, maar zoiets grimmigs als dit had ze zich daarbij niet voorgesteld. Als ze had gedacht dat er een gigantische kloof bestond tussen de man die ze had ontmoet terwijl ze nog studeerde en de man met wie ze nu samenleefde, dan bestond er nog een grotere kloof tussen de Daniel die zij had ontmoet en de wereld waaruit hij te voorschijn was gekomen. Laura vroeg zich af waar al die overboord gegooide persoonlijkheden van Daniel waren gebleven. Ze vroeg zich ook af of je iemand alleen maar op een bepaald moment in de tijd kende, aangezien de betreffende persoon over een jaar, of over een dag, veranderd kon zijn. Ze vroeg zich af of iedereen zichzelf opnieuw 'uitvond', en of dat zo natuurlijk was als dieren die vervellen of in de rui zijn.

Als Laura eerlijk tegen zichzelf zou zijn – werd het inmiddels niet hoog tijd? – moest ze toegeven dat Trixie eveneens was veranderd. Ze had zo graag willen geloven dat achter die gesloten slaapkamerdeur haar dochter nog steeds voor God speelde en de scepter zwaaide over de inwoners van haar poppenhuis, terwijl ze in feite geheimen had, haar grenzen verkende en in iemand was veranderd die Laura niet meer herkende.

Daniel had echter wel de wacht gehouden over de metamorfose van Trixie. Hij gedroeg zich zo nerveus bij de gedachte dat hun dochter ouder werd, dat ze het moest opnemen tegen de wereld en erdoor verpletterd kon worden. Uiteindelijk bleek echter dat Trixie volwassen was geworden op een moment dat Daniel even niet had opgelet, omdat hij tijdelijk was afgeleid door het verraad van zijn vrouw.

Je werd niet onaangenaam verrast door hetgeen je niet wist over de mensen van wie je hield, maar door datgene wat je niet over jezelf wilde toegeven.

Toen de deur openging, schrok ze. Haar gedachten verspreidden zich als een zwerm kraaien. Charles stond op het trapje en rookte een pijp. 'Je bent buiten en ziet geen Yup'ik. Weet je wat dat wil zeggen?'

'Nee.'

341

'Dat het te verrekte koud is om daar te staan.' Hij nam de basketbal uit de handen van Laura en gooide hem keurig door de ring, waarna ze samen keken hoe de bal in de tuin van de buren rolde.

Laura stak de handen in haar zakken. 'Het is zo stil hier,' zei ze. *Wat ironisch,* dacht ze, *om een gesprekje te hebben over het gebrek aan gesprekjes.*

Charles knikte. 'Zo nu en dan verhuist er iemand naar Bethel. Maar ze komen allemaal terug omdat het er te luidruchtig is. In die contreien gebeurt veel te veel.'

Dat was moeilijk voor te stellen. Bethel was wel de laatste stad die door Laura als een metropool zou worden beschouwd. 'In New York is het zo luidruchtig dat ze waarschijnlijk zouden ontploffen.'

'Ik ben daar ooit geweest,' zei Charles, waarover zij zich verbaasde. 'O, ik ben op veel plaatsen geweest waar je niet aan zou denken: in Californië, en Georgia. Ik diende toen in het leger. En ik was in Oregon, in de periode dat ik op school zat.'

'Universiteit?'

Charles schudde zijn hoofd. 'Basisschool. Toen er nog geen wet was die bepaalde dat elk dorp toegang moest hebben tot het onderwijssysteem, werden we van overheidswege ergens heen gestuurd om dezelfde dingen te leren als de blanken. Je kon je eigen school uitkiezen... er was er een in Oklahoma, maar ik ging naar Chemawa, in Oregon, omdat mijn neefjes daar al op school zaten. Je kunt je niet voorstellen hoe ziek ik daar werd van al dat eten van de blanken... en het was er bloedheet. Ik ben zelfs een keer in de problemen geraakt omdat ik met een van mijn schoenveters een konijnenstrik had gemaakt.'

Laura probeerde zich voor te stellen hoe het zou zijn om weggestuurd te worden van de plek die je thuis was, alleen omdat iemand anders vond dat dat beter voor je was. 'U moet dat verschrikkelijk hebben gevonden.'

'Indertijd wel,' zei Charles. Hij liet de inhoud van zijn pijp op de grond vallen en schopte wat sneeuw over de as. 'Nu ben ik daar niet zo zeker meer van. De meesten gingen terug naar huis. We hadden echter de gelegenheid gekregen om eens te kijken wat er te koop was in de wereld, en hoe andere mensen leefden. Tegenwoordig zijn er kinderen die nooit het dorp uitkomen. De enige *kass'aqs* die ze ontmoeten zijn leraren. En de enige onderwijskrachten die hier komen, kunnen geen baan krijgen in hun eigen streek of ze zijn ergens voor op de vlucht... niet bepaald rolmodellen. De kinderen van tegenwoordig willen allemaal het dorp uit, maar als het eenmaal zover is, lijkt het oord waar ze terechtkomen op Bethel, alleen honderd keer erger. De mensen zijn er veel te onrustig en praten te veel, en voordat je het weet komen ze terug naar een oord waar ze niet willen zijn... en zijn ze tot het besef gekomen dat ze nergens heen kunnen vluchten.' Charles keek Laura vluchtig aan, waarna hij de pijp in zijn zak stopte. 'Mijn zoon heeft zich dat ook gerealiseerd.'

Ze knikte. 'Daniel heeft me over hem verteld.'

'Hij was niet de eerste. Een jaar daarvoor had een meisje pillen geslikt. En vóór die periode hadden twee honkbalspelers zich opgehangen.'

'Wat erg,' zei Laura.

'Van het begin af aan wist ik dat Wass niet degene was die Cane had vermoord. Cane had de hand aan zichzelf geslagen, er was gewoon geen houden aan. Sommige mensen graven zo'n diep gat voor zichzelf dat ze niet meer weten hoe ze eruit moeten komen.'

En er zijn mensen, dacht Laura, *die besluiten alles vaarwel te zeggen.*

Hoewel het pas twee uur was, verdween de zon nu al langzaam achter de horizon. Charles liep terug naar het opstapje bij de deur. 'Ik weet dat je het gevoel moet hebben dat je op Mars bent. En dat wij twee, jij en ik, zo verschillend zijn als je je maar kunt voorstellen. Maar ook ik weet hoe het is om een kind kwijt te raken.' Bij de bovenste trede draaide hij zich om. 'Kom niet om van de kou. Wassilie zal het me nooit vergeven.'

Hij liet Laura buiten staan, om naar de uitdijende avondlucht te kijken. Ze liet zich kalmeren door dat totale gebrek aan geluid. Wennen aan de stilte was gemakkelijker dan je dacht.

Toen de Jesuit Volunteers ervoor probeerden te zorgen dat de lichaamstemperatuur van Kingurauten Joseph weer normaal werd door zijn bevroren kleren los te knippen en hem toe te dekken met dekens, troffen ze een vleesmes aan, en een bot dat op verfijnde wijze tot een duif was gesneden, en in zijn laars bevond zich driehonderd dollar. In deze contreien gold de casheconomie, zei Carl tegen Trixie. Joseph had zijn ziektekostenverzekering in zijn sok gestopt.

Trixie was net terug van de rivieroever, haar dienst zat erop. Nog steeds had ze het ijskoud. 'Blijf maar hier,' stelde Carl voor. 'Dan kunnen jullie samen opwarmen.' Hij liet haar achter terwijl zij de wacht hield over de oude man.

Ze vond dat niet erg. De meeste vrijwilligers probeerden wat te gaan slapen terwijl de *mushers* de race voortzetten van Tuluksak

343

naar Kalskag, daarna naar Aniak, waarna ze terug zouden komen. Trixie was echter klaarwakker; tijdens de reis hierheen had ze naast Willie geslapen. Bovendien lag haar lichaam in de clinch met een jetlag. Ze herinnerde zich dat elk jaar wanneer de klokken werden teruggezet haar vader erop stond dat ze het oude schema bleven volgen, zodat hij tijd uitspaarde en dat extra uurtje meepikte, waardoor hij overdag meer werk kon verzetten. Maar nadat hij een tijdje die extra minuten had gebruikt, viel hij 's avonds eerder voor de televisie in slaap. Uiteindelijk gaf hij zich gewonnen en hield hij hetzelfde tijdschema aan als de rest van de wereld.

Ze zou nu zo graag haar vader in haar buurt willen hebben.

'Ik heb je gemist,' antwoordde hij. In het schemerige klaslokaal draaide Trixie zich met een ruk om. Haar hart bonsde. Ze zag echter niemand.

Ze keek op Joseph neer. Hij had een breed, getekend Yup'ik-gezicht, en wit haar, geklit tot krulletjes. Zijn stoppelbaard glinsterde zilverachtig in het maanlicht. Zijn handen waren op zijn borstkas gevouwen. Handen die in de verste verte niet op die van haar vader leken. Die van Joseph zagen er onbehouwen, eeltig uit; het gereedschap van een arbeider. De handen van haar vader waren glad, met lange vingers, besmeurd met inkt – een kunstenaar.

'Ah, Nettie,' mompelde hij, terwijl hij zijn ogen opendeed. 'Ik ben teruggekomen.'

'Ik ben Nettie niet,' zei Trixie, die wat verder van hem vandaan ging zitten.

Joseph knipperde met zijn ogen. 'Waar ben ik?'

'Tuluksak. U bent bijna doodgevroren.' Trixie aarzelde. 'U was helemaal dronken en van uw stokje gegaan langs de route van de K300. Een *musher* is gestopt met de race om u hier af te leveren. Hij heeft uw leven gered.'

'Hij had die moeite niet hoeven te doen.'

Joseph had iets over zich wat Trixie bekend voorkwam. Iets waardoor ze nog eens goed wilde kijken naar de rimpels bij zijn ogen en de manier waarop zijn wenkbrauwen waren gevormd. 'Ben jij een van die Jezus-kinderen?'

'Dat zijn de Jesuit Volunteers,' corrigeerde Trixie hem. 'Nee, ik hoor niet bij die club.'

'Wie ben jij dan?'

Tja, dat was de hamvraag. Zelfs als Joseph de loop van een geweer tegen haar hoofd zou hebben gezet, had Trixie daar geen antwoord op kunnen geven. Het ging trouwens niet om haar naam, aangezien dat niets zou verklaren. Ze wist wel wie ze vroeger was geweest – die voorstelling was als een afbeelding in een sneeuwstolpje, waarin alles troebel werd wanneer je er te hard mee schudde. Maar zodra ze even haar adem inhield, kon ze alles weer heel duidelijk zien. Ze was nu in staat zichzelf te evalueren en je te vertellen hoe verbaasd ze was dat ze deze afstand had afgelegd, en hoe vreemd ze het vond te ontdekken dat liegen haar net zo gemakkelijk afging als ademhalen. Wat ze echter niet onder woorden kon brengen was datgene wat er was gebeurd in de periode dat ze van de ene persoon in de andere was veranderd.

Haar vader had haar vaak verteld dat toen ze acht jaar was zij midden in de nacht wakker werd terwijl haar armen en benen tintelden, alsof ze uit de kom waren. *Dat zijn groeipijnen,* had hij meevoelend tegen haar gezegd, waarna ze in tranen uitbarstte. Ze was er namelijk van overtuigd dat ze de volgende ochtend bij het opstaan even groot zou zijn als hij.

Het verbazingwekkende was echter dat dat *inderdaad* zo snel gebeurde. Ze dacht aan al die ochtenden, terwijl ze op de middenschool zat, dat ze nauwgezet keek of haar borsten al ontloken, en aan al die oefenkusjes voor de spiegel in de badkamer om er zeker van te zijn dat op het uur dat het erop aankwam haar neus niet in de weg zou zitten, en aan de tijd dat ze had gewacht tot een jongen belangstelling voor haar kreeg. Al met al bleek dat opgroeien precies zo was als ze gevreesd had. Op een ochtend ging je alarmwekker af, waarna je opstond en besefte dat je de gedachten van iemand anders in je hoofd had, of misschien alleen je oude gedachten, minus de hoop.

'Je bent dus niet Nettie,' zei Joseph toen Trixie geen antwoord gaf. 'Weet je dat zeker?'

Zo had hij haar zonet ook genoemd. 'Wie is Nettie?'

'Wel, eh,' zei hij terwijl hij zijn hoofd naar de muur draaide. 'Ze is dood.'

'Dan is de kans heel klein dat ik Nettie ben.'

Joseph leek verrast. 'Heb jij dan nooit gehoord over het meisje dat terugkwam uit het dodenrijk?'

Trixie rolde met haar ogen. 'U bent nog steeds helemaal dronken.'

'Een jong meisje stierf terwijl ze zich daar niet van bewust was,' antwoordde Joseph, alsof ze niets gezegd had. 'Ze wist alleen dat ze op reis was en een dorp had bereikt. Haar oma was daar ook, en ze woonden samen onder één dak. Zo nu en dan gingen ze naar een ander dorp, waar de vader van het meisje haar parka's gaf, gevoerd met bont. Wat ze niet wist was dat hij ze in feite aan haar naamgenoot gaf, het meisje dat op de wereld kwam vlak nadat zijn dochter was overleden.'

345

Voorzichtig ging Joseph rechtop zitten, zodat een sterke alcohollucht in het gezicht van Trixie walmde. 'Op een dag gingen ze naar huis, nadat ze in dat andere dorp waren geweest. De oma van het meisje zei dat ze enkele dingen vergeten had en ze vroeg aan haar of ze die wilde gaan halen. Ze zei ook tegen het meisje dat als ze bij een gevallen dennenboom arriveerde, zij er overheen moest klimmen, hoewel het misschien gemakkelijker zou zijn om eronderdoor te kruipen of eromheen te lopen.'

Trixie sloeg haar armen over elkaar en merkte dat ze inmiddels geboeid luisterde.

'Het meisje liep terug naar het dorp. En ja hoor, ze arriveerde bij de gevallen boom. Ze probeerde te doen wat haar oma haar had opgedragen, maar toen ze over de stam heen klom, verloor ze haar evenwicht en viel. Dat was het laatste wat ze zich kon herinneren. Ze wist niet hoe ze terug moest naar haar oma, en ze begon te huilen. Op dat moment kwam een man die in het dorp woonde uit zijn *qasgiq* en hoorde dat iemand aan het huilen was. Hij liep naar de plaats waar het geluid vandaan kwam en zag het meisje dat jaren geleden was overleden. Hij probeerde haar overeind te helpen, maar zijn handen tastten slechts in het niets.'

Natuurlijk, dacht Trixie. *Hoe meer je veranderde, hoe minder er van je overbleef.*

'Nadat de man zijn armen had ingewreven met voedsel kon hij haar vastpakken, ondanks het feit dat het meisje tegenstribbelde. Hij nam haar mee naar zijn *qasgiq* en probeerde op de houten vloer te blijven staan, maar voortdurend zweefden ze omhoog. Een oudere vrouw wreef het meisje toen in met zeehondenolie, die in lampen werd gedaan, waarna ze in staat was te blijven staan zonder weg te zweven. Ze zagen allemaal dat dit het overleden meisje was. Ze had de parka's aan die haar vader jarenlang aan haar naamgenoot had gegeven. En weet je, toen ze was teruggekomen, stierf haar naamgenoot niet lang daarna.' Joseph trok de deken tot aan zijn kin omhoog. 'Ze werd zelf heel oud,' zei hij. 'En ze vertelde aan de mensen hoe het was om in *Pamaalirugmiut* te zijn – het oord aldaar, aan het zicht van de mensen onttrokken.'

'O ja?' zei Trixie, die er geen woord van geloofde. 'Laat me eens raden... was er ook wit licht en harpmuziek?'

Joseph keek haar verbaasd aan. 'Nee, ze zei altijd dat het daar droog was. Mensen die overlijden, hebben altijd dorst. Daarom geven we de doden vers water mee. En dat is misschien de reden dat ik altijd op zoek ben naar drank, omdat mijn keel zo droog is.'

346

Trixie trok haar knieën op tot aan haar borstkas. Ze huiverde bij de gedachte aan Jason. 'U bent niet dood.'

Joseph legde zijn hoofd weer op de mat. 'Ik zou er maar niet te vast op rekenen,' zei hij.

'Ik vind het niet te koud voor een wandeling,' zei Aurora Johnson in perfect Engels, zonder het geringste accent. Ze stond te wachten tot Laura antwoord zou geven, alsof zij haar een vraag had gesteld.

Misschien voelde Aurora de behoefte met iemand te praten, maar wist ze niet hoe ze dat moest vragen. Laura kon dat wel begrijpen. Ze ging staan en pakte haar jas. 'Zal ik met je meegaan?'

Aurora glimlachte en trok haar jas aan, die tot aan haar knieën kwam, maar waarbij ze het toch voor elkaar kreeg de ritssluiting over haar dikke buik dicht te maken. Ze stapte in haar laarzen, waarvan de zolen zo dik waren dat die een brandweerman niet zouden misstaan, en ging naar buiten.

Laura kwam naast haar lopen, en ze stapten stevig door om zich te wapenen tegen de kou. Twee uur geleden was Daniel vertrokken. Het was al aardedonker, ondanks het feit dat het middag was. Er waren geen straatlantaarns om hun pad te verlichten, en al evenmin de gloed van een snelweg, waar dan ook. Af en toe passeerden ze een huis, waar het groene schijnsel van een tv als een geest door het raam kwam. Meestal zagen ze echter alleen de lucht, in marineblauw fluweel, met zo ontzettend veel sterren dat je er met een arm doorheen zou kunnen vegen.

Aurora had bruin haar met oranje strepen. Lange strengen waaiden over de randen van de capuchon van haar parka naar achteren. Ze was al hoogzwanger, hoewel ze slechts drie jaar ouder was dan Trixie. 'Wanneer komt de baby?' vroeg Laura.

'Mijn BIB-datum is tien januari.'

'BIB-datum?'

'Be-in-Bethel,' legde Aurora uit. Ofwel de dag dat ze in Bethel moest zijn. 'Als je in een van de dorpen woont en je bent zwanger, ga je ongeveer zes weken voordat je bent uitgerekend naar de kraamkliniek in Bethel. Op die manier krijg je meteen hulp van een arts zodra dat nodig is. Anders moet er in het geval van een complicatie vanuit het medisch centrum een anguyagta in een Blackhawk worden ingevlogen. Dat kost de National Guard tienduizend dollar per vlucht.' Ze keek Laura vluchtig aan. 'Heb jij er maar één?'

Laura knikte en boog haar hoofd terwijl ze aan Trixie dacht. Ze hoopte dat Trixie het lekker warm had, ongeacht waar ze zich nu ophield. En dat iemand haar wat te eten zou geven, en een deken. Ook hoopte ze dat Trixie liet merken waar ze heen ging, zoals ze dat jaren geleden in de padvinderij had geleerd – een gebroken takje hier, een hoopje kiezels daar.

'Minnie is mijn tweede moeder, weet je,' zei Aurora. 'Ik ben geadopteerd. Zo gaat dat hier in de families. Als een baby overlijdt, geeft een zus of een tante je misschien hun kind. Na de dood van Cane werd ik geboren. Mijn moeder gaf mij toen aan Minnie, waardoor ik haar dochter werd.' Ze haalde haar schouders op. 'Mijn baby geef ik aan de nicht van mijn biologische moeder.'

'Ga jij je kind zomaar weggeven?' vroeg Laura geschokt.

'Ik geef haar niet weg. Ik regel het zo dat ze ons beiden heeft.'

'En de vader dan?' vroeg Laura. 'Is hij ook nog in beeld?'

'Ik zie hem ongeveer één keer per week,' zei Aurora.

Laura hield haar pas in. Ze sprak met een Yup'ik-meisje dat hoogzwanger was, maar het leek of ze naar het gezicht van Trixie keek, of ze haar stem hoorde. Stel dat zij, Laura, in de buurt was geweest in de periode dat ze met Jason ging, in plaats dat ze zelf een verhouding had. Zou Trixie dan ooit met hem uit zijn gegaan? Zou ze dan, nadat ze het hadden uitgemaakt, net zo'n wrak zijn geworden? Zou ze dan op de avond van het feestje in het ouderlijke huis van Zephyr zijn geweest? Zou er dan sowieso sprake van verkrachting zijn geweest?

Tegenover elke actie staat een reactie. Maar misschien kon je je vergissingen ongedaan maken door te voorkomen dat anderen dezelfde beoordelingsfouten maakten. 'Aurora,' zei Laura langzaam. 'Ik zou jou vriend graag willen ontmoeten.'

Het Yup'ik-meisje straalde. 'Echt waar? Nu?'

'Dat zou geweldig zijn.'

Aurora pakte haar hand vast en sleepte haar mee door de straten van Akiak. Nadat ze een langgerekte, grijze laagbouw hadden bereikt, stapte ze moeizaam op de houten verhoging. 'Ik moet even het schoolgebouw in,' zei ze.

De deuren waren niet afgesloten, maar er was niemand binnen. Aurora knipte het licht aan en haastte zich een belendend vertrek in. Laura trok de rits van haar jas naar beneden en keek naar de gymzaal, rechts van haar, met de glimmende vloer. Als ze goed om zich heen keek, zou ze dan de bloedsporen van Cane misschien nog kunnen zien? Zou ze zich kunnen verplaatsen in de stappen die Daniel lang geleden had genomen, in de periode dat hij vluchtte en in haar leven terechtkwam?

Laura werd afgeleid door het geluid van – nou ja, het kon onmogelijk een toilet zijn dat werd doorgespoeld, of wel? Ze deed de deur open van het vertrek waar Aurora naar binnen was gegaan en waarop *Nas'ak* stond. Aurora bevond zich voor een stevige, witte, porseleinen wastafel met *stromend water*. 'Daar was mijn blaas echt aan toe,' zei Aurora glimlachend.

'Heeft dit gebouw *sanitaire voorzieningen?*' Laura keek vluchtig om zich heen. Over de bovenrand van het toilethokje hingen allerlei kledingstukken: beha's, slipjes, T-shirts met lange mouwen, sokken.

'Alleen in de school,' zei Aurora. 'Op elk willekeurig moment van de dag kan hier een rij tot aan de deur staan van meisjes die hun haar komen wassen. Dit is het enige vertrek waar het water niet bevriest.'

Ze gaf Laura de gelegenheid het toilet en de andere faciliteiten te gebruiken. *Gebruiken* was eigenlijk niet het juiste woord. *Genoegen scheppen in* was beter. Of *danken voor*. Daarna gingen ze weer naar buiten. 'Woont je vriend hier ver vandaan?' zei Laura, die zich afvroeg wat er zou gebeuren als Daniel terugkwam en niet wist waar ze uithing.

'Achter die heuvel,' antwoordde Aurora. Maar toen ze de top van die glooiing hadden bereikt, zag Laura geen huizen. Ze volgde Aurora door een hek, waarna ze omzichtig het platgetreden pad volgden in plaats van tussen de tot je heupen reikende verhogingen door te lopen. Door de duisternis realiseerde ze zich even later pas dat ze naar het achterste gedeelte van een klein kerkhof liepen, waar verspreid een stuk of wat witte houten kruizen stonden, vrijwel helemaal begraven onder de sneeuw.

Aurora hield haar pas in bij een schoongeveegd graf. In het houten kruis was een naam gesneden: ARTHUR M. PETERSON, 5 JUNI 1982 – 30 MAART 2005. 'Hij was met zijn hondenslee op pad, maar het was al eind maart... hij zakte door het ijs. Zijn leidershond had de lijn door gekauwd en arriveerde bij ons huis. Op het moment dat ik die hond zag, wist ik dat er iets fout zat. Tegen de tijd dat we bij de rivier waren, lagen Art en de slee al onder water.' Ze keek Laura aan. 'Drie dagen later kwam ik erachter dat ik zwanger was.'

'Het spijt me dat te horen.'

'Zo erg is het niet,' zei ze nuchter. 'Waarschijnlijk had hij gedronken toen hij vertrok, zoals gewoonlijk.' Maar terwijl ze dat zei, boog ze zich voorover en veegde voorzichtig de vers gevallen sneeuw van het kruis.

Laura wendde zich van Aurora af om haar privacy te gunnen. Ze zag een ander graf dat zorgzaam was schoongeveegd. Voor de grafsteen lag een collectie ivoor – zowel volledig als gedeeltelijk intacte mammoetslagtanden, waarvan sommige bijna zo hoog waren als het houten kruis. In elke slagtand waren talrijke bloemen gegraveerd, tot in het kleinste detail: rozen, orchideeën, pioenen, lupines, vergeet-mij-nieten, venusschoentjes. Een tuin, verbleekt als het ging om de kleuren, maar nog even mooi; bloemen die nooit zouden verwelken; bloemen die in volle pracht stonden, zelfs in het meest ongastvrije klimaat.

Ze stelde zich de kunstenaar voor die dit had gemaakt. Hij was door ijzel, hagel en sneeuwstormen gelopen om deze eeuwige tuin aan te leggen. Dit was precies het soort romantiek en passie die ze zou hebben verwacht van Seth, zoals hij gedichtjes had gestopt tussen de beduimelde bladzijden van haar agenda, en in het getuite mondje van haar portemonneetje.

Weemoedig gestemd liet Laura bij zichzelf toe dat ze zich voorstelde hoe het zou zijn als iemand zo intens van je hield. In gedachten zag ze haar eigen naam op dat kruis. En ze zag hoe iemand de elementen trotseerde om geschenken naar haar graf te brengen. Maar toen ze in gedachten de man zag die huilde om de vrouw die hem was ontvallen, bleek dat niet Seth te zijn.

Het was Daniel.

Laura veegde de sneeuw van de grafsteen, want ze wilde weten wie de vrouw was die iemand anders had geïnspireerd tot zoveel devotie.

'O, die wilde ik jou nog laten zien,' zei Aurora op het moment dat Laura de naam las. ANNETTE STONE. De moeder van Daniel.

Trixie was zonder toestemming afwezig. Ze kreeg voor zichzelf niet duidelijk waarom ze zich daar schuldig over voelde, vooral niet aangezien ze om te beginnen niet echt geacht werd werk te verrichten op de controlepost van Tuluksak. Ze holde naast Willie door de duisternis, waarbij haar adem een vervliegend spoor in de vorm van waterdampwolkjes achterliet.

Zoals beloofd was Willie terugkomen naar het schoolgebouw, hoewel Trixie hem niet echt had verwacht. Ze was van plan geweest zijn jas achter te laten bij een van de vrijwilligers zodra ze er klaar voor was om verder te reizen, ongeacht wanneer en waarheen. Willie was echter gearriveerd terwijl Trixie nog steeds op Joseph paste. Hij ging aan de andere kant van de snurkende man op zijn hurken zitten en schudde zijn hoofd. Hij kende Joseph, zoals kennelijk iedereen binnen een straal van acht dorpen. Joseph maakte namelijk geen onderscheid wat betreft de plaats waar hij zou doorzakken. De

Yup'ik noemden hem *Kingurauten* – Te Laat – Joseph omdat hij lang geleden een vrouw had beloofd dat hij zou terugkeren, maar dat pas deed een week nadat ze was overleden.

Willie was gekomen om Trixie uit te nodigen samen te gaan stomen. Ze wist niet wat dat betekende, maar het klonk hemels nadat ze bijna twee dagen achter elkaar had gebibberd van de kou. Ze volgde Willie en liep op haar tenen langs Joseph, en vervolgens langs de slapende Jesuit Volunteers, om uiteindelijk door de voordeur het schoolgebouw te verlaten.

Samen holden ze verder. Als glazuur verspreidde de duisternis zich langs het koepelvormige firmament. Voortdurend vielen er sterren aan Trixies voeten. Het was moeilijk te zeggen of de onbedekte schoonheid van dit oord Trixie de adem benam, of dat de kou daar de oorzaak van was. Willie deed het wat rustiger aan op het moment dat ze bij een weggetje arriveerden, met aan weerszijden kleine huizen. 'Gaan we naar jou toe?' vroeg Trixie.

'Nee, mijn vader is thuis. Toen ik even geleden vertrok, had hij een afspraak met de fles. We gaan naar het huis van mijn neef. Hij was aan het stomen met een paar van zijn maatjes, maar ze zouden stroomafwaarts naar het basketbal gaan kijken.'

Verscheidene honden die buiten aan de ketting lagen, begonnen te blaffen. Willie tastte naar haar hand, waarschijnlijk om ervoor te zorgen dat ze tempo zou maken. Maar als dat de bedoeling was, dan was hij zijn doel voorbijgeschoten. Alles in haar binnenste ging op een lager pitje: haar hartslag, haar ademhaling, haar bloedsomloop.

Hoewel Janice haar destijds van het tegendeel had proberen te overtuigen, had Trixie geloofd dat ze nooit meer zou willen dat een andere jongen met zijn handen aan haar zat. Maar toen Willie haar aanraakte, kon ze zich niet echt meer herinneren hoe het had gevoeld toen Jason dat deed. Het was bijna alsof de een de ander had geneutraliseerd. Ze wist echter één ding zeker: de huid van Willie was gladder dan die van Jason. En zijn hand paste wat betreft de afmetingen beter bij die van haar. De spieren van zijn onderarmen waren niet dik, het gevolg van ontelbare *slap shots* – maar slank en pezig, bijna alsof ze deel uitmaakten van een plastiek. Hoewel het nergens op sloeg, gezien hun totaal verschillende achtergrond, had ze het rare gevoel dat Willie en zij elkaars gelijken waren, dat ze tegen elkaar opgewassen waren, dat geen van beiden het voor het zeggen had omdat ze zich in elkaars gezelschap zo schichtig en bedeesd gedroegen.

Achter een van de huizen hielden ze hun pas in. In het schemerige

351

licht achter een van de ramen zag Trixie een karig ingerichte kamer, één bank, en een paar jonge kerels die bezig waren hun jas en laarzen aan te trekken. 'Kom mee,' zei Willie, en hij trok haar weg bij het raam.

Hij opende de deur van een houten optrekje, niet veel groter dan een bijkeuken en onderverdeeld in twee vertrekken. Ze waren de grootste van de twee binnengelopen; de andere kamer bevond zich pal voor Trixie achter een dichte deur. Toen het geluid van de sneeuwscooter van zijn neef was weggeëbd, deed Willie zijn jas en laarzen uit, waarna hij een gebaar maakte dat Trixie zijn voorbeeld moest volgen. 'Het voordeel is dat mijn neef vanavond het meeste werk al heeft gedaan... water halen en hout kappen. Hij heeft deze *maqi* een paar jaar geleden gebouwd.'

'Wat doen jullie hier?'

Willie grijnsde. In de schemer flonkerden zijn tanden. 'Zweten,' zei hij. 'En niet zo zuinig ook. Doorgaans gaan de mannen er het eerst in, omdat ze de ergste warmte aankunnen. De vrouwen zijn daarna aan de beurt.'

'Waarom zijn wij twee hier dan samen?' vroeg Trixie.

Willie boog zijn hoofd. Ze realiseerde zich dat hij bloosde, ook al kon ze dat niet zien.

'Ik durf te wedden dat jij wel vaker meisjes meeneemt naar dit hok,' zei ze, hoewel het niet echt een grapje was. Ze wachtte op zijn antwoord.

'Ik heb nog nooit met een meisje gestoomd,' zei Willie, waarna hij zijn shirt uitdeed. Trixie deed haar ogen dicht, maar pas nadat ze een glimp had gezien van zijn helderwitte ondergoed.

Hij opende een deur en verdween in de belendende ruimte. Trixie wachtte tot hij terugkwam, maar dat deed hij niet. Ze hoorde het sissende geluid van stomend water.

Ze staarde naar de houten deur en vroeg zich af wat er aan de andere kant gaande was. Wilde hij haar laten zien hoe stoer hij was door de *ergste hitte* te trotseren? Wat bedoelde hij toen hij zei dat hij nog nooit met een ander meisje was gaan stomen? Had hij hen wel meegenomen naar andere plaatsen, of was het een uitnodiging aan haar adres om hem te volgen? Ze had het gevoel of ze in een van haar vaders stripverhalen was gevallen, waarin je datgene wat je zei niet meende, en vice versa.

Aarzelend trok Trixie haar shirt uit. Deze daad – en de aanwezigheid van Willie – deed haar prompt denken aan de nacht dat ze tijdens het feestje van Zephyr strippoker had gespeeld. Ditmaal stond er echter niemand naar haar te kijken, en er waren geen spelregels; niemand droeg haar wat op. Dit was totaal anders, realiseerde ze zich, want de keuze om te doen wat ze deed, was geheel aan haar. Rondlopen in haar slipje en beha was zoiets als een bikini dragen, toch?

Ze rilde alleen op het moment dat ze het deurtje, bijna een luik, opende en aarzelend in gebukte houding en daarna kruipend naar binnen ging.

De hitte was als een muur waar ze tegenaan liep. Het was geen gewone warmte, maar de combinatie van een sauna, een stoomruimte en een vreugdevuur, alleen nog een graadje erger. De vloer onder hun voeten was gemaakt van glibberig triplex. Als gevolg van de waterdamp zag ze geen hand voor ogen.

Terwijl de wolken door het vertrek zweefden, zag ze een drum van tweehonderd liter, waarin een vuur werd gestookt. Op kippengaas dat over de bovenrand was gespannen, lagen keien, en ernaast stond een kan met water. Willie zat op zijn hurken op het triplex, zijn knieën opgetrokken tot aan zijn borstkas. Zijn huid zag er rood en vlekkerig uit.

Hij zei geen woord toen hij haar zag. Trixie begreep waarom hij zweeg – zodra ze haar mond zou openen, ging haar keel beslist in vlammen op. Hij had geen kleren aan, maar zijn schaamstreek was slechts een schaduw, en om de een of andere reden had ze het gevoel dat zij het was die te veel aan had. Ze ging naast hem zitten – in die kleine ruimte had ze niet veel keus – waarna ze voelde dat hij iets om haar hoofd wikkelde. Een doek, realiseerde ze zich, die hij eerst in water had gedompeld, om haar oren te bedekken en aldus te voorkomen dat ze daar brandwonden zou oplopen. Toen hij er een knoop inlegde, plakte zijn klamme bovenarm aan haar huid.

Door de spleten van de drum scheen oranje licht, dat Willie in een gloed zette. Zijn silhouet leek een zacht schijnsel uit te stralen, waardoor hij er slank en katachtig uitzag. Trixie zou zich niet verbazen als hij opeens in een panter veranderde. Willie reikte naar een gietlepel: een houten stok, waaraan met ijzerdraad een soepblikje was bevestigd. Hij doopte het in de emmer water, goot nog wat over de keien en zorgde er aldus voor dat een verse wolk hete waterdamp het vertrek vulde. Nadat hij weer naast Trixie was gaan zitten, bevond zijn hand die op het triplex lag zich zo dicht bij de hare dat zijn en haar pink elkaar raakten.

Het deed zo'n zeer, dat de pijndrempel bijna werd overschreden. De kamer leek te pulseren en ademhalen werd vrijwel onmogelijk.

353

De hitte rees van Trixies lichaam en nam de vorm aan van haar ziel. Het zweet liep over haar rug en tussen haar benen: haar hele lichaam huilde.

Toen de longen van Trixie op het punt stonden uit elkaar te barsten, kwam ze overeind en holde naar de deur, de koude ruimte in. Daar ging ze op de vloer zitten, waarbij de warmte in golven van haar af waaierde. Op dat moment liep ook Willie – met een handdoek om zijn middel gewikkeld – haastig naar binnen, ging naast haar zitten en gaf haar een mok.

Trixie dronk ervan zonder te weten wat erin zat. Het water liet de slijmvliezen van haar keel afkoelen. Ze gaf de mok terug aan Willie, die met zijn achterhoofd tegen de wand geleund grote slokken nam, waarbij zijn adamsappel het ritme van elke teug volgde. Hij draaide zijn hoofd, keek haar aan en grijnsde: 'Te gek, hè?'

Ze realiseerde zich dat ze eveneens lachte. 'Helemaal.'

Willie leunde tegen de wand en deed zijn ogen dicht. 'Ik heb altijd gedacht dat het klimaat in Florida ongeveer als dit moest aanvoelen.'

'Florida? Dat is niks vergeleken met dit.'

'Ben jij daar geweest?' vroeg Willie nieuwsgierig.

'Ja. Het is, nou ja, je weet wel, gewoon een andere staat.'

'Ik zou graag sinaasappelen aan een boom zien groeien. Ik zou, als het daarop aankomt, graag alles willen zien wat anders is dan wat je hier ziet.' Hij keek haar aan. 'Wat deed jij in Florida?'

Het was zo lang geleden dat Trixie even moest nadenken. 'We zijn op Cape Canaveral geweest. En in Disney World.'

Willie begon aan de houten vloer te pulken. 'Ik wed dat jij daar helemaal past.'

'Omdat het er zo ordinair is?'

'Nee, omdat je eruitziet als het elfje dat altijd in de buurt van Peter Pan is.'

Trixie schaterde van het lachen. *'Tinker Bell?'*

'Ja, mijn zus had vroeger dat boek.'

Ze stond op het punt tegen hem te zeggen dat hij gek was geworden. Maar ze herinnerde zich opeens dat het verhaal van Peter Pan over een jongen ging die niet wilde opgroeien, en toen vond ze die vergelijking eigenlijk helemaal niet zo gek.

'Ze was zo mooi,' zei Willie. 'Vanuit haar binnenste straalde ze licht uit.'

Trixie staarde hem aan. 'Vind je mij mooi?'

In plaats dat hij antwoord gaf, kwam hij overeind en kroop door het deurtje naar binnen. Tegen de tijd dat zij hem volgde, had hij alweer water over de keien gegoten. Verblind door de hete waterdamp moest ze haar weg op de tast vinden. Ze liet haar vingers over de ruwhouten vloer glijden tot ze de plint had bereikt, ging langs de wand naar boven, om uiteindelijk de schouder van Willie te raken. Voordat ze zich kon terugtrekken, pakte Willie haar hand vast. Hij trok haar dichter naar zich toe, tot ze zich zittend op hun knieën tegenover elkaar bevonden, midden in een wolk stoom. 'Ja, je bent mooi,' zei Willie.

Trixie had het gevoel of ze vanaf grote hoogte naar beneden viel. Ze had lelijk geknipt, zwart haar, en littekens op haar armen. Het leek of hij dat niet eens merkte. Ze keek naar hun ineengestrengelde vingers – een vlechtwerk van donkere en blanke huid – en ze liet zichzelf toe te pretenderen dat er heel misschien een lampje in haar binnenste kon branden.

'Toen de blanken voor het eerst op de toendra verschenen, dachten de mensen hier dat het geesten waren,' zei Willie.

'Soms denk ik dat ik dat inderdaad ben,' zei Trixie.

Ze bogen zich naar elkaar toe, maar het zou ook kunnen dat de hete waterdamp hen naar elkaar toe drukte. Op het moment dat Trixie zeker wist dat er in het vertrek geen lucht meer over was, sloot Willies mond zich over de hare en ademde hij voor haar.

Willie smaakte naar rook en suiker. Hij legde zijn handen op haar schouders, waar hij ze respectvol liet liggen, ook al hunkerde ze ernaar dat hij haar overal aanraakte. Nadat ze zich van elkaar hadden losgemaakt, sloeg Willie zijn ogen neer en staarde naar de vloer. 'Ik heb dit nog nooit gedaan,' biechtte hij op. Trixie realiseerde zich dat toen hij zei dat hij nog nooit met een meisje was gaan stomen hij feitelijk bedoelde dat hij nog nooit een meisje *had gehad*.

Héél lang geleden had Trixie haar maagdelijkheid verloren, in een periode dat ze dacht dat het een beloning betrof die iemand als Jason waardig was. Talrijke keren had ze seks gehad – op de achterbank van zijn auto, in zijn slaapkamer wanneer zijn ouders niet thuis waren, in de kleedkamer van de ijshockeyhal, na de training. Maar wat zij samen hadden gedaan, was in de verste verte niet te vergelijken met de kus die ze zojuist van Willie had gekregen; die twee ervaringen hadden beslist niets met elkaar gemeen. Ze kon zelfs niet zeggen dat haar eigen deelname de gemeenschappelijke noemer was, want het meisje dat ze indertijd was, kon je op geen enkele wijze vergelijken met het meisje van nu.

Trixie boog zich naar Willie toe, en ditmaal was *zij* het die *hem* kuste. 'Ik ook niet,' zei ze, en ze realiseerde zich dat het geen leugen was.

Toen Daniel elf jaar was, was er voor het eerst en het laatst een circusgezelschap naar de toendra gekomen. Voor het Ford Brother Circus was Bethel de laatste stop tijdens een niet eerder vertoonde tour door de wildernis van Alaska. Cane en Daniel wilden dat festijn voor geen goud missen. Ze deden klusjes voor andere mensen – het huis van een bejaarde opschilderen, een nieuw dak leggen op het stoomhuis van Cane's oom – tot ze ieder vijftien dollar bij elkaar hadden gespaard. Op de aanplakbiljetten die in alle dorpsscholen waren aangebracht, óók in die van Akiak, stond dat de entreeprijs acht dollar was. Op die manier hadden ze genoeg geld over voor popcorn en souvenirs.

Vrijwel alle dorpelingen waren van plan om te gaan. De moeder van Daniel kon een lift krijgen van het schoolhoofd. Op de valreep nodigde Cane Daniel uit om met de familieboot naar Bethel te gaan. Ze zaten in het ruim van het vaartuig, het aluminium koud tegen hun rug en billen, en vertelden elkaar tijdens de tocht flauwe olifantengrapjes.

Waarom is een olifant grijs, groot en gerimpeld?

Omdat hij een aspirientje zou zijn geweest als hij klein, wit en rond was.

Waarom heeft een olifant een slurf?

Omdat hij er met een handschoenenkastje zo dom uitziet.

Zesduizend mensen uit het hele deltagebied kwamen opdagen. Velen waren net na middernacht gearriveerd om te kijken hoe de artiesten en dieren in de vroege ochtend in een Hercules van MarkAir werden ingevlogen. De circustent werd opgezet op het sportterrein van de National Guard Armory, waarbij de toiletten waren omgetoverd in kleedruimtes. Cane en Daniel liepen als een kip zonder kop in het rond, zo opgewonden waren ze. Ze mochten zelfs een touw vasthouden terwijl de punt van de grote tent werd gehesen.

Tijdens de show traden afgerichte honden op in sjofele balletrokjes, en twee leeuwen – Lulu en Strawberry. Er was ook een luipaard bij, die buiten de grote tent uit een modderpoel dronk en geduldig op zijn beurt wachtte. Er klonk stoomorgelmuziek, en je kon er pinda's en suikerspinnen krijgen. Voor de kleintjes was er een springkussen in de vorm van een huis, en ze konden ritjes maken op een Shetlandpony. Toen Shorty Serra de ring instormde om zijn monstrueuze paard Juneau met behulp van een touw trucjes te laten doen, stond het beest op zeker moment op zijn achterpoten en torende boven iedereen uit. De toeschouwers krijsten en gilden van schrik.

Een groepje Yup'ik-jongens achter Daniel en Cane zat eveneens te juichen. Maar toen Daniel zich naar Cane boog om iets tegen hem te zeggen, gooide een van hen er brabbelend uit: 'Kijk nou eens... ik heb altijd al geweten dat *kass'aqs* in het circus thuishoorden.'

Daniel draaide zijn hoofd om. 'Hou je bek.'

Een Yup'ik-jongen wendde zich tot de ander: 'Hoorde jij ook iets?'

'Wil je soms iets voelen?' dreigde Daniel, die van een hand een vuist maakte.

'Laat ze met rust,' zei Cane. 'Het zijn klootzakken.'

De circusdirecteur verscheen onder luid applaus. 'Dames en heren, helaas kom ik slecht nieuws brengen. Olifant Tika is te ziek om op te treden. Maar het verheugt me zeer u te mogen aankondigen... helemaal uit Madagaskar... Florence en de Walsende Duiven!'

Een kleine vrouw in een flamencorok verscheen in de ring, met op elke schouder een aantal vogels. Daniel zei tegen Cane: 'Hoe ziek kan een olifant zijn?'

'Ja,' zei Cane. 'Dit stinkt.'

Een van de Yup'ik-jongens stootte hem aan. 'Net als jijzelf. Volgens mij hou jij van wit vlees.'

Daniel werd zijn hele leven al geplaagd door de dorpsjeugd – niet alleen vanwege het feit dat zijn vader verstek liet gaan, maar ook omdat hij een *kass'aq* was, en omdat hij niet wist hoe je moest vissen en jagen, in tegenstelling tot de eskimokinderen. Cane trok met hem op, maar op school zagen de Yup'ik-jongens dat door de vingers. Per slot van rekening was Cane een van hen.

Deze jongens kwamen echter niet uit zijn dorp.

Daniel zag de blik in de ogen van Cane, waarna hij voelde dat er iets in hem brak. Hij ging staan en maakte aanstalten om de grote tent te verlaten. 'Wacht, ik ga mee,' zei Cane.

Daniel keek hem zo onverschillig mogelijk aan. 'Ik heb jou niks gevraagd,' zei hij, waarna hij wegliep.

Het duurde niet lang of hij had de olifant gevonden. Hij stond achter een provisorische omheining en niemand lette op hem. Nog nooit had hij een olifant van dichtbij gezien, en dat was het enige dat hij gemeen had met de kinderen die in deze streek woonden. De olifant trok met zijn ene been, en gooide met zijn slurf hooi de lucht in. Daniel kroop onder de prikkeldraadafrastering door en liep heel langzaam naar het dier toe. Hij raakte de huid aan, die warm en verweerd was, en legde een wang tegen het dijbeen van de olifant.

Het beste van de vriendschap tussen Cane en Daniel was dat Cane een insider was, waardoor Daniel er indirect ook een werd. Hij had zich nooit gerealiseerd dat er ook een keerzijde bestond, namelijk dat Cane wellicht een paria werd omdat hij met Daniel omging. Als uit zijn buurt blijven de enige manier was om te voorkomen dat Cane een verstoteling werd, dan zou hij niet aarzelen.

Je deed wat je moest doen voor de mensen om wie je gaf.

De olifant draaide zijn enorme kop in de richting van Daniel. Zijn donkere oog leek hem een knipoog te geven, en de hanglip bewoog zonder het minste geluid te maken. Toch kon Daniel uitstekend horen wat het dier te zeggen had, dus zei hij hardop: *Ik hoor hier ook niet thuis.*

Toen het vrachtvliegtuig de volgende ochtend arriveerde, was het nog steeds donker buiten. Het toestel deed alle dorpen aan om de honden te halen die langs de route door de *mushers* waren achtergelaten. Daarna werden ze teruggevlogen naar Bethel, waar een hondenafrichter ze onder zijn hoede nam.

Willie reed in de pick-up van zijn neef naar de landingsbaan. Trixie zat naast hem in de passagiersstoel en ze hielden tussen hen in elkaars hand vast.

In de achterbak bevonden zich alle honden van Alex Edmonds. Verder was er Juno. En Kingurauten Joseph, die naar het medisch centrum in Bethel zou worden vervoerd. Willie parkeerde het vrachtwagentje en begon de honden aan Trixie door te geven, die ermee naar een draadgazen omheining liep en ze daar vastbond. Telkens wanneer ze terugkeerde om een andere hond te halen, glimlachte hij naar haar, en dan smolt zij, alsof ze weer terug was in het saunakamertje.

Gisteravond, nadat de stoomwolken waren opgelost, had Willie haar gewassen met een doek die hij eerst in warm water had gedompeld. Deze provisorische spons had hij over haar beha en slipje laten glijden, waarna ze naar de koude ruimte waren gegaan, waar hij haar had drooggewreven. Hij was geknield voor haar gaan zitten om ook de knieholten droog te maken, en de huid tussen haar tenen, waarna ze elkaar hadden aangekleed. Knoopjes dichtmaken en kleren instoppen bleek zoveel intiemer dan knoopjes losmaken en elkaar uitkleden, alsof je mocht helpen om iemand weer heel te maken, in plaats dat je hem of haar als het ware uit elkaar haalde. 'Ik moet de jas van mijn oom teruggeven,' had Willie gezegd. Vervolgens had hij haar echter zijn eigen gevoerde jas van canvas aangereikt.

De jas rook naar hem, telkens wanneer Trixie haar gezicht in de kraag drukte.

Als bij toverslag gingen de felle landingslichten aan. Trixie draaide zich met een ruk om, maar ze kon nergens een verkeerstoren zien. 'De piloten hebben afstandsbediening in hun cockpit,' zei Willie lachend. En ja hoor, er gingen nog geen tien minuten voorbij of er klonk het geluid van een naderend vliegtuig.

Het toestel dat landde, leek op het vliegtuig waarin Trixie naar Bethel was gevlogen. De piloot – een Yup'ik-jongen, niet veel ouder dan Willie – sprong eruit. 'Hé,' zei hij. 'Is dat alles?'

Nadat hij de laadruimte had geopend, zag Trixie een tiental honden die aan de ketting lagen. Toen Willie met de sledehonden het vrachtgedeelte inliep, hielp zij Joseph uit de laadbak van de pick-up. Hij leunde zwaar op haar terwijl ze zich naar de landingsbaan begaven. Op het moment dat hij in de laadruimte stapte, begonnen de honden te blaffen. 'Je doet me denken aan iemand die ik heb gekend,' zei Joseph.

Dat heb je me al verteld, dacht Trixie. Ze knikte slechts naar hem. Misschien had hij er gewoon behoefte aan om dat nog eens te zeggen, en was de opmerking niet bedoeld om haar dat nogmaals duidelijk te maken.

De piloot sloot het luik en klom weer in de cockpit, waarna hij op de airstrip snelheid maakte en het luchtruim koos. Trixie keek net zolang tot ze de navigatielichten niet meer kon onderscheiden van de sterren. De lichten op de landingsbaan knipperden even en toen was het weer donker.

Ze voelde dat Willie dichter naar haar toeliep in de duisternis, maar voordat haar ogen gewend waren aan het schaarse licht, scheen er opnieuw een fel licht in hun richting. Trixie moest een hand voor haar ogen houden om ze te beschermen tegen de verblindende gloed. Een sneeuwscooter kwam tot stilstand. Grommend viel de motor stil, waarna de chauffeur rechtop op de treeplanken ging staan.

'Trixie?' zei haar vader. 'Ben jij dat?'

8

Midden op de toendra's van Alaska, terwijl hij naar een dochter staarde die hij amper herkende, dacht Daniel terug aan het moment waarop hij zich ervan bewust werd dat alles wat Trixie en hij met elkaar hadden, gedoemd was te veranderen.

Het was een onopvallend, gewoon moment, zoals dat het geval was met zoveel momenten die een vader en zijn kleine meid met elkaar deelden. Het kon in de zomer zijn geweest, of in de herfst. Ze zouden gehuld kunnen zijn geweest in een zware winterjas, of ze hadden teenslippers aan hun voeten. Misschien waren ze op weg naar de bank om geld te storten, of verlieten ze op dat ogenblik de boekhandel. Wat hem was bijgebleven, was het feit dat hij samen met Trixie, hand in hand, in het centrum van de stad door een drukke straat liep.

Ze was toen zeven jaar, haar lokken in een Franse vlecht – een lelijke, omdat hij nooit de slag te pakken had gekregen – en zij deed er alles aan om niet op de voegen tussen de straattegels te stappen. Ze arriveerden bij een kruispunt, en zoals altijd pakte Daniel haar hand vast.

Weloverwogen maakte ze zich los uit zijn greep en stak over zonder eerst goed naar links en rechts te kijken of er geen verkeer aankwam.

Het was een haarscheurtje dat wellicht onopgemerkt zou blijven, behalve dan dat dat scheurtje almaar groter werd, tot er tussen hen een kloof zo breed als een ravijn was ontstaan. Het was de taak van een kind om op te groeien, zo leek het. Waarom was een ouder dan altijd zo teleurgesteld als dat gebeurde?

Ditmaal was Trixie geen straat overgestoken, maar had ze een land doorkruist. Ze stond voor Daniel, gehuld in een canvasjas die haar veel te ruim zat, met een wollen muts over haar hoofd. Naast haar stond een Yup'ik-figuur met haar dat zo lang was dat het over zijn ogen viel.

Daniel wist niet wat schokkender was: een meisje zien dat hij lang geleden op zijn schouders had gedragen, dat hij in bed had gestopt en van wie hij zich had afgevraagd of ze een moord had gepleegd; of het besef dat hij zich voor de rest van zijn leven samen met Trixie in de wildernis van Alaska zou verschuilen als dat nodig was om te voorkomen dat ze werd gearresteerd.

'Papa...?' Trixie wierp zich in zijn armen.

Daniel voelde een rilling over zijn rug lopen. Het was opluchting, maar dat verschilde in wezen niet veel van angst. 'Jij daar,' zei hij tegen de jongen, die op enige afstand omzichtig toekeek. 'Wie ben jij?'

'Willie Moses.'

'Kan ik jouw pick-up even lenen?' Daniel wierp hem de sleutels van de sneeuwscooter toe. Een ruil.

De jongen keek Trixie aan of hij op het punt stond wat te gaan zeggen, maar vervolgens sloeg hij zijn ogen neer en liep naar de sneeuwscooter. Daniel hoorde het leeuwengegrom van de startende motor, gevolgd door een loeiend geluid op het moment dat Willie snel optrok en wegreed, en leidde Trixie toen naar de pick-up. Zoals de meeste voertuigen hier zou ook deze auto in de lager gelegen achtenveertig staten nooit door de keuring komen. De zijkanten waren vrijwel doorgeroest, de naald van de snelheidsmeter was op 88 mijl per uur blijven steken en de eerste versnelling deed het niet meer. Maar het lichtje boven de achteruitkijkspiegel wel. Daniel draaide zich om en keek zijn dochter aandachtig aan.

Afgezien van de donkere kringen onder de ogen leek verder alles met haar in orde te zijn. Daniel deed haar wollen muts af en zag kortgeknipt sluik, zwart haar. 'O,' zei zij, toen hij grote ogen opzette, 'dat was ik vergeten.'

Daniel schoof over het passagiersbankje naar haar toe en nam haar in zijn armen. Goeie genade, bestond er iets soliders, iets dat *juister* was, dan weten dat je kind zich bevond waar het thuishoorde? 'Trixie,' zei hij, 'ik heb doodsangsten over jou uitgestaan.'

Hij voelde dat ze zijn jas vastpakte. Hij had duizend vragen, waarvan er zich één meteen aandiende. De vraag die hij haar móést stellen. 'Waarom *hierheen*?'

'Omdat jij hebt gezegd dat mensen hier konden verdwijnen zonder ooit gevonden te worden,' mompelde Trixie.

Langzaam duwde hij haar van zich af. 'Waarom zou je dat willen?'

De tranen sprongen in haar ogen, tot er uiteindelijk één over haar wang naar het puntje van haar kin rolde. Ze opende haar mond om iets te zeggen, maar er kwam geen woord over haar lippen. Daniel bleef haar vasthouden, terwijl haar magere lichaam begon te beven. 'Ik heb niet gedaan wat iedereen dacht dat ik...'

Daniel gooide zijn hoofd in zijn nek en stuurde een gebedje naar een God waarin hij nooit echt geloofd had: *Dank u.*

'Ik wilde hem terug krijgen. Ik was heus niet van plan te gaan rotzooien, zoals Zephyr me zei. Wel wilde ik alles doen om ervoor te zorgen dat het net als vroeger werd, vóórdat Jason het had uitgemaakt.' Ze slikte moeizaam. 'Nadat iedereen was vertrokken, was hij eerst heel aardig voor mij. Dus dacht ik dat het plan misschien had gewerkt. Daarna ging alles zo snel. Ik wilde praten, hij niet. Toen hij begon... toen *wij* begonnen...' Ze haalde een keer schokkerig adem. 'Hij zei dat dat precies was wat hij nodig had... een vriendin waar je wat aan had. Op dat moment begon ik pas echt te beseffen dat hij mij niet terug wilde hebben. Nee, hij wilde me alleen voor vijftien minuutjes.'

Daniel verroerde zich niet. Als hij dat zou doen, zou hij in stukjes uiteen vallen.

'Ik probeerde weg te komen, maar dat lukte me niet. Ik had het gevoel of ik onder water zat, alsof ik mijn armen en benen niet snel genoeg kon bewegen; ik kon fysiek niet tegen hem op. Hij beschouwde het als een spelletje, dat ik een beetje tegenstribbelde en net deed of ik moeilijk te krijgen was. Daarna drukte hij me tegen de grond en...' Trixie kleurde en kreeg het warm. 'Hij zei... *zeg nou niet dat je dit niet lekker vindt.*' In het schijnsel van het cabinelichtje keek ze naar hem op. 'En ik... ik zei dat ook niet.'

Trixie had eens een sciencefictionfilm gezien waarin verondersteld werd dat ieder mens een dubbelganger had, maar dat we ze nooit zouden tegenkomen, omdat de wereld anders zou instorten. Zo voelde dat nu haar vader was gekomen om haar te redden. Vanmorgen nog, terwijl ze met Willie van de *maqi* terugliep, speelde ze met de gedachte hoe het zou zijn om in Tuluksak te blijven. Misschien hadden ze daar een onderwijshulp nodig. Misschien kon ze bij een van Willies neven en nichten intrekken. Maar op het moment dat haar vader arriveerde, kwam de wereld knarsend tot stilstand. Hij paste hier niet, en zij evenmin.

Ze had hem haar geheim verteld, namelijk dat ze een leugenaarster was. Niet alleen over het feit dat ze geen maagd was en dat ze het regenboogspelletje had gespeeld – nee, het was nog veel erger. Ze had die nacht niet tegen Jason gezegd dat hij moest ophouden, hoewel ze het tegendeel aan de openbare aanklager had verteld.

En de drugs dan?

Zij was degene die dat goedje had meegebracht.

Indertijd had ze zich niet gerealiseerd dat de jongen die marihuana aan kinderen van de middelbare school verkocht ook met haar moeder naar bed ging. Ze had wat van dat spul aangeschaft voor op het feestje bij Zephyr in de hoop dat ze dan niet zo op haar tenen zou lopen. Als ze zich zo losbandig moest gedragen als Zephyr dat had gepland, had ze een beetje farmaceutische hulp nodig.

Seth had geen marihuana meer in voorraad, maar Special K zou op ecstasy lijken. Je zou dan de controle over jezelf verliezen.

En dat was ook gebeurd, alleen op een totaal andere manier.

In zoverre had ze niet gelogen: ze had het spul die avond niet gebruikt, hoewel ze daar niet opzettelijk van had afgezien. Zephyr en zij hadden gepland die avond samen high te worden. Maar dit betrof een echte drug, geen marihuana, op het laatste moment was ze ervoor teruggeschrokken. Ze was het voorval vergeten tot op het moment dat de openbare aanklager met het feit op de proppen kwam dat er sporen van drugs in haar bloed waren aangetroffen. Trixie was niet echt op de hoogte van datgene wat Zephyr met het flesje had gedaan. Had ze zelf die drug gebruikt? Had ze het flesje op het aanrecht laten staan? Of had iemand op het feestje het gevonden en meegenomen? Ze wist evenmin zeker of Jason misschien iets van dat spul in haar drankje had gedaan. Ze had zo *verschrikkelijk veel* gedronken die avond – her en der stonden halflege blikjes cola, en *screwdrivers* met smeltende ijsblokjes – dat het mogelijk was dat Jason er absoluut niets mee van doen had gehad.

Trixie had niet geweten dat als Jason drugs in een legaal drankje of mix had gestopt, hij volgens het volwassenenrecht zou worden veroordeeld. Het was niet haar bedoeling geweest zijn leven te ruïneren. Ze wilde alleen een manier vinden om haar eigen hachje te redden.

Het was geen toeval, dacht Trixie, dat het Engelse *no* en *know* hetzelfde klonken. Je werd geacht in staat te zijn het toverwoord uit te spreken. Dat was voldoende om heel duidelijk kenbaar te maken wat je precies wilde, of juist *niet* wilde. Maar niemand zei *ja* om seks met wederzijds goedvinden te laten plaatsvinden. Je baseerde je op lichaamstaal, op de manier waarop twee mensen samen waren. Waarom dan was nee schudden, of een hand die je hard tegen een borstkas drukte, niet hetzelfde als luid je wensen kenbaar maken? Waarom moest je feitelijk het woordje *nee* zeggen om in dit geval een verkrachting te voorkomen?

Dat ene woordje, al dan niet uitgesproken, maakte Jason niet minder schuldig aan het feit dat hij iets had genomen wat Trixie niet had willen geven. Dat maakte haar niet minder belachelijk. Er was slechts een streep in het zand getrokken, zodat de mensen die er niet bij waren geweest – Moss en Zephyr, haar ouders, de politie, de openbare aanklager – een kant konden kiezen.

Maar op zeker moment tijdens die ontwikkeling was ze gaan beseffen dat ze Jason niet honderd procent de schuld kon geven van wat er was voorgevallen.

Ze had zich afgevraagd hoe het zou zijn als de rechtszaak was begonnen, wanneer het honderd keer erger zou worden dan in de voorbije fase van de rechtsgang, en de advocaat van Jason in de rechtszaal het woord zou krijgen en Trixie zou afschilderen als een hoer en leugenaarster tot en met. Ze had zich afgevraagd hoelang het zou duren voordat ze de handdoek in de ring gooide en toe zou geven dat ze gelijk hadden. Ze was zichzelf gaan haten. En op een avond, toen de duisternis Trixie omhulde als de vleugels van een reiger, had ze gewild dat Jason dood zou zijn. Het was maar een geheim, een stille gedachte, en ze wist inmiddels beter dan wie ook dat datgene wat niet gezegd werd ook niet telde. Maar het ene leidde tot het andere: Jason zou terechtstaan als volwassene, niet als minderjarige. Tijdens het Winterfeest was Jason haar tegen het lijf gelopen. En voordat ze het goed en wel in de gaten had, was haar wens uitgekomen.

Trixie was zich ervan bewust dat ze gezocht werd door de politie. *Het komt allemaal in orde,* bleef haar vader maar zeggen. Maar Jason was dood, en het was haar schuld. Niets van wat ze zou zeggen – of verzwijgen – zou hem terugbrengen.

Ze vroeg zich af of ze in plaats van Jason naar de gevangenis zou worden gestuurd. En of het daar afschuwelijk zou zijn, zoals in de film, en of het daar vergeven zou zijn van mensen als Trixie, mensen die begrepen dat er fouten bestonden die je nooit meer ongedaan kon maken.

Terwijl haar vader de Jesuit Volunteers uitlegde dat ze op het punt stonden een neppersoneelslid kwijt te raken, zat Trixie huilend in de pick-up. Ze had gedacht dat ze van binnen inmiddels kurkdroog zou zijn, een lege huls, maar de tranen bleven komen. Het enige dat ze had gewild was dat er iets in haar leven het juiste plekje kreeg, maar in plaats daarvan was alles op een onmogelijke manier verkeerd gegaan.

Er werd op het raampje van de pick-up geklopt. Ze keek op. Het was Willie, die zijn vingers in een kom had gestoken waarin een of ander rozig goedje zat. Met zijn middel- en wijsvinger haalde hij er wat van uit terwijl zij het raampje naar beneden draaide.

'Hallo,' zei hij.

Ze wreef over haar ogen. 'Hallo.'

'Gaat het een beetje?'

Trixie wilde knikken, maar ze was het zat om te liegen. 'Niet echt,' gaf ze toe.

Het was fijn dat Willie zelfs geen poging deed om iets te zeggen waardoor ze zich wat beter zou voelen. Hij gaf haar verdriet alle ruimte. 'Is dat je vader?' vroeg hij.

Ze knikte. Ze wilde alles aan Willie uitleggen, maar ze wist niet hoe. Wat Willie betrof, was zij een Jesuit Volunteer die gestrand was in een storm. Voor hem was ze geen slachtoffer van een verkrachting of een verdachte van moord. Hoe moest je iemand uitleggen dat je niet de persoon was die hij dacht dat je was? Belangrijker nog, hoe diende je hem duidelijk te maken dat je de dingen die je had gezegd ook echt meende, terwijl al het andere een leugen bleek te zijn?

Hij hield de kom voor zich uit. 'Wil je ook wat?'

'Wat is het?'

'*Akutaq*. Eskimoroomijs.' Trixie doopte haar vinger in het goedje. Het was geen Ben & Jerry's, maar het was ook niet slecht – gesuikerde bessen, vermengd met iets wat ze niet kon thuisbrengen.

'Zeehondenolie en bakvet,' zei Willie. Ze was niet in de geringste mate verbaasd dat hij haar gedachten kon lezen.

Door het open raampje keek hij haar aan. 'Als ik ooit naar Florida ga, kunnen we elkaar daar misschien ontmoeten.'

Trixie wist niet wat de dag van morgen voor haar in petto had, laat staan wat er daarna zou gebeuren. Maar ondanks hetgeen er allemaal was gebeurd, merkte ze dat ze nog steeds in staat was om te dromen, om zichzelf een toekomst toe te dichten die nooit haar deel zou zijn. 'Dat zou cool zijn,' zei ze zachtjes.

'Woon je in de buurt?'

'Pakweg vijfentwintighonderd kilometer hiervandaan,' zei Trixie. Willie glimlachte flauwtjes en zij volgde zijn voorbeeld.

Opeens wilde Trixie aan iemand de waarheid vertellen – alles. Ze wilde vanaf het begin beginnen, en als ze ervoor kon zorgen dat één iemand haar geloofde, dan was dat in elk geval een begin. Ze keek naar hem op. 'Thuis ben ik verkracht door een jongen van wie ik dacht dat ik hield,' zei Trixie, want in haar ogen was het een verkrachting, en zo zou het altijd blijven. De semantiek deed er niet toe als je bloedde tussen je benen, als je het gevoel had dat je van binnen in scherven lag, en als je vrije wil je was ontnomen.

'Ben je daarom gevlucht?'

Trixie schudde haar hoofd. 'Hij is dood.'

Willie vroeg niet aan haar of zij daar verantwoordelijk voor was. Hij knikte slechts, waarbij zijn adem als een kanten gordijn in de lucht hing. 'Zo gaat dat soms, denk ik,' zei hij.

Het was bingoavond in het dorpshuis. Laura was alleen gelaten in het kleine huis. Ze had elke *Tundra Drums* twee keer gelezen, zelfs de uitgaven van deze krant die in een stapeltje in de gang lagen om bij het vuilnis te gooien. Ze had zolang televisie gekeken tot haar ogen ervan gingen prikken.

Ze merkte dat ze zich was gaan afvragen wie ervoor koos om in een oord als dit te gaan wonen, waar een gesprekje abnormaal leek en waar zelfs de zon zich niet liet zien. Wat had de moeder van Daniel ertoe gebracht om hierheen te gaan?

Laura gaf les, net zoals Annette Stone vroeger. Ze wist dat je de wereld kon veranderen door het individu te beïnvloeden, de ene student na de andere. Maar hoelang was je bereid het geluk van je eigen kind op te offeren voor het geluk van anderen?

Misschien was ze *bewust* hierheen gegaan. Daniel had Laura verteld over zijn dolende vader. Er waren nu eenmaal mensen op deze wereld die je leven zo overhoop konden halen dat ze je toekomst besmeurden. Laura begreep dat je in staat was je hele leven te wachten tot die ene man zou terugkomen.

Het was een keuze die de moeder van Daniel voor beiden had gemaakt, waardoor haar zoon prompt in een ongunstige situatie verzeild was geraakt. Laura vond dat een zelfzuchtige keuze, en zij kon het weten.

Was het keiharde liefde wanneer je je kind in de hel plaatste? Of bestond het beste ouderschap eruit dat je een manier bedacht om ervoor te zorgen dat je kind ook zonder jou de wereld overleefde? Als Daniel niet was geplaagd, zou hij zich dan misschien thuis hebben gevoeld op de toendra's? Hij zou dan misschien een van die anonieme kinderen zijn geworden, zoals Cane, die geen uitweg meer zagen. Misschien was hij in Alaska gebleven, voor altijd, wachtend op iemand die nooit zou verschijnen.

Misschien had Annette Stone er alleen maar voor gezord dat Daniel de beschikking had over een ontsnappingsroute, die zij niet had.

Buiten reed een pick-up het erf op. Laura sprong uit haar stoel en rende naar de gang om te kijken of Daniel en Trixie terug waren. Maar de pick-up was op het dak voorzien van een rij blauwe zwaai-lichten, die lange schaduwen op de sneeuw wierpen.

Laura rechtte haar rug. Je deed wat je moest doen om je kind te beschermen. Zelfs als het om zaken ging die anderen onmogelijk konden begrijpen.

'We zijn op zoek naar Trixie Stone,' zei de politieman.

Tijdens de terugreis naar Akiak viel Trixie in slaap. Daniel had haar zijn eigen parka gegeven en zijn eigen bivakmuts over haar hoofd getrokken. Met de armen om zijn middel geslagen, wang tegen zijn rug, zat ze achter op de sneeuwscooter. Hij volgde de ondergaande zon, die als de roze stola van een flirterig revuemeisje achter het to-neel van de horizon verdween.

Daniel wist niet echt wat hij van de biecht van zijn dochter moest denken. In dit deel van de wereld geloofde men dat een gedachte elk moment concreet, tastbaar, kon worden; een woord in je gedachte-wereld had net zoveel kracht om te verwonden of te genezen als een woord dat hardop werd uitgesproken. Hier maakte het niet uit wat Trixie al dan niet had gezegd. Wat Jason Underhill Trixie had aan-gedaan, kon je *beslist* verkrachting noemen.

Bovendien was hij zich pijnlijk bewust van de andere zaken die Trixie niet hardop had gezegd: dat ze Jason niet had vermoord; dat ze onschuldig was.

In Akiak reed Daniel de rivieroever op en langs het postkantoor naar het ouderlijk huis van zijn overleden vriend Cane. Toen hij de hoek omging, zag hij de pick-up van de politie.

Een moment lang dacht hij: *Ik heb mezelf al eens eerder opnieuw uitgevonden, en dat kan ik opnieuw voor elkaar krijgen.* Hij kon net zolang doorrijden tot er geen benzine meer in de sneeuwscooter zat, waarna hij voor zichzelf en Trixie een schuilplaats zou bouwen. Hij zou haar leren spoorzoeken en jagen, en zodra het weer omsloeg haar bedreven maken in het vinden van zalm.

Maar hij kon Laura niet achterlaten. Evenmin kon hij haar later laten ophalen. Wanneer hij eenmaal was vertrokken, zou hij er alles aan doen om ervoor te zorgen dat ze nooit meer gevonden zouden worden.

Hij voelde dat Trixie achter zijn rug verstijfde, waardoor hij zich realiseerde dat ze de politiemannen had gezien. Erger nog, toen de agent uit zijn auto stapte, begreep hij dat zij eveneens waren gezien.

'Niks zeggen,' zei hij over zijn schouder. 'Laat mij dit maar regelen.'

371

Daniel reed met zijn sneeuwscooter naar het huis van Cane en zette de motor uit. Vervolgens stapte hij van het voertuig af en ging naast Trixie staan, met een hand op haar schouder.

Als je van iemand hield, deed je alles waarvan je dacht dat dat het beste voor haar was, zelfs als dat – op dat moment – volstrekt verkeerd leek. Mannen deden dat voor hun vrouw, moeders voor hun zonen. Daniel wist dat hij dat ook voor zijn dochter zou doen. Alles zou hij in het werk stellen om zijn doel te bereiken. Waardoor werd je een held? Door het feit dat je altijd zegevierde, zoals Superman? Of doordat je aarzelend een taak op je nam, zoals Spiderman? Ging het erom dat je leerde, zoals de X-Men, dat je op elk gegeven moment tot zonde kon vervallen en een boef werd? Of ging het erom, zoals in *Rorschach*, van Alan Moore, dat je menselijk genoeg was om te genieten van het feit dat mensen stierven als ze dat verdienden.

De politieman liep naar hem toe. 'Trixie Stone,' zei hij. 'Ik arresteer u wegens de moord op Jason Underhill.'

'U mag haar niet arresteren,' protesteerde Daniel.

'Meneer Stone, ik heb een arrestatiebevel bij me...'

Daniel bleef zijn dochter aankijken. 'Dat kan wel zijn,' zei hij, 'maar ik ben degene die hem heeft vermoord.'

Trixie was niet in staat om te praten, te ademen of te denken. Ze was als aan de grond genageld, vastgevroren aan de permafrost, net als de politieman. Haar vader had zonet een moord bekend.

Verbijsterd staarde ze hem aan. 'Papa,' fluisterde ze.

'Geen woord, Trixie... wat ik je heb gezegd.'

Trixie dacht terug aan de tijd – ze was toen nog klein – dat haar vader haar op haar schouders droeg. Net als haar moeder had ze hoogtevrees, maar haar vader hield haar stevig bij haar beentjes vast. *Ik laat je niet vallen,* had hij gezegd. Aangezien dat ook nooit gebeurde, was de wereld vanuit dat perspectief niet langer angstaanjagend.

Daaraan dacht ze, en aan duizend andere dingen: hoe hij bijvoorbeeld een jaar lang de boterhammen in haar lunchdoosje in letters had gesneden, waarbij elke week een ander woord aan de beurt was: DAPPER, SLIM, LIEF. En dat hij op een van de bladzijden van zijn stripverhalen steevast een karikatuur van haar verstopte. En al rommelend in haar rugzak vond ze altijd wel een zakje M&M's – die met de pinda's – waarvan ze wist dat hij die er speciaal voor haar in had gestopt.

372

De tranen sprongen in haar ogen. 'Maar je liegt,' fluisterde ze.

De politieman zuchtte. 'Nou, *iemand* is in elk geval aan het liegen.' Vluchtig keek hij naar de pick-up, waar Trixies moeder al op de passagiersstoel zat en door de voorruit naar hen staarde.

Toen hij het telefoontje kreeg, werd het bijna komisch. De agenten van de Alaska State Police hadden Trixie Stone in hechtenis genomen, conform het arrestatiebevel, zo hadden ze tegen Bartholemew gezegd. Maar terwijl ze dat deden, hadden twee andere mensen de moord opgebiecht. De vraag was nu wat hij wilde dat er moest gebeuren.

Om te voorkomen dat hij bij de gouverneur moest aankloppen om machtigingen te krijgen, diende de rechercheur zelf naar Alaska te vliegen om de familie Stone te verhoren. Vervolgens zou hij besluiten wie gearresteerd diende te worden, als daar al sprake van zou zijn.

Daniel was naar de verhoorkamer geleid van het politiebureau in Bethel, waar hij en zijn vrouw waren heen gebracht nadat ze beiden de moord hadden bekend. Trixie, een minderjarige, zat in voorarrest in het Bethel Youth Center, een jeugdinrichting. Een radiator werd met vlagen gloeiend heet en liet het brokaatpapier bewegen dat erboven was opgehangen.

Morgen was het Kerstmis, realiseerde hij zich.

'U weet dat hierdoor niets veranderd,' zei Bartholemew. 'We moeten uw dochter als delinquente in voorarrest houden.'

'Wat houdt dat in?'

'Zodra we in Maine arriveren, gaat ze naar een jeugdinrichting tot zeker is dat ze als volwassene voor moord terecht zal staan. Als ze niet op borgtocht vrij komt... en ze komt niet vrij, gelet op de ernst van de aanklacht... zal ze na de inbeschuldigingstelling naar dat jeugddetentiecentrum worden teruggestuurd.'

'U mag haar niet in hechtenis houden als ik degene ben die de misdaad heeft gepleegd,' bracht Daniel te berde.

'Ik weet wat u aan het doen bent, meneer Stone,' zei Bartholemew. 'En eerlijk gezegd kan ik u dat niet eens kwalijk nemen. Heb ik u ooit verteld over het laatste gesprekje dat ik met mijn dochter heb gehad? Ze kwam de trap af en zei tegen me dat ze naar een footballwedstrijd van de middelbare school zou gaan kijken. Ik wenste haar veel plezier. Het was echter mei. Er werd in die periode geen football gespeeld. En ik was me daarvan *bewust,*' zei Bartholemew. 'Degenen die zich op de plaats bevonden waar het was gebeurd, zeiden dat ze in de bocht niet eens geremd had en dat ze dus plankgas was gegaan, waarna de auto drie keer, misschien vier keer, over de kop was geslagen. Nadat de patholoog-anatoom tegen me had gezegd dat ze een overdosis had genomen voordat ze over de reling ging, heb ik daadwerkelijk *godzijdank* gezegd. Ik wilde gewoon weten dat ze niets had gevoeld.'

Bartholemew legde zijn armen over elkaar. 'Weet u wat ik nog meer heb gedaan? Ik ging naar huis, haalde haar kamer overhoop en vond uiteindelijk haar hamsterplekje, waar ook de naalden lagen. Ik stopte alles onder in een zak en reed ermee naar de vuilnisbelt. Hoewel ze dood was, probeerde ik haar nog steeds te beschermen.'

Stone staarde hem slechts aan. 'U kunt ons niet allemaal vervolgen. Uiteindelijk moet u haar laten gaan.'

'Ik heb bewijsmateriaal dat aantoont dat ze op de plaats van het misdrijf is geweest.'

'Die avond waren daar wel duizend mensen.'

'Maar ze hebben niet allemaal bloed achtergelaten. En er zijn geen haartjes van die lui achter het horlogebandje van Jason Underhill blijven hangen.'

Stone schudde zijn hoofd. 'Trixie en Jason hadden ruzie, vlak bij de parkeerplaats naast de supermarkt. Op dat moment moet er wat van haar haar achter zijn horloge zijn blijven haken. Ik kwam echter opdagen op het moment dat hij Trixie vastgreep. Na het gevecht ging ik achter hem aan. Ik ben al eens verdachte geweest. Ik vertelde u al eerder dat ik met die jongen heb gevochten. Wat ik niet heb verteld is wat er daarna is gebeurd.'

'Ik luister,' zei Bartholemew.

'Nadat hij was gevlucht, ben ik hem gevolgd naar de brug.'

'En toen?'

'Daarna heb ik hem vermoord.'

'Hoe hebt u dat gedaan? Een kaakslag? Hebt u hem van achteren geslagen. Hem een duw gegeven?' Toen Daniel Stone zweeg, schudde Bartholemew zijn hoofd. 'Dat kunt u mij niet vertellen, omdat u daar simpelweg niet bent geweest, meneer Stone. Het daar aangetroffen bewijsmateriaal sluit u uit als verdachte... in tegenstelling tot Trixie.' Hij ving de starende blik van Stone. 'Ze heeft al eens eerder dingen gedaan die ze u niet kon vertellen. Misschien hoort dit voorval in dat rijtje thuis.'

Daniel Stone sloeg zijn ogen neer en staarde naar de tafel.

Bartholemew zuchtte. 'Weet u, in wezen is het werk van een politieman niet veel anders dan dat van een vader. Je doet je uiterste best, maar dat is nog steeds niet voldoende om te voorkomen dat de mensen om wie je geeft zichzelf pijn doen.'

'U maakt een vergissing,' zei Stone. Er klonk echter een spoortje wanhoop door in zijn stem.

'U bent vrij om te gaan en staan waar u wilt,' antwoordde Bartholemew.

In de jeugdgevangenis zat je niet opgesloten in een cel. Iedereen sliep niet-gemengd in een slaapzaal die Trixie deed denken aan de weeskinderen in *Annie*.

Er waren meisjes bij die geld hadden gestolen in de winkel waar ze werkten. En er was er ook een bij die een mes naar het schoolhoofd had gegooid. Er waren verslaafden, meiden die in elkaar waren geslagen door hun vriendjes, en zelfs een achtjarige die ieders mascotte was – een kind dat haar stiefvader met een honkbalknuppel de schedel had ingeslagen nadat hij haar had verkracht.

Aangezien het kerstavond was, werd er een speciaal diner geserveerd: kalkoen met cranberrysaus, jus en aardappelpuree. Trixie zat naast een meisje van wie de armen met tatoeages waren bedekt. 'Wat is jouw verhaal?' vroeg het grietje.

'Ik heb er geen,' zei Trixie.

Na het avondeten kwam een kerkgroepje opdagen om de meisjes kerstcadeaus te geven. Degenen die het langst in het detentiecentrum verbleven, ontvingen de grootste pakjes. Trixie kreeg een setje kleurpotloden cadeau. Op de plastic hoes stond Hello Kitty. Ze haalde ze er een voor een uit en tekende ermee op haar vingernagels.

Als ze nu thuis zou zijn, zouden ze in huis alle lichten hebben uitgedaan, behalve de kerstboomverlichting. Daarna werd één pakje opengemaakt – dat was nu eenmaal traditie – waarna Trixie naar bed zou gaan en net deed of ze sliep terwijl haar ouders moeizaam over de zoldertrap heen en weer sjouwden met haar cadeautjes; het uiterlijke vertoon van de kerstman voor een meisje dat al jaren geleden was opgegroeid voordat zij, haar ouders, haar daar toestemming voor hadden gegeven.

Ze vroeg zich af wat de nepkerstman in het pretpark van New Hampshire vanavond aan het doen was. Waarschijnlijk was dit zijn enige vrije dag.

Nadat de lichten waren uitgedaan, begon iemand in de slaapzaal *Stille Nacht* te zingen. Aanvankelijk klonk het iel, als fluisterend riet in de wind, maar toen viel een ander meisje in, gevolgd door weer een ander. Trixie hoorde haar eigen stem, alsof die niet meer bij haar lichaam hoorde, wegzwevend als een ballon. *Heil en vree. Wordt gebracht.*

Ze dacht dat ze in haar eerste nacht in de jeugdgevangenis zou gaan huilen, maar ze bleek geen tranen meer over te hebben. In plaats daarvan luisterde ze, nadat bleek dat iedereen de andere coupletten was vergeten, naar het achtjarige meisje dat zichzelf in slaap huilde. Ze vroeg zich af hoe bomen versteenden, en of dat proces ook gold voor het hart van een mens.

In de kleine politiecel waar Laura de afgelopen vier uur had doorgebracht, was niets zachts te bekennen. Alleen cement en staal, met rechte hoeken. Ze dutte in, droomde over regen en vederwolken, over luchtig biscuitgebak en sneeuwvlokjes – allemaal dingen die meteen oplosten op het moment dat je ze aanraakte.

Ze vroeg zich af hoe het met Trixie ging, en waar ze haar heen hadden gebracht. Ook vroeg ze zich af of Daniel zich aan de andere kant van die dikke muur bevond, en of ze hem hadden ondervraagd zoals ze haar aan de tand hadden gevoeld.

Toen Daniel naar binnen liep, vlak achter een politieman, ging Laura staan. Ze drukte zich tegen de tralies aan en reikte naar hem. Hij wachtte tot de agent was vertrokken, waarna hij naar de tralies liep, in de cel reikte en Laura vasthield. 'Alles in orde.'

'Hebben ze je laten gaan?' vroeg ze ademloos.

Hij knikte en liet zijn voorhoofd tegen het hare rusten.

'Hoe zit het met Trixie?'

'Ze houden haar in hechtenis in een jeugdgevangenis, een eind verderop.'

Laura liet hem los. 'Het was niet nodig om Trixie te beschermen,' zei ze.

'Ik denk niet dat een van ons beiden er klaar voor was dat zij veroordeeld wegens moord achter de tralies werd gezet.'

'Dat zal ook niet gebeuren,' zei Laura. 'Ik heb Jason namelijk vermoord.'

Daniel staarde haar aan, zijn adem stokte. '*Wat vertel je me nou?*'

Ze liet zich in de cel op het metalen bankje zakken en wreef over haar ogen. 'Op de avond van het Winterfeest, toen Trixie vermist werd, hadden wij afgesproken dat ik naar huis zou gaan om daar te wachten, voor het geval ze zou komen opdagen. Maar toen ik terugliep naar mijn auto, zag ik iemand op de brug staan. Ik riep haar naam. En toen draaide Jason zich om.'

Ze huilde nu tranen met tuiten. 'Hij had gedronken. Hij zei... hij zei dat die teef van een dochter van mij zijn leven aan het ruïneren was. *Zijn* leven. Hij drukte zich weg van de reling en liep naar me toe, en ik... ik werd bang en duwde hem van me af. Maar hij verloor zijn evenwicht en viel over de reling naar beneden.'

Zonder dat ze zich daarvan bewust was, bracht Laura terwijl ze dat zei haar hand naar haar oor, en Daniel zag dat het gouden oorringetje dat ze gewoonlijk droeg verdwenen was. *Het bloed. Het haartje achter het horlogebandje. De voetafdrukken in de sneeuw.* 'Het bleef aan zijn trui hangen; hij nam het mee in zijn val,' zei ze, terwijl ze begreep wat Daniel bedoelde op het moment dat hij naar haar oor keek. 'Met één hand hing hij aan de reling en met zijn andere tastte hij naar houvast. Toen ik naar beneden keek, werd ik verschrikkelijk duizelig. Hij bleef maar schreeuwen dat ik hem moest helpen. Vervolgens maakte ik aanstalten om zijn hand te pakken... en toen...' Laura deed haar ogen dicht. 'Toen liet ik hem vallen.'

Het was geen toeval dat angst ertoe kon leiden dat iemand zich gedwongen zag extreme dingen te doen, zoals dat ook in de liefde het geval was. Het waren de twee aan elkaar gekoppelde emoties: als je niet wist wat er op het spel stond, wat je te verliezen had, had je ook niets om voor te vechten.

'Daarna ging ik naar huis, waar ik wachtte op jou en Trixie. Ik was ervan overtuigd dat de politie mij zou vinden voordat jij zou arriveren. Ik was van plan het jou te vertellen...'

'Maar dat heb je niet gedaan,' zei Daniel.

'Ik heb het geprobeerd.'

Daniel herinnerde zich dat hij Trixie naar huis bracht van het Winterfeest, en dat Laura zo van streek was, zo beefde. *O, Daniel,* had ze gezegd. *Er is iets gebeurd.* Hij dacht toen dat zijn vrouw net zo over haar toeren was over de verdwijning van Trixie als hijzelf. Hij dacht dat Laura hem een vraag had gesteld, terwijl ze hem in feite een antwoord had proberen te geven.

Ze sloeg haar armen om haar middel. 'Eerst zeiden ze dat het zelfmoord was. Ik dacht dat ik hetgeen was voorgevallen misschien gedroomd had, dat het niet was gebeurd zoals ik dacht dat het was gebeurd. Maar toen liep Trixie van huis weg.'

Waardoor het leek of ze schuldig was, dacht Daniel. *Zelfs ik werd op het verkeerde been gezet.*

'Je had me dat moeten vertellen, Laura. Ik zou je dan...'

'... hebben gehaat.' Ze schudde haar hoofd. 'Jij hebt mij altijd aangekeken of ik hoogstpersoonlijk de sterren aan het firmament had gehangen, Daniel. Maar nadat je te weten was gekomen dat... je weet wel... dat ik met iemand anders ging... werd het een ander verhaal. Je kreeg het zelfs niet meer voor elkaar mij in de ogen te kijken.'

Als een Yup'ik-eskimo iemand ontmoette, keek hij die persoon niet aan. Dat was niet uit gebrek aan respect. Nee, het tegendeel was waar. Het gezichtsvermogen was iets wat je moest reserveren voor de momenten dat je het echt nodig had – tijdens de jacht, als je je krachten moest inzetten. Pas wanneer je je blik van iemand afwendde, was er sprake van echt zien.

'Ik wilde gewoon dat je naar me keek zoals je dat altijd had gedaan,' zei Laura. Haar stem brak. 'Ik wilde gewoon dat alles weer werd als vroeger. Daarom kon ik je dat niet vertellen, hoe vaak ik het ook heb geprobeerd. Ik was jou al eens ontrouw geweest. Wat zou je gedaan hebben als ik je zou hebben verteld dat ik iemand had *vermoord*?'

'Je hebt hem niet vermoord,' zei Daniel. 'Je hebt niet gewild dat hij het leven liet.'

Laura schudde haar hoofd, met op elkaar geperste lippen, alsof ze bang was iets hardop uit te spreken. Hij begreep wat ze bedoelde, want zo voelde hij dat ook: soms komt datgene wat we wensen uit. En soms is dat het ergste wat er kan gebeuren.

Ze sloeg haar handen voor haar gezicht. 'Ik weet niet wat ik al dan niet wilde dat er zou gebeuren. Het is een mengelmoes geworden. Ik herken mezelf niet eens meer.'

Het leven kon allerlei vormen aannemen terwijl je druk bezig was tegen je eigen demonen te vechten. Maar als je in dezelfde mate veranderde als de persoon die bij je was, maakte dat niet echt uit. Je werd elkaars constante.

'Ik wel,' zei Daniel.

Het was mogelijk, concludeerde hij, dat zelfs tegenwoordig, in dit tijdsgewricht – zelfs duizenden kilometers van de Yup'ik-dorpen verwijderd – mensen in dieren konden veranderen, en vice versa. Alleen omdat je ervoor koos een bepaalde plaats te verlaten, wilde niet zeggen dat je eraan kon ontkomen dat je die plaats in je hart meenam. Als een man en een vrouw maar lang genoeg bij elkaar waren geweest, hadden ze de neiging elkaars gewoonten en karaktertrekken over te nemen tot ze merkten dat ze zichzelf in de ander begonnen te zien. Verwerp je persoonlijkheid en je vindt het wellicht terug in het hart van degene van wie je het meeste houdt.

Laura keek naar hem op. 'Wat denk je dat er gaat gebeuren?'

Daar wist hij het antwoord niet op. Hij was er zelfs niet zeker van of hij de juiste vragen kende. Maar hij zou Trixie ophalen, waarna ze samen naar huis zouden gaan. Hij zou de beste advocaat in de arm nemen die er te vinden was. En vroeg of laat, wanneer Laura weer bij hen terug was, zouden ze zichzelf tot nieuwe mensen maken. Van voren af aan beginnen was misschien niet mogelijk. Maar een nieuwe start zat er altijd in.

Op dat moment kwam een raaf aanvliegen en scheerde over de binnenplaats, terwijl hij het geluid van stromend water imiteerde. Daniel keek aandachtig toe, zoals hij dat een eeuwigheid geleden had geleerd. Een raaf kon van alles zijn – schepper, bedrieger – afhankelijk van de vorm die hij op dat moment wilde aannemen. Maar toen de raaf een soort halve looping maakte en op zijn rug verder vloog, kon dat maar één ding betekenen: hij schudde het geluk van zich af. Het lag voor iedereen voor het grijpen, als je tenminste zag waar het terechtkwam.